미
필
적 고
의

1

미필적 고의 1

1판 2쇄 찍음 2022년 03월 08일
1판 2쇄 펴냄 2022년 03월 16일

지은이 | 정지유
펴낸이 | 고운숙
펴낸곳 | 봄 미디어

기획·편집 | 박나영, 정지은

출판등록 | 2014년 08월 25일 (제387-2014-000040호)
주소 | 경기도 부천시 소향로13번길 14-11, 203호
영업부 | 070-5015-0818 **편집부** | 070-5015-0817 **팩스** | 032-712-2815
E-mail | bommedia@naver.com
소식창 | http://blog.naver.com/bommedia

값 12,000원

ISBN 979-11-6632-190-0 04810
　　　979-11-6632-189-4 04810(세트)

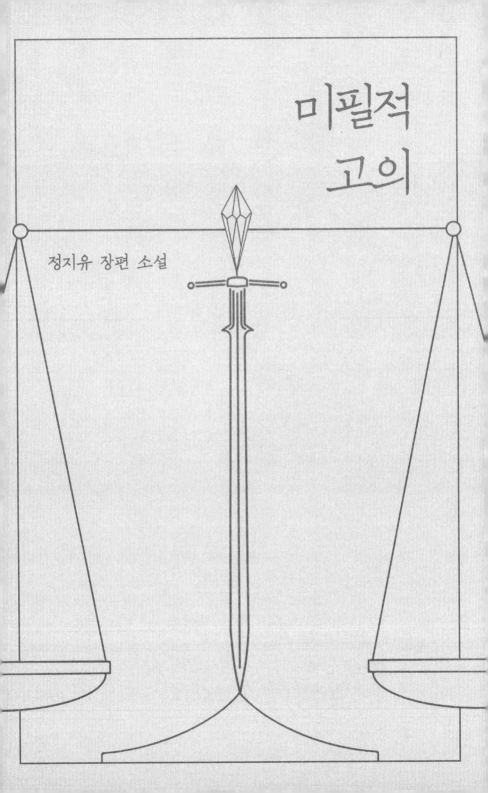

미필적 고의

정지유 장편 소설

목차

프롤로그

햇볕이 따스하다 못해 뜨거운 날.

"떨지 말자, 권다현⋯⋯."

깔끔하게 차려입은 치마 정장이 우습게도 무더위에 목덜미 뒤로 땀이 흥건했다.

그것이 실습 첫날이라서 오는 긴장감 때문인지 날씨 탓인지는 몰라도 건물에 들어섰을 땐 이마에도 땀이 찬 상태였다.

다현은 이마에 맺힌 땀을 슥, 훔치고는 엘리베이터 앞에 섰다.

"오늘부터 연수생들 실무 기간 아닙니까?"

"큰 사고 없이 조용히 넘어가야 할 텐데요."

사람들의 웅성거림이 들려왔다. 어렴풋하게 들리는 소리에서 자신 혹은 동기들을 두고 하는 말임을 짐작할 수 있었다.

오늘부터 사법 연수원 2년 차 연수생들의 실무 수습 기간이었다.

그 탓일까. 검찰청 안이 제법 떠들썩했다.

"작년엔 제법 시끄러웠죠?"

"말이라고. 후배라는 게 부끄러울 지경이었지."

가만히 듣고만 있는데도 어쩐지 낯이 뜨거웠다.

마치 자신의 미래를 전해 듣고 있는 듯한 기분에 다현의 고개가 절로 숙여졌다.

검사.

그것은 그녀가 꿈꿔 온 신성하고도 가치 있는 일이었으며, 어릴 때부터 기필코 해내야만 하는 목표였다.

그 꿈을 이루기 위해 밤낮없이 공부만 했다.

이렇다 할 추억 하나 만들지 못하고 학창 시절을 참 재미없이 살았다.

독종이라고 불릴 만큼 노력한 대가로 중, 고등학교 시절 내내 전교 1등은 당연했고 전국 석차에서도 1, 2등을 놓치지 않았다.

다현은 그렇게 수석으로 한국대 법대에 입학했고, 졸업을 앞두고 사법 고시 3차 면접까지 모두 패스하는 기염을 토해 냈다. 그해 사법 고시를 본 이들 중 단연 돋보이는 성적으로 1등을 차지한 그녀는 연수원 동기 중 최연소를 자처하며 마지막 학기를 시작했다.

이대로 연수원 성적을 잘 유지한다면 1등으로 수료할 수 있을 것이다.

"후……."

긴장감에 숨을 크게 내뱉었다.

공부를 잘하는 것과 실전에 투입되는 것은 엄연히 다른 상황이었다. 긴장의 끈을 놓쳐서는 안 된다.

띵. 도착음과 함께 엘리베이터의 문이 열렸다.

검사인지 수사관인지 실무관인지 분간이 되지 않는 남자들 무리에서 벗어난 그녀는 옷매무시를 가다듬고 조심스레 걸음을 옮겼다.

앞으로 2개월간 지도를 맡아 줄 형사 4부 423호실. 문 앞에 선 다현의 표정이 사뭇 비장했다.

"안녕하세요. 오늘부터 검사 직무 대리로 발령받은 권다현입니다."

이내 문을 열고 검사실에 들어서자마자 고개를 숙여 인사했다.

어쩐지 고요하다 못해 적막한 게 이상하다고 느낀 찰나, 저 멀리서 묵직한 음성 하나가 또렷하게 들려왔다.

"배당 올 때까지 얌전히 있어."

흠칫하며 고개를 들자 책상 앞에 앉아 기록문을 검토하고 있는 남자와 시선이 마주쳤다.

지난밤 퇴근하지 않은 게 분명해 보이는 구겨진 셔츠 차림의 그는 숨 막힐 정도로 차가운 오라를 내뿜었다.

짙은 일자 눈썹 아래 관찰이라도 하는 듯 다현의 얼굴을 빤히 바라보는 눈매는 날카롭게 빛나고 있었다. 오뚝한 콧날과 날렵한 턱선은 그의 인상을 차갑고 냉랭하게 느껴지게 했다.

섣불리 말을 걸 수도, 선뜻 다가가기 어려운 권위적인 모습이었지만 그마저도 사람을 끌어당기기 충분했다.

"내 말, 못 들었나? 왜 거기 멀뚱히 서 있지?"

"네? 아, 넵!"

사고 치면 죽여 버리겠다는 듯 매서운 눈빛으로 자신을 쳐다보는 모습에 그녀는 꿀꺽, 마른침을 삼키며 쭈뼛쭈뼛 텅 빈 책상 앞에 앉았다.

423호 검사실의 수사관과 실무관이 알은척을 하며 반갑게 인사를 건넸지만, 그녀의 신경은 온통 지도 검사에게 향해 있었다.

기록문들이 가득 쌓인 책상 위에 비뚤게 놓인 명패가 그를 대변했다.

검사 문이헌 檢事 文怡憲

사법 연수원을 넘어 한국대 법대에서 소문이 자자한 남자.

TV에 나오는 이들 못지않게 유명한 선배가 제 눈앞에 있다는 사실이 도무지 믿기지 않아 다현은 얼떨떨하면서도 식은땀이 삐죽 났다.

문이헌.

그와 함께할 2개월의 짧은 실습 기간이 그리 순탄치 않으리라는 불길한 예감이 엄습했다.

＊　　　＋　　　＊

그로부터 일주일.

다현은 검사 직무 대리로 발령을 받은 423호 검사실이 형사부에서 제일 배당이 많은 곳이라는 걸 몸소 깨닫게 됐다. 덕분에 각종 사건을 직, 간접적으로 체험할 수 있어서 한편으론 좋았다.

연수생 동기 중 최단 시간에 단연 많은 기록을 검토했다고 자부할 만큼 그녀의 지도 검사는 서울 지검 형사부를 통틀어 가장 일이 많았다. 개중엔 무난한 절도 사건 등은 다현이 직접 조서를 꾸미기도 했다.

"권다현."

사기 사건의 참고인 조사가 끝난 이헌이 나지막이 다현을 불렀다.

다현은 그의 부름에 책상에 처박고 있던 고개를 바짝 들었다. 그러고는 마주 보고 앉아 있는 지도 검사를 쳐다봤다.

이헌은 손가락을 까딱이며 다현에게 다가오라는 제스처를 해 보였다. 그녀는 마른침을 꿀꺽 삼키며 쭈뼛쭈뼛 그에게 다가갔다.

일주일째 한방에 마주 앉아 있지만, 도무지 적응되지 않았다.

사람을 꿰뚫어 보는 듯한 눈빛에 좀처럼 다가가기가 어려웠다. 그의 날카로운 시선이 제 숨통을 바짝 조이는 기분이었다.

문이헌 검사 앞에만 서면 피의자들이 기다렸다는 듯 죄를 술술 자백한다는 말이 괜히 있는 게 아니었다.

"결정문 작성은?"

"끝났습니다!"

다현의 우렁찬 대답에 가져와 보라는 듯 그가 손짓했다. 그녀는 작성을 끝낸 결정문을 재빠르게 프린트해 이헌에게 공손히 건넸다.

강남에 있는 유명 주얼리 숍이 탈탈 털렸다.

VIP 고객을 대상으로 철저한 예약제를 통해 운영되는 곳이었다. 보안은 두말할 것도 없으며, 심지어 사설 경비 업체가 상주 중임에도 보란 듯이 절도가 이루어졌다.

그러나 장물이 풀리면서 절도범은 생각보다 쉽게 검거되었고, 현재 유치장 신세를 지고 있었다.

검사 직무 대리로 일주일 만에 처음으로 작성한 공소장이었다. 다현은 조마조마한 마음에 애꿎은 입술만 깨물며 제가 쓴 공소장을 살피는 이헌의 얼굴을 힐긋거렸다.

"공범은?"

이헌이 꺼낸 첫마디에 다현은 당황해 눈만 깜빡거렸다.

공범이라니. 경찰에서 넘어온 기록엔 공범의 '공' 자도 없었다.

"사설 경비가 24시간 상주하고 보안이 까다로운 곳을 쉽게 뚫고 들어간 놈이 장물 처리를 그렇게 허술하게 했다는 게 이상하지 않아?"

다현은 고개를 갸웃거렸다.

이상한가? 그래. 이상하다고 생각하면 이상할 수 있었다.

그래서 경찰에서도 공범을 조사했지만 흔적조차 찾을 수 없었고, 피의자가 단독 범행이라고 자백을 한 탓에 사건은 그렇게 검찰로 송치되었다.

심지어 피의자는 절도 전과가 있었고 교도소에서 복역하고 나온 지 이제 겨우 1년이 지난 상황이었다.

"증거가 없으면 찾아야지."

"피의자는 절도 전과 6범에 동일 범죄로 교도소에 복역한 사실이 있습니다. 당시에도 단독 범행이었고 장물을 내다 팔다가 경찰에 덜미가 잡혔습니다. 장물을 내다 파는 방식이 이전 범행 수법과 동일합니다. 현재 주변인 탐문 조사에서 아무것도 나오지 않았고 피의자 주변 인물 중에서 의심되는 이는 찾을 수 없었습니다."

다현은 제 생각을 망설임 없이 뱉었다. 평소 같았으면 이헌의 눈도 마주치지 못했을 테지만 어쩐 일인지 목청이 높아진 듯도 했다.

이헌은 살펴보던 공소장을 조용히 덮었다. 뭔가 잘못된 건가 싶어 다현은 눈을 깜빡이며 그의 눈치를 살폈다.

"잘했어."

공소장을 다현에게 건네며 그가 말했다.

"경찰 조사만 믿고 갈 수도 있는 사건이었는데 피의자 조사까지 직접 하고, 공소장도 잘 썼어."

이헌의 목소리가 이렇게 좋았었나?

제게 이렇게 길게 말을 건넨 건 처음이었다. 다현은 너무 놀라 입을 떼지 못했다.

뒤에서 수사계장과 실무관이 문 검사님한테 칭찬받은 사람은 처음이라는 호들갑도 그녀의 귀엔 들리지 않았다.

오직 그의 목소리만 또렷하게 들릴 뿐이었다.

"공소장 들고 부장 검사님한테 갔다 와."

다현은 이헌에게 공소장을 받아 들고 어안이 벙벙한 상태로 검사실을 나섰다.

결정문을 쓰면 지도 검사와 부장 검사, 차장 검사에게 차례대로 검사를 받는다. 부장 검사실에 들어가서 결정문을 검사받으면서도 귓가엔 계속 지도 검사의 목소리만 맴돌았다.

"잘했어."

쿵쿵쿵. 심장이 방망이질 치듯 뛰어 댔다.

고작 칭찬 한마디일 뿐인데 심장은 왜 이렇게 주체 못 하게 뛰는 거야. 왜!

"연수원 성적이 좋다더니, 첫 공소장도 잘 썼네."

부장 검사에게도 당연하다는 양 칭찬을 들었다. 다현은 그저 멋쩍은 듯 웃으며 감사하다고 말했다.

그 뒤로 계속 이어진 부장 검사의 칭찬과 얼굴 보기가 쉽지 않은 차장 검사의 칭찬까지 받았지만 그들의 말은 조금도 기억에 남지 않았다.

오로지 지도 검사의 얼굴만 눈앞에 둥둥 떠다니고 부드럽던 목소리가 맴돌 뿐이었다.

12

✤   ✤   ✤

부동산 사기 사건의 피의자 소환 조사가 있던 날이었다.

"권다현."

전날 경찰에서 올라온 송치 사건들을 살펴보고 있던 다현을 지도 검사인 이헌이 불렀다. 절도에 특수 폭행까지, 다채로운 기록문에 눈동자를 빠르게 굴리던 그녀의 시선이 그를 향했다.

"조사실 들어와."

"네? 제가요?"

피의자 소환 조사가 있을 조사실에 들어오라는 말에 다현은 제법 놀라 하며 눈을 껌뻑였다. 조사실엔 아직 한 번도 가 보지 못했고 그 안에서 일어나는 피의자 신문은 생경하기만 했다.

"왜, 싫어?"

"아, 아뇨!"

"두 달 동안 책상에 앉아만 있을 생각이었어? 뭐든 보고 배워야지."

"네!"

지도 검사가 하나부터 열까지 가르쳐 줄 거라는 생각은 버리고 실무 실습에 임해야 한다던 동기들의 말이 뇌리를 스치고 지나갔다.

서늘했던 첫인상과는 달리 이헌은 지도 검사로서 맡은 바 역할에 충실했다.

오후 4시만 되면 검사실로 밀려들어 오는 배당이 산처럼 쌓였다.

미제를 만들지 않으려 야근도 불사하는 이헌을 보면서 그를 향한 동경이 조금씩 커져 갔다.

그와 함께 조사실에 나란히 앉아 있으니 괜히 기분이 묘했다.

"등기부 등본에 실소유주는 김경찬 씨입니다. 피해자에게 땅 주인이라고 소개한 사람은 김경찬 씨가 아니던데, 혹시 피의자도 땅 주인이라던 서문옥 씨에게 피해당한 겁니까."

땅 주인은 섭외된 연기자였고 눈앞에 앉아 있는 피의자가 모든 것을 지시했다고 이미 진술을 받은 상황에서 이헌의 신문은 다소 의아하게 들려왔다.

이게 무슨 앞뒤 상황 없이 말도 안 되는 소린가. 사기의 주범인 피의자에게 너도 땅 주인이라고 찾아온 공범에게 속은 거냐고 묻고 있다니.

"나도 피해잡니다! 그 땅 팔겠다고 먼저 찾아와서 10억만 받아 달라고 했다니까요! 나머진 전부 나더러 챙기라고 먼저 그랬습니다."

피의자가 언성을 높이며 테이블을 내려쳤다. 본인도 피해자라는 말을 우렁차게 내뱉으며 억울하다는 듯 이헌을 쳐다봤다. 시종일관 뻔뻔하리만치 모른다던 피의자가 순식간에 안면을 바꾸고 나오자 다현은 황당하기만 했다.

경찰에서 올라온 피의자 조서에도 눈앞의 사기범은 피해자와 만난 적 없다고, 자신과 부동산 거래를 한 사실조차 없다고 발뺌하던 사람이었다. 실제로 대포 통장을 이용한 탓에 피의자와 피해자가 돈을 주고받은 내역이 명확하지 않았다.

"그러니까, 본인은 서문옥 씨 말만 믿고 피해자에게 땅을 소개시켜 준 거다, 이 말입니까."

"그렇다니까요, 검사님! 나는 중간 수수료나 먹는 중개업자지, 사기꾼이 아닙니다!"

"그런데 피의자를 이 야산과 인근 논밭에서 자주 봤다는 동네 사람들이 많습니다."

"그게 뭐 어쨌다는 겁니까. 땅을 팔아 달라고 하니까 어떤 곳인가 해서 둘러보는 게 당연하지! 어디에 있는 매물인지도 모르고 그냥 팔아요?"

"피의자가 동네에 올 때마다 사람들이랑 같이 왔다는데, 피해자가 한 명이 아닌 모양입니다."

"그게 무슨……!"

이헌이 고소장을 피의자에게 내밀었다. 모두 네 건. 관할서가 모두 달랐다. 피해자가 한 명이 아니라는 말이었다.

고소장을 본 순간 믿기지 않는다는 듯 놀란 건 피의자가 아닌 신문을 지켜보던 다현이었다.

"피의자가 땅 주인이라고 철석같이 믿고 있던 서문옥 씨가 땅을 분할해서 판 건 아닌데, 왜 그 땅을 산 사람은 다섯 명일까요."

"그, 그거는……."

"땅 주인이 서문옥 씨든 김경찬 씨든 피의자는 땅을 무려 다섯 명에게 팔았고, 땅값으로 50억을 제외한 5억 원을 중개 수수료로 챙긴 겁니다. 맞습니까."

"……."

"50억은 모두 대포 통장으로 들어갔으니, 땅 주인이라는 서문옥 씨에게 갔는지 아니면 피의자 주머니로 들어갔는지는 곧 밝혀질 겁니다. 대포 통장이라고 해서 추적이 불가능한 건 아니니까요."

실소유주가 누가 됐든, 피의자가 사기를 쳤다는 게 입증된 셈이었다. 얼굴이 상기된 피의자는 이헌의 눈을 제대로 쳐다보지 못하고 시선을 회피하며 입술을 깨물었다.

검사의 신문에 피의자가 제대로 보기 좋게 넘어간 꼴이었다. 다현은 곁눈질로 이헌을 힐긋 바라봤다.

한낱 실무 실습생에게 그는 그저 존경스러운 검사님이었다. 피의자를 가지고 논다고 표현할 만큼 담담하고 태연하게 빈틈을 공략했다.

그는 초범이면서도 대범하게 사기를 펼친 피의자의 어리숙한 모습을 꿰뚫어 봤다. 이헌의 조사 방향은 일반적이고 당연한 절차들이었지만 그녀에겐 그저 경이롭기만 했다.

훗날 자신이 검사가 되면 이헌처럼 빈틈없는 사람이 될 수 있을까 싶었다.

❖　　　✦　　　❖

서울 중앙 지검으로 실무 실습을 나온 지 3주째.

검사 직무 대리로 발령이 났을 뿐 연수원 실습생 신분이라 다른 평검사들처럼 야근이 없었다. 덕분에 출근할 때 몸과 마음은 상쾌했다.

다현은 카페에 들러 커피를 샀다.

검사님이 좋아하는 아메리카노는 투 샷을 추가하고 계장님은 카페라테, 실무관님은 카페모카.

그렇게 세 잔을 테이크아웃해 걸음을 재촉했다.

출근 시간 전이지만 검사실은 불이 켜진 채였고 전날도 귀가하지 못해 몰골이 엉망인 계장님과 실무관님이 책상에 뻗어 있었다.

"……아."

마치 자신의 미래를 보는 듯해 그녀의 입에선 안타까움의 탄식이 쏟아졌다.

안타까운 시선을 뒤로하고 다현은 커피를 지도 검사에게 건네며 미소를 지었다.

"커피 드세요."

벌써 2주째 그녀는 아침마다 423호 검사실의 커피 배달을 자처하고 있었다.

표면적으론 혼자 칼퇴근을 해서 미안한 마음이라고 포장을 했지만, 음흉한 흑심이 자리하고 있는 건 혼자만의 비밀이었다.

덕분에 지도 검사의 커피 취향을 알게 됐으니 그것으로 충분했다.

"권다현."

"네?"

눈앞으로 불쑥 들어온 커피를 확인한 이헌이 고개를 들었다.

"네가 여기에 커피나 주러 온 사람이야?"

그는 웃음기를 머금은 채 서 있는 다현을 보곤 까칠하게 말했다.

괜히 한마디 더 붙여 보려고 했다가 낭패가 따로 없었다. 조용히 커피나 내려놓고 말 것을.

다현은 쭈뼛거리면서도 커피를 손에 든 채 어쩔 줄 몰라 했다.

이걸 내려놔, 버려, 어쩌지 하면서 이헌의 눈치를 살폈다.

"앞으로 커피는 됐고, 일이나 열심히 배워."

그렇게 퉁명스레 말하며 그는 손에서 볼펜을 놓고 다현의 손에 들린 커피를 휙 가져갔다.

괜히 밉보이나 싶어 시무룩해지던 다현의 얼굴이 환해진 건 순식간이었다. 이헌이 커피를 한 입 마셨다.

"내일 불법 도박 사건 피의자들 들어오기로 했으니까 네가 해 봐."

다현은 귀를 의심했다. 잘못 들었나 싶어 대답조차 망설였다.

"왜. 싫어?"

피곤함에 무거워진 눈꺼풀을 얌전히 내리깔고 있던 그는 대답이 들려오지 않자 눈을 떠 다현을 쳐다보며 물었다.

"아, 아뇨!"

잘못 들은 게 아니었다. 손사래를 치며 그녀는 대답했다.

지금껏 큰 소환 조사가 필요 없는 약식 기소 사건들만 처리해 왔고 경찰 조사만으로도 충분한 사건들만 맡았다. 자칫 잘못했다가는 지도 검사에게 누가 될 수 있어 그녀는 덜컥 겁이 났다.

지금 423호 검사실에서 조사 중인 불법 도박 사건은 덩치가 제법 컸다.

점조직으로 구성된 탓에 피의자를 가려내는 것도 힘들었다. 현행범으로 체포해 온 조직원들도 잔챙이들이라 잘못하다간 기소 중지를 해야 할 판이었다.

하겠다고 했으니 해야 하는데 사건에 대한 기록만 한 트럭. 참고인이 오기 전까지 기록문을 빠짐없이 살펴야 했다.

"잘했잖아. 잘할 거야."

"……."

긴장에 얼어붙었던 몸이 녹아내리는 것 같았다.

"궁금한 건 물어보고."

"네, 알겠습니다!"

두꺼운 기록문을 건네받으며 다현은 고개를 끄덕였다.

자리로 돌아와 기록문을 살피면서도 맞은편에 앉아 있는 이헌을 자신도 모르게 힐긋거렸다.

차갑던 눈빛도 이젠 마냥 따스해 보이고 목을 옥죌 만큼 어둡던 오라도 후광으로 바뀌어 있었다.

철야 속에서도 말끔한 몰골은 남들과 비교될 정도였다. 살짝 구겨진 셔츠 차림으로 기록문을 살피는 진중한 얼굴, 미간에 깊게 새겨진 주름까지도 멋있어 보여 미칠 지경이었다.

자기 일에 몰두하는 남자가 이토록 매력적일 수 있다는 사실이 놀라웠다. 일하는 모습을 보고만 있어도 입가에 미소가 번졌다.

지도 검사인 이헌은 그 누구보다 후배인 자신을 하나부터 열까지 챙기고 가르쳤다. 기록문이 산처럼 쌓인 이 와중에도 그는 염려를 잊지 않았다.

동경의 대상이던 그는 어느새 누구보다 가까운 사람이 되어 있었다.

그가 좋아졌다.

그가 좋다.

그를…… 좋아한다.

검사 문이헌이 아니라, 남자 문이헌을.

첫사랑은 부지불식간에 찾아와 그녀를 온통 분홍빛으로 물들여 갔다.

국립 과학 수사 연구원

콘크리트 건물이 가슴을 짓누르고 숨통을 조르는 것 같았다.

입구에서 좀처럼 발길이 떨어지지 않는 다현은 마른침을 삼키며 초조한 듯 손톱을 뜯었다.

검사 직무 대리로 실습 기간에 부검하게 될 줄 몰랐던 사람처럼 얼굴이 하얗게 질린 그녀는 식은땀까지 흘리는 모습을 보였다.

막상 그 시간이 다가오자 초조하고 불안한 기색을 숨기지 못한 다현은 짙은 한숨만 연신 내뱉어 댔다.

"후우. 긴장하지 말자."

423호 검사실에 배당된 살인 사건의 피해자 부검이 있는 날이었다.

치정으로 추정된다는 경찰 조사 결과와는 달리, 붙잡힌 용의자는 시종일관 묵비권을 행사하고 있어 부검으로 정확한 사인을 밝혀내고 증거가 될 만한 단서를 찾아내야만 했다.

"안 들어가고 뭐 해."

그때 등 뒤로 묵직한 음성이 그녀의 넋 나간 정신을 깨웠다.

화들짝 놀라 고개를 돌린 다현은 말끔한 슈트 차림의 이헌과 마주했다. 그는 담담하다 못해 조금의 흐트러짐도 보이지 않는 완벽한 검사의 모습이었다.

부검이 한두 번이 아니라는 듯 대수롭지 않게 다현을 지나쳐 건물 안으로 걸음을 옮기는 모습에 그녀는 심호흡을 크게 내뱉고 떨어지지 않는 발길을 억지로 뗐다.

"검사, 판사, 변호사. 뭐 할 거야."

엘리베이터 문이 닫히자마자 그가 물었다. 한껏 긴장한 채 땅만 쳐다보고 있던 다현은 화들짝 놀라 고개를 들어 이헌을 바라봤다.

여태까지 한 번도 그녀에게 사적인 걸 묻지 않던 이헌이었다. 그 탓일까. 그녀는 불규칙적으로 날뛰던 심장이 조금이나마 평정심을 되찾아 가는 걸 느낄 수 있었다.

그녀는 그의 물음에 입을 떼 대답했다.

"검사 할 겁니다."

조금의 망설임도 없었다. 그녀는 어릴 때부터 초지일관이었다. 단 한 번도 자신의 꿈과 진로가 바뀐 적 없었다.

"그럼 시체 보는 거 익숙해져야 해. 정신 차려. 너 혼자 아니야."

별거 아니었다. 그저 긴장하고 무서워하는 실습생에게 건네는 선배 검사의 당연한 위로의 말이었다.

그 당연한 말들에 쓸데없이 심장이 나대니 미쳐 버릴 노릇이다.

"경찰에서 올린 조서, 봤어?"

이헌의 물음에 다현은 숨을 크게 들이쉬며 고개를 끄덕였다.

"용의자는 묵비권 행사 중이고, 모른다고 딱 잡아떼고 있어. 현장 조사에선 피해자 혈흔 말고 나온 게 없어. 사건 현장도 깨끗하고."

"알고 있습니다."

"손톱만 한 작은 증거라도 시체엔 남는 법이야. 부검에서 아무것도 안 나오면 범행을 입증할 단서가 없어."

"만약 부검에서 아무것도 안 나오면…… 그땐 어떻게 됩니까."

굳게 닫힌 부검실 문고리를 붙잡고 그가 말했다.

"유치장에서 풀어 줘야지."

문이 열렸다. 싸늘한 기운이 전신을 휘감았다.

부검실로 들어가는 이헌의 뒷모습을 바라보고 있자 불안감은 다시 그녀를 덮쳐 왔다.

유리 벽 너머에서 부검을 준비 중인 법의관들이 있었고 이헌은 그들과 눈인사를 주고받으며 멸균된 가운을 입고 글러브를 끼고 마스크를 썼다.

서둘러 따라붙은 다현은 그를 힐긋거리며 가운을 챙겨 입고 글러브를 끼고 마스크로 얼굴을 가렸다. 그러곤 부검실 안으로 들어가는 이헌을 뒤따랐다.

"부검 시작하겠습니다."

쿵쾅쿵쾅 불안하게 뛰는 심장 소리가 부검실 안 모든 이들에게 들릴 것만 같았다.

그녀는 마른침을 꿀꺽 삼키며 부검대 위에 올라와 있는 시신에 시선조차 주지 못하고 고개를 재빠르게 숙여 묵례했다.

고인에 대한 묵례가 끝나기 무섭게 차갑고 날카로운 메스로 칼자국이 난도질되어 있는 시신의 목부터 배꼽 아래까지 길게 그어 내리는 모습에서 다현은 숨을 죽였다.

입에서 신음도 나오지 않았다. 태연하게 부검을 바라보고 있는 이헌의 곁에서 실눈을 뜬 채 시신을 힐긋거리기 바빴다.

보긴 봐야겠는데 온몸이 칼자국으로 엉망이 된 시신을 본 것이 처음이라 정신을 온전히 붙잡고 있는 일부터가 곤욕이었다.

그 마음을 아는지 모르는지 지도 검사인 이헌은 태평하게 팔짱까지 끼고 법의관들의 곁에 서서 시신을 뚫어져라 들여다보기까지 했다.

"이리 와서 봐."

설마 시신을 보라는 거야? 미친다, 정말.

속이 울렁거려 대답조차 할 수가 없는 다현은 마스크 속에 감춰진 입술을 꾹 깨물고 실눈을 뜨며 슬금슬금 부검대 앞으로 다가갔다.

이대로 뛰쳐나가고 싶은 심정이었다. 법의관들은 아무렇지 않게 시신의 몸속에 손을 집어넣었다. 장기를 떼어 내 세밀하게 살피고 그 조직들을 여러 곳에 걸쳐 도려내 용기에 담는 과정들을 거쳤다.

웬만한 강심장이 아니고서는 지켜보고 있기 힘들 만큼 부검 시간은 길고도 험난했다.

상체에 자상만 열 곳이 넘었다. 피해자는 자상에 의한 과다 출혈로 손쓸 새도 없이 숨을 거두고 말았다. 그 탓에 분석하기 위해 채취해야 할 혈액이 부족했다.

다현의 시선은 피해자의 검붉은 혈액이 담긴 검체 용기에서 시신으로 자연스레 넘어갔다.

피가 흥건하지 않을까 했던 염려와 달리 시신의 상태는 깨끗했고 복부 안은 장기들이 또렷하게 보일 만큼 피가 바닥을 보였다.

입을 가린 마스크 너머로 다현은 입술을 잘근잘근 깨물면서도 법의관들의 손놀림을 놓치지 않고 눈에 담았다.

피해자의 억울함을 밝혀내는 게 검사가 할 일이었다. 지금은 연수원 실습생이 아닌 검사로서 부검대 앞에 서 있는 것이나 다름없다고 여기며 다현은 눈을 크게 떴다.

"주저흔이 전혀 없네요."

"한 번에 찌르고 빠르게 뽑았습니다. 웬만한 힘으론 어림도 없죠."

"용의자가 41세 남잡니다. 체격도 좋은 편이고."

"체격은 피해자도 만만치 않은데. 아마 여기 이 부분, 급소를 찔러서 제압한 거로 보입니다."

법의관과 이헌이 시신을 보며 대화를 주고받았다. 그 과정에서 다현은 피해자 몸 곳곳에 나 있는 자상들을 살폈다.

표면이 깔끔했고 거칠지 않았다. 저도 모르게 시신에 손을 뻗어 자상을 쓱 만진 다현이 차가운 촉감에 화들짝 놀라며 상체를 곧추세웠다.

"직무 대리님이 아주 용감하십니다."

그런 다현을 보며 법의관이 의외라는 듯 웃었다. 며칠 전에 왔던 다른 검사님의 직무 대리 실습생은 시신을 보고 아연실색하며 눈도 제대로 못 뜨고 갔었다.

그에 반해 큰 눈을 동그랗게 뜬 채 호기심 가득한 시선을 떼지 못하는 다현은 보기 드문 실습생이었다.

팔짱을 낀 채 가만히 다현을 지켜보던 이헌 역시 마스크 너머 입꼬리가 휘어지며 설핏 웃는 것처럼 보였다.

"살펴봐도 돼."

혹시 모를 피의자의 흔적들을 훼손하게 되는 건 아닐까 싶어 괜히 건드렸나 염려하고 있던 다현에게 그가 흔쾌히 괜찮다며 고갯짓했다.

지도 검사의 허락이 떨어지자 다현은 더욱 자세히 살펴보기 위해 피해자 몸에 난 자상을 가까이 다가가 들여다봤다.

초조한 기색이 역력하던 낯빛은 어디로 가고 의심의 눈초리로 피해자 시신을 살펴보는 다현을 이헌은 제법이라 생각했다.

기절만 안 하면 천만다행이라 여겼는데, 생각보다 권다현은 강단 있는 검사가 될 것 같았다.

오늘로 검찰 실무 수습이 끝나고 법원과 변호사 실무 수습만이 남았다.

그 말인즉슨. 다현의 서울 중앙 지검 형사 4부의 423호 검사실 출근이 마지막이라는 뜻이었다.

"연수원 1등으로 졸업하시고 꼭! 우리 지검으로 오세요."

실무관이 그녀에게 마지막 작별 인사와 함께 아이가 아파 오늘 회식에 참석할 수 없다고 미안하다며 작은 선물까지 건넸다.

"감사합니다."

퇴근 시간이 임박해서 계장님이 다른 검사실에 지원을 나가는 바람에 423호엔 찬바람이 쌩 불었다.

"밥 먹으러 가자."

언제 옷을 챙겨 입은 건지 재킷을 걸치며 그가 다현을 재촉했다.

실무 수습 마지막 날이 돼서야 그녀는 처음으로 이헌과 밥을 먹게 됐다.

그것도 단둘이.

점심시간도 매번 엉망진창에 간단하게 빵으로 끼니를 때우거나 그것도 아니면 거르기 일쑤인 사람이었다. 다른 사람의 밥은 챙기면서 자신은 챙기지 않던 이상한 사람.

그래서 이헌과 밥 한 끼 먹는 게 소원이 돼 버린 다현은 출근 마지막 날 그 바람을 이루게 됐다.

오늘을 끝으로 내일이 되면 이헌을 다시 보지 못한다. 검찰청이 좁디좁아 언젠가 또 보게 되겠지만 기약이 없었다.

평균 2년마다 인사이동이 있다. 그와 다시 만난다는 건 십지 않은 일이다. 검사의 행동반경은 고작해야 자신의 사무실 안이니 더욱 그랬다.

퇴근 시간이지만 퇴근하는 사람이 없는 이상한 조직이 검찰이었다.

오늘도 역시 엘리베이터 안은 횅했다. 어색한 기류 속에서 1층으로 내려가는 그 짧은 시간이 유난히도 길게 느껴졌다.

"뭐 좋아해."

심장이 터질 것 같았다. 별 뜻 없이 물어보는 단순한 질문인데도 손에 땀이 흥건할 지경이었다.

"아무거나 다 잘 먹습니다."

상당히 사무적인 말투와 대답이었다. 조금 더 친근하게 말할 걸 그랬나 하는 찰나의 후회 속에서 어느새 다현은 이헌과 함께 검찰청 건물을 빠져나왔다.

쭈뼛대면서도 그녀는 그의 뒤를 따랐다.

조금은 허름해 보이는 식당으로 그가 들어섰다. 낯설다 못해 처음 가 보는 식당 안을 둘러보던 그녀는 이헌의 맞은편에 앉아 벽에 걸린 메뉴판을 한참이나 들여다봤다.

생소하다 못해 처음 접해 보는 메뉴가 눈앞에 펼쳐지자 어지러웠다.

내장 국밥이라니. 순대 국밥이라니. 맙소사.

난생처음 먹는 국밥을 짝사랑하는 남자와 먹게 될 줄이야.

아무거나 다 잘 먹는다고 왜 말했니!

"뭐 먹을래."

메뉴에 선택 사항이 있나요. 다현은 어색하게 웃으며 같은 걸 먹겠다고 대답했다.

"여기 내장 둘이랑 소주 한 병 주세요."

내장이라니. 절망적이다.

우아하게 클래식 선율이 흐르는 분위기 좋은 레스토랑에 앉아 칼질만 할 것 같이 생긴 사람이 내장 국밥이라니.

역시 사람은 겉만 보고 판단해서는 안 된다는 사실을 또 이렇게 절절히 깨닫게 된다.

그도 검찰청 밥을 먹는 공무원이었다.

김이 모락모락 나는 국밥 두 그릇과 초록색 소주병 하나가 둥그런 테이블 위에 놓였다. 그가 따라 주는 술을 마시게 될 줄이야.

다현은 서둘러 잔을 받아 들고 그의 빈 잔에 소주를 따랐다.

"두 달 동안 수고했어."

가볍게 잔을 부딪치며 그가 말했다. 다현은 고개를 돌려 잔을 비워 냈다.

"두 달 동안 가르쳐 주신 거 감사합니다. 정말 많이 배웠어요."

다른 동기들은 뻔한 사건에 도장이나 찍고 시시한 결정문만 쓰고 소환 조사 같은 건 손에 꼽을 정도였다고 한탄했지만, 그녀는 굵직한 사건들을 제법 만질 수 있었다.

지도 검사가 유능하다 못해 신망이 두터운 탓이었다.

이헌이 자신을 가르치기 위해, 많이 배우라고 사건을 맡긴 건지 그도 아니면 워낙 배당된 사건이 많아서 나눠 준 건지 몰라도 어쨌든 덕분에 많은 사건을 짧은 시간 안에 볼 수 있었다.

"해 보니까 어때."

잔을 비워 내며 그가 물었다.

"공부하는 것보다 훨씬 재밌었어요."

"잠깐이니까 재밌겠지."

"법원 가면 재미없을 거 같아요."

일도 재미가 없을 테고 근무 환경도 재미가 없을 게 자명했다.

법원엔 그가 없다.

그곳엔 문이헌 검사가 없다. 그 사실만으로도 벌써 재미가 없는 것 같았다.

"연수원 성적 좋다며."

술이 들어갔다고 느슨해진 모양인지 그의 물음에 배시시 웃음으로 대답했다. 빈 잔에 또다시 술이 찼다.

사법 연수원을 수석 혹은 차석으로 수료하면 대게 대형 로펌 쪽으로 많이들 빠지는 추세였다.

등수만 기억하는 세상에서 그들은 자신들의 진로를 직접 선택할 수 있었다. 그렇게 우수한 성적을 받은 이들이 검사로 빠지는 경우는 이제

드문 일이 되어 버렸다.

"검사가 되고 싶은 마음은 변함없어?"

"네."

단순한 궁금증에서 비롯된 질문이었다. 다현은 한 치의 망설임도 없이 대답하고는 잔을 비웠다.

그는 국밥 한 숟가락을 입에 넣고 다현을 빤히 쳐다봤다.

"어릴 때부터 검사가 되는 게 꿈이었어요. 멋있잖아요. 원더 우먼처럼."

배시시 웃으며 엄지손가락을 치켜드는 다현을 보며 그는 새어 나오는 웃음을 참지 못했다.

원더 우먼이라니. 참 어린애 같은 생각이다.

"나이가 몇인데 원더 우먼 타령이야."

"제 나이 모르세요? 두 달이나 제 지도 검사셨는데요?"

글쎄.

그는 대답을 회피했다. 나이를 정말 몰라서 그랬다. 지금 보니 나이가 제법 어려 보였다.

"제가 공부를 잘해서 사법 시험도 한 번에 붙었어요. 그것도 수석으로."

술이 들어가니 제 자랑이 멋모르고 튀어나왔다.

"잘했네."

술잔을 비우며 이헌은 다현에게 가볍게 칭찬을 건넸다. 본인의 칭찬이 그녀를 곤란하게 만든다는 걸 모르는 남자의 당연한 반응이었다.

연수원 성적도 좋다고 들었는데 사법 시험까지 수석이라니. 실무 수습 기간 동안 하나를 가르치면 열을 알아들어서 꽤 쓸모 있는 놈이라고 생각했는데 바탕이 남달랐던 모양이다.

"검사님도 1등이었다고 계장님이 그랬어요."

어디 그의 성적 얘기만 들었을까. 대검에서도 탐내는 인재라는 소리를 귀가 아프도록 들었다. 이대로만 가면 곧 대검으로 발령이 날 것 같다는 얘기도 듣고 풍문에 아버지가 법관이라는 소리부터 시작해 할아버지가 청와대 출신이라는 말까지 들었다.

"지금도 1등이야."

잘난 사람이 잘난 척을 하니 그마저도 멋있어 보였다. 큰일이다. 콩깍지가 제대로 씌었다.

"저, 검사님……."

그를 부르며 그녀는 빈 잔을 만지작거렸다. 잔 위로 술을 따르는 손이 얼핏 보였다. 다현은 찰랑거리며 채워진 잔을 바라봤다.

저 검사님 좋아해요.

오늘이 마지막이니까 그냥 얘기하고 싶었다.

짝사랑은 체질에 맞지 않으니까. 사랑은 속에 담아 둘 감정이 아니다. 속에서 들끓고 터져서 곪아 버리면 썩기 마련이다. 그렇게 끝이 좋지 않은 감정으로 남기고 싶지 않았다.

좋은 지도 검사였고 좋은 선배였다. 좋은 사람에게 그냥 말하고 싶었다.

잠시 머뭇대던 다현이 찰랑거리며 가득 차 있는 잔을 바라보다 입을 떼려던 그 순간이었다.

"나랑 아예 안 볼 생각이야?"

"……네?"

자신의 빈 잔에 술을 따르던 그는 소주병을 테이블에 내려놓으며 말했다.

마치 그런 말을 하면 어떡하냐는 듯.

"무슨 말 할지 알아. 그러니까 그 말, 하지 마."

저기요, 저 아직 아무 말도 안 했거든요?

차마 얼굴을 볼 수가 없어 고개를 숙이고 있던 다현은 얼굴을 들어 그를 바라보았다.

얼굴색 하나 변하지 않았지만, 미간에 옅게 드리워진 주름이 그의 불편한 심기를 대변했다.

그는 피의자의 속내를 꿰뚫어 보듯 자신의 속마음을 훤히 들여다보고 있었던 모양이다. 마치 발가벗겨진 기분이 들어 민망함은 혼자만의 몫이 돼 버린 듯했다.

"연애 같은 거 안 해."

단호했다. 뭐라 대꾸조차 할 수 없게 사방을 틀어막은 대답이었다. 어차피 그의 대답을 원해서 한 말이 아니었다.

속에 담아 두면 답답하니까. 그런 게 싫었을 뿐이다.

"그, 그냥 전……!"

정말이다. 그냥 자신의 마음이 그렇다고 말하고 싶었을 뿐이었다. 조금의 술기운을 빌려.

"밥이나 먹어."

그는 시종일관 테이블에 놓여 있던 숟가락을 다현의 손에 꼭 쥐여 주며 말했다. 그녀는 고개를 숙인 채 불어 버린 국밥을 멍하니 쳐다보며 입을 뗐다.

"저 까인 거죠?"

다현은 국물이 밥알을 모조리 삼켜 버려 죽이 된 국밥을 뒤적거렸다.

"어. 까인 거야."

끝내 그녀는 국밥을 한 숟가락도 먹지 못했다. 빈속에 차가운 소주만 한 병 가득 채웠을 뿐이었다.

"다음엔 맛있는 거 사 줄게."

대답 대신 고개를 끄덕였다.

권다현의 짝사랑은 그렇게 허무하게 막을 내렸고 첫사랑도 그렇게 떠나갔다.

기억에서 지우고 싶은 흑역사만을 남긴 채.

1장

하늘이 맑던 어느 날, 다현은 드디어 서초동으로 입성하게 됐다.

연수원 수료 성적도 단연 톱이었기에 당연히 초임지는 서울 중앙 지검이 될 거라 안일하게 생각했던 탓이었을까.

권 검사의 초임지는 동부 지검이었다.

그녀의 초임지를 본 연수원 동기들은 하나같이 말도 안 된다고 했지만, 다현은 그다지 신경 쓰지 않았다. 중앙 지검이 아니면 어떻고, 동부 지검이면 또 어때.

그저 검사가 됐다는 것만으로도 기뻤으니까.

그렇게 그녀는 드디어 세 번째 인사이동만에 모든 평검사가 가고 싶어 하는 서울 중앙 지검에서 검사 생활을 할 수 있게 됐다.

엘리베이터에서 내리자마자 주위를 훑으며 조용하다 못해 고요한 복도를 또각또각 구둣발 소리를 내며 걸었다.

다현의 발길은 이윽고 굳게 닫힌 문 앞에 멈췄다.

특별 수사 제1부 부장 검사 고종석

정기 인사이동이 뜨자마자 이름을 발견하고 얼마나 놀랐는지 모른다. 기껏해야 형사부 정도면 좋겠다고 생각했는데 특수부라니.

이건 신의 농간으로밖에 해석되지 않았다.

똑똑.

심호흡하며 노크했다. 들어오라는 목소리가 들린 순간 문을 열고 부장 검사실 안으로 들어선 다현은 고개를 숙였다.

"권다현 검사?"

뭐라 인사를 꺼내기도 전에 부장 검사가 먼저 알은척을 해 오자 다현은 고개를 번쩍 들었다.

"오랜만에 뵙겠습니다. 특수 1부에서 근무하게 됐습니다."

초임지였던 동부 지검 형사 3부 시절 부부장 검사와 함께 식사 자리를 가진 적 있었다. 그 뒤로 2년 만인 듯했다.

고종석 부장 검사는 여전히 단단한 인상으로 강직함을 대변하고 있었다. 그가 반갑다며 손을 뻗어 왔다. 다현은 부장 검사의 손을 맞잡으며 가볍게 고개를 숙였다.

"전성철 부장 검사한테 자네 얘기를 자주 들어. 요즘 애들 같지 않다고 칭찬이 얼마나 자자하던지."

초임지의 부부장 검사였던 전성철 검사는 지난해 정기 인사이동 때 중앙 지검 형사 2부의 부장 검사로 자리를 이동해 왔다.

어딜 가나 이 학연, 지연, 혈연이 문제다.

검찰이라고 별수 없었다. 심지어 동료나 선배, 후배 검사가 하는 평판까지 인사에 지대한 영향을 미치는 집단이라 어디서나 조심, 또 조심해야 했다.

이쯤 되면 특수부 발령에 선배 검사의 입김이 조금 작동했다는 걸 기민하게 알아차릴 시간이었다.

"권 검사 발령에 전 부장이 입 댄 건 없으니까 넘겨짚지는 말고."

부장 검사가 너털웃음을 뱉으며 후배 검사를 단속했다. 그의 말을 온전히 믿어야 할지 말아야 할지 가닥이 잡히지 않은 다현은 그저 멋쩍은 듯 웃으며 상황을 넘겼다.

똑똑.

또 한 번 노크 소리가 들려왔다. 부장 검사가 당연하다는 듯 들어오라고 말을 내뱉자마자 문이 벌컥 열리고 까만 슈트 차림의 남자가 검사실 안으로 들어왔다.

"축하한다. 막내 탈출이야, 문이헌."

부장 검사를 쳐다보고 있던 다현이 고개를 획 돌려 등 뒤로 다가선 남자를 바라봤다.

부장 검사에게 가볍게 묵례를 하던 남자가 고개를 들자 시선이 정면으로 마주치고 말았다.

헐……!

그 순간 다현은 쥐구멍이 있다면 딱 숨고 싶은 심정이었다.

"특수부 처음이니까 문 검이 지도 좀 해. 권 검사 연수원 실습 때 지도 검사였다며."

검찰청 내에선 검사들의 비밀이 없다고는 하지만 이토록 모르는 게 없을 줄이야.

다현은 울고 싶은 걸 꾹 참으며 멋쩍게 웃었다.

"가 보겠습니다."

숨이 막힐 것 같은 목소리였다. 여전히 그를 둘러싼 검은 오라가 사람의 기를 팍 죽여 댔다.

이헌은 부장 검사실에 들어온 후 줄곧 한 마디도 하지 않았다. 다현에게 반갑다는 말은커녕 부장 검사의 말을 듣고만 있었다. 그러더니 볼일이 끝났으니 가겠다는 의미가 다분한 말을 툭 내던지며 검사실 문고리를 붙잡았다.

"권 검사도 나가 봐. 문 검이 잘 가르쳐 줄 거야."

악마의 소굴에 연약한 어린양을 밀어 넣은 사람이 할 말은 아닌 듯했다. 그것도 세상 사람 좋은 웃음을 지으며.

다현은 고개를 숙여 인사를 하곤 검사실을 나오자마자 복도 벽에 기대 서 있던 이헌과 맞닥뜨렸다.

세상 끔찍한 재회였다.

"여기 왜 있어."

반갑다, 혹은 잘 지냈냐는 그런 인사는 당연하다는 듯 생략이었다. 그 대신 다소 무겁고 살벌한 물음이 그의 입에서 툭 튀어나왔다.

부장 검사실 문이 닫히자마자 들려온 황당한 물음에 다현은 곧바로 받아치지 못하고 어리둥절하며 입을 뗐다.

"그게 무슨……?"

질문의 요지를 조금도 파악하지 못한 그녀의 물음이었다. 이헌은 조금의 망설임도 없이 대답을 뱉어 냈다.

"네 기수에 특수부가 말이 된다고 생각해?"

거참. 말 한번 재수 없게 하는 데 뭐 있는 양반일세.

"그 말, 오랜만에 봐서 반갑다는 인사죠?"

다현은 대답 대신 해사하게 웃으며 능청스럽게 굴었다. 생글생글 웃는 그녀를 이헌은 빤히 쳐다봤다.

"앞으로 잘 부탁드립니다, 선배님."

이헌의 날카로운 시선에도 아랑곳하지 않고, 다현은 웃는 얼굴로 허리를 꾸벅 숙여 인사를 하고는 휙 하니 돌아섰다. 그러고는 뒷모습을 보이며 잰걸음으로 복도를 빠져나갔다.

뭐라 대꾸를 하기도 전에 꽁무니를 빼 버린 다현의 뒷모습을 가만히 바라보던 이헌은 실소를 터트렸다.

"하, 못 보던 사이에 더 뻔뻔해졌네."

어수룩해 보이면서 당돌한 것도 여전하고 말간 얼굴도 여전했다.

3년인가, 4년인가? 지도 검사를 맡을 때 본 게 처음이자 마지막이었다. 형사 4부 시절 만난 검사 직무 대리 실습생이었던 다현이 어엿한 검사가 돼서 나타났다.

그렇게 만난 인연이 아니었다면 타인을 자신의 머릿속에 남겨 둘 이유가 조금도 없었지만 이헌은 다현만은 또렷하게 기억하고 있었다.

"나랑 아예 안 볼 생각이야?"

"연애 같은 거 안 해."

술에 취해 발그레해진 얼굴로 우물거리던 그 작은 입이 설마, 하는 말을 꺼낼까 봐 미리 선을 그었다.

지도 검사의 커피 취향을 아는 실무 실습생이 몇이나 될까.

하물며 몇 년씩 손발을 맞추고 있던 수사관과 실무관도 자신의 커피 취향을 알지 못했다.

그런 사소한 관심은 지도 검사에게 잘 보여 뭐 하나라도 배워 가려고 나오는 아부성 짙은 행동이 결코 아니었다.

무엇보다 그 눈빛.

다현이 이따금씩 저를 바라보던 눈빛에서 이헌은 그녀의 마음을 눈치챌 수 있었다.

그런 거 하나 알아채지 못하면 검사 때려치워야지.

"저 까인 거죠?"

그렇게 한 마디도 제대로 못 하고 시무룩해져서 국밥만 뒤적이던 얼굴은 기록문이 산처럼 쌓일 때마다 잔상으로 남아 있었다.

실무 실습생이었지만, 그녀는 자신의 역량을 마음껏 발휘하다 자리를 비웠다.

지도 검사로서 그녀에게 넘긴 배당 사건들이 제법 됐었다. 덕분에 지도 검사를 했던 두 달 동안은 미제가 현저히 줄어들어 차장 검사에게 점심 대접을 받기도 했었다.

다현의 뒷모습이 완벽히 시야에서 사라지고 나서야 이헌은 벽에 붙은 등을 떼고 발길을 옮겼다.

다현의 발자취를 따라가듯 복도를 걷던 그는 한 검사실 앞에 멈춰 섰다.

1027호 특별 수사 제1부 권다현 검사

오늘부로 특수 1부의 막내 검사가 된 다현의 검사실.
검찰청이 생긴 이래 최연소 특수부 검사라고 봐도 무방했다. 자신만
하더라도 특수부에서 근무하기 시작했을 때가 30대 중반의 나이였다.
그마저도 연수원 동기 중 유일하게 중앙 지검 특수부에 발령이 나
항간에 말들이 많았다고 들었다.
권다현의 특수부 발령은 검찰청에 두고두고 회자될 이슈가 될 게 자
명했다.
지이이잉. 지이이이잉.
다현의 이름이 적힌 명판을 보고 있던 이헌은 안주머니에서 울려 대
는 휴대폰을 꺼내 들었다.
시선을 돌려 수신인을 확인한 그는 곧장 통화 버튼을 누르며 자신의
검사실로 향했다.
"알아봤습니까."
─예. 골드서클 명단 확보했습니다.
"확실한 겁니까."
─그럼요. 제보자한테 확인 마쳤습니다.
"빨리 보내세요."
─보시고 놀라지 마십쇼. 화려합니다.
사무적인 통화가 끝나자마자 이헌은 익숙한 문을 벌컥 열어젖혔다.
"골드서클 명단 확보했습니다. 대조해 보세요."
검사실에 들어서자마자 자신의 수사관과 실무관에게 업무를 지시했
다. 그러고는 책상 위에 널브러진 사건 기록을 집어 들었다.
초임지였던 서울 중앙 지검 강력부에서 마약 수사를 선배 검사와 함
께할 때였다. 강남 경찰서 형사과 마약 수사 팀 팀장과 가까워졌던 이
헌은 오랜만에 그를 만나 가볍게 술자리를 가졌다.

그때 팀장에게 뜻밖의 사건 청탁이 훅 들어왔다.

"검사님. 내가 검사님 술은 평생 사 줄 테니까 사건 수사 하나만 해 줘요."

특수부 검사에게 마약 수사 팀 형사가 부탁할 사건이 있을 리 만무했다. 그런데도 이헌은 일단 사건의 기록을 넘기라고 했다.

다음 날 아침 이헌의 검사실로 무단 복사가 된 기록이 넘어왔다.

일명 '골드서클 마약 파티', 재벌가 2, 3세들의 문란한 사교계 모임을 저격한 수사였다. 위에서 충분히 압박을 가했을 법한 덩치였다.

평생 술을 담보로 사건 청탁을 할 만했다. 경찰 수사를 통해 겉으로만 파악된 이가 제법 거물급이라 이름을 보자마자 이헌은 혀를 내둘렀다.

그길로 마약 수사 팀 팀장과 함께 정보원들을 가동해 암암리에 사건을 파헤치고 있던 그는 오늘 골드서클 모임의 핵심 멤버 정보를 파악했다는 팀장의 연락을 받은 참이었다.

"검사님. 명단 여기 있습니다."

가벼운 노크와 함께 수사계장이 들어와 이헌에게 출력된 명단을 건넸다.

"검사님이 파악하신 명단이랑 완벽히 일치합니다."

사적인 경로를 통해 골드서클을 파헤치고 있던 이헌은 마약 수사 팀 형사가 보내온 명단과 일치한다는 수사계장의 말에 턱을 문지르며 문서를 훑기 시작했다.

처음 명단을 봤다면 마약 수사 팀 팀장의 말대로 놀라 기절할 만큼 그 면면이 화려했다.

굴지의 기업 회장의 차남부터 시작해 그룹 회장의 손녀, 건설사 딸, 은행장 아들, 현 여당 대표의 아들까지.

마약 파티를 일삼는 핵심 멤버들이라는 표시와 함께 그 아래 골드서클의 일반 회원이라 칭하는 이들의 이름까지 거론된 명단 속은 별천지였다.

"이 정도 덩치면 쉽지 않을 거 같은데요."

수사계장이 슬쩍 걱정을 내뱉는다. 명단을 살피던 이헌은 고개를 들었다.

"전부 조사하세요. 마약 소굴에서 손에도 안 댔다는 건 말도 안 됩니다. 한 번이라도 스쳤을 테니까 자세히 조사하세요."

"예?"

"시작했으면 끝을 봐야 하지 않겠습니까."

"그, 그렇죠."

"웬만해선 안 됩니다. 빼도 박도 못 할 증거가 나오지 않는 이상 혐의를 입증하기 어렵습니다. 강남 서에서 먹은 물 우리라고 먹지 말란법 없습니다."

명단을 챙겨 든 수사계장은 묵직하게 묵례를 하고는 곧장 자리로 돌아가 실무관에게 명단을 넘겼다.

이로써 특별 수사 1부 1024호 검사실은 '골드서클 마약 파티' 수사를 본격적으로 시작했다.

✤   ✦   ✤

특수부의 업무를 익히느라 하루가 어떻게 흘러갔는지도 모르게 첫 출근의 막이 내리고 있었다.

부장 검사를 필두로 부부장 검사 아래 오늘 막내가 된 다현까지 총일곱 명의 평검사가 있는 특수 1부는 정, 재계의 굵직한 사건들을 수사해 왔다.

일례로 지난 한 해를 떠들썩하게 만들었던 최경진 전 국무총리의 로비 리스트 파문 당시 여당, 야당 할 것 없이 정계 의원들을 줄줄이 구속하고 실형을 선고받게 해 지검 내 입지를 굳혀 버렸다.

그 수사의 담당 검사가 이헌이었다는 사실을 왜 잊고 있었을까.

특수 1부에 문이헌 검사가 있다는 사실을 완벽히 잊어버리고 있었던 다현은 기록문을 덮으며 한숨을 내쉬었다.

권다현의 흑역사를 장식한 문이헌 검사.

4년 전, 마지막 실습 날 마주 앉아 먹지도 않는 내장 국밥을 뒤적거리며 소주 몇 잔에 취할 리가 없는데도 고백을 하려 했다가 먼저 선수 친 이헌에게 대차게 까였었다.

이제 와 생각해 보면 확실히 제정신이 아니었다. 대뜸 좋아한다고 고백을 하려고 하니, 애가 미쳤나 싶었을 남자가 보였을 반응치고는 담담했고 잔잔했다.

"연애 같은 거 안 해."

후배의 쪽팔림을 대신 생각해 준 게 아닐까 싶을 만큼 그는 정중하게 저를 거절했다.

……는 개뿔! 여지조차 주지 않고 거절당했다. 그래서 더 창피했고 숨고 싶었다.

애써 그 일을 잊고 지냈다.

일이 바쁘고 야근에 치이고 만날 피의자, 피해자 가릴 것 없이 하소연을 들어 주느라 귀에 딱지가 앉아 머리는 기계적으로 움직였다.

그렇게 잊고 살았는데 첫 출근에 이헌을 맞닥뜨렸고, 쪽팔림은 혼자만의 몫이 된 듯했다.

"검사님. 가시죠."

수사관이 들어와 다현을 재촉했다.

"이게 얼마 만의 회식인지 모르겠어요!"

박수까지 쳐 대며 실무관이 회식을 반겼다.

특수 1부는 인사이동으로 빠진 인원 없이 다현만 충원됐다. 그녀의 중앙 지검 입성과 특수부 첫날을 기념할 겸 올해도 잘해 보자는 의미로

부장 검사가 회식을 제안했다.

그렇게 수사계장과 실무관과 함께 검찰청 건물을 빠져나왔다.

"우리 부장 검사님 삼겹살밖에 안 사 주시는데, 오늘 무려 한우랍니다!"

"권 검사님 덕분입니다."

단골 회식 메뉴인 삼겹살이 아니라 한우가 언급된 이후로 두 사람은 줄곧 이런 반응이었다.

의아했다. 한우가 아니라 한우 할아비라도 먹을 수 있을 만한 성과를 보여 온 특수 1부에서 부장님이 삼겹살만 사 줬다니. 거기다 회식도 오랜만이라는 말은 공감이 가지 않았다.

검사에게 회식은 일의 연장선이었다. 동료 검사들은 물론 선배, 후배 검사들과 자리를 종종 갖고 서로 정보도 교환하며, 좁은 검사실이 행동반경 전부인 이들에게 활력이 되기도 하는 일이었다.

동부 지검에서도 하루가 멀다고 회식의 탈을 쓴 술자리와 식사 자리를 가졌었다. 부장님은 물론 얼굴 뵙기도 어려운 차장 검사와 함께 하는 자리도 수두룩했다.

"우리 부가 워낙 바빠서 회식할 시간이 없어요."

"아……."

"다들 일벌레들만 있는지 검사실에 틀어박혀서 잘 안 나와요. 부장 검사님도 만날 여기저기 불려 다니시느라 바쁘시고."

"네?"

"워낙 덩치 큰 사건들만 만지다 보니까 위에서 난리예요."

아, 하며 다현은 고개를 끄덕였다. 실무관의 설명에 그제야 모든 말들이 이해되기 시작했다.

그렇게 특수 1부 검사들의 사적인 평판까지 들어 가며 회식 장소에 도착하자 몇몇 선배 검사들이 자리를 지키고 있었다.

"얼마 만에 불어온 풋풋한 바람인지 몰라."

"권다현 검사 얘기는 많이 들었어요."

"이헌이 축하한다. 막내 탈출이네."

"자자, 한 잔씩들 받으시고."

자리에 앉자마자 정신이 없었다. 여기저기서 치고 들어오는 말들에 어디를 쳐다봐야 할지 모르다가 시선이 마주친 사람이 하필 이헌이었다.

어쩌다 보니 마주 앉게 된 바람에 시도 때도 없이 눈이 마주쳤다.

술잔을 받다가도 술을 따르다가도 고기를 씹다가도 물을 마시다가도 술을 마시다가도 시시때때로.

"권 검이 이헌이 뛰어넘는 수재라는 말이 벌써 지검에 파다해."

술을 한두 잔 마시다 보니 특수통으로 뼈가 굵은 남경주 검사가 술잔을 채워 주며 다현의 칭찬을 늘어놓았다.

그녀는 멋쩍은 듯 웃으며 술을 받아 들었다. 다른 건 다 좋은데 이헌과 비교를 하는 건 불편했다. 하지만 내색할 수 없었다.

"동부 지검에 박영수가 나랑 연수원 동기야. 권 검사 칭찬이 자자하던데?"

거기에 이정우 검사까지 보태고 든다.

아니라며 손사래를 치면서 또다시 따라 주는 술을 넙죽 받아 마신 다현은 빈 술잔을 내려놓다가 맞은편에 앉은 이헌과 시선이 마주치고 만다.

저 눈빛은 볼 때마다 간담이 서늘하다.

피의자를 신문할 때나 보이면 될 눈빛을 왜 제게 보이는 건지.

그의 눈빛에 등골이 오싹했다. 당장 잡아먹혀 버릴 것 같았다. 뒤늦게 쪽팔리고 얼굴도 못 들게 창피하게 될 줄 알았더라면 그냥 혼자 참고 말 것을.

그땐 알지 못했다.

이렇게 빨리 다시 만나게 될 거라는 사실을.

그것도 한 부서에서.

얼굴을 들 수가 없을 정도로 민망한 건 오롯이 그녀의 몫이었다.

"권 검사님 연수원 실무 실습 나왔을 때, 문 검사님이 지도 검사였답니다."

그때 저 멀리 부부장 검사의 수사관이 잔잔한 호수에 돌멩이를 내던졌다. 순식간에 물결이 파도를 치며 회식 자리의 이들에게 퍼져 갔다.

"오, 그 스승에 그 제자인가?"

"수재들은 역시 달라."

부담스러운 칭찬이 계속돼 몸 둘 바를 모르는 다현과 달리 그녀의 눈에 이헌은 덤덤하다 못해 아무렇지 않아 보였다.

그저 물컵을 비워 대기만 했다. 그 모습에 괜한 반발심이 드는 건 왜일까. 예나 지금이나 사람 속을 들었다 놨다 하는 데 일가견이 있는 남자다.

"문이헌, 긴장해야겠는데?"

마지막 부장 검사의 홈런이 다현을 좌불안석하게 했다.

물론 성적만 놓고 보면 우수하다 못해 인재 중의 인재였지만 신의 농간으로 중앙 지검에 이제야 발을 들여놓아 다현은 내심 못마땅한 판국이었다.

거기다 자타가 공인하는 인재인 동시에 수재인 이헌과 비교를 하니 민망한 건 덤이었다.

"그만 봐. 닳아."

그때였다. 시끌벅적하다 못해 어수선한 분위기 속에서 이헌의 목소리가 또렷하고 정확하게 그녀의 귓전에 들려왔다.

잘못 들은 건가 싶어 눈을 깜빡이며 그를 보고 또 봤다.

주위 사람들은 그의 목소리가 조금도 들리지 않은 모양인지 저마다 술잔을 기울이며 시끌벅적한 담소들을 나눴다.

좁디좁은 검사실을 나와 오랜만에 얼굴을 마주한 이들의 회포는 생각보다 짙었다.

"밥이나 먹어."

맙소사. 제대로 들은 게 맞다.

그가 먼저 말을 걸어왔다. 식겁 잔치할 만한 그런 말들을 서슴없이 내뱉으며 다현의 밥 위에 잘 익은 소고기 한 점을 집게로 집어 올려놓았다.

"먹어, 어서."

회식 내내 입을 꾹 다물고 선배 검사들의 놀림에도 한 마디도 하지 않던 이헌이 대수롭지 않게 툭툭 내뱉는 말들에 다현은 머릿속이 아득해졌다.

왜 소고기를 챙겨 주고 그러냔 말이다. 그냥 계속 투덜거리고 모른 척하라고!

"문 검."

그때였다. 멀리 떨어져 있던 선배 검사가 이헌에게 다가와 등 뒤에서 그를 부르며 어깨를 툭툭 쳤다.

빤히 다현을 보고 있던 이헌은 고개를 돌려 자신을 부른 이를 확인했다. 선배 검사는 담배 피우러 가자며 손을 움직였고 당연하다는 듯그는 몸을 일으켰다.

그가 담배를 피웠었던가?

두 달간 함께 검사실을 쓰면서 단 한 번도 이헌이 담배 피우는 모습을 본 적 없었던 다현은 선배 검사를 따라 나가는 그를 보며 고개를 갸웃거렸다.

한편 이헌은 선배인 정상엽 검사와 함께 음식점 입구로 나와 바람을 쐬며 주머니에서 라이터를 꺼내 담배에 불을 붙였다.

끊었던 담배를 이따금 다시 피우게 된 건 공안부에서 일하게 된 후부터였다. 선배 검사들과 함께하다 보니 한 번씩 담배에 손을 대기 시작했다. 입에서 짙은 담배 연기가 뿜어져 나왔다.

그때 정 검사의 나지막한 목소리가 담배 연기를 뚫고 흘러나왔다.

"요즘 약 만지고 있다며."

대답 대신 가볍게 고개를 끄덕였다.

"거기 애들 중에 K그룹 있어?"

넌지시 물었다. 그저 스쳐 지나가듯 아무렇지 않게. 이헌이 고개를 돌려 선배를 쳐다봤다. 그의 눈가엔 이미 주름이 패기 시작했다.

"사건 병합해야 할 거 같다."

그때 정 검사는 만지작거리던 자신의 휴대폰을 건네며 말했다.

이헌은 자못 심각해진 표정으로 정 검사의 휴대폰을 받아 들었다.

"내일 회의 때 보고해야 할 거 같지?"

휴대폰 속 문서를 들여다본 그는 난감한 듯 이마를 긁적이다 물고 있던 담배를 피워 대며 입을 뗐다.

"제주도 리조트 단지 건설 허가 건도 병합해야 할 거 같습니다."

사건이 밑도 끝도 없이 몸집을 키워 가는 소식이었다.

"이 검사가 만지고 있는 거?"

이헌은 작게 고개를 끄덕였다.

정상엽 검사가 만지고 있던 사건과 이정우 검사가 만지고 있는 사건, 그리고 이헌이 만지고 있는 마약 사건까지 모두 한곳을 가리키고 있다는 말이었다.

"마약부터 시작해 보면 전부 아귀가 맞아떨어집니다."

"후우……. 이거 난리 나겠는데?"

담배를 깊게 빨아들이던 정 검사가 진득한 연기를 내뱉으며 반색했다. 얼핏 미소가 엿보이는 듯도 했다.

"당분간 집엔 못 가겠습니다."

"네 형수가 가만히 있지 않을 거 같은데."

"형수님 좋아하시는 꽃 많이 사다 주세요."

순식간에 몸집이 커진 사건에 집에 가긴 글렀다며 정 검사의 입에선 탄식이 쏟아졌다. 집에 있는 아내의 잔소리가 벌써 두려워진다.

"막내 새로 오자마자 큰 거 하나 터지네. 권 검사가 일복이 많은 건가?"

일복이 많은지 아니면 일을 죽 쒀서 개 줘 버릴지 두고 봐야 알 일. 이헌은 말을 아끼며 애꿎은 땅을 발로 차 댔다.

"어, 권 검사."

그때 식당을 나온 다현이 정 검사의 눈에 띄었다. 그녀는 선배 검사와 이헌을 확인하고 나서야 고개를 숙였다.

"난 먼저 들어간다. 빨리 들어와. 춥다."

늦겨울의 밤공기는 차가웠다.

정 검사가 담배를 구둣발로 비벼 끄고 이헌과 다현을 지나쳐 식당으로 쌩하니 들어가 버렸다.

그렇게 찬바람과 달빛과 함께 둘만 남았다.

"주는 대로 다 받아 마시더니, 취했어?"

그가 물어 왔다.

"저 술 셉니다."

소주 세 병은 거뜬하다는 말은 고이 넣어 뒀다. 선배 검사들과 동기, 후배들과 술잔을 기울이다 보니 자연스레 주량이 늘어나다 못해 술고래가 되어 가는 기분이었다.

오늘은 빈속에 밥도 제대로 못 먹고 넙죽넙죽 주는 대로 다 받아 마셨더니 조금 알딸딸해졌지만, 아직은 멀쩡하다고 생각한 다현은 고개를 내저으며 말했다.

그러나 그의 눈에 비친 권다현의 말간 두 뺨은 붉게 물들었고 초점도 온전치 못해 보였다.

그저 어린 검사의 치기 어린 반항쯤으로 보였다.

"자랑이다."

이헌은 담배를 길쭉한 재떨이 통에 비벼 끄고는 다현에게 훅 다가왔다.

"데려다줄 테니까 집에 가."

오늘 귀가 이상한가?

몇 번이나 잘못 들을 리가 없는데도 청각을 의심할 수밖에 없는 말들이 그의 입에서 쏟아졌다.

그는 다현의 대답 따위는 안중에도 없다는 듯 그녀를 지나쳐 걸어

갔다.

데려다준다더니 왜 자기 혼자 가고 난리래?

"지금 가면 어떡해요!"

아직 회식이 끝나지 않았다. 부장 검사까지 술잔을 기울이고 있는 판국에 까마득한 기수의 검사 둘이서 자리를 내빼는 건 말도 안 되는 일이었다.

다현은 이헌의 등을 바라보며 소리쳤다. 그는 걸음을 멈추고 몸을 돌려 다시 그녀에게 다가왔다.

"가도 뭐라고 하는 사람 없어."

"그래도…….'"

"다들 취해서 관심도 없어."

원래가 특수 1부 회식은 알아서들 집에 가는 게 규칙이었다. 귀찮게 누굴 챙겨 줄 여력들이 없었다. 술이 떡이 되게 마시다 보니 각자 귀가는 알아서 하라고 부장 검사가 누누이 얘기했다.

그 사실을 알 턱이 없는 다현은 의아함을 감추지 못했다. 전임지에서 선배들의 술 시중과 수발드느라 개고생한 기색이 역력했다.

뭐 마려운 강아지처럼 식당으로 들어가야 하나 말아야 하나 안절부절.

그 모습을 가만히 보고 있던 그는 다현을 지나쳐 식당으로 쌩하니 들어가 버렸다. 그 행동에 또 한 번 당황한 그녀는 허겁지겁 뒤따라 식당에 들어서자마자 이헌에게 손목이 붙들려 다시 밖으로 나와야 했다.

"신경 안 쓴다니까."

그때 이헌의 손에 들린 가방이 그녀의 눈에 띄었다.

"빨리 가."

그는 식당 안에서 들고 나온 다현의 가방을 그녀의 품에 툭 던져 주며 발길을 재촉했다.

품에 덥석 안겨진 가방을 고쳐 든 그녀는 총총걸음으로 그를 뒤따랐다.

"거, 검사님은요? 괜찮으세요?"

뒤따르던 다현은 어느새 이헌과 걸음이 같아졌다. 나란히 걷던 그녀는 그에게 물었다.

언제는 선배라더니 이젠 또 검사님이란다.

한 가지만 할 것이지, 어느 장단에 맞춰 줘야 하는 건지 알다가도 모를 일. 또 술에 취했나 싶어 그는 다현에게서 시선을 떼지 않고 대답했다.

"너 데려다주고 지검 들어갈 거야."

그 말인즉슨, 술은 입에도 대지 않았다는 말이었다.

회식 자리에서 술을 마시지 않았다니. 다들 거나하게 취해 사람이 오는지도 가는지도 모르는 상태가 됐는데 어째서 이 남자는 술을 마시지 않을 수 있었지?

그러고 보니 그에게 술을 권하는 이들이 단 한 명도 없었다는 것에 생각이 미칠 수 있었다.

"일하러 가신다고요?"

그가 일하러 가는 걸 다른 선배 검사들이 알고 있었던 모양이다. 그렇지 않고서야 술을 한 모금도 마시지 않은 건 말이 안 된다.

"검사의 기본은 야근이야."

미쳤나 보다.

검사의 야근이 당연하다는 공식은 그녀가 검사로서 탈피하고 싶은 것 중 하나였다. 이헌이 당연하다는 듯 말하자 어처구니가 없어 그녀는 실소를 터트렸다.

문이헌도 별수 없는 검찰 조직의 일원인 듯하다.

"빨리 와."

어느새 보폭이 벌어져 이헌이 저만치 앞서가고 있었다. 빨리 오라는 그의 재촉에 다현은 뛰다시피 걸어 그의 곁으로 다가갔다.

✢　　✢　　✢

이렇게 숨 막히는 분위기가 연출될 줄 알았더라면 그냥 술자리를 막내 검사로서 지켰거나 혼자 택시 타고 집에 간다고 했을 것이다.

적막강산이 따로 없다. 숨소리조차 크게 들려 눈치를 살피기 일쑤.

"특수부엔 왜 왔어."

빨간불 앞에 차가 멈추자 굳게 다물고 있던 입술 사이로 그의 나지막한 음성이 새어 나왔다.

시종일관 옆을 힐긋대며 이헌의 눈치를 보던 다현은 금붕어가 된 양 입을 끔뻑이기만 했다.

"누구한테 잘 보였다거나 밀어준 선배 있을 거 아니야."

그제야 질문의 요지를 파악한 다현은 실소를 터트렸다. 명백히 어처구니가 없다는 표현이었다.

"위에서 지시한 일만 하려고 하는 타입이긴 한데 아부 같은 거 못 해요. 저, 누구한테 잘 보여서 특수부 온 거 아닙니다."

능력 없는 네가 평판에 기대 높은 자리에 앉은 선배 검사의 추천으로 중앙 지검에 툭 떨어진 게 아니냐는 속뜻이 담긴 물음이 명백했다.

다현은 그의 물음에 가차 없이 말을 내뱉었다.

길지 않은 검사 생활 중에 단 한 번도 누군가에게 잘 보여 자리를 보존하려거나 좋은 보직에 눈독 들인 적 없었다.

그저 위에서 내려온 배당을 처리하며 평범한 검사 생활을 보냈다. 간혹 부장 검사나 차장 검사와 함께 하는 회식 자리에서 주는 술 다 받아 마신 게 아부라고 본다면 그 정도는 검사 생활의 기본이었다.

그마저도 하지 않았다면 저기 지방 변두리 어딘가에 처박혀 있었겠지.

"그럼 도대체 어떻게 온 거야."

"글쎄요."

다현의 대답은 명쾌하지 않았다. 이헌은 여전히 의아한 듯 그녀를 힐긋거렸다.

도무지 이해가 되지 않는 인사이동을 줄곧 납득해 보려 이것저것 경우의 수를 생각해 봤지만 가닥이 잡히지 않았다.

다현의 기수에 특수부라니. 괄목할 만한 능력을 보여 준 게 아니라면 누군가의 입김이 작용했다고 봐도 무방할 인사였다.

그것도 어린 여검사가 칼만 들지 않았지 전쟁터나 다름없는 특수부에서 살아남기란 하늘의 별 따기보다 어려운 일이라는 걸 윗분들이 모르지 않을 텐데.

대체 어느 부분에서 다현의 인사가 적합했는지 알다가도 모를 일이다.

"전에 어디 지검에 있었어."

뭐? 이 남자 봐라. 그렇게 시끌벅적하게 선배들이 떠들어 댔는데 뭘 듣고 있었던 거야. 거기다 왜 다른 사람들은 다 아는 사실을 이 사람은 하나도 모르는 거야.

관심이라곤 개미 눈곱만큼도 없어 보이는 남자가 뭐가 좋았던 걸까. 정신 차려, 다현아. 시베리아 벌판보다 더 차고 시린 남자가 문이현이다.

"동부 지검 형사 5부에 있었습니다."

"초임지는."

"쭉 동부 지검에 있었습니다."

신호가 바뀌자 부드럽게 앞으로 나아가는 차 안에서 다현의 짙은 한숨과 이현의 시큰둥한 반응이 한데 어우러졌다.

"……어쩐지 안 보이더라니."

"네?"

"너한테 한 말 아니야."

고요한 차 안에서 혼잣말이 제법 컸다. 다현은 잘못 들었나 싶어 되물었지만 그는 대수롭지 않다는 듯 어물쩍 넘겨 버렸다.

검사 임용 이후 단 한 번도 서초동을 벗어난 적 없던 이현은 다현의 초임지가 뜬금없다고 생각했다. 실습 기간 내내 하나를 알려 주면 열을 알아먹던 쓸 만한 녀석이었다.

성적도 좋다더니 동부 지검이 웬 말?

이제야 서초동으로 발령 난 게 수상할 지경인데 하필 특수부로 발령이라니. 다현의 인사이동엔 그 어디 하나 수상하지 않은 구석이 없었다.

"일 잘했어? 잘했겠지. 지도 검사가 누군데."

"농담이시죠?"

"내가 농담이나 하는 놈으로 보여?"

아뇨. 문이헌은 농담과 거리가 먼 사람이죠. 세상만사 모든 게 진지한 남자.

다현은 고개를 내저었다.

그렇게 적막강산도 끝나나 싶었는데 또다시 정적이 찾아왔다.

10여 분을 더 달려 오피스텔 앞에 차가 멈췄다.

"여기 살아?"

"네."

"혼자?"

"네."

"돈 많네, 권다현."

"또 농담……."

"농담 같은 거 안 한다니까."

전세는 물론 월세까지 평검사 월급으로 감당이 되지 않을 강남 역삼동의 주상 복합 오피스텔에 산다는 말에 절로 돈이 많다고밖에 생각되지 않았다.

정말이지 알면 알수록 종잡을 수 없는 녀석이다.

"데려다주셔서 고맙습니다."

차에서 내려 문을 닫으며 고개를 숙인 그녀가 말했다. 이헌은 대답 대신 빨리 들어가라며 손짓했다.

오피스텔 앞에 비상등을 켠 채 서 있던 그의 차는 다현의 모습이 온전히 시야에서 사라지고 나서야 서초동으로 향했다.

✤　　✤　　✤

청담동과 압구정이 맞닿은 곳. 이곳엔 강남의 랜드마크라고 불릴 만큼 밤이 되면 영롱한 황금빛이 반짝거리는 나선형 모양의 건물이 있었다.

햇살이 내리쬐는 낮엔 인적조차 드문 건물은 달이 뜨는 밤이면 휘황찬란하게 변모했다.

온갖 외제 차가 입구를 가득 채웠고 차에서 내린 이들은 자신이 타고 온 찻값을 온몸에 걸친 채 도도하고 당당한 걸음걸이로 건물 안으로 들어갔다.

파라곤, 일명 상위 1%들의 파라다이스라고 불리며 회원제로 운영되는 VIP 클럽이었다.

"루프탑 세팅은 다 됐어?"

"싹 깔아 뒀습니다. 애들도 비워 놨고요."

"5분 후 도착이다. 실수 없이 준비해."

파라곤 루프탑의 주인이 도착한다는 연락이 왔다. 직원들은 서둘러 루프탑에 갖은 술들을 세팅하고 손님 맞을 준비를 서둘렀다.

클럽 입구로 검은 세단이 부드럽게 미끄러지듯 들어와 섰다.

차에서 내린 사람은 파라곤의 숨은 실세라고 불리는 남자였다. 슈트 단추를 여미며 긴 다리를 휘적여 클럽 내부로 들어온 남자는 허리를 숙이는 직원들을 지나쳐 곧장 루프탑으로 올라갔다.

묵직한 문을 열고 들어서자 텅 빈 루프탑의 야경이 한눈에 들어왔다. 통유리창 너머의 마천루는 황홀할 만큼 찬란하고 빛났다.

"이 새끼 안 되겠네. 마카오가 뭐냐."

"가볍게 하고 오기 좋잖아. 지난번에 걸려서 몸 사려야 한다니까."

"조현석 이거 완전 파파보이 아니냐."

"이번에 이 새끼 빼고 가자."

밖에서부터 시끌벅적한 소리가 들려왔다. 묵직한 문이 열리고 들어온 이들은 루프탑 출입이 유일하게 허락된 VVIP 회원으로 일명 골드 멤버들이었다.

남자 무리가 티격태격하며 안으로 들어와 소파에 자리를 잡고 앉자마자 여자들이 뒤따라 들어왔다.

테이블에 세팅된 술을 빈 잔에 따르기 시작한 건 루프탑의 주인인 장민준이었다. 이윽고 그들의 사치스러운 대화가 이어졌다.

"내일 라스베이거스 갔다가 올래?"

짙은 호박색의 독주가 잔에 가득 채워졌다. 민준에게 넌지시 카지노에 가자고 묻던 조현석은 여당 대표의 장남이었다.

"내일 이사회 있어. 얌전한 척 자리 지켜야지."

"오늘 이렇게 마시고 내일 회의가 되겠어?"

"내버려 둬. 이 자식은 약에 쩔어서도 장 회장님 말이라면 피까지 뽑아내서 말끔하게 정신 차리니까."

형들의 말에 민준은 비릿한 웃음을 머금은 채 짙은 호박색 액체를 한입에 털어 넣었다.

그와 동시에 매캐한 연기가 루프탑 안에 자욱이 퍼져 갔다.

특수 1부 검사들은 출근하자마자 약속이나 한 듯 부장 검사실로 모였다. 주말을 앞둔 금요일 아침마다 주간 마무리 보고가 있기 때문이었다.

특수부 첫 출근 날 회식을 하고 두 번째 출근 만에 회의에 참석한 다현은 현황을 파악하기 위해 귀와 손을 바쁘게 움직였다.

"한빛은행 건은 어느 정도 진행됐지?"

부장 검사가 한빛은행 불법 대출 건을 조사하고 있는 정상엽 검사를 보며 넌지시 물었다.

담보 물건도 없이 기업체에 수백억 원의 불법 대출을 감행한 한빛은 행 사건은 검사장의 특별 지시로 특수 1부에 내려온 배당 사건이었다.

언론에 사건이 흘러 들어가기 시작해 여론이 슬슬 들끓을 조짐이 보여 하루라도 빨리 사건을 마무리 지어야 했다.

"그 건으로 드릴 말씀이 있습니다."

정 검사는 부장 검사의 눈치를 살피며 맞은편에 앉은 이헌과 눈을 마주쳤다.

"뭔데."

"문 검이 만지고 있는 사건이랑 병합해서 진행해야 할 거 같습니다."

사건을 빨리 마무리 지으라고 위에서 쪼아 대는 통에 골치가 아팠다.

그런데 마무리는커녕 덩치를 키우겠다는 말을 담당 검사가 아침 댓바람부터 내뱉자 부장 검사는 미간을 찌푸렸다.

그의 시선은 이내 정상엽 검사에서 문이헌 검사로 옮겨 갔다.

"읊어 봐."

검사실 분위기가 무겁게 가라앉았다. 책상머리에 둘러앉은 특수 1부 검사들은 자못 심각해지기 시작했다.

반면 특수 1부가 현재 맡은 사건들을 실무관을 통해 전해 들은 다현은 마른침을 꿀꺽 삼키며 이헌의 입술만 쳐다봤다.

그의 입을 통해 흘러나올 말이 큰 파문을 몰고 올 것만 같은 예감에 특수부가 처음인 막내 검사는 좀처럼 긴장을 늦추지 못했다.

그런 다현의 시선을 채 느끼기도 전에 이헌은 굳게 다물고 있던 입을 떼며 묵직한 음성으로 읊조렸다.

"강남 서 형사과 마약 수사 팀에서 수사 중이던 사건 하나가 윗신이 움직이는 바람에 올 스톱 됐습니다."

"그래서."

"당시 거론된 인물에 장민준이 있습니다."

"그게 누군데."

이헌의 입에서 '장민준'이라는 이름이 나오자 대각선에 앉아 있던 이정우 검사가 자신의 수첩을 재빠르게 뒤적이며 입술을 깨물었다.

그 반응을 기민하게 알아차린 이헌은 이 검사를 슬쩍 쳐다보다 그 옆에 앉아 그와 같은 반응을 보이는 다현과 눈이 마주쳤다.

"K그룹 장현 회장의 차남입니다."

시선은 다현에게 고정된 채 입은 부장 검사의 물음에 대답했다.

그 순간 그녀의 안면이 굳은 게 눈에 띌 정도로 보여 그의 눈썹이 미세하게 움찔거렸다.

"장민준이 유일하게 참석하는 사교계 모임이 있습니다."

다현에게 머물렀던 시선을 거두고 고개를 돌린 이헌은 부장 검사를 바라보며 말했다. 모든 이들의 신경이 이헌의 입으로 쏠린 찰나 그의 귓가에 작은 음성이 칼같이 꽂혔다.

"……골드서클."

그는 고개를 돌려 다현을 쳐다보며 말했다.

"골드서클입니다."

그 누구도 다현의 목소리를 듣지 못했다. 그녀의 음성을 들은 이는 이헌이 유일했다.

그가 말하기도 전에 그녀의 입에서 '골드서클'이란 명칭이 먼저 나온 것이다.

이미 그 존재를 알고 있는 사람처럼.

이헌은 이내 다현을 향했던 시선을 돌려 지난밤 야근을 불사하며 정리한 서류를 부장 검사에게 건넸다.

"핵심 멤버로 알려진 애들 중에 한빛은행장 아들도 있고 제주도 리조트 단지 건설을 추진 중인 MK건설 딸도 있습니다."

서류를 뒤적이는 부장 검사의 만면이 일그러지기 시작했다.

"선배님이 조사 중인 제주도 건도 오픈해 주시면 정확한 개요가 나올 거 같습니다."

대규모 제주도 리조트 관광 단지 건설 과정에서 정부의 불법 인허가를 받아 낸 정황을 포착하고 수사에 착수한 이정우 검사는 이헌의 말에 입을 뗐다.

"이경제 의원이 다리를 놔 준 정황을 포착했어. 국토 교통부 박호산 장관이랑 같이 식사 자리를 가지고 이튿날 로하 CC에서 라운딩 돌고 술자리까지 가진 CCTV 확보한 상태야."

"이경제 의원은 한영식 은행장 뇌물 리스트에서 가장 많은 돈을 먹은 사람으로 추정되고 있습니다."

이 검사의 말이 끝나기 무섭게 정 검사가 부장 검사를 바라보며 덧붙여 말했다.

한빛은행 불법 대출 건으로 압수 수색을 한 결과 한영식 은행장의 집무실에서 수기로 작성된 노트가 금고 속에서 발견됐다. 그 안에 쓰인 인물들 이름 옆에 날짜별로 상세히 적힌 숫자는 누가 봐도 돈이었고 그 것은 곧 뇌물 리스트를 의미했다.

또한 그들은 이헌이 조사 중인 마약 사건에 거론된 이들의 부모였으며 동시에 제주도 불법 인허가 건에도 동일하게 등장하고 있었다.

세 개의 사건이 묘하게 교집합을 형성하기 시작했다.

"사건 병합해."

서류를 덮으며 부장 검사가 결단을 내렸다. 그의 단호한 결단력에 검사들의 눈이 번뜩였다.

부장 검사는 서류 뭉치를 테이블 가운데 툭 던지며 말했다.

"뇌물이든 마약이든 불법 인허가든 뭐든 빨리 끝내."

이미 단일 사건으로도 이슈 몰이가 충분히 가능해 위에서도 여러모로 부담스러웠다.

하루라도 빨리 조사를 끝내고 기소를 하든 불기소 처분을 내리든 어떤 식으로든 결론이 나길 바라고 있는 윗선과 정면으로 부딪치는 꼴이었다.

최대한 빨리 사건 조사를 끝내 진위를 파악해 내는 것이 급선무였다. 언론에서 개코같이 냄새를 맡아 시끄러워지기 전에.

"마약 건은 조용히 진행하는 게 좋을 거 같습니다."

그때 이헌이 말했다.

국민 정서상 쉽게 가라앉지 않을 일이었다.

거기다 정, 재계를 아우르는 이들의 2, 3세들이 미친 듯이 날뛰어 나라에서 금지한 마약을 대놓고 즐겼다는 건 여론 몰이에 아주 좋은 건수였다.

마약으로 인해 기타 불법적인 일들이 모두 묻힐 수 있을 만큼.

그는 그런 상황을 바라지 않았다.

"일단 골드서클 건은 조용히 조사해. 오래 가진 못할 거야. 당장 위에 보고하면 총장님 귀에 들어갈 텐데, 장현 회장은 둘째 치고 이경제 의원부터 조기철 의원까지 가만히 안 있을 거야. 단체로 들고 일어나면 위에서도 별수 없어."

뇌물 리스트에서 돈을 가장 많이 받아먹은 이경제 의원은 전 여당인 한민당의 최고 의원으로 여전히 정계에서 입김이 강했다.

거기다 뇌물을 준 것으로 파악되고 있는 조기철 의원은 현 여당인 민정당의 대표였다.

지금의 정권을 만든 킹메이커로 법무부와 검찰에 얼마든지 압력을 가해 사건을 축소 혹은 은폐할 수 있는 인물이었다.

"수사 팀 꾸리고, 문 검사 네가 맡아."

부장 검사는 까마득한 선배들을 제치고 이헌을 수사 팀의 지휘 검사로 맡겨 버렸다.

검사들은 크게 동요하지 않았다.

반면 특수 1부의 분위기를 조금도 파악하지 못한 다현은 선배들의 눈치를 살피느라 정신이 없었다.

그녀가 오기 전까지만 해도 특수 1부, 아니 중앙 지검 특수부를 통틀어 막내 검사였던 이헌이었다.

그런 그가 정, 재계를 아우르는 대형 사건의 지휘 검사를 맡는다는 것은 검찰 체계를 완벽히 무시하는 일이었다.

별다른 게 없다는 듯, 대수롭지 않아 보이는 이들이 이상하기까지 했다.

회의는 일사천리로 끝났다.

정, 재계 비리 사건과 맞물린 마약 사건의 수사 지휘 검사가 이헌으로 정해진 것에 그 누구도 이의를 드러내지 않고 하나둘 부장 검사실을 나갔다.

도무지 이해되지 않는 분위기에 어리둥절한 다현은 부장 검사실을 나와 고개를 갸웃거렸다.

누구를 붙잡고 물어야 하는 걸까.

"권다현."

그때 등 뒤에서 묵직한 음성이 그녀를 붙잡았다. 다현은 몸을 틀어 뒤를 돌아봤다.

아니나 다를까 이헌이 다가오고 있었다.

"나 좀 보자."

쌩하니 다현을 지나치며 그가 말했다. 곧장 자신의 검사실로 들어가는 이헌을 보며 그녀는 마른침을 꿀꺽 삼켰다.

그의 기세가 심상치 않았다.

짐작건대 회의 내내 알게 모르게 드러낸 불편한 기색을 기민하게 알아차린 듯싶었다.

"……망했다."

눈이 마주쳤을 때 시선을 피했어야 했는데.

자신도 모르게 놀라 그를 쳐다본 채 인상을 찌푸리기까지 했다.

거기다 알은척을 했다. 무려 골드서클을.

"어떻게 알았어?"

중문을 열고 들어가자 그가 책상에 서류를 내던지며 차갑게 물었다.

다소 두서없는 질문이었지만, 다현은 물음의 요지를 정확히 파악하고 입을 꾹 다물었다.

대답을 기다리고 있던 이헌은 끝내 신경질적인 음성을 내뱉었다.

"내가 알아봐?"

"아닙니다."

"그럼 뭐야. 얘기해 봐."

더는 숨기는 것도 역부족이었다.

나중에 조사하다가 알게 되는 것보다 지금 자신의 입을 얘기하는 게 백번 낫다는 판단에 다현이 조심히 말문을 열었다.

"……저도 거기 갔었어요."

그녀의 말을 전혀 이해하지 못한 이헌의 눈꼬리가 보기 싫게 일그러졌다.

"파라곤이요."

강남의 유명한 클럽이었다. 독특한 외관의 황금빛 건물 안으로 입장하기 위해선 까다로운 절차를 거쳐야만 했다.

조금도 이롭지 못한 상호가 다현의 입에서 자연스레 흘러나온 것이다.

이헌은 잠시 머리가 굳은 듯 제대로 된 사고를 하지 못했다.

"지금 무슨 소리를 하는 거야."

네가 골드서클을 어떻게 아느냐고 물었다. 자신이 물은 것은 그것뿐인데 그에 대한 대답이 아닌 엉뚱한 말이 권다현의 입에서 흘러나왔다.

조금도 갈피를 잡지 못한 이헌은 뻐근해진 목덜미를 주무르며 책상에 기대앉았다.

"골드서클 애들 약하는 곳이 파라곤 루프탑이에요."

"……."

"잠깐 같이 어울렸었어요."

일순간 이헌의 눈빛에 의구심이 번지는 것이 보였다. 다현은 그 찰나를 포착해 질겁하며 손사래를 쳤다.

"예전! 아주 오래전 일이에요! 마약은 구경도 안 했다고요!"

"그게 언제지?"

그녀에게 묻는 음성이 무거웠다. 다현은 잠깐의 망설임 끝에 오랜 기억을 되짚어가며 이야기를 시작했다.

"장민준이랑 어렸을 때부터 친구였어요. 하루는 친한 형이 초대했다고 저랑 제 친구를 같이 데려갔습니다. 그땐 그냥 파티 같은 거여서 사교계 모임인가 보다 했는데, 스무 살 되니까 루프탑으로 데려가더라고요. 그런데 거기에서 만난 사람들 분위기가 이상해서 그 뒤로 다시는 근처에 얼씬도 안 했어요! 정말입니다!"

이헌의 눈총이 이상해 다현은 수차례 손사래를 치며 부정했다.

중학교 때부터 사건 사고가 끊이질 않던 친구 민준이 사건의 발단이었다.

그는 고등학교를 졸업할 때까지도 정신을 차리지 못했다. 민준을 어르고 달래는 건 언제나 다현의 몫이었다. 다른 친구들은 민준을 감당하지 못했다. 친구고 뭐고 한번 마음에 안 든다 싶으면 주먹질은 기본이었다.

그 곁에서 투정을 받아 주던 다현과 지은만이 민준의 손에 이끌려 골드서클이라는 모임에 발을 들였다.

애초에 가입 조건이 까다로워 다현과 지은이 아닌 친구들은 어림도 없는 곳이었다.

그렇게 몇 번 파티와 식사 자리에 나갔다. 그땐 그저 좋은 오빠와 언니들이라고 생각했다. 마냥 도움 되는 사람들이라고. 애초에 그러려고 만나는 자리였으니까 불편할 것도 없었다.

이후 대학에 입학하고 나간 모임에서 다현은 제 예상이 완벽히 어긋났음을 깨달았다.

지은과 함께 처음으로 루프탑에 올라간 날이었다.

"다현인 술 좀 하나?"

"아무것도 모르는 법대생인 건 아니지?"

"앞으로 주고받고, 알지? 잘해 보자."

자신을 가운데 앉혀 두고 빙 둘러앉은 사람들은 히죽이며 술을 권했다. 그러면서 오만 가득한 웃음을 뱉고, 잔악한 미소를 흘렸다.

"이거 돈 주고도 못 마시는 거야."
"돈으로 계산이 안 되지."

농담처럼 들리지 않았다. 술을 권하던 사람들이 아니었기에 갑작스러운 그들의 행동에 반감이 생기는 건 당연했고, 그저 잔을 받아 들고 긴장의 끈을 놓지 않고 있었다.

잔에 담긴 짙은 호박색의 액체는 분명 술이 맞는데 그들의 입에 들어간 순간 그것은 사람의 혼을 빼앗아 갔다.

물을 마시듯 술을 벌컥벌컥 들이켠 사람들의 행동은 전에 없이 과감해졌다. 바로 옆에 앉아 있던 여자의 목덜미에 입술을 파묻는 모습과 손으로 가슴을 더듬는 행동에 주저함이 없었다.

누군가 보고 있다는 사실을 자각하지 못한 채 몇몇은 짐승처럼 얽혀 들었고, 한껏 느슨해진 몸을 축 늘어트려 바닥을 벅벅 기어 다니는 사람도 있었다.

민준이 언제부터 마약을 한 건지 알 수 없었다. 그저 그곳에서 풍겨 오는 묘한 분위기와 혼이 나간 듯한 사람들은 법대생의 눈엔 범죄의 소굴로 보였다. 그 뒤로 발길을 끊고 친구 사이도 완전히 끝나 버렸다.

애초에 가는 길이 달랐으니 그길로 끝이었다.

"……권다현 검사. 수사 팀에 합류해."

혼이 날 줄 알았다. 혼이 나도 싸다고 생각했다.

그런데 뜻밖의 말이 그의 입에서 흘러나왔다.

수사 팀 합류가 막내 검사에겐 큰 공부였고, 검사로서 나아가기 위한 중요한 발판임은 틀림없는 사실이었으나, 예상과 다른 그의 반응이 믿기지 않았다.

"부장 검사님한테 내가 보고할 테니까 합류해."

골드서클 수사에 이보다 더 최적화된 검사가 있을까.

그렇게 검사 문이헌은 권다현에게 수사 팀 합류를 제안했다.

2장

수사 팀은 일사천리로 꾸려졌다.

시간이 금보다 귀한 곳이 검찰청이었다.

금쪽같은 시간도 쪼개고 쪼개 초 단위로 아껴 써야 할 만큼 사건의 덩치가 커질수록 기민하게 움직였다.

특수 1부는 정, 재계 뇌물 리스트라는 이름으로 고종석 부장 검사와 부부장 검사인 임태진 검사 밑으로 문이헌 검사를 지휘 검사로 뒀다. 그 아래로 정상엽 검사, 이정우 검사, 권다현 검사가 함께 수사 팀으로 꾸려졌다.

합동 회의실은 벌써 사건 기록들로 넘쳐 나기 시작했다. 책상 위를 빼곡하게 채운 서류들이 앞으로 진행해야 할 조사의 방대한 양을 보여 주는 단적인 예였다.

"압수 수색 영장 발부할 겁니다."

원탁에 둘러앉은 수사 팀 검사들과 그 뒤에 포진되어 앉아 있는 수사관, 실무관들이 이헌의 말에 귀를 세웠다.

"지금이 적기입니다. 때를 놓치면 헛수고인 거, 다들 아실 겁니다."

"어디까지 진행하려고?"

이헌의 말에 정 검사가 물었다.

"K그룹, 대호그룹, MK건설."

선배들의 대화를 듣고 있던 다현은 마른침을 꿀꺽 삼켰다.

불도저 같은 저 성격은 평생 고쳐지지 않을 모양이었다. 한 번에 재벌 그룹 세 개를 탈탈 털어 버리겠다는 말은 곧 언론에 사건 개요가 퍼질 것을 뜻했다.

동시에 범국민적 시선과 위에서 들어오는 압박이 상충할 것이 자명했다.

순식간에 소란스러워질 걸 알면서도 압수 수색을 초반부터 밀고 나가려는 이헌의 방식에 다현은 혀를 내두르면서도 손뼉을 치고 싶었다.

문이헌이 아니면 누가 간 크게 재벌을 한꺼번에 탈탈 털 생각을 할까.

정권의 비호를 받는 그들은 쉽게 건들 수 없는 성역과도 같은 곳이었다.

"한영식 은행장 자택도 이번 압수 수색에 함께 포함시켜서 진행하겠습니다."

"굳이 자택까지 안 해도 되지 않을까 싶은데."

"압박을 좀 받아야 하지 않겠습니까."

"그건 문 검사 말이 맞아."

이 검사의 의문에 정 검사가 이헌의 의견을 지지했다. 생각해 보니 그도 맞을 듯해 이 검사는 고개를 끄덕였다.

집까지 털어야 심리적인 압박으로 뭐라도 발설하지 않을까 하는 기대와 함께 다른 이들의 심리까지 자극하겠다는 심산이었다.

"골드서클 건은 권 검사가 맡아."

메모하던 다현이 고개를 치켜들었다. 아닌 밤중에 홍두깨도 아니고 이게 무슨 귀신 씻나락 까먹는 소리일까.

"혼자는 무리이지 않을까 싶은데?"

정 검사가 의구심을 내비쳤다. 다현은 맞는 말이라며 고개를 끄덕이며 입술을 깨물었다.

골드서클은 작게 봐서 재벌가 자제들의 사교계 모임 속 마약을 조사하는 거였지만, 사실 알고 보면 마약 밀매 조직이나 다름없는 소굴이었다.

지금껏 마약 조사를 해 본 적 없던 다현 혼자 감당하기엔 스케일이 커도 너무 컸다.

"내가 서포트해 줄 테니까 걱정하지 말고 마음대로 해."

다른 선배 검사들의 의구심은 조금도 중요하지 않다는 듯 이헌은 자신의 의견을 밀어붙였다. 지휘 검사가 이헌이니 다들 별달리 입을 떼지 못하고 내버려 두는 분위기였다.

반면 다현은 부담감에 입 안이 바짝바짝 탔다.

일가 친인척은 물론 사적으로 일면식만 있어도 사건에서 손을 떼야하는 판국에 다현이 단독으로 맡는 건 말도 안 되는 일이었다.

이렇게 큰 사건 수사 팀에 함께 하는 것만으로도 특수부 새내기가엄두도 못 낼 일인데, 이젠 조사까지 직접 맡아서 시키니 몸 둘 바를 몰랐다.

사람의 기를 누르는 그의 매서운 눈빛에 작게 고개를 끄덕일 수밖에 없었다.

그는 한발 뒤로 물러나는 성격이 아니었다.

앞만 보고 달리는 불도저 같은 스타일에 타협은 없었다.

좋게 말하면 검사로서 훌륭한데 나쁘게 말하면 고집불통에 전형적인 외골수, 동료들에겐 골치 아픈 검사였다.

"파라곤 압수 수색도 은밀히 함께 진행하겠습니다."

이른 시간 안에 사건을 끝내 버리겠다는 마음가짐을 엿볼 수 있는 대목이었다. 파라곤이 뭐냐며 묻는 선배 검사들과 숙덕이는 수사관들이 있었다.

파라곤에 대해 말한 것이 다현이었다. 그녀와 이헌을 제외한 이들은 아는 것이 없었다.

"골드서클의 모임 장소가 강남의 파라곤이라는 최측근의 제보가 있없습니다."

최측근이라는 단어를 강조하며 이헌의 시선은 다현을 향했다. 괜히 뜨끔한 다현은 딴청을 피웠지만, 그의 불같은 눈빛에 시선을 마주칠 수밖에 없었다.

"파라곤 압수 수색은 함께 영장 청구할 테니까 권 검사가 맡아서 하고 제가 백업하겠습니다."

"당분간 집에 들어가기 힘들 테니까 짐들 챙겨 오자고."

"차장 검사실 호출이 있어서 올라갑니다. 다들 식사 먼저 하고 계세요."

회의가 끝나고 압수 수색 전에 집에 다녀오겠다며 쏜살같이 회의실을 벗어난 정 검사를 뒤로한 채 이헌은 차장 검사실로 향했다.

제3차장 이진석 검사실

노크와 함께 문을 열고 차장 검사실로 들어선 이헌은 굳게 닫힌 중문을 열어젖혔다.

마호가니 책상 앞에 앉아 결재 건을 검토하고 있던 차장 검사는 고개 들어 이헌을 확인하고는 안경을 벗었다.

"문이헌 검사."

"예."

"자신 있어?"

"압수 수색 영장 받아 주십시오."

압수 수색 영장은 담당 검사가 청구하면 담당 판사가 발부하는 형식이라 이번 압수 수색 영장은 이헌의 힘으로는 불가능했다.

중요 문건들과 증거들을 없애 버리기 전에 검찰로 가져와야 하므로 조사 초기에 압수 수색을 하는 것이 가장 바람직한 절차였다.

하지만 정황 증거밖에 없는 상황에서 판사가 재벌 그룹들에 대한 압수 수색을 허용할 리 없으므로 차장 검사의 힘이 필요했다.

"어디."

"K그룹, 대호그룹, MK건설입니다."

"감당할 수 있겠어?"

"한영식 은행장 자택도 함께 압수 수색 진행할 예정입니다."

그는 차장 검사 앞에서 거침없었다.

다만, 파라곤에 관한 것은 침묵을 지켰다. 윗선에서 먼저 알게 돼서 좋을 게 없을 일이었다.

차장 검사는 보고 있던 결재 철을 덮으며 등받이에 한껏 기대앉아 이헌을 바라보았다.

"윗분들 심기 건드는 사건인 건 알고 있지."

"어디 위를 말씀하시는 겁니까."

"뇌물 받아먹은 우리 식구들 죽이는 건 둘째 치고 정, 재계 다 뒤집히는 거야."

"알고 있습니다."

"그 양반들이 순순히 조사에 임할 거 같아?"

"국민 정서에 완벽히 반하는 일입니다. 나올 수밖에 없을 겁니다."

확신에 찬 이헌의 눈빛에 차장 검사는 고개를 얕게 끄덕였다.

"책임지고 빨리 끝내."

영장을 받아 주겠다는 대답이었다.

이헌은 고개를 숙이며 압수 수색 영장 청구 서류를 차장 검사 책상 위에 반듯하게 내려놓고는 집무실을 나왔다.

그날 오후. 관할 경찰서의 도움을 받아 대대적인 압수 수색이 펼쳐졌다.

동시다발로 사옥에 밀어닥친 경찰과 수사관들이 압수 수색 영장을 들이밀며 문서 파쇄기 속 잘려 나간 종이들까지 쓸어 담았다.

갑자기 밀어닥친 검찰의 압수 수색에 속수무책으로 당해 버린 기업들은 허둥지둥 대기 일쑤. 그들은 아무것도 하지 못하고 넋 놓고 바라보기만 했다.

[단독] 검찰 '한빛은행장 뇌물 리스트' 압수 수색

지난달 한빛은행 불법 대출 사건으로 이뤄진 압수 수색에서 발견된 한영식 은행장의 뇌물 리스트가 수면으로 떠올랐다.

서울 중앙 지검 특수 1부는 이에 대해 압수 수색 영장을 발부하고 오늘 오후 압수 수색을 실시했다.

K그룹, 대호그룹, MK건설의 사옥을 압수 수색을 한 검찰은 "리스트에 있는 기업 총수들에 대한 수사는 압수 수색이 끝난 뒤 소환 조사를 통해 진행할 예정."이라고 했다.

한편, 한영식 은행장의 뇌물 리스트에 정, 재계 인사와 검찰, 경찰 고위급 간부들이 함께 거론되어 국민의 관심이 쏠리고 있다.

한국일보 정치부 이상현 기자.

✢   ✢   ✢

다른 부서에서 지원을 나와 함께 압수 수색을 나간 수사관을 제외한 인원이 회의실에서 분주히 움직였다.

정오가 넘었을 무렵 시작된 압수 수색은 언론 보도를 통해 실시간 뉴스 특보로 전달될 만큼 파급력이 상당했다.

각계각층 인사들과 기자, 앵커 할 것 없이 보도국에 마련된 스튜디오에 둘러앉아 시청률 올리기에 분주했다.

"벌써 난리입니다."

"요즘 경제도 안 좋은데 이런 대형 비리 사건 터지니까 복장 터지죠."

"댓글 장난 아닌데요?"

실무관들이 인터넷에 업로드된 기사들을 보며 반응을 읊어 댔다. 여론이 좋을 리 없었다. 있는 것들이 더하다는 말은 기본이었고 입에 담기도 힘든 험한 욕도 심심치 않게 보였다.

고작 제주도 리조트 건설 인허가 때문에 정치권으로 번진 뇌물 사건만 언론에 보도됐을 뿐인데도 반응은 상당했다.

수십억 원을 껌 값인 양 여기저기 뿌려 댔으니 반감을 사는 건 당연한 일이었다.

여기에 마약 사건까지 겹친다면 그 반향은 어떻게, 어떤 식으로 흘러갈지 쉽사리 짐작조차 되지 않았다.

"차명 계좌가 분명 있을 겁니다. 샅샅이 뒤져서 찾아 주세요. 분명 비자금 쪽에서 흘러들어 갔을 겁니다."

뇌물 리스트 속 인물들의 개인 계좌 내역을 뽑아 보던 이헌이 말했다.

"골드서클은 어떻게 할까요?"

이헌의 지시 사항을 받아 적던 수사관이 그를 보며 물었다. 이헌은 수사관의 시선을 받으며 고개를 돌렸다.

마약을 국내로 들여오는 루트를 조사 중인 다현에게 그의 시선이 닿았다.

시종일관 고개를 처박은 채 자료를 뒤적이고 컴퓨터를 들여다보던 다현은 얼굴이 따가울 정도로 느껴지는 시선에 고개를 든 참이었다.

이헌과 시선을 마주했다. 그는 턱을 치켜들며 수사관을 가리켰다.

검사님들의 지시 사항을 메모하기 위해 수첩과 볼펜을 들고 있던 수사관이 그제야 다현을 쳐다보며 눈을 깜빡였다.

어서 지시해 달라는 무언의 신호였다.

"죄송해요. 자료 보느라……. 뭐라고 하셨어요?"

"리스트에 있는 사람들 차명 계좌 추적하려는데, 골드서클은 어떻게 할까요?"

"아, 잠시만요!"

다현은 A4 용지가 산처럼 쌓인 책상 위를 뒤적이기 시작했다.

골드서클의 조사를 맡게 되면서 담당 검사였던 이헌에게 건네받았던 자료를 잘 챙겨 뒀는데 다른 서류들이 워낙 많아 단번에 찾기가 어려웠다.

관할서에서 넘어온 수사 자료 속에서 노란색 서류철을 발견했다. 서류철 속 자료 중 골드서클 회원 명단을 빼 든 다현은 빨간 펜으로 거침없이 밑줄을 그었다.

그 모습에 수사관과 실무관들이 하나둘 그녀를 힐긋대기 시작했다.

"줄 그은 애들만 조사해 주세요. 나머진 볼 것도 없어요."

빨간 줄이 쭉 그어진 회원 명단을 수사관에게 건네며 말했다. 그녀의 음성은 그 어느 때보다도 확신에 차 있었다.

수사관은 고개를 갸웃거리며 다현에게서 명단을 건네받았다. 그녀의 의중이 파악되지 않아 의아함은 배가됐다.

"등급이 골드인 애들만 루프탑 출입이 가능해요. 실버인 애들은 근처도 못 가요. 거기 체크해 둔 열두 명만 현재 약에 접근 가능한 인물이에요. 걔들 계좌만 일단 조사해 주세요."

회의실에 있는 이들 모두가 다현의 말에 입을 벌렸다. 그녀가 골드서클 조사를 맡은 지 겨우 반나절밖에 되지 않았기에 놀라는 건 당연했다. 그 사항이 너무 구체적이고 확신에 차 있어 쉽게 믿을 수 없는 탓이었다.

그때 그녀의 옆에 앉아 있던 이정우 검사가 넌지시 물었다.

"권 검사. 언제 그런 거까지 조사한 거야? 아니, 어떻게 알아냈어?"

모두의 궁금증이었다. 그저 몇 시간 책상 앞에 앉아 서류를 뒤적이던 다현이 골드서클 회원의 등급이며 등급별로 상이한 내용을 알아냈다는 게 신기한 이들의 이목이 모두 그녀에게 집중됐다.

"저도 어릴 때 거기 잠깐 몸담았습니다."

농담인지 진담인지 알 수 없는 말을 해사하게 웃으며 내뱉자 회의실에 있던 이들의 얼굴은 경악으로 물들어 갔다.

범죄자의 소굴인 골드서클에 청렴한 검사님이 회원이었다니.

"구, 권 검사님 금수저였어요?"

실무관이 물어 왔다. 골드서클의 회원이 되기 위한 조건은 이미 특수 1부에 파다하게 퍼져 있었다.

그 까다로운 조건을 충족시키는 사람이 실제로 눈앞에 서 있자 믿기지 않는 듯했다.

모두의 의구심 가득한 시선에 다현은 고개를 내젓고 손사래를 치며 격하게 항변했다.

"오해는 금물입니다. 어릴 때 친구 따라 딱! 한 번 놀러 가 봤습니다. 아시죠? 친구 따라 강남 간다는 말."

이헌도 처음에 이들과 조금도 다르지 않은 눈으로 그녀를 쳐다봤다. 아니라고 하니 믿을 수밖에 없는 일이고, 설마하니 검사가 마약에 손을 댔을까 싶어 믿는 눈치였다.

"문 검도 알고 있었어?"

계좌 내역을 들여다보고 있던 이헌에게 이 검사가 물었다. 그는 시종일관 태평하게 자료들만 쳐다보고 있었다. 다현에게 쏠린 사람들의 의심 가득한 시선 따위 대수롭지 않게 생각하고 있던 그는 고개를 들었다.

"알고 맡긴 겁니다."

이헌의 말에 모든 이들의 시선이 그에게 쏠렸다. 수사 지휘관인 그가 알고 있었다니 더는 가타부타 말할 게 없었다.

"폐쇄적인 모임이라 내부 사정을 알아내는 게 어렵습니다. 사전 조사 때 저도 찾아내지 못했던 겁니다."

이헌의 시선은 어느새 이정우 검사에게서 다현으로 옮겨져 있었다.

"이런 사건일수록 내부 사정 잘 아는 사람이 필요한 거 다들 잘 알 겁니다. 권 검사가 알아서 잘할 테니 믿고 맡겨요. 걱정들은 넣어 두시고."

시선이 마주친 순간. 이헌의 눈빛이 자신을 온통 삼켜 버릴 듯했다. 다현은 마른침을 꿀꺽 삼켰다.

심연에서 무언가가 넘실댔다. 눈앞에 아른거리는 것들의 정체를 알 수 없었다.

전신을 휘감아 대는 전율이 소름 끼치긴커녕 그 간질거리는 느낌이 좋았다.

시종일관 고요하던 심장이 미친 듯이 자신의 존재를 내비쳤다. 이러다 피가 너무 빨리 돌아 미쳐 버리는 게 아닐까 싶을 만큼 쿵쾅거려 머릿속이 새하애졌다.

"대신 실수하면 짤 없이 아웃이야."

그가 말했다. 그녀를 두고 하는 말이었다.

수사에서 배제해야 마땅한 상황에서 그녀를 담당 검사로 밀어 넣은 이헌의 결단을 수긍하면서도 특수부 초임 검사가 불안해 보이는 건 사실이었다.

모두의 불안한 시선을 받으며 다현은 고개를 끄덕였다. 믿고 맡겨 준 이헌이 실수로 인해 자신에게 실망하는 건 죽기보다 싫었다.

"다녀왔습니다!"

그때 회의실 문이 열리고 압수 수색을 나갔던 수사관들이 파란 상자들을 들고 우르르 쏟아져 들어오기 시작했다.

사람들의 이목이 압수 수색 자료들로 넘어간 사이, 다현은 여전히 이헌과 마주 선 채 시선을 나누고 있었다.

그녀는 생각했다.

그에게 검사로서 잘했다는 칭찬 그 한마디가 다시 듣고 싶다고.

"문 검사님! 디지털 자료는 어디로 둘까요?"

집 나간 정신을 일깨우는 하이 톤의 목소리가 들려왔다.

하마터면 느슨해질 뻔했다. 이헌은 그녀와 눈이 마주친 순간, 그 찰나가 길어질수록 단단했던 자신의 눈빛이 늘어지는 것을 느낄 수 있었다.

방심은 금물이다.

"디지털 자료들은 뒤쪽으로 빼 주세요."

고개를 돌려 버렸다. 압수 수색 자료들을 직접 챙기기 위해 이헌은 그녀에게 등을 보이며 멀어져 갔다.

너른 등이 강직한 그를 대변하는 듯했다. 문이헌은 여전했다.

멋있는 것도 여전하고 일 잘하는 것도 변함없고 빈틈이 없는 것도 똑같았다.

수사관들에게 빠르게 자료 분류를 지시하는 모습은 지휘 검사로서 최적화되어 있는 행동이었다.

예전보다 더 단단하고 강직해진 그의 신념이 배어 나오는 모습을 보고 있자니 묘하게 흥분됐다.

이헌과 함께 일하면서 많은 걸 배울 수 있으리란 생각이 들었다.

문이헌처럼 검사로서 신념을 지키며 올곧은 검사가 될 수 있을 것 같은 기대감에 괜히 마음이 벅차기만 했다.

이러니 자꾸 마주할 때마다 마음이 동할 수밖에.

이래서 첫사랑은 위험하다고 하나 보다.

회의실은 그야말로 난장판이었다.

압수 수색 이후 자료들을 분류하고 검토하는 데만 수사 지원과가 총동원됐다.

자료들이 허공을 가르며 날아다니고 컴퓨터 본체들이 쌓인 곳에선 하드만 분리하느라 수사관들이 바쁘게 움직였다.

비밀리에 진행한다고 수사 팀이 꾸려지자마자 영장을 발부받아 압수 수색을 펼쳤지만, 꼭 새는 구멍이 있기 마련이었다.

이번에도 어딘가로 줄줄 새 버린 탓에 포맷되어 버린 하드가 꽤 됐다. 하드 복원쯤이야 누워서 떡 먹기였다. 파쇄된 서류도 짜 맞추는 판국에 뭔들 못 할까.

"국토 교통부 관련인들부터 참고인 소환 조사 진행할 겁니다. 참고인 소환장 내일 오전 중에 모두 발부해 주세요."

"네. 알겠습니다."

K그룹 전략 기획실에서 가져온 서류들을 훑고 있던 이헌이 일정을 전달하자 실무관들이 바쁘게 움직였다.

제주도 리조트 단지 건설 허가 건으로 국토 교통부 직원들이 꽤 연루된 것으로 밝혀졌다. 뇌물은 장관이 먹었을지언정 일을 실행하는 건 아랫사람들이었다.

안 되는 걸 알면서도 위에서 떨어진 지시에 가타부타 말없이 맹지인 땅에 도로 건설을 허가하고 국비로 도로를 내줬다. 임야로 개간조차 불가능하던 경사진 땅에 개간 허가를 내준 것도 장관의 지시를 받은 직원이었다.

참고인 소환 조사의 서막을 알리기에 충분했다. 받아먹은 게 없는 이들은 억울해서라도 자백할 게 자명했다.

"계장님. 파라곤 CCTV는 없어요?"

구역별로 나눠진 압수 수색 자료들 속에서 다현이 수사관에게 물었다.

골드서클 건으로 무늬만 클럽인 파라곤도 압수 수색을 했다. 그 바닥 소문이야 삽시간에 번지니 언론에서 보도되지 않았더라도 관련인들 귀엔 들어갔을 것이다. 빠른 조사만이 살길이었다.

상자 속을 뒤적이던 수사관이 그녀의 질문에 머리를 긁적이며 답했다.

"이게 전부예요. 그, 실장이란 사람이 입구랑 지하 클럽 쪽 빼고는 CCTV가 없다고 했는데⋯⋯. 건물 내부에도 CCTV 흔적은 없더라고요."

수사관의 말에 다현은 고개를 갸웃거렸다. 그럴 리 없는데 하는 미심쩍은 표정은 덤이었다.

보안이 까다롭기로 유명한 곳이었다.

어릴 적 민준을 따라 몇 번 드나들었던 파라곤은 공항 검색대에서 볼 법한 X-ray가 입구를 버젓이 지키고 있었다. 그런 곳에 CCTV가 없다는 건 상황에 맞지 않는 거짓말이었다.

파라곤에서 건져 온 자료들도 파란 상자로 다섯 상자밖에 되지 않았다. 디지털 자료라고는 데스크에 있는 PC 한 대와 보안실 PC 다섯 대가 전부였다.

지하 2층 지상 15층짜리 건물에서 나온 자료들이라고 보기에 터무니없었다.

다현은 상자들을 훑어보다 책상 위에 던져뒀던 자신의 휴대폰을 집어 들었다. 사적인 루트를 통해서라도 이 성의 없는 압수 수색을 좌시하지 않을 생각이었다.

주소록에서 오랫동안 연락하지 않고 지냈던 고등학교 동창의 전화번호를 찾았다. 전화번호가 바뀌었을 수도 있고 전화를 받지 않을 수도 있었지만 시도는 해 볼 법했다.

통화 버튼을 누르며 그녀는 회의실을 빠져나왔다.

귓가엔 연결음만 꾸준히 들려왔고 상대방의 목소리는 조금도 들을 수 없었다. 몇 차례 전화 연결을 시도했지만 끝내 받지 않았다. 실망이 가득한 한숨을 내뱉으며 다현은 뻐근해진 목덜미를 주물러 댔다.

벌써 이렇게 피곤해서야 원.

언제까지 이어질지 모르는 조사를 감당이나 할 수 있을까 싶었다. 이현은 자신을 믿고 맡겼는데 제대로 해내지 못하면 그의 얼굴을 똑바로 볼 자신이 없었다.

그녀의 입에선 짙은 한숨만 쉴 새 없이 터져 나왔다. 머릿속이 뿌옇게 변하자 다현은 바람을 쐬러 밖으로 살짝 나왔다.

사위가 어두워지고 가로등에 불이 들어왔다. 바깥공기가 이렇게 소중할 수 없었다. 기지개를 켜고 스트레칭을 하며 찌뿌둥해진 몸을 풀었다.

지이이이잉. 지이이이잉.

뻐근해진 어깨를 주무르던 찰나 주머니에 넣어 둔 휴대폰이 잘게 진동했다. 화들짝 놀라 허겁지겁 휴대폰을 꺼내 든 다현은 액정에 버젓이 찍힌 이름에 실망한 기색을 감추지 못했다.

강은정 여사님

모친이었다. 인사이동에 이사도 하고 사건까지 맡는 바람에 바빠서 통 전화를 하지 못했는데 그새를 참지 못하고 엄마가 전화를 걸어 왔다. 다현은 목청을 가다듬고 통화 버튼을 눌렀다.

"엄마!"

세상 반갑다는 목소리로 엄마를 불렀다.

─요즘 많이 바빠? 통 연락이 없어.

"몹시. 매우 바쁩니다."

못해도 일주일에 한 번 정도 안부 전화를 하던 딸이 2주째 연락이 없자 기다리다 지쳐 먼저 전화를 건 다현의 모친이었다.

그녀는 바쁘다는 걸 적극적으로 어필하며 믿지 못하는 엄마를 달랬다.

─그러니까 변호사 좀 좋니. 검사가 뭐야. 그놈의 야근 끊이질 않아.

또 시작된 잔소리에 다현은 반대쪽 귀를 휘적이며 관자놀이를 눌러 댔다.

엄마의 단골 레퍼토리였다.

검사가 된 지 4년이나 지났는데도 여전히 딸자식이 변호사를 하지 않은 것이 못마땅한 그녀의 모친은 전화할 때마다, 딸이 바쁘다고 할 때마다 변호사 타령이었다.

그럴 때면 다현은 매번 엄마의 잔소리를 사뿐히 무시했다.

"전화 길게 할 시간 없어. 바쁘니까 용건만 간단히 해 주세요."

간드러진 목소리로 엄마를 어르고 달랬다.

수화기 너머선 내가 이러려고 네 뒷바라지를 했냐는 둥 정말 너까지 속 썩인다는 둥 별 시답지 않은 말들이 나왔지만, 그녀는 사뿐히 무시했다.

엄마의 잔소리를 받아 주다가는 한도 끝도 없었다. 잔소리가 싫어

본가에서 독립해 버린 딸의 마음을 아는지 모르는지.

─너 시집가게 생겼어.

잔소리 끝에 들려온 용건에 다현은 사레가 들려 기침을 내뱉어 댔다. 잘못 들은 게 확실했다.

"엄마, 지금 농담 들어 줄 시간 없어."

─너 할아버지랑 약속했잖아. 독립시켜 주면 시집가겠다고.

정말 뜬금없는 말이었다.

연수원을 수료하고 동부 지검으로 발령 났을 때 기회를 엿봤다. 본가에서 독립해 혼자 살고 싶은 마음이 굴뚝같아 할아버지의 제안을 적극적으로 수용했다.

그때만 해도 나이가 20대 중반이라 별생각 없었다. 독립해서 본가와 분리가 되면 엄마의 잔소리도 할아버지의 잔소리도 듣지 않을 수 있다는 생각만이 머릿속에 가득해 뒷일은 걱정하지도 않았다.

그런데 새까맣게 잊고 있었던 할아버지의 제안이 불쑥 그녀를 덮쳐 왔다.

아닌 밤중에 홍두깨도 아니고 시집이라니. 결혼이라니. 나이가 몇인데.

지금 바빠서 집에 갈 시간도 없는데 무슨 귀신 씻나락 까먹는 소리일까.

"지금 그 얘기를 왜 해. 그게 언제 적 얘긴데."

─일단 그렇게 알고 있어. 조만간 선봐야 할지 모르니까.

"퇴근도 못 하는데 내가 선봐서 시집갈 시간이 어디 있어."

선볼 시간 있으면 잠이라도 더 자겠어요, 라고 말하고 싶었지만 고이 넣어 두었다. 또다시 변호사 타령을 하려는 기미가 보여 다현은 곧바로 전화를 끊었다.

"휴……."

엄마와 통화가 길어지면 피곤하기만 하다. 그녀의 마음을 대변하는 깊은 한숨이 내쉬어졌다.

"그래서 땅이 꺼지겠어?"

애꿎은 보도블록을 발로 차고 있을 때 중저음의 목소리 하나가 넋나간 그녀의 정신을 깨웠다.

화들짝 놀라 뒤를 돌아본 다현은 군기가 바짝 든 일병처럼 차렷 자세를 취했다.

"집에 갔다 와."

피우던 담배를 빼 들고 다가온 이헌은 담배꽁초가 수북한 재떨이에 반쯤 타다 만 담배를 비벼 끄며 말했다.

이건 또 무슨 소릴까 싶어 다현은 고개를 갸웃거렸다.

"압수 수색 자료들 분석하는 데만 며칠 걸리니까 퇴근하라는 소리야."

내로라하는 선배 검사들이 날밤을 까며 서류를 들여다보고 있는데 까마득한 후배 혼자 퇴근을 하는 건 가당치도 않았다.

다현은 괜찮다며 손사래를 쳤다. 파라곤 자료들도 분석해야 하는 상황에 시간은 곧 금이었다.

"너 하나 더 있다고 자료 분석하는 데 시간 단축되는 거 아니니까 집에 가서 씻고, 자고, 옷 갈아입고 9시까지 출근해."

"하지만……."

"토 다냐?"

"아, 아뇨!"

"빨리 가."

다현은 결국 총총걸음으로 그를 피해 갔다.

"시집이라……."

뭘까, 이 묘한 호기심은.

본의 아니게 엿듣게 된 통화 내용을 이헌은 곱씹었다.

다현의 사적인 이야기가 흥미로우면서도 왠지 모르게 찝찝했다.

이헌은 지금 이 감정이 그저 얌체처럼 통화를 엿들은 탓이라 치부하며 주머니에서 담배를 꺼내 입에 물었다.

그러면서도 검찰청 건물 안으로 자취를 감춘 다현의 뒷모습을 빤히 바라보았다.

은색의 지포 라이터를 손에 쥔 채 불을 켰다, 껐다 반복하다 주머니에 챙겨 넣었다.

✤   ✤   ✤

"아침 드시고 하세요!"

굳게 닫혀 있던 회의실 문이 열리고 활기찬 목소리가 적막을 뚫고 들어왔다. 양손 가득 쇼핑백을 들고서.

선배들은 밤새 고생 중인데 혼자 퇴근을 해서 미안하다는 뜻이 듬뿍 담긴 뇌물을 서류가 가득 쌓인 테이블 위에 비집고 올려 뒀다.

밥 먹을 힘조차 없어 보이는 선배들을 뒤로한 채 그녀는 포장해 온 샌드위치와 커피를 꺼내 서류를 보고 있는 이헌에게 건넸다.

다들 피곤함에 절어 있는데도 그는 이 회의실 안에서 혼자 멀끔했다.

"투 샷 추가입니다."

시간이 지났어도 여전히 그의 커피 취향을 기억하고 있는 다현은 배시시 웃으며 말했다.

보고 있던 서류를 내려놓으며 커피를 받아 든 이헌은 그녀를 힐긋거리며 따뜻한 커피를 마셨다.

"9시까지라고 했는데 왜 벌써 와."

커피 한 모금에 피로가 가셨는지 곧장 잔소리다. 한 시간 일찍 출근했다고 핀잔을 들어야 하는 상황이 어이없지만 다현은 미소를 지으며 상냥하게 대답했다.

"저도 염치와 개념은 탑재하고 있는 후뱁니다."

다들 고생하는데 어찌 발 뻗고 편히 잘 수 있겠냐는 말을 에둘러 표현하며 다현은 자리에 앉았다.

"집에서 한숨도 못 잤습니다. 아는 인맥 총동원하느라."

분명 이헌에게 하는 말이었다. 그녀는 주섬주섬 가방에서 뭔가를 꺼내 옆자리에 앉은 그에게 조심스레 건넸다.

"이게 뭔데."

손가락 한 마디만 한 작은 USB가 그녀의 손에 들려 있었다. 의심의 눈초리로 자신을 바라보는 이헌의 손을 붙잡고 그의 손바닥 위에 USB를 올려 두고는 주먹을 움켜쥐게 했다.

"파라곤 CCTV 영상이요."

이헌의 귓가에 속삭이듯 말했다. USB를 쥔 그의 손에 순간적인 힘이 들어갔다. 그 악력에 다현은 흠칫 놀라며 상체를 뒤로 내뺐다.

오늘 새벽, 생전 연락하지 않았던 고등학교 동창들을 통해 파라곤 직원의 연락처를 알아냈다.

솔직히 말해 그들과 연락이 닿은 것도 기적이었다.

동창들이 알음알음 알고 있던 직원들 대부분 파라곤을 관둔 상태였다. 수소문 끝에 현재 파라곤에서 근무하고 있는 매니저를 찾아가 어르고 달래고, 윽박지르고 하소연까지 해 가며 힘들게 얻은 CCTV 영상이었다.

파라곤을 압수 수색했지만 CCTV 영상이 없었다. 퇴근 후 자료를 뒤져 봐도 딱히 별다른 게 나오지 않았다는 수사관의 연락을 받았기에 편하게 잠을 잘 수가 없었다.

그길로 남의 집 현관문을 미친 듯이 발로 차고 초인종을 눌러야 했다.

"CCTV 있습니다. 매니저 말로는 장민준이 CCTV 떼 버리고 영상 삭제하라고 3일 전에 난리를 부렸답니다. 그래서 출입구랑 클럽에만 놔두고 전부 공사했다고 진술했습니다. 루프탑엔 아쉽게도 내부 CCTV는 없고, 출입문 쪽에만 있었습니다."

분명 어딘가에서 수사 상황이 새어 나간 게 틀림없는 대목이었다. 수사 팀이 꾸려지기도 전에 일어난 일을 매니저가 실토해 혹시나 해서 다현은 녹취도 해 둔 상태였다.

이헌은 가만히 다현을 바라봤다. 그녀는 여전히 자신의 의견을 피력할 때 망설임도, 막힘도 없이 또렷하고 당당했다. 확신에 찬 눈빛도 여전하다.

그럼 뭘 하나. 애가 겁이 없는데.

그 사실이 그를 못마땅하게 만들었다. 지끈거리는 관자놀이를 지그시 누르며 그는 입을 뗐다.

"겁도 없이 거기가 어디라고 혼자 가."

저음의 목소리가 유난히 살벌했다. 그의 음성에 움찔하며 다현은 목청을 가다듬었다. 하지만 뭐라 반박하진 못했다.

파라곤 매니저와 안면은 있었지만 오래전 일이었고 그다지 친한 것도 아니었다.

그가 전직 조폭 출신이라는 소문도 익히 들어 왔기에 망설이긴 했지만 수사에 꼭 필요한 증거였고 한시가 급했다.

지원을 받아야겠다는 생각도 들지 않았다. 증거를 인멸하기 전에 빨리 찾아야 한다는 생각뿐이었다.

다현은 그런 생각들을 차마 이헌에게 말할 수 없었다. 그의 날카로운 눈빛 앞에 꿀 먹은 벙어리가 되고 말았다.

"누가 멋대로 여기저기 쑤시고 다니래."

"……."

"특수 1부에 수사관만 열다섯 명이야."

잠자는 사자의 코털을 건드린 기분이 이럴까.

다현은 그의 앞에서 한없이 작아졌다. 실무 실습 시절에도 이헌이 잘못을 지적했을 때 쥐구멍이라도 있다면 숨고 싶었다. 시간이 지났다고 해서 그 마음이 변하진 않는 모양이다.

차마 고개 들어 그를 쳐다볼 수가 없어 다현은 눈을 질끈 감은 채 입을 뗐다.

"죄송……합니다."

교무실에 불려 와 담임 선생님 앞에서 혼나는 학생 같았다.

"앞으로 단독 행동 금지야."

"네."

"무조건 보고해."

"네."

군말 없이 즉각적인 대답만이 살길이었다. 그는 곧 자리에서 몸을 일으켰다.

"잘했어."

그러곤 다현의 머리를 톡톡 쓰다듬으며 그녀를 지나쳐 갔다.

그 순간 멍해진 그녀는 가슴 깊숙이 묻어 두었던 첫사랑이 불쑥 고개를 내미는 것을 느꼈다.

그에게 잘했다는 칭찬을 듣고 싶었던 마음이 불과 어제였는데, 듣자마자 이렇게 감정이 난데없어지다니. 민망함에 다현은 두 손으로 얼굴을 가려 버렸다.

혼낼 때는 언제고 잘했다고 칭찬이라니. 그녀는 상념을 떨치기 위해 고개를 내저었다.

그의 칭찬은 고래를 춤추게 하는 게 아니라 다현의 가슴을 두근거리게 했다.

그만 나대라, 이 줏대 없는 심장아.

참고인 소환 조사를 위해 출석 명령서가 보내진 상태였다. 1차 소환 조사는 국토 교통부 관련인들.

하루 만에 온갖 언론 매체에선 이번 사건을 때려 대며 자기들 멋대로 추측하고 추정하고 결론을 지으며 시시비비를 가려 댔다. TV만 틀면 뇌물 얘기에 인터넷 정치, 경제 기사에도 온통 뇌물 비리 기사뿐이었다.

오늘도 원탁 테이블에 둘러앉아 조사 진행 상황을 체크하고 중간 브리핑을 가지는 회의가 있었다.

"돈 받은 건 장관이고 밑엔 까래서 깐 거라 참고인 조사는 쉬울 거 같아."

제주도 리조트 건설 건을 맡은 이정우 검사가 1차 참고인 소환 명단을 살피며 말했다.

"박호산 장관 계좌에선 뭐 좀 나왔습니까."

이헌이 수사관을 보며 물었다. 담당 수사관은 계좌 내역서를 들춰보다 머리를 긁적이며 혀를 찼다.

"아무래도 현금 다발로 배달된 거 같습니다. 박호산 장관 개인 계좌에선 이렇다 할 게 없습니다."

예상했던 대로다. 수억을 건넸는데 계좌로 오고 갔을 리가 만무했다. 그런 찜찜한 흔적을 남기는 건 아마추어 같은 짓이었다.

매년 불법 정치 자금으로 적게는 수십억 많게는 수백억 원에 이르는 돈을 건네는 재계에서 뇌물을 주고받은 흔적을 남긴다는 건 있을 수 없는 일이었다.

"보좌관이나 비서진들 계좌 내역도 뽑아 주세요."

한참을 생각하던 이헌이 수사관에게 지시를 내렸다. 수사관은 대답 대신 고개를 끄덕이며 그의 지시 사항을 수첩에 기록했다.

"그래. 그쪽을 공략하는 게 아무래도 쉽겠지."

"그 전에 조사 때도 박 장관은 딱히 눈에 띄게 불어난 재산이 없었어."

정 검사가 이헌의 지시에 공감하며 고개를 끄덕였고 이 검사가 거들었다.

선배들의 의견을 듣고 있던 다현은 한참이나 머리를 굴리더니 시종일관 굳게 다물고 있던 입을 달싹이다 말문을 열었다.

"국토 교통부도 압수 수색을 하면 어떨까요."

조심스레 자신의 의견을 피력하며 선배들의 눈치를 살폈다.

현재 국토 교통부는 단일 사건 때 이정우 검사가 압수 수색을 펼친 이력이 있다. 그 후론 모든 포커스가 뇌물을 건넨 재계에만 맞춰져 있어 받아먹은 이들에 대해선 계좌 추적만을 감행하고 있었다.

"어차피 전부 파기했을 거야. 이제 해 봤자 아무 의미 없어. 개고생만 하는 거지."

다현의 의견을 반박하고 나선 건 이 검사였다.

언론 보도를 통해 압수 수색으로 사건이 커진 걸 알아차리고 발 빠르게 자료들을 파기해 버렸을 테다. 조금도 유익하지 않을 압수 수색이었다.

"보여 주기 식도 나이 드신 분들한테 잘 먹힐 거예요. 아무것도 안 나와도 심리적으로 압박이 될 겁니다. 제 발 저려서 움찔하다가 도망갈 수도 있고요. 그렇게만 돼도 수월할 거 같은데요?"

이 정도로 압박 수사를 펼치고 있다는 걸 언론을 통해 보여 주자는 뜻이었다. 그녀의 말에 가만히 듣고 있던 정 검사가 수긍한다는 듯 고개를 끄덕이며 작게 손뼉을 쳤다.

"역시 막내. 하나를 보면 열을 안다니까."

"압수 수색은 참고인 소환 조사 이후에 결정하죠."

정 검사의 칭찬 이후 이헌의 화답이 돌아왔다. 다현의 의견을 어느 정도 반영한 처사였다.

"권 검사가 목숨 내놓고 찾아온 CCTV는 분석실에 넘겨주세요."

출근하자마자 다현이 건넨 USB를 담당 실무관에게 전달하며 이헌은 다시 한번 눈총을 줬다. 그의 날카로운 눈빛에 다현은 헛기침을 내뱉으며 시선을 피해 버렸다.

"권 검사 그렇게 안 봤는데 겁이 없어도 너무 없는 거 아냐? 큰일 나면 어쩌려고."

"조심해. 앞으론 계장님한테 말하고 같이 움직이든가 지원을 받아."

이 검사와 정 검사가 걱정스러운 시선을 다현에게 보냈다. 그녀의 입에선 앞으론 조심하겠다는 말이 흘러나왔다.

하루만, 아니 몇 시간만 늦었어도 CCTV 영상이 폐기됐을지 몰랐다. 지원을 받아 쳐들어갈 시간적 여유가 조금도 없었다.

그렇게 회의가 마무리되자 어느새 점심시간 무렵이었다.

지난밤을 꼴딱 지새웠지만, 여전히 산처럼 쌓여 있는 서류들과 들여다보지 못한 그룹별 하드 디스크가 못해도 수백 개였다. 과학 기술 범죄 수사부에서 나온 지원 인력들이 달라붙었다.

"점심 먹고들 하시죠!"

아침에 간단히 샌드위치를 먹은 탓에 시장했다. 그마저도 다현이 사 오지 않았으면 먹지 못했을 테지만 배가 고픈 건 배가 고픈 것이다. 금 강산도 식후경이라고 밥이라도 먹어야 힘을 내서 오늘도 날밤을 새울 수 있을 듯했다.

이 검사의 우렁찬 목청에 하나둘 몸을 일으켜 기지개를 켜기 시작했다. 책상머리에 앉아 있는 것도 여간 체력적으로 힘든 일이 아닐 수 없었다.

"국밥이나 한 그릇씩 어때요?"

정 검사가 말했다. 전날 술을 먹은 것도 아닌데 제대로 먹은 게 없어 속이 더부룩했다. 야근하면서 먹은 자장면과 탕수육이 문제인 듯했다. 아침에도 빵을 먹었으니 오죽 밀가루투성일까.

"오랜만에 동천 국밥 좋죠!"

수사관들이 좋다며 맞장구를 쳐 댔다. 그 속에서 난감한 건 다현뿐인 듯했다.

"다들 식사하고 오세요."

"문 검사님 어디 따로 맛있는 거 드시러 가시는 겁니까?"

"친구가 앞에서 잠시 보자네요. 식사 맛있게 하십시오."

뒤도 돌아보지 않고 이헌은 회의실을 가장 먼저 나갔다. 유유히 빠져나가는 그를 보며 다현도 그럴싸한 핑계를 찾기 위해 머리를 굴려 댔다.

"저도 앞에 엄마가 오셔서 같이 식사를 해야 할 거 같아요."

"그럼 오늘은 저희끼리 가겠습니다. 식사 맛있게 하세요."

꽤 괜찮은 핑계가 잘 먹히든 순간이었다.

수사관들과 실무관, 선배 검사들이 우르르 회의실을 빠져나가자 안도의 한숨이 그녀의 입에서 작게 흘러나왔다.

동천 국밥. 그것이 문제였다.

한편, 연수원 동기이자 로펌에서 변호사로 있는 친구의 연락에 점심도 거른 채 검찰청을 나온 이헌은 카페로 들어섰다.

물 한 잔 마실 새도 없이 오랜만에 봐서 반갑다는 인사는커녕 대뜸 서류 봉투를 건네는 통에 눈살을 찌푸렸다.

이건 또 뭘까.

어떤 폭탄이 제 앞에 떨어진 건지 내용물 확인도 전에 골치부터 아파졌다.

"그거 아냐. 너 때문에 요즘 우리 로펌 박 터지고 있는 거."

"작작 하라고 말씀드려라."

"대표님 아드님이 이번 수사 지휘 검사라는 걸 다들 어떻게 아시고서는 너도나도 변호해 달라고 찾아오는 통에 일이 안 될 지경이야."

친구의 말에 이헌은 이마를 긁적이며 한숨을 내쉬었다.

그가 변호사로 속해 있는 법무 법인 시안은 대한민국 3대 로펌 중 하나로, 시안 변호사를 선임하면 안 되는 사건이 없다는 말까지 나돌 정도로 덩치가 큰 곳이었다.

아시아 쪽 로펌에선 다섯 손가락 안에 들 정도로 승소율이 높기로 유명한 시안은 이헌의 아버지가 대표로, 그의 형이 파트너 변호사로 재직 중이었다.

"네가 피도 눈물도 없는 잔인한 놈이라는 걸 아직 모르는 거지."

"1절만 해."

"문이헌이 시안 이름만 들어도 넌덜머리 치는 걸 모르니까 수임료 왕창 부르고 사건 맡아 달라고 이 난리들인 거지."

"바쁘다. 용건만 해."

냉수를 들이켰다. 참고인 소환 조사가 시작되면 변호인 선임계가 머지않아 쌓이게 될 것이다. 변호인 선임 신고서 수임인 자리에 법무 법인 시안이 찍혀 있는 상황을 떠올리는 것만으로도 끔찍했다.

그는 수임료에 따라 사건을 맡는 아버지를 싫어하다 못해 경멸할 지경이었다. 아버지는 오로지 돈이 되는 사건만 변호했다. 사건의 본질 따위는 중요하지 않은 듯 굴었다. 살인자가 억만금을 준다면 그마저도 변호할 양반이었다.

그 탓에 우애 좋았던 형제 사이도 틈이 생기고 갈라지고 있었다. 이헌이 맡는 굵직한 사건마다 시안이 변호인단에 이름을 올렸다. 지난번 국무총리 로비 리스트 때도 변호인단으로 형이 올라와 재판에서 끈질기게 굴었다.

결과적으론 이헌이 매번 이기고는 있지만, 그 덕분에 집안 분위기는 엉망진창이라고 해도 과언이 아니었다.

"검찰청 들어간다니까 문 변호사님이 너한테 꼭 가져다주라던데?"

"뭐?"

"나도 뭔지 몰라. 사적인 거 같긴 한데, 네가 직접 봐."

"됐어. 돌려줘."

"오죽하면 나한테 가져다주라고 했겠어. 너 요즘 집에서 오는 전화는 아예 안 받는다며. 네 친구인 죄로 나한테까지 너 요즘 뭐 하냐고 물어본다니까."

이번 사건의 수사 팀을 꾸리면서 사적인 전화는 일절 받지 않고 있었다.

평소에도 저장되어 있지 않은 번호는 전화조차 받지 않았지만 큰 사건을 맡을 땐 개인적인 전화마저 가려 받는 이헌이었다.

"앞으론 네 전화도 안 받을 줄 알아."

"우리 사이에 너무한 거 아니냐!"

하는 수 없이 형이 전달하라고 했다는 서류 봉투를 챙겨 들고 이헌은 몸을 일으켰다.

"나 간다."

살가운 인사는 없었다. 친구를 지나쳐 걸음을 재촉하면서 형이 줬다는 서류 봉투를 슬쩍 열었다.

아니나 다를까. 지극히 사적이고 아무런 도움이 되지 않아 당장 쓰레기통에 버려도 시원치 않을 종이 쪼가리들이 나타났다.

'신상명세서'라는 타이틀이 적힌 파일은 분기마다 꼬박꼬박 본가에서 보내오는 맞선 리스트였다.

넌덜머리가 났다. 더는 거들떠보지 않고 파일을 서류 봉투에 집어넣었다.

잠잘 시간도 없이 바쁜 이 와중에도 때가 됐다고 맞선을 보라며 리스트를 보내오는 부모님은 이해 불가인 분들이었다.

거기다 그걸 건네받아 전달시키는 형도 도무지 이해가 되지 않았다. 짜증이 나다 못해 화가 날 지경이었다.

아들이 맞선을 보러 나가지 않는다는 걸 알면서도 이런 수고스러운 짓을 왜 하는지 알다가도 모를 일이었다.

결국 이헌은 휴대폰을 꺼내 들었다. 모친에게 전화해 다시는 이런 짓을 하지 말라고 엄포를 놓을 생각이었다.

그렇게 통화 버튼을 누르려던 찰나였다.

카페 입구 옆 창가 쪽 테이블에 앉은 여자가 그의 시선을 잡아 끌고 말았다. 이헌은 통화 버튼을 누르는 대신 주머니에 휴대폰을 집어넣었다. 그는 곧 긴 다리로 단숨에 테이블로 다가갔다.

"여기서 뭐 해."

태블릿 PC를 바라보며 샌드위치를 먹던 다현은 귀에 익은 목소리에 고개를 돌렸다. 한입 가득 베어 문 샌드위치가 야속하게도 목소리의 주인을 확인하자마자 목구멍에 탁 걸리고 말았다.

"컥컥! 케엑!"

사레가 들리고 말았다. 가슴팍을 쳐 대며 테이블 위로 손을 뻗었다.

그 움직임에 이현은 그녀가 마시던 커피를 집어 들어 건넸다. 허겁지겁 받아 든 커피를 벌컥벌컥 들이켜며 안도의 숨을 뱉어 냈다.

"뭐 죄지었어? 왜 이렇게 놀래."

"가, 갑자기 나타나니까 그렇죠!"

뭐 뀐 놈이 성낸다고, 딱 그 짝이었다.

어처구니가 없어 실소를 터트린 이현은 못마땅한 눈으로 테이블을 훑었다.

일하고 있었던 건지 태블릿 PC가 밝게 빛을 내고 있었고, 그 뒤로 먹다 만 샌드위치와 얼음만 남은 커피 잔이 테이블 위를 차지하고 있었다.

"밥 먹으러 안 가고 왜 여기 앉아서 빵 쪼가리를 먹고 있어."

점심을 먹으러 가는 것 같았는데 여기서 왜 이러고 있는지 알다가도 모를 일. 마치 친구가 없는 애처럼, 따돌림을 당하는 애처럼 처량 맞아 보였다.

"배가 안 고파서요."

"그럼 빵은 왜 먹어. 배도 안 고픈데."

핑계가 참 성의 없었다. 다현은 멋쩍은 듯 웃다가 헛기침을 내뱉었다.

설마 이현과 마주치게 될 줄 몰랐다. 그저 선배들이 간 식당 동선과 반대 방향인 카페에 들어와 간단히 요기하려던 것뿐이었다.

이렇게 이현과 맞닥뜨리니 민망한 건 오롯이 그녀의 몫이었다.

"따라와."

애써 시선을 피하고 있던 다현은 그의 말에 고개를 들었다.

"나 배고파. 밥 먹으러 가자."

이건 또 뭘까.

"전 배 안 고픈데요?"

배가 고프지 않은 거라고 하기엔 먹다 남은 샌드위치가 아른거렸다. 아침에도 샌드위치를 먹었는데 점심에도 빵 쪼가리를 먹고 있으니 배가 헛헛했다.

체력이 뒷받침돼야 하는 일을 하면서 끼니를 대충 때우고 거르는 일은 죄악이었다.

그렇다고 해서 이헌과 단둘이 밥을 먹는 건 꺼림칙했다.

피할 수 있다면 피하고 싶은 겸상이다.

"그럼 나 먹는 거나 봐."

뭐라 대꾸도 하기 전에 혼자 결론을 내리고는 쌩하니 카페를 나가 버리는 이헌을 보며 다현은 하는 수 없이 테이블을 정리하고 허겁지겁 그를 뒤따라야 했다.

이헌의 보폭을 따라가는 게 힘들었다. 그가 한 걸음 나갈 때 다현은 세 걸음 걸어야 했다. 뭐 마려운 강아지처럼 졸졸 그를 따라간 곳은 백반집이었다.

그와 단둘이 밥을 먹는 건 4년 전 국밥집 이후로 처음이다. 불현듯 그때가 떠올라 낯 뜨거웠다.

"할머니. 여기 김치찌개 주세요."

주방에서 머리가 흰 할머니가 고개를 불쑥 내밀고는 또 불현듯 주방 안으로 사라졌다.

"맛있는 거 사 준다고 했는데 김치찌개라서 어쩌냐."

그의 말에 다현은 부러 무슨 소린지 영문을 모르겠다는 듯 고개를 갸웃거렸다.

"그렇게 기억력이 달려서 검사 하겠어?"

"디스하시는 겁니까."

"디스가 아니라 팩트를 말하고 있는 거야."

도대체 언제 그런 말을 했냐고 따지고 싶었지만 스스로 무덤을 파는 꼴이라 무시하는 것으로 넘어갔다.

이윽고 양은 냄비에 담겨 보글보글 끓어 오른 김치찌개가 하얀 쌀밥과 함께 나왔다. 배가 고프지 않다고 했는데 김치찌개 냄새에 배에서 꼬르륵 소리가 들리는 듯했다.

이헌은 당연하다는 듯 앞접시에 찌개를 덜어 주고 제 그릇에도 찌개를 덜었다. 다현은 밥 한 숟가락을 입에 욱여넣고 찌개를 한입 떠먹었다.

"배 안 고프다며."

마치 며칠은 굶은 애처럼 밥을 먹는 다현을 보며 그가 말했다. 민망했지만 밥은 먹어야겠기에 다현은 대꾸 대신 김치찌개를 푹 떴다.

"요즘 어때."

찌개를 뜨며 그가 물었다. 젓가락질하던 다현은 테이블에서 시선을 떼고 이헌을 쳐다봤다.

"뭐가……."

"일하는 거 말이야."

"아. 괜찮습니다."

"힘든 건 없어?"

다현은 멀뚱히 그를 쳐다보는 것으로 대답을 대신했다. 이 양반이 갑자기 왜 이러나 싶다.

그냥 밥만 먹지, 이런 사적인 대화들은 어쩐지 마음이 썩 편하지 않았다.

"스승으로서 묻는 거야."

2개월가량 지도 검사였다고 스승이라고 하면 할 말은 없었다. 스승이 맞긴 맞으니까.

하지만 그런 마음으로 제자의 불편 사항을 들어 보겠다고 하는 스승의 마음이 어쩐지 못마땅했다.

"묻지 마세요."

젓가락을 내려놓으며 그녀는 단호한 음성을 내뱉었다. 격한 거부 반응이었다. 표정에도 언짢음이 가득했다. 미간에 새겨진 주름이 그 깊이를 더했다.

"괜히 오해해요."

무슨 소릴까.

"오해할 게 뭐 있어."

그가 물었다. 마주한 시선 속에서 다현의 눈빛이 잘게 흔들렸다.

"걱정하는 거 같고, 챙겨 주는 거 같아서 별로예요."

얘가 왜 이래.

"밥이나 드세요."

정수리가 보일 만큼 다현은 고개를 푹 숙이고 숟가락을 들었다. 실언하고 말았다. 이래서 이헌과의 겸상을 피하고 싶었던 모양이다.

그와 단둘이 마주하면 이런 볼썽사나운 일이 생기고 마는 것 같다. 두 번 다시는 겸상을 하지 않으리라 다짐하며 찌개를 푹 떠서 입에 푹 밀어 넣었다.

"권다현."

그가 이름을 불렀다. 괜히 움찔하며 찌개를 꿀꺽 삼켰다.

"너, 아직도 나 좋아해?"

불쑥 치고 들어온 물음이 또다시 목을 메이게 했다. 사레가 크게 들려 컥컥거리면서 물컵을 집어 들었다.

하필 빈 컵일 건 또 뭔지. 괜히 약 올라 인상을 찌푸리면서 연신 기침을 내뱉었다.

그때 이헌이 빈 컵을 채워 주자 허겁지겁 물을 마시고는 숨을 크게 내쉬었다. 빈 컵을 테이블 위에 내려놓으며 다현은 눈살을 찌푸리며 그를 째려봤다.

"아니면 됐어."

대수롭지 않다는 듯 이헌은 숟가락을 들었다. 밥 먹는 모습이 얄미워 보일 수도 있구나 싶은 대목이었다.

감정을 쉽게 끊어 낼 수 있는 사람이 몇이나 될까.

눈에서 멀어지면 마음에서도 멀어진다고 자연스레 잊어 갔다.

그러나 여전히 마음속에 잔상으로 남아 있던 첫사랑은 오랜만에 재회 후 쓸데없이 불쑥불쑥 고개를 내미니, 신경 쓰이고 불편하기만 했다.

도대체 사내 연애를 하는 사람들은 무슨 정신으로 일을 하는 건지 궁금하기만 했다.

고백은 왜 하려고 했을까. 어쩌다 감정이 들켜 버렸던 걸까.

이래서 다들 짝사랑을 하는 건가?

정말 불편해서 미칠 것 같다.

3장

일시에 이뤄진 참고인 소환 조사에 아침부터 중앙 지검 앞은 기자들로 인산인해였다. 조사가 끝나고 나올 때를 포착하기 위해 그들은 여전히 진을 치고 있었다.

"억울합니다. 공무원이 무슨 힘이 있겠습니까. 위에서 시키니까 하는 거지. 우리도 눈칫밥 먹고 살아요."

실질적인 행정을 담당하는 국토 교통부 부서의 과장과 사무관이 참고인 소환 조사로 포토 라인 앞에 섰다.

조사실에 앉아 담당 검사와의 신문이 이어지는 내내 그들의 입에선 한결같은 대답만 흘러나왔다.

아무것도 모른다. 알지 못했다. 시키는 대로 했을 뿐이다. 우리가 무슨 힘이 있나. 억울하다. 잘못했다.

"스케줄 표에 적힌 대로 골프 약속이 있으셨습니다. 개인적인 스케줄이라 누구와 함께했는지는 알 수 없습니다."

보좌관이 장관의 알리바이를 확인했다. 마치 연습이라도 한 듯 표정 한 번 흐트러지지 않았다.

마주 앉은 이현은 담당 검사였던 이 검사가 단일 사건 조사 때 발견한 CCTV 영상을 태블릿 PC에 띄워 그의 앞으로 내밀었다. 누가 봐도 박호산 장관과 보좌관이 함께 클럽 하우스에 들어가는 장면이 재생되고 있었다.

아무것도 알지 못한다는 대답이 명백한 거짓임을 밝히는 증거 영상이었다.

"날짜까지 읊어 드려야 합니까."

"……."

"골프 회동을 일주일에 두세 번씩 하시던데, 나랏밥 먹는 장관이 하라는 일은 안 하고 골프나 치고 술이나 마시고……. 이 사실만으로도 자리 내놔야 할 거 같은데요."

짧게 편집된 다음 영상에서도 마찬가지로 박호산 장관은 보좌관과 함께 클럽 하우스를 제집처럼 드나들고 있었다.

"우리나라에 CCTV가 얼마나 많은지 잘 모르시나 봅니다."

얼굴이 시뻘겋게 달아올랐다. 시종일관 당당하던 모습은 온데간데없이 사라지고 눈동자가 미세하게 떨리기 시작했다. 그의 시선은 갈 곳을 잃은 채 태블릿 PC를 외면하고 있었다.

"아마 이 영상이 많은 걸 말해 주지 않을까 싶습니다."

이헌의 질문에 따박따박 대답을 하던 보좌관은 묵비권을 행사하기로 한 건지 입을 꾹 닫았다. 그 모습에 그는 태블릿 PC를 거둬들이고 몸을 일으켰다. 조사실 너머의 영상실에서 지켜보고 있는 이 검사에게 고갯짓을 해 보였다.

물꼬를 트는 건 언제나 이헌이었다. 밑밥을 깔아 두었으니 본 신문에선 고분고분 말을 들을 테다.

문이 열리고 담당 검사인 이 검사가 들어왔다. 이헌은 당연하다는 듯 증거물이 담긴 태블릿 PC를 그에게 넘겨주며 조사실을 나왔다.

회의실로 들어가자 담당 수사관이 이헌에게 득달같이 달려와 서류를 내밀었다. 건네받은 서류는 이경제 의원의 계좌 내역이었다.

"깨끗합니다. 아무래도 돈다발로 받은 게 확실한 거 같습니다."

수백 장의 계좌 내역에서 특별한 점을 찾지 못한 수사관은 씁쓸한 표정을 감추지 못했다. 반면 이헌은 짐작이나 한 듯 평이하기만 했다.

"재산 내역 공개된 자료랑 계좌 상황은 같습니까."

"크게 변동 사항 없습니다. 압구정 아파트를 처분하면서 돈이 들어오긴 했는데 고스란히 처남의 통장으로 들어갔습니다."

"부동산 현황이랑 가족들 계좌도 전부 뽑아 보세요. 특히 처남. 압구정 아파트 처분한 돈이 처남한테 흘러 들어간 이유까지 파 보세요. 돈 다발을 받아서 어딘가에 묵혀 두거나 썼을 겁니다. 가족들 명의를 빌렸을 가능성이 크고요."

이헌의 지시 사항을 빠르게 메모한 수사관은 득달같이 회의실을 빠져나갔다.

"박호산 장관, 참고인 조사 받겠다고 연락 왔습니다!"

회의실 끝에 앉아 한 통의 전화를 받은 실무관이 통화를 끝내자마자 우렁찬 목소리를 내질렀다.

박호산 장관이 참고인 조사에 응하며 수일 내로 검찰에 출석하겠다는 전화를 해 온 것이다.

물론 보좌관이 전화를 걸어 왔지만 장관의 초조함을 엿볼 수 있는 대목이었다. 관련 직원들이 일시에 우르르 검찰에 출석해 조사를 받고 있으니 심리적인 압박이 상당했던 것으로 보였다.

"이경제 의원이랑 조기철 의원도 소환장 보내세요."

"예."

"조기철 의원은 경찰청장이랑 강남 경찰서장한테 돈을 건넨 거로 보입니다."

"조기철 의원 주머니에서 나왔다고 하기엔 액수가 너무 큽니다. 분명 수거해서 줬을 테니까 알아봐 주세요."

"알겠습니다."

회의실에 있던 수사관들이 이헌의 지시에 하나둘 자리를 비우기 시작했다.

반면 온종일 모니터에 코를 박고 CCTV 영상을 돌려 보던 정 검사는 뻐근해진 목을 주무르며 눈을 감아 버렸다.

계속 보고 또 봐도 이상한 점이 조금도 없었다.

그저 박호산 장관과 이경제 의원이 보좌관들과 함께 클럽 하우스를 들어가고 얼마 지나지 않아 K그룹 장현 회장과 MK건설 최명조 회장이 나란히 모습을 드러낸 것 말고는 이렇다 할 특이한 점이 없었다.

넷이서 골프를 친 사실은 이미 캐디를 통해 사전 조사 때 확인을 해놓은 터라 수상한 점을 찾기란 쉽지 않았다.

클럽 하우스 내부나 그도 아니면 골프장 내에 CCTV가 있으면 또 모를까, 있더라도 녹음 기능이 없는 이상 네 사람의 대화를 알아내기는 어려웠다.

캐디들도 넷의 대화를 정확히 기억해 내지 못했다.

벌써 지난해 일이었다. 업무상 골프 회동을 하는 이들이 많은 탓에 뒤죽박죽 섞여 기억이 나지 않는다고 했다.

"뭐 나왔습니까."

"뭐가 있겠어. 눈알만 빠질 거 같아."

"제가 보겠습니다."

몇 시간째 목을 내밀고 꾸부정한 자세로 컴퓨터 앞에 앉아 있던 정 검사가 기지개를 켜며 일어났다. 찌뿌둥한 허리는 덤이었다. 소파에 기대어 앉아 어깨를 주무르며 잠시 한숨을 골랐다.

이헌은 정 검사가 앉아 있던 컴퓨터 앞에 자리를 잡고 앉아 스페이스 바를 눌렀다. 멈췄던 영상이 다시금 재생됐다.

"골드서클은 어디까지 파악됐어?"

그가 옆자리에 앉아 계좌 내역을 조사 중인 다현에게 넌지시 물었다. 목소리에 화들짝 놀란 다현이 고개를 치켜들었다.

어, 언제 들어온 거지?

"아, 계좌 내역 조사 중입니다."

열두 명의 계좌를 일일이 대조하고 비교하여 겹치는 부분을 찾아내는 건 결코 만만한 일이 아니었다.

나쁜 쪽으로 머리들을 잘 굴린 덕분에 약값으로 건넨 돈의 출처와 흐름을 파악하는 게 쉽지만은 않았다.

"그리고, 장민준이 홍콩에 주기적으로 출국하고 있습니다."

"홍콩?"

"네. 2주에 한 번씩 가고 있습니다. 아무리 뒤져 봐도 홍콩이랑 접점이 없는데……."

"……."

"그리고 상해도 자주 출국하고 있습니다."

"……이경제 의원 아들이 상해에 산다고 하지 않았습니까?"

다현의 말에도 모니터에서 줄곧 시선을 떼지 않던 이헌이 눈을 돌려 소파에 앉아 있는 정 검사에게 물었다.

갑자기 목소리가 커진 이헌 때문에 화들짝 놀란 다현의 시선 역시 정 검사에게로 향했다.

한껏 기대앉아 눈을 붙이고 있던 정 검사는 자세를 바로잡고 앉았다.

"장남은 LA에 있고 차남이 상해에서 직물 섬유 수출 사업 중."

"직물 같은 거 수출하면 한 번에 컨테이너로 들여오는 거 아닙니까."

"그렇겠지. 못해도 컨테이너 하나는 거뜬하지 않을까?"

"그 회사 한번 조사해 봐야겠네요."

두 검사의 대화를 듣던 다현은 예사롭지 않은 시그널을 포착하고는 표정을 굳혔다.

압수 수색 자료를 뒤지고, 억지로 찾아낸 CCTV를 분석하고, 계좌 내역을 털어 봐도 퍼즐 하나가 맞지 않아 골머리를 썩였다.

공급책의 루트가 국내인지 국외인지 알 수 없었다. 골드서클에서 마약 파티를 일삼는다는 걸 알고만 있었지, 그 과정을 조금도 유추하지 못해 답답하던 찰나였다.

"이경제 의원이 갑자기 어디에서 튀어나왔나 했는데, 이렇게 접점이 있었네."

이헌이 말했다. 다시 모니터를 주시하는 그는 한결 편안하고 부드러워진 기색이었다.

한빛은행장이 작성한 뇌물 리스트에 아무런 접점도 없는 이경제 의원의 이름이 있었다. 뇌물을 받아먹은 이들 중 가장 많은 액수였고, 동기 동창인 국토 교통부 장관을 K그룹과 MK건설에 연결해 준 대가라고 생각했다.

확실한 건 뒤져 봐야 알겠지만 어쩐지 그의 차남이 이번 일과 연관이 없지 않아 있을 것만 같은 예감이 들었다.

"이경제 의원 차남도 조사하겠습니다."

"파라곤 CCTV 분석은 어떻게 됐어."

스페이스 바와 방향 키를 눌러 가며 모니터 속 CCTV 영상을 보던 이헌이 또다시 진행 상황을 다현에게 물었다.

"루프탑 오가는 얼굴들과 회원 명단이랑 일치하는 거 확인했습니다. 주기적으로 드나드는 날짜를 파악 중입니다. 루프탑 실내는 CCTV가 없어서 안에서 뭘 하는지는 알 수 없었습니다."

"서둘러. 시간 없어."

"네."

다현의 대답과 동시에 이헌은 스페이스 바를 눌렀다. 그러곤 모니터에 멈춘 영상 속 차량 번호판을 하얀 메모지에 받아 적고는 건너편에 앉아 있던 수사관에게 건넨다.

"계장님. 여기 차량 번호 조회 부탁드립니다. 로하 CC부터 시작해서 동선별로 차량 추적도 같이 해 주세요."

"뭐야. 뭐 찾아냈어?"

정 검사가 다가와 차량 번호를 슬쩍 훑었다.

"차종이 똑같아서 설마 했는데 번호가 다릅니다."

이헌의 말에 정 검사는 놀란 듯 모니터 앞으로 달려가 영상을 재생시켰다. 몇 시간이나 들여다보고 있었는데 기본적인 걸 놓쳤을 리 없다고 판단한 것이다.

한참이나 영상을 돌려 보고 확인하자 클럽 하우스에 타고 온 차와 라운딩 후 클럽 하우스에서 타고 나간 차량의 번호판이 확실히 다르다는 걸 알 수 있었다.

거기다 추가로 확인한 사실이 있다.

"골프백이 다릅니다."

고작 몇 분 앉아서 영상을 본 이헌이 찾아낸 걸 자신은 발견하지 못했다는 사실이 어처구니가 없기만 했다. 정 검사는 타이를 느슨하게 풀어헤쳤다.

"같은 검은색이지만 손잡이 부분이 다릅니다."

멀리서 찍힌 CCTV 영상을 아무리 확대해도 비서가 손에 쥐고 있는 핸들 부분은 자세히 보이지 않았다. 황당하다는 건 이런 걸 보고 하는 말이었다.

다현은 정 검사의 눈치를 살피며 다시 영상을 재생시켰다.

클럽 하우스에 들어갈 때 이경제 의원의 보좌관으로 보이는 남자가 든 골프백과 클럽 하우스를 나올 때 그가 든 골프백은 누가 봐도 똑같아 보였다.

손잡이 부분을 확대해 봐도 손에 틀어쥔 상태라 보이지 않는 건 마찬가지.

그때 트렁크에 골프백을 싣고 나서 문을 닫기 직전에 골프백 손잡이가 어렴풋이 보였다. 다시 뒤로 돌리다가 스페이스 바를 눌러 영상을 정지시켰고, 손잡이 부분을 확대했다.

손잡이 부분은 검은색이었다. 앞쪽으로 영상을 돌렸다.

보좌관이 뒷좌석 문을 열어 이경제 의원을 내려 주고 나서 트렁크 문을 열었다. 멈춘 영상 속 골프백의 손잡이 부분에서 하얀 테두리가 어렴풋이 보였다.

영상을 멈춘 다현은 난감한 듯 이헌과 정 검사의 눈치를 살폈다. 고작 몇 분 앉아서, 그것도 자신의 조사 진행 상황을 체크까지 해 가며 영상을 본 사람이 아닌 것만 같았다.

영상 분석가가 아니고서야 골프백은 알아내기 쉽지 않았다. CCTV 영상은 확대할수록 깨지기 마련인데, 그럼에도 단번에 찾아낸 이헌을 대단하다고밖에 말할 수 없었다.

"CCTV 영상 증거 분석실에 다시 보내세요. 제가 말한 부분 체크해서 전달해 주시고요."

"아, 네!"

실무관이 서둘러 CCTV가 담긴 USB를 뽑아 들고 발걸음을 재촉하는 그때 회의실 문이 열렸다.

"검사님! 한영식 은행장이 자백했습니다!"

문이 열린 순간 실무관을 밀치고 수사관이 들어와 조사실 상황을 알렸다.

구속 수사 중이던 한영식 은행장의 심문은 매일같이 이뤄졌다. 모든 사건의 시발점이 된 탓에 키를 쥐고 있는 인물도 한영식이었다.

그가 입만 열면 우후죽순 딸려 나올 사람이 한둘이 아니라 현 상황을 주시하고 있는 이들 역시 수두룩했다.

묵비권을 행사하고 모르쇠로 일관하던 한영식도 구속이 길어질수록 심리적 압박과 심신이 미약해져 더는 버티지 못한 것으로 보였다. 오전에 조사실로 들어선 그의 낯빛이 칠흑보다 더 어두웠던 게 기억난다.

"선배님. 공소장 준비하셔야겠습니다."

한영식 은행장을 기소하기만 하면 조사는 일사천리로 진행될 것이다. 이헌은 담당 검사인 정 검사에게 조사실에 들어가 마무리를 지어 달라 말했다.

진술서를 토대로 공소장을 작성해야 하는 정 검사는 며칠째 이어진 한영식 은행장의 심문에 지칠 대로 지쳐 있어 신문을 지원 나온 후배 검사에게 맡긴 참이었다.

똑같은 질문을 수백 번도 더 해 댔다. 모른다는 대답은 그보다 더 많이 들었다. 그만할 때도 됐지.

"그 양반이라도 입을 연다니 다행이네."

CCTV 영상에서 증거를 찾아낸 일은 어느새 감쪽같이 잊은 채, 정 검사는 조사 자료들을 챙겨 들고 수사관과 함께 조사실로 향했다.

"권다현 검사. 계속 일해."

멀뚱히 쳐다보고 있는 다현에게 이헌은 시니컬하게 말했다. 집 나간 정신을 깨우는 목소리였다. 다현은 시선을 황급히 돌려 까만 글씨와 숫자에 코를 박았다.

한영식 은행장이 자백한다고 하니 골드서클 건도 속도를 올려 소사를 마쳐야 할 듯했다.

그날 저녁, 검찰이 한영식 은행장을 기소했다는 보도가 쏟아졌다.

자정을 넘긴 시간. 구속 조사 중이던 한영식 은행장의 기소로 여전히 언론에서 시끄럽게 떠들어 대는 통에 실시간 검색어까지 도배됐다.

이헌은 언론과 여론의 반응엔 그저 시큰둥했다. 언제고 곧 식어 버릴 반응들에 일일이 대꾸할 시간이 없었다.

뻐근해진 목덜미를 주무르며 압수 수색 후 분류된 기밀 자료들을 보기 시작했다.

K그룹 전략 기획실

K그룹의 핵심 부서인 전략 기획실의 기밀 서류가 그의 손에 들어왔다. 하드 깊숙한 곳에 숨겨져 있던 파일들부터 시작해 계열사별 매출과 예산은 물론 분식 회계를 한 정황까지.

어딘가에서 새어 나간 정보 때문에 하드 몇 개가 포맷되었지만 미처 손쓰지 못하고 들이닥친 압수 수색에 K그룹은 민낯을 드러내고야 만다.

첨부된 차명 계좌 내역은 상상을 초월했다. 누구인지도 알 수 없어 관계자 표시까지 따로 해 둔 서류 속은 그저 일반인들투성이였다. 전무의 사촌 동생, 이사의 처남, 실장의 장인어른까지 다채로웠다.

지이이잉. 지이이이잉.

책상 위 어딘가에 올려 뒀던 휴대폰이 전화를 알려 왔다. 너저분하게 널브러져 있던 서류들을 뒤적거려 휴대폰을 찾아낸 이헌은 액정에 뜬 이름을 확인하고는 망설였다.

그다지 반가운 전화도 아니고 심지어 발신인은 받고 싶지도 않은 상대였다. 수사 지휘 검사로서 받아선 안 될 전화기도 했다.

빨간 버튼을 가볍게 터치했다. 전화를 거절한 것이다. 그러자 또다시 전화가 걸려 왔다. 다시 거절했지만 상대방은 끝을 모르고 연결을 시도했다.

결국 이헌은 한숨을 삼키며 통화 버튼을 눌렀다.

"바쁩니다."

상대방이 먼저 치고 나오기 전에 선방을 날리는 것으로 지루한 통화의 서막을 알렸다.

―전달한 서류는 봤냐.

그러면 그렇지. 별일 없이 전화할 양반이 아니었다.

"버렸습니다."

형에게 건넨 뒤, 다시 친구를 통해 전달한 맞선 리스트는 집구석 어딘가에 처박아 뒀다. 남의 신상이 담긴 걸 차마 쓰레기통에 버리지 못한 검사님이었다.

―언제까지 중앙 지검에만 처박혀 있을 거야!

갑자기 얘기가 왜 또 그쪽으로 튀는 거냐고 따져 묻고 싶었지만 말이 길어질 듯해 속으로 삼켰다.

이헌의 부친은 아들에게 전화를 걸 때마다 레퍼토리가 똑같았다.

―불명예 퇴직한 애비가 자식 앞길 막고 있는 거 같아서 영 별로야.

오늘도 변하지 않는 레퍼토리.

그의 부친은 대검 중수부 부장 검사를 지내던 시절 윗선의 지시를

100

어기고 정권을 들이받는 수사를 무리하게 진행했다.

검사동일체 원칙이라는 것도 순 거짓부렁이었다. 검찰 총장 아래 모든 검사가 똑같다는 말은 그저 하는 개소리일 뿐이었다.

엄연히 위계질서가 있었고 상하 관계가 뚜렷했다.

학연, 지연, 혈연이 그 어느 집단보다 강한 곳이었고 선배 검사 말한마디면 변두리 지방의 지청으로 내쫓기는 것도 순식간이었다.

그런 곳에서 이헌의 부친은 연줄 하나 없이 살아남아 무려 대검 중수부 부장 검사 자리까지 올라갔다.

하지만 그게 전부였다.

더는 올라가지 못하고 그 자리에서 그대로 곤두박질쳤으니.

파면을 막아 줄 연줄이 없는 탓이었다고 그는 말했다. 끼리끼리 노는 무리에서 낙동강 오리알 신세가 되어 버린 그는 이를 갈며 로펌을 차렸다.

시작은 혼자였지만 지금은 대한민국에서 가장 잘나가는 로펌이 되어 버린 시안의 대표로 그는 자신의 파면이 아들의 앞길을 막는 것만 같아 늘 못마땅했다.

아들은 아비와 달리 학연이 있지만 외골수적인 성격에 아부와는 거리가 멀어 있는 연줄도 제대로 챙기지 못하는 듯해 못내 아쉬웠다.

잘만 잡으면 승승장구할 텐데 여전히 특수부에서 뒤치다꺼리나 하고 있으니, 자식을 둔 부모 입장에선 그저 아들의 능력이 아쉬울 뿐이었다.

─검찰에 계속 남아 있을 생각이면 지금 그 자리에 만족해서는 안 돼.

정말 어처구니없는 발상과 발언이었다. 이헌은 실소를 터트리며 전화를 끊을지 망설였다.

─대검에 자리 마련할 수 있어. 이번에 맡은 사건 끝내고 결혼해.

개소리를 참 정성껏 포장한다 싶어 우습기 짝이 없었다. 이래서 통화를 피했던 건데. 지칠 줄 모르고 울리는 전화에 하는 수 없이 받기는 했지만, 이쯤 되면 끊어야 할 듯했다.

하나부터 열까지, 부친과는 조금도 맞지 않았다. 이미 부자 사이가 틀어질 대로 틀어진 상태였다.

발단은 부친이 로펌을 차린 후였다. 돈독이 오른 건지, 명예와 권력을 등에 업고 싶은 건지 부친은 굵직한 사건의 변호를 맡으며 정, 재계로 인맥을 쌓기 시작했다.

아들로서, 또 후배 검사로서 그 모습이 실망스러웠다.

"대검, 안 가도 그만입니다."

어디든 상관없었다. 그저 검사로서 제 역할을 다할 수 있는 곳이라면 괜찮았다.

다행히 능력을 잘 봐 준 선배 검사들과 부장 검사, 차장 검사 덕분에 초임지부터 지금껏 중앙 지검에 남을 수 있었다. 그곳에서 강력부부터 시작해 형사부와 공안부를 거쳐 현재 특수부까지 나름대로 검사로서 탄탄대로로 나가고 있다고 생각했다.

부친의 말처럼 연줄 하나 없이 제 자리에서 맡은 바에 최선을 다했다. 그게 전부였다.

―만년 평검사나 하다 정년 할 생각이면 당장 때려치우고 로펌에 들어와!

로펌의 '로' 만 들어도 치를 떠는 자신을 알면서도 부친은 굳이 검사직을 때려치우게 할 심산이었다.

자신을 내팽개쳐 버린 검찰이라는 집단에 아들이 속한 게 못마땅한 건 이해할 수 있었다. 그러나 그 정도가 이따금씩 지나쳤다.

검사를 그만둘지언정 로펌은 아니었다. 아버지가 물욕, 권력욕, 명예욕을 죄다 버리고 작은 형사 사건이나 민사 사건들을 맡으면 또 몰라. 그 전엔 어림도 없었다.

"억지 그만 부리세요."

―선 자리가 너무 아까워. 고문님이 직접 입 댄 거다. 널 언제 봤는지 마음에 들어 하시더라.

로펌에 있는 고문 양반이 중간 다리 역할을 했다면 안 봐도 훤했다. 아들의 연줄을 단단히 해 두겠다는 전제가 깔린 맞선이었다.

매번 리스트를 자세히 보지 않기 때문에 어느 집안 여식들인지 알 수 없었다. 그저 아버지가 바라는 뒷배 든든한 집안이겠거니 짐작만 할 뿐.

"그럴 시간 없습니다."

맞선을 거절하는 핑계가 매우 정직했다. 지금은 이런 쓸데없는 통화조차 시간이 아까울 때였다.

─문이헌! 네 녀석이 애비 말에 자꾸 이런 식으로 나오면 나도 다 수가 있어.

부친의 엄포는 하루 이틀이 아니었다. 여전히 대수롭지 않게 받아들였다.

"마음대로 하세요."

바쁘니까 용건은 여기까지. 수화기 너머에서 부친의 격양된 음성이 들려왔지만 이헌은 망설임 없이 전화를 끊었다.

급격한 피로가 몰려왔다. 아까보다 목덜미가 더 뻐근해진 듯도 했다.

몸을 일으켜 기밀 서류들을 챙긴 이헌이 곧장 검사실을 나왔다. 텅 빈 복도에도 불이 훤했다. 벌써 며칠째 퇴근하지 못한 상태였다. 가져온 옷가지들이 떨어져 딱 한 번 집에 들른 후 줄곧 검사실 소파에서 쪽잠을 청했다.

그건 다른 검사들도 마찬가지였다. 회의실 문을 열자 사방이 고요했다. 수사관들은 소파에 누워 자고 있었고 보이지 않는 선배 검사들은 숙직실에 잠시 눈을 붙이러 간 모양이다.

그 틈에 원형 테이블에 엎드린 채 잠이 든 다현이 있었다.

숙직실에 가서 잘 것이지 추운데 왜 여기서 엎드려 자나 몰라.

이헌은 소파에 걸쳐져 있던 작은 담요를 가져왔다. 엎혀 가도 모르게 잠든 다현에게 담요를 덮어 주며 살포시 곁에 앉았다.

테이블 위엔 계좌 내역들이 널브러져 있고 색색의 형광펜으로 밑줄까지 그어진 내역서들은 나름 어지러운 상황 속에서도 분류를 해 둔 모양인지 포스트잇까지 붙은 채였다.

이헌은 다현이 애써 정리해 놓은 것들을 눈으로 훑다가 그녀를 물끄러미 응시했다.

쌕쌕 고른 숨을 내뱉으며 곤히 잠든 다현은 마치 단잠에 빠진 아이 같았다.

둥근 이마를 타고 아슬아슬하게 걸쳐져 흐트러진 머리칼에 손을 뻗어 살며시 넘겼다. 그러자 긴 속눈썹이 시야에 가득 들어왔다. 그다음으로 오뚝한 코, 보송한 볼, 붉게 물들어 조잘거리던 입술까지.

다현의 모든 것이 한눈에 들어오자 저도 모르게 손길이 닿아 화들짝 놀란 이헌은 뻗은 손을 갈무리하며 마른침을 삼켰다.

미친놈. 정신 차려. 권다현을 두고 무슨 생각을 하는 거야.

결코 좋은 생각이 아닌 것만은 분명했다.

사념이 머릿속에 자리 잡기 전에 다현의 곁에서 멀찍이 떨어져 앉아 K그룹 자료들을 다시 들여다보기 시작했다.

계열사별로 정리된 내년도 예산안까지 꼼꼼히 체크했다. 굳이 보지 않아도 될 자료였지만 이헌은 하나도 놓치지 않고 머릿속에 새겨 넣었다.

차명 계좌 내역들도 화려해 계좌 추적을 하는 것도 어려웠다.

워낙 돌고 돌아 목적지를 향하는 바람에 흐름을 파악하기가 쉬운 일이 아니었다. 전략 기획실 법인 카드 내역서마저도 화려해 혀가 내둘러질 지경이었다.

접대비 명목으로 들어간 유흥비만 수십억 원에 달했다. 누구에게 무슨 목적으로 뭘 했는지 알 수는 없지만 고작 3개월 치 카드 내역서라고 하기엔 어마무시했다.

"여기서 뭐 하세요?"

서류를 들여다보고 있던 이헌은 쩍쩍 갈라지는 다현의 목소리에 고개를 들었다. 자다 깬 그녀는 흘러내린 담요를 잡아챈 뒤 눈을 멀뚱멀

뚱 뜬 채 그를 쳐다봤다.

"이거, 선배님이 덮어 주신 거예요?"

"집에 가서 자고 와."

담요를 손에 꼭 쥐고 묻는데 이헌이 딴소리를 한다. 왠지 모르게 민망해져 다현을 제대로 쳐다보지도 못한 채 그는 서류를 뒤적이며 그녀에게 퇴근을 말했다.

"혼자 집에 가면 밉상 후배 될 텐데요?"

반쯤 장난기가 섞인 대답이었지만 이헌에게서 장난스러운 대꾸는 없었다. 그의 시선은 오롯이 서류에 붙박이처럼 달라붙어 있었다.

"어차피 집에 갈 생각 없는 사람들이야. 집에 가면 들을 잔소리 때문에 안 가는 거야."

특수 1부 대부분은 유부남이었다. 마누라 잔소리를 피해 집에 들어가지 않는 남편들의 집합소나 다름없었다.

매일같이 야근을 해 대다 오랜만에 집에 좀 갈라치면 왜 이제 오냐, 뭐 하는데 이제 오냐, 그놈의 검찰청엔 검사가 당신 혼자냐, 애는 나 혼자 낳았냐까지. 욕이라도 안 들으면 다행이라고 하는 사람들도 있었다.

"그럼 선배님은 왜 집에 안 가세요?"

유부남 선배들이야 잔소리 때문이라고 해도 이헌은 별다른 이유가 없는데 집에 가는 걸 본 적이 없었다.

집이 있긴 한 걸까 싶을 만큼 지도 검사였을 때도 그가 퇴근하는 모습을 본 적 없어 다현은 넌지시 물었다.

"집에 가도 아무도 없는데 뭐 하러 가."

황당한 대답이 튀어나왔다. 조금도 예상하지 못했던 말에 다현은 괜히 이헌이 애처로워 보였다.

"방금 선배님, 좀 불쌍해 보였어요."

연예인 뺨치게 잘생긴 얼굴로 일만 하다가 죽을 거면 그 얼굴 나나 주지.

표정 하나 변하지 않고 시베리아 벌판보다 더 시린 얼굴로 내뱉은 말치고는 왠지 마음이 쓰여 가만히 있을 수가 없었다.

"농담이야."

"농담 같은 거 안 하신다면서요?"

다현이 자신을 측은하게 바라보는 것 같아 이헌은 대충 얼버무렸지만 씨알도 먹히지 않았다. 이럴 땐 그저 입을 다물고 있는 게 상책이라 생각했다.

"배고픈데, 뭐 드실래요?"

이헌과 겸상은 하지 않겠다 다짐했지만 담요에 대한 보답은 해야겠지.

그녀의 말에 애써 시선을 회피하고 있던 이헌은 서류에서 눈을 떼 고개를 들었다. 다현을 바라보는 그의 눈썹 위가 미세하게 움찔거렸다.

어느새 자리에서 일어난 다현은 뒤도 돌아보지 않고 회의실 문을 열어젖히고 빨리 나오라며 손짓했다.

그 모습을 잠시 빤히 보던 이헌은 손에 들린 서류를 내려 두고 몸을 일으켰다. 앞서가는 다현을 따라 마치 자석에 이끌리듯 회의실을 벗어난 이헌은 이윽고 그녀와 함께 검찰청 건물을 빠져나왔다.

"근데 어디 가는 건데?"

다현은 대답 대신 걸음을 재촉해 건널목 끝에 있는 편의점에 당당히 들어섰다.

뒤따라 들어온 이헌은 편의점 안을 빙 둘러보며 허파에 구멍이라도 난 듯 바람 빠진 비웃음을 내뱉었다.

"인스턴트, 몸에 나쁜 거 몰라?"

뭘 먹자더니, 그게 즉석 식품을 말한 모양이다. 괜히 따라왔나 싶은 찰나 다현이 그의 손을 이끌고 냉장 식품 코너에 섰다.

"뭐, 그래 봤자 야근만 하겠어요?"

아래 칸에 있는 우동 두 개를 꺼내 든 다현은 빙긋 웃으며 계산대로 걸음을 옮겼다.

하여튼 한 마디도 그냥 넘어가는 법이 없지. 이헌은 작게 고개를 가로저었다.

"후식은 선배님이 쏘시는 거죠?"

우동에 뜨거운 물을 붓고 면이 익기를 기다리는데 다현이 힐긋 그를 쳐다보며 평소보다 들뜬 목소리로 후식을 찾았다.

가만히 서서 다현을 내려다보던 그가 천천히 입을 뗐다.

"……또 뭘 먹게."

"여기 온통 후식이잖아요."

반달처럼 휜 눈과 올라간 입꼬리가 낯설게 다가왔다.

"아주 편의점을 사 달라고 하지 그래."

그가 퉁명스레 말했다. 농담인데 참 진지해서 진담같이 들리니 그게 문제였다.

"오, 그 생각을 못 했네. 그럼 사 주세요."

농담인 걸 알면서도 다현은 진지하게 말했다. 매 순간 진지한 표정이 신기해 덩달아 진지한 반응을 보였다.

문이헌 앞에서 장난은 금지였다. 도무지 그런 것과 가까워지려야 가까워질 수 없는 사람이었다.

시종일관 시니컬하고 매사 진지했고 언제나 북풍 설한처럼 차가웠다.

"싫은데. 돈은 네가 더 많아 보여."

이것 봐라. 참 농담도 심각하게 하는 데 뭐 있는 양반이다.

"선배님도 그리 없어 보이진 않거든요?"

다현은 눈으로 손목에 찬 시계를 가리켰다. 반쯤 걷어붙인 셔츠 때문에 손목에 찬 시계가 유난히 잘 보였다. 공무원 월급으론 어림도 없는 명품 시계가 그의 주머니 사정을 대변하는 듯했다.

"선물 받은 거야."

"아아, 여자 친구?"

다현은 면이 다 익은 우동을 휘휘 저으며 당연하다는 듯 물었다.

이헌은 아무 말 없이 우동을 후루룩 입에 넣었다. 그에게서 대답이 들려오지 않자 다현은 한껏 뾰로통해진 입으로 우동을 오물거렸다.

긍정이야 부정이야.

도대체가 속내를 알 수 없는 남자였다.

본인은 내 속을 훤히 들여다봐 놓고, 자기 속은 꽁꽁 감춰 두고 보여 주질 않으니 이처럼 불공평한 관계가 또 어디 있나 싶었다.

이현을 향한 불만으로 우동을 전투적으로 먹어 치운 다현이 벌떡 자리에서 일어났다. 뜨끈하다 못해 불이 난 속을 달랠 생각으로 아이스크림 냉장고 앞을 어슬렁거리며 말했다.

"후식으로 아이스크림 어때요?"

"네가 애야?"

후식으로 커피도 아니고 아이스크림이라니.

"제가 좀 어리긴 하잖아요? 선배님보다 훨씬."

'훨씬'에 강조를 하며 배시시 웃었다. 이현이 뭐라고 반박하지 않을 거라는 걸 아는 그녀의 깜찍한 반항이었다.

그렇게 아이스크림 하나를 입에 물고 편의점을 나왔다. 물론 이현은 빈손이었고 다현의 입에서 녹아 가고 있는 아이스크림은 그가 산 것이었다.

"새벽인데도 별로 안 춥네요."

어느덧 3월이었다. 봄이 오긴 했는지 새벽 공기가 제법 상쾌했다. 온종일 검사실과 회의실을 오간 탓에 얼마 만에 쐬는 바깥바람인지 몰랐다. 그저 바깥공기가 반가웠다.

"올해 벚꽃은 볼 수 있을까요?"

건널목 앞에 섰다. 지나다니는 차는 없지만 보행자 신호등은 빨간불이었다.

"벚꽃 안 본 지 오래됐어."

벚꽃? 그게 뭔데, 먹는 건가.

감흥 없어진 지 오래였다. 삭막한 검찰청의 좁은 사무실에서 범죄를 저지르는 파렴치한들을 상대하다 보니 안 그래도 메마른 감수성은 바닥을 드러낸 지 오래였다.

"학교에 벚꽃 호수 아시죠? 봄에 진짜 예쁜데."

두 사람은 한국대 선후배였다. 서로 본 적은 없지만 어쨌든 동문이었다.

한국대 캠퍼스 호수 주변은 벚꽃 나무로 둘러싸여 있었다. 하여 봄이 되면 만개한 벚꽃이 장관을 이루곤 했다. 덕분에 벚꽃만 보면 자연스레 캠퍼스 시절이 떠오를 수밖에 없었다.

동부 지검에 있을 땐 길가에 핀 벚꽃이라도 볼 수 있었는데. 올해는 어림도 없겠지.

벚꽃이 필 무렵엔 지금보다 더 눈코 뜰 새 없이 바쁠 것이다.

새벽 감성에 흠뻑 젖어 마음이 촉촉해질 무렵 가만히 서서 다현을 내려다보던 이헌이 천천히 입을 뗐다.

"여자 친구, 없어."

손에 쥐고 있던 아이스크림을 떨어트릴 뻔했다.

갑자기 맥락도 없이 훅 들어온 그의 뜬금없는 말에 다현은 한 입 베어 문 아이스크림을 꿀꺽 삼키며 이헌을 넌지시 바라봤다.

"연애 안 한다고 했던 거, 그냥 한 말 아니야."

"아……."

"권다현이라서 안 한다는 게 아니야. 내가 미치도록 바빠서 누군가를 챙길 여력이 없다는 게 맞겠지."

팬츠 주머니에 한 손을 푹 찔러 넣은 채 애꿎은 보도블록을 구둣발로 툭툭 차는 그 모습에서 그의 진심을 엿보았다면 믿을 수 있을까.

나지막한 어조로 평이하게 말하는 모습이 단정하고 말끔해 자꾸만 그에게 눈길이 머물렀다. 가로등 불빛 속에 서 있는 건 그녀가 분명한데, 그는 홀로 빛을 내고 있었다.

"매정하게 말한 거 같아서 미안했어. 이거, 진심이야."

어쩐지 어둠 속에 선 그의 귓불이 붉어진 것 같기도 하고.

다현은 속절없이 두근대는 가슴을 쓸어내리며 아이스크림을 다시 한

번 베어 물었다. 달달함이 입 안 가득 퍼져 머릿속까지 녹아드는 것 같았다.

신호가 바뀌자 이헌이 큰 보폭으로 성큼성큼 앞서 걸어 나갔다.

"뭐 해. 빨리 와."

그가 건널목에 서서 뒤를 힐끔 돌아봤다. 멍하니 서 있는 다현을 재촉했다. 건널목을 건너가는 그녀의 발걸음이 빨라지고 이헌의 보폭은 한껏 좁아졌다.

그렇게 건널목 끝에서 두 발길이 마주했다. 다현과 이헌은 아무도 없는 새벽길을 나란히 걸었다.

목적지는 여전히 업무가 쌓여 있는 지검이었지만 그곳으로 향하는 길이 유난히 짧은 듯 느껴졌다.

모처럼 새벽이 포근했다.

따뜻하다 못해 뜨거운 열기를 자아내는 날이었다.

구름 한 점 없이 맑은 하늘에서 내리쬐는 햇볕이 봄이라고 하기엔 다소 뜨거웠다.

그런 날 검찰청 앞은 또 한 차례 포토 라인이 세워졌고 언론사 기자들이 벌 떼처럼 모여들었다.

오늘은 정계 인사들이 검찰의 조사를 받기 위해 출석하는 날이었다. 귀신같이 알아낸 기자들은 멀찍이 들어오는 차량을 향해 셔터를 눌러댔다.

뒷좌석 문이 열리고 현 야당인 한민당의 최고 의원인 이경제 의원이 옷매무시를 가다듬으며 내렸다.

괄괄한 인상에 하얗게 센 머리카락조차 위엄을 내세워 정치인의 카리스마를 내뿜었다. 그러곤 기자들의 시선과 질문을 피하지 않고 포토 라인 앞에 섰다.

"뇌물을 받으신 사실이 있으십니까!"

"얼마나 받으셨습니까!"

"혐의를 인정하십니까?"

"한 말씀 해 주세요!"

여기저기서 질문이 쏟아졌다.

"성실히 검찰 조사에 임하겠습니다."

수십 개의 마이크 앞에서 가볍게 고개를 숙인 이경제 의원은 보좌관들과 함께 검찰청 안으로 재빠르게 몸을 피했다.

뒤이어 여당인 민정당의 대표 조기철 의원과 국토 교통부 박호산 장관이 모습을 드러내면서 실시간으로 중계되는 뉴스 채널의 시청률이 가파른 상승 곡선을 이뤘다.

한편, 회의실에 둘러앉은 이들은 수사 진행 상황을 체크하고 참고인 조사를 위해 증거 자료를 살폈다.

이번 조사로 끝내야 했다.

2차 소환 조사를 하게 되면 시간만 끄는 꼴에 한차례 준비할 시간을 주는 것이나 다름없는 일이었다. 날밤을 새워서라도 조사를 끝내고 구속을 결정하든 불구속을 하든 결판을 내야 했다.

"권 검사는 나랑 이경제 의원 조사실 들어갑니다."

"막내. 문 검사한테 많이 배워."

정 검사가 조기철 의원을 맡고 이 검사가 박호산 장관의 조사를 맡게 되면서 제일 깐깐한 이경제 의원은 자연스레 이헌의 몫이 되어 버렸다.

덤으로 아직 단독 신문을 맡아 본 적 없는 다현은 이헌의 파트너가 되어 조사실에 들어갈 예정이었다.

이 검사가 다현의 어깨를 토닥이며 위로의 말을 건넨다.

"조사실 안에서 피도 눈물도 없는 놈이야. 잘 보고 배워 둬."

평소에도 피도 눈물도 없는 사람처럼 구는 이헌이기에 별로 놀랍지 않았다.

연수원 실습생일 때도 이헌의 앞에서 벌벌 떨던 피의자들을 꽤 봐 왔다. 그의 앞에선 묵비권 행사도 소용없었다. 어떻게든 말려들어 자 백하게 되는 이상한 현상이 발생하곤 했다.

"부디 오늘 안에 끝내 보자!"

정 검사가 파이팅을 외치며 제일 먼저 조사실로 들어갔다. 이 검사 도 수사관과 함께 조사실로 들어가며 마음을 다잡았다. 그 모습을 보며 다현은 큰 숨을 들이켜고 조사실 문을 열었다.

길고 지루한 싸움의 서막이었다.

조도가 낮은 조사실 안은 책상 하나와 의자 네 개가 덩그러니 놓인 채 스산하고 무거운 분위기를 연출했다.

흡사 거울처럼 보이는 유리 벽 너머엔 수사관 두 명이 앉아 녹취와 촬영을 도맡고 있었다.

노트북과 태블릿 PC를 손에 끼고 조사실로 들어선 다현의 뒤로 제법 두꺼운 서류 뭉치를 한 손에 든 이헌이 따라 들어왔다.

"오랜만에 뵙겠습니다. 검사 문이헌입니다."

"검사 권다현입니다."

책상 앞에 나란히 선 이헌과 다현이 이경제 의원에게 가볍게 인사를 건넸다. 그는 변호사와 나란히 앉아 불편한 심기를 만면에 드러낸 채 심드렁하기만 했다.

지난 정권의 최대 비리 사건이었던 국무총리 로비 리스트에도 거론 됐지만, 능구렁이같이 빠져나갔던 그는 어김없이 이번 리스트에서도 가장 많은 돈을 받아먹은 인물이었다. 여기저기 똥물을 안 튀긴 데가 없는 양반이다.

이헌은 증거 자료인 서류 뭉치를 책상 위에 툭 내려놓으며 그와 마 주 앉았다. 다현은 서둘러 노트북을 펼쳐 기록관으로서 참고인 진술 조 서 작성을 시작했다.

"시간이 많지 않습니다. 의원님도 빨리 조사받고 귀가하시는 걸 원 하실 겁니다."

변호사가 있든 말든 그는 제 할 말만 했다.

지금 뭐 하는 거냐는 변호사의 격한 음성에도 시선 한 번 주지 않고 머리카락이 새하얘진 국회의원을 똑바로 바라보며 서류 뭉치에서 종이 하나를 내밀었다.

"샌프란시스코에 하나, LA에 하나, 하와이에 하나. 전부 큰며느리, 작은며느리 명의로 매입하신 저택이 맞습니까."

공개된 이경제 의원의 재산 내역은 깨끗했다. 계좌에도 티끌 하나 없이 청정 지역이었다.

압구정 아파트를 처분한 돈이 처남의 통장으로 송금된 것이 이상해 수사관에게 집중적으로 조사하라고 지시한 게 빙산의 일각을 건드린 셈이었다.

불과 1년 사이에 불어난 재산에 부동산을 조사해 온 수사관이 혀를 내둘렀다. 불법적인 재산 증식으로밖에 볼 수 없었다. 자금의 출처가 불분명했다.

아들의 명의로는 불안했던 모양인지 며느리 명의로 저택들을 사고 손자들의 명의로 땅을 샀다.

이렇게 뇌물 건으로 터질지 몰랐을 테니 안일하게 가족들 품에 돈을 숨겨 뒀겠지.

"80억이 넘는 돈입니다."

"난 모르는 일이야."

"미국과 상해에 있는 가족들도 전부 국내로 소환해야 합니까."

"이봐, 문 검사. 지금 표적 수사 하나?"

꼬장꼬장한 노인네가 심술을 부리기 시작했다. 순순히 조사에 협조하지 않겠다는 식으로 나오자 이헌은 옅은 미소를 머금은 채 입을 뗐다.

"표적 수사가 뭔지 보고 싶으십니까."

"문이헌 검사님! 지금!"

변호사가 나서 언성을 높였지만 이헌의 매서운 눈빛에 더는 입을 떼지 못했다. 제법 어두운 조사실 안에서도 그의 번뜩이는 눈빛은 잘 보였다.

"K CC, 로하 CC에서 현금 다발이 든 골프백을 건네받는 영상입니다."

이헌은 말이 끝나기 무섭게 자신의 옆에 앉아 있던 다현이 챙겨 온 태블릿 PC에서 CCTV 영상을 재생시켜 이경제 의원에게 내밀었다.

해상도를 높이는 후반 작업을 거친 탓에 동영상 속 CCTV 영상은 선명했다.

"여기 이 사람 김창식. 의원님 보좌관 맞습니까."

이헌의 손끝이 가리킨 곳에 클럽 하우스를 나오며 골프백을 트렁크에 싣고 있는 남자가 있었다. 그의 질문에 이경제 의원은 물론 변호사까지 입을 꾹 닫아 버렸다.

"클럽 하우스를 들어올 때 차량 번호와 나갈 때 차량 번호가 다릅니다. 갈 땐 분명 다 같은 번호의 차량인데 나올 땐 모두 다른 번호입니다. 물론 차량은 동일합니다."

"……."

"차에 금은보화라도 숨겨 둔 모양입니다."

"……."

"양평 별장으로 가셨던데, 별장 압수 수색은 생각도 못 해 봤다만 이번 기회에 해 보는 것도 나쁘지 않을 거 같네요."

골프장에서부터 바뀐 차량을 추적해 도로의 CCTV를 빠짐없이 분석한 끝에 해당 날짜별로 차량 이동 경로가 파악됐다.

총 아홉 차례. 바뀐 차를 타고 이경제 의원의 양평 별장으로 이동 후 다시 의전 차량을 타고 별장을 나와 자택으로 가는 구역별 CCTV 영상이 버젓이 남아 있었다.

영상을 보던 이경제 의원과 변호사의 낯빛이 어두워졌다.

"너무 허술한 수법이라 설마 했습니다."

"……나는, 모르는 일이야."

침묵을 지키던 그가 입을 떼자 이헌을 비롯해 조서를 작성 중이던 다현까지 실소를 터트렸다.

"계속 모른다고 하실 때마다 증거가 하나씩 늘어날 겁니다."

"……."

"이런 식이면 구속 영장이 나올 텐데, 괜찮으시겠습니까."

"으흠!"

CCTV 영상을 분석하느라 하루의 시간이 시체됐다. 가족 명의의 부동산과 계좌들을 찾아내느라 시간을 허비했다.

지난번엔 국무총리에게 로비했다는 증거가 하나도 나오지 않아 편하게 집에서 잠을 잤을 테지만 이번만큼은 달랐다.

지난 정권의 비호를 받으며 혼자서 수십억 원을 해 드신 증거가 너무 뻔하고 명확해 이번엔 구치소 밥을 조금 먹어야 할 듯싶다.

"의원님 보좌관이 본인 명의의 휴대폰 말고 대포폰 가지고 있는 거 아십니까."

"그거는!"

"그리고 한영식 은행장 큰아들과 의원님 작은아들이랑 대학 동기던데, 알고 계셨습니까?"

"그게 이거랑 무슨 상관이 있어!"

"작은 아드님이 한영식 은행장 큰아들이랑 꽤 많이 친한 모양입니다."

갑자기 딴 길로 새는 이헌이 이상했다. 다현은 고개를 갸웃거리며 그의 눈치를 살폈다. 이헌의 얼굴엔 혈색이 돌았고 며칠 밤을 지새운 사람 같지 않게 말끔했다.

"한영식 은행장 아들인 한준형이 강남 파라곤에서 절친한 친구들과 마약 파티 하는 건 알고 계시죠?"

웃음기 어린 그의 말에 이경제 의원은 흠칫 놀라며 헛기침을 내뱉었다. 반면 그의 변호사는 금시초문이라는 듯 언성을 높이기 시작했다.

"지금 무슨 말씀입니까! 그건 지금 사건과 전혀 무관한 일 아닙니까.

참고인 조사를!"

"글쎄요. 무관하지 않을 텐데요. 안 그렇습니까? 의원님."

이헌은 변호사를 쳐다보며 단호히 말했다. 변호사는 자신의 의뢰인을 힐긋거렸다.

참고인 조사로 끝내거나 피의자로 전환되어도 불구속 수사를 받기 원한다면 백번 협조해 사건에 관해 모든 걸 말해 달라고 했지만 그의 의뢰인은 감추고 있는 게 있어 보였다.

"작은 아드님이 섬유 직물 수출 사업을 하는 거로 알고 있습니다. 그 회사 소유의 컨테이너가 매달 한국으로 들어오던데, 과연 그 속에 천 쪼가리들만 있을까요?"

보이지 않는 테이블 밑으로 주먹을 꽉 움켜쥔 이경제 의원의 손이 달달 떨리고 있었다.

그 떨림이 어깨까지 전달돼 이헌의 시야에 들어왔다. 그는 곧 테이블에 펼쳐진 증거물들을 하나둘씩 챙기기 시작했다.

"장현 회장의 아들인 장민준도 아드님 고등학교 후배던데, 아드님 홍콩 출입국 날짜가 장민준과 매번 겹치더라고요. 몹시 친한가 봅니다."

"……."

"애들 아버지가 알면 어떻게 되겠습니까. 연줄 좀 대 달라고 뇌물 먹여 놨는데 알고 보니 의원님 아들이 마약을 직접 공급해 주고 있었으니, 다들 열받아서 돈 내놓으라고 하지 않을까 싶네요."

"문이헌 검사!"

"입 싹 닫고 모른 척하실 생각이었나 봅니다."

이경제 의원은 입을 떼지 못했다. 섣부르게 덤벼들다가 오물을 뒤집어쓴 꼴이었다.

조서를 작성 중이던 다현은 반짝거리는 두 눈으로 이헌의 오른쪽 얼굴을 힐긋거렸다.

아직 조사 중인 사안이었다. 그저 짐작만 될 뿐 확실한 증거가 없어 이경제 의원의 작은 아들 사업체를 조사 중이었다. 이렇게 폭탄 발언 하듯 툭 내뱉어 버릴 줄 생각도 못 했기에 그의 능력을 인정하지 않을 수 없었다.

"이번 사건이 마약으로 얼룩지는 거 원치 않습니다."

"……."

"다들 자제분들과 함께 손 맞잡고 교도소 들어가는 거 우습지 않습 니까."

정, 재계 뇌물 리스트가 마약 리스트로 변질이 된 건 순식간이었다.

"마약은 어디까지나 저희 선에서 조용히 처리될 겁니다. 물론 나라 에서 하지 말라는 거 앞장서서 신나게 즐겼으니 죗값은 받아야겠죠."

"문 검사. 이번 일은!"

"아드님에게 소환장 보낼 예정입니다. 부자가 나란히 재판받는 것도 나쁘지 않을 것 같군요."

동석한 변호사는 더는 변호할 의미가 사라져 시종일관 인상을 찌푸 린 채 한숨만 내뱉었다.

문이헌 검사의 풍문을 익히 들어 알고 있었기에 단단히 준비했는데 아무것도 써먹지 못했다.

완벽히 말려들어 이경제 의원마저 어리바리해지고 있으니 망했다고 봐야 할 듯싶었다.

그저 불구속 수사로 집행 유예 정도에서 재판이 마무리되는 쪽으로 변호 방향을 바꿔야 할 듯싶었다.

"불구속과 구속 둘 중에 마음에 드시는 거로 골라 보십시오."

더 이상의 질의는 없었다. 수두룩한 증거물도 더는 필요 없었다.

이헌은 자리를 박차고 일어났다. 조사실 문을 열자 눈이 부셨다. 멍 해져 있던 정신이 조금은 깨어난 듯 다현은 이경제 의원의 안색을 살피 다 곧장 이헌을 따라 조사실을 나왔다.

"어떻게 아셨어요?"

조사실 복도를 따라 이헌과 나란히 걸으며 물었다. 이경제 의원의 아들이 공급책이라는 건 아직 입증되지 않은 가설일 뿐이었다.

"알긴 뭘 알아."

"네?"

"그냥 던져 본 거지."

생각지도 못한 대답에 다현은 멈칫하며 이헌을 바라봤다.

그는 검사로서 최적화된 사람이었다. 같이 수사 중인 동료 검사들조차 파악하지 못하고 알아차리지 못하는 걸 잡아내는 기민한 능력의 소유자였다.

"빨리 안 와?"

다소 신경질적인 목소리가 들려왔다. 다현은 걸음을 재촉했다.

"20분 뒤에 조사실 가서 자백 받아 내."

마치 혼자 가서 참고인 조사를 마치라는 것으로 들렸다. 형사부와 달라도 너무 다른 거물급 인사의 진술을 받아 내는 건 이헌처럼 요령이 없으면 불가능한 일이었다.

"……자백할까요?"

"부모란 사람들은 원래 자식 앞에 물불 가리지 않아."

"누가 보면 선배님한테 자식이라도 있는 줄 알겠습니다."

마치 부모의 마음을 통달한 듯한 이헌을 보며 그녀는 시큰둥하게 말했다. 그 말에 걸음을 멈춘 그는 미간을 찌푸리곤 다현을 불러 세웠다.

"권다현 검사."

멋모르고 앞서 걸어가던 다현은 뒤통수에서 들려오는 목소리에 걸음을 멈추고 뒤돌았다.

두 발짝 뒤에서 이리 오라며 손가락을 까딱거리는 이헌을 보며 그녀는 울상을 지은 채 그의 곁으로 다가갔다.

"선배님. 백번 잘못했습니다."

감히 하늘과 같은 선배에게 까불었다. 그의 심기를 건드렸으니 잘못했다고 하는 수밖에 없었다. 얼음장보다 더 차갑고 고슴도치보다 더 가시를 세우고 있는 이헌에게 발에도 치이지 않는 까마득한 후배가 개긴 꼴이었다.

다현은 고개를 떨어트린 채 슬쩍 이헌의 소맷자락을 붙잡았다.

"누가 하래."

나직이 귓가에 들려오는 그의 목소리에 다현은 고개를 들어 이헌을 올려다봤다. 시선이 마주친 순간 매정하게 그녀의 손길을 뿌리친 그는 말했다.

"여우짓. 내 앞에선 금지야."

기가 막혀 말이 나오지 않아 그녀는 애꿎은 입술을 깨물며 억울함을 삼켜야 했다. 소맷자락 좀 잡았다고 여우짓이라니.

"자백이나 받아 와."

그렇게 차갑게 지나쳐 가 버리는 이헌을 보며 다현은 땅이 꺼져라 한숨만 내뱉었다.

시베리아 벌판에서 불어오는 바람보다 더 차가운 남자였다.

그는 이미 검찰청에서 유명한 인물이었다. 훈훈한 마스크에 눈 호강 좀 하려고 다가갔다가 못 볼 꼴 보이고 눈물 콧물 흘리며 뒤돌아선 검찰청 직원들이 수두룩하다고, 연수생 시절 때 이헌의 실무관에게 전해 들었었다.

그 말을 듣고도 미친 애처럼 그에게 고백할 생각을 했었다니.

이제 와 생각해 보면 두 번은 못 할 짓이었다.

문이헌은 하늘과 같은 선배님이고 무서운 검사님이다. 잘못 걸렸다 간 망신살에 얼굴도 들지 못할 것이다.

첫사랑은 이루어지지 않는 법. 과거는 그저 아름다운 추억으로 간직해야 한다.

마음을 다잡으며 다현은 이내 걸음을 옮겼다.

✣　　✦　　✣

다현은 조사실 너머 영상실에 들어왔다.

유리창 너머로 보이는 이경제 의원과 변호사는 자못 심각한 얼굴이었다. 마이크가 꺼져 있어 두 사람의 사적인 대화는 들리지 않았지만, 표정만 봐도 알 수 있었다.

이헌이 던져 놓은 폭탄은 일반 사제 폭탄이 아니라 핵미사일급이었다. 그들은 어떻게든 이 상황을 반전시켜 보려고 머리를 굴리는 모습이었다.

자백해 온다면 그보다 더 좋을 수 없지만 그저 묻는 말에 대답이나 제대로 하길 바랐다. 날밤을 새워 가며 찾아낸 증거 자료들만으로도 이경제 의원에 대한 기소는 충분했다.

문제는 뇌물을 건넨 이들이었다.

받아먹은 사람들이야 차고 넘치는 돈을 어쩌지 못해 흔적을 여기저기 남겼지만 건넨 이들은 차고 넘치는 돈 중에 눈곱만큼 준 거라 티가 나지 않았다.

그들의 혐의를 입증하기 위해선 이경제 의원의 진술이 핵심이었다.

지이잉.

주머니에서 짧은 진동이 울렸다. 다현은 휴대폰을 꺼내 메시지를 확인했다.

〈선호그룹에서 선거 자금 150억 받고 한민당 지난 총선 치렀어.〉
〈미끼를 던져야 물고기가 무는 거야.〉

언제든 미끼와 총알을 장전하고 있는 이헌이 신기할 따름이었다. 다현은 메시지를 확인하고 답장을 보낸 뒤 조사실로 들어갔다.

〈강태공이 아니라서 미끼만 먹고 달아나면 어떡해요?〉

답장은 오지 않았다. 조사실 문을 열자 이경제 의원과 변호사의 시선이 일제히 다현에게 집중됐다.

진술 조서를 작성해야 할 수사관이 뒤따라 들어왔다. 이헌이 앉았던 자리에 다현이 앉자 의아한 표정의 이경제 의원이 입을 먼저 열었다.

"문 검사는 어디 가고 새파랗게 어린 여검사가……."

"여자 검사라서 싫으십니까?"

검사에 남녀가 어디 있다고. 대놓고 싫은 기색이 역력한 이경제 의원을 보며 다현은 어금니를 꽉 깨물었다.

그녀의 번뜩이는 눈빛에 변호사가 이경제 의원의 팔을 잡아낭기며 그를 말렸다.

헛기침을 내뱉으며 불편한 심기를 여지없이 드러낸 그는 팔짱을 낀 채 등받이에 한껏 기대앉아 다현을 주시했다.

이헌에게 보였던 태도와 달라도 너무 달라 그녀는 속으로 이를 바득바득 갈았다.

"그래서, 어떻게 서로 상의는 많이 하셨고요?"

미소를 띤 채 변호사와 이경제 의원을 번갈아 쳐다보며 넌지시 물었다.

이경제 의원은 가뜩이나 여검사에게 조사를 받는 게 못마땅한데 다현이 대놓고 비꼬아 대니 얼굴이 시뻘게져 잔뜩 심통을 부렸다.

"같잖은 게 검사라고, 빨리해!"

같잖은 건 당신이라는 말이 턱밑까지 치고 올라왔지만 다현은 애써 웃으며 참았다. 웃는 얼굴로 먹이는 엿이 얼마나 더 기분을 더럽게 만드는지 꼬장꼬장한 노인네가 세상의 쓴맛을 깨닫길 바랐다.

"지난 대선 이후에 한민당 지지율이 바닥이었죠?"

"저, 검사님……."

"일단 제 말부터 듣고 그 뒤에 질문에 답을 하든 변명을 하든 하시죠."

변호사가 다현의 물음에 발끈하는 이경제 의원을 말리며 질문 방향을 바꿀 것을 요구하려 했으나 허사였다.

다현은 미소를 머금은 채 뼈를 때리는 말을 꺼냈다.

"바닥까지 친 지지율에 선거 자금이 어디서 나서 지난 총선을 치르셨을까요."

"이봐. 자네 말이야!"

"선호그룹에서 받은 150억이 스폰이 아닌 거로 알고 있는데, 불법 정치 자금 아닙니까."

그녀의 말에 이경제 의원은 뒤통수가 얼얼해져 입을 닫아 버렸고 변호사는 또 다른 폭탄에 눈앞이 아찔해져 말문이 막혔다.

"요즘 말로 그러죠. 폭망이라고. 지난 정권 그렇게 말아 드셨는데 선호그룹에서 뭘 믿고 한민당에 150억이나 건넸을까요."

"⋯⋯."

"선거 자금까지 터져서 한민당마저 뒤집히는 것보다 혼자 해 드신 쪽으로 방향을 설정하는 게 더 낫지 않겠습니까?"

웃는 얼굴에 침 못 뱉는 격이었다. 변호사는 결국 고개를 숙이고 말았다. 이토록 답 없이 제자리걸음을 하게 만드는 의뢰인은 처음이었다.

수임료가 과할 때 알아봤어야 했다.

이렇게까지 비리가 많고 변호사에게도 비밀이 많은 의뢰인은 변호하기 힘들었다.

검사가 입을 뗄 때마다 또 어떤 폭탄이 터질지 끔찍하기만 했다.

"여기에 선호그룹까지 합세하면 스케일이 커져서 여론은 지금보다 더 나빠질 겁니다."

"거참⋯⋯."

"우리 쉽게, 빠르게 가 보는 게 좋겠죠? 의원님."

채찍을 휘두르더니 어르고 달래기 시작했다. 이런 검사는 또 처음이라 얼떨떨한 이경제 의원은 두어 번 헛기침을 하곤 호구 조사를 하려 들었다.

"권다현 검사라고 했나?"

"네."

"어디 대학 출신이지?"

"한국대 법대 졸업했고, 연수원 44기입니다."

묻지도 않은 연수원 기수까지 말하며 다현은 미소를 잃지 않았다. 이경제 의원이 갑자기 호구 조사를 하는 이유를 알 것 같아 대수롭지 않게 반응했다.

"학연, 혈연, 지연 이런 거 대한민국에서 좀 사라져야 하는데 이렇게 나이 드신 분들이 옛날 버릇 못 버리시면 어떡합니까. 국민이 지켜보는 이 판국에도 제 버릇 남 못 주니 나라가 발전이 없는 거 아니겠습니까."

"보자 보자 하니까!"

"안 봐 주셔도 됩니다. 의원님, 지금은 참고인 자격으로 제 앞에 앉아 있는 거지만 당장 피의자로 전환되어도 할 말 없으실 텐데요."

무서운 줄 모르고 제게 달려드니 당장이라도 모가지를 잡아 비틀고 싶은 심정이었다. 이경제 의원은 주먹을 움켜쥐었다.

"요즘 것들이 얼마나 무서운지 모르시나 봅니다. 꼬박꼬박 존대해 주고 의원님이라 불러 드리는 것만으로도 대우받는 거로 생각하세요."

웃는 얼굴에 침 못 뱉는 짝이었다. 배시시 웃으며 다현은 거친 말을 쏟아 냈다.

다현을 노려본 이경제 의원은 그녀의 이름을 되뇌고 또 되뇌며 입술을 씹어 댔다.

지난 사건 때 이헌에게 조사를 받은 후로 문이헌이라면 자다가도 치가 떨릴 지경이었다.

어린놈이 위아래 없이 구는 통에 조사 내내 진땀을 흘렸었다. 녹화가 되고 있어 욕을 할 수도 없었고 사적인 연줄을 동원해도 씨알도 먹히지 않아 자칫 잘못하다간 실형을 살 뻔했었다.

그런데 이젠 눈앞에 있는 다현이 그 전초를 밟을 냄새를 풍겨 오자 머리가 지끈거렸다.

"권 검사님, 웃으면서 맥이시는 데 소질 있으신데요?"

영상실에서 조사실 상황을 지켜보고 있던 수사관이 잘게 박수까지

쳐 가며 다현을 치켜세웠다. 어느새 영상실 안에 들어와 있던 이헌은 크게 반응하지 않았다.

그저 다현이 자신이 던져 준 미끼를 잘 활용해 강태공 노릇을 제대로 할까 싶어 탐색을 나온 참이었다. 다행히 미끼 활용도 좋았고 괄괄한 노인네 염장 지르는 것도 재주가 남달라 보였다.

역시 하나를 가르쳐 주면 열을 알아먹던 권다현다웠다.

―조사에 잘 협조해 주시면 불구속 염두에 두겠습니다. 선거 자금 건 역시 당분간 손 안 대겠습니다.

스피커 너머에서 다현의 쾌활한 목소리가 들려왔다. 칙칙한 특수부 조사실에 명랑한 검사 하나가 노인네를 조련하는 분위기는 난생처음이었다.

정계에서 뼈가 굵은 이경제 의원이라고 해도 다현처럼 구는 검사를 본 역사가 없어 그녀를 다루는 데 있어 퍽 난감해 보였다. 변호사의 눈치는 그저 협조해서 불구속 수사라도 받아야 한다는 것 같았다.

이경제 의원은 그날 밤 검찰청 포토 라인에서 '성실히 조사에 임하겠습니다'라고 한 말을 지킬 수밖에 없었다.

늦은 밤, 참고인 조사를 마친 이경제 의원이 귀가했다.

그가 성실히 조사에 임한 덕분에 다현은 생각보다 조사실에서 일찍 나올 수 있었다.

이경제 의원의 적극 협조 소식에 다른 조사실에서 조사를 받던 조기철 의원과 박호산 장관 역시 비지땀을 흘리며 나 몰라라 식의 비협조를 관둬야 했다.

회의실은 축제 분위기였다. 이경제 의원이 만들어 낸 나비 효과를 톡톡히 본 덕에 정계 인사들의 참고인 소환 조사가 잘 마무리되었다.

"우리 막내, 잘했다!"

이 검사가 회의실로 들어온 다현을 얼싸안으며 머리를 쓰다듬었다. 꽉 끌어안다 못해 붙잡고 놓아주지 않아 숨이 막혀 왔지만 웃으며 감사하다는 말을 잊지 않았다.

그때 가까운 거리에서 낯 뜨거운 눈빛이 느껴졌다. 팔짱을 낀 채 서 있던 이헌이었다.

눈썹을 씰룩대는 모습에 다현은 안 그러는 척 몸을 뒤로 내빼며 이 검사를 슬쩍 밀쳐 냈다. 숨통이 트여 한결 웃음이 자연스러워졌다.

"선배님들이 도와주셔서 할 수 있었습니다."

도와준 건 이헌이었지만 입에 발린 아부도 곧잘 하는 다현이었다.

"오늘 같은 날은 곱창에 소주가 딱인데!"

"한잔하러 갑시다!"

큰 산이었던 이경제 의원의 조사가 물꼬를 틔웠다고 들뜬 선배 검사들과 수사관들이 너 나 할 것 없이 이른 축배를 들려 했다. 다 좋았다. 다만, 곱창이 문제였다.

곱창을 먹으러 함께 갈 수 없었다. 먹어 본 적이 없으니 먹을 수가 없는 것이다. 회식으로 곱창집에 갈 때는 난감하기 짝이 없었다.

그동안 먹는 척 시늉만 하고 집에 와서 치킨을 시켜 먹는 미련한 짓을 참 많이도 했었다. 국밥이라도 먹으러 갈라치면 속이 좋지 않다고 자리를 피하기 일쑤였다.

지난번엔 엄마 핑계를 댔는데, 오늘은 또 어떤 꼼수를 써야 하나 난감했다. 일반적인 식사가 아닌 나름의 축배를 들기 위한 늦은 저녁인데 말이다.

"권 검사는 진술서 정리하고 와."

하나둘 회의실을 빠져나가는데 이헌이 먼저 다현에게 남아서 뒷정리를 하고 오라고 말했다. 속으로 쾌재를 불렀다.

"먼저 가세요. 뒤따라가겠습니다."

한 잔이 두 잔 되고 그러다 보면 식사가 끝날 테니 천천히 정리하면 될 것 같았다.

이헌까지 회의실을 나가고 나자 오롯이 혼자가 된 다현은 소파에 편히 앉아 참고인 진술서를 정리하기 시작했다.

기록관이 진술서를 작성할 때 잘 정리를 해 둬 딱히 손댈 곳이 없었다. 진술서를 출력 후 테이블에 정리해 두었던 골드서클 멤버들의 계좌 내역들을 훑기 시작했다.

CCTV 영상을 보며 그들이 주기적으로 파라곤 루프탑에 모이는 날짜와 시간을 알아냈다.

그 날짜를 전후로 입출금되는 흐름을 포착해야 했다. 마약에 손을 대기 시작한 지은에게 몇 번 전해 들은 기억이 있어 무작정 계좌부터 파헤쳤다.

이젠 직접적인 돈거래로 약값을 내지 않는다면 다른 루트를 찾아야 했지만 다행히도 여전히 고리짝 방법을 쓰고 있었다.

그들은 함께 모여 마약 파티를 했지만 그 행위는 어디까지나 기브 앤 테이크를 바탕으로 했다. 가령 중고 명품을 구매하는 척 가장해 그 대금을 입금하는 형식으로 이뤄졌다.

약값을 파티 이후에 A가 B에게 주면 B는 다시 C에게 입금했다. 그렇게 돌고 돌아 최종적으로 한영식 은행장의 차남인 한준형의 개인 계좌에 돈이 들어갔다.

꼴통들이 나쁜 짓 할 때만 머리가 잘 돌아가는 모양이었다. 열두 명의 계좌 내역만 해도 수백 장의 문서였다. 간혹 가다 맛만 보라며 골드 등급도 아닌 실버 등급의 회원을 이따금 불러서 약을 먹였는지 그들의 이름도 중간중간 끼어 있었다.

다현은 곧장 노란 형광펜을 입에 물고 분홍 형광펜으로 출금 내역들을 체크하기 시작했다.

지이잉. 지이이잉.

늦은 시간에 휴대폰이 울렸다. 작은 진동 소리도 고요한 회의실 안에선 제법 크게 들려왔다.

"타이밍 한번 아주 기가 막히네."

휴대폰을 꺼내 들자 당연하다는 듯 모친의 이름이 액정에서 빛나고 있었다.

"강 여사님, 안 주무시고 뭐 하세요."

―딸. 집엔 언제 와?

자정에 가까워져 오는 시간에 전화를 걸어 물어볼 건 아니지 싶었다.

"집에 갈 시간도 없는데 본가 갈 시간이 어디 있어."

입에 물고 있던 형광펜을 내려 두고 계좌 내역을 쭉 체크하면서 통화를 이어 갔다. 수화기 너머에선 또다시 잔소리가 시작됐다.

그러게 변호사 하면 좀 좋았냐, 뭐 하러 검사는 해서 이 시간까지 잠도 못 자고 집에도 못 가고 뭐 하는 거냐, 여자애가 그렇게 일만 하면 언제 시집가냐 등등.

매번 똑같은 말을 하는 게 지겹지도 않은지.

―할아버지가 너 당장 검사 때려치우고 집에 끌고 오라는 걸 네 아빠가 간신히 말렸어!

"우리 할아버지 갈수록 더하시네."

모친 못지않게 조부도 괄괄한 성격에 여자애가 밖으로만 나돈다고 잔소리를 넘어 매번 화를 내시니 미칠 노릇이었다.

―그래서 말인데…… 선보자.

또 그놈의 결혼! 이럴 줄 알았다.

―그럼 할아버지도 당분간 조용하실 거야.

그럴 분이셨으면 애초에 사회생활을 하는 손녀를 집에 잡아다 놓을 생각도 안 하셨겠지.

소싯적 사회에서 잘나가던 할아버지가 퇴직 이후 집에만 계시니, 날이 갈수록 가족 단속만 심해졌다.

다현은 그때를 놓치지 않고 본가를 뛰쳐나와 독립을 했다.

물론 손녀의 독립을 허락하지 않는 할아버지에게 조건을 달아야 했지만. 시집을 가겠다는 사탕발림으로 혼자 살기 시작한 게 벌써 3년째였다.

결혼은커녕 할아버지가 원하는 맞선도 보지 않았고, 바쁘다는 핑계로 본가 근처엔 얼씬도 하지 않으며 지금껏 버텨 왔다.

할아버지와 되도록 마주하지 않는 편이 집안의 평화를 위해 옳은 것이라 생각하면서.

"선볼 시간 있으면 잠이나 잘래."

요 며칠 수면 부족에 시달려 다크서클이 턱까지 내려올 기센데 맞선은 개뿔이다.

—남자 쪽에선 오케이 했어.

"엄마!"

—조만간 날짜 잡는다? 엄마도 할아버지 눈치에 매일 늙어. 엄마 살리는 셈 치고 한 번만 만나 봐. 응?

"엄마 뉴스 안 봐? 내가 그럴 정신이 어디 있어! 말이 되는 소리를 좀 해."

—네 할아버지가 좀 유난이시니. 손녀 사윗감인데 함부로 고르셨겠어?

"제발 말도 안 되는 소리 그만 좀 하세요! 나 전화 끊어요."

결국 통화는 잔소리와 말도 안 되는 맞선 타령으로 끝이 났다. 근래 모친과 통화를 할 때마다 다현은 머릿속이 복잡했다.

왜 이 시대의 어른들은 자식들의 결혼에 목매다는 건지 이해되지 않았다. 하루가 멀다고 시답지 않은 잔소리와 역정을 듣다 보니 짜증이 치밀어 그냥 한번 확! 하고 말까 싶기도 했다.

"후⋯⋯."

한편으론 할아버지의 노기 서린 얼굴이 그려져 한숨이 절로 나왔다.

"그렇게 한숨 쉬면 땅이 꺼지겠어?"

한숨과 함께 서류를 들여다보고 있던 다현은 귀에 익은 저음에 화들짝 놀라 고개를 번쩍 들었다.

아니나 다를까 이헌이었다.

늦은 저녁 겸 술 한잔한다며 우르르 나가 놓고 벌써 자리가 파했을 리 없는데 그가 왜 자신의 앞에 서 있는지 몰라 다현은 고개를 갸웃거렸다.

"벌써 다 드셨어요?"

회의실을 다 같이 나간 게 30분 남짓이었다. 말도 안 된다고 생각하면서도 그녀는 이헌에게 물었다. 하지만 대답 대신 그녀에게 돌아온 건 작은 종이 가방이었다.

카페 로고가 선명하게 그려진 갈색의 종이 가방을 그는 다현에게 건넸다. 그의 손에 들린 종이 가방을 쳐다보았으나 의미를 파악하지 못한 그녀는 고개를 들어 이헌을 바라보았다.

"먹고 해."

"선배님⋯⋯."

그는 종이 가방을 문서 더미 위에 툭 올려 두고 뒤도 돌아보지 않고 발길을 돌렸다. 이헌이 회의실에 다녀갔다는 증거는 다현의 앞에 덩그러니 놓인 종이 가방뿐이었다.

코를 찡긋거리던 그녀의 시선은 종이 가방에 머물렀다. 안에 들어 있는 내용물을 조심스레 꺼냈다. 그 속엔 생과일주스와 샌드위치가 들어 있었다.

갑작스러운 그의 행동에 가슴 한편이 꿈틀댔다.

이쯤 되면 그가 자신이 뭘 못 먹는지 알고 있는 게 분명했다.

조서를 마무리하라며 남겨 두고 가더니 생과일주스와 샌드위치가 웬 말이야.

아, 정말. 문이헌. 당신이란 남자란!

4장

"이경제 의원의 자백으로 동요하는 거 같아."

이른 시간부터 시작된 회의는 활기를 띠었다. 전날에 있었던 이경제 의원과 조기철 의원, 박호산 장관의 피의자 전환에 관해 언론에선 깊이 있게 보도를 하고 있었다.

중요 참고인이었던 이경제 의원이 적극 협조를 하며 피의자로 전환되는 바람에 그에게 뇌물을 준 재계 인사들과 뇌물을 받아먹은 정계 쪽 사람들이 동요했다. 더불어 경찰, 검찰 조직 인사들이 불안과 초조한 기색을 내비치고 있었다.

아침부터 감찰부에서 관련된 부장 검사와 차장 검사를 내사하겠다며 증거 자료를 받아 갔다.

"내일 오후에 서인종 강남 경찰서장 출석하기로 했고, 장현 회장은 오늘 오후에 출석한다고 했습니다."

상석에 앉아 참고인 소환 조사 일정을 체크하던 이헌이 고개를 들어 입을 뗐다.

"서인종 서장 조사는 제가 들어갑니다."

그의 말에 토를 다는 이는 없었다. 누군가 들어가 준다면 땡큐였다.

경찰서장을 조사하는 게 녹록지만은 않은 일이었다.

솔직히 말해 껄끄러운 일이라고 봐도 무방했다. 쉽게 자백을 받기는 글렀고 하나라도 더 건지면 본전이라는 마음들이었다. 입을 꾹 닫고 가만히 있을 양반이니 밤을 꼬박 새워도 답이 나오지 않을 조사가 분명했다.

"권 검사. 따라 들어와."

회의 내용을 기록하던 다현은 놀라 고개를 들었다. 선배들을 지나쳐 이헌을 쳐다보며 저요? 하고 자신을 가리켜 물었다.

"골드서클, 네 담당이야. 서인종 서장이 돈 받아먹은 건 전부 그 사교 모임 때문이고."

"네, 들어가겠습니다."

당연한 말이었고 토를 달 수 없는 팩트였다.

마약 수사 팀에서 첩보를 입수하고 조사 중이던 사안을 경찰청장과 서장이 나란히 돈을 받아먹고 일선 수사를 막아 버렸다.

돈만 있으면 뭐든지 된다는 마인드. 그게 문제다.

한 시간 정도 이뤄진 회의가 끝났다.

이대로 소환 조사가 무난히 진행된다면 다음 주 정도엔 1차 조사가 끝날 전망이었다.

부족한 진술은 2차 소환 조사를 통해 확보하고, 진술서를 토대로 범죄 사실을 입증해 공소 제기하면 공판이 시작될 것이다.

"큰일 났습니다!"

오후에 있을 참고인 조사를 위해 분주히 준비 중이던 회의실에 찬물을 끼얹는 소리가 들려왔다. 일제히 벌컥 열린 문으로 고개를 휙 돌렸다. 수사 정보과에서 분석한 자료를 받으러 갔던 수사관이 거친 숨을 몰아쉬고 있었다.

"자, 장현! 장현 회장이 호, 혼자 왔어요!"

수사관이 못 볼 거라도 본 사람처럼 놀라서 말을 더듬거렸다. 그 말을 온전히 들은 이들은 놀라서 자리를 박차고 회의실을 뛰쳐나갔다.

오후 정도에 오겠다고 통보를 해 온 사람이 갑자기 혼자 왔다는 건

허튼수작이나 좀 부리겠다는 게 아니면 다른 뜻으로 해석될 수가 없었다. 서류를 정리 중이던 다현은 이헌의 눈치를 살피며 슬금슬금 회의실 문밖으로 고개를 내밀었다.

혼자서 수십의 경호원을 대동하고 복도 끝에서부터 유유히 걸어오는 모습은 흡사 조직의 보스 같은 분위기를 풍기고 있었다.

무슨 배짱인지 그는 변호인도 없이 맨몸으로 검찰에 출석했다.

기자들만 좋은 건수를 놓친 셈인가? 특수부도 뒤통수를 맞은 건가? 어느 장단에 맞춰야 하는 건지 알다가도 모를 일이었다.

"안내해 드려요."

그때 등 뒤에서 이헌의 굵직한 목소리가 들려왔다.

화들짝 놀란 다현은 얼굴을 집어넣고 허리를 폈다. 가슴팍에 얼굴이 맞닿을 만큼 가까운 거리에 놀라 주춤하다 벽에 뒤통수를 박을 뻔했다.

이헌의 손이 훅 들어와 감싸 주지 않았더라면.

어느새 커다란 손이 다현의 뒤통수를 감싸고 있었다.

낯선 손길에 또 한 번 놀라 마른침을 꿀꺽 삼키며 고개를 들었다.

이헌의 시선은 줄곧 복도를 향해 있었다. 수사관에게 장 회장의 안내를 맡기면서 회의실 앞을 유유히 지나가는 검은 무리를 향해.

그의 눈이 날카롭게 빛나는 걸 알 수 있었다. 어느새 뒤통수를 감싸던 따뜻한 손길이 느껴지지 않았다.

"무슨 생각일까."

"진짜 혼자 온 거 맞아?"

"혼자라고 하기엔 경호원이 너무 많은데요?"

"역시 포스가 남다른데."

복도에 서서 조사실로 들어가는 장 회장을 보며 선배 검사들과 수사관, 실무관들이 한마디씩 말을 보탰다. 넋을 잃고 이헌을 쳐다보느라 저도 모르게 혼이 나가 있던 다현은 퍼뜩 정신 차렸다.

어느새 장 회장은 조사실로 모습을 감춘 뒤였고 경호원들은 그 앞을 서성이고 복도 주위를 배회했다. 만에 하나 생길지 모를 사태를 대비하는 것으로 보였다.

무슨 배짱일까.

"협조하겠다고 온 건 아닌 거 같은데."

"장난치러 온 거 같지?"

"묵비권이나 행사하다 가겠죠."

"아무것도 모른다고 발 뺄 생각이겠지."

선배 검사들의 말 중 그 어떠한 것도 장현 회장과 어울리는 방법은 없었다.

"저, 검사님⋯⋯."

그때 실무관이 회의실 안쪽에서 이헌을 불렀다. 덩달아 고개를 돌린 다현은 종이 한 장을 이헌에게 건네며 난감한 기색을 내비치는 실무관의 낯빛을 보고 말았다.

"그게, 팩스로⋯⋯ K그룹에서 변호인 선임계를 제출했습니다."

팩스로 들어왔다는 건 장현 회장의 변호인 선임계였다. 변호사를 대동하지 않고 혼자 온 것이 이상하다고 생각했는데 역시, 그는 호락호락한 양반이 아니었다.

"하."

서둘러 내용을 확인한 이헌의 입에서 실소가 터져 나왔다. 싸늘하게 굳어 버린 표정이 그의 기분을 대변하는 듯했다. 눈빛이 날카롭게 번뜩였다. 선임계를 다현에게 내팽개치다시피 건네고 그는 어딘가로 전화를 걸며 회의실을 서둘러 나갔다.

무슨 상황인지 어리둥절한 건 회의실 밖에서 장 회장과 그 무리를 구경하던 이들이었고 다현도 마찬가지였다.

변호인 선임계가 뭐 별건가.

저렇게까지 화를 낼 이유가 없는데 뭔가 싶어 잔뜩 구겨진 선임계를 펼쳐 들었다.

변호인 선임 신고서

사건 2019 형제 XXX호

피의자 장현

위 사건에 관하여 피의자의 수임인을 변호인으로 선임하여 연서하였기에 이에 신고합니다.

선임인 장현(520824—1XXXXXX)

서울시 종로구 평창23길 XX

수임인 위 선임인의 변호인 법무 법인 시안

대표 변호사 문이준

서울시 강남구 테헤란로 110길 XX

2019. X. X.

서울 중앙 지방 검찰청 특별 수사 제1부 문이헌 검사 귀중

선임계 속 장현 회장은 피의자로 거론되어 있었다.

현재 장 회장은 참고인일 뿐 피의자 신분이 아니었다. 이건 뒤통수를 칠 전략이라고밖에 해석되지 않았다. 어떤 식으로든 죗값을 받지 않겠다는 뜻이었다.

이헌이 걱정됐다. 다현의 시선은 어느덧 그가 사라진 복도 끝에 머물러 있었다.

밖으로 나온 이헌은 몸에서 나는 열기에 봄바람이 아무짝에 쓸모없음을 여실히 느꼈다. 오히려 더욱 열기를 자아내 속이 들끓기만 했다.

그는 몇 년 만에 먼저 부친에게 전화를 걸었다. 변호사 선임계는 로펌 대표 변호사인 형의 이름이 명시되어 있었지만, 그 뒤에 있는 부친의 존재를 그는 모를 수 없었다.

—언제까지 중앙 지검에만 처박혀 있을 거야!

─검찰에 계속 남아 있을 생각이면 지금 그 자리에 만족해서는 안 돼!

─대검에 자리 마련할 수 있어. 이번에 맡은 사건 끝내고 결혼해.

─만년 평검사나 하다 정년 할 생각이면 당장 때려치우고 로펌에 들어와!

─이런 식으로 나오면 나도 다 수가 있어.

며칠 전 부친과의 통화가 주마등처럼 스쳐 지나갔다. 매일 똑같은 레퍼토리가 지겹다 못해 짜증이었다. 마음대로 하라고 했더니 이런 식으로 나오는 걸까.

참고인으로 소환된 장 회장이 선임계엔 피의자로 명시되어 있는 건 조사에 성실히 임하겠다는 말이었다. 그 안엔 불기소 처분을 받아 낼 자신이 있다는 변호인단의 뜻이 함께 담겨 있었다.

세상에 이런 식으로 아들의 뒤통수를 치는 아버지가 어디 있단 말인가.

─어쩐 일로 네가 먼저 전화를 다 하고. 많이 급한 모양이구나.

전화의 이유를 빤히 다 알고 있으면서 짐짓 모른 척하는 목소리가 이헌을 놀리는 듯했다.

이렇게 아들의 앞길에 덫을 놓고 진흙탕을 뒤집어쓰게 만드는 사람이, 바로 아버지라니.

파면당한 아비가 자식 앞길을 막는 것 같아 불편하다던 말은 거짓이었던 걸까.

"지금 뭐 하시는 겁니까."

─그대로 가면 장 회장은 불기소 처분 내려질 거야.

"아버지!"

─그래도 네가 나를 아비로 알고는 있나 보다?

"도대체 이렇게까지 하시는 이유가 뭡니까!"

─이번 사건 죽 쑤면 옷 벗어야 하는 거 잊지 마라. 그러려고 너한테 사건 지휘 맡긴 거니까.

저 멀리 로펌에 앉아서 마치 검찰청 내부 사정을 훤히 꿰뚫어 보는 듯 말했다. 이헌은 마른세수를 하며 한숨을 내뱉었다.

모르지 않았다. 연줄 없는 놈 방패막이로 쓰려고 매번 눈치 봐야 하는 사건이 생기면 으레 당연하다는 듯 자신에게 수사 지휘를 맡기고 있는 부장 검사의 속내를 알면서 모른 척하고 있을 뿐이었다.

독종같이 수사하고 물불 가리지 않고 불도저처럼 밀고 나가는 검사는 좋지만, 말을 들어 먹지 않으니 여차하면 방패로 쓰다 버리기 딱 좋았다.

선배 검사들을 제치고 지휘 검사를 맡아 날뛰는 놈이라고 입방아에 오른 적도 많았다. 이번에도 뒤에서 씹어 대는 소리를 검찰청 내부를 오가다 들었다.

그런 아들의 상황을 어쩜 이리도 잘 아시는지. 이래서 검찰 밥 한 번 먹은 놈 두 번은 못 먹는다고 하나 보다.

―쓰다 버리면 로펌 오기 딱이네.

"그래도 로펌은 안 갑니다."

―검찰에 뼈 묻고 싶거든 선봐.

또, 또! 아주 지겨워 미칠 노릇이었다.

"지금 장 회장이랑 맞선이랑 딜 하자는 겁니까? 말이 된다고 생각하세요?"

―바로 사임계 보내 주고 담당 변호사 지검으로 보내마.

공적인 일을 미끼로 삼아 개인적인 일과 감정을 처리하려 하다니. 아주 저급하고 치사한 방법이었다.

"장 회장이 그룹 법무 팀 놔두고 외부 법무 팀 가동한 거면 무죄나 사건 축소하길 바라는 거 아닙니까. 이러나저러나 똑같은 상황인 거 같은데요."

엎어 치나 메치나 마찬가지인 상황이었다. 굳이 부친의 말도 안 되는 협상에 협조하지 않아도 상관없었다.

―네 형, 재혼하겠단다.

"축하할 일이네요."

상황과 다소 어울리지 않는 뜬금없는 말이었지만 그 내막을 누구보다 잘 알고 있기에 이헌은 이마를 긁적였다.

─별 볼 일 없는 집안이야. 네 형은 끝까지 내 뒤통수를 치는구나.

그 말인즉, 뒷배가 되어 주지 못하는 그저 평범한 집안의 여식이라는 말과 일맥상통했다.

재혼하겠다는 마음을 갖는 것 자체가 힘들었을 형에게 부친은 여전히 집안 다령을 하고 있으니 그나서도 납답한 노릇이었다.

─너라도 번듯한 집안에 보내야 내 속이 풀리겠어.

"이제 그만 미련을 좀 버리고 사세요."

─너도 내 꼴 난다.

부친의 말뜻을 아주 이해 못 하는 건 아니었다. 잘나가는 선배 검사들만 봐도 처가가 빵빵하다 못해 으리으리할 정도였으니까.

다만 그런 뒷배로 검사 노릇 오래 할 생각은 추호도 없었다. 능력도 없는 이들이 자리만 차지하고 앉아 물 흐리는 모습이 탐탁지 않았다.

─네놈처럼 아무리 혼자 잘나서 날뛰어 봤자 결국엔 한통속이야.

"……."

─어디 지방 같은 데 처박혀 봐야 정신 차릴 거냐?

"……."

─이번 인사 때 대검 가고도 남을 놈이 아직 특수부에서 총대나 메고 방패막이나 하고 있는데, 좋냐. 좋아?

매일 같은 레퍼토리가 분명한데 오늘은 유난히 부친의 목소리가 애석하게 들렸다.

"상관없습니다."

─저놈의 고집.

"……그래도 군이 원하시면 만나는 볼게요."

변호인 선임계 때문이 아니었다. 순전히 아버지에 대한 연민 때문이라고 당위성을 부여했다.

스무 살 무렵이었다.

파면을 당한 아버지는 술로 하루를 지새우며 눈에 띄게 건강이 나빠졌었다. 병원 신세까지 지고 나서야 술을 끊고 이를 갈며 로펌을 차렸다. 검사들을 상대로 승소율 100%를 달성해 코를 납작하게 만들어 주겠다 다짐하던 부친의 얼굴이 떠올랐다.

결과적으론 변호사가 시안 소속일 때 검사들이 더욱 신중히 처리하는 오늘날이 되었지만, 그 상황도 이헌은 썩 유쾌하게 받아들이지 못했다. 그 탓에 어드밴티지는커녕 페널티가 더 많았기 때문이다.

선배 검사들의 입방아에 오르내리는 건 다반사였다. 후배들도 말할 것 없었다. 공판에서 시안을 상대로 죽 쑤는 날엔 그저 술상의 안줏거리가 되곤 했다. 그건 검사로서 능력으로 평가받는 게 아닌 부친의 업 때문에 생긴 일이었다.

그마저도 대수롭지 않았다. 문제는 로펌의 방향성이었다. 전관예우로 로펌의 덩치를 키우고 돈 되고 이슈 되는 사건만 맡아서 변호하는 게 자신의 신념과 맞지 않아 그런 아버지가 싫어졌고 로펌은 치가 떨렸다.

하지만 그것과 별개로 10년도 더 지난 일인데 아직도 그때의 일만 떠올리면 치를 떠는 부친이 안쓰럽기도 했다.

—저, 정말이냐?

수화기 너머에서 들뜬 부친의 목소리가 들려왔다.

"하지만 지금은 안 됩니다. 사건 넘긴 후에 볼게요."

—그래! 그렇게 알고 준비하마!

기대에 찬 음성에 괜히 마음이 불편해졌다. 잠깐 시간을 내 만나 보는 것까진 무리가 아니었다. 그다음으로 이어지지 않을 텐데 벌써 다 이뤄졌다는 양 들떠 보이는 부친의 음성에 한숨만 나왔다. 괜한 두통이 엄습해 왔다.

한편, 이헌이 화를 억누른 채 회의실을 박차고 나가자마자 그곳에 남아 있던 사람들의 분위기가 묘하게 흘러갔다. 멍하니 이헌의 빈자리를 바라보고 있던 다현이 사람들의 수군거림에 정신을 차릴 정도였다.

"또 시안이야?"

"시안은 안 끼어드는 데가 없네, 없어."

"문 검사가 특수부 오고 이번이 몇 번째죠?"

"다섯 손가락 넘어갔지. 저번에 최 검사 사건도 시안에서 끼어들어서 무혐의 판결 났잖아."

"이현이 사건도 시안이 껴들어서 엎어질 뻔했었지."

"아들이라서 봐줬나 보죠."

정 검사와 이 검사는 물론 장 회장의 소환 조사 때문에 일제히 대기하고 있던 특수 1부 검사들의 입에서 알 수 없는 말들이 쏟아져 나왔다.

다현은 한 발짝 멀뚱히 떨어져 선배 검사들의 눈치를 살폈다.

이 수상하고 이상한 분위기의 기류를 파악하지 못한 채 검찰청에서 잔뼈가 굵은 실무관에게 넌지시 물었다.

지금 이게 무슨 상황인가요.

"장현 회장이 선임한 로펌이 시안이잖아요."

"그게 왜요?"

"어머, 우리 막내 검사님 뭘 모르시는구나. 시안 대표가 문 검사님 아버지잖아요."

동시에 입이 떡 벌어진 다현은 그제야 이 개떡 같은 분위기의 정체를 파악할 수 있었다. 깊은 사정까진 알 수 없지만 어쩐지 아들과 아버지의 싸움에 새우 등 터진 느낌적인 느낌이랄까.

시안이라면 대한민국 로펌 중 승소율로 다른 로펌들을 압승해 버린 곳이었다. 물론 그만큼 뒷말도 많았지만 다현의 조부가 퇴직 후 힘을 실어 주고 있는 로펌이기도 했다.

그런 개인적인 일이 아니더라도 대한민국 판검사 중 시안을 껄끄러워하지 않는 사람은 없다는 말이 이 바닥에 파다했다.

"문 검사 등판하면 자동으로 시안도 등판이야."

"누가 누가 잘하나 겨루기라도 하는 거야?"

"시안 때문에 작년에 날려 먹은 사건들이 몇 갠지 헤아릴 수도 없을 겁니다."

"어디 여기뿐이겠어? 서부 지검은 시안만 뜨면 전부 기소 유예에 무혐의는 다반사고 기소해도 집행 유예로 끝이래."

"이거 문 검이 맡아서 계속해도 되는 겁니까?"

"이러다 이 사건까지 죽 쒀서 개 주는 꼴 아닌지 몰라."

"위에서도 그래서 일부러 문 검한테 사건 맡긴 거 아니야?"

"그럴 수 있죠. 아들과 아버지의 합작으로 사건 덮어 버리려고."

팩스로 날아온 장현 회장의 변호인 선임계를 보더니 갑자기 자기들끼리 적나라하게 뒷말을 시작했다.

이헌을 치켜세울 땐 언제고 갑자기 태도가 돌변해 버리니 장단을 맞출 수 없어 난감한 건 다현뿐이었다.

상황 파악을 뒤늦게 한 그녀는 선배들 틈에서 이러지도 저러지도 못한 채 발만 동동 굴렀다.

그때 관자놀이를 눌러 대며 이헌이 느린 발걸음으로 복도를 지나쳐 회의실로 돌아왔다.

변호인 선임계를 보고 수군거리고 있던 검사들이 입을 싹 닫고 일제히 이헌을 향해 고개를 돌렸다.

우두커니 선 이헌과 적대적인 눈빛으로 그를 바라보는 선배 검사들의 분위기는 위태로워 보이기까지 했다.

다현은 왠지 이헌의 얼굴을 제대로 볼 수가 없어 고개를 떨궜다. 선배들의 장단을 맞춰 줄 수도 없고 이헌에게 괜찮냐고 물어볼 수도 없었다.

그때였다.

수군대며 서로의 눈치만 살피던 회의실에 팩스가 들어오는 소리가 요란하게 들려왔다. 실무관이 팩스를 확인하고는 재빠르게 이헌에게 다가왔다. 어느새 그의 손에 종이 한 장이 가볍게 들렸다.

약 오르지만 실천과 행동이 빠른 그의 부친이 보낸 사임계였다. 물론 선임계도 사임계도 모조리 다 비공식적인 서류였지만 명목상 꼭 필요한 것들이었다.

이헌은 종이접기 하듯 곱고 반듯하게 사임계를 접었다. 글씨가 적힌 부분이 가려져 내용을 알 수 없는 이들은 자신에게 다가오는 그를 보며 마른침을 꿀꺽 삼켰다.

곱게 접은 종이를 툭 책상 위에 내려놓으며 그는 장현 회장의 참고인 조사를 위해 준비해 둔 자료들을 챙겼다. 선배 검사들이 이헌의 눈치를 살폈다.

학번으로 보나 연수원으로 보나 뭐로 봐도 한참 아래인 후배의 눈치를 이렇게 봐서야 쓰나 싶다가도 별수 없었다. 사람을 잡아먹을 것 같은 눈빛과 서늘한 표정 때문에 매번 후배한테 기가 눌려 버리고 만다.

눈치를 보는 선배들을 한번 쓱 훑고는 곧장 자료를 챙겨 들고 이헌은 회의실을 벗어났다. 숨 막히는 정적이 끝나고 안도의 한숨들이 터져 나올 시간이었다.

이헌의 바른말 옳은 말을 듣게 될까 불안하던 찰나였다. 그의 말은 언제나 뼈를 때리는 것만큼 아프고 뒷맛이 깔끔하지 못해 기분이 별로였다.

바람 때문이라고 하기에도 뭣하게 회의실 문이 세게 닫혔다.

이헌은 복도를 지나 경호원들이 지키고 있는 조사실 문 앞에 섰다.

문을 열자 마주친 시선 너머 장현 회장은 조소하고 있었다.

"상황이 어떻게 돌아가고 있는지 알고 계실 거라고 생각합니다."

마주 앉은 이들 사이에 흐르는 기류가 흡사 전쟁 속 적군과 마주한 느낌이었다. 혼자 검찰에 출석한 장현 회장의 곁엔 그가 선임한 외부 법무 팀인 시안에서 보내온 변호사가 있었다.

그저 참고인 자격으로 배석한 변호사는 시안에서만 정, 재계 인사들을 변호해 온 베테랑이었다. 그런 그도 검사와 의뢰인 사이에 흐르는 기류가 낯설어 눈치를 살필 수밖에 없었다.

하필 담당 검사가 로펌 대표가 아끼는 둘째 아들이니 변호사로서 부담감은 상당했다. 혹여라도 재판으로 가게 되면 이걸 이겨야 하나 말아야 하는 내적 갈등이 상충했다.

"이경제 의원 차남이 상해에 사는 거, 알고 계십니까."

"……."

"한영식 은행장 아드님과 대학 동기인 건 알고 계시겠죠."

"……."

"장 회장님 차남과도 다들 막역한 사이 같던데, 알고 계십니까."

장 회장은 한 마리의 범 같았다. 이헌의 앞에 앉아 시종일관 느긋하게 먹잇감을 바라보는 모습이 식사 시간을 기다리는 범이 따로 없었다.

그런 장 회장의 눈을 단 한 차례도 피하지 않고 똑바로 주시하며 이헌은 질문을 던졌다.

당연하다는 듯 장 회장은 입 한 번 떼지 않고 다리를 꼬고 앉아 팔짱까지 끼는 여유를 보였다.

"사건과 상관없는 질문은 삼가시죠."

참고인 자격의 변호사가 나서 검사의 입을 막고자 했다. 그러나 이헌은 조소를 띠며 가까이 바짝 다가가 앉아 테이블 위로 팔을 올려 깍지를 꼈다.

"변호사한테 전부 말씀하신 게 아닌가 봅니다."

장 회장을 쳐다보며 말했다. 그의 시선은 곧 자신의 의뢰인을 멀뚱히 바라보고 있는 변호사에게로 향했다.

"의뢰인을 제대로 변호하려면 사건의 전말 정도는 파악하고 있어야 하는 거 아닙니까?"

급하게 장현 회장의 변호를 맡게 된 그는 오늘 처음으로 의뢰인과 대면한 상태였다. 사건의 전말 따위 아는 게 이상할 정도.

시안 소속의 수십 명의 변호사가 하나같이 중요한 일들을 맡은 탓에 비교적 최근 사건 하나를 털어 낸 그에게 장 회장의 변호가 툭 떨어졌다. 그게 바로 이틀 전이었다.

의뢰인이 워낙 공사다망해 미팅을 가질 시간적 여유조차 없다고 해서면으로 대충 사건의 요지만 파악한 상태였다. 어차피 재판으론 가지 않을 거라 대충 참고인 조사까지만 돌보면 된다는 지시를 받았기에 담당 검사의 말이 크게 와닿지 않았다.

사건의 전말을 파악한다 한들 뭐가 달라질까. 어차피 상현 회장은 법 위에 군림하고 있는 절대 군주인 것을.

"하고 싶은 말이 뭐지?"

그때 묵직한 음성이 장 회장의 입에서 흘러나왔다. 이제야 좀 조사에 제대로 임할 생각인가?

이헌은 증거 자료에서 파라곤 CCTV를 캡처한 사진들을 테이블 위에 하나씩 펼쳐 놓으며 말문을 열었다.

"골드서클 잘 아실 거라 생각합니다."

장 회장은 물론 변호사까지 그가 테이블에 펼쳐 둔 사진들을 힐긋댔다.

"관할서 윗분들과 검찰로 송치되면 문제 생길까 봐 강력부 부장 검사랑 차장 검사한테 돈 쥐여 주고 사건 덮으셨습니까. 다 해결됐다 안심하고 계셨을 텐데 죄송합니다."

네가 아무리 돈을 뿌려 사건을 막았다고 한들 하늘 아래 비밀은 없다는 말을 이헌은 예의 바르게 늘어놓았다.

"아드님이 골드서클에서 마약을 판매한 사실을 알고 있음에도 돈으로 사건을 덮은 건 장 회장님이 공범이라고 생각해도 무관하지 않을까 싶습니다."

이헌의 말에 놀란 건 변호사뿐이었다. 난생처음 듣는 마약에 관한 얘기에 사고 회로가 탁 막혀 버린 듯했다. 뇌물죄를 덮는 것과는 차원이 다른 얘기였다.

이런 사건의 전말을 알고 싶지 않았다. 이딴 추잡한 일인 줄 알았으

143

면 바쁜 척 다른 변호사에게 사건을 넘겨 버리는 건데.

변호사의 얼굴에서 절망이 번지기 시작했다.

"아드님이 친구들에게 판매한 약은 상해에서 배달돼 한국으로 들어오고 있습니다."

"……."

"상해에 누가 사는지 아시죠?"

이쯤 되면 옆에서 방관자로 있는 변호사가 대신 대답해 줄 수 있을 지경이었다. 엉망진창이었다.

나라에서 하지 말라는 걸 국민의 주목을 가장 많이 받는 금수저들이 미친 듯이 즐긴 것이나 다름없었다.

"이경제 의원이 장 회장님 동지였는데 모르셨나 봅니다. 이경제 의원한테 안 줘도 될 돈을 아주 많이 주셨습니다."

폭격처럼 쏟아지는 이헌의 말에도 여전히 그는 담담하고 평온한 표정으로 한결같은 자세를 유지하고 있었다.

이래서 재계 인사들은 조사하기 까다롭고 쉽지 않았다. 그들은 사업적인 수완이 뛰어나고 포커페이스에 능했다. 말 한 마디에 수십억, 수백억이 왔다 갔다 하니 날 때부터 교육을 받는 게 아닐까 의심스러울 정도로 평온 그 자체였다.

"제주도 리조트 단지 건설 인허가 때문에 이경제 의원 인맥이 필요하셨을 텐데 군이 돈다발 안 갖다 바쳐도 됐을 상황이었네요. 그쪽으론 아무것도 모르셨나 봅니다."

또한 그들이 가장 싫어하는 건 쓸데없이 돈 낭비하는 것이었다. 있는 놈들이 더하다는 말이 괜히 있는 게 아니었다.

장 회장은 국토 교통부 장관과 자리 한번 마련해 달라고 이경제 의원에게 쓸데없이 수십억 원을 건넨 것이었다. 그의 아들과 자기 아들이 함께 마약상이나 다름없는 생활을 영유해 왔다는 걸 감쪽같이 모르고 있었으니까.

그는 지그시 눈을 감았다. 평온하던 얼굴이 굳어 가는 게 느껴질 정도였다.

"……날 부른 죄목이 뭡니까."

눈을 뜨지 않은 채 입만 열었다. 조금은 부드럽던 음성도 차게 식어 노기가 서려 있었다.

"아직은 참고인일 뿐입니다. 다만 오늘 협조 여부에 따라 달라지지 않겠습니까."

서로 툭 까놓고 빨리 조사를 끝내 홀가분해지자는 의미를 내포하고 있었다. 받아들이는 사람이 문제일 뿐.

"이렇게 끝까지 가서 좋을 게 있나요."

눈을 떴다. 조금의 흔들림도 없는 확고한 눈빛으로 장 회장은 묵직한 음성을 내뱉었다.

"적어도 정의 사회 구현은 되지 않겠습니까."

이헌이 미소를 지었다. 장 회장 역시 덩달아 미소를 입에 머금었다. 회장 짓도 아무나 못 해 먹겠구나 싶은 순간이다.

이헌은 곧장 태블릿 PC에 저장되어 있던 CCTV 영상을 재생시켜 그의 앞으로 쓱 내밀었다. 하지만 장 회장은 이헌에게서 시선을 떼지 않았다. 영상에 집중하는 건 변호사 혼자인 듯했다.

"K CC와 로하 CC에서 한 달 사이에 총 아홉 차례에 걸쳐 다 같이 라운딩 즐기시고 골프백과 차량을 이용해 돈다발을 건넨 사실이 있습니까."

미소와 함께 찾아온 침묵은 분위기를 사납게 만들었다. 이럴 거면 변호사는 왜 배석시켰을까 싶을 만큼 장 회장은 조사에 협조는커녕 방관자 같은 태도를 보였다.

"이미선 씨가 처형 되는 거 맞습니까."

"……."

"이미선 씨 명의의 계좌에서 박상현 4차장 검사와 정은철 부장 검사에게 각각 5억씩 송금된 내역이 있습니다."

빨간 밑줄이 그어진 내역서를 내밀었다. 장 회장은 여전히 증거 자료엔 하등 관심이 없는지 여전히 이헌만 쳐다보며 미소를 머금었다.

"이것도 모른다고 하시면 이미선 씨도 참고인 소환장 발부될 겁니다."

"……."

"이쯤 되면 모른다고 하는 것도 우습지 않습니까."

"……."

"제대로 진술할 의향이 생기거든 말씀해 주시죠. 그때까진 조사실 밖으로 한 발자국도 못 나갑니다."

이헌은 꼿꼿한 몸을 일으켰다. 테이블에 펼쳐진 증거 자료들과 태블릿 PC를 챙겨 들고 뒤도 돌아보지 않고 조사실을 박차고 나왔다.

그가 나간 조사실 안은 북풍한설이 따로 없었다.

✢　　　✢　　　✢

이헌과 그의 아버지가 대표로 있는 로펌이 뿌린 찬물은 생각보다 오래 갔다. 회의실 분위기가 썩 좋지 않았다.

"권 검사님! 큰일 났습니다!"

오늘따라 큰일이 왜 이렇게 많이 나는 걸까.

사막처럼 메말라 가던 분위기를 뚫고 수사관이 회의실에 언성을 높이며 들어왔다. 그는 종이 한 장을 펄럭이다 그녀에게 건네며 숨을 골랐다.

"후우, 놀라지 마십쇼."

"뭔데 그래요?"

"장민준이 홍콩으로 출국했답니다!"

놀라지 말라고 했는데 놀라운 소식을 전해 왔다. 다현은 출국자 명단으로 보이는 자료를 확인하기도 전에 수사관의 말에 책상을 내려치며 벌떡 일어났다.

"그게 말이 돼요?"

"출국자 명단 보십시오. 장민준 맞습니다."

손에서 꾸깃꾸깃해진 출국자 명단을 펼쳐 들었다. 밑줄이 그어진 곳에 버젓이 장민준의 이름과 주민 등록 번호가 일치하는 남자가 있다.

다현은 다리에 힘이 풀려 그대로 주저앉고 말았다.

"검사님, 괜찮으세요?"

실무관이 다현을 다독였다. 조금도 괜찮지 않았다. 도주한 것으로 보이는 장민준의 행적이 가장 큰 문제였다.

이럴 줄 알았으면 출국 금지라도 시켜 놓는 건데!

뒤늦은 후회로 머리를 쥐어뜯으며 고개를 푹 숙였다. 그녀의 모습에 덩달아 선배 검사들까지 한숨이었다.

"뭡니까."

그때 회의실 문이 열리고 장현 회장의 참고인 조사를 위해 자리를 비웠던 이헌이 들어왔다. 자못 심각한 분위기를 감지한 그는 좌절 상태인 다현과 그 앞에서 난감한 듯 머리를 긁적이고 있는 수사관을 바라봤다.

"장민준이 홍콩으로 출국했습니다. 그래서 권 검사님 충격받으셨어요."

두 사람을 대신해 실무관이 현 상황을 이헌에게 전달했다. 그는 들고 있던 증거 자료들을 테이블에 내려놓으며 시큰둥한 표정으로 입을 뗐다.

"약 가지러 갔나 보지."

대수롭지 않다는 듯 말하는 그의 음성에 고개를 치켜든 다현은 헝클어진 머리를 정돈하며 말했다.

"지금 파라곤 압수 수색도 했고, 나라가 떠들썩하게 뇌물 리스트 수사 중인데 그게 말이 됩니까?"

따지듯 이헌에게 물었다. 그녀의 음성엔 그 어느 때보다도 적대감이 가득했다.

"출국 금지부터 조치했어야 했는데……"

그녀의 입에선 후회 섞인 한숨이 흘러나왔다.

이럴 줄 몰랐다. 알았다면 이런 식으로 안일하게 대처하지 않았을 것이다.

미친놈 같은 장민준의 성격을 알면서도 간과했다. 자기 아버지까지 참고인 조사를 받는 마당에 설마 한 것이다.

이렇게 뒤통수를 칠 줄 알았더라면 진즉 단속했을 텐데.

"출국 금지는 안 돼."

"장민준 안 들어오면 어떡해요."

"약쟁이들은 한번 약에 빠지면 답도 없어. 골드서클 애들이 약 없이 얼마나 버티겠어. 2주마다 출국한 거 보면 한번 들여올 때 딱 그만큼 가져오는 거야."

검사 임관 이후 초임지인 중앙 지검 강력부에서 마약을 다루면서 마약 수사엔 도가 튼 이헌은 확언했다.

제아무리 세관까지 돈을 먹였대도 어느 정도지, 대량으로 들여올 짬밥이 되지 않으니 주기적으로 홍콩을 나가 상해까지 가는 수고스러운 루트를 이용했을 거라고 확신했다.

실제로 장민준은 홍콩에 출국해 그곳에서 이경제 의원의 차남을 만나고 함께 상해로 들어가는 번거로운 루트를 사용했다.

골드서클의 회장 격인 한영식 은행장의 차남은 판을 깔고 이경제 의원 차남은 약 공급과 배달을 맡고 장민준이 유통한 것과 다름없는 조직적인 움직임이었다.

"이 시국에 출국한 거 보면 뻔해. 약 다 떨어진 거야."

이헌의 말에 다현은 뽑아 둔 출입국 내역서를 확인했다. 장민준이 홍콩으로 출국하는 주기와 맞아떨어졌다.

가설같이 들리는 이헌의 말을 자료가 뒷받침해 주며 신빙성을 더했다. 그렇다면 방법은 하나밖에 없었다. 다현은 두 눈을 번뜩이며 수사관에게 지시를 내렸다.

"홍콩 경찰에 협조 공문 넣어 주세요. 장민준 뒤에 붙어서 마약 거래

할 때 체포해야 한다고."

"안 돼. 하지 마세요."

다현의 말을 자르며 단호하게 말한 이헌은 수사관에게 하지 말라고 고개를 내저었다. 두 검사 사이에서 난감한 건 수사관이었다. 어느 장단에 맞춰 지시를 따라야 하는지 당황스럽기만 했다.

"골드서클 건은 저한테 맡기신 거 아닙니까. 제 수사 방식이 마음에 들지 않으시면 담당 검사 바꿔 주세요."

가뜩이나 지지부진한 골드서클 수사가 무능한 자신 탓인 것만 같아 마음이 불편했는데 엎친 데 덮친 격이라고 장민준이 출국하자 다현은 이성의 끈을 놓아 버린 듯했다.

고작해야 어렵게 찾아온 CCTV 영상 속 인물들을 대조하고, 멤버들의 계좌 추적을 통해 흐름만 파악한 상태였다.

무능하다 해도 이렇게까지 무능할 줄이야. 자괴감까지 들어 괜히 이헌에게 버럭 화를 내질렀다. 곧바로 아차, 했지만 때는 늦었다.

"권다현 검사."

"……네."

"권 검사는 내가 지휘 검사라는 걸 잊었습니까."

이헌의 음성에 찬기가 맴돌았다. 다현은 입을 꾹 다물었다. 하늘과 같은 선배를 들이받은 꼴이었다. 얌전한 고양이 부뚜막에 먼저 올라간다고 딱 그 짝이었다.

막내가 갑자기 왜 저러냐며 뒤에서 수군대는 소리가 들려왔지만, 대꾸할 수 없었다.

"평소대로 3일 안에 입국할 테니까 걱정하지 마."

이헌의 음성은 언제 그랬냐는 듯 온화해지고 얼굴에 서렸던 냉기도 가셨다. 안도와 함께 다현이 죄송하다는 말을 하려던 때였다.

또다시 회의실 문이 열리고 영상실에 있었던 수사관이 들어와 이헌을 불렀다.

"문 검사님. 장현 회장이 검사님께 할 말이 있다고 합니다."

다현에게 머물러 있었던 시선을 거둔 이헌은 수사관을 바라보며 고개를 끄덕였다. 곧 가겠다는 말과 함께 고개를 돌린 그는 다현을 응시하며 입을 뗐다.

"신경 쓰지 말고 하던 일 계속해."

그는 증거 자료들을 챙겨 회의실을 나갔다.

미쳤지. 거기서 왜 화를 내. 네가 화낼 군번이야? 뭘 잘했다고, 이 맹추야!

이헌의 뒷모습을 빤히 지켜보던 다현은 문이 닫히고 그가 시야에서 완전히 사라지자 긴장이 풀려 또다시 의자에 주저앉고 말았다.

✦　　✦　　✦

"이것들 다 끄고 얘기하죠."

문을 열자 찬 냉기와 함께 장현 회장이 거드름 피우며 손가락을 돌려 댔다. 조사실 안 허공을 가리키는 것이었다.

천장에 달린 카메라들과 마이크가 그것이었다. 이헌은 그의 앞에 앉으며 유리창 너머에 있을 수사관에게 녹화를 끄라는 듯 턱을 치켜들었다.

"편하게 말씀하세요."

카메라에 들어왔던 빨간불이 꺼졌다. 곧추세운 허리와 반듯한 자세인 이헌과 달리 장 회장은 등받이에 한껏 기대앉아 테이블과 멀찍이 떨어져 있었다.

장현. 그는 30대의 나이에 치열한 후계 구도 속에서 부친의 유언장 속 등장하는 형제 셋을 모두 제치고 회장 자리에 앉았다.

30대 후반의 젊은 회장님에게 쏟아지는 각종 스포트라이트를 무난히 넘기고 K그룹을 세계적으로 뻗어 나가는 기업으로 만든 진취적인 인물이었다.

어린 나이부터 높은 자리에 앉아 모든 사람을 자신의 발아래로 깔고 본 탓일까. 그는 현 상황에 아랑곳없이 제멋대로였다.

"문이헌 검사, 부친이 파면당하고 뒤 봐줄 사람 없지 않아요?"

영상 녹화를 끄라고 할 때 알아봤다. 어떤 시답지 않은 말을 할 것 같았다. 아니나 다를까 조사와 아무짝에도 연관 없는 말들이 그의 입에서 쏟아져 나왔다.

조사 내내 입을 다물고 미소만 띠고 있더니 다급하긴 한 모양이었다. 개인적인 일까지 들춰내 가며 거래를 하고자 하는 게 우스울 뿐이었다.

"정확히 하고 싶은 말이 뭡니까. 제가 좀 바빠서."

이헌도 똑같이 거드름을 피우며 조소했다. 너희들이 하는 게 그럼 그렇지. 회유도 참 고릿적 방식이라 우습기 짝이 없었다.

"내가 그 뒤, 봐줄 수도 있어요."

어처구니가 없어 대꾸 대신 실소만 터져 나왔다.

"문 검사는 이 수사가 끝까지 갈 수 있을 거라고 생각하나요?"

길고 짧은 건 대봐야 아는 거라고 했다.

"적당히 하고 말랬더니, 이렇게 나오시니 궁금해서라도 끝까지 해봐야겠습니다."

참고인 조사를 나와서 검사에게 직접 회유책을 쓰려는 그의 태도로 보아 찔리는 일이 상당하고 앞이 보이지 않는 게 분명했다. 이런 식으로 수사가 계속 진행된다면 언론에서도 여론에서도 자유롭지 못해 재판에서도 영향을 끼칠 게 분명했다.

"문이헌 검사가 부친을 닮아서 유하지가 못하네."

웃음기가 싹 가신 그 얼굴은 범이었다.

"제 부친은 불법, 편법 안 가리고 살인자도 수임료만 많이 주면 변호하실 만큼 많이 유해지셨습니다."

그래 봤자 검찰에서 쫓겨난 변호사 나부랭이지. 그는 조소했다.

"담당 검사 매수해서 빠져나갈 생각은 하지도 마십쇼."

"……."

"제가 이 바닥에서 투견이나 다름없어서 제 손에 들어온 사건은 잘 안 놓습니다."

더는 신문이 필요 없었다. 회유책이 먹혀들지 않았으니 협조할 리 없다는 판단이 들었다.

이헌은 자리에서 일어났다.

"언제까지 그 배포가 먹힐지 두고 보죠."

그러거나 말거나 장현 회장에겐 찬바람이 불었다. 문이 열렸다. 회유와 협박은 끝이었다.

그날 오후 장현 회장의 구속 영장이 청구됐다.

[단독] 뇌물 리스트. K그룹 장현 회장 구속 영장 청구

오늘 검찰은 장현 회장에 구속 영장을 청구했다고 알렸다.

이경제 의원과 박호산 국토 교통부 장관, 박상현 서울 중앙 지검 제4차장 검사와 강력부 부장 검사인 정은철 검사에게 거액의 뇌물을 준 혐의를 받고 있는 장현 회장은 증거 인멸의 염려와 혐의를 적극적으로 부인하고 있어 구속 영장 청구가 불가피했다고 밝혔다.

장현 회장에 대한 구속 영장 실질 심사가 있을 예정이며 결과에 따라 2차 조사를 벌일 계획이라고 말했다.

한편 장현 회장이 서울 중앙 지검 차장 검사와 부장 검사에게 거액을 건넨 이유는 아직 공식적으로 검찰에서 밝히지 않아 제 식구 감싸주기 식의 수사가 아니냐는 말이 나오고 있다.

검찰은 "4차장 검사와 강력부 부장 검사에 대한 수사는 대검 감찰부에서 내사 중이다. 혐의가 입증되는 대로 빠르게 처리할 예정이다"라고만 밝혀 왔다.

한국일보 정치부 이상현 기자

✦   ✦   ✦

극심한 피로가 몰려왔다. 장현 회장의 구속 영장을 청구한 후 이헌은 텅 빈 검사실로 들어왔다. 등받이에 기대앉아 무거운 눈꺼풀이 자연스레 내려앉아도 내버려 뒀다.

수사에 진척은 있었지만 녹록지 않았다. 무슨 일인지 조사에 적극 협조 중인 한영식 은행장과 이경제 의원을 제외하곤 이렇다 할 성과가 없다는 게 문제였다.

조기철 의원과 박호산 장관은 조사 이후 구속됐지만 증거 자료를 들이밀어도 모르쇠로 일관하고 있어 기소를 하더라도 구속 기간 연장이 불가피할 전망이었다.

그마저도 해내지 못한다면 재판에서 제대로 된 형량을 때릴 수 있을지 미지수였다. 엎친 데 덮친 격이라고 장현 회장은 협조는커녕 검사를 상대로 회유책과 협박을 불사하고 검찰을 이겨 먹으려 드는 꼴이니 제대로 된 조사가 이뤄질 리 만무했다.

수사 지휘 검사로 이보다 더 엉망일 수는 없을 지경이었다.

지난번 국무총리 로비 리스트와 그 전 선호그룹 비자금 수사 때도 이 정도는 아니었다. 부담과 중압감이 그를 완벽하게 짓눌러 버린 듯했다.

똑똑.

한참 생각에 잠겨 눈을 붙이고 있을 때 노크 소리가 작게 들려왔다. 피로감에 감고 있던 눈을 떴다. 문이 조심스레 열리고 고개를 내민 건 다현이었다.

"왜."

여기 있는 걸 어떻게 알았을까.

우물쭈물하며 말을 하려다 말고 입을 달싹거리고, 어딘가 모르게 불안해 보이는 눈빛으로 그녀는 책상 앞으로 다가왔다.

장민준 출국 건으로 회의실에서 언성을 높인 일 때문일까. 무슨 말을 하려고 이렇게 뜸을 들이나 싶어 이헌은 담백하게 물었다.

"뭔데. 얘기해 봐."

몹시 피곤했다. 제대로 잠을 잔 게 언젠지 기억도 나지 않을 만큼.

졸음 가득한 눈을 천천히 감았다 떴다. 잠이 부족해 머리가 멍하고 아팠지만, 그는 관자놀이를 지그시 누르며 다현을 쳐다봤다.

그녀는 자못 비장한 얼굴을 하고 말문을 열었다.

"계장님들, 빌려주세요."

예상치 못한 말이 툭 튀어나왔다. 죄송했다거나, 앞으로 그러지 않겠다는 식의 말이 나올 거라고 생각했는데 수사관들을 빌려 달라니.

이헌은 자신의 귀를 의심했다. 수사관을 빌리겠다고 하는 건 문제가 심각했다. 차라리 돈을 빌려 달라고 하는 게 나은 상황이었다.

"저녁에 골드서클 모임이 있습니다."

예감은 언제나 들어맞고 불안은 항상 뒤따른다. 의자에 기대앉아 있던 이헌은 불편한 심기를 고스란히 드러내며 자세를 고쳐 앉았다.

"너 지금 무슨 소리 하는 거야."

약이 떨어질 때가 돼서 굳이 사방에서 주시하고 있는 이 시기에 홍콩까지 건너간 장민준은 어쩌고 골드서클 애들이 모인다는 걸까.

"일주일에 한 번 금요일마다 루프탑에서 모이는 거 확인했습니다."

"그래서."

"계좌 내역도 전부 정황 증거일 뿐이고 이대로 가면 기소해도 100% 간접 증거로 재판에서 질 겁니다."

"그래서 현장에 나가겠다고?"

"현행범으로 체포해야 재판까지 갈 수 있어요. 절반만 살다 나와도 지금 상황보다는 나을 겁니다."

제 뜻을 끝내 관철하고 말겠다는 의지가 충만했다. 불의만 보면 물불 가리지 않는 건 위험했다. 이헌은 한숨을 삼키며 다현을 바라봤다. 절대 뜻을 굽히지 않겠다는 확신에 찬 눈빛이 못마땅하기만 했다.

"왜 이렇게 말을 안 들어?"

부모가 자식에게 혹은 손윗사람이 아랫사람을 혼낼 때 쓰는 말이 그의 입에서 짜증과 섞여 나왔다.

"단독 행동 안 된다고 분명히 말했다."

"그래서 지금 보고드리는 겁니다."

"권다현."

"관할서에 협조 요청했습니다."

평소 같았으면 그녀의 입에서 죄송하다는 말이 나왔어야 했다. 선조치 후 보고였다.

이미 현장을 급습하겠다는 계획을 세워 두고 관할서에 협조까지 요청해 놓았다면 무슨 일이 있어도 제 뜻대로 하겠다는 말이었다.

이헌의 만면에 못마땅한 기색이 역력했다. 그는 화를 꾹 눌러 담아 입을 뗐다.

"기어이 가겠다?"

"네."

대답에 망설임이 없었다. 어차피 말린다고 듣지도 않을 걸 알고 있었다.

이미 자신의 무능함에 다현은 적잖이 실망했다. 무엇보다 관련인들이 비협조적이니 이렇게라도 해야만 했다. 지푸라기라도 잡고 싶은 심정으로 현장에 나갈 계획을 세웠다.

"……조심해."

소환 조사 때문에 자리를 비울 수 없는 이헌이 할 수 있는 일이라곤 고작해야 단속을 시키는 것뿐이었다.

문이헌이 내뱉은 말 한마디에 다현은 당연하다는 듯 하려던 말들을 삼켜야 했다.

몇 년 전, 그에게 처음 칭찬을 받았던 날의 느낌과 감정이 마치 어제 일처럼 생생하기만 했다.

"지금 저, 걱정하시는 거예요?"

다현은 조심스레 물었다. 아주 오랜만에 가슴이 간질거렸다. 그 느낌에 마른침을 삼키며 이헌의 눈치를 살폈다.

그는 담담한 어조로 말했다.

"어. 걱정하는 거야."

놀란 토끼처럼 귀가 쫑긋해지고 눈이 커졌다. 절대 그의 입에서 나올 거라고 생각지도 못한 말이 튀어나오자 당혹감은 오롯이 그녀의 몫이었다.

뭐라고 돌려줘야 하는데 대꾸할 말조차 생각이 나지 않았다. 머릿속이 백지장처럼 새하얘졌다.

"당연하잖아. 후배인데."

괜한 기대와 설렘이 순식간에 차게 식어 버렸다. 자신과 달리 태연한 그가 야속했다. 다현은 애써 미소로 화답했다.

"선배님 명성에 누가 되지 않게 조심, 또! 조심하도록 하겠습니다."

그럼 그렇지. 시베리아 벌판의 바람보다 차갑고 고슴도치의 가시보다 더 뾰족한 그가, 검사계의 독사로 불리는 문이헌이 자신을 걱정할 리가.

그런데도 일말의 기대를 한 자신이 멍청하다고 생각했다.

다현은 가볍게 묵례했다. 저녁에 현장을 덮치려면 준비할 시간이 촉박했다. 철저한 준비를 해야만 한다. 곧장 관할서 담당 형사들과 작전 회의가 잡혀 있었다.

이헌과 함께 서인종 서장의 참고인 조사엔 함께 들어가지 못하게 됐지만 지금 중요한 건 그게 아니었다.

나이를 모르고 철없이 구는 놈들의 정신 갱생이 먼저였다.

뒤도 돌아보지 않고 다현이 나갔다. 문이 닫히고 검사실에 오롯이 혼자 남은 이헌은 실소를 터트렸다.

어처구니가 없어서, 생각할수록 기가 막혀서 자신을 향한 비웃음이었다.

미쳤다. 겁 없는 막내를 걱정하고 있다니.

완벽히 정상은 아니었다.

─최지은, 조현석이랑 들어갑니다.

무전기에서 나지막한 음성이 들려왔다. 사전에 다현을 통해 입수한 골드서클 멤버들의 사진과 인적 사항을 파악하고 있는 형사가 무전을 쳐 왔다.

비공식 압수 수색으로 탈탈 털렸던 파라곤은 아무 일 없다는 듯 성업 중이었다.

15층엔 골드서클의 아지트인 VVIP 루프탑으로 이어지는 전용 엘리베이터가 있었다. 다행스럽게도 14층은 일반 회원들이 쉽게 접근 가능한 칵테일 바였다. 형사 중에서 연령대가 낮은 이들이 잠복 중이었다.

"안쪽 상황 파악이 어려워서 쉽게 접근하기 힘들 거 같은데."

이미 CCTV를 모두 떼어 낸 뒤라 안을 염탐할 수 있는 대비책이 없었다. 그저 직감만으로 현장을 급습해야 하는 형사들은 초조했다.

"지금쯤이면 약에 취해 저항도 없어 체포가 쉬울 겁니다."

형사들은 다현을 보며 초임 특수부 검사라더니 모르는 게 없다고 생각했다. 특히 첩보를 받고 파라곤을 조사 중이었던 마약 수사 팀 팀장은 회의할 때부터 다현을 수상쩍게 바라봤다.

날고 긴다는 일선 형사들도 알아내지 못한 정보였다. 알아내려다가 윗선에서 판을 엎으라는 통에 수사를 접어야 했던 일이었으나 이헌 덕분에 검찰 조사가 시작됐다. 그런데 특수부 검사가, 그것도 여검사가 이렇게 나서서 현장까지 덮친다니. 형사 짬밥 20년 중에 처음 있는 일이었다.

"검사님. 쟤들이랑 뭐 있습니까."

팀장이 날카롭게 물어 왔다. 손목에 찬 시계만 쳐다보던 나현은 고개를 들었다.

"뭐 없습니다."

단호하게 말했다. 저런 쓰레기들과 자신을 엮지 말라는 듯 불쾌함을 온몸으로 드러내며 시계만 바라보았다.

"한 시간 후에 들어가겠습니다."

홍콩으로 출국한 장민준을 제외한 열한 명이 모두 모였다. 일주일에 한 번 있는 골드서클의 주요 멤버들이 모이는 비밀 파티 날이자 현행범으로 체포하기 딱 좋은 날.

장민준의 손에 이끌려 고교 시절에 몇 번 골드서클 모임에 나갔었다. 어릴 적부터 그 명성은 익히 들어 알고 있었지만, 예상과 달리 건전하다고 믿었다. 수십 명에 달하는 회원들과 만찬을 즐기고 가볍게 와인 파티 형식으로 진행되는 모임은 한 달에 한 번.

그 외의 파티는 개인적인 친분들로 뭉쳐 노는 것이라고 했다. 그렇게 스무 살이 되고 골드 등급만 출입할 수 있다는 루프탑에 입성했다.

그마저도 민준 때문이었고 지은도 덩달아 함께 해야 했다. 그곳의 남자들은 건전하지 못했다. 골드 등급이 아니면 출입할 수 없다더니 낯선 여자들을 데려와 질펀하게 놀았다.

그것도 자신이 보는 앞에서.

기가 막혀 말이 나오지 않았다. 여자들을 만져 대는 손길과 바라보는 눈빛은 정상인의 것이 아니었다.

누가 봐도 알 수 있을 만큼 엉망이었다. 사춘기 반항으로 철없이 사고를 치던 때와는 차원이 다른 스케일에 다현은 그길로 발길을 끊었다.

민준과도 더는 연락하지 않았다. 친구라는 이름으로 그를 받아 주는 것도 한계였다. 반면 지은은 민준과 연락을 이어 가는 듯했다.

그런 지은을 말리지 못한 게 잘못이었을까.

다현은 사법 고시 준비로 지은과도 연락이 뜸해졌고, 그러던 어느 날이었다.

아주 오랜만에 지은의 이름으로 걸려 온 전화 한 통에 그녀는 병원으로 달려갔다.

"약물 중독인 것 같습니다. 이거 참……. 회장님이 아시면 큰일인데."

어디서부터 잘못된 걸까. 호기심으로 시작한 일탈은 지은을 타락의 늪으로 이끌었다.

발레리나가 될 거라던 그녀의 모습은 엉망이었다. 생기 가득했던 눈동자는 초점을 잃었고, 아름다웠던 미소는 빛을 잃은 지 오래였다.

"지은아, 정말 어쩌려고 이래!"

"잘난 척하지 마. 골드서클, 거기 평범한 모임 아니야. 너라고 달랐을 것 같아?"

이렇게 될 줄 알았더라면 그때 경찰에 신고해서라도 바로잡았어야 했다. 설마 지은과 검사와 피의자로 다시 만나게 될 거라곤 생각지도 못했다.

"1조. 들어갑니다."

―2조. 뒤따라 들어가겠습니다.

―3조. 백업합니다.

약속된 시간이 됐다. 형사들이 일사불란하게 움직였다. 파라곤 매니저의 협조 아래 쉽게 15층까지 진입할 수 있었다.

약쟁이들의 갑질에 버티고 버티다 마약 수사 팀에 제보한 익명의 제보자가 매니저였다. 그는 한데 묶여 철창 신세 지기 싫다며 적극 협조를 했다. CCTV 영상을 줄 때 법정에서 증언도 하겠다는 진술까지 받아 놓았다. 그는 형사들이 진입하고 제일 마지막으로 클럽 안으로 들어온 다현을 보며 고개를 숙였다.

다현은 엘리베이터에 올랐다.

1조는 루프탑을 급습하고 2조는 그 퇴로를 차단하며 만에 하나 빠져나올지 모르는 잔챙이들을 체포한다. 마지막 3조는 파라곤의 진, 출입구를 모두 막고 혹시라도 2차적으로 도주할 수 있는 경로를 사전에 차단하는 것이 이번 작전의 큰 틀이었다.

100% 성공할 수밖에 없는 작전이었다.

파라곤은 화재 위험 예방을 위한 비상계단 하나를 제외하곤 진, 출입로가 정문 한 곳뿐이었다. 3m 가까이 되는 커다란 철문 하나가 파라곤의 입구 전부였다. 지하 주차장은 이미 방화 셔터를 내린 상태였고 그 앞으로 경찰차 일곱 대와 경찰들이 포진 중이었다.

도망가게 된다면 정문이 전부였다.

─입구 도착. 들어갑니다.

─1층 정문 차단.

─엘리베이터 전원 차단했습니다.

다현이 14층에 도착했을 때 엘리베이터 가동이 멈췄다.

총 든 형사들이 루프탑으로 올라가는 엘리베이터를 포위 중이었다. 더 이상의 무전이 들리지 않았다. 다현은 형사들을 지나쳐 에스컬레이터를 타고 올라갔다.

"뭐 하는 짓이야!"

"아악! 이거 놔!"

"이 새끼들 뭐야!"

저 멀리 활짝 열린 문 너머로 형사들에게 제압당하고 있는 이들이 보였다. 다현은 발걸음을 멈췄다.

그곳에 지은이 있었다. 가슴골이 훤히 드러난 타이트한 원피스를 입고 헝클어진 머리로 형사의 손에 의해 은빛 수갑이 채워진 지은은 발악했다.

그 뒤로 얼굴이 낯익다 못해 한숨부터 나오는 이들이 줄줄이 수갑을 차고 있었다.

"마약류 관리에 의한 법률 위반으로 모두 현행범으로 체포합니다. 묵비권을 행사할 수 있고 지금부터 하는 모든 발언은 법정에서 불리하게 적용될 수 있습니다. 또한, 변호사를 선임할 권리도 있습니다."

미란다 원칙이 고지됐다. 어디가 압수 수색이 됐고 누가 검찰 조사를 받고 있다고 매일같이 언론에서 떠들어 대도 눈을 감고 귀를 닫고 듣지 않았다. 그러거나 말거나 오늘도 당연하다는 듯 신나게 파티를 즐겼다.

그들이 즐긴 흔적들이 테이블에 술병과 한데 뒤섞여 난잡하게 널브러져 있었다. 다현은 마른침을 삼키며 룸 안으로 들어섰다.

기껏해야 후계자 수업이네, 뭐네 하며 놀고먹는 이들이 밀수까지 할줄이야. 거기다 테이블 위엔 결코 평범한 담배로 보이지 않는 것들도 뒤섞여 있었다.

이 사실이 언론에 새어 나간다면 그 파장은 상상하고 싶지도 않았다.

"권다현?"

밀봉된 백색 가루를 만지작거리던 다현은 자신의 이름이 들려오자 고개를 들었다. 수갑을 찬 이들 중 누군가가 그녀를 알아본 것이다.

수갑을 차고 형사들에게 욕을 퍼붓던 이들의 시선이 일제히 다현에게 쏠렸다. 수십 개의 시선 중 유난히 경악에 물들어 있는 눈빛이 보였다.

지은이었다.

"서울 중앙 지검 특별 수사 제1부 검사, 권다현입니다."

다현은 지은의 시선을 피하지 않았다. 오히려 똑바로 바라보며 단단한 음성으로 자신의 소속을 밝혔다.

눈앞에 있는 이는 친구가 아니다. 범죄자일 뿐이다.

"현행범으로 특별히 강남 서에서 서울 지검으로 바로 송치될 겁니다."

자신들이 알고 있던 다현이 눈앞의 사람과 같은지 확인하느라 바쁜 눈길들이 오갔다. 잔뜩 취해 있어 판단이 어려운 모양인지 서로 눈알을 굴리느라 정신이 없어 보였다.

그 와중에 지은은 자신의 친구를 또렷하게 알아본 모양이다. 실성한 사람처럼 웃기 시작했다. 연행하려는 형사의 손길을 거칠게 뿌리치고는 휘청거리다 수갑에 한데 묶인 손 때문에 무게 중심을 잃어 소파에 주저앉았다.

"와, 이게 얼마 만이야. 응?"

다현은 아무런 대꾸도 하지 않았다. 자신이 할 일은 끝났고 현행범을 체포하는 과정에서 빠진 이들은 없는지 확인하는 것도 잊지 않았다.

"네가 어떻게 이럴 수 있어!"

냉정하게 돌아서는 다현을 향한 고함이 들렸지만 아랑곳하지 않았다.

그때였다.

"거, 검사님!"

"피하세요!"

"잡아!"

잠시 방심한 사이, 비틀거리며 달려온 지은은 언제 집어 든 건지 모를 나이프를 들고 그대로 휘둘렀다. 나이프는 붉은 피와 함께 바닥에 가볍게 떨어졌다.

지은의 손에 수갑을 채운 형사에게 고맙다고 해야 할 지경이었다. 수갑만 없었더라면 정확히 복부가 찔렸을 위치였다.

"아……."

"검사님!"

오른쪽 팔등이 날카로운 나이프에 스치고 말았다. 재킷이 반쯤 잘려 나갔다. 찌릿한 아픔과 함께 통증이 찾아왔지만 다현은 내색하지 않았다.

"괜찮습니다. 서둘러 연행하세요."

오히려 놀란 건 형사들이었다. 이러지도 저러지도 못하고 서 있던 이들을 다독인 다현은 제압당한 지은이 끌려 나가는 걸 보고, 다른 이들이 연행되는 것까지 보고 나서야 바닥에 주저앉았다.

"하, 더럽게 아프네."

난생처음 느껴 보는 날카로운 통증에 눈물이 핑 돌았다. 다현은 피가 흐르는 팔등을 움켜쥐었다.

마치 연인에게 배신을 당한 것처럼 뒤통수가 얼얼하고 가슴이 아팠다.

다현의 눈에선 눈물이 뚝뚝 떨어지기 시작했다.

"으……!"

아파서 일어날 힘조차 없었다. 검사 체면이 말이 아니었다. 현행범이 휘두른 칼에 베인 것도 모자라 눈물이나 질질 짜고 있다니. 창피해서 말도 나오지 않았다.

"권 검사님!"

"병원, 병원으로 갑시다. 빨리 구급차 불러!"

아래에 대기하고 있던 마약 수사 팀 팀장과 수사관이 다현의 소식을 전해 듣고 득달같이 달려왔다. 현장 수습과 증거물을 수집하기 위해 올라온 다른 수사관들도 다현을 발견하고 깜짝 놀랐다.

다현은 우르르 달려와 제 주위를 에워싼 사람들을 보자마자 눈치 없이 쏟아지려는 눈물을 꾹 참으며 부축을 받았다.

"쟤들이랑 뭐 없다면서요."

팀장은 부하가 챙겨 올라온 구급상자 속에서 거즈를 꺼내 다현의 팔 등을 지혈하고 나섰다.

그러면서 입술을 꾹 깨문 채 소파에 앉아 있는 다현을 보며 퉁명스레 물었다.

"친구였어요! 됐어요?"

신경질적인 대답과 함께 눈물이 쏟아지려는 걸 겨우 참았다. 전부 엉망이었다.

"어쩐지. 너무 잘 알더라니까."

형사의 촉을 피해 갈 수는 없지. 천하의 문이헌 검사도 알아내지 못한 걸 새파랗게 어린 검사가 알아냈다는 것부터 수상했다.

아니나 다를까 친구였던 이에게 칼까지 맞는 불상사가 벌어지고 말았다.

이래서 가까운 지인 관계일수록 수사 일선에서 모두 배제되는데, 어째서 이 검사가 담당 검사로 바뀌어 버렸는지 알다가도 모를 일이었다.

"구급차 왔습니다!"

순경이 올라와 구급차 소식을 알렸다. 순식간에 피로 물든 거즈를 꽉 붙든 채 다현은 팀장의 부축을 받으며 소파에서 일어났다.

눈꼬리에 맺혀 있던 눈물이 결국 볼을 타고 흘러내렸다. 아파서 나는 눈물이라고 우기고 싶었지만 인정해야만 했다. 믿었던 이에게 받은 상처 때문이라는 것을.

❖　　❖　　❖

서인종 서장의 조사는 예상대로 진도가 나가지 않았다.

요즘 변호사도 없이 혼자 검찰에 출석하는 게 유행이라도 된 건지 홀로 조사실에 앉은 그는 모르쇠로 일관했다. 검찰 조사에 조금도 협조할 생각이 없다고 봐도 무방했다.

"로하 CC에서 골프 친 적 있습니까."

자신은 뇌물을 받은 적이 없다며, 경찰서장이나 돼서 그런 검은돈의 유혹에 넘어갈 거 같냐며 엄포를 놓던 그는 입을 다물었다.

"지난해 9월부터 한 달에 한 번, 정기적으로 로하 CC에서 라운드를 도셨죠?"

"로하 CC는 평소에도 친우들과 자주 가는 곳입니다."

"한 달에 한 번, 친우들과 함께 라운드를 도십니까."

"골프를 같이 치는 멤버는 매번 다릅니다."

"그럼 9월 15일엔 누구와 함께 골프를 쳤습니까."

"기억나지 않네요."

"10월 15일은 누구와 함께 골프를 쳤습니까."

"글쎄요."

"정 그러시다면 기억나게 해 드리겠습니다."

이헌은 태블릿 PC를 켰다. 그 속에 저장되어 있던 영상 하나를 재생시켰다.

"CCTV는 피하셨는데 블랙박스는 예상하지 못했나 봅니다."

태블릿 PC 속의 영상을 보던 서인종 서장의 안색이 굳기 시작했다. 영상 속엔 캐디백을 들고 클럽 하우스를 나온 그가 차에 올라타고 있었다.

"여기 이 캐디백. 클럽 하우스를 들어갈 땐 분명히 여기, 검은색인데 나올 땐 하얀색이네요."

잘라서 편집해 놓은 또 다른 영상을 재생시켰다. 그가 아침에 클럽 하우스를 들어갈 때 들고 있던 검은 캐디백은 오후에 나올 땐 하얀색이 되어 있었다.

영상을 보던 그는 사색이 되어 갔다. 블랙박스는 예상하지도 못했던 증거였다.

"클럽 하우스에 들어가시고 10분 뒤, 이경제 의원과 장현 회장, 한영식 은행장이 시차를 두고 들어갔고, 라운드를 마치고도 역시 똑같은 순으로 클럽 하우스를 빠져나갔습니다."

"……."

"9월 15일을 기점으로 매달 넷이서 라운딩을 즐기셨다는 증언은 이미 확보된 상탭니다."

"친우들과 골프 친 게 뭐가 잘못됐습니까."

"잘못되진 않았지만, 그 친우들이 모두 자백을 했습니다. 한영식 은행장은 오래전에 구속됐고 이경제 의원은 자백하고 불구속 수사 중인 거 모르시는 건 아니죠? 아, 장현 회장이 구속 영장 청구받은 게 뉴스에 꽤 많이 보도되고 있던데, 그것도 모르시는 겁니까?"

"……."

아무리 질문을 해도 자신은 모른다고 대답을 하던 서인종 서장은 결국 입을 닫았다. 이대로 시간만 끌 수 없었다. 이헌은 펼쳐 놓았던 증거물들을 차곡차곡 한데 모으며 말했다.

"골드서클."

그 순간 서장은 놀란 눈으로 이헌을 쳐다봤다.

"제가 모를 거라고 생각하십니까."

이경제 의원이 자백했다는 사실을 그는 믿지 않았다. 불구속 수사를 진행한다고 떠들어 대는 언론 보도도 믿지 않았다. 그저 수사의 본질을 흐리기 위해 흘린 정보라고 생각했다. 그래서 묵비권을 행사했다.

골드서클이라는 이름이 거론된 순간 그는 모든 일이 허사임을 깨달았다. 마른침을 삼키며 입술을 깨물었다.

"고작 5억 먹었는데 구속에 재판까지 가서 형량 꽉꽉 채우기 억울하지 않습니까."

자백을 받아 내고자 회유를 가장해 달래기 시작했다. 죄를 입증하기 위해 가장 중요하고 확실한 건 자백이었다.

계속 아니라고, 자신은 모른다고 발뺌을 하면 다른 이들의 죄를 입증하는 데도 어려움이 있었다. 뇌물을 받았다는 사실만 자백한다면 뇌물을 준 이들의 죄를 밝히는 데 오래 걸리지 않을 것이다.

"시간 드리겠습니다. 생각해 보시고 조사실 밖에 수사관 있으니까 부르세요."

쉬지 않고 아홉 시간 동안이나 조사를 했다. 자백을 생각할 시간을 주고 조사실을 나온 그는 뻐근해진 목덜미를 주무르며 걸음을 옮겼다.

텅 빈 복도엔 온기조차 없었다. 퇴근 시간이 지났어도 검찰청에 남아 있는 이들의 온기가 썰렁한 복도까지 전해지지 않는 모양이었다. 그는 손목에 찬 시계를 확인했다.

자정에 가까워져 가는 시간이었다. 휴대폰도 확인했다. 그 흔한 부재중 전화도 없어 고장 난 게 아닐까 의심스럽기까지 했다.

이상하리만큼 걱정되던 녀석의 소식이 없다. 11시쯤 현장을 나간다는 수사관의 보고를 받았다. 지금쯤이면 돌아와야 했다.

표정이 굳어진 채 회의실 문을 열었다. 안절부절못하고 서 있는 동료 검사와 수사관, 실무관의 시선이 일제히 이헌에게 향했다. 그들의 눈빛에 무언가 잘못됐음을 그는 알아차렸다.

"뭡니까."

기민하게 반응했다. 꿀 먹은 벙어리처럼 입을 꾹 닫고 있는 동료들을 봤더니 이마를 긁적이던 이 검사가 선수를 쳤다.

"현장에 나간 권 검사한테 문제가 생긴 모양이야."

권 검사라면 권다현을 일컫는 말이었다.

예감은 항상 틀린 적이 없다. 불안하던 이유가 있었다.

"약 먹고 미친 애가 칼을 휘둘렀다고······."

이 검사가 유난히 진지했다. 그 표정만 봐도 문제가 얼마나 심각한지 알 수 있을 정도였다.

"어딥니까."

이헌은 재킷을 챙겨 들었다. 동작이 평소와 다르게 서두르는 기색이 역력했다.

"한국대병원으로 바로······."

이 검사가 아닌 실무관이 대신 대답했다. 어느 병원인지 듣자마자 그는 재킷을 입으며 복도를 걸어 나갔다.

자신을 부르는 음성에도 뒤돌아보지 않았다.

그의 머릿속엔 오직 권다현뿐이었다.

5장

교통 법규를 누구보다 준수해야 할 검사가 과속과 신호 위반을 당연하다는 듯 해 댔다.

새벽이라 도로에 차가 없는 게 천만다행일 지경이었다. 카메라가 허공에서 찍고 있다는 사실도 인지하지 못하고 오직 목적지에 도착하는 게 중요하다는 듯 이헌은 액셀을 밟았다.

지검에서 한국대병원까지는 20분 남짓이면 도착하는 거리였다.

법규를 준수하지 않은 결과는 그를 10분 만에 한국대병원 응급 센터 앞에 도착하게 했다. 주차고 뭐고 멋대로 차를 세웠다.

긴 다리로 빠르게 걸음을 옮기자 응급실 입구 밖에서 담배를 꺼내물고 있던 마약 수사 팀 팀장이 버선발로 달려왔다.

"문 검사님!"

현행범으로 체포된 애들을 경찰서로 연행하고 검찰로 인계하는 건 부하들한테 맡겨 두고 그는 다현을 따라 병원에 온 참이었다.

어찌나 아프다고 울고불고 난린지 혼자 보낼 수도 없었고 순경에게 맡길 수도 없어 열 일 제치고 직접 병원까지 온 그였다.

"어떻게 된 겁니까."

이헌은 팀장을 지나쳐 당연하다는 듯 응급실로 발길을 재촉했다. 팀장은 잰걸음으로 그를 따르며 현장에서 있었던 일을 줄줄이 읊어 댔다.

"현장에 있던 피의자 하나가 권 검사님한테 칼을 휘둘렀답니다. 아는 사이인 것 같았는데, 자칫 잘못했으면 옆구리나 복부에 그대로……."

"도대체!"

갑자기 멈춰 선 이헌 때문에 덩달아 발걸음을 멈춘 팀장은 그의 언싱에 말을 잇지 못했다.

이렇게까지 화를 내는 이헌을 처음 보는 탓에 놀란 토끼처럼 눈만 끔뻑거렸다.

"현장 컨트롤을 어떻게 한 겁니다. 인원이 부족했습니까? 검사가 왜!"

보호자가 아니고선 응급실 출입을 막고 있었다. 굳게 닫힌 출입문 앞에서 이헌은 팀장을 질책했다.

관할서에서 나온 형사들과 인근 지구대를 통해 지원 나온 순경들이 아닌 검사가 현장에서 칼을 맞았다는 건 빈틈투성이라는 말이었다. 형사나 순경들처럼 직접 현장에 나가 무력을 쓰는 것도 아닌데 말이다.

도대체가 이해하려고 해도 이해가 되지 않고 머릿속이 터질 것 같아 애먼 사람에게 화를 내 버렸다.

"하……."

팀장은 어리둥절하기만 했다. 현장 통제를 제대로 하지 못한 탓이 있긴 했다. 하지만 돌발적인 일이었다. 수갑까지 찬 사람이 그러고 칼을 휘두를지 누가 예측이나 했을까.

"……죄송합니다. 상황 종료됐다고 안일하게 생각했습니다."

현장에서 예측 불가한 사항들이 돌발로 터지는 건 부지기수였다. 그 사실을 알기에 다현을 현장에 내보내는 게 내키지 않았고 걱정됐다. 역시나 그의 예상은 보란 듯이 적중했다.

이럴 줄 알았더라면 아예 붙들어서 묶어 두더라도 현장에 내보내지 말았어야 했는데.

후회막심이었다.

"검찰입니다. 안에 현장에서 다친······."

"아, 네! 들어가세요."

응급실 입구를 지키고 있는 보안 직원에게 이헌은 검사 신분증을 꺼내 보였다. 보안 직원이 버튼을 눌러 주자 문이 열렸다. 그는 뒤도 돌아보지 않고 응급실 안으로 들어섰다.

새벽이라 더욱 분주한 응급실 안에서 그가 다현을 찾는 데 걸린 시간은 고작해야 1초 남짓이었다.

"아아! 아파요!"

눈물에 젖은 고성이 이헌의 시선을 잡아 끌었다. 응급실 입구 바로 옆에 있는 집중 치료실이었다. 활짝 열린 문 너머로 베드에 앉아 팔등을 봉합하고 있는 다현이 있었다.

몰골이 말이 아니었다. 눈가는 잔뜩 부어 있었고, 치료를 위해 잘려 나간 옷은 엉망이었다. 흡사 머리채라도 잡힌 사람처럼 머리카락도 헝클어져 책상머리 검사의 모습은 온데간데없었다.

"살살 좀 해요!"

"거참, 되게 엄살 심하시네. 살살하고 있다니까요."

"엄청 아프다고요! 마취한 거 맞아요?"

봉합하는 의사와 실랑이를 벌이는 다현을 본 순간 화가 났다. 뜨거운 불이 가슴에서 들끓는 것 같았다. 머릿속에서 그려지던 아찔한 상황보다 백번 나은 상황이었지만 그보다 더 거센 들불이 그를 덮쳐 왔다.

이헌은 긴 다리로 치료실 안으로 단번에 들어왔다. 그의 시야엔 피로 엉망이 된 셔츠를 입고 있는 다현이 가득 들어찼다.

"조심하라고 했지. 이게 뭐야!"

기척도 없이 다가온 이헌은 버럭 언성을 높이며 화를 냈다.

포셉과 클램프로 봉합사와 바늘을 쥐고 찢어진 살을 봉합하던 의사가 화들짝 놀라 다현의 생살에 바늘을 찌르는 실수를 범하고 말았다.

"아악!"

이헌의 등장에 놀란 다현의 입에선 비명이 나왔다. 바늘이 애꿎은 살을 파고들자 또다시 눈물이 핑 돌았다. 당황한 의사가 죄송하다며 바늘을 조심스레 빼내고 나서야 피 묻은 손으로 눈물을 훔쳐 낸 그녀는 그의 눈치를 살폈다.

"얼마나 다쳤습니까."

시리도록 차가운 그의 시선은 다현에게 머물러 있었지만 질문은 그녀의 팔을 봉합하고 있는 의사에게 향했다.

봉합사를 매듭짓던 의사는 포셉과 클램프를 내려놓고 소독을 마친 뒤 글러브를 벗으며 몸을 일으켰다.

"칼에 스치듯 베인 거라 상처가 깊진 않습니다만, 워낙 피부가 얇아 살이 벌어져서 20바늘 정도 꿰맸습니다. 항생제는 당분간 꾸준히 먹어야 합니다. 처방전 받아 가시고 꾸준히 소독하러 오세요."

의사가 치료실을 나갔다. 가지 말라고 붙잡고 싶을 정도로 이헌의 분위기가 심상치 않았다. 그의 눈치를 살피던 다현은 움찔거렸다. 다가오지 말라고 소리라도 치고 싶은데 지은 죄가 있어 한없이 공손해졌다.

"잘못……했습니다."

그저 고개를 숙이고 잘못을 비는 수밖에 없었다. 현장에 나가지 말라고 했다. 지휘 검사의 말을 듣지 않고 가겠다고 우겨 지원까지 받아서 나가 놓고 결국 사고를 쳤다.

사실 억울했다. 잘못은 지은이 했는데 다친 건 자신이었다. 미쳐서 날뛴 애를 어쩌지 못하는 건 당연했다. 찰나의 일이었고, 순식간이었다.

하지만 이헌의 눈빛과 표정만으로 죄인이 된 듯했다.

싹싹 빌어야 그의 화가 풀린다면 손이 발이 되게 빌 수 있었다. 그의 화를 감당할 자신이 없었으니까. 그것만큼은 사양하고 싶었다.

"뭘 잘못했는데."

고개를 푹 숙인 채 눈치만 살피던 다현은 입술을 못살게 굴었다. 잘못한 게 없는데 뭘 잘못했냐고 물으니 뭐라고 대답을 해야 하나.

머리를 굴려 보았으나 뾰족한 답은 없었다.

"네가 잘못한 게 뭐야."

글쎄요. 뭘 잘못했을까요.

잘못이라면 친구고 뭐고 눈에 뵈는 것 없이 아무거나 휘두른 그 못된 년이 아닐까요.

지금은 그냥 가만히 있는 게 이헌의 화를 누그러트리는 방법이라고 생각한 다현은 할 말 많은 입이 제멋대로 움직이지 못하도록 죄 없는 입술만 깨물어 댔다.

"검사씩이나 돼서 잘잘못 판단을 못 해?"

"……."

"여기 잘못한 사람이 어디 있어."

격양된 이헌의 목소리에 다현은 고개를 들어 그와 마주했다.

"조심하라는 말이 뭔지 몰라?"

당장이라도 잡아먹을 기세로 고함을 치던 이헌은 짙은 한숨을 내뱉으며 다현에게 다가섰다. 거즈로 테이핑하고 붕대로 압박이 되어 있는 팔뚝을 바라보던 그는 눈살을 찌푸렸다.

기분이 이상했다. 자신의 상처를 살피는 그를 보고 있자니 마음 또한 이상해졌다. 가만히 이헌을 쳐다봤다. 그는 붕대로 가려진 상처를 투시라도 하듯 쳐다보더니 갑자기 고개를 들었다.

너무 가까웠다. 숨결이 느껴질 정도의 거리에 다현은 고인 침을 꿀꺽 삼켰다.

"네 잘못, 아니야."

"……."

"널 혼자 보낸 내 잘못이야."

눈을 마주치고 있자니 난데없이 심장이 쿵쾅거려 숨을 제대로 쉴 수조차 없었다. 다현은 눈을 깜빡거리는 행동 말고 할 수 있는 게 아무것도 없었다.

그저 그의 시선에, 눈빛에, 말에 속절없이 흔들리고 마는 자신의 마음을 어떻게든 꽉 붙들고 있어야 했다.

이헌이 손을 뻗어 그녀의 머리를 쓰다듬었다. 그 찰나의 손길에 붙잡고 있던 마음이 무너지는 게 느껴졌다.

"하여튼 더럽게 말 안 들어."

쥐구멍이 있다면 숨고 싶었다. 어쩐지 얼굴이 붉어진 것 같아 고개를 푹 숙여야 했다. 두 뺨에 열감이 느껴졌다. 이거야말로 진정한 응급상황이었다.

"일어나. 가자."

그는 자신의 재킷을 벗어 다현의 어깨 위로 덮어 주며 상처로 엉망이 된 팔 대신 반대쪽 팔을 그러쥐고 그녀를 베드에서 일으켰다. 한마디 대꾸도 하지 못하고 다현은 이헌의 손에 이끌려 처방전을 받아 들고 응급실을 벗어났다.

"앞으로 현장 나가는 것도 금지야."

응급실 문이 열리고 앞에서 초조하게 기다리고 있던 팀장이 두 사람을 보고 달려왔다. 그러나 그녀의 귀엔 팀장의 걱정과 호들갑이 들리지 않았다.

공기 중에 무거운 분위기가 감돌았다.

마취가 풀려 저릿한 통증조차 느끼지 못할 정도로.

다현은 시종일관 앞만 쳐다봤다. 고개를 돌려 그의 눈치를 살피려고 하면 그때마다 이헌과 눈이 마주치고 말아 전방만 주시했다.

신호등의 빨간불에 차가 멈춰 섰다. 새벽녘이라 도로는 텅 비어 마치 세상에 단둘만 남아 있는 것 같았다.

"집에 데려다줄 테니까 쉬어."

차에 탄 뒤 침묵을 지키던 이헌이 말했다. 멍하니 밖을 쳐다보고 있던 다현은 그제야 정신 차렸다.

"아뇨. 지검으로 가겠습니다."

심기가 불편하다 못해 화를 참고 있는 게 눈에 보일 정도인 이헌은 둘째 치고 지금 급한 건 피의자 신문이었다.

어쨌든 자신이 맡은 일이었다. 현장까지 나가 현행범으로 체포를 했으니 하루라도 빨리 죗값을 받게 해야 했다.

"그 꼴로 뭘 하려고."

그의 말에선 짜증에 배어 나왔다. 또 앞뒤 생각도 하지 않고 덤벼드는 다현을 보며 이헌은 눈살을 찌푸렸다.

정말이지 말 한번 더럽게 들어 먹지 않는 녀석이다.

"제가 맡은 일이에요. 제가 마무리 짓게 해 주세요."

"누가 그걸 몰라? 권다현. 지금 네 꼴을 보고 얘기해."

"의사가 한 말 못 들었어요? 깊은 상처 아니고, 크게 다친 거 아니라고……."

"내 눈엔 크게 다친 거로 보여."

그는 할 말을 잃게 만드는 스타일이었다. 붕대에 감춰져 보이지도 않는 상처를 힐끔거리며 다현은 한숨을 내쉬었다.

"제 친구가 이렇게 만들었습니다."

신호가 바뀌고 차가 움직이자 보다 차분해진 다현의 목소리가 잔잔하게 울렸다.

"그래도 한때는 단짝이었는데, 약 때문에 미쳐서 친구고 뭐고 필요 없다더니 오늘은 이 지경까지 됐네요."

운전하면서도 이헌은 다현을 힐긋 쳐다봤다. 그의 눈에 비친 그녀는 팔의 통증보다는 친구가 마음에 낸 상처가 더 고통스러워 보였다.

또다시 신호등 앞에 차가 멈췄다. 이대로 신호를 받고 좌회전을 하면 다현의 집으로 향한다.

"……신문은 제가 할 겁니다."

다현과 눈이 마주쳤다. 어쩐지 상처 입은 그녀의 눈이 가슴을 콕 찔러 대는 것만 같았다.

핸들을 쥔 손에 힘이 들어갔다. 브레이크를 밟고 있던 발을 뗀 그는 핸들을 오른쪽으로 틀며 액셀을 밟았다.

"어떻게 된 애가 한 번을 안 져."

크게 커브를 틀었다. 이대로 우회전을 하면 지검이다. 이헌은 어금니를 꽉 깨문 채 말했다.

다현은 자신의 말을 들어 먹지 않는 유일한 후배였다. 하물며 선배들도 그의 말에 움찔할 때가 많았나. 괘씸하다 못해 어처구니가 없지만, 그는 또 이렇게 다현에게 지고 만다.

"죄송합니다."

"죄송한 줄 알면 말 좀 들어."

합죽이가 됐다. 앞으로 의견 대립 상황에서 무조건 그의 말을 듣겠다 장담할 수 없는 그녀는 대답하지 않는 걸로 타협했다. 그 태도에 이헌은 혀를 내둘렀다.

정말이지 본인만큼이나 구제 불능인 애라고 생각했다.

"무리하지 마."

다현은 자꾸 그의 입에서 대수롭지 않다는 듯 걱정 어린 말이 나올 때마다 나대는 제 심장이 불편했다.

자꾸 이러면 안 되는데, 첫사랑의 설렘과 두근거리던 감정이 고스란히 재연되고 있었다.

"빨리 끝내. 데려다줄 테니까 집에 가. 주말 동안은 출근 금지야."

주차장에 차를 세우고 안전벨트를 풀며 그가 말했다. 멍하니 그를 쳐다보던 다현은 고개를 끄덕였다. 계속 싫다고만 했으니 한 번쯤 양보해야 이헌의 잔소리도 멈출 거라고 생각했다.

이헌은 손을 뻗어 다현의 머리를 톡톡 쓰다듬었다. 그러곤 차에서 내려 뒤도 돌아보지 않고 검찰청으로 걸어갔다.

뒤따라 차에서 내린 다현은 짧았지만 여전히 그의 온기가 남아 있는 자신의 머리를 매만지며 그를 뒤따랐다.

조사실에 마주보고 앉은 두 여자를 이헌은 창 너머에서 지켜보고 있었다. 10분째 아무 말도 하지 않는 다현과 히죽거리며 웃는 피의자 사이의 묘한 기류가 못마땅했다.

　　"권 검사 괜찮대? 저러고 있어도 돼?"

　　"곧 죽어도 자기가 하겠다고 했대."

　　"문 검. 막내 말려야 하는 거 아니야?"

　　이헌과 함께 다현의 피의자 신문을 지켜보기 위해 들어와 있던 이 검사와 정 검사가 소란이었다.

　　피의자가 휘두른 칼에 다쳤는데 치료를 받고 오자마자 직접 신문을 하겠다고 하니 선배들 입장에서 후배인 다현이 걱정되지 않을 수 없었다.

　　이 검사가 이헌에게 다현을 말려야 하는 게 아니냐고 호들갑을 떨었지만, 그는 대꾸하지 않았다. 이미 오는 길에 충분히 말렸고 그의 말을 듣지 않았으니 지금 다현이 저곳에 앉아 있는 것이었다.

　　그때 스피커에서 다현의 목소리가 들려왔다.

　　"피의자, 이름 말씀하세요."

　　다현은 노트북 화면에 시선을 고정한 채 피의자인 지은의 이름을 물었다. 피의자 신문 조서에 들어가는 기본적인 인적 사항을 먼저 파악하고 기재하는 것이 그 첫 번째 순서였다.

　　하지만 지은의 목소리가 들려오지 않았다. 다현은 고개를 들어 히죽이고 있는 그녀를 쳐다봤다.

　　"알면서 뭘 물어봐?"

　　약에 취한 것인지 술에 취한 것인지, 그도 아니면 지은이 변한 것인지 알 수 없었다. 눈앞에 앉아 있는 사람은 자신이 알던 최지은이 아니었다.

　　"이름."

"하, 지금 뭐 하자는 거야!"

다현은 표정의 미세한 변화조차 없이 재차 이름을 물었다. 그 순간 지은은 짜증이 났다.

여기 붙잡혀 와 있는 것도 어이가 없는데 하필 자신을 신문하는 검사가 다현이라니. 게다가 다현이 안면 몰수하고 모른 척하자 열이 뻗친 지은은 버럭 소리를 내질렀다.

그러나 다현은 한없이 냉정했다.

"지금 피의자 죄목이 몇 개인 줄 아십니까."

"뭐?"

"마약류 관리에 의한 법률 위반, 체포 현장에서 검사한테 칼 휘둘러서 상해죄랑 공무 집행 방해까지."

다현은 그동안 날밤을 새워 가며 조사해 온 증거 자료들과 현장에서 수집해 온 증거물을 책상 위에 던지듯 내려놨다. 이윽고 지은을 쳐다보며 덤덤히 말을 이어 나갔다.

"파라곤 루프탑 CCTV 영상, 직원 증언 기록, 골드서클 멤버들 계좌 내역, 현장 증거물, 소변 검사랑 모발 검사까지."

"……."

"당장 재판 들어가면 실형은 가뿐합니다. 골드서클 덕분에 정, 재계로 번진 뇌물 리스트가 있어서 감형은 물론 보석도 힘들 겁니다."

"하……. 지금 협박해? 검사 주제에!"

삿대질하는 지은은 더는 눈 뜨고 봐 줄 수 없는 지경이었다. 다현은 이를 악물며 말했다. 욕이라도 퍼부어 주고 싶은 걸 간신히 꾹 참았다.

"뺨이라도 한 대 때려야 하는데 내가 검사 주제라 참고 있는 걸 다행으로 생각해."

"네가 어떻게 나한테 이럴 수가 있어? 그래도 우리!"

"친구였다고?"

"그래! 친구였는데!"

"친구 같은 소리 하네. 넌 친구한테 막 칼 휘두르고 그러니?"

담담하게 말을 이어 나가던 다현은 지은에게 머물렀던 시선을 거뒀다.

"내가 검사로 있는 한 피의자랑 검사 말고, 우리 사이에 친구는 없어."

지은은 말하지 않았다. 다현을 제대로 쳐다보지도 못했다. 변호사를 불러 달라고 되풀이할 뿐, 묵비권을 행사했다.

"와, 우리 권 검사 얄짤 없는데?"

한편 조사실 너머에서 피의자 신문을 지켜보던 이 검사가 고개를 내저으며 혀를 내둘렀다. 가만히 지켜보고 있던 이헌은 그를 힐긋거리며 눈살을 찌푸렸다.

이 검사의 호들갑이 오늘따라 이상하리만큼 심하게 거슬렸다. 언제부터 권 검사가 우리 권 검사가 된 걸까.

유리 벽 너머에선 다현의 질의가 계속됐다. 피의자는 모른다는 식으로 굴다가 불리한 질문엔 꿀 먹은 벙어리처럼 입을 닫았다. 하지만 다현은 집요하게 같은 질문을 되풀이했다.

—누구한테 권유를 받았습니까. 한준형입니까?

—······.

—아니면 장민준이 피의자에게 권유한 것이 시작이었습니까.

—······.

—여기, K메디컬에서 매달 소량의 약물이 외부로 유출된 기록이 있습니다. K메디컬 주주 명단에 골드서클 멤버인 장민준이 있습니다. 장민준이 매달 약물을 유출한 사실, 알고 있습니까.

—난 몰라요.

피의자는 퉁명스럽게 모른다는 대답만 계속했지만 다현은 아랑곳하지 않고 질문을 퍼부었다. 이런 식이면 피의자 신문이 빨리 끝날 것 같지 않았다.

어차피 현행범으로 체포했고 현장에서 발견된 마약도 증거물로 수집된 상황이었다. 소변 검사와 모발 검사까지 완벽해 이대로 기소를 해도 무방했다. 반성의 기미가 전혀 보이지 않으니 재판에서도 실형을 받을 가능성이 충분한 상황이었다.

"문 검사님."

그때 문이 열리고 수사관이 들어와 이헌을 찾았다. 조사실 안을 바라보고 서 있던 그는 고개를 돌렸다.

"장민준 입국합니다."

실시간으로 장민준의 출입국 기록을 받아 보던 수사관이 홍콩 공항 출국자 명단을 이헌에게 건넸다.

"장민준 긴급 체포하십쇼. 체포 영장은 받아 놓겠습니다."

"예. 알겠습니다."

가벼운 묵례를 하곤 수사관이 나갔다. 장민준을 체포하고 골드서클 멤버들 모두가 재판까지 가게 되면 뇌물 리스트 수사는 끝까지 가지 않아도 기소할 수 있었다.

골드서클은 오랜 시간 동안 마약 파티를 일삼았고 윗선에선 그것을 알고도 묵인했다. 심지어 제보를 받고 마약 수사 팀에서 수사하려고 할 때 덮으라고 지시까지 내린 인물이 서인종 서장이었다.

마약 투약, 소지 혐의 모두 사실이었고 그 사실을 덮기 위해 검, 경찰 윗선에 돈을 찔러 줬으니 리스트에 거론된 인물들도 더는 모른다고 잡아뗄 수만은 없을 것이다. 재판에서 자식들의 혐의가 인정되는 순간 부모가 뇌물을 건넨 혐의, 관계자들이 뇌물을 받아먹은 혐의도 함께 인정될 수밖에 없었다.

물론 이대로 수사가 평탄하게 진행이 된다는 가정하에 그렇다는 것이었다.

"슬슬 다른 피의자들도 시작해 볼까."

함께 체포되어 온 골드서클 멤버들이 각자 조사실에 있었다. 충분히 초조하고 심리적으로 압박을 받고 있으리라. 그것이 곧 타이밍이다.

"빨리 끝내고 밥이나 먹으러 가자."

정 검사가 기지개를 켜며 이 검사와 함께 영상실을 나갔다. 회의실에서 대기하고 있던 검사들도 한 명씩 배정된 조사실로 들어갔다.

하루가 가기 전에 골드서클 멤버들을 유치장으로 보내 버릴 생각들이다.

✣　　✣　　✣

목덜미가 뻐근했다. 새벽부터 시작해서 아침까지 한 번의 휴식을 제외하곤 물만 마시며 신문을 이어 나갔다. 조서엔 온통 모른다는 지은의 대답만 기술되어 있었다.

다현은 수사관과 함께 수갑을 찬 지은이 조사실을 나가고 나서야 밖을 나올 수 있었다.

숨이 트이는 것 같았다. 고개를 이리저리 돌리며 뻐근해진 목을 풀었다. 잠도 오고 배도 고프고 봉합한 팔도 아프고 그냥 온몸이 다 쑤셨다.

한마디로 총체적 난국.

현행범으로 열한 명이 체포되어 온 터라 선배 검사들이 나눠서 피의자들을 신문 중이었다. 조서를 받아 공소장도 써야 하고 증거 자료도 넘겨야 하고 할 일이 태산이었다.

하지만 다현은 조사실 복도를 반도 채 가지 못하고 걸음을 멈춰야 했다. 맞은편에서 익숙한 얼굴의 남자가 그녀에게 다가오고 있었다.

"장민준?"

자신의 눈을 의심했다. 홍콩으로 출국했던 장민준이 버젓이 나타났다. 그가 제 발로 한국에 들어올 거라는 생각은 조금도 하지 않았다.

다른 사람들이야 현장에서 현행범으로 체포됐으니 빼도 박도 못 하고 실형을 살 테지만 장민준은 현장에 없었고 직접적인 증거 또한 불충분했다.

수갑을 찬 민준이 다현과 마주했다.

어릴 때도 저 말끔한 얼굴로 퍽 사고를 다채롭게 쳐 댔다. 여전히 수려하고 말끔한 얼굴로 빙그레 웃음을 보인다. 그 미소에 다현은 이를 꽉 깨물었다.

"권다현 오랜만."

민준은 반색했다. 9년 만에 만난 옛 절친이 퍽 반갑겠다. 웃는 얼굴에 침 못 뱉는다고 딱 그 짝이었다.

"어, 다쳤어?"

팔에 감긴 붕대를 보며 그가 놀란 듯 물어 왔다. 예나 지금이나 사고를 쳐도 아무렇지 않은 얼굴과 기색이 불편했다. 어쩌면 이렇게 태연할 수 있을까.

"이럴 게 아니라 어디 가서 밥이라도 먹어야 하는데. 그치?"

밥 같은 소리 하네. 당장이라도 옛날처럼 정신을 차리라고 등짝을 때리고 욕이라도 퍼부어 줘야 하는데 그럴 수 없었다. 그와 말을 섞는 것 자체가 싫었다.

마치 그 나물에 그 밥이 되어 버리는 느낌이랄까. 끼리끼리 포장되어 한데 엮일까 봐 끔찍했다.

"빨리 데리고 가세요."

다현은 민준을 바라보던 시선을 거뒀다. 수사관은 그녀의 지시에 멈춰 선 민준을 끌고 갔다. 다현은 고개를 돌려 수사관과 함께 빈 조사실로 들어가는 그를 시야에 담았다.

"내가 뭐랬어. 3일 안에 들어온다고 했잖아."

그때 얼굴 옆에서 들려온 목소리에 화들짝 놀라 몸을 크게 움직였다. 순식간에 휘청거렸다. 때마침 곁에 서 있던 이헌이 기민하게 움직여 기울어지던 다현의 몸을 받쳤다.

팔을 뻗어 허리를 감싼 채 품에 끌어안은 모양새가 마치 연인 사이에 뜨거운 포옹을 하는 듯했다.

"쉬라니까 더럽게 말 안 듣더니."

못마땅한 기색이 역력했다. 다현은 헛기침을 내뱉으며 이헌의 가슴팍을 밀쳐 내 그의 품에서 벗어났다.

"노, 놀라서 그런 거예요!"

당황한 듯 말을 더듬어 대는 다현의 얼굴을 들여다보며 이헌은 인상을 찌푸렸다.

"안색이 별로야."

일곱 시간 동안 반성의 기미는커녕 모른다는 대답뿐이니 피의자를 신문한 다현의 상태가 좋을 리 없었다. 아니나 다를까 안색이 창백했다.

말한다고 듣지 않을 거라는 걸 알기에 조사가 끝날 때까지 기다렸다. 때마침 공항에 입국한 장민준을 체포하기 위해 갔던 수사관의 연락을 받고 조사실로 향하는 길이었다.

다현이 피의자 신문을 마치고 나오면서 장민준과 마주칠 거라는 예상은 하지 못했다. 알았더라면 사전에 장민준을 차단했을 것이다. 그와 대면한 다현의 낯빛은 더 어두워져 차마 눈 뜨고 볼 수 없을 지경이었다.

"장민준, 어떻게 온 거예요?"

"어떻게 오긴, 비행기 타고 왔지."

지금 농담이 나오나? 다현은 표정을 굳혔다.

"믿는 구석이 있으니까 제 발로 들어온 거야."

이건 또 무슨 소리야.

"장민준 뒤에 누가 있어. 그보다 더 믿을 만한 구석이 대한민국에 어디 있어? 제 아빠 품으로 도망쳐 온 거야."

장현 회장. 그를 두고 하는 말이었다. 파란 지붕 아래 사는 VIP보다 더 VIP인 사람이 그였다. 그가 이렇게 말도 안 되는 일에 연루된 것도 아들인 장민준 때문이니 그만한 뒷배도 없었다.

"일단 쉬어. 장민준은 내가 알아서 할 테니까."

"하지만!"

"지금 그 상태로 조사실 들어가면 피의자 대신 네가 먼저 지쳐."

"……."

"집에 데려다줄 테니까 들어가서 쉬어. 주말 동안 분명히 출근 금지라고 말했어."

말이라곤 듣지도 않고 고집은 또 어찌나 센지. 이헌은 한 번 더 그녀를 단속하고 나섰다.

그의 입에서 또다시 '금지'라는 단어가 튀어나왔다. 어쩐지 이번엔 그 말을 듣지 않으면 불벼락이 떨어질 것만 같아 다현은 고개를 끄덕여야만 했다.

나란히 엘리베이터에서 내린 두 사람은 주차장으로 향했다. 차에 올라타 시동을 걸고 검찰청을 빠져나와 몇 차례 신호를 받아 차가 멈췄지만 서로 한 마디도 하지 않았다.

어쩐지 공기가 묘하게 달라진 것 같았다. 분위기는 한없이 무겁기만 했다. 마치 약속이라도 한 듯 다현의 집 앞에 도착할 때까지 대화는 없었다.

"데려다주셔서 감사합니다."

오피스텔 앞에 차가 멈춰 섰다. 안전벨트를 풀며 다현은 고개를 꾸벅 숙였다. 어쩐지 마음 한편이 달아올라 얼굴을 제대로 쳐다볼 수가 없었다. 이런 분위기와 기분은 역시 옳지 않다.

"잊지 말고 챙겨 먹고, 쉬어."

그는 팔을 뻗어 뒷좌석에 놔뒀던 약 봉투를 다현에게 건네며 말했다.

"딴생각하지 말고 잠이나 자. 주말엔 알지? 나오면 죽어."

협박도 뭐이헌답다웠다. 다현은 고개를 끄덕이며 문을 열었다.

"조심히 들어가세요."

문이 닫히고 또 한 번 꾸벅 고개를 숙여 인사를 한 다현은 뒷모습을 보이며 건물 안으로 모습을 감춰 버렸다.

핸들을 붙잡은 그의 손에 의미를 알 수 없는 힘이 실렸다. 입 안이 까끌까끌하고 텁텁했다. 병원을 나오면서부터 줄곧 이 모양이었다. 거슬리고 신경 쓰여 불편했다.

창밖으로 다현의 오피스텔 입구를 바라보던 그는 더는 시간을 지체할 수 없어 빠르게 핸들을 틀었다.

사념은 잠시 넣어 두고 본업에 집중해야 할 때였다. 그는 검찰청으로 돌아오자마자 장민준이 대기하고 있는 조사실로 걸음을 옮겼다.

문을 열자 어두운 조도 속에 홀로 빛을 내는 민준이 심드렁한 표정으로 그와 눈을 맞췄다.

제 부친만큼이나 범 같은 인상의 소유자라고 생각했다. 이헌은 맞은편에 앉아 수사관이 미리 가져다 놓은 증거 자료들을 눈으로 훑었다. 뒤이어 기록관이 들어와 이헌의 옆에 나란히 앉아 조서를 작성하기 위해 노트북을 펼쳐 들었다.

"권다현 데려와요."

무거운 분위기 속에서 민준이 먼저 말문을 열었다. 그는 부친을 닮아 웃음이 헤픈 모양인지 웃으며 다현을 데려오라고 주문했다.

"권 검사가 네 친구는 아닐 텐데."

"원래 내 친군데?"

"지금은 아니지 않나?"

"지금 내가 부탁하는 거로 보이나?"

한 마디도 지지 않는다. 아무 말도 하지 않고 웃던 부친과 달리 검사와 맞먹으려 드는 꼴은 또 딴판이었다. 정말이지 아버지나 아들이나 사람 참 피곤하게 만들었다.

"권다현 안 오면 할 말 없는데, 난."

묵비권을 행사할 거라는 소리였다. 도대체 그놈의 묵비권 조항은 참 쓸모없다고, 없어져야 한다고 생각하게 만드는 대목이었다.

이헌은 나지막이 한숨을 내뱉으며 말했다.

"사태 파악이 안 되나 봅니다."

빨리 끝내고 쉬고 싶었다. 너무 피곤해서 무슨 정신으로 눈을 뜨고 있는지도 모를 정도였다. 이런 상태라 다현에게 그렇게 화가 났던 모양이라고 합리화까지 했다.

"범죄자 요구 사항을 누가 들어줍니까."

묵직한 음성으로 단호하게 말을 내뱉었다. 가뜩이나 할 일도 많은데 더는 민준과 입씨름 할 시간이 없었다. 이헌은 증거 자료들을 뒤적였다.

"아니. 들어줘야 할 거야. 다 같이 엮어서 빨리 끝내고 싶으면 권다현 검사 데려와."

방글방글 웃기만 하더니 작정하고 정색하는 모습이 제법 무게감 있었다. 그래도 이헌의 눈엔 그저 사고뭉치 철부지로 보였다.

"권 검사한테 조사받고 싶으면 유치장에서 얌전히 기다려. 누구 덕분에 칼 맞아서 주말까진 출근 못 하니까."

이헌은 기록관이 보고 있던 노트북을 탁 덮으며 말했다. 유리창 너머에서 안을 지켜보고 있을 수사관들에게 고갯짓을 해 보였다. 이윽고 조사실 문이 열리고 수사관들이 들어와 민준을 양쪽에서 붙들어 일으켰다.

"유치장에서 사고 치면, 알지?"

유치장에 들어앉아 있으면 생각이란 걸 하겠지. 부디 좋은 쪽이든 안 좋은 쪽이든 깊이 생각하길 바랐다.

발랑 까진 놈이지만 그래도 자기가 내뱉은 말은 지킬 애로 보였다. 장 회장과 빼다 박은 아들이니 그런 것도 닮았을 것이다. 다현에게 조사를 받으면 말을 하겠다고 했으니 그걸로 족했다.

그저 옆에 다현을 배석시키면 그만이었다. 옆에서 지켜보면 되니까 못 할 것도 없었다.

"데리고 가세요."

장민준은 결국 조사실에서 다현만 찾다가 수사관들에게 이끌려 유치장으로 향했다.

난생처음 칼에 맞아 몸에 상처가 남았다. 무려 친구였던 피의자에게서 얻은 상처였다. 아까까지만 해도 배신감이 치밀고 화가 들끓었던 다현은 집에 들어오자마자 긴장감이 풀리더니 급기야 시름시름 앓았다.

혼자 사는 서러움을 제대로 맛보고 말았다.

모친에게 전화를 걸까 망설이기를 수차례. 괜한 걱정을 할 것 같아 내버려 두고 잠을 잤다. 그마저도 뒤척여 깨길 반복했다. 깊게 자지 못하다가 동이 틀 무렵 지쳐서 잠이 든 다현은 휴대폰 진동음에 또다시 깨고 말았다.

끙끙거리면서도 손을 뻗어 전화를 받아 들었다.

"네……"

목소리가 쩍쩍 갈라지고 엉망이었다. 목청을 가다듬자 수화기 너머에서 귀에 익은 목소리가 들려왔다.

─목소리가 왜 그래.

이헌이었다. 특유의 묵직한 음성이 귓가에 들려오자 멍해 있던 정신이 맑아지는 것 같았다.

미쳤다. 확실히. 이건 아니다.

"흠, 자다가 받아서 그래요."

틀린 말은 아니니까 그렇다고 쳤다. 얼굴이 뜨거워 미치겠는 이유는 사람을 홀려 대는 그의 짙은 목소리 때문이 아니라 아파서 열이 나서 그런 거라고 치부했다.

그런 게 맞으니까, 그렇다고 생각해야 마음이라도 편했다.

─몇 호야.

"네?"

─집, 몇 호냐고.

집? 설마 우리 집? 우리 집을 왜?

다현은 눈만 끔뻑거리며 대답을 하지 못했다. 머릿속으로 오만가지 생각들이 스쳐 지나가기만 했다.

"우리 집에…… 오시려고요?"

―응.

이 사람이 왜 이래. 여길 왜 와!

―왜. 내가 가면 안 되는 이유라도 있어?

"아, 아뇨! 그런 거 없어요!"

마치 눈앞에 이헌이라도 있는 듯 다현은 크게 손사래를 치며 격양된 음성을 숨기지 못했다.

―그래서, 몇 호?

마치 자신의 행동이 다현에게 어떤 영향을 끼치는지 무지한 사람처럼 굴었다. 다현은 이불을 걷어차고 일어나 열감에 뜨거운 얼굴을 쓸어내렸다.

정말이지 이건 좀 많이 위험하다.

"정말 왜 오시는 거예요."

―가정 방문.

농담을 진담처럼 하는 소질이 있는 남자답게 그는 이번에도 웃음기 하나 없이 진중한 목소리로 얼토당토않은 소리를 내뱉었다.

"선배님이 왜 가정 방문을 해요!"

―한번 스승은 영원한 스승, 몰라?

하! 기가 막힌 다현의 입에선 연신 실소만 터져 나왔다.

―안 알려 준다고 못 찾아가는 거 아니다.

한다면 하는 문이헌이니 무슨 수를 써서든 알아낼 양반이었다. 결국 다현은 짙은 한숨을 내쉬었다.

"1502호예요."

호수를 알려 주자마자 전화가 끊어졌다. 정말 어처구니없는 양반일세. 그나저나 지금 우리 집을 온다고? 정말 돌아 버리겠다.

다현은 서둘러 침대를 벗어나 욕실로 들어갔다. 거울이 비친 몰골이 엉망이었다. 샤워는커녕 씻을 시간도 없을 것 같았다. 결국 얼굴에 물을 끼얹듯 빠르게 세수를 마치고 양치를 하며 머리를 빗었다.

딩동.

이 남자, 집 앞에서 전화한 건가 봐!

다현은 기함하며 입 안을 헹구고, 짧은 반바지 파자마에 목이 늘어난 하얀 티셔츠 차림을 보며 '미쳤어'를 연발했다. 옷을 갈아입을 시간도 없이 들이닥친 이 남자를 어째야 할까.

급하게 소파에 널브러져 있던 카디건을 챙겨 입고 현관으로 달려 나갔다.

띠리링. 철컥.

잠금 장치를 해제하고 문을 열자, 오늘도 말끔한 슈트 차림의 이헌이 반듯한 모습으로 눈앞에 나타났다.

고개를 들어 눈이 마주친 순간 찬물에 세수한 보람도 없이 얼굴이 다시 후끈해지는 듯했다. 반갑다는 인사나 여긴 어쩐 일이냐고 묻는 건 뒷전이었다. 도무지 입이 떨어지지 않는 다현은 그저 멍하니 이헌만 쳐다보고 있었다.

마치 넋 나간 사람처럼. 침 흘리지 않은 게 다행일 지경이었다.

"미련한 건 곰보다 네가 더한 거 같아."

순식간이었다. 현관문을 넘어 집 안으로 침범해 온 이헌은 멍하니 서 있는 다현의 팔을 붙들었다. 화들짝 놀라 그의 손을 뿌리치기도 전에 질질 끌려 소파에 털썩 주저앉고 말았다.

이헌은 들고 온 종이 가방을 테이블에 툭 내려 두었다. 그러고는 다현과 마주 볼 수 있게 테이블에 앉아 안색을 살피듯 그녀의 얼굴을 바라보았다.

불현듯 커다란 손이 그녀의 이마를 짚었다. 갑작스러운 손길에 화들짝 놀란 다현은 숨을 크게 들이켰다. 심장이 제멋대로 날뛰어 미쳐 버릴 지경이었다.

사, 산소가 부족해. 죽을 거 같아!

"도대체 검사는 어떻게 된 거야? 이렇게 둔해서 검사 계속 해 먹겠어?"

역시 여기까지 혼내러 온 건가. 얼굴을 마주한 순간부터 줄곧 그의

188

입에선 신경질적인 음성만 흘러나왔다. 가뜩이나 심장이 벌렁거려 미치겠는데, 이럴 거면 뭐 하러 왔는지 알다가도 모를 남자였다.

다현은 마른침을 꿀꺽 삼키며 이헌의 손을 밀쳐 냈다. 더 이상의 접촉은 사양이었다.

"지금 저 약 올리러 오신 거예요?"

"아니."

"그럼 여긴 왜 왔어요."

괜히 툴툴거리게 됐다. 이렇게라도 하지 않으면 통제가 되지 않는 마음이 미쳐 날뛰어 또 제멋대로 입을 놀릴까 봐.

상대의 마음은 아랑곳없이 제 감정만 내세워 멋대로 고백했었다. 그런 멍청한 짓을 반복하고 싶지 않았다. 첫사랑에 대처하는 자신의 철없던 태도가 부끄럽고 못마땅한 다현이었다.

오늘따라 유난히 예민해 보이는 다현을 보며 이헌은 말없이 옆에 놓인 종이 가방을 눈으로 가리켰다. 뚱해 있던 그녀의 시선이 그를 따라 하얀 종이 가방에 머물렀다.

"밥 먹이러 왔어."

죽이었다. 상호가 적나라하게 드러나 있는 종이 가방은 누가 봐도 이헌이 직접 사 온 것이었다.

다현은 입술을 잘게 깨물었다. 어디 하나 직장 상사나 선배 혹은 스승이 보일 만한 태도가 아니었다.

이건 엄연히 선을 넘는 행동이었다.

심지어 자신을 좋아한다던 여자를 1초의 망설임도 없이 까 버린 남자가 할 행동은 더더욱 아니었다.

"왜…… 이러세요."

"뭐가."

"왜 계속 걱정하고, 챙겨 주세요?"

"글쎄."

어처구니가 없어 말이 안 나올 지경. 다현은 실소를 터트리며 인상을 찌푸렸다. 자연스레 미간에 주름이 생겼다.

그 모습을 가만히 보고 있던 이헌은 또다시 손을 뻗어 왔다.

이번엔 손가락이었다. 검지로 주름이 팬 다현의 미간을 지그시 눌렀다.

"인상 펴. 안 그래도 못생긴 얼굴, 더 못생겨져."

이 남자, 강적이다.

다현은 이헌의 손을 탁 쳐냈다. 1초 전에 왜 이러냐고 했는데 까마귀 고기를 먹은 사람처럼 굴었다.

공부만 잘하면 뭐 해. 검사로서 뛰어나면 뭘 하냐고. 다른 쪽으론 둔 하기만 했다.

세상에. 누가 누구한테 둔하대, 검사는 어떻게 해 먹고 있나 몰라.

"자꾸 이러면 정말 곤란해요."

이렇게 둔한 남자에게 빙빙 돌려 말하는 건 사치였다. 조금은 야속 하게 들리더라도 나부터 살고 봐야지. 이래선 안 되는 일이다.

분위기가 무겁게 가라앉았다. 미간에 새겨진 주름이 쉽게 펴지질 않 았다.

"그럼 걱정 안 되게 해."

억지도 이런 억지가 없었다.

"그러니까, 왜 걱정을 하고 그래요."

하지 말라는데. 제발 좀 내버려 두라는데. 자꾸 이러면 곤란하다는데 이 남자는 멈출 기미가 보이지 않았다.

"글쎄. 잘 모르겠어."

이젠 웃음밖에 안 나온다. 다현은 기가 막혀 바람이 가득한 웃음을 짧게 내뱉었다.

"선배님이야말로 정말 둔한 거 알아요?"

"그러게."

"그저 못된 놈들 혼내는 거밖에 모르죠?"

"네가 보기엔 그래 보여?"

"네. 대체 어떻게 검사를 하고 있나 의심스러울 지경입니다."

그녀는 비웃었다. 그가 자신을 걱정하고 챙겨 주는 이유를 모른다고 하니 황당하기도 하고 웃기는 것도 당연했다.

남들은 다 알 텐데 참 미련하고 둔한 남자라고 생각했다. 이런 남자랑 연애하면 속 시끄러울 일이 많겠구나, 하는 생각이 찰나에 스치자 다현은 고개를 잘게 내저었다.

정신 차리자, 권다현!

"진짜 왜 오셨어요."

아무리 걱정이 된다고 한들 죽을 챙겨 주려 왔을까 싶었다. 물론 그 이유도 있겠지만 다른 이유가 있어 온 거라고 생각했다.

천하의 문이헌이 속없이 후배의 집에 무턱대고 쳐들어올 사람이 아니라는 확신이 기저에 깔린 생각이었다.

"널 원해."

뭐……?

다현의 얼굴은 삽시간에 경악으로 물들어 갔다. 말을 잇지 못해 입을 벌린 채 그대로 굳어 버렸다.

"장민준이 널 찾아."

진짜 숨이 멎는 줄 알았다. 이대로 딱 죽겠구나 했다. 사람을 들었다 놨다 하는 것도 재주라면 재주지만 이건 과하다 싶었다.

다현은 멋쩍은 듯 씁쓸한 미소를 지었다.

그럼 그렇지.

"도통 입을 안 열어."

"유도 신문도 잘하시고 자백 받아 내는 건 전문이시잖아요."

"너한테만 조사받겠다고 버티는 중이야."

"후……."

장민준 이 꼴통! 끝까지 말썽이네.

고집이 황소고집 저리 가라고 할 만큼 질긴 놈이었다. 부모 말도 듣지 않고 세상 혼자 사는 사람처럼 굴던 가닥이 어디 갈 리 없었다.

지은을 신문할 때보다 더 피곤하고 머리가 아플 게 뻔히 보였지만 다현은 몸을 일으켰다. 민준이 자신을 찾는 거라면 다른 사람은 절대 안 된다는 말이었다.

"뭐 해요. 일어나지 않고."

곧장 민준에게 가자며 이헌의 팔을 잡아끌었다. 하지만 꼼짝도 하지 않았다. 오히려 그가 다현의 팔을 붙들고 소파에 앉혀 버렸다.

"지금 갈 필요 없어."

"네?"

"주말까지 쉬라고 했잖아."

"어차피 내일 출근하는데, 오늘이나 내일이나 뭐가 달라요."

"달라. 많이 달라."

"저 괜찮아요."

다현은 엉덩이를 들썩였다. 당장이라도 검찰청으로 뛰어갈 기세였다. 하지만 곧바로 이헌의 손에 붙들려 자리를 보전해야 했다.

"너 지금 하나도 안 괜찮아. 쉬어."

현관문을 연 순간부터 지금까지 단 한 번도 창백한 안색이 변하지 않았다. 표정은 시시때때로 변했지만 창백한 낯빛만큼은 그대로 엉망이었다.

거기다 손으로도 느껴질 정도의 열감은 당장이라도 병원에 데려가야 할 듯 위태로운 상태였다.

분명 또 안 가겠다고 펄쩍 뛸 게 뻔해 이헌은 무조건 쉬라는 말만 되풀이했다. 몸을 일으키자 덩달아 나서려는 다현의 어깨를 꽉 눌러 소파와 한 몸이 되게 만들었다.

"내일도 이 꼴이면 검찰청 못 들어올 줄 알아."

"순 억지!"

"저거 다 먹어. 나오지 마. 간다."

이헌은 뒤도 돌아보지 않았다. 그저 엄포를 놓고 유유히 현관문 밖으로 사라져 버렸다. 문이 닫혔다.

"전화로 해도 될 걸 왜 와서는……."

그렇게 중요한 일도 아니었다. 장민준의 얘기 정도는 전화로도 충분했다. 굳이 와서는 사람 마음을 들었다 놨다 아주 제대로 분탕질을 해 놓고 자기는 아무렇지 않게 가 버렸다.

이 공간 안에 타인이 들어온 적은 없었다. 그의 온기가 싫지 않았다. 하지만 눈 깜짝할 새 온기조차 사라졌다. 그의 흔적이라곤 따뜻한 죽이 담긴 종이 가방뿐이었다.

조심스레 죽 그릇을 꺼냈다. 전복죽이었다. 포장지를 벗겨 숟가락을 꺼내 죽을 푹 떴다.

입 안이 까끌까끌하다 못해 쓴 탓에 맛이 제대로 느껴지지 않았다.

그래도 세상에서 제일 맛있는 전복죽이라고 생각했다. 죽을 깨끗이 비우고 모처럼 깊은 잠에 빠져들었다.

뒤숭숭하던 마음이 온데간데없이 증발되었다.

정말 실없는 권다현.

✤   ✦   ✤

가다 서기를 반복했다. 꽉 막힌 도로가 야속하기만 했다. 아무것도 하지 않고 혼자 있으니 상념이 깊어질 뿐이었다. 지검으로 가는 길이 이렇게 멀었나 싶을 만큼 긴 시간이었다.

다현에게 간 건 충동이라고 봐도 무방했다.

전화로 해도 되는 일이었고 하다못해 내일 출근을 해서 말해도 되는 일이었다. 그저 점심시간이 됐고 다 같이 밥을 먹으러 검찰청 앞을 갔다가 죽집이 보였을 뿐이었다. 밥을 먹고 약속이 있다는 핑계를 댔을 땐 벌써 손에 죽이 들러 있었고, 정신을 차린 순간 이미 다현의 집 앞이었다.

미친놈. 얼빠진 놈. 양심도 없는 새끼.

세상에 모든 욕을 가져다 붙여도 시원치 않았다. 그녀가 자신을 어떻게 생각했을지 뻔했다. 뭐 이런 남자가 다 있나 싶었을 것이다. 그도 마찬가지였다.

별수 없었다. 자신도 모르게 신경이 쓰여 예민해지기만 했다. 그냥 내버려 둘 수가 없었다.

그런 상념들에 빠져 기분이 썩 좋지 않을 무렵 지검에 도착했다. 빠르게 주차장을 벗어나 회의실로 올라왔다.

"차장 검사님 호출 왔습니다."

회의실에 모습을 드러내자마자 차장 검사의 호출을 수사관이 알려 왔다. 피부에 와 닿은 온도가 자못 싸늘했다. 평범한 호출이 아님을 시사했다. 회의실에 모여 앉아 있는 이들 역시 상부의 분위기가 좋지 않다는 걸 느끼 듯했다.

이헌은 뒤도 돌아보지 않고 걸음을 재촉해 3차장 검사실로 향했다.

본능적으로 알 수 있었다. 이 정도 검찰청 밥 얻어먹었으면 척하면 척이었다.

"어디까지 진행됐어?"

차장 검사실 안엔 부장 검사가 함께 있었다. 부장 검사에게 수사 상황을 보고받은 걸로 보이는 차장 검사는 이헌을 보자마자 진행 상황을 물었다.

이헌은 부장 검사에게 머물렀던 시선을 거둬 차장 검사를 쳐다보며 입을 뗐다.

"한영식 은행장은 공판 기일 조정 중입니다. 이경제 의원은 불구속 수사로 진행 중이라 2차 소환 준비 중입니다. 장현 회장은 구속 영장 기각돼서 추가 조사를 위해 소환장 보내 놓은 상태입니다."

장현 회장의 구속 영장 기각은 예상했던 결과였다. 증거가 차고 넘치는데도 불구하고 기각이 됐다는 건 재판부로서 부담스러운 일이라는 걸 시사한 일이었다.

이헌은 멈추지 않았다. 곧바로 장 회장에게 검찰 출석을 명했다. 구속 영장을 반드시 받아 내겠다는 그의 의지를 보여 주는 일이었다.

장현 회장의 구속 영장 기각은 언론에서도 떠들어 대기 딱 좋은 먹잇감이었다. 당연히 구속해야 마땅하다는 여론이 지배적이었기에 재판부는 물론 검찰까지 싸잡아 욕을 먹고 있었다.

그럼 그렇지. 너희들이 뭘 하겠다고. 우리나라가 언제 재벌한테 가혹한 적 있었나. 그런 반응들이 지배적이었다.

"권다현 검사 현장 나갔다 칼 맞았다며."

그가 물었다. 이헌은 대답 대신 고개를 숙였다. 그 부분은 할 말이 없었다. 수사 지휘 검사로서 실책을 범했고, 최악이었다.

"여기저기 떠들어 대는 거 알면서 마약까지 손을 대?"

"……."

"골드서클은 또 뭐야. 장난해?"

쉬쉬하며 진행하던 골드서클 사건이 검찰 수뇌부들 귀에 들어간 모양이었다. 현장을 나간 다현이 상처를 입은 탓이 커 보였다.

"골드서클인지 뭔지 그거까지 언론에 들어가면 파장이 얼마나 커질지 가늠이 안 돼? 문이헌이 그렇게 머리 안 돌아가는 놈이었어?"

"알고 있습니다. 그래서 골드서클은 저희 선에서 조용히……."

"조용히? 지금 그게 가능하다고 생각하나! 알 만큼 아는 놈이 왜 중간을 몰라!"

언성이 높아진 건 순식간이었다.

"거기까지 해."

아니나 다를까, 차장 검사의 입에서 한 치도 예상에서 빗나가지 않는 말이 튀어나왔다.

차장 검사를 바라보는 그의 표정이 차갑게 식어 갔다.

"경찰청장이랑 강남 서 서장은 자기들이 내사로 처리하겠다니까 수사에서 아예 빼 버려."

"……."

"4차장 검사랑 정은철 부장 검사는 대검 감찰부에서 내사 들어갔으니까 조만간 사표로 마무리될 거야."

뇌물을 먹은 검, 경찰 관계자들을 수사에서 완전히 배제해 버리는 일이었다. 내사로 처리하면 기껏해야 사표를 받거나 파면인데 그 정도로 마무리돼서는 안 되는 일이었다.

수억을 받아먹은 이들을 사표 정도로 처리하다니. 차장 검사와 부장 검사는 검찰을 나가도 변호사 사무실을 개업하거나 로펌에 들어가면 그만이었다. 또 다른 밥벌이를 얼마든지 할 수 있었다.

"한영식 은행장이랑 이경제 의원까지 자르고 덮어. 골드서클은 더 이상 손도 대지 마. 너희들 머릿속에서 지워 버려. 수사 자료 폐기하고 기록도 삭제해."

"안 됩니다."

"못 하겠다는 거냐."

"안 하는 겁니다."

이헌은 굳은 얼굴과 단단한 음성으로 단호히 말했다. 절대 안 되는 일이었다.

뇌물을 주고받은 이들만 해도 양쪽 손가락이 부족했다.

그런데 고작 은행장 한 명과 현 정권에 사사건건 시비를 걸고넘어지는 야당 최고 의원 하나로 끝내라니.

누가 봐도 부당하다 못해 말이 되지 않는 처사였다.

"문이헌. 이제 뵈는 게 없어?"

이를 꽉 깨물고 주먹을 움켜쥐었다. 당장이라도 미친 거냐고 소리를 치고 싶은 걸 억누르느라 관자놀이에 핏대가 잔뜩 섰다.

"제주도 건도 밑에 직원들이 한 거로 처리해."

박호산 장관까지 쏙 빠져나가는 플랜. 누가 봐도 정권에 눈엣가시인 이경제 의원만 내쳐지는 꼴이었다.

이런 걸 보고 어처구니가 없다고 하는 것이었다. 이헌은 실소했다. 도무지 배운 사람들이 하는 짓이라고 보기 어려웠다. 저급하고 비열해 눈 뜨고 봐 줄 수 없을 지경이었다.

"강남 서처럼 물먹는 겁니까."

차장 검사의 지시를 듣고만 있던 이헌이 말했다. 부장 검사는 난감한 기색을 떨쳐 내지 못해 시종일관 한숨만 내쉬고 있고 차장 검사는 주먹을 움켜쥔 채 팔걸이를 내려치며 언성을 높였다.

"지금 누구랑 비교해!"

"뭐가 다릅니까."

경찰과 한데 엮여 도매급으로 같은 취급을 받는 게 죽기보다 싫은 차장 검사는 이헌의 말에 얼굴이 달아올랐다.

"이대로 덮으면 검찰도 물로 보고 이딴 짓 계속할 겁니다."

이미 신뢰를 잃을 만큼 잃은 검찰이었다. 정권이 바뀐 뒤 그나마 이미지를 회복하려는 찰나였는데 이런 식으로 또다시 외압에 굴복하고 마는 모습을 보인다면 위엄은 바닥을 칠 게 자명했다.

"네 멋대로 할 거면 옷 벗고 나가. 말리는 사람 아무도 없어."

차장 검사의 말에 실소부터 터져 나오는 건 그도 보수적인 검찰 집단의 수뇌부들과 다를 게 없기 때문이었다.

이미 말하는 모양새부터가 글러 먹었다. 언젠가부터 자신의 말을 듣지 않거나 윗선의 지시를 따르지 않는 검사들이 있으면 레퍼토리가 똑같았다.

저 레퍼토리는 언제쯤 바뀔까. 이렇게 멋대로 할 거면 이 나라에 검사가 왜 필요한지 모르겠다.

"어쩌다가 검찰이, 검사가 이 지경이 됐습니까."

검사라는 게 자랑스러웠던 적이 있었다. 물론 임관을 하고 첫해에 반짝 그러고 말았지만 어쨌든 그런 시절이 존재했다. 어느 검사들이나 다 똑같은 생각을 하던 초임 검사 시절이 있었을 것이다.

하지만 그것도 다 옛말이었다. 자랑스러워하기보다는 배운 게 도둑질이라고 할 줄 아는 게 이것밖에 없어 자리를 지키고 있는 이들이 더 많았다.

그 외론 권력에 기대 아부하며 아등바등 자리를 지켜 더 높은 자리로 올라가기 위해 본연의 모습을 잃어버린 이들이 있었다.

누가 더 잘하고 못하고의 문제를 떠나 그저 같은 검사로서 쪽팔릴 뿐이었다.

이헌은 차장 검사의 앞에서 질책을 아끼지 않았다. 평검사가 차장 검사에게 머리를 들이밀어 치받는 일이었다.

"이 자식이! 너 미쳤어?"

참지 못한 차장 검사의 언성이 높아지고 얼굴이 험악해졌다.

"위에서 덮으라면 아래에서는 까야죠. 그게 검사가 할 일 아닙니까."

누가 모르나. 알면서도 하지 못하는 게 있었고 할 수 없는 사람이 있었다. 그게 권력의 아래에 깔린 이들이었다.

"기어오르는 것도 정도껏 해야지. 오냐오냐했더니 네가 뭐라도 되는 줄 알아? 봐주는 것도 한계가 있어!"

차장 검사의 화가 한계에 다다른 듯했다. 부장 검사는 이헌과 차장 검사 사이에서 안절부절못하며 이러지도 저러지도 못하는 상황이었다.

그도 위에서 까라면 까야 하는 피라미드의 아래에 깔린 평민이나 다름없었다.

인사 결정권이 위에 있는 상황에서 검사직 오래 해 먹고 싶으면 밉보이지 말고 말 잘 듣는 검사가 돼야 했다.

이헌의 말에 틀린 건 없지만 그래서 동조할 수 없는 마음이 불편하기만 했다.

"눈치 보느라 사건 덮고 아부하는 거 제 스타일이 아니라 이번에도 못 들은 거로 하겠습니다."

이헌은 분노하는 차장 검사를 못 본 체하며 뒷모습을 보였다. 등 뒤에서 언성을 높이는 소리가 들렸지만, 그는 아랑곳하지 않았다. 마지막까지 제멋대로인 모습을 보이며 이헌은 검사실을 나가 버렸다.

문이 닫히고 기가 막혀 말을 잇지 못하는 차장 검사와 한숨뿐인 부장 검사만이 남았다.

"저 자식은 왜 저렇게 말을 안 들어."

지난 수사 때도 살살 하라는 지시가 수차례 내려왔었다. 전 국무총리 로비 리스트 사건이 터졌을 때 이헌은 앞만 보고 달렸다. 버리는 카드들이 포진되어 있었던 사건이라 다행히도 이헌이 지시를 어기고 멋대로 날뛰어도 별 탈이 없었다.

다만 그 뒤로 정기 인사에서 이헌은 대검으로 가지 못하고 특수부에 남아 또다시 방패막이가 되어 버렸다.

"제 아비랑 판박이야, 아주."

나이로 보나 기수로 봐도 이헌의 부친보다 후배인 게 분명한 차장 검사지만 당시 중수부에서 함께 근무했던 이력이 있는 그는 이를 갈았다.

불도저같이 밀고 나가는 추진력은 쉽사리 제동이 걸리지 않아 윗선에서 탐탁지 않아 했다. 제멋대로 구는 것까지 제 아비를 빼다 박은 이헌이 못내 거슬리는 그였다.

한편 차장 검사실을 나온 이헌은 회의실로 돌아와 그를 기다리고 있던 이들의 중심에 섰다.

"덮으라고 하는 거지?"

이 검사가 먼저 말문을 열며 이헌에게 물었다. 그는 대답 대신 침묵을 지켰다.

"안 봐도 비디오지. 보나 마나 지검장이나 총장 라인 타고 내려온 거겠지."

대답하지 않는 이헌 대신 정 검사가 추측들을 늘어놓으며 당연하다는 듯 말했다. 하루 이틀 일이 아니었다. 특수부나 공안부에선 심심치 않게 생기는 일들이었다. 특히 정권과 관련된 일이거나 그의 관련인들이 섞인 일일 땐 그 정도가 심했다.

누구 입에서 나온 건지 짐작이 갈 정도로 눈에 훤히 보여 이헌은 별다른 말을 꺼내지 않았다.

"사방에서 너무 떠들어 대니까 부담스러운 건 당연하겠지."

"그래도 이대로 덮는 거 정말 웃기지 않아요?"

정 검사의 수긍에 이 검사가 반박하고 나섰다. 이럴 때마다 검사가 된 이유가 뭐였는지 생각이 나지 않았다. 이러려고 검사가 된 건 아닌데 싶은 마음만 가득하고, 할 수 있는 게 아무것도 없어 한탄만 나올 뿐이었다.

"별수 있어? 우리가 뭐 언제 마음대로 수사한 적이 있긴 하고?"

회의실에 둘러앉아 이헌만 기다리고 있던 이들 모두가 정 검사의 말에 동조했다.

특수부는 검사장이 직접 사건을 배당한다. 그 의미는 곧 검찰 총장의 입김도 작용한다는 말이었다. 특수부의 손을 쓰기 부담스럽다면 다른 부로 사건을 내렸고, 중앙 지검이라는 타이틀마저도 짐스러울 때는 다른 지검으로 배당을 넘기기도 했다.

수사 지시서까지 함께 내려오는 경우도 간간이 존재했고 아예 결론을 지어 놓고 보여 주기식 수사를 해야 할 때도 종종 있었다.

그럴 때마다 윗선의 눈이 닿지 않고 손길이 뻗지 않는 지방의 지청 정도에 틀어박혀 관할서에서 송치된 사건을 처리하는 게 낫지 않나 싶기도 했다.

모두의 한숨이 뒤섞여 분위기는 엉망진창이었다.

"우린 계속합니다."

이헌이 말했다. 자못 비장한 눈빛으로 수사 진행 상황이 체크된 보드를 들여다보며 입을 뗐다.

"장민준 조사 끝나면 골드서클 전원 기소합니다."

머릿속에서 지워 버리라던 골드서클 건을 종결짓겠다는 말이었다. 차장 검사실에서 무슨 얘기들이 구체적으로 어떻게 오고 갔는지 알 수 없는 이들은 그저 동조할 수밖에 없었다.

"또 지랄하기 전에 빨리 끝내 버리면 되는 거 아닙니까."

점잖은 문이헌의 입에서 '지랄'이라는 말이 나오자 웃음을 터트리는 이들이 있었다. 가라앉았던 분위기가 조금은 차분해지는 듯했다.

"그래. 빨리 끝내자!"

이 검사가 동조했다. 손뼉을 치며 분위기를 띄우려 무던히 회의실 안을 휘젓고 다녔다.

하나둘씩 제자리를 찾아가 맡은 일들을 시작하는 반면 이헌의 얼굴에선 여전히 그늘이 보였다.

✤   ✤   ✤

말끔한 바시 정장 차림으로 집을 나선 다현은 어쩐지 기분이 들떠 있었다.

역시 잠이 보약이라는 말이 괜히 있는 게 아니었다. 주말 내내 잠만 잤다. 아파서 끙끙대던 게 언젠지 기억도 나지 않을 만큼 상처의 통증도, 쌓였던 피로도 모두 사라진 듯했다.

오피스텔을 나오자 선선한 바람이 그녀를 반겼다. 모처럼 미세 먼지 없는 공기가 꽤 마음에 들었다.

그렇게 기분 좋게 지하철을 타기 위해 오른쪽으로 걸음을 옮긴 그때였다.

"빨리 와."

아직 잠에서 덜 깬 건가. 순간 헛것이 아닌지 두 눈을 의심했다.

설마 하는 맘으로 다현은 소리가 난 쪽 가까이 다가갔다. 누가 봐도 이헌의 차였다. 팔짱을 끼고 차체에 기대선 채 빨리 오라며 다그치는 그는 분명 그녀가 아는 문이헌이었다.

"여기, 왜 계세요?"

대뜸 전화를 해 몇 호냐고 물을 땐 언제고, 오늘은 또 말도 없이 저를 기다리고 있다니.

대체 이게 무슨 일이야. 다현은 어리둥절하기만 했다.

"지나가던 길에."

"여기를요?"

"왜. 지나가면 안 돼?"

"선배님 집이 어딘데요."

"서초동."

지금 나랑 장난해? 이헌의 집이 있다는 서초동과 역삼동은 반대 방향이었다.

"서초동에서 굳이 여기를 지나갈 일은 없을 거 같습니다만."

다현은 저 둔한 남자의 속을 알면서 모른 척 툴툴댔다.

하지만 그녀의 일침에도 이헌은 별생각이 없어 보였다. 그저 차 문을 열고 커피를 꺼내 다현에게 건넬 뿐이었다.

"여기 커피가 맛있다던데."

그가 건넨 건 사방 천지에 널린 프랜차이즈 커피였다. 하물며 지검 앞에도 버젓이 있는.

지점마다 똑같은 원두를 쓸 테니 맛에 큰 차이는 없을 게 분명했다.

"빨리 타. 시간 없어."

누가 문이헌 아니랄까 봐. 바쁜데 얼른 안 타고 뭐 하냐는 듯한 그의 말에 다현은 서둘러 차에 올라탔다.

이헌의 차는 서둘러 골목을 빠져나와 큰 대로변에 접어들었다. 출퇴근 시간에 맞춰 어김없이 도로에 쏟아져 나온 차들로 가다 서기를 반복했다.

"위에서 사건 덮으라고 성화야."

도로 사정만큼이나 답답한 얘기였다. 출근 시간이 가까워져 오자 손목시계를 들여다보던 다현이 놀란 듯 그를 쳐다봤다.

"보나 마나 뻔하지. 어디에서 내려온 지시인지."

말과는 달리 태연해 보이는 그의 모습이 이질적으로 느껴졌다.

"어쩌실 거예요?"

다현이 조심스레 물었다. 위에서 지시가 내려왔다는 건 더는 수사를 하지 말라는 말과 같은 것이었다.

이대로 대충 조무래기들만 엮는 선에서 끝내라는 소리.

여기서 더 나갔다간 어림없다는 경고이자 엄포였다.

"어쩌긴 뭘 어째. 내가 까란다고 깔 놈으로 보여?"

"아뇨."

그래서 문제였다. 하란다고 할 그가 아니기에 문제인 것이다.

"이런 일이 한두 번도 아니고, 어디든 비슷하겠지만 특수부는 사사건건 위에서 트집 잡고 주시하고 자기들 마음대로 안 되면 엎으라고 난리들이야."

핸들을 톡톡 치며 내뱉는 게 꼭 특수부에 이골이 난 사람처럼 보였다. 검사는 개인이 독립 수사 기관이라고 해도 무방했다. 그러나 이젠 그런 말도 다 옛말인 듯했다.

특수부에 배당되어 내려오는 사건은 검사장의 지시로 내려온 사건들이었다. 자신들의 입맛에 맞지 않으면 언제든지 다른 부로 넘길 수도 있고 사건을 축소, 은폐시키는 것도 무리는 아니었다.

하물며 없던 일로 만드는 것 역시 간단한 일이었다.

그 사실을 알기에 다현은 어떤 말도 할 수 없었다. 없어져야 할 악습이었지만 평생을 가도 없어지지 않을 테니까.

"선배님은 어디가 더 좋으세요. 특수부? 공안부? 아니면 형사부?"

"상관없어."

참 문이헌다운 대답이네.

"선배님도 정말 한결같은 거 같아요."

"사람은 원래 한결같아야 하는 거야. 변하면 죽을 때 다 된 거라는 말, 몰라?"

"농담을 진지하게 하는 것도 능력이십니다."

"농담 아니고 진담이야."

다현은 잘게 혀를 차며 고개를 내저었다. 그와 대화를 할 때면 덩달아 진지해지는 것 같았다. 이 부분에서 웃어야 하는 건지, 아니면 진지해야 하는 건지. 정말 장단 맞추기 어려웠다.

창밖으로 어렴풋하게 검찰청 건물이 보였다.

곧 민준과 대면해야 한다는 사실이 그녀를 압박했다.

"장민준 조사 끝내고 병원 다녀와."

빨간불 앞에서 차가 멈췄다. 건널목을 건너는 사람들을 바라보고 있던 다현의 시선이 그에게로 향했다.

"병원은 왜요?"

"너도 참 한결같이 둔해."

"둔하다는 소리, 선배님한테 처음 듣습니다."

다현의 반박에 이헌은 새어 나오는 웃음을 참지 못했다. 그의 입에서 웃음이 터져 나오자 다현은 야멸찬 눈빛을 내비쳤다. 도대체 어디가 웃겨서 웃는 거야.

"왜 웃으세요?"

이헌이 소리를 내며 웃었다.

그 모습이 낯설었다. 처음 보는 모습이었지만 어딘지 모르게 간질거려 기분이 썩 나쁘지 않았다.

"그러다 흉터 남아. 병원 자주 가서 체크해야 해."

신호가 바뀌었다. 운전하면서 그는 다현의 팔에 시선을 보냈다. 그제야 그녀는 자신이 다쳤었다는 사실을 자각했다.

느닷없는 이헌의 등장에 잠시 잊고 있었다.

"흉터 남아서 좋을 거 없잖아."

진하게 남은 상처를 애써 감춰 주고 있는 붕대를 힐긋거리던 다현은 그의 나지막한 음성에 고개를 들었다. 여전히 앞을 바라보며 운전 중인 이헌의 옆모습은 어김없이 수려했다.

"선배님."

"왜."

"혹시 저한테 관심 있으세요?"

하지 말라는데 자꾸 하니까 더는 혼자서 마음을 갈무리할 수 없었다. 건널목 앞에 또다시 차가 멈췄다.

"예전에 제가 선배님 좋아했다고 해서 이제 와 이러시면 제가 정말 헷갈리는……."

"나도 헷갈리는 중이야."

브레이크를 밟은 그가 그녀의 말을 채 다 듣지도 않고 입을 뗐다. 시선이 마주치고 그의 눈빛이 사실을 말했다.

"뭐가 헷갈리는데요?"

그녀가 물었다. 자꾸 신경 쓰여 더는 이렇게 불편하게 지낼 수 없었다. 그는 어떻지 몰라도 다현은 그가 보내는 걱정과 작은 관심도 불편하고 부담스러웠다. 그와 마주할 때마다 불쑥 고개를 내미는 감정이 못마땅하기만 했다.

공적인 일에 지대한 영향을 미쳤다. 그와 한 공간 안에서 일을 하고 있는데 자꾸만 신경이 쓰여 집중할 수가 없었다.

그는 싫다는데, 자신도 더는 짝사랑이 싫은데.

방법이 없었다. 이렇게라도 이헌에게 들어야 했다.

대체 내게 왜 이러는지.

"내가 왜 너를 신경 쓰는 걸까. 혹시 너를 좋아하나. 분명 별거 아니었는데, 같이 있다 보니 착각하는 건 아닌가. 뭐 그런 것들?"

미련한 곰보다 더 미련하고 둔한 문이헌이었다.

그도 갑자기 찾아온 애매하고 낯선 감정을 해석하는 데 시간이 필요했다. 이 감정의 정체를 확인할 필요가 있다는 생각도 들었다.

그래서 일부러 다현을 데리러 간 것이었다. 그럴싸한 핑계가 없어 커피를 샀지만 다현이 믿지 않아도 그만이었다.

뒤죽박죽 엉켜 엉망인 자신의 심정을 솔직히 말했다. 솔직한 것 빼면 시체인 다현으로 인해 덩달아 솔직해질 수밖에 없었다.

"소용없습니다. 이미 배는 떠났어요."

그녀는 마치 토라진 사람처럼 입술을 삐죽 내밀며 고개를 휙 돌려 버렸다.

"그래?"

"네. 선배님이 저 까셨을 때 떠났습니다."

분명 그랬다. 배는 떠났고 그게 벌써 4년 전이었다. 떠나도 한참 전에 멀리 가 버렸다.

"떠난 배는 다시 출항지로 돌아오는 거 아닌가?"

애써 이헌의 시선을 외면하던 다현은 실소를 터트리며 그를 곁눈질 했다.

"그때 다시 타지, 뭐."

"와. 완전 뻔뻔해."

"아니면 수영이라도 해서 따라잡든지."

"대체 무슨 자신감인지."

다현의 입에선 그저 어처구니없는 감탄사만 연달아 나왔다. 이헌의 언변을 감히 감당할 수가 없어 할 말을 잃은 것이다.

어느새 지검 앞이었다.

"다 왔어. 내려."

안전벨트를 풀고 핸드백을 챙겨 들고 차에서 내린 다현은 문을 잠그며 앞서 걸어가는 이헌을 뒤를 졸졸 따라갔다.

지난날의 풋사랑이 완벽히 몸통을 드러내고야 말았다.

역시 문이헌. 그는 헤어나올 수 없는 강적이었다.

6장

아침부터 이헌 때문에 혼이 쏙 빠져 장민준에 대한 부담감이 씻은 듯이 사라지고 말았다. 이헌과 나란히 회의실로 들어가자 너 나 할 것 없이 걱정 어린 눈빛과 시선으로 그녀에게 다가왔다.

"팔은 어때? 좀 괜찮아?"

"그럼요, 거뜬합니다."

이 검사의 걱정에 다현은 부러 팔을 휘저으며 웃음을 보였다.

"장민준 괜찮겠어?"

"그것도 문제없습니다. 걱정하지 마세요. 정말 괜찮아요."

이 검사는 가뜩이나 다쳤는데 부담스럽기 짝이 없는 장민준의 신문 까지 도맡게 된 다현을 측은하게 바라봤다.

"권다현, 뭐 해. 조사실 들어가."

이미 장민준은 조사실에서 대기하고 있는 상태였다. 다현은 서둘러 골드서클 멤버들의 계좌 내역과 현장 증거물 등을 챙겨 조사실로 향했다.

영상실에선 이헌이 정 검사, 이 검사와 함께 만일의 사태에 대비해 안을 주시하고 있었다.

수갑을 찬 민준이 의자에 한껏 기대앉아 그녀를 기다리고 있었다.

역시나 이번에도 변호사는 없었다.

언젠가부터 약속이라도 한 듯 참고인 조사는 물론 피의자 조사에서까지 변호사를 배석시키지 않았다. 묵비권을 행사하고 모르쇠로 일관하며 수사를 지지부진 끌고 있는 형국이었다.

다현은 자료들을 테이블에 내려놓고 민준의 맞은편에 앉았다. 권다현 검사만 조사실에 들어올 것을 요구한 민준 때문에 기록도 그녀의 몫이 됐다.

노트북 전원을 켜고 피의자 신문 조서를 꾸미기 위해 문서를 열며 동시에 다른 손으론 테이블 아래 빨간 녹화 버튼을 꾹 눌렀다. 영상 녹화가 정지됐다.

피의자의 헛소리들을 증거 자료로 쓸 영상 녹화분에 담을 수는 없었다.

"권다현은 여전히 예쁘네."

역시 예상대로 대면하자마자 시답지 않은 얘기를 꺼냈다.

노트북 화면을 바라보고 있던 다현이 고개를 들어 민준과 시선을 마주했다.

"너도 여전하네."

칠흑같이 어두운 머리카락과 눈동자는 하얀 피부를 돋보이게 했다. 몰골은 약에 미친 사람이라고 볼 수 없을 만큼 단정한 데 비해 눈빛은 사납다가도 흐려지고 번뜩이다가도 초점을 잃은 듯 떨리기까지 했다.

"왜 나야."

하필 많은 검사 중에 자신에게 조사받기를 원했냐고 물었다.

"친구가 더 편하잖아."

"너도 지은이도 이럴 때만 친구를 찾네."

"……."

"우리가 어떻게 친구니. 넌 친구를 늪에 빠트려 죽일 뻔했어. 너 때문에 지은이도 망가졌잖아."

"그게 왜 나 때문이야? 최지은, 그 계집애가 좋다고 한 거지 난 시킨 적 없어."

"뭘? 지은이가 뭐가 좋다고 혼자 한 건데?"

"지금 나한테 유도 신문 하는 중?"

민준이 히죽였다. 쉽게 넘어가지 않겠다는 태도에 벌써 피곤해지는 듯했다.

"알면 쉽게 가자."

길게 시간을 끌 만한 상황이 아니었다. 위에서 사건을 덮으라는 지시까지 내려왔다니 골드서클 문제를 빨리 마무리 지어 전원 기소로 끝을 내야 했다.

"너 나 잘 알잖아."

민준이 웃으며 입을 뗐다.

"내가 어떤 놈이고, 우리 회장님이 어떤 사람인지……."

그 아비에 그 아들.

장현 회장과 그의 차남인 장민준을 보며 사람들은 그렇게 말했다.

틀에 찍어 놓은 듯 닮은 외형은 물론이고 성격까지 빼다 박아 한 마리의 범과 그 옆에 새끼 호랑이라고들 말하곤 했다.

"하고 싶은 말이 뭐야."

등받이에 기대앉아 있던 민준이 테이블 위로 수갑을 찬 팔을 올려두며 몸을 앞으로 숙였다. 얼굴이 가까이 맞닿았다.

그는 조사실에 돌아가는 카메라는 안중에 없는 듯했다. 아니면 이미 녹화가 되고 있지 않다는 걸 기민하게 알아차렸거나.

"사건 덮으라고 하지?"

역시 장민준.

"어차피 다 그렇게 될 거야."

뭐가 그렇게 우스운지 민준은 킬킬대며 웃었다.

"평생 이렇게 살 생각이야?"

"내가 딱히 뭘 하면서 살겠어."

다현의 물음에 민준은 몸을 뒤로 내빼며 등받이에 기대앉아 조소를 머금었다.

"이렇게 살아서 네가 얻는 게 뭔데."

다현이 기억하고 있던 어릴 적 민준은 적어도 제 사람에게는 해를 입히지 않았다.

민준은 마치 생각에 잠긴 듯 보였다. 한동안 말이 없던 그가 이내 입을 뗐다.

"권다현이 없어서……. 네가 없어서 이렇게 사나 봐."

그 모습에 다현은 나지막이 한숨을 쉬었다.

"권 검사랑 장민준 옛날에 친구 아니었어?"

한편 두 사람을 지켜보고 있던 정 검사가 의아한 듯 물었다. 정 검사의 물음에 이 검사가 팔짱을 낀 채 고개를 내저었다. 둘 사이에 흐르는 묘한 분위기와 대화가 이상하다 못해 수상할 지경이었다.

"뭐야, 둘이 뭐 있었나 본데. 분명해."

"그런 거 같지?"

"권 검한테 조사받겠다고 한 것도 그렇고."

맞장구를 쳐 가며 두 사람의 묘한 분위기를 멋대로 추측하는 정 검사와 이 검사는 안중에 없이 이헌은 유리창 너머 다현과 민준에게서 시종일관 눈을 떼지 않았다.

"이름."

사적인 대화는 더는 사절이었다. 다현은 키패드 위에 손을 올리며 피의자 진술 조서를 꾸미기 위해 절차대로 이름을 물었다.

"뭘 물어봐. 다 알면서."

지은과 조금도 다르지 않은 반응이었다.

"피의자, 이름 말하세요."

"장민준."

"생년월일."

"그것도 알잖아."

다현은 이를 꽉 깨물었다. 녹화되고 있는 카메라만 없었으면 웃는

낮에 침은 물론 욕이라도 퍼부어 줬을 것이다.

"내가 한가해 보여?"

"별로."

"범죄자 장난 받아 주려고 검사 된 거 아니야. 이런 식으로 할 거면 다른 검사한테 조사받아."

다현은 단호했다. 노트북을 덮고 증거 자료들과 증거물을 다시 챙기기 시작했다. 그 모습에 민준은 수갑을 찬 손으로 그녀의 손길을 저지시키며 손목을 움켜잡았다.

"협조하면, 뭐 해 줄 건데?"

다현은 거칠게 그의 손을 뿌리쳤다.

"지금 검사랑 거래하자는 거야?"

"나야 변호사 데려와서 입 다물고 있으면 그만이잖아."

"……원하는 게 뭐야."

"권다현이랑 밥 한 끼?"

어처구니가 없어 실소만 터져 나왔다. 예나 지금이나 민준의 말장난엔 당해 낼 재간이 없다.

"사식 넣어 줄게."

"역시 권깡."

그가 빙그레 웃으며 엄지를 치켜들었다. 어릴 적 무서운 것 없이 깡이 세다고 민준이 붙여 준 그녀의 별명이었다.

오랜만에 들으니 그것도 우습기만 했다.

"장 회장님한테 말 좀 잘해 줘."

"……."

"난 죽이려 들어도 네 말은 잘 듣던 양반이잖아."

"아들 혼내라고 잘 말해 줄게."

민준은 웃기만 했다. 협조하는 듯하면서도 불리한 질문엔 대답을 회피하거나 다현의 속을 뒤집는 헛소리를 늘어놓았다.

그렇게 민준의 조사는 저녁이 돼서야 끝이 났고 그는 '자주 보고 살자'라는 어처구니없는 말을 남기며 유치장으로 돌아갔다.

✤　　✤　　✤

민준이 돌아가고 자료들을 정리해 조사실을 나오자 이헌이 복도에서 그녀를 기다리고 있었다.

"수고했어."

그의 격려에 피로가 순식간에 녹아내리는 듯했다. 다리에 힘이 빠져 벽에 기대선 다현은 안도의 숨을 토해 냈다. 우여곡절 끝에 민준의 신문까지 모두 끝이 났다.

"……보셨어요?"

피의자 신문을 지켜봤냐는 물음에 이헌은 고개를 끄덕이는 것으로 대답을 대신했다.

"제가 잘한 건지 모르겠어요."

날카로운 이빨과 발톱을 숨긴 채 능구렁이처럼 굴어 대는 통에 컨트롤이 제대로 되지 않았다. 사적인 질문들로 대답을 피해 가며 진이 빠지게 만든 민준 때문에 두통이 올 지경이었다.

"증거가 많아서 자백 없이도 충분히 기소 가능해."

불행 중 다행이었다. 다현은 서둘러 발길을 재촉했다. 시간이 많지 않았다. 수사 지휘 검사인 이헌에게 사건을 덮으라고 종용했으니 길어 봤자 3일이었다.

언제 그런 일이 있었냐는 듯 수포가 된다 해도 이상할 게 없는 상황이었다. 공소장을 작성해 기소를 서둘러야 했다.

재판부로 사건이 넘어가면 완전히 다른 영역이었다. 누군가 사건을 덮기 위해 검찰에 손을 쓴 거라면 다른 쪽으로도 손을 뻗어야 하는 상황이었다.

"공소장 준비하겠습니다."

"구속 영장 발부는 저녁에 떨어질 거야."

다현이 다쳐서 쉬는 동안 현행범으로 체포된 열한 명에 대한 구속 영장은 이헌이 재판부에 청구한 상태였다.

늦으면 오늘 저녁에 발부가 될 테니 공소장 작성이 끝나는 대로 기소를 하고 사건을 재판부에 넘기면 적어도 이 문제만큼은 시간을 최대한 벌 수 있었다.

회의실로 돌아와 책상 앞에 앉자마자 다현은 민준을 포함한 골드서클 열두 명의 공소장 작성에 열을 올렸다. 피고인 관련 사항만 다를 뿐 공소 사실과 첨부되는 서류들이 똑같아 오랜 시간이 걸리지 않았다.

공소장 작성을 끝낸 다현은 기지개를 켰다. 묵은 체증이 내려가는 것 같았다.

"권다현."

뻐근해진 목을 이리저리 움직이던 다현은 옆자리에 앉아 이경제 의원의 공소장을 준비하던 이헌과 눈이 딱 마주쳤다.

"너 병원 안 가?"

그는 첨부 서류들을 챙기던 와중 기지개를 켜던 다현의 팔에 감긴 붕대에 시선을 빼앗기고 말았다.

"아."

하품까지 하던 다현은 그의 물음에 걷어붙인 셔츠를 급히 끌어 내리며 소매 단추를 잠갔다.

"조사 끝나면 갔다 오라고 했잖아."

피의자 신문이 끝나기 무섭게 공소장 작성을 하느라 시간 가는 줄 모르고 있었다. 불과 아침에 그와 나눈 대화를 잊어버리고 있었다.

이헌이 묻지 않았으면 바쁘다는 핑계로 가지 않을 게 분명했다.

"내일 가도 될 거 같은데……."

멋쩍게 웃으며 얼버무렸다. 외래 진료 마감까지 한 시간 남짓 남아 있었다. 지금 간다고 해도 진료를 받을 수 있을지 의문이었다.

"내일 되면 또 내일 가도 될 거 같다고 하겠지."

머릿속에 들어앉은 사람처럼 잘도 말했다. 멋쩍던 웃음기마저 사라져 바스락거리는 얼굴로 다현은 주섬주섬 가방을 챙겼다.

"따라와."

자리를 박차고 먼저 일어난 건 이헌이었다. 그는 첨부 서류들을 정리하고 있던 수사관들에게 다가갔다.

"저녁 드시고 일하세요."

"문 검사님. 어디 가십니까?"

"권다현 검사 병원 셔틀 하러 갑니다."

"아, 다녀오세요. 그럼 저희끼리 저녁 먹겠습니다."

병원 셔틀이라니. 해 달라고 한 적도 없는데 또 데려다주겠다고?

"시간 없어. 빨리 와."

회의실 문이 열렸다. 빨리 오라고 재촉하는 이헌 때문에 수사관들이 어서 가라며 덩달아 부추기자 다현은 한숨을 삼키며 무거운 발길을 뗐다.

"저 혼자 가도 되는데, 굳이……."

"딴 길로 샐까 봐 감시하는 거야."

다현은 한 발짝 뒤에서 그를 보며 혀를 내둘렀다.

그 나이 먹었으면 그만 헷갈릴 때도 됐는데.

설마 문이헌이 말로만 듣던 연애 고자?

에이, 말도 안 된다.

대학 때부터 이헌은 유명 인사였다. 다현이 학교에 다닐 땐 이미 졸업한 뒤라 그를 직접 볼 수 없었지만 선배들의 입을 통해 매일같이 회자되던 것을 아직 기억하고 있다.

강의 시간 외엔 그를 캠퍼스에서 볼 수 없었다고 했다. 동아리 활동도 전혀 하지 않아 문이헌을 영접하는 건 하늘에 별 따기처럼 어려운 일이었다고.

그래서 문이헌이 떴다 하면 학과를 가리지 않고 여자들이 피리 부는 사나이의 쥐들처럼 이헌의 뒤를 졸졸 따라다녔다는 이야기가 전설처럼 전해지고 있었다.

그럼에도 불구하고 딴짓 한 번 하지 않고 공부만 하느라 여자들이 고백하는 족족 매정하게 찼다는 소문이 무성해 이렇다 할 스캔들이 없었다고.

이쯤 되면 연애를 안 한 게 아니라 못 한 게 아닐까 생각해 보게 된다.

"더 안 쉬어도 괜찮겠어?"

운전하며 침묵을 지키던 그가 물어 왔다.

"거뜬하다니까요. 정말입니다. 괜찮아요."

영 못 믿겠다는 듯 따가운 눈총을 보내왔다.

"걱정 그만하시고 앞을 보세요."

그제야 이헌은 곁눈질하던 시선을 거둬 운전에 집중했다.

어느새 병원 건물이 보였다. 외래 진료 시간이 얼마 남지 않아 이헌은 서둘러 다현을 정문에 내려 주고 주차장에서 그녀를 기다리는 것을 택했다.

그는 요즘 자신이 평소와 완벽히 다르다는 사실을 인정할 수밖에 없었다.

이렇게 바쁜 와중에, 사건을 덮네 마네 하고 있는 이 상황에서 한가하게 누군가를 기다리고 있다는 건 문이헌 사전에 있을 수 없는 일이었다.

갑자기 감정이란 것이 제멋대로 싹을 틔우더니 무섭게 몸집을 키워 갔다.

통제를 완벽히 벗어난 일이었다. 하루가 멀다고 다현과 한 공간에서 붙어 있다. 제멋대로 동할 수 있다고 쳐도 그건 마음이 동하는 것과 엄연히 다른 얘기였다.

연애를 너무 안 했나?

생각해 보니 누군가와 진지하게 연애라는 걸 한 적이 없었던 거 같기도 했다.

공부하느라 정신이 없어서, 일하느라 너무 바빠서 그동안 뭔가를 신경 쓸 겨를이 없었다.

바빠서 그렇다는 건 다 핑계라고, 바빠도 할 건 다 한다던 선배들의 그 말조차 저와는 상관없는 일이라 생각했다.

그 시간에 잠을 자는 게 더 효율적이라 여겼으니까.

어쨌거나 연애라는 것도 감정을 소비하고 서로 맞춰 나가는 노력이 필요한 법. 자신의 기준엔 노동과 다르지 않았다.

그런데 요즘 그 관념과 틀이 깨지고 있었다.

확실히 이 당돌한 후배를 신경 쓰고 있다.

바빠 죽겠는데 다현의 집에 찾아갔다. 피곤해 미치겠는데 아침 댓바람부터 또 다현을 찾아갔다. 그 길이 어디라고.

꽉 막힌 아침 출근길에 빙 둘러서 뭐 하는 짓인지 어처구니가 없었지만 그렇게 생각했을 땐 이미 그녀의 집 앞이었다.

지금도 차 안에서 다현을 기다리며 시간을 축내고 있었다. 잠을 자거나 증거 자료들을 정리해 2차 소환 조사를 준비해도 모자랄 시간이었다.

이 감정의 끝이 무엇을 가리킬지 알면서도 모른 척했다.

"많이 기다렸죠. 그러니까 왜 따라와서는……."

말간 얼굴로 저를 바라보던 그 얼굴. 매몰차게 그녀를 찼던 죗값을 이렇게 돌려받는 걸까.

"상처는."

"잘 아물고 있대요. 걱정하지 마세요."

"……알면 조심해."

"네네. 그럼요. 조심해야죠."

마치 놀리는 거 같기도 하고 약 올리는 거 같기도 한 애매한 억양과 음성이 그녀의 입에서 자연스레 흘러나왔다. 히죽이며 웃기도 했다.

"밥 먹고 들어가자."

"국밥은 사양입니다."

"알아."

아는 거 알고 말한 겁니다.

다현은 입가에 번지는 미소를 감출 수가 없었다. 이헌의 말과 행동이 사춘기 소년의 그것과 같아 보였다.

✤   ✤   ✤

지검으로 돌아왔다. 밥을 먹고 가자더니 그는 지검 앞의 순두부찌개 집으로 다현을 이끌었다.

국밥은 싫다고 했더니, 이번엔 찌개였다. 레스토랑에서 칼질만 우아하게 할 것 같은 양반이 매번 한식을 고집했다.

"순두부 두 개 주세요."

"아이고, 우리 잘생긴 검사님 오셨네! 어, 처음 뵌 거 같은데 누구? 애인?"

아주머니가 밑반찬들을 테이블에 내려놓다 다현을 보고 물었다.

순간 마시던 물을 뱉을 뻔한 다현은 기침을 내뱉었다.

"막내 검사입니다."

"아. 잘생긴 검사님들만 있는 줄 알았는데 예쁜 검사님도 계셨네!"

다현은 멋쩍게 웃었다. 이윽고 팔팔 끓는 순두부찌개가 테이블 위에 놓였다. 시장이 반찬이라고 점심도 못 먹고 조사실에 틀어박혀 있었더니 배가 등에 붙을 지경이었다.

"뜨겁다. 천천히 먹어."

다현은 뜨거운 김이 모락모락 나는 찌개를 숟가락으로 휘저었다. 뜨거워서 먹기 힘든 탓에 후후 불어 가며 조심스레 한 입 떠먹었다. 비주얼만큼 맛도 좋았다.

"궁금한 게 있는데, 물어봐도 돼요?"

입 안 가득 들어찬 밥을 삼킨 다현이 젓가락질을 멈추지 않고 이헌에게 넌지시 물었다.

"안 된다고 하면 안 물어볼 거야?"

"아뇨."

"그냥 물어봐."

이미 권다현을 잘 파악하고 있는 이헌이었다. 찌개를 한 입 떠먹으며 그는 다현의 질문을 기다렸다.

"왜 아직도 결혼 안 하셨어요?"

정말 난데없고 뜬금없는 질문이었다.

"밥 먹다가 할 질문은 아닌 거 같지 않아?"

"그렇다고 일하다가 물어볼 것도 아니지 않아요?"

함께 밥을 먹을 때마다 어쩐지 묘하고 사적인 대화들이 오갔다. 단순한 직장 동료로서 묻는 뉘앙스가 아니라는 게 가장 큰 문제였다.

이헌은 물을 마시고 빈 컵을 내려놓았다.

"바빠서 딴짓할 시간 없었어."

정확한 팩트. 완벽한 사실.

특수부로 옮겨 온 뒤론 그 강도가 더욱 심해져 온몸이 검찰청에 묶여 모든 생활이 인간 문이헌, 남자 문이헌이 아닌 검사 문이헌 위주로 돌아가고 있었다.

하지만 다현은 그가 핑계를 대고 있다고 생각했는지 웃음을 참지 못했다.

"뭐가 웃겨."

"아니, 그럼 결혼한 검사들은 한가해서 딴짓한 거예요?"

특수부만 해도 기혼 검사들이 90%였다. 나머지 10%가 이헌과 다현, 그리고 돌싱이 된 이정우 검사. 어쨌거나 이 검사도 검사 시절 결혼을 했으니 바빠서 연애 못 했다는 건 정말 핑계나 다름없었다.

"내가 한 번에 두 가지 일을 못 해."

듣던 중 신선한 변명이었다.

"아하. 그래서 연애도 안 하시는 거예요?"

"야근을 밥 먹듯 하는데 사람 만나는 일을 어떻게 해."

"뭐, 확실히 비효율적이긴 하죠."

그 부분은 동감했다. 연애를 하던 주위 후배 검사들만 봐도 야근 중에 애인한테 받는 전화와 메시지가 넘쳐 났으니까.

그 문제로 종종 힘들어하는 모습을 목격하기도 했다. 바쁜 건 핑계고 마음이 없는 게 아니냐는 앙칼진 여자 친구의 목소리에 눈물을 찔끔 흘리던 불쌍한 동기도 있었다.

"밥이나 먹어."

이헌은 숟가락을 들고 반쯤 식은 순두부찌개를 휘지었다.

"그럼 같이 바쁜 사람이면 되는 거 아닌가?"

아직도 질문이 끝나지 않은 건지 다현은 혼잣말을 조잘댔다. 그는 다시 숟가락을 내려놓고 고개를 들어 말했다.

"누구. 너?"

이헌의 직설적인 물음에 다현은 대수롭지 않게 맞받아쳤다.

"언제 저라고 했어요?"

"너 정도면 나쁘지 않아."

분명 대수롭지 않게 받아쳤는데 상대방이 진지하게 나오면 곤란했다. 그저 할 말을 잃은 사람처럼 실소했다.

"언제는 저 싫다면서요."

"내가 언제? 싫다고는 안 했어."

와. 대박. 문이헌 정말 강적이다.

"연애 같은 거 안 한다고 했지."

그 말이 그 말 아닌가? 도대체 뭐가 다른 거야.

"그게 그거잖아요."

"그 이해력으로 어떻게 검사를 하고 있는지 정말 의문이다."

이헌은 고개를 내저었다. 아직도 꽁해 있는 다현이 어이없으면서도 제 말에 하나하나 반응하는 모습에 웃음이 나왔다.

"밥이나 먹어."

그는 씩씩거리는 다현의 손에 숟가락을 쥐여 줬다. 다현은 미지근해진 순두부찌개가 눈물 나게 맛있어서 약 오를 뿐이었다.

⁂

"장 회장 공사다망하여 2차 조사 못 받으시겠단다."

"골드서클 애들은 구속 영장 기각이야."

청천벽력 같은 말이었다. 정 검사와 이 검사가 꺼낸 말에 기분 좋게 먹은 밥이 얹힌 듯했다.

장 회장의 구속 영장은 당연하다는 듯 기각됐었다. 2차 소환 조사와 함께 다시 구속 영장을 청구할 계획을 잡고 출석 날짜를 조율 중이었는데 결국 사달이 났다.

엎친 데 덮친 격으로 골드서클까지 이대로 덮겠다는 윗선의 의지가 명확하게 드러난 형국이었다.

"말이 돼요? 현행범들인데 어떻게 구속 영장이 기각될 수 있어요?"

미치고 팔짝 뛸 노릇이었다. 현장에 나가 칼까지 맞아 가며 체포한 현행범들을 이렇게 놔줄 수 없었다.

현장에서 수집한 증거물들과 모발, 소변 검사에서 양성 반응이 나왔다. 혐의들을 완벽히 부인하고 있는 상황에서 구속 영장이 기각됐다는 건 윗선의 개입이 재판부까지 뻗어 나갔다는 걸 의미했다.

"아주 제대로 위에 손을 쓴 거 같아."

"이렇게 풀어 주면!"

"불구속으로 진행하라는 거지, 뭐……."

말이 좋아 불구속이지, 밖에서 또 무슨 짓을 할지 모를 일이었다.

"말했잖아. 특수부엔 이런 일 허다하다고."

이헌의 음성이 날카로웠다.

한 달이 넘도록 밤낮 구분 없이 매달렸다. 그 결과가 사건의 핵심인 이들의 구속 영장 기각이라는 사실이 어처구니가 없었다. 지시를 무시하고 수사를 감행하고 있는 이들에게 1차 경고를 날린 것과 다름없는 일이었다.

그는 이를 꽉 깨물었다. 좀처럼 화가 가라앉지 않았다. 단전 아래에서부터 치밀어 오르는 분노는 삽시간에 이헌을 잡아먹어 버렸다.

"어디 가요!"

뒤도 돌아보지 않고 회의실을 박차고 나와 버린 이헌을 붙잡는 건 다현이었다. 그녀는 가타부타 말도 없이 뛰쳐나가 버리는 그의 팔을 꽉 붙들었다.

이헌의 날카로운 눈빛과 마주한 순간 온몸에 힘이 빠지는 것 같았다. 다현은 손을 놓고 한 발짝 뒤로 물러났다.

"아무것도 하지 말고 있어."

"······."

"열받아서 가만히 못 있겠으니까."

그녀는 아무 말도 할 수 없었다. 당장이라도 숨통을 끊어 놔 버리겠다는 눈빛과 차게 식은 음성에 소름이 끼쳤다. 그가 어딜 가는지 말하지 않았지만 모를 수 없었다.

다현이 할 수 있는 거라곤 그저 이헌이 무사히 아군을 가장한 적군의 본진에서 살아남기를 기도하는 것뿐이었다.

한편 이헌은 불같이 들끓는 화를 가라앉힐 시간도 없이 검사장실로 올라왔다. 퇴근했다며 출입을 막았지만 그는 아랑곳없었다.

"소리라도 지를까요."

이헌의 번뜩이는 눈빛과 묵직한 음성에 입술을 깨물며 길을 막고 있던 실무관은 도리질을 쳤다.

"비키세요."

비키지 않으면 사달이 나도 큰 사달이 날 것 같은 분위기를 풍기는 이헌 때문에 하는 수 없이 실무관은 한 발 뒤로 물러나야 했다.

절대 아무도 들이지 말라고 한 지검장의 지시에 완벽히 반하는 일이었다. 그러거나 말거나 이헌은 노크와 함께 기척이 들리기도 전에 문을 열었다.

검사장실엔 상석에 앉아 있는 지검장과 그 옆으로 3차장 검사와 특수 1부 부장 검사, 부부장 검사가 불편한 기색으로 함께 자리하고 있었다.

이헌의 등장에 아연실색한 건 부장 검사와 부부장 검사였다. 그들이 아무리 눈치를 줘도 이헌은 기색을 파악하지 못했다. 그는 지검장만 바라보고 있었다.

"무슨 일이지?"

온화한 음성이었다.

"사건을 아예 덮으실 생각입니까."

싸늘한 이헌의 음성에 차장 검사까지 고개를 내저었다.

"문 검사. 나가 있어."

이헌을 말린 건 특수 1부 부부장 검사인 태진이었다. 이헌의 시선이 살짝 틀어져 그를 향했지만, 찰나일 뿐이었다.

"매번 이런 식이니까 적폐니 뭐니 검찰 개혁해야 한다는 말이 나오는 겁니다."

"문이헌 검사!"

이번엔 부장 검사가 언성을 높이며 이헌을 다그쳤다. 직속상관이나 다름없는 이들의 말은 안중에도 없었다. 그저 현 사태에 대한 윗선의 안일한 태도가 못마땅했다.

"죄지은 사람은 따로 있는데 월급 받고 힘들게 사는 밑에 직원들이 왜 책임을 져야 합니까."

청문회를 힘들게 통과한 박호산 장관의 뇌물 수수 혐의를 덮고 불법이나 다름없는 제주도 건설 허가 건을 직원들에게 책임지라고 하는 일은 몰상식하고 파렴치한 것과 다르지 않았다.

그들은 참고인 소환장을 받고 혹시라도 감옥에 가는 게 아닐까 벌벌 떨며 조사를 받은 사람들이었다. 사건에 대해 무지하다 못해 이런 일이 벌어진 이유 또한 알지 못해 어리둥절한 이들도 있었다.

그런 사람들에게 죄를 뒤집어씌우고 사건을 축소, 은폐하려는 건 나랏밥 먹는 검사가 할 일은 아니었다.

"문이헌 검사."

발칙한 평검사의 말을 가만히 듣고만 있던 지검장이 그를 불렀다. 이헌은 분노에 사로잡혀 핏발이 선 눈으로 지검장을 바라보았다.

"이건 총장님도 법무부도 아니고, 청와대에서 내려온 특별 지시 사항이야."

그 말인즉슨, 대통령의 의중이 담긴 일이라는 것이었다.

"대통령 무서워서 검사 해 먹겠습니까."

이헌은 조소했다. 이쯤 되면 장 회장의 돈이 건너간 게 어느 선까지 인지 궁금하지 않을 수 없었다.

"문 검사는 검찰 조직이 뭐라고 생각하나."

"권력에 굴복하는 무능한 조직이라고 생각합니다."

앞뒤 생각 없이 내뱉는 모양새가 좋지 않았다. 부장 검사와 부부장 검사는 이헌의 입에서 또 무슨 식겁할 말이 나올까 조마조마했다. 차마 눈 뜨고 지켜볼 수가 없어 고개를 숙여 버렸다.

"그 조직의 일원이 자네야. 굴복이 싫으면 조직을 떠나면 되는 거 아닌가."

"매번 위에서 지시한 대로 진행할 거면 뭐 하러 바쁜 검사한테 큰 사건을 배당하셨습니까. 윗분들 지시대로 지검장님이 알아서 하시지 그러셨습니까."

저, 저! 아주 눈 밖에 나고 싶어서 발악을 해라, 이것아!

부장 검사는 차마 두 눈을 뜨고 볼 수 없어 아예 눈을 감아 버렸다. 반면 지검장은 짐짓 미소를 지으며 말을 이어 나갔다.

"이제 보니 부친이랑 참 많이 닮았구만."

차장 검사에 이어 지검장까지 이헌의 부친 얘기로 결부되고 만다.

"부친처럼 옷 벗고 싶은가?"

"옷을 벗고 말고는 제가 정합니다. 아버지처럼 불명예 퇴직 같은 거 할 생각 없습니다."

"그래?"

"지검장님도 돈다발 받으셨습니까."

이헌의 직설적인 물음에 지검장은 실소를 터트렸다. 하다 하다 평검사에게 별소리를 다 듣는다.

그마저도 문주호 부장 검사의 모습이 보여 아찔하기만 했다.

"검사로서 사명감은 바라지도 않습니다. 하지만 적어도 아닌 걸 아니라고 하는 소신은 있어야 하는 거 아닙니까."

"자네, 부산에 가 봤나?"

이야기의 본질을 흐리는 질문이 지검장의 입에서 흘러나왔다. 순간 차장 검사와 부장 검사, 부부장 검사가 일제히 지검장을 바라보며 마른침을 삼켰다.

"바다도 있고 산도 있고 좋다더군."

한 번도 가 보지 않은 사람처럼 얘기한다.

"네 시간 정도 걸린다는데……."

골똘히 생각한다. 그리고 말한다.

"거기 내려가 있어."

정기 인사 발령이 아니었다. 그것은 좌천이었다.

문을 열고 들어서는 부장 검사의 낯빛이 좋지 못했다.

지검장을 들이받아 버린 이헌에게 좌천이라는 중징계나 다름없는 명령이 떨어졌다. 검사실에서 기다리고 있으라는 부장 검사의 말에 머릿속이 새하얘진 채 앉아 있던 이헌은 자리를 박차고 일어났다.

부장 검사는 검은 파일 하나를 그에게 건네며 마른세수를 했다.

"상엽이한테 넘기고 손 떼."

건네받은 파일을 펼치자 인사이동 서류가 그를 반겼다.

부산 지방 검찰청 동부 지청

부산 지검도 아니고 지청이라니. 틀어박혀 꼴도 보이지 말라는 것이나 다름없었다.

"부장님까지 이러실 줄 몰랐습니다."

부장 검사까지 인사 발령에 토를 달지 않았으니 이런 결과가 나온 거라고 생각했다. 아니, 거기 있었던 그 누구든 중재하는 척이라도 했다면 이런 어처구니없는 좌천은 일어나지 않았을 것이다.

"인마. 너 진정서 들어왔어. 강압 수사 한다고."

꼬이기 시작하니 진짜 별의별 일이 다 생겼다.

"그러니까 빨리 끝내라고 했잖아. 나도 위에서 하도 쪼는 통에 미치고 팔짝 뛰겠다."

특수부 부장 검사 자리는 골치가 아프다 못해 골병드는 보직이었다. 그냥 확 때려치우고 싶은 적이 한두 번이 아니었다.

이렇게 밑에 검사가 미쳐서 날뛰기라도 하는 날엔 그야말로 줄초상을 각오해야 할 정도니 눈앞이 아찔해지는 건 당연했다.

이번 일이 이헌의 좌천으로 끝난다면 천만다행인데, 혹시라도 수사팀 검사들 모두에게 영향을 끼치진 않을지 걱정이었다. 자칫하다가는 특수 1부가 위태로워질 수도 있었다.

"애 가르치라고 맡겨 놨더니 현장에서 칼을 맞질 않나, 못 빠져나가게 옭아매라고 했더니 네가 걸려서 발이 묶이면 어떡해!"

다현과 장현 회장을 두고 하는 말이었다. 부장 검사는 머리를 쥐어뜯으며 의자에 털썩 주저앉아 한숨만 토해 냈다.

"제가 손 떼고 내려가면 이 사건 말 잘 듣는 정상엽 검사 시켜서 덮을 생각입니까."

"정상엽이는 뭐 좋게 말 듣는 놈이야? 아예 다른 놈 앉힐까 하는 걸 우리가 마무리하게 해 달라고 사정해서 정 검사로 마무리된 거야."

"애초에 한빛은행이랑 제주도 건 배당 내려보낸 사람이 총장님 아닙니까. 하라는 대로 했는데 어째서 사건을 덮어야 합니까."

피로가 급격히 몰려와 어깨부터 목덜미가 뻐근해지기 시작했다. 부장 검사는 나지막이 숨을 뱉으며 입을 뗐다.

"골드서클. 그 애들 건드리는 게 아니었어."

이헌이 관할서 마약 수사 팀 팀장에게 받은 사건이 문제였다. 그게 잠자고 있는 호랑이의 코털을 건드리는 꼴이 되고 말았다.

"그것만 아니었어도 이렇게 덩치 커질 일 아니었잖아."

"……."

"총장님도 위에서 내려온 거라, 별수 없을 거야."

언제나 그랬듯 까라면 까야 했다.

"왜 하필 저였습니까."

단단하던 음성이 한풀 꺾여 늘어진 모양새였다.

"왜 저한테 수사 지휘 맡기셨습니까. 연차로 보나 기수로 보나 말이 안 되잖습니까."

"한두 번도 아닌데 새삼스레 이제 와 뭘 따져."

"항상 이상했습니다."

설마 하는 마음에 확인하려 들지 않았다. 설마가 사실일까 봐 부러 알려고 들지도 않았다. 하지만 이쯤 되면 안다고 해서 뭐가 달라질까. 좌천보다 더한 충격은 없을 테다.

"꼭 껄끄러운 사건은 저한테 맡기셨습니다. 틀어진다고 해도 간단히 쳐내기 좋아서 방패막이로 쓰신 겁니까."

"……지금 해보자는 거야?"

"개 같은 성격 때문에 선후배 사이도 썩 좋지 못하고 하나 있는 아버지는 윗선 말 안 들어서 파면당하고, 뭐 이렇게 뒷배 없는 검사도 드물지 않습니까."

"이 자식이 끝까지!"

바른말만 하는 검사는 밉보이기 십상이었다. 그런데도 실력이 좋아 지금까지 중앙 지검에서 자리를 보존하고 있던 이헌이었다. 부장 검사, 차장 검사, 지검장 할 것 없이 들이받아 버리는데 어느 누가 그를 감싸

고돌 수 있을까.

"조작이나 다름없잖습니까. 입맛대로 할 거면 검사가 왜 있고 검찰이 왜 있습니까."

"그렇게 이 조직이 마음에 안 들면 옷 벗고 신분증 반납하고 나가."

더는 이헌의 말을 들어 줄 수 없던 부장 검사가 단호하게 말했다.

"누구 좋으라고 제 발로 나갑니까. 전 아버지처럼 믿었던 동료한테 배신당해 가며 옷 벗지는 않을 겁니다."

"너, 너! 말이면 단 줄 알아?"

고종석 부장 검사 또한 대검 중수부에서 이헌의 부친 밑에 함께 있던 후배 검사였다. 가시가 가득한 이헌의 말에 결국 화를 참지 못하고 언성을 높이고 말았다.

선배를 배신한 게 아니라 그 뒤를 함께 따르지 못하고 그저 입을 다물고 있었을 뿐이었다. 목숨이 열 개는 아니니까 자리는 보존해야 했다.

그런 마음들이 모여 문주호 검사는 파면을 당했지만 그 아래 검사들은 여전히 주요 보직에 앉아 지검장처럼 혹은 차장 검사처럼 떵떵거리고 있었다.

"어디서든 검사로 살기만 하면 괜찮다고 생각했습니다. 그런데 이런 식으로 사건 덮고 내쫓기듯 좌천당하는 건 별론 것 같습니다."

"후……. 다음 인사이동 때까지만 내려가 있어. 지검장님 화 가라앉으시면 다시 부를 테니까."

이헌은 뒤도 돌아보지 않았다.

부장 검사의 한숨이 들려왔지만 그대로 검사실을 나와 회의실로 들어섰다.

"이 시간 이후 수사 지휘는 정상엽 검사가 맡습니다."

그의 입에서 뜻밖의 말이 나왔다. 사건을 덮는 게 아니라 지휘 검사가 바뀌어? 도대체 이건 무슨 상황인지 서로 눈치만 살피며 섣불리 묻지 못했다.

"그게 무슨 소리야?"

총대를 멘 건 정 검사였다. 가만히 있다가 마른하늘에 날벼락도 아니고 뜬금없이 지휘권을 받게 된 탓에 어리둥절한 그는 이헌을 붙잡고 물었다.

"들이받으러 간 거 아니었어? 갑자기 왜 그래."

이 검사 역시 의아한 듯 물었다. 그 옆에서 다현은 입술만 잘근잘근 깨물며 초조한 기색을 내비쳤다.

어쩐지 이헌의 낯빛이 어둡기만 해 영 불안했다.

"사건 덮으라는 지시가 저 위에 얼굴 뵙기 힘든 분한테서 내려온 거랍니다."

"하루 이틀이야? 곧 잠잠해지겠지."

정 검사가 이헌을 위로하며 대수롭지 않게 반응했다. 덩치가 큰 사건일수록 위에서 부담스러워하고 신경을 곤두세우는 건 당연한 일이었다. 매일같이 언론에서 떠들어 대니 여론이 좋지 않았다.

당연한 이치였다. 덩달아 지지율 하락을 보이면 그야말로 최악의 상황. 다행히도 현재 그 정도 상황은 아니라 안일하게 생각했다.

"총장님 지시로 인사 발령 났습니다."

이건 또 무슨 엿 같은 소릴까.

"골드서클도 오늘부로 사건 종결입니다."

고작 몇 시간 만에 일이 이렇게 엎어질 수 있나. 다현은 말도 안 된다며 도리질 쳤다.

"이게, 말이 돼요?"

"여기선 말 안 되는 거 없어. 방패로 활용하는 거야."

방패라니. 도대체가 종잡을 수 없는 말만 늘어놓고 회의실을 나가 버리는 이헌을 아무도 붙잡지 못했다.

인사 발령이라는 말이 가장 충격적이었다. 도대체 무슨 인사 발령? 정기 인사 발령이 끝난 지가 언젠데. 다음 인사 발령까지 아직 시간이 많이 남아 있는데 누구의 인사 발령이 났다는 건지 알 수 없었다.

회의실을 나온 이헌은 곧장 자신의 검사실로 향했다. 책상 위에 있는 서류들과 개인 물건들을 정리하기 시작했다. 캐비닛 위 빈 상자 속에 차곡차곡 담아 넣던 그때 다현이 벌컥 문을 열고 들어왔다.

"지금 뭐 하시는 거예요?"

"보면 몰라? 책상 빼라고 해서 짐 정리하는 중이잖아."

말도 안 된다. 이렇게 보낼 수는 없었다. 도대체 누가 어느 선까지 개입되어 있는지 미치고 팔짝 뛸 노릇이었다.

"그래서, 이렇게 순순히 물러나시는 거예요?"

울컥 치밀어 오르는 감정이 뭔지 알 수 없었다. 그저 이헌이 허무하게 가 버린다는 사실이 억울하고 답답할 뿐이었다.

"순순히? 네 눈에도 내가 힘없는 새끼로 보여?"

"무슨 말을 그렇게 해요! 제가 언제 그런 말을 했다고······."

그의 눈빛이 낯설게만 느껴졌다. 꼭 숨통을 조여 오는 것 같았다.

"아무것도 가진 게 없어서 맡은 사건 하나 제대로 처리 못 하고 피의자한테 휘둘려 자리까지 뺏겼어."

이헌의 입에서 자책 어린 말이 나왔다. 처음 보는 모습이었다. 언제나 곧고 당당하던 사람이 온데간데없이 사라진 기분이었다.

다현의 머릿속이 새하얘지고 가슴이 싸늘하게 식어 갔다.

"권다현."

그가 나직이 그녀를 불렀다.

"너는 나 같은 검사 되지 마."

"······."

"여긴 너처럼 순수한 마음으로는 끝까지 자리 보전 못 하는 곳이야."

끝내 그의 목소리에서는 처연함마저 느껴졌다. 뭐라고 말을 해야 하는데 입이 쉽게 떨어지지 않아 우물쭈물하는 사이 그는 멍하니 서 있는 다현을 지나쳐 가 버렸다.

아득해져 가던 정신을 서둘러 붙잡은 다현은 그대로 이헌의 옷깃을 움켜쥐었다.

"어디 가시는데요."

가지 말라고 해야 하는데, 그런 말을 해도 되는 걸까.

"제가 선배님 자리 지켜 드릴게요."

분명 돌아오겠지. 문이헌이 없는 특수부는 어쩐지 조용할 것만 같았다. 위에서 지시한 대로 마리오네트 인형처럼 움직여 생기를 잃을 게 자명했다. 다현의 음성이 그 어느 때보다도 단단했다.

하지만 이헌은 그런 다현의 손길을 뿌리쳤다.

"네가 뭔데. 무슨 수로 막내 검사 주제에 자리를 지키네 마네야."

까칠하다 못해 차갑기만 한 그의 태도에도 다현은 아랑곳없었다.

"저 가르쳐 주셨잖아요."

"……."

"제자니까 그 정도는 해도 되는 거 아니에요?"

"됐어. 네 일이나 해."

이헌은 매몰차게 돌아섰다. 문이 활짝 열리고 그가 멀어져 갔다. 텅 빈 검사실에 온기조차 앗아 가 버린 그의 자리를 정말 지킬 수 있을까.

막내 검사 주제에 뭘 할 수 있을까. 괜스레 눈물이 차올랐다.

정말 주책이다, 권다현.

다현은 이헌의 흔적이 사라진 검사실의 문을 꼭 닫고 나왔다. 복도에 걸려 있는 그의 명판만이 그가 이곳에 있었다는 사실을 대변할 뿐이었다.

"권 검사! 이헌이 부산 동부 지청으로 발령 났대."

복도 끝에서 달려온 이 검사가 다현을 붙잡고 호들갑을 떨며 말했다.

부산? 동부 지청? 지검도 아니고 지청?

완전히 이헌을 배척하고 나 몰라라 하겠다는 인사나 다름없었다.

"뭐야. 애 어디 갔어."

검사실 문을 열자 텅 비어 있는 걸 확인한 이 검사가 다현에게 물어왔다. 그녀는 고개를 내저으며 입을 뗐다.

"가 버렸어요."

"뭐? 벌써?"

인사이동이 떨어진 지 한 시간이 채 되지 않았는데 벌써 자리를 정리하고 가 버렸다니.

간다는 말도 없이 사라진 이헌의 흔적을 검사실에서 찾는다 한들 아무런 소용도 없었다.

"이제 어떡해요?"

절망적이었다. 다현은 이마를 매만지며 머리를 쓸어 넘겼다. 정말 답도 없고 암담하기 그지없는 상황이었다.

이러려고 검사가 된 게 아니었다. 이렇게 무능하게 무릎을 꿇어 버리려고 고된 고시 공부를 한 게 아니었고, 이토록 힘들게 일하고 있는 게 아니었다.

"강압 수사 한다고 진정서 들어왔대."

"네? 말도 안 돼요!"

"그러니까. 이헌이 정도면 양반인데."

"하……. 어떻게 이럴 수 있어요?"

"이헌이가 본보기야."

정말 최악이었다.

"검사 하나 바보 만드는 거 쉬우니까 너희들은 알아서 잘해라 이거지."

상황이 답답한 건 이 검사도 마찬가지인지 그도 머리를 긁적이며 애꿎은 땅만 발로 차 댔다.

풀이 죽은 다현과 이 검사가 안타까운 한숨만 툭툭 내뱉으며 회의실로 들어섰다.

찬물을 끼얹은 듯 가라앉은 분위기 속에서 정 검사가 홀로 허둥대며 자료들이 쌓여 있는 책상 앞에서 무언가를 뒤적거리고 있었다.

"문 검사 꼴 나고 싶어?"

억양부터가 짜증이 가득 배어 있었다. 자료를 뒤지던 그는 다현과 이 검사를 향해 지시를 내리기 시작했다.

"이 검사는 박호산 장관은 혐의 없음으로 불기소 처분 내리고 관련 부서 과장들 선까지 잘라서 약식 기소 처리해."

뇌물을 받아먹은 장관은 혐의 없음으로 끝내고, 그저 상사의 지시에 따라 알면서도 해서는 안 될 허가를 내어 준 국토 교통부 직원들은 벌금형 정도로 마무리 지으라는 말이었다.

이헌에게서 수사 지휘 검사의 권한을 받자마자 정 검사는 당연하다는 듯 지시대로 움직였다.

"한영식 은행장은 불법 대출 건으로 이미 기소 상태였으니까 추가 기소 없이 갈 거야."

아주 엉망진창이다.

"골드서클 공소장 재판부에 넘겼지?"

"……네."

"재판부에서 손 쓸 거야. 집행 유예로."

그의 말에 서로 눈치만 봤다. 다현은 어쩐지 불쾌하기만 했다. 윗선의 의중은 그렇다 치더라도 한 달이 넘도록 이헌과 함께 고생했던 상엽이 안면몰수하고 단호하게 나오자 기분이 썩 좋지 않았다.

마치 이헌이 자리를 비우기만 기다린 사람처럼 굴었다. 적어도 그녀의 눈엔 그랬다.

"후일을 도모하는 것도 우리가 자리를 지키고 있어야 가능한 거야."

정 검사가 말했다. 그 말도 일리가 있었지만 기분이 좋지 않은 건 별수 없었다.

벌써 이헌이 그리워지기 시작했으니까.

곱씹어 보고 생각해 보고 다시 되뇌어 봐도 답은 하나였다.

무능한 검사. 세상에 이렇게까지 무능할 수가 있을까. 아무것도 해 보지도 못하고 그저 말뿐인 검사였다.

손발이 다 잘려 버렸다. 아무것도 할 수 없게 만들었다. 비단 수사에서 물러나는 것뿐만 아니라 근처에도 얼씬거리지 못하게 지방으로 좌천까지.

정말 최악이었다.

"어이, 문 검."

연수원 동기이자 절친한 친구인 건우였다. 바에 앉아 연거푸 술만 들이켜던 이헌의 술잔을 뺏어 잔을 비운 그는 곧바로 술을 가득 따라 건넸다.

"오늘 같은 날은 마셔야지. 마시고 잊어버려."

수사 중에 개인적인 연락을 하지 않던 녀석이 뜬금없이 전화해서는 술을 마시자고 하는 통에 하늘이라도 무너졌나 싶었다.

아니나 다를까 로펌에 있는 건우의 귀에까지 이헌의 좌천 소식이 들려왔다.

"나 물먹은 거 아나 보다."

"모르는 사람 없을 거다. 천하의 문이헌이 제대로 물먹은 거."

이헌은 씁쓸한 웃음을 흘렸다. 건우가 안다는 건 아버지도 알고 있다는 소리나 마찬가지였다. 어쩐지 아까부터 계속 전화가 오더라니.

"너도 그 성질머리 죽여야 해. 그것 때문에 골로 갈 줄 알았어! 내가."

"성질머리까지 빼면 내가 뭐가 남아."

"그러니까 평소에 잘 좀 해 놓으라니까. 차장 검사한테라도 딱 붙어서 줄을 잡았어야지."

"그럴 걸 그랬나?"

"미친놈."

이헌은 조소했다. 타고나기를 누군가에게 아부하는 성격이 되지 못했다. 그 사람의 부당함까지 모른 척하며 줄을 잡고 싶은 마음이 추호도 없었다.

그저 검사로서 맡은 바 일만 잘하면 된다는 생각으로 살다 보니 결국 이렇게 되고 만 모양이다.

"대표님 전화 빗발치는데?"

때마침 건우가 맹렬하게 울려 대는 이헌의 휴대폰을 보고 혀를 내둘렀다.

정작 이헌은 힐끔 쳐다보고는 무시해 버렸다. 어떤 소리가 나올지 뻔했다. 듣고 있으면 애써 가라앉힌 화가 다시 들끓어 터져 버릴 것 같아 전화를 받지 않았다.

"너희 아버지도 말년에 고생이시다. 장남은 반대하는 결혼한다고 저 난리고, 작은아들은 좌천에……."

"우리 아버지야 원래 인생을 고단하게 사는 분이잖아."

"그러지 말고 너 그냥 선봐서 장가나 가라."

이헌은 피식 웃었다. 누가 누구한테 할 소리를 하고 있는지 모르겠다는 표정으로 또 한 잔을 비웠다.

"나는 뭐 그런 연줄 잡아 줄 아버지도 없고, 변호사가 그런 연줄 잡아서 쓸 데도 없으니까 모르겠는데 넌 아니잖아. 이번 건만 해도 그래. 줄만 있어 봐. 너 이렇게 그냥 허무하게 쫓겨나진 않았어! 인마."

이제야 이 말들이 공감됐다. 부친의 뻔한 레퍼토리가 실언이 아니었음을 여실히 깨달았다.

"그래서, 부산은 언제 내려가는데?"

"내일."

"뭐? 뭐가 그렇게 빨라."

아무 생각도 계획도 없었다. 언제까지 그곳에 있어야 하는지도 기약이 없었고 이대로 사건이 흐지부지 엎어진다면 어떻게 해야 할지도 가늠이 되지 않았다.

그저 술잔을 기울이는 것 말고 당장 뭘 해야 할지 아무 생각이 없었다. 오랜만에 건우와 이야기나 하는 게 전부였다.

"전화나 받아. 전화통 불나겠다."

끈질긴 양반 같으니. 벌써 부재중 전화만 수십 통이 넘었다.

받을 때까지 멈추지 않겠다는 심산인지 또다시 진동이 울리고 있었다. 이렇게 된 거 그냥 전원을 꺼 두는 것도 나쁘지 않았다.

전원을 끄려던 찰나 또 한 번 진동이 울렸다. 휴대폰 액정 위로 뜬 발신자 이름이 눈에 들어왔다.

권다현

다현이었다. 전화를 받을까, 말까.

"뭐 하냐. 그냥 받으라니까!"

보다 못한 건우가 휴대폰을 뺏어 들고는 그대로 통화를 시작했다.

"여보세요? 대표님. 저 건웁니다."

이헌의 부친일 걸로 생각한 건우는 다짜고짜 전화를 받아 들고는 인사를 했다.

―저, 대표님은 아닌데…….

수화기 너머에서 들려오는 낯선 여자의 목소리에 건우가 화들짝 놀랐다.

그제야 귀에서 휴대폰을 떼고 발신자를 확인했다.

"권다현……?"

생전 처음 보는 이름에 어리둥절하고 있을 때 이헌이 그의 손에 들린 자신의 휴대폰을 빼 들었다.

"나야."

어쭈. 이놈 봐라. 웬 여자? 이래서 선을 안 본다고 하는 건가?

건우는 호기심 가득한 두 눈을 초롱초롱 빛내며 이헌을 지켜봤다.

―어디세요?

"왜."

눈을 빛내며 다현의 목소리를 듣기 위해 귀를 갖다 대는 건우로 인해 이헌은 자리를 벗어나야 했다.

이헌은 곧장 밖을 나왔다. 수화기에선 다현의 지친 목소리가 들려왔다.

—그렇게 가시면 어떡해요.

"알아서 잘할 거야."

—벌써 엉망이에요. 박호산 장관은 불기소 처분 내려질 거고, 직원들은 약식 기소로 처리되고 한영식 은행장은 업무상 배임으로 끝날 거 같습니다. 장현 회장은 두말할 것도 없고……. 골드서클은 집행 유예로…….

다현의 말만 들어도 숨이 턱턱 막혔다. 모든 노력들이 수포로 돌아가게 생겼다. 도대체 나라가 어떻게 굴러가려고 이 모양인지.

이헌은 거칠게 머리를 쓸어 넘겼다. 역시나 제 예상대로 흘러가고 있었다.

—설마, 벌써 부산 내려가신 건 아니죠?

"내려갈 거야. 지금."

수화기 너머로 침묵이 흘렀다. 이헌은 무거운 눈꺼풀을 감았다 떴다. 달빛이 유난히 선명한 밤이었다.

"딴짓하지 말고 일하고 있어."

—…….

"내 몫까지."

—……일만 하라는 거죠.

"역시 수재야."

하나를 알려 주면 열을 아는 권다현다웠다.

—조심히 내려가세요.

"그래. 너도 집에 가서 쉬어. 이제 야근 안 해도 되잖아."

또다시 침묵. 정말 못 해 먹을 짓이었다.

"끊는다."

이헌은 전화를 끊었다. 곧장 부친의 전화가 걸려 왔다. 거절 버튼을 누르고 바로 전원을 꺼 버린 그는 차가운 밤공기를 뒤로한 채 따뜻한 실내로 걸음을 옮겼다.

"누구야? 누군데? 여자 맞지?"

자리에 앉자마자 건우가 호들갑이었다. 일만 하는 줄 알았는데 도대체 언제 여자를 만난 거야?

"뭔데. 언제 만났어? 누군데! 뭐 하는 여잔데? 어?"

이헌은 빈 잔에 위스키를 가득 채웠다. 누구냐며 호들갑을 떨어 대는 건우를 보며 입속에 머금고 있던 쓰디쓴 술을 삼켰다.

"넌 몰라도 돼."

건우의 끈질긴 호기심을 그는 나 몰라라 했다. 궁금해 미쳐 버려도 가르쳐 줄 생각이 없었다.

이헌은 위스키 한 병을 온전히 비우고 난 뒤에야 바를 나와 집으로 향했다.

술기운에 대충 짐을 챙기는 것도 잊지 않았다.

출근 시간에 맞춰 제때 출근을 한 게 대체 얼마 만인지. 검찰청으로 향하는 발걸음이 유독 무거웠다.

밤새 한숨도 편히 자지 못했다. 푹신한 침대에 누워서도 뒤척거렸다. 수사가 축소, 은폐되는 생생한 현장의 중심에 자신이 있다는 게 믿기지 않았다.

이렇게 은폐되는 사건들이 얼마나 많을까. 생각만으로도 끔찍했다. 무력감과 무능함을 넘어선 감정이 울컥 치밀었다.

허수아비, 혹은 꼭두각시. 검찰이란 존재는 그와 다를 게 없었다.

모두가 같은 편이고, 한통속이었다. 조금도 다르지 않은 이해관계들이 엮여 이런 사달이 나고 말았다. 다현은 욕지기가 올라오는 걸 겨우 참았다.

회의실로 들어서는 다현의 낯빛은 그 어느 때보다도 어두웠고 초췌

해 보이기까지 했다.

"오셨어요."

수사관이 다현을 맞이했다. 그 뒤로 회의실의 풍경은 어수선하기 그지없었다. 마치 무언가를 정리하는 듯한 분위기. 그 속에 정 검사가 있었다.

"골드서클 애들 어젯밤에 유치장에서 전부 나왔어."

무슨 일이냐고 묻기도 전에 그가 먼저 다현에게 청천벽력 같은 소식을 전해 왔다.

가혹한 현실이었다. 검사 생활 4년 만에 높은 벽에 부딪쳐 넘어지고 말았다.

"선배님까지 이러시면 어떡합니까! 그동안 고생한 거 아깝지도 않으세요?"

언성이 높아졌다. 떼쓰는 어린아이 같을까 봐 이러지 않으려 했다. 하지만 상황이 그녀를 가만히 놔두지 않았다.

"두 번 아까웠다가는 여기 있는 사람들 전부 목 날아가는 거야."

안타깝지만 그게 현실이라고 그는 말했다.

"넌 몰라도 난 딸린 식구도 있어."

"……."

"검찰에서 쫓겨나면 변호사 해 먹기도 힘들어. 경력에 스크래치 나는 거 시간문제야."

현실의 벽 앞에 한 발자국도 앞으로 나아갈 수 없었다. 다현은 거칠게 머리카락을 쓸어 넘기며 멍하니 의자에 앉아 있는 이 검사에게 말했다.

"선배님도 같은 생각이세요?"

대답이 없다. 수사 지원과에서 나온 이들도, 특수 1부 수사관들과 실무관들도 모두 다현의 시선을 외면했다.

그들의 입장도 정 검사와 별반 다르지 않았다. 이곳에서 답답한 건 그녀뿐인 듯했다.

"억울하지 않은 사람 여기 누가 있겠어."

"하……."

"이헌이 생각해서라도 여기서 멈춰야 해."

미치고 팔짝 뛸 노릇이었다. 이헌이 바라는 게 정말 이런 걸까.

이렇게 허무하게 다 뺏겨 버리고 그들이 원하는 대로, 그들의 뜻대로 검사들이 움직이는 게 맞는 걸까.

아무리 생각해 봐도 이긴 아니었다. 뱀의 머리로 살 바엔 차라리 용의 꼬리가 낫았다.

"아뇨. 전 그렇게 못 하겠어요."

선배들의 뜻에 완전히 반하는 말이었다. 다현의 입에서 나올 거라 생각지도 못한 말이 당연하다는 듯 용단 있게 나오자 자료를 정리 중이던 정 검사가 놀란 듯 그녀를 바라보았다.

"권 검사! 권다현! 야!"

뒤도 돌아보지 않고 그길로 회의실을 뛰쳐나와 버렸다. 이 검사가 부르는 소리가 들렸지만 그녀를 말릴 순 없었다.

다현은 그길로 곧장 부장 검사실 문을 두드렸다. 문을 열자 실무관이 그녀를 먼저 반겼다.

"부장 검사님 안에 계신가요?"

"네. 잠시만요."

실무관은 굳게 닫힌 검사실 문에 노크했다. 부장 검사의 기척과 함께 들어오라는 말이 들려왔다.

"권 검사가 어쩐 일로?"

기록문을 보고 있던 부장 검사는 고개를 들었다. 다현은 가볍게 묵례를 한 후 부장 검사의 앞으로 다가가 섰다. 그리고 망설임 없이 입을 뗐다.

"문이헌 검사, 복직시켜 주십시오."

힘이 잔뜩 실린 목소리에 부장 검사는 안경을 벗고 다현을 똑바로 바라보며 말문을 열었다.

"권 검사가 나한테 할 말은 아니지 않나?"

새파랗게 어린 검사가 위아래 없이 군다고 느낀 부장 검사의 표정이 썩 좋지 못했다. 미간과 이마에 새겨진 주름이 깊어지고 언짢은 음성이 그의 기분을 대변하고 있었다.

"복귀가 안 되면 저희가 하던 수사, 계속하게 해 주세요."

선배 검사들도 가만히 있는데, 하물며 지휘권을 받은 상엽조차 윗선의 지시를 따르고 있는 판에 막내 검사가 뭣도 모르고 기어오르려는 모양새였다.

부장 검사는 그런 다현의 태도가 못마땅하다 못해 마치 누군가를 보는 것 같아 마음에 들지 않았다.

"문이헌 꼴 못 봤어?"

이런 식으로 위아래 없이 덤벼들다가 이헌처럼 좌천될지 모른다는 엄포였다. 부장 검사의 목소리엔 신경질이 가득했다.

"이렇게 검사 지휘가 흔들리면 누가 검사를 믿고 검찰을 믿겠습니까."

내뱉는 말이 딱 문이헌이었다. 막내 검사 가르치라고 했더니 꼭 자기 같은 것만 가르쳐 놨다. 아니면 그 지도 검사에 그 실습생인가.

어쩜 이렇게 한 치도 다르지 않은 소리를 해 대는지 머리가 지끈거리다 못해 터져 버릴 것 같았다. 이대로 뒀다가는 다현도 문이헌 꼴 나지 않으란 법 없었다.

결국 부장 검사는 짙은 한숨과 함께 결단을 내리고 만다.

"권 검사. 자네가 어떻게 특수부에 왔는지 모르지."

이건 또 무슨 소리야. 갑자기 대화의 본질이 흐려지고 다른 곳으로 얘기가 새는 느낌이었다. 하지만 다현은 뭐라 입을 뗄 수 없었다. 부장 검사의 눈빛이 번뜩였다.

"권 검사 부친, 조부. 그게 그렇게 입김이 강한 거야."

귓가가 윙윙거렸다. 머릿속이 새하얘지고 뒤통수가 얼얼했다.

"그거 없었으면 성적이 좋아서 여기에 남았더라도 권 검사 연차에 특수부는 어림도 없지."

이상하다고 생각했다. 초임지가 동부 지검인 것부터 수상하다고 생각은 했지만 개의치 않았다. 어디서든 검사로 일할 수 있으면 그걸로 충분했다. 그렇게 성과가 좋아 중앙 지검으로 발령이 났다고 생각했다.

인사이동 명단을 보고 좋아했다. 하물며 특수분데 기뻐서 날뛸 수밖에 없었다.

그런데 그 내막에 부친과 조부가 있었다니.

그래서 첫 출근 날 부장 검사가 그런 말을 했었나?

"권 검사 발령에 전 부장이 입 댄 건 없으니까 넘겨짚지는 말고."

동부 지검에서 근무했을 때 부부장 검사의 얘기가 왜 나오나 했었다. 그가 아니라 부친과 조부의 입김이었던 모양이었다. 그래서 그런 불필요한 말을 넌지시 내뱉었겠지.

어처구니가 없어 그녀의 입에선 실소만 터져 나왔다. 정말 별의별 일이 다 있구나 싶었다.

"검사 생활 한 지 아직 얼마 안 돼서 이 바닥이 어떻게 굴러가는지 모르나 본데, 생각보다 치사하고 옹졸하고 많이 보수적인 곳이야."

치사하다 못해 치졸하기까지 했다. 보수적이다 못해 퇴폐적인 듯도 했다.

"초임 검사 때 패기본 5년 이상 버티기 힘들어."

"……."

"큰물에서 놀수록 물고기는 떼를 지어 다니지."

허탈하기가 말이 필요 없을 정도였다.

"문이헌 검사가 좌천된 게 떼를 안 지어 다녀서 그런 겁니까."

"역시 수재다워. 말귀를 잘 알아듣는다니까."

부장 검사가 비릿하게 웃어 보였다.

"이헌이도 권 검사처럼 하늘 무서운 줄 모르는 뒷배만 있었어도 진작 대검에서 날아다녔을 텐데. 나도 아주 안타까워."

검사 직무 대리로 실습을 나왔을 때 당시 수사관과 실무관이 말했었다. 이헌이 곧 대검에 가게 될 거라고. 그 정도로 실력이 좋은 검사라고.

아무것도 모르는 연수생 눈에도 그렇게 보였다. 그는 무섭도록 날카롭고 번뜩이며 촉이 좋은 검사였다. 그런 그가 검사 생활 내내 중앙 지검에서만 빙빙 돌고 있는 이유를 알게 됐다.

"문 검사 부친이 총장님이랑 연수원 동기야. 두 사람 사이가 워낙 안 좋아서 그 아들한테도 영 마음이 쓰이지 않나 봐."

억울하다 못해 부당한 일이었다. 그 내막을 조금도 알지 못하는 상태에서 듣기만 하는데도 다현은 자신이 억울해 미쳐 버릴 지경이었다.

도대체 이헌이 잘못한 건 뭘까.

"그러니까 권 검사는 그 뒷배에 감사하기나 해."

이헌의 뒤를 봐줄 사람이 아무도 없었다는 말이었다. 하물며 특수부에서 함께해 온 부장 검사까지 부당한 처사에 나서지 않고 뒷짐을 지고 있으니.

총체적 난국. 그 어디에서도 이헌을 제자리에 돌려놓을 방법을 찾을 수 없단 건가.

모르지 않았다. 다들 그런 연줄 하나씩 갖고 있다는 것을. 학연, 지연, 혈연이 판을 치는 이 나라에서 검찰은 그 분야에서 독보적인 존재라고 봐도 무방했다.

인사 결정권자는 법무부 장관이었지만 실질적으로 검찰 내부의 인사를 단행하는 건 검찰 총장이었다. 총장까지 자신의 사람들로 중요 보직들을 채워 버리니 그 줄을 단단히 잘 잡고 있어야 했다. 법무부나 사법부도 마찬가지였다. 어디 하나 평범한 구석이 없는 집단이었다.

그런 곳에서 순진하게도 자신의 뒷배를 조금도 생각해 보지 못했던 다현은 부장 검사실을 나오며 쓰게 웃었다.

이헌의 말이 맞았다.

권다현, 둔해도 너무 둔했다. 검사 해 먹기 글러 먹었다.

"연희동이요."

그길로 다현은 검찰청을 나와 택시를 잡아탔다.

부장 검사와의 적나라한 대화를 통해 해답을 찾았다. 비록 이마저도 부당한 방법이긴 했지만 이보다 더 확실한 수는 없었다.

✤　　✦　　✤

지난번 부친의 생신 때 이후로 처음 본가에 가는 것 같았다. 거의 1년 만이었다. 태어나서 줄곧 살았던 동네인 만큼 익숙한 풍경이 반갑기도 할 텐데, 지금은 그런 게 눈에 들어오지 않았다.

대문 앞에서 내리자마자 미친 듯이 초인종을 눌렀다. 당황한 듯한 모친의 목소리가 인터폰에서 들려왔다.

―너, 너! 어떻게 왔어?

"빨리 문 열어."

대문이 열렸다. 다현은 망설임 없이 계단을 올라 어릴 적 뛰어놀던 정원을 지나 현관문을 벌컥 열어젖혔다.

"너 갑자기 왜 왔어?"

오라고 할 땐 지독하게도 말을 듣지 않던 딸이 뜬금없이 찾아오니 놀랄 수밖에.

다현은 저를 붙잡고 늘어지는 모친의 손길을 뿌리치며 주위를 두리번거렸다.

"아빠는?"

"네 아빠야 당연히 출근했지."

"그럼 할아버지는?"

그녀의 목적은 엄마도 아빠도 아닌 할아버지였다.

"네 할아버지야 서재에 계시지. 너 할아버지 뵈러 온 거야?"

뵈러 온 게 아니라 할 말이 있어서 일부러 왔을 뿐이다.

"할아버지! 손녀 왔어요!"

다현은 모친의 물음에 대답하지 않고 곧장 복도 끝 서재로 가면서 목청을 있는 대로 높였다. 안쪽에서 조부의 기척이 들리기도 전에 그녀는 문을 벌컥 열었다.

갑자기 문이 열리자 바둑을 두고 있던 다현의 조부는 놀란 가슴을 쓸어내려야 했다.

"다현이 네가 이 시간에 여긴 웬일이냐."

서재로 따라 들어오려는 모친을 사전에 차단하고 서재 문을 쾅 닫아버린 다현은 조부의 앞에 서서 허리를 꾸벅 숙이고는 곧바로 대각선 자리에 앉았다.

"출근 안 하고 노냐?"

바둑판을 살짝 옆으로 밀친 그녀의 조부는 느긋하게 등받이에 기대앉아 손녀딸을 바라봤다.

무남독녀 외동딸로, 태어나서부터 귀한 손녀딸이었다. 집안 자체에 딸이 귀하다 보니 일가친척들의 사랑도 독차지한 귀한 손녀였다. 그러다 보니 손녀와 할아버지의 사이라곤 하나 격식을 따지기보다는 스스럼없이 편한 사이가 됐다.

조부의 놀림에 다현은 깊은 한숨을 삼키며 대답했다.

"누구 덕분에 사건 엎어져서 할 일이 없어졌어요."

그 누가 할아버지는 아닌데 어쩐지 그녀는 조부를 원망의 눈빛으로 바라보았다.

"잘한다. 그거 하나 못 지켜서 무슨 검사를 한다고. 쯧쯧쯧."

"할아버지!"

"그냥 때려치우고 시집이나 가!"

모친의 기승전 결혼은 곧 조부의 뜻이기도 했다. 아니나 다를까 또 저 소리다. 귀에 딱지가 앉을 지경이었지만 오늘만큼은 목적이 따로 있어 다현은 별다른 대꾸를 하지 않았다.

"여쭤 볼 게 있어서 왔어요."

"그렇게 오라고 할 땐 오지도 않더니, 전화로 하면 될 걸 뭐 하러 이 시간에 자리까지 비우고 찾아와."

"제가 좀 많이 급해서요."

어쩐지 손녀의 표정과 눈빛이 비장하다 못해 결의를 다진 사람처럼 보였다.

"뭐냐. 말해 봐라."

여느 동네 할아버지와 다르지 않은 푸근한 인상과 선한 눈매를 가진 조부가 휘두르는 권력을 단 한 번도 궁금해한 적 없었다.

궁금할 필요도 없었고 알고 싶지도 않았다. 자신에겐 그냥 할아버지일 뿐이었으니까. 손녀가 좋아하는 토끼 인형을 사다 주던 다정한 할아버지였으니까.

하지만 이젠 달랐다. 조부의 권력을 알 때가 됐다. 자신도 할아버지와 같은 검사가 된 이상.

"제 인사이동에 관여하셨어요?"

"으흠!"

"여기선 묵비권 안 돼요."

입을 닫는 것만이 능사는 아니었다. 결국 조부는 한숨과 함께 입을 열었다.

"그래. 내가 그랬다."

누가 자신의 능력을 평가하려 드는 건가에 대한 의문이 항상 있었다. 연수원 성적대로라면 중앙 지검에 가고도 남는데 동부 지검에 묶여 있었다. 그렇다고 그런 인사가 불만인 건 아니었다.

다만 인사이동 때 좌절을 맛본 건 사기를 꺾는 일이었다. 미제가 두 자릿수를 간신히 넘길 만큼 배당 사건들을 모두 쳐 냈다. 동부 지검 역사상 전례 없던 일이라고 지검장이 칭찬까지 했는데 결국 또 동부 지검이었다.

큰물에서 놀다가 빠져 죽는 것보다 그냥 이렇게 잔잔하게 검사 생활을 하는 것도 나쁘지 않다고 여겼다. 그러던 중 정기 인사이동 때 갑자기 중앙 지검으로 발령이 나면서 특수부로 뚝 떨어진 것이다.

조금도 예상하지 못한 이변이었다. 그 이변의 내막에 할아버지가 있었을 줄이야. 진실을 알고 나니 허탈하기만 했다.

"초임지부터 중앙 지검 가는 게 좋은 건 줄 아냐."

"……."

"네 실력은 안중에 없이 권석윤 손녀란 말만 떠돌아서 득 될 게 하나도 없었을 거다."

그땐 뭘 몰랐다. 그저 검사가 된 게 좋았다. 목표했던 것을 이뤘다는 성취감. 그래서 다른 건 눈에 보이지도 않았고 들리지도 않았다.

그런데 이제 보니 할아버지의 권력이 절대 권력이었던 모양이다. 다현은 쓰게 웃었다.

"왜 권석윤 손녀예요. 권수찬 딸이지."

"입은 삐뚤어졌어도 말은 바로 하라고 했다. 누가 봐도 내가 더 세다."

농담조에 장난처럼 하는 말이지만 인정할 수밖에 없었다.

그녀의 조부는 검찰 총장을 지내고 법무부 장관으로 정년을 맞이했다. 역대 검찰 총장 중 가장 청렴했고 언론이 주목하는 굵직한 사건들도 모두 흡족한 결과를 가져와 임기 내내 칭찬받던 검찰을 만든 장본인이었다.

그 결과 법무부 장관의 자리까지 무난히 올라가 정권 인사 중 가장 찬사를 받으며 정계 생활을 끝내고 집으로 돌아왔다.

부친 역시 현재 대검찰청 차장 검사로 조부와 같은 전철을 밟아 나가고 있었다. 하물며 친가 사람들 대부분이 검찰에서 뿌리를 내리고 있었다. 집안 전체가 웬만한 지청보다 검사를 더 많이 보유했다.

그런 환경 속에서 나고 자라 자연스레 검사가 된 다현은 그 뒤의 어두운 내막 따위 속속들이 모르고 살았다. 짐작해도 모른 척하며 자신과는 상관없는 일이라 치부했다.

역대 검찰 총장 가운데 청렴함으로 가장 오래 그 자리를 지킨 조부가 손녀의 인사를 좌지우지한 건 청렴하다고 볼 수 없었다. 또한 그런 배경으로 조부는 현재 법무 법인 시안의 고문 변호사로 있으면서 어렵고 힘든 사건들을 뒤에서 손쓰고 있었다.

어째서 사람들은 손에 쥔 권력을 좋은 곳에 쓰진 못할망정 주위를 어지럽게 만드는 건지 다현으로서는 모를 일이었다.

"그럼, 사람 하나 구제해 주세요."

하지만 그런 절대 권력이 지금은 몹시, 간절히도 필요했다.

"무슨 소리냐."

지금껏 먼저 무언가를 갖고 싶다고도 말한 적 없던 손녀가 머리털 나고 처음으로 해 온 부탁이었다. 그녀의 조부는 내심 궁금한 표정을 감추지 못했다.

"이번 사건 지휘 검사였던 문이헌 검사, 다시 지검으로 복귀시켜 주세요."

"누구?"

"문이헌 검사요."

조부는 조금은 심각해진 얼굴로 심드렁하게 말했다.

"방패막이로 쓰다가 버려진 놈을 왜 복귀시켜. 다시 올라오면 시끄러워지는 건 시간문제야."

다현에게 자초지종을 듣지 않아도 그는 이미 알고 있었다. 서재에 앉아 바둑이나 두는 분이 검찰청 속사정까지 알고 있는 게 소름끼쳤지만, 다현은 내색하지 않았다.

이렇게라도 조부의 권력을 써먹을 수 있어서 그저 다행이라고만 생각했다.

"할 수 있으시잖아요. 아빠보다 세다면서요."

심각한 문제가 분명한데 다현은 농담을 섞어 할아버지의 기분을 실폈다. 좋은 게 좋은 거라고 이헌만 복귀할 수 있으면 그만이었다.

"이 녀석이."

생전 부탁 한 번 하지 않던 손녀가 누군가의 뒤를 봐달라는 말을 스스럼없이 꺼낼 줄이야.

이걸 들어줄 수도 없고, 그렇다고 손녀의 부탁인데 안 된다고 엄포를 놓을 수도 없어 난감했다.

"제가 존경하고 좋아하는 선배예요."

"……."

"빽 하나 없다고 어떻게 해 보지도 못하고 쫓겨난 거라고요. 그 선배만큼 특수부에 실력 좋은 검사 없어요."

적어도 그녀의 눈엔 그랬다. 이번 사건을 함께 한 정상엽 검사도 이정우 검사도 모두 이헌보다 선배 검사들이었지만 모두 제자리걸음을 하는 것처럼 보였다.

그러니 단일 사건일 때도 한 달이 넘도록 수사에 진척이 없었던 거라고 생각했다.

사건을 병합하고 이헌이 지휘 검사가 된 후부터 줄줄이 엮여서 나온 증거들이 한둘이 아니었다. 알면서도 하지 않은 건지 아니면 정말 할 줄 몰라서 하지 못한 건지 의심스러울 정도였다.

"특수부로 보낸 보람이 있네."

표정이 자못 심각하던 그녀의 조부는 갑자기 웃음꽃이 만개한 사람처럼 배실배실 웃었다. 갑자기 낯빛까지 바뀐 할아버지의 모습에 흠칫 놀란 다현은 이윽고 서랍에서 무언가를 꺼내 건네는 조부의 손길에 주춤했다.

"한번 봐라."

뭘 보라는 걸까. 미심쩍은 표정으로 다현은 할아버지가 건네는 것을 조심히 받아 들었다. 그녀의 손에 쥐어진 건 작은 사진 한 장이었다.

그리고 그 속의 한 남자.

이헌이었다.

"지난 연말 만찬회에서 한번 봤다."

어째서 이헌의 사진을 할아버지가 가졌는지 알 수 없었다. 슈트 차림을 한 이헌의 증명사진이었다.

이걸 도대체 왜.

"알고 보니 문 대표 아들이더라."

문 대표라고 하면 이헌의 부친이자 조부가 고문으로 있는 시안의 대표를 지칭하는 말이었다.

도대체 이게 어떻게 된 일일까.

할아버지가 이헌을 알고 있는 걸로도 모자라 봤단다. 그것도 만찬회에서.

다현은 기함하며 조부를 바라봤다.

"내가 자리 한번 마련하라고 했다."

"네? 무슨 자리를……."

"뭐겠냐. 혼기 꽉 찬 손녀 있다고 했지."

맙소사. 말도 안 돼. 이헌과 맞선이라니!

엄마가 그렇게 말하던 사람이 문이헌이라는 소리였다. 할아버지가 직접 고른 손녀 사윗감이 이헌이라는 말이었다.

기가 차서 말이 안 나올 지경이었다.

"사람 연이란 게 그런 거다. 붙여 두면 안 될 것도 되고 말지."

그 말인즉슨 손녀를 중앙 지검 특수부로 발령 낸 저의와 목적이 이헌과의 자연스러운 만남, 뭐 그런 말이란 소리였다.

권력을 이런 사적인 일에 휘둘러도 되는 거야? 이게 말이 돼?

"도대체 무슨 말씀을 하시는 거예요! 그런 거 아니에요."

"좋아하는 선배라며."

"그런 뜻이 아니라!"

그런 의미로 말을 꺼낸 게 아니었다. 미치고 팔짝 뛸 노릇이었다.

"문 검사 때문에 널 특수부에 보낸 건 아니다."

할아버지한테 실망할 뻔했는데 아니라고 하시니 불행 중 다행이었다.

"네 인사는 그 전에 결정 난 거고, 알고 보니까 특수부에 그놈이 있더라."

"……."

"나는 네가 검사로서 소신껏 살길 바랐다. 어디에도 휘둘리지 말고 앞만 보고 네가 뜻하는 바를 이루길 바랐어."

손녀가 검사가 된다고 할 때부터 그는 자신이 생각했던 바를 처음으로 다현에게 말했다. 할아버지의 말을 듣는 그녀는 왠지 모르게 눈시울이 붉어지는 것만 같았다.

그런 생각을 하고 계시는지 꿈에도 몰랐기에 가슴 한편이 뜨거워졌다.

"지금과 같은 일이 다현이 너한테 일어나지 말란 법 없다. 그럴 때 든든한 할애비가 있으면 좀 좋아. 나는 너한테 힘이 돼 줄 생각이었다."

할아버지의 생각이 거기까지 닿아 있었을 줄이야. 어쩐지 괜히 조부에게 떼를 쓴 것만 같아 낯이 뜨거워졌다.

부끄러운 손녀가 된 기분이었다.

"그놈이랑 같이 와라."

또 무슨 말을 하시려는 걸까.

"너는 몰라도 문 검사는 나랑 연이 없지 않으냐. 나도 명분이 있어야 인사에 손을 댈 수 있어."

"아……."

"손녀사위가 딱이야."

명분이 왜 그쪽으로 쏠리는 거냐고 묻고 싶었지만, 또 잔소리가 들려올까 봐 다현은 입을 꾹 닫았다.

"네 짝으로 그놈이 딱 맞아."

한 번 보셨다면서 무슨 낯 뜨거운 말을 이리도 서슴지 않고 하시는지. 괜히 어깨가 움츠러들었다. 퍽 난감한 상황이다.

"그쪽에서도 선보겠다고 했다."

뭐? 이헌이 선을 본다고 했다고?

이제 보니 어처구니가 없는 건 할아버지가 아니라 이헌인 듯했다.

"쇠뿔도 단김에 빼랬다고 미룰 필요 뭐 있냐."

"네? 그래도……."

"당장 이번 주말에 만나 봐라."

추진력 하나로는 남부러울 것 없는 할아버지다웠다. 다현이 그러겠
다고 확답을 하기도 전에 휴대폰을 집어 들더니 곧바로 누군가에게 전
화를 걸었다.

뭐가 그리 기쁜지 만면에 미소가 가득한 채였다.

"문 대표. 나일세."

동네 친구 대하듯 통화를 하는 할아버지를 보니 상황이 끝난 듯했
다.

다현은 뜨거운 낯을 두 손으로 가리며 이를 꽉 깨물었다.

"그래. 주말에 시간 잡아. 나도 다 아네. 걱정하지 말고 추진해."

머리가 어지러워졌다. 이헌을 복귀시켜야 한다는 마음 하나밖에 없
었는데 상황이 왜 급변하게 된 건지 모를 일이었다.

이래서 세상 참 좁다고 하는 건가. 왜 이렇게 이헌과 자꾸만 엮이는
건지 알 수 없었다. 그저 세상이 좁아서 부딪치는 거라고 생각할 뿐이
었다.

"주말에 부산 내려가. 가서 붙들고 와."

손녀사위라는 명분이 필요하다고 하신다. 손녀의 뒷배가 되어 주는
건 당연하지만 아무 연이 없는 이헌의 뒤까지 그냥 봐줄 수는 없다는
말이었다.

퍽 난감한 일이었다. 이헌이 그렇게 할 리가 없으니까. 이런 식으로
복귀를 할 남자가 아니었다. 그를 구워삶아야 하나?

권다현. 너는 도대체 어쩌고 싶은 거니.

문이헌이 복귀만 하면 되는 거야? 아니면 할아버지 말대로 그와 결
혼이라도 하고 싶은 거야?

말도 안 돼. 문이헌이랑 뭘 했다고 결혼이야?

멋대로 나대던 감정이 이제야 겨우 차분해져 갈피를 잡았다. 이렇게

순서 없이 막 나갈 순 없었다. 하지만 순서를 따지자니 이헌과 물리적으로 거리가 너무 멀었다.

순서를 논하며 그와 무언가를 하기도 전에 흐지부지 끝나고 말 것 같았다.

일단 문이헌부터 복귀를 시키고, 그러고 나서 차분히 생각해야 하는 건가?

미치겠다.

7장

421호 형사 제2부 문이헌 검사실

미리 오는 걸 알고 하루 만에 검사실 명판을 바꿔 단 모양이다. 역시 대한민국은 뭐든 빨랐다.

이헌은 기척도 없이 문을 열었다. 아침부터 느긋하게 차를 마시고 있던 30대 중후반쯤 되어 보이는 여자 실무관과 40대 초반으로 보이는 남자 수사관이 놀란 눈으로 그를 뻐끔뻐끔 바라봤다.

"아, 새로 오신 검사님?"

수사관이 먼저 이헌을 알아보고 찻잔을 내려놓으며 다가왔다.

"오늘부로 부산 동부 지청으로 발령받은 문이헌 검사입니다."

그의 소개에 수사관까지 다가와 악수하며 반갑게 이헌을 맞이했다.

"우리 검사님 인물이 훤하십니다. 저는 수사관 이철민입니다."

"저는 실무관 김은정입니다."

사투리가 낯설었지만 어쩐지 정겹게 들리기도 했다.

"잘 부탁드립니다."

"아닙니다. 우리가 잘 부탁드리지요. 부산은 처음 와 보십니까?"

"네. 처음입니다."

수사관의 물음에 이헌은 그렇다 대답했다.

새벽부터 운전해서 온 터라 피곤했지만 낯선 풍경이 주는 분위기가 나쁘지 않았다. 지청 뒤로는 산, 옆으론 아파트 단지, 앞으로는 주택가가 있었고 멀리 수영강이 흘렀다.

"전에 있던 검사님이 갑자기 애를 낳아 가지고 급하게 출산 휴가를 내는 바람에 마무리 안 된 게 제법 있습니다."

이헌은 책상 앞에 섰다. 마무리 안 된 게 제법 있는 게 아니라 아주 많았다. 가득 쌓인 기록문들과 관할서에서 넘어온 송치 사건들이 해결되기만을 기다리고 있었다.

오랜만에 형사부로 오게 돼서 책상머리 검사를 하려니 벌써 갑갑증이 이는 것 같았다.

지청은 까다로운 사건이 없었다. 굵직한 사건들은 모두 지검으로 올라가기 마련이었고 형사 사건보다는 민사 사건이 주를 이뤘다. 그나마 다행인 건 형사 2부는 강력 범죄 전담부라 형사 사건도 꽤 있는 듯했다.

이헌은 자리에 앉자마자 송치 사건들부터 살피기 시작했다.

"검사님, 커피라도 드시겠습니까?"

오자마자 잘 부탁한다는 인사만 덜렁 하고 가타부타 말도 없이 책상에 앉아 기록문을 살피고 있는 이헌을 보며 실무관이 조심스레 물었다.

"아, 네. 부탁합니다."

이헌은 다시 기록문에 눈을 돌렸다. 빠르게 훑으며 절도 사건의 개요를 머릿속에 그리려는데 좀처럼 마음먹은 대로 되지 않았다. 자꾸만 다른 잔상이 그려지고 기록문 위로 아른거렸다.

실무관이 꽃이 그려진 하얀 커피 잔을 책상 위에 조심히 내려놓았다.

"시키실 거 있으면 말씀하세요."

꽃무늬 커피 잔이라니. 거기다 그 속에 담긴 건 황금빛의 믹스 커피였다. 그 사실을 인지한 순간 이헌은 고개를 들어 자신이 앉아 있는 검사실을 정면으로 응시했다.

"네가 여기에 커피나 주러 온 사람이야?"

까칠하게 말하자 시무룩해지던 그 얼굴이 이제 와 왜 이토록 선명하게 그려지는 걸까.

커피를 받아 들자 언제 그랬냐는 듯 환하게 웃던 그 말간 얼굴이 잔상처럼 아른거렸다.

"투 샷 추가입니다."

커피 취향까지 기억하곤 불쑥 내밀던 모습이 눈에 선했다. 그녀가 배시시 웃던 모습까지 온통 선명해졌다.

하지만 이곳에 그녀는 없었다. 기분 탓인지 달달한 믹스 커피가 쓰게만 느껴졌다.

❖ ✦ ❖

출산 휴가를 갔다는 전임 검사가 처리는커녕 쌓아 두고 간 배당 사건들을 털어 내기 위해 이헌은 오늘도 야근을 자처해야 했다.

세 아이의 엄마인 실무관은 퇴근을 시킨 뒤 수사관과 함께 삭막한 검사실에서 김밥으로 끼니를 때우며 기록문을 살폈다.

절도부터 시작해 자잘한 폭행 사건이 주를 이뤘고 간혹 방화 사건도 있었다. 쌓아 둘 사건들이 아닌데도 불구하고 잔뜩 쌓여 있는 걸 보면 전임 검사가 일을 소홀히 했다고밖에 볼 수 없었다.

덕분에 이헌은 출근 이틀 만에 다시 야근의 굴레로 뛰어들게 됐다.

똑똑.

노크 소리가 낯설었다. 이헌과 수사관의 시선이 일제히 검사실 문을 향했다.

조심스레 문이 열렸다. 그리고 뒤에서 불쑥 얼굴을 내민 건 다현이었다.

"네가 왜 여기에……."

배시시 웃으며 모습을 드러낸 다현의 갑작스러운 등장에 그는 말을 끝맺지 못했다.

"바쁘신 건 아는데 잠시 시간 좀 내주세요."

이 시간에, 이곳에 권다현이 불쑥 나타났다. 헛것이라고 하기에는 눈앞의 그녀가 너무 선명했다.

"검사님 애인이세요?"

낯선 여자의 등장에 어리둥절하던 수사관이 이헌과 자연스레 대화를 나누는 다현을 보며 대뜸 물어 왔다.

그제야 검사실 안에 다른 누군가가 있었다는 사실을 깨달은 다현은 당황해하며 고개를 숙였다.

"안녕하세요. 문이헌 검사님 후배예요."

"아. 그럼 검사님?"

"네. 중앙 지검에 있습니다."

"난 또 애인인가 했네요."

다현은 멋쩍게 웃으며 걷어붙인 소맷자락을 정돈하는 이헌을 힐끔거렸다. 그는 보고 있던 기록문을 옆으로 치워 두고 재킷을 집어 들었다.

"계장님 퇴근하세요."

"아, 예. 두 분 좋은 시간 보내세요."

넉살 좋은 수사관의 배웅을 받으며 다현은 이헌과 함께 지청을 나와 대로변에 있는 카페에 들어섰다.

"아메리카노 두 잔이요. 아! 하나는 투 샷 추가해 주세요."

다현은 익숙한 듯 당연하게 주문을 했다.

"주문은 제가 했으니까 계산은 선배님이 하세요."

무슨 논리인지 알 길은 없으나 이헌은 자연스레 카드를 건네 커피

값을 계산했다.

카드를 다시 건네받았을 때 다현은 이미 창가 자리에 앉아 있었고 준비된 커피 두 잔은 이현의 손에 들려 있었다.

"오른쪽이 샷 추가한 겁니다."

다현이 사다 주던 커피 대신 그녀가 주문한 커피였다. 그는 다현의 맞은편에 자리를 잡고 앉았다.

"여기까진 무슨 일이야?"

서울에서 여기까지 거리가 얼만데. 이 시간에 이곳에 왜 있는 건지 알 수 없었다.

그저 다현은 해사한 얼굴로 조잘거렸다.

"부산 좋은데요? 바다도 있고."

"바다가 어디 있어. 죄다 아파트뿐인데."

대로변 건너엔 하늘 높은 줄 모르는 고층 아파트들이 즐비했다. 그 너머엔 바다로 들어가는 강이 흐르고 있었지만, 주변 그 어디에서도 바다는 볼 수 없었다.

"왜요. 바다 냄새 나는데."

어처구니없는 말이었다. 이현은 뜨거운 커피를 마셨다.

"바빠. 본론만 해."

"저도 바빠요."

"그러니까, 바쁜데 여기까진 왜 왔어."

아무리 머리를 굴려 봐도 다현이 부산까지 온 이유를 알 수 없었다. 하물며 연락도 없이 불쑥 지청에 찾아와 퇴근했을지도 모르는데 검사실 문을 두드렸다.

아무도 없으면 어쩌려고.

"KTX도 자리가 없어서 비행기까지 탔습니다."

다현은 괜히 이현의 시선을 피하며 투덜대면서 커피를 마셨다.

금요일 저녁은 부산으로 내려가는 KTX가 일찌감치 매진이었다. 비행기도 거의 매진이었고 몇 좌석 남지 않은 상태라 급하게 티켓을 끊었다. 공항에서 지청에 올 때 택시까지 탔더니 교통비가 어마어마했다.

"그러니까 뭐 하러……."

"약속이 있어서요."

머그잔을 내려놓으며 다현은 빙그레 웃었다.

"여기서?"

"네."

"이 시간에?"

"아뇨. 내일."

내일 약속이 있는데 뭐 하러 이 시간에 비행기까지 타 가면서 내려온 건지 궁금했지만 이헌은 묻지 않았다. 하지만 그의 눈이 그녀에게 묻고 있었다. 미간 사이가 좁아지면서 새겨진 주름의 깊이가 이헌의 궁금증을 말해 주고 있었다.

"오늘은 문이헌 검사님 보러 온 거예요."

묻지 않았지만 속을 들여다보기라도 한 듯 그녀는 말했다. 커피를 마시던 이헌은 그대로 뿜을 뻔한 걸 간신히 삼키며 헛기침을 내뱉었다.

어찌나 직설적인지 깜짝깜짝 놀랄 때가 한두 번이 아녔다.

"날 왜 보러 와."

어쩌면 내일 약속이 있다는 것도 핑계가 아닐까 하고 그는 생각했다.

"알면서 뭘 물어봐요."

퉁명스레 말하며 그녀는 커피를 마셨다. 그녀의 말에 괜히 낯이 뜨거워지는 건 이헌인 듯했다.

"밥은 먹었어?"

"아뇨."

"병원은 갔어?"

"아뇨."

하는 질문마다 대답이 마음에 들지 않았다. 머그잔을 내려놓으며 그는 낯 뜨겁던 얼굴을 굳혔다.

"애야? 밥도 안 먹고 병원도 안 가고."

"제가 원래 한 번에 두 가지를 잘 못 해요. 누가 옆에서 챙겨 줘야 해요."

데자뷔 같았다. 자신이 한 말을 그대로 인용하며 배시시 웃는데 마치 장난을 치는 것 같기도, 약 올리는 거 같기도 했다.

그는 새어 나오는 웃음을 참지 못했다. 흘러나오는 대로 내버려 뒀다.

권다현이 귀여워 보이는 걸 보면 감정이 이제 컨트롤 가능한 범위를 벗어난 게 분명했다.

"가자. 밥 먹으러."

그는 다현의 앞으로 불쑥 손을 뻗었다. 그녀의 손을 꼭 붙든 채 그는 곧장 카페를 나왔다.

"뭐 먹을래."

밤공기가 상쾌했다. 바람을 타고 바다 냄새도 살짝 나는 것 같았다. 기분 탓이 분명한데 어쩐지 좋기만 했다.

"부산에 왔으니까 회?"

이 밤에 회가 웬 말이냐는 타박이 있을 법도 했는데 이헌은 군말 없이 그녀를 차에 태우고 시동을 걸었다.

"진짜 회 먹으러 가요?"

별생각 없이 꺼낸 말이었다. 그냥 근처 아무 식당에서 먹어도 되는데. 뭘 먹는지 중요하지 않았다. 그저 누구와 먹는지가 중요할 뿐이지.

그러나 이헌은 벌써 내비게이션에 가까운 횟집을 검색하고 있었다.

"비행기까지 타고 온 보람은 있어야지."

마치 아무것도 모르는 사람처럼 구는 이헌이 이상했지만, 다현은 굳이 내색하지 않았다. 자신도 몰랐었으니 이헌도 그럴 수 있다고 어림짐작한 그녀는 입을 꾹 다물었다.

굳이 미리 알아 봤자 좋은 건 아니니까, 부담스러워 도망가고도 남을 남자니까 일단은 모른 척하는 게 나을 수도 있었다.

그저 이렇게 이헌과 한 공간에 있는 것만으로도 마음이 평온해져 버렸다. 이토록 따스해지니 별수 없었다.

하루라도 빨리 이 남자를 제자리로 돌려놔야 한다는 생각뿐이었다. 서울이든 지검이든 자신의 곁이든, 그게 어디든 간에 권다현의 시야 안에 그가 있어야 한다는 생각만 머릿속에 가득해 다른 건 생각할 여유도, 시간도 없었다.

내비게이션 거리상 가까운 곳에 횟집이 세 군데나 있었는데 굳이 먼 광안리까지 오고 말았다. 광안대교의 야경을 처음 본 다현은 차에서 내리자마자 훅 끼쳐 온 바다 냄새에 숨을 크게 들이켰다.

"와."

예뻐서 눈을 뗄 수가 없었다. 밤바다와 칠흑같이 어두운 하늘, 마치 허공에 붕 떠 있는 것처럼 빛을 내는 광안대교와 그 맞은편의 백사장과 파도 소리, 그리고 문이헌까지.

모든 것이 완벽한 밤이었다.

"빨리 와."

횟집이 즐비한 거리였다. 그는 걸음을 재촉하며 그녀에게 손짓했다. 야경에 한눈을 팔고 있던 다현은 이헌의 손짓에 잰걸음으로 따라붙어 횟집으로 들어갔다.

"진짜 오랜만에 회 먹는 거 같아요."

종업원의 안내를 받아 자리에 앉자마자 이헌이 주문을 했다. 곧바로 상다리 부서지도록 거한 한 상이 차려졌다. 다현은 젓가락을 들고 요리조리 눈을 굴렸다.

"많이 먹어."

그 모습에 저도 모르게 새어 나오는 웃음을 숨기지 못한 이헌이 젓가락을 들며 말했다.

오물오물 산낙지를 먹는 모습이 한 마리 토끼 같았다.

미쳐도 단단히 미쳤지. 며칠 안 봤다고 그새 눈이 어떻게 된 게 아닐까 싶었지만 보이는 그대로였다.

이헌은 찬물을 들이켰다. 냉수라도 마시고 속을 차려야 하는데 잘 먹는 다현을 보고 있으니 속이 차려지긴커녕 어쩐지 웃음만 나와 돌아버릴 지경이다.

"여기 재밌어요?"

회를 먹던 다현은 창밖의 광안대교를 눈에 담으며 그에게 넌지시 물었다.

"똑같지, 뭐."

젓가락질을 멈춘 이헌이 대답했다. 다현은 고개를 들어 그를 바라보며 피식 웃어 보였다.

"재미없는 거 티 납니다."

"그래 보여?"

"네."

"어쩔 수 없어."

중앙 지검과 비교하면 규모로 보나, 뭐로 보나 지청은 작았다. 그 탓에 사건들이 평이하고 재미없는 것도 당연했다. 발령을 받았으니 재미없어도 별수 없었다.

그렇다고 때려치우고 사표를 쓸 수 없는 노릇이니 시키는 대로 조용히 박혀서 기회를 엿볼 수밖에.

이것저것 그냥 다, 모든 게 다 어쩔 수 없었다.

"그러니까 평소에 편 가르기라도 좀 하지 그랬어요."

그러는 다현 자신도 편 가르기는커녕 윗사람에게 잘 보이려고 아부를 한다거나 깍듯하고 반듯한 검사가 되지 못했는데 누구한테 아쉬운 소리일까 싶었다.

그저 회식 자리에서 술 몇 잔 받아 주고 건네주는 게 사회생활의 전부였다.

접대식의 유흥과 향응. 혹은 스폰 같은 일은 엄두도 내지 못했다. 체질에 맞지도 않았고 검사로서의 신의에 어긋난다고 생각해 그런 자리들은 단칼에 거절해 왔다.

이래서 사람의 마음이 간사하다고 하는 건가.

이헌을 보면 아쉬운 건 아쉬운 것이었다.

그도 조금만 유했다면, 그래서 두루두루 잘 지내고 후배로서 싹싹하기만 했더라면 적어도 이런 방패 노릇은 하지 않아도 됐을지 몰랐다.

검사로서 신의를 지키기 위한 마음가짐이 잘못된 건 아닌데 결과가 엉망이라 안타까움은 배로 커져만 갔다.

"이럴 때 도와주는 사람 하나도 없는 게 말이 돼요?"

"그러게."

"밑천 다 드러난 거 아시죠?"

밥 잘 먹다가 괜히 짜증이 일었다. 광안대교의 야경을 등지고 좌천된 이헌과 마주 앉아 밥을 먹을 거라곤 생각지도 못했다.

이헌의 탓이 아닌데. 그 누구의 탓도 아닌데 괜히 심술이었다.

"검사가 조사 잘하고 조서만 잘 쓰면 되는 거 아니었어?"

그는 씁쓸함을 감추지 못하고 쓰게 웃으며 앞에 놓인 샐러드 접시를 뒤적였다.

"저도 그런 줄 알았는데 아니더라고요."

그녀는 쓰게 웃으며 이헌을 바라보았다.

"안타깝지만 그게 현실이래요."

이헌은 물컵을 만지작거렸다. 그녀와 마찬가지로 그도 쓴웃음을 머금은 채 창밖을 바라보았다.

"권다현은 편 가르기 잘해서 살아남아."

난 이미 글러 먹은 것 같으니까, 하는 말은 삼켰다.

"전 안 해요."

다현은 단호한 음성을 내뱉었다. 누구를 닮아 저렇게 말을 안 들어 먹는 걸까 싶다가도 이헌은 미소 지었다.

선배님처럼 안 되려면 열심히 편 가르기를 하겠다는 말이 그녀의 입에서 나오지 않아 다행이었다.

적어도 다현이 편협한 마음을 품지 않을 거라는 믿음이 깔려 있었다. 수사 지휘 검사의 말도 안 듣는 마당에 누구 말인들 들어 먹을까.

그런데도 후배가, 다현이 걱정스러운 마음에 그는 넌지시 툭 말을 내뱉으며 물을 마셨다.

"그러다 내 꼴 난다."

"편 가르기는 편 없는 사람이나 하는 거 아닌가? 전 제 편 있어요."

그녀는 으스대며 말했다. 이건 또 어떤 장르의 농담일까 싶어 이헌은 그러려니 그녀의 장난을 받았다.

"그래? 몰랐네."

"궁금하지 않아요?"

"뭐가."

"제 편이요."

"별것이 다 궁금하다."

여전히 시큰둥. 그저 다현의 말을 농담으로 받아들였다.

"선배님도 제 편 하실래요?"

여전히 초롱초롱한 두 눈으로 다현은 그에게 물었다.

젓가락으로 회 한 점을 집던 이헌은 그녀의 물음에 멈칫하며 고개를 들었다. 시선이 정면으로 마주친 순간이었다.

간절하게 기도하는 사람처럼 두 손을 꼭 맞잡은 채 다현은 말똥말똥한 두 눈으로 마치 대답을 강요하는 것 같았다.

"꽤 괜찮아요."

입꼬리를 올리며 배시시 웃는다. 그 모습을 바라보는데 괜스레 마음이 뜨끔거리는 것 같아 이헌은 빠르게 시선을 회피했다.

"밥이나 먹어."

그러고는 다시 젓가락질에 몰두했다. 다현은 피식 웃으며 젓가락을 입에 물었다.

문이헌은 일반적인 사람들의 범주에서 약간은 벗어나 있는 남자였다.

부정한 것에 타협하지 않는 사람.

자신의 이익을 위해 부정과 손을 잡지 않는 사람이었다. 쉽게 넘어올 사람이 아니라는 걸 알기에 다현은 무척이나 조심스러웠다.

넌지시 툭 농담처럼 내던진 말에도 넘어오지 않는 남자에게 맞선을 가장한 불의를 그냥 받아들이라고 할 수 없는 노릇이었다.

그의 반응이 난감했지만, 딱히 다른 방법이 있는 것도 아니었다.

그저 다현은 터져 나오는 한숨을 속으로 삼켜야만 했다.

시답지 않은 말들만 오간 식사였다. 건하게 차려졌던 음식들을 말끔히 비우고 식당을 나왔다. 시원한 바닷바람에 텁텁했던 머릿속이 말끔해지는 것 같았다.

"어디서 자?"

계산을 마치고 나온 이헌은 밤공기를 쐬고 있는 다현의 등 뒤로 불쑥 다가가 물었다. 그의 음성에 방심하고 있던 그녀는 놀란 가슴을 쓸어내리며 바람에 헝클어진 머리카락을 쓸어 넘겼다.

"잘 데 없으면 선배님이 재워 주시려고요?"

못 하는 소리가 없네.

"까불어."

이헌은 앞서 걸으며 퉁명스레 말했다. 다현은 쫄래쫄래 뒤따라 걸음을 재촉했다.

"호텔 예약해 뒀어요."

"데려다줄게. 빨리 타."

이헌은 차 문을 열며 말했다. 데려다줄 거라는 사실을 알면서도 괜히 기분이 붕 떠서 설레었다. 다현은 냉큼 보조석에 앉아 안전벨트를 맸다. 이헌은 시동을 걸었고 조금은 막히는 도로를 지나 해운대로 향했다.

"내일 올라가?"

신호 앞에서 그가 넌지시 물었다. 창밖으로 펼쳐진 낯선 풍경을 보고 있던 다현은 고개를 돌려 그를 힐긋 쳐다봤다.

"같이 가실래요?"

물고기를 잡으려면 밑밥을 뿌려야 했다. 그녀는 시종일관 그에게 밑밥을 던지며 낚싯바늘을 물기만을 기다리고 또 기다렸다.

"어딜. 서울?"

"네."

"조심히 가라."

시답지 않은 말을 계속할 애가 아닌데, 오늘따라 유독 이상했다.

부산까지 불쑥 나타난 것도 수상하고 피부에 와 닿는 전반적인 분위기가 평소와 달랐다.

뭐라 꼬집어 말할 순 없어도 이상한 게 한두 개가 아니었다.

하지만 이헌은 말을 아꼈다. 궁금해해 봤자 별수 없으니까. 당장 그녀에게 뭐라 말할 수 없는 자신의 처지를 곱씹었다.

어느새 해운대 밤바다가 도로 옆으로 펼쳐졌다. 늦은 시간인데도 사람들이 북적거리는 바다를 보며 다현은 창문에 붙어 눈을 떼지 못했다.

밀린 사건들을 처리하느라 지청에만 틀어박혀 있었던 그도 해운대는 처음이었다. 광안리도 처음이긴 마찬가지였지만.

다현이 뜬금없이 오지 않았더라면 집을 구하지 못해 임시로 머무는 비즈니스호텔의 그 좁은 방에서 잠이나 자고 있었을 것이다.

바다가 다 뭐야. 언제 올라갈 지 기약은 없지만, 서울에 다시 올라가는 날까지 일만 했을지도.

"바다는 역시."

밤바다가 진리다. 아무것도 보이지 않는 칠흑 같은 어둠이지만 다현은 왠지 모르게 들뜨는 기분에 창문을 내려 크게 숨을 들이켰다.

"추워. 창문 올려. 감기 걸린다."

낭만이라고는 눈곱만큼도 없는 양반. 그런데도 감기 걸릴까 봐 넌지시 걱정을 하는 저 마음이 좋아서 다현은 군말 없이 창문을 올렸다.

이윽고 호텔 정문 로비에 차가 멈춰 섰다. 그녀는 안전벨트를 풀고 가방을 챙겼다.

"데려다주셔서 감사합니다."

무척이나 정중한 인사가 그녀의 입에서 흘러나왔다. 고개까지 푹 숙이며 그녀는 말했다. 그 모습에 이헌은 피식 웃으며 버튼을 눌러 잠겨 있던 문을 열었다.

"조심히 올라가."

다현은 문을 활짝 열었다. 차에서 내리고 문을 닫기 전 그녀는 얼굴을 차 안으로 불쑥 밀어 넣더니 가볍게 작별 인사를 했다.

"내일 봐요."

활짝 열린 문이 닫히고 발걸음도 가볍게 다현이 호텔 안으로 들어갔다. 그 뒷모습을 차 안에서 바라보고 있던 이헌은 그녀의 말을 곱씹었다.

내일 보자니.

저건 또 무슨 소리지. 아리송한 말에 고개만 갸웃거렸다.

그야말로 주말다운 날이었다.

출근하지 않는, 이 시간에 퇴근하고 들어오는 게 아닌 정말 주말 같았다. 이런 날을 보낸 게 대체 얼마 만인지.

이헌은 눈을 떠 작은 냉장고에서 생수 한 병을 꺼내 물을 마셨다.

그때 테이블 위에 내버려 둔 휴대폰이 진동을 울렸다. 이헌은 귀찮다는 듯 손을 뻗었다.

역시나, 아버지로부터 온 전화였다.

한숨과 함께 이헌은 썩 내키지 않는 통화를 해야만 했다.

—부산에 내려간 지가 언젠데 전화 한 통이 없어!

아니나 다를까 기차 화통을 삶아 먹은 듯한 음성이 쩌렁쩌렁하게 울렸다. 며칠째 부친의 전화를 거절하고 받지 않아 벌어진 일이었다.

—내가 이렇게 될 줄 알았어. 그래서 빨리 관두라고 그렇게 말했는데!

화를 내는 부친의 음성 속에 속상함이 느껴졌다. 이헌은 괜스레 마음이 불편해지고 머리가 지끈거렸다.

"아들 놀리려고 전화하셨습니까?"

—이 기회에 다 때려치우고 로펌 들어와.

변함없는 레퍼토리였다. 그래도 평소보다 목소리에 힘이 많이 빠진 것 같아 씁쓸했다.

이런 감정은 또 처음이라 이헌은 멋쩍은 듯 이마를 매만지며 침대에 털썩 주저앉았다.

"로펌은 안 갑니다. 됐어요."

어디 다른 지방의 지청에 처박혀 있을지언정 부친의 로펌엔 갈 생각이 조금도 없는 그는 단호했다.

그들이 바라는 것이 자신의 사표가 아닐까 잠깐 생각한 적도 있었다. 그래서 괜한 오기로 버티는 것처럼 보일까 봐 화가 나기도 했다.

하지만 아무리 생각해도 그들이 바라는 대로 이렇게 사표를 쓰는 건 죽기보다 더 싫었다.

차라리 이대로 검사 생활을 하는 것도 나쁘지 않다는 게 그의 결론이었다. 로펌 근처로는 얼씬도 하고 싶지 않았다.

—그럼 선봐.

평소와 조금도 다르지 않은 맥락으로 흘러가는 통화가 어쩐지 우스웠다. 이 상황에서도 아버지는 한결같구나 싶어 한편으론 다행이라고 생각했다.

"또 그 소리."

—약속은 지켜야 하는 거 아니냐. 사내새끼가 한 입으로 두말하는 거, 치사한 거다.

장현 회장의 변호인 선임계를 두고 모종의 거래를 했던 부자였다.

상황이 이렇게 되리라는 걸 미리 알고 그렇게 연줄이 어쩌고, 방패가 어쩌고 하면서 성화를 부렸었나 보다.

그래. 모를 리가 없지. 외부 법무 팀까지 돌렸는데. 사건을 엎어 버릴 플랜을 짜고 있다는 걸 부친이 몰랐을 리가 없었다. 정말 몰랐더라면 그런 식으로 중요 사건의 변호와 아들의 맞선을 두고 거래하는 비열한 짓은 하지 않았겠지.

알면서도 아들에게 말하지 못한 부친의 마음이 짐작조차 되지 않았다. 잘됐다 싶었을까, 아니면 조금도 달라지지 않은 검찰 조직에 화가 났을까.

그저 아버지가 어떤 식으로든 그들에게 더는 상처받지 않길 바랄 뿐이었다.

─1시까지 P호텔 커피숍이다.

가만히 듣고 있던 이헌의 눈썹이 꿈틀했다.

"무슨 소립니까."

─오늘 만나기로 했으니까 늦지 않게 나가.

아들의 의사는 묻지도 않고 약속부터 잡고 보다니. 어처구니가 없어 이헌의 입에선 실소가 터져 나왔다.

─정기 인사가 아닌 걸 감사하게 생각해야 하는 판국이야.

"……."

─이번엔 부산이지만 정기 인사였으면 다른 지방으로 가도 이상한 거 아니다.

인정하기 싫지만 사실이었고, 인정할 수밖에 없는 현실이었다. 부친이 그토록 염려하던 일이 벌어지고 말았다. 자신은 방패막이로 쓰이고 결국 좌천이라는 결말을 맞이했다.

억울하고 분하지 않다면 거짓말이었다. 매분 매초 화가 나고 억울했다. 그나마 이대로 모든 걸 끝낼 수 없다는 생각만이 흐트러지는 마음을 다잡는 힘이었다.

─제자리로 돌아가고 싶으면 꽉 잡아. 놓치면 이제 답 없어.

부친의 음성이 단단했다. 마지막이라는 듯. 더는 기회가 없다는 것처럼 들려왔다. 이헌은 한숨을 내쉬며 전화를 끊었다.

＊　　＋　　＊

어쩐지 목적을 가지고 만나는 것이 불순하게 느껴졌다. 불편하고 내키지도 않았지만, 그는 어느새 약속 장소에 도착해 있었다.

호텔 정문 로비에 차를 세우자 발렛 요원이 나와 운전석 문을 열었다.

차에서 내린 이현은 약속 장소가 지난밤 다현을 데려다줬던 호텔이라는 걸 알아차렸다. 어쩐지 묘하다고 생각하며 호텔 안으로 들어섰다.

커피숍의 유리창 밖으로 눈이 부실 정도로 반짝거리는 바다가 보였다. 밤바다와는 확연히 다른 분위기였다.

"찾으시는 분이 계십니까?"

이름도 모르고 성도 모르는 여자를 만나러 왔다. 그러고 보니 정말 아는 게 하나도 없이 맞선을 보러 왔다.

맞선이 처음이라 이렇게까지 사전 지식이 없을 수 있나 싶었다. 그토록 들이밀던 맞선 리스트를 한 번도 제대로 본 적이 없으니 사전 지식이 없을 수밖에 없었다.

심지어 부친도 멋대로 약속을 잡아 두고 그에게 상대방의 이름 하나 가르쳐 주지 않았다.

"문이헌이라고……."

"아, 자리까지 안내해 드리겠습니다."

설마 하며 이름을 말하자 당연하다는 듯 직원이 그를 안쪽으로 안내했다. 바다가 점점 가까워져 왔다.

드문드문 보이는 사람들 속에서 직원의 안내를 받아 걸음이 멈춘 테이블엔 익숙해서 의아한, 그래서 어이가 없는 여자가 웃는 얼굴로 앉아 있었다.

"제가 내일 보자고 했죠?"

다현이 고개를 기울이며 방긋 웃었다.

도대체 권다현이 왜.

여기 왜. 또 왜 여기를.

"내일 봐요."

지난밤 그녀가 한 말이었다. 내일 보자는 그 말을 그냥 흘려들었다.
이상했지만 대수롭지 않게 여겼다.

불쑥 나타나 시종일관 시답지 않은 소리로 혼을 빼놓은 녀석이라 당
연히 별 뜻 없는 말일 거라 안일하게 생각한 대가가 제법 컸다.

"제가 오늘 약속 있다고 했잖아요."

그 약속 상대가 문이헌이라는 말은 왜 하지 않았냐고 따져 묻지 않
았다. 그는 그저 멍하니 다현을 바라보며 머리를 굴리고 또 굴렸다.

도무지 아무런 접점이 떠오르지 않아 미치고 팔짝 뛸 노릇이었다.

"일단 앉아요. 얘기가 길 거 같으니까."

머리가 복잡해져 왔다.

"왜 네가 여기에 있어."

세상에서 가장 해맑은 얼굴을 한 다현의 맞은편에 앉아 이헌은 심드
렁한 표정으로 물었다. 웃는 얼굴에 침 못 뱉을까 봐 저렇게 방긋방긋
웃는 건지 알다가도 모를 일이었다.

반면 다현은 웃음을 잃지 않기 위해 안간힘을 써야 했다.

그가 달가워하지 않을 얘기를 꺼낼 생각만으로도 오금이 저렸다. 말
로 피의자를 죽여 버리던 이헌이었다. 오늘은 자신이 그 말에 죽을 것
같아 한시도 긴장을 늦출 수 없었다.

"나는 이해가 안 되니까 잘 설명해 봐."

차게 식어 버린 음성이 간담을 서늘케 했다. 유리창을 통해 들어오
는 햇볕이 따스하다 못해 뜨거울 지경인데 피부가 느끼는 온도는 소름

이 돋을 정도로 싸늘하기만 했다.

당장이라도 잡아먹을 듯한 기세를 보이는 이헌 때문에 다현은 웃음을 띠며 간신히 입을 뗐다.

"그렇게 둔해서 검사 해 먹겠어요?"

사실 어떻게 말해야 이헌이 화를 내지 않고 받아들일까 싶어 머릿속으로 수도 없이 시뮬레이션을 돌렸지만 뾰족한 해답은 없었다.

덕분에 밤잠을 설치다가 일단 부딪치고 보자 싶어 마음을 다잡고 약속 장소에서 그를 기다렸다.

커피숍으로 들어오는 이헌을 본 순간 그가 보일 반응이 예측되지 않아 심장이 내려앉을 듯 쿵쾅거렸다. 이대로 멎는 게 아닐까 싶을 만큼.

그냥 웃는 것 말고 답이 없었다.

"장난 그만해."

"장난 아니에요."

그는 현 상황을 장난으로 치부하고 싶은 모양이었지만 다현은 조금도 물러나지 않았다.

"맞선을 장난으로 보는 사람도 있어요?"

"그러니까 네가, 권다현 네가 오늘 나랑 선보는 여자란 말이지."

상황을 정리한 듯 이헌은 차분하게 말을 내뱉었다. 다현은 대답 대신 고개를 끄덕였다.

"어떻게⋯⋯."

어떻게 너냐는 말을 차마 하지 못한 이헌은 이마를 매만지며 한숨을 내쉬었다.

그래. 난감하고 민망하고 황당하고 당황스럽겠지.

다현은 이헌의 마음을 백 번이고 천 번이고 이해했다. 자신도 그랬으니까.

"저도 할아버지가 사진을 보여 주셔서 며칠 전에 알게 된 거예요."

몰랐다는 걸 강조해야 했다. 마치 처음부터 알고 있었던 사람처럼 보인다면 이헌을 지검으로 복귀시킬 계획에 차질이 생기고 만다.

지금도 충분히 문이헌은 부당한 것엔 눈길조차 주지 않으니까.

"할아버지가 권 석 자, 윤 자 되세요."

"……지금 권석윤 고문님을 말하는 거야?"

"네."

이헌의 물음에 대답하는 그녀의 얼굴엔 미소가 만개해 있었다. 상황에 조금도 맞지 않는 태도였지만 웃는 것밖엔 할 수 없었다. 그의 얼굴은 여전히 심각했고, 입에선 실소가 끊임없이 쏟아져 나왔다.

"권다현 제대로 금수저네."

골드서클의 존재를 안다는 것부터가 그녀가 평범한 집안의 딸이 아니라는 걸 시사했지만 대수롭지 않게 여겼다.

부잣집 딸이든 아니든 자신에겐 아무 상관이 없었으니까. 검사가 일만 잘하면 되지 돈이 많고 적고는 문제가 아니었다.

하지만 권석윤 고문의 손녀라는 건 부잣집 딸과는 차원이 다른 문제였다.

그녀의 조부는 물론 증조부까지 대를 이어 검찰 총장을 역임한 뼈대있는 법조계 집안이었다. 웬만한 집안이 아니면 명함도 내밀지 못할 만큼 그 뿌리가 깊어 권씨 집안이라고 하면 대통령조차 긴장을 놓지 못한다는 풍문이 가득할 정도였다.

그런 집안의 딸이 다현이었다니. 어처구니가 없어 웃음만 나왔다.

그녀의 특수부 발령에 검은 내막이 있을지도 모른다는 막연한 생각만 해 왔는데 그 실체를 알게 되니 쓸쓸하기만 했다.

"집에 돈은 별로 없어요."

마치 뒤통수라도 맞은 사람처럼 허탈해하는 이헌을 보며 다현은 농담을 던졌다.

사실 맞는 말이기도 했다. 금수저의 기준이 돈이라면 확실히 그녀의 집안은 돈이 많은 건 아니었다.

물론 평범한 가정들보다야 많지만, 그마저도 박애 정신을 발휘하고 있는 조부 덕분에 매년 여기저기 기부를 실천하고 있었다.

해서 재산이라고 한다면 굶어 죽지 않을 만큼만 있다고, 그녀의 모친은 입이 닳도록 말했었다.

"농담이 나와?"

"굳이 심각할 것도 없지 않아요?"

천하태평인 다현이 이상하기만 했다. 서로를 두고 집안에선 결혼까지 생각하고 있는 마당에 이렇게까지 여유로운 이유를 도통 알 수 없었다.

"그래서 넌 나인 걸 알고도 왜 나온 거야."

적어도 자신보다 미리 상대방이 누군지 알고 있었는데도 불구하고 자리를 거절하지 않고 부산까지 내려와 맞선을 보고 있는 이유를 짐작할 수 없었다.

"그새 잊었어요?"

"뭘."

"떠난 배는 다시 출항지로 돌아오는 거라면서요?"

"그때랑 지금 상황이 같다고 생각해?"

연애는 하지 않는다고 거절해 놓고 신임 검사 임관식 이후 인사 발령 명단에서 다현의 이름을 찾았었다. 당연히 중앙 지검으로 올 걸로 생각했기에.

하지만 그녀의 이름을 찾지 못했다. 괜히 신경 쓰여 찾는 걸 그만뒀다.

뇌리에 박혀 버린 다현을 그렇게 조금씩 기억에서 지워 갔다. 그런데 별안간 특수부에 불쑥 나타나 신경을 긁더니, 차츰 그의 마음에 자리를 잡았다. 마치 처음부터 자신의 자리였다는 듯.

하지만 헷갈리던 감정을 명확히 하기도 전에 좌천으로 이곳에 오게 돼 그녀로부터 멀어졌다.

"다를 건 또 뭐야. 오히려 좋아해야 하는 거 아닌가? 어떻게든 만났을 사이라는 거잖아요. 운명 같지 않아요?"

"……."

"수영이라도 해서 따라잡겠다던 사람은 어디 갔어요?"

"후, 말이라도 못 하면. 아주 네 멋대로지?"

헷갈리고 있다는 이헌에게 또 자신의 감정만 앞세우고 말았다. 다현은 당돌한 말과는 달리 그의 시선을 회피한 채 애꿎은 커피 잔만 만지작거렸다.

"……계속 속이 불편했는데, 왜 그런지 이제 알겠네."

얼마간의 정적 후, 귓가에 닿은 그의 목소리에 다현이 조심스레 고개를 들어 그와 눈을 맞췄다. 그리고 쐐기를 박듯 말했다.

"그냥 인정하세요."

이헌은 자신의 감정에 솔직한 다현이 부러웠다. 누군가를 부러워한 적이 처음이라 그 기분이 생경하고도 묘했다.

"맞아. 권다현한테 마음 있어."

이런 얘기를 누군가에게 허심탄회하게 한 적 없어 머리털이 쭈뼛 섰지만 어쩐지 불편하던 속이 차분해지는 것 같아 입가에 미소가 잔잔하게 번졌다.

"어쩌다 보니까 그렇게 됐어."

정말이었다. 그냥 자연스럽게. 그렇게.

어쩌다 보니 이미 그녀를 신경 쓰고 있고, 걱정하게 되고 눈앞에 안 보이니까 말도 안 되게 보고 싶기까지 했다.

자신의 감정이 타인에 의해 좌지우지된 적이 없어 헷갈리는 게 당연했다. 그냥 이렇게 잠깐 스쳐 지나가는 감정일까 봐 조심스러웠다. 호기심에 그녀를 가까이 둘 수는 없었다. 그렇게 감정이 메마르고 나면 안 볼 사이가 아니니까.

그 정도면 말 다 했지.

"고마워요. 좋아해 줘서."

그녀가 해사하게 웃었다.

"고마운 건 나야."

"……."

"그렇게 매정하게 까 놓고 이제 와 좋다는데 안 까 줘서."

이헌의 말에 다현은 입을 틀어막고 웃었다.

"그런 거로 복수하는 쩨쩨한 여자 아니에요."

두 사람 사이에 흐르는 기류는 어른들의 성화에 못 이겨 맞선을 보고 있는 이들이 아닌 것 같았다.

마주 보고 웃는 모습이 언뜻 닮은 듯 보였다.

"저랑 같이 가요."

한결 편안해진 마음으로 마른입을 물로 적시던 이헌은 물잔을 내려놓았다.

"어딜."

"서울이요. 우리 집."

물을 마시고 있었다면 그대로 내뿜을 뻔했다.

"너희 집에 왜, 왜 가?"

당황한 문이헌은 처음이었다. 그 모습에 다현은 빙그레 웃으며 입을 뗐다.

"할아버지가 손녀사위 데려오래요."

틀린 말은 아니었다. 이헌과 함께 오라고 했다.

명분을 위해. 그 명분만 갖춘다면 이헌을 중앙 지검에 복귀시켜 주겠다고 확언하셨다.

그 내막을 알 리 없는 이헌은 얼굴까지 새빨개져 다급히 물을 찾았다.

"원래 이렇게 저돌적이었어?"

빈 물잔을 내려놓으며 그가 말했다. 당황한 그의 모습에 다현은 소리 내 웃었다. 얼굴이 붉어진 그가 귀여워 보이기까지 했다.

이내 다현은 웃음을 갈무리했다. 그에게 오늘 맞선이 성사된 이유를 지금부터 차근히 설명해야 한다.

그의 언성이 높아진다거나 화를 낼 기미가 보일까 봐 조마조마한 마음으로 말문을 열었다.

"제 말 듣고 화내면 안 돼요."

일단 밑밥부터 깔았다. 얘가 왜 이러나 싶으면서도 이헌은 고개를 가볍게 끄덕였다. 다현은 숨을 크게 들이켰다.

"선배 복귀될 거예요."

"그게, 무슨 소리야."

기약 없는 좌천. 마냥 지방으로 떠돌지도 모를 처지가 돼 버린 이헌에게 그녀의 말은 의아할 따름이었다.

"손녀사위라는 명분만 있으면 복귀시켜 주신다고 했어요."

권다현은 깡도 세고 간도 크고 겁도 없고 제멋대로다. 그렇게 생각하며 이헌은 관자놀이를 지그시 매만지며 미간을 찌푸렸다.

"그러면 안 되는 거 아는데, 제가 부탁했어요."

"너…… 도대체 무슨 짓을 하고 다닌 거야."

어제 불쑥 나타난 뒤로 시종일관 편이 어쩌고 하면서 이상한 소리를 할 때 알아봤어야 했다. 평소와 다른 그녀의 분위기를 알아차렸지만 선뜻 묻지 못했다.

설마 했는데 좌천의 내막을 속속들이 알고 있는 것 같은 그녀의 태도에 이헌은 한숨을 내쉬었다.

"선배 복직시켜 달라고 부장 검사님한테 바른 소리 좀 했습니다."

미친다, 정말.

"그랬더니 저더러 아빠랑 할아버지 덕분에 붙어 있는 거 감사하게 생각하라고 하더라고요."

두통이 엄습해 오는 것 같았다. 이헌은 이마를 짚으며 짙은 한숨을 내뱉었다. 나 같은 검사 되지 말라고 했더니 똑같은 짓을 하고 있었다.

부장 검사에게 들이댔다니, 밉보이려고 작정한 것이나 다름없는 행동이었다.

"그래서 그 빽, 제대로 써 볼 생각입니다."

천진난만하게 웃는다. 뭘 알고 저러는 걸까 싶을 만큼 해맑은 웃음이었다.

"쓸데없는 짓 한 거야."

그 어처구니없는 줄 하나 제대로 잡지 못해 좌천당한 그에겐 그녀의 말이 달콤한 유혹처럼 들리지 않았다.

그런 식으로 다시 복귀한다면 그들과 조금도 다르지 않은 검사가 될 게 분명했다. 그렇게 살고 싶지 않았다.

"화나고 분하지도 않아요?"

"그래도 이건 아니야."

"왜요? 다들 이렇게 해서 자리 지키고 있는 거라고요. 하는 거 없이 자리 보전하는 사람들보다 낫습니다."

"그렇게 해서 돌아가면 내가 그 사람들이랑 다를 게 뭐야?"

그는 단호했다. 역시 이헌에겐 통하지 않았다. 절대 그런 식으로 복귀하지 않겠다는 말이었다.

알면서도 희망의 끈이라 여겨 놓지 못하고 할아버지에게 말도 안 되는 거래를 시도해 부탁을 들어주겠다는 확답을 받았다.

"여기에 계속 있다고 그 사람들보다 낫다고 할 수 없어요. 기회가 있을 땐 잡아야 하는 거 모르세요? 조용히 쥐 죽은 듯 있는 건 원하는 대로 해 주는 거랑 뭐가 달라요."

이헌의 외골수적인 성격을 알아서 답답함은 배가됐다. 이토록 보수적인 남자가 전형적으로 보수적인 집단에서 버티지 못하고 있었다. 이대로 가다간 지방의 지청들만 떠돌다가 정년까지 허송세월할지 몰랐다.

문이헌의 능력을 그런 식으로 썩힐 수 없다는 게 다현의 생각이었다. 해서 그러지 말아야 하는데 조부를 찾아갔고 거래가 성사됐다. 남은 건 이헌을 설득하는 일뿐인데 예상대로 그의 벽은 높고 단단했다.

이헌은 줄곧 한숨이었다. 그녀의 말을 이해하지 못하는 건 아니었지만, 이건 다현에게도 못 할 짓 같았다. 그는 말을 아꼈다.

"저, 문이헌 검사님 없어서 일하기 싫습니다."

"말이 되는 소리를 해."

"진짜예요. 내가 보고 싶어서 안 되겠어요."

이헌은 실소를 터트리며 잘게 웃었다.

"뻔뻔하게 말도 잘해."

"뻔뻔한 게 아니라 사실을 얘기한 겁니다."

권다현처럼 간단하게 생각할 수 있으면 얼마나 좋을까. 매사가 복잡한 자신과 다른 그녀가 또 부러워지는 순간이었다.

"일단 알겠어."

"같이 가는 거죠?"

그의 말에 다현은 손뼉을 마주치며 환하게 웃었다.

"생각해 볼게."

단번에 오케이라는 대답을 이헌에게서 들을 수 없다는 걸 알면서도 괜히 김빠지는 건 어쩔 수 없었다.

그래도 무조건 싫다는 말이 나오지 않은 것만으로도 다행이었다.

"문 검사님 데리러 온 건데 혼자 가게 생겼네요."

핸드백을 챙겨 이헌과 함께 커피숍을 나오면서 그녀가 퉁명스레 말했다.

"공항까지 데려다줄게."

"그럼 공항까지 혼자 보내려고 했어요? 당연히 데려다줘야죠."

어딘지 모르게 심통 난 사람처럼 굴었다. 그 모습에 괜히 마음이 착잡해지고 신경이 쓰여 운전하면서도 그는 다현을 힐긋거렸다.

저라고 혼자 보내는 마음이 편할까.

"이렇게 헤어지면 언제 봐요?"

대답할 수가 없었다. 말해 놓고 지키지 못할까 봐.

"역시 내가 더 좋아하는 거였어."

아무런 대답이 없자, 다현이 투덜대며 말했다. 이헌은 그 모습에 작게 웃어 보였다.

김해 공항 국내선 출국장이 있는 2층 입구에 차를 세웠다. 다현은 안전벨트를 풀며 말했다.

"잊지 마세요. 선배님 혼자 아닙니다."

"그래. 알겠어."

"그러니까, 복귀하세요. 전 문이헌 검사님이 필요해요."

마지막엔 환한 미소로 손을 흔들었다. 그녀의 미소에 괜스레 찝찝한 마음이 드는 이유를 알 수 없었다.

그저 그녀의 말을 들어주지 못한 옹고집 같은 자신이 못난 놈 같았다.

그게 뭐라고. 다현의 말처럼 쥐 죽은 듯 있다고 누가 알아주기나 할까.

그렇지만 쉽게 타협이 되지 않는다.

주말이 지나고 바쁜 일상으로 돌아왔다. 다현의 검사실은 오전부터 몹시 분주했다.

특수부 특성상 지검장이 지시한 배당 사건 이외에 내사 사건이 전부라 사건이 위에서 내려오지 않는 이상, 업무가 상대적으로 타이트하지 않은 편이었다.

지난 뇌물 리스트 사건을 흐지부지 덮은 이후 언론과 여론을 의식한 탓에 굵직한 사건을 특수 2, 3, 4부로 넘겨 버렸다.

현재 특수 1부의 검사들은 윗선의 지시에 따라 공판일이 잡힌 이경제 의원과 한영식 은행장의 재판을 위해 증거 자료를 정리하고 있었다.

하지만 다현은 그 업무에서조차 배제되어 있었다. 그녀가 맡았던 골드서클 마약 수사가 완전히 엎어져 버린 탓이었다. 현행범으로 잡혀 온 이들 전원의 구속 영장이 기각되면서 유치장에서 풀려나 모두 제자리를 찾아가 버렸다.

언론에 알려지지 않은 사건이라 마무리까지 엉망이었다.

구속 영장을 청구했던 사건이 재판부에서 정식 재판도 없이 자체적으로 집행 유예를 때렸다는 건 얼토당토않은 일인데.

곱씹을수록 화가 치밀어 올랐지만, 다현은 쓰린 속을 다스려야만 했다.

정 검사의 말처럼 후일을 도모하기 위해서라도 숨죽어 있는 거라고 당위성을 부여했다.

"검사님."

다현의 수사관인 정은상 계장이 전화 한 통을 받고 나서 질겁한 얼굴로 그녀의 앞에 섰다.

"파라곤 매니저한테 연락이 왔습니다."

정보원 하나쯤 남겨 두는 건 대수롭지 않은 일이었다.

관할서 마약 수사 팀에 제보한 매니저를 끄나풀로 심어 뒀다. 후일을 도모하기 위한 당연한 절차였다. 매니저는 자신의 신원만 보장해 준다면 얼마든지 협조를 하겠다고 했다.

약만 했다 하면 인정사정없이 갑질을 해 대고 미친놈들처럼 구는 탓에 매니저는 이골이 나 있는 상태였다. 몇 번 맞기도 했다고 한다.

전치 4주 진단도 받았지만, 월급이 워낙 높다 보니 관둘 수 없다고. 어딜 가도 이만큼 돈 받고 일하기 힘들기에 관둘 의향은 없다고 말하며 증인 보호를 해 달라고 하기까지 했다.

그렇게 해 주겠다는 다현의 확답을 받은 이후 처음으로 매니저에게서 걸려 온 전화였다. 다현은 보고 있던 서류를 덮고 고개를 들었다.

"골드서클 애들이 어젯밤에 또 마약 파티를 벌였답니다."

미친놈들.

"이번엔 정규 모임에 쫙."

"그게 무슨 말이에요?"

수사관은 깊은 한숨을 내쉬며 말을 이어 나갔다.

"일반 회원들까지 참석하는 만찬 모임에서 약을 돌렸답니다. 소량이긴 했다는데 돌리기만 했겠습니까. 호기심 있는 애들은 분명 손대고도 남았을 겁니다."

기함할 일이 결국 벌어지고 말았다.

현행범으로 잡히고, 검찰 조사까지 받았는데 구속 영장이 기각되고, 당연하다는 듯 유치장에서 풀려나자 미친놈들처럼 날뛰기 시작했다.

더는 무서울 게 없는 철부지 애들처럼 굴기 시작한 것이다. 부모의 과잉보호와 체면, 그리고 권력이 낳은 비극의 시작이었다.

"어쩌죠?"

난감한 듯 수사관이 물었다. 답이 없었다. 그저 지켜보고 있는 수밖에.

"일단 계속 지켜보죠. 저희끼리만 아는 겁니다."

접으려던 사건을 아직도 만지고 있다는 걸 누군가가 알게 된다면 조용히 넘어갈 리 없었다. 하물며 그 사건이 윗선들의 심기를 건드리고도 남을 사건이라면 깊게 생각해 봐야 했다.

검사 자존심을 짓밟고 사건을 제멋대로 조종한 장현 회장이 혹시라도 사건이 아직 담당 검사 손에 남아 있다는 걸 알게 된다면 후일을 기약하는 건 무리였다.

당장은 조용히 지켜보는 게 최선이었다.

그러지 말아야 하는 걸 알면서도, 애들이 미쳐서 날뛰는 걸 뻔히 알면서도 모르는 척해야 했다. 수사관이 알겠다고 대답했다.

"제주도는 어떻게 됐나요."

제주도 리조트 단지 건설 허가 건으로 국토 교통부 관련 부서의 과장급 직원들이 구속 기소됐다.

담당 검사인 이정우 검사 역시 윗선의 지시대로 박호산 장관을 혐의 없음으로 불기소 처분 내리고 이경제 의원만 불구속 기소된 상태였다.

"지난달에 착공이 들어갔는데 사건 터지면서 공사가 멈췄습니다. 여전히 조용하고요. 아직도 언론에서 떠들어 대니까 여론도 안 좋고, 그래서 섣불리 움직이지 못하는 거 같습니다."

검찰 수사 결과를 믿는 사람은 아무도 없었다. 언론에서도 연일 검찰의 무능함을 꼬집으며 비판의 목소리를 높여 갔고, 국민 역시 재벌이라 봐준 거라며 돈 있는 놈들은 벌도 받지 않는다는 식으로 검찰을 욕하고 나섰다.

수사 결과에 함께 손가락질당한 다른 평검사들도 특수 1부에 가감 없이 손가락질했지만, 윗선의 의지가 담긴 일이라는 걸 알아차리고는 쥐 죽은 듯 조용해졌다.

검찰 조직 전체를 폄하하고 비판하는 목소리가 높은데도 정, 재계 사건이 터질 때마다 이런 식이라면 검찰의 위신은 도대체 어디서 찾을 수 있을까.

"제주도 리조트 단지가 수천억 원대 사업인데 분명 다른 쪽으로도 손을 뻗었을 겁니다. 제주도청 쪽도 한번 알아보세요. 분명 국비에 손 댔을 겁니다."

"안 그래도 관광 단지 조성인데 제주도에서 지원을 안 했을 리 없다고 생각했습니다. 근데 이 검사님이 그쪽으론 신경도 안 쓰시더라고요. 병합하고 난 뒤에도 아무도 관심을 안 가지셔서……."

"국비 예산까지 손댄 사실이 드러나면 사건만 더 커지니까요. 이미 몸집을 불릴 대로 불린 사건인데 그거까지 더하면 장현 회장 말고 위에 압력 넣는 사람들이 어디 한둘이었겠어요?"

"그렇긴 하죠."

"더 빨리 수사 종결 됐을 겁니다."

씁쓸했지만 현실이었다.

"K그룹, MK건설 둘 다 지켜보죠."

다현은 따로 모아 둔 USB에 저장된 압수 수색 자료들을 다시 살피기 시작했다.

건수만 잡혀 봐라. 이번엔 그냥 넘어가지 않겠다는 다짐을 하며 K그룹 전략 기획실에서 확보한 계열사별 매출과 실적들을 보고 있을 때였다. 서류 더미 속에 파묻힌 휴대폰이 메시지음을 알리기 시작했다.

모니터에서 눈을 뗀 다현은 서류들을 뒤적거려 휴대폰을 찾아냈다.

아니나 다를까 이헌이었다.

〈밥 먹었어?〉

어쩜 사람이 이토록 한결같은지.

음성까지 지원되는 듯한 그의 메시지에 다현은 통화 버튼을 눌렀다. 짧은 연결음 끝에 수화기 너머에서 반가운 이헌의 목소리가 들려왔다.

—응.

"할 말이 밥 먹었냐밖에 없어요?"

그의 작은 웃음소리가 들려왔다.

—그래서 밥은.

한결같은 남자가 좋은 건 분명한데 이건 좀 다른 장르의 문제였다. 밥 타령이 끊이질 않는다.

"이제 먹으러 갈 겁니다."

다현은 손목시계를 확인했다. 어느새 점심시간이었다.

당연한 안부를 묻는 대신 밥 먹었냐는 물음뿐인 그에게 퉁명스레 대답하며 헝클어진 책상 위를 정돈하기 시작했다.

"선배님은 밥 먹었어요?"

—나도 먹으러 갈 거야.

"뭐 드실 거예요?"

—돼지국밥.

"국밥을 왜 그렇게 좋아하는지 모르겠어요."

먹을 게 얼마나 많은데 돼지와 소의 내장을 먹는 걸까 싶었다. 검찰청 사람들은 심심하면 국밥을 먹었고 곱창구이에 소주를 즐겼다.

하지만 차마 못 먹는다는 말은 못 하고 매번 핑계를 대서 자리를 피하고, 어쩔 수 없이 가더라도 먹는 척 연기를 했다.

이헌도 어쩔 수 없는 검찰청 사람인 듯 부산까지 가서도 국밥 타령이다.

—여긴 내장 든 거 아니야.

다현이 국밥을 못 먹는 이유를 말한 적 없는데도 그는 정확히 간파하고 있었다. 괜히 기분이 묘해진다.

—수육 같은 돼지고기만 들어 있고 내장 국밥은 따로 있어.

"그런 게 있어요?"

—서울에도 돼지국밥 있는데 검찰청 앞엔 없지.

부산이 돼지국밥으로 유명하다는 걸 서울 토박이인 다현은 몰랐다. 그런 음식이 있는지도 모르는 그녀에게 서울에도 고기만 든 국밥이 있다는 말은 신세계였다.

"검사님! 식사하러 가요!"

실무관이 고개를 빼꼼 내밀고 다현을 불렀다. 자리에서 일어난 그녀는 서둘러 전화를 끊었다.

—나가 봐야 해요. 밥 맛있게 먹어요.

수화기 너머에서 다현의 목소리가 금세 사라지고 통화가 끊어졌다. 이헌의 입가에 아쉬움이 묻어난 미소가 번졌다.

"검사님, 애인 있어요?"

"며칠 전에 온 그 여자분 맞죠?"

이헌의 통화가 끝나기만 기다린 사람들처럼 실무관과 수사관이 달려들어 그에게 물었다.

"그렇게 보입니까?"

이헌의 말에 두 사람은 동시에 고개를 세차게 끄덕였다. 그는 웃었다.

"그때 버선발로 따라 나가서서 그럴 줄 알았습니다."

"이쁘더나?"

"억수로 이쁘던데요."

"그럼 우리 검사님 장가가야겠네."

예쁘다는 말이 왜 결혼으로 이어지는 건지 모르겠지만 이헌은 걷어붙인 소맷자락을 정돈하며 자리에서 일어났다.

"도망가기 전에 꽉 붙들어야 합니다."

수사관까지 장단을 맞추며 호들갑을 떨었다.

"애인은 서울에 있어요?"

"중앙 지검 검사님이랍니다."

"그럼 빨리 장가가야겠네. 남자들이 얼마나 치대겠어요."

실무관의 물음에 이헌 대신 수사관이 대답했다. 큰애가 초등학교 5학년이라는 실무관은 연애에 통달한 사람처럼 얘기했다.

"식사하러 갑시다."

실무관은 식당에 도착할 때까지 여자는 결혼을 늦게 하면 할수록 좋지만 남자는 일찍 해야 한다며 이상한 이유를 늘어놓았다. 결론은 빨리 애인을 잡으라는 것이었다.

그렇게 세 사람은 지청 앞에 있는 돼지국밥집에 들어섰다.

"여기 국밥 셋이요."

수사관이 주문하고 이헌은 물컵에 물을 따라 조잘거리는 실무관에게 건넸다. 부모님이 하는 얘기와 조금도 다르지 않은 그 말을 그만 멈춰 달라는 뜻이었다.

"서울엔 검사님처럼 잘생긴 남자들 많을 텐데. 눈에 콩깍지 씌었을 때 확 안 잡으면 나중에 후회합니다."

무슨 기준인지 모르겠지만 나름의 기준을 가진 실무관은 국밥이 나올 때까지 떠들었고 이헌은 그녀의 말을 듣는 대신 TV에 시선을 줬다.

─한빛은행 한영식 은행장의 공판일이 잡혔다는 소식입니다. 부실기업에 거액을 대출해 준 혐의를 받고 있는 한영식 은행장은 얼마 전 정, 재계 뇌물 리스트로 한차례 곤욕을 겪기도 했습니다. 검찰 조사 결과 뇌물 리스트의 실체는 거짓인 것으로 판명이 나 한영식 은행장은 업무상 배임 혐의로

기소된 상태입니다.

검찰청 포토 라인에 서 있는 한영식 은행장의 모습이 담긴 화면과 함께 기자의 멘트가 흘러나왔다.

─한편 뇌물 리스트로 대대적인 압수 수색까지 펼쳐 가며 검찰 조사를 벌인 결과 K그룹 장현 회장, 대호그룹 김반석 부회장, MK건설 최명조 회장 모두 불기소로 무혐의 처분이 내려져 여론의 공분을 사고 있습니다. 뇌물을 받은 것으로 의심되는 국토 교통부 박호산 장관 역시 불기소 처분을 받아 검찰의 봐주기식 수사가 도마 위에 올랐습니다. 검찰은 한 치의 의혹도 없이 수사했다며 항간에 떠도는 봐주기식 수사에 대한 여론을 차단하고 나섰지만, 오히려 반감을 산 분위기입니다.

기자의 멘트와 화면이 끝이 나고 앵커가 나와 또 한 번 검찰의 무능함을 집요하게 꼬집었다.

담당 지휘 검사였던 이현은 낯이 뜨거워 얼굴을 들 수가 없었다. 고개를 숙인 채 국밥을 뒤적거렸다.

만천하가 다 아는 일을 왜 검찰 조직은 묵인하는 것인지 답답함에 또 한 번 화가 치밀어 오른다.

"저 사건 저러면 안 되지."

"그러니까요. 누가 봐도 덮어 준 거지. 괜히 재벌 건드려 봤자 좋을 거 없으니까."

"있는 놈들이 더하다니까."

"같은 검찰청 밥 먹는 사람으로서 쪽팔립니다."

"내 말이."

앞에 앉아 있는 검사가 사건 담당 검사였다는 걸 조금도 모르는 듯한 실무관과 수사관의 대화에 화는 좀처럼 가라앉지 못했다.

"우리도 구청장 친인척 수사라도 맡으면 온천지 난린데 저기는 오죽

하겠나."

"저 정도 급이면 대통령이라도 움직이지 않겠어요?"

"그런가? 어때요, 검사님? 검사님 내려오기 전에 중앙 지검에 있었으니까 잘 알겠네요."

"맞아! 검사님 어디 부라고 했더라?"

적나라하게 검찰 조직을 흉보던 실무관과 수사관의 시선이 동시에 이헌에게 꽂혔다. 그는 숟가락을 내려놓으며 물컵을 집어 들었다.

"특수 1부에 있었습니다."

새로 온 검사님이 어느 부에 있었는지조차 관심이 없던 이들은 이헌의 말에 눈을 껌뻑이다가 서로 눈치를 살피며 입을 꾹 다물었다.

"제가 저 사건 지휘 검사였습니다."

쪽팔리는 일이었다. 아무것도 하지 못하고 무능하게 쫓겨났다고 봐도 무방한 일이었다.

안색 하나 변하지 않고 담당 검사였다고 말하는 이헌 때문에 수사관과 실무관은 꿀 먹은 벙어리가 돼야 했다.

"식사하세요."

이헌은 숟가락을 다시 들었다.

실무관과 수사관은 그의 눈치를 살피며 국밥을 입에 밀어 넣었다. 밥을 입으로 먹는지 코로 먹는지 분간이 안 될 만큼 분위기는 급속도로 냉각되어 갔다.

같은 검사실에서 일하는 사람들에게까지 욕먹을 만한 일이 벌어졌는데 아무렇지 않게 밥을 먹고 있는 자신이 우스워 이헌은 결국 숟가락을 놓고 말았다.

정말 이렇게 다 끝내고 쥐 죽은 듯 조용히 입 다물고 있어야 하는 걸까.

분명 옳은 일이 아닌데 왜 이러고 있어야 하는 건지 모르겠다.

바보 같은 검사가 되고 싶지 않았다. 부친이 이를 갈며 로펌의 몸집을 불린 이유를 비로소 조금이나마 알 것 같아 무력한 자신이 더욱 용

서되지 않았다.

이러려고 검사가 된 게 아닌데.

결국, 세상에서 제일 끔찍한 검사가 돼 버리고 말았다.

8장

"검사님. 여기 갤러리 벗 작품 목록입니다."

수사관이 한 손에 들기도 버거울 정도의 책자를 다현의 책상 위에 내려 두며 숨을 골랐다.

지난 사건 때 압수 수색을 한 자료들을 훑어보던 다현은 책상 위 백과사전만큼이나 두꺼운 책을 보며 혀를 내밀었다.

K그룹이 사회사업의 일환으로 시작한 의료 생명 재단이 점차 확대되어 문화, 아트 재단까지 설립하면서 '갤러리 벗'이 만들어졌다. 갤러리 벗은 해외 유명 작가의 작품부터 국내 무명작가의 작품까지 한자리에 전시하는 파격적인 행보로 미술계에 파란을 일으켰다.

그림 한 점에 수백억 원을 호가하는 작가의 작품을 이름도 없는 무명작가의 작품과 함께 전시하는 기획전은 그들에겐 기회의 발판이었다.

카탈로그에 함께 이름을 올리는 것만으로도 영광인 거장과 함께할 수 있는 유일무이한 전시를 1년에 두 차례씩 진행 중이었다.

덕분에 침체한 한국 미술계에 활력을 불러일으키고 인재를 발굴해 내는 영역으로까지 확대된 상황이었다.

전시에 참여한 무명작가에게 재단에서 개인 작업실까지 마련해 주면서 그룹 이미지가 덩달아 상승하는 효과를 보고 있었다.

"보통 그 정도 이름 있는 작가가 이름도 없는 신인이랑 같이 전시를 하고 싶어 하나요?"

"글쎄요. 미술 쪽은 저도 잘 모르겠네요."

갤러리 수장고에 있는 작품까지 리스트 업 되어 있는 작품 목록을 훑어보던 다현은 수사관의 물음에 머리를 긁적였다.

어릴 때 모친이 그렇게 미술관이며 박물관이며 데리고 다녔지만 어린 다현에게 그곳은 지루하고 재미없는 곳에 불과했다. 그림을 보면 아무 생각도 들지 않는데 도대체 뭐가 좋다는 건지 알 수 없었다.

그림에 대해선 문외한이고, 아무리 봐도 작품 세계를 이해할 수 없어 난감하기만 했다.

"이 그림, 10억이 넘는답니다."

"네?"

하얀 바탕에 검은색의 붓 터치 세 번이 10억을 넘는다니.

그림을 보며 다현은 혀를 내둘렀다.

"오픈 이후부터 지금까지 한 전시회 목록이랑 전시된 작품 리스트는 언제까지 되겠어요?"

"이틀?"

"급한 거 아니니까 꼼꼼히 부탁드려요."

"네."

수사관이 자리로 돌아가고 다현은 작품 목록을 자세히 들여다보기 시작했다.

K그룹 압수 수색 이후 전략 기획실에서 나온 재단 기부 내역서와 후원 내역서를 보면 생각보다 운용되는 돈이 많다는 걸 알 수 있었다.

연극, 뮤지컬, 무용 등 문화 재단에도 꽤 많은 후원이 들어오고 있었지만 아트 재단 쪽은 그 금액이 수백억 원을 넘어가고 있었다.

아무리 미술계 후학 양상에 힘쓰고 있다고 하지만 여전히 갤러리는 자선 사업이라고 해도 과언이 아닐 정도로 한국에선 영역을 확대하기 힘든 일이었다.

그런데 갤러리 벗은 후원 내역부터 시작해 재단에서 기부하는 내역도 액수가 상당했다. 그중 가장 많은 기부금이 들어가는 곳이 '재단 벗'이었다.

기업으로 치자면 '재단 벗'이 본사, '갤러리 벗'은 계열사라고 봐야 했다. 즉 계열사의 이름으로 기부되는 항목 중에 가장 많은 액수가 책정된 항목이 본사를 통해 기부되고 있는 형국이었다.

재단 사업이란 것이 이미지 세탁을 위한 형식에 불과한 사업인 곳이 더러 있었다. 재단을 설립한 취지가 기업의 비자금을 세탁하기 위한 수단인 것이다. 그런 곳들과 달리 K그룹은 재단 사업에도 열을 올리고 있어 사회, 문화적으로 입지가 탄탄하긴 했다.

하지만 비즈니스를 목적으로 설립한 것이 분명한 재단이기에 다현은 들여다볼 필요성이 있다는 판단을 내렸다.

"검사님? 부장 검사님 호출입니다."

실무관이 조심스레 다현을 불렀다. 작품 리스트를 보고 있던 그녀의 표정이 썩 좋지 못했다.

이헌을 복귀시켜 달라며 부장 검사를 들이받은 뒤로 회의 때를 제외하고 첫 독대였다. 무슨 말을 할지 몰라 괜히 불안했다.

부장 검사실 문을 열면서 숨을 크게 들이쉰 다현은 고개를 숙이며 가볍게 묵례했다.

"어려운 거 아니니까 혼자 할 수 있을 거야."

간단한 인사말도 생략이었다. 부장 검사는 다짜고짜 묵직한 기록문을 그녀의 앞에 툭 건넸다.

뭔가 싶어 기록문을 챙겨 든 다현은 페이지를 넘기기 시작했다.

고소장
고소인 한국대학교
주소 XXX XXX XXX XX

전화번호 XX-XXXX-XXXX
피고소인 조민정
주소 XXX XXX XXX XX
직업 한국대 생명 공학과 교수
고소 취지
고소인은 피고소인을 학력 및 학위 위조로 고소하오니 처벌하여 주시기 바랍니다.
범죄 사실
……(하략)……

고소장에 나와 있는 고소인은 명문대인 한국대였고 피고소인은 한국대 교수였다. 그 흔한 학력 위조 사건.

고소장과 그 뒤에 첨부된 졸업장과 논문 등, 증거 자료들을 살펴던 다현은 기록문을 덮었다.

"특수부에서 다뤄야 하는 중요한 사람입니까."

이름만 들어도 알 만한 교수가 아니었다. 특수부에서 다뤄야 할 이유가 첨부된 서류에선 눈에 띄는 점이 보이지 않아 다현은 부장 검사에게 물었다.

"조기철 의원 장녀야."

부장 검사의 입에서 나온 이름에 다현은 미간을 찌푸렸다.

뇌물 리스트 사건을 죄다 엎어 버리고 정권에 사사건건 시비를 거는 야당 최고 의원만 엮어서 기소했다.

함께 거론돼 조사까지 받은 조기철 의원은 당연하다는 듯 불기소 처분이 내려졌다. 비록 그의 장남이 골드서클에서 마약을 신나게 즐겼을지언정 아들이기에 죄를 덮어 준 게 당연하다는 결론이 난 것이다.

그런데 이제 와 여당 대표를 건드려서 뭘 어쩌겠다는 건지 알 수 없었다. 덮으라고 할 땐 언제고 조기철 의원을 건드려서 얻는 게 뭘까.

"받은 게 있는데 작은 거 하나 정도는 돌려줘야 상도에 맞는 거야."

"……."

"내 식구 하나 잘라 냈는데 그쪽 식구 하나 스크래치 좀 낸다고 누가 뭐라고 하겠어."

괜히 이헌의 얼굴이 눈앞에 아른거렸다.

"대충 보니까 졸업 논문도 베낀 거 같고, NYU 학위도 아니야. 브로커 끼고 한 거 같은데 초짜를 썼는지 미국 쪽으로는 손도 못 쓴 거 같아. 대학에 확인해 보면 견적 나올 거 같으니까 쉬울 거야."

제 식구를 쳐낸 복수를 이런 식으로 소소하게 즐길 줄이야. 형사부로 내려온 배당 사건을 중간에서 가로챈 느낌이 상당했다.

"일주일 안에 끝내."

"네. 알겠습니다."

이미 대학 측에서 받은 자료들이 충분해 미국 쪽으로 보강 조사를 하면 시간 끌 것 없이 금방 마무리될 듯싶었다.

다현은 이내 기록문과 첨부된 증거 자료들을 챙겨 들고 검사실로 돌아왔다.

"일주일 안에 끝내랍니다."

테이블 위에 기록문을 툭 내려놓으며 다현은 수사관과 실무관에게 입을 삐죽거렸다. 말이 좋아 일주일이지 또다시 야근의 노예가 되라는 소리였다.

부장 검사의 호출에 설마 하며 기다렸던 수사관과 실무관은 입을 떡 벌리며 눈물을 훔쳤다. 사건이 엎어졌으니 당분간 특수 1부는 언론이 잠잠해질 때까지 배당 사건은 없을 줄 알았는데 시일이 다급한 사건이라니.

"일주일씩 필요해요? 빨리 끝내고 퇴근합시다."

며칠 바짝 날밤을 새우면 끝날 스케일이었다. 그 정도야 누워서 떡 먹기보다 쉬운 일. 다현은 서둘러 수사관과 실무관에게 수사 지시를 내리기 시작했다.

"졸업 논문부터 살펴보죠. 논문이 표절이면 학위도 취소되는 거니까 논문 진위부터 파악해 주세요.”

“네.”

“실무관님은 NYU에 조민정이라는 학생이 있었는지 확인해 주세요. 조기 입학, 조기 졸업 소리 못 하게 넉넉하게 앞뒤로 5년 정도면 충분하겠죠? 한국인 조민정이 입학은 했는지, 다니긴 했는지, 뭐 편입을 해서 왔건 뭐건 조민정이라는 이름을 가진 학생 명단 전부 뽑아 주세요.”

“예.”

다현은 곧장 컴퓨터 앞에 앉아 인터넷을 켰다. 21세기 정보화 시대에 인터넷만큼 많은 정보를 담고 있는 것도 없었다.

인터넷 때문에 범행 사실이 발각되기도 하고, 알리바이가 증명되기도 하고, 피해 사실을 입증하기도 한다. 물론 스마트폰이 보급되면서 생긴 아이러니한 일이었다.

능숙하게 검색창에 조민정의 영문 이름을 적었다. 관련된 페이지들이 뜨기 시작했다.

＊　　　＋　　　＊

어김없이 야근 타임이 찾아왔다.

퇴근 시간이 됐는데도 의자에 접착제라도 붙인 것처럼 찰싹 달라붙은 엉덩이가 떨어질 줄 몰랐다.

수사관의 절친한 친구 동생이 뉴욕대를 졸업했다는 희소식과 함께 공인된 졸업장 원본을 손에 넣을 수 있었다.

다현은 곧바로 조민정이 증거로 내놓은 졸업장과 함께 위조 판별을 맡겨 놓은 상태였다.

조사를 시작한 지 하루가 채 되지 않았는데 조민정이 졸업한 해당 연도의 같은 과를 졸업한 미국 국적의 일본인을 찾을 수 있었다.

역시 IT 강국이라며 인터넷으로 못 찾는 게 없다고 손뼉을 치던 실무관은 중요 증인이 될 일본인에게 질의 서면을 보내 놓은 상태였다.

"이거, 일주일도 필요 없겠는데요?"

수사관이 어깨를 으쓱하며 말했다. 어디서 브로커를 구했는지 몰라도 허술하기 짝이 없었다. 이쯤 되면 조민정의 중, 고등학교 동창들에게 수소문만 해도 가닥이 나올 판이었다.

스케일은 작았지만 이렇게라도 복수를 하라는 신의 뜻인가 싶기도 했다.

"빨리 끝내고 갤러리 쪽도 빨리 털어서 양쪽 다 본때를 보여 줘야죠."

"좋습니다. 이렇게 물먹고 배 터져 죽을 순 없죠."

"다들 몸 사리느라 다른 검사실은 쥐 죽은 듯 조용해요."

실무관의 말에 그녀의 시선이 굳게 닫힌 검사실 문을 향했다. 저 문 너머의 휑한 복도가 현재 특수 1부의 분위기를 대변하고 있었다. 그 누구도 선뜻 검사실을 나와 다른 검사실에 노크하지 않았다.

전체 회의가 있지 않고서는 얼굴 보기가 하늘의 별 따기였다. 작정이라도 한 듯 하나같이 자신의 검사실에 틀어박혀 나올 생각하지 않았다. 간혹가다 시간이 맞으면 점심은 같이 먹을 때가 있다던 실무관의 말조차 믿기지 않을 만큼 온전한 타인이었다.

사내 메신저를 통해 다른 검사실의 실무관과 대화를 할 때면 여전히 살얼음판이라는 대답이 돌아온다고 했다.

후배의 뒤에 숨어 좌천을 면한 이들의 죄책감인지 아니면 똑같은 일을 당하기 싫어 몸을 숨기는 건지 알 수 없지만, 다현은 어쩌면 그들도 피해자가 아닐까 생각했다.

한숨을 쉬며 다시 영어가 빼곡한 조민정의 졸업 논문을 보기 시작했다. 문과생이 이과생의 논문을 본들 무슨 말인지 알기나 할까 싶지만, 대략적인 논문의 주제와 결론은 알고 있어야 했다.

눈을 논문에 콕 박은 채 천천히 읽어 내려갔다. 전공 용어로 범벅이 되어 있어 역시 문과생에겐 해석이 필요한 논문이었다.

전문 교수에게 자문해야 할 것 같아 이 분야의 저명한 국내 교수를 찾기 위해 인터넷 서치를 시작했다.

그때 휴대폰이 책상 위에서 진동하며 그 울림이 다현의 귓전에 들려왔다. 마우스에서 손을 뗀 그녀는 손을 뻗어 서류 더미 속에서 휴대폰을 집어 들었다.

"네."

시선을 모니터에 고정한 채 더듬거리며 전화를 받아 들었다. 이윽고 수화기 너머에선 익숙하고 반가운 목소리가 들려왔다.

―어디야?

이헌이었다.

"어디겠어요. 눈 빠지게 사건 첨부 서류들만 들여다보고 있습니다."

시무룩한 목소리와 상반되게 그녀의 입가엔 잔잔한 미소가 번져 갔다.

―사건 맡았어?

"네. 부장 검사님이 일주일 안에 끝내라고 당부한 사건입니다."

―뭔데.

"검사는 자신이 맡은 사건에 대해서 외부에 발설하면 안 되는 거 아시죠?"

이헌에게 말해도 문제가 될 게 없었지만, 형사부에 배당된 사건을 부장 검사가 중간에서 손을 써 빼 온 사건이라 말을 아꼈다. 조기철 의원에 대한 보복성 수사라고 봐도 무방했다. 그가 알게 돼서 기분 좋을 리도 없었다.

"어렵지 않아서 금방 끝날 거 같아요."

이헌의 목소리 대신 수화기 너머에선 바람 소리가 작게 들리는 것 같았다.

"오늘 야근이에요?"

―아니.

"그럼 밖? 아니면 집?"

―둘 다 틀렸어. 아니다. 하나는 맞는 건가?

모호한 대답이었다. 주말을 앞둔 저녁에 야근하는 공무원이 비정상이긴 하지만 검사에게 주말이 어디 있을까. 큰 사건 하나 터지면 검찰청이 집이고 검사실이 내 방이었다.

"진짜 어디예요?"

일만 하던 검사님이 부산 내려가더니 헛바람이 들었나 싶었다. 시간 아까워서 연애도 안 한다던 양반이 야근을 안 하면 어디라는 걸까. 다현은 궁금증을 참지 못하고 넌지시 물었다.

―지검 앞이야.

이헌의 말이 끝나기 무섭게 다현은 의자를 박차고 일어났다. 뒤로 밀린 의자가 벽에 부딪쳐 굉음을 냈지만 안중에 없었다. 놀란 건 자료를 찾던 수사관과 실무관이었다.

"검사님?"

수사관이 다현을 불렀다. 다른 누군가의 목소리는 들리지 않는 듯 그녀는 전화를 끊고 황급히 검사실을 박차고 나갔다.

어디 가느냐고 목청을 높여 묻는 실무관도 무시하고 사람 하나 없이 휑한 복도를 내달려 엘리베이터 버튼을 눌렀다.

오늘따라 층마다 멈추는 엘리베이터가 야속하기만 했다. 층층이 멈춰서 올라올 생각을 하지 않았다. 괜히 초조해진 마음에 이리저리 왔다 갔다 하며 입술을 깨물어 댔다.

곧이어 올라온 엘리베이터를 타고 1층으로 내려갔다.

당연하다는 듯 층마다 서서 퇴근하는 직원들을 차곡차곡 태우고 1층에 멈췄다. 사람들을 비집고 정문으로 나온 다현은 계단 앞에 서 있는 이헌을 보자마자 그에게 달려들었다.

지검 앞이라는 것도 잊고, 퇴근하는 사람들의 시선조차 의식하지 못한 행동이었다.

이헌의 허리춤을 꽉 껴안은 채 그의 너른 가슴팍에 얼굴을 파묻었다.

여자치고 작은 키도 아닌데 이헌을 끌어안고 있으니 제법 왜소해 보이기까지 했다.

"사람들이 쳐다보는데."

그를 알아보는 사람들이 있을 수 있었다. 줄곧 중앙 지검에서만 검사 생활을 했으니 당연한 일이었다. 순식간에 입을 타고 소문이 날지 모르는 행동을 하는 다현의 귓가에 그가 작게 속삭였다.

그제야 집 나간 정신을 되찾은 다현은 아차 하며 화들짝 놀라 그의 허리를 감싸고 있던 팔을 풀었다. 하지만 커다란 그의 팔이 등 뒤로 다가와 다현을 꼭 끌어안아 작은 머리통을 쓰다듬었다.

"나도 반가워."

그가 웃었다. 누가 알아보기라도 할까 봐 다현은 고개를 들지 못한 채 이헌의 가슴팍에 이마를 맞댔다.

"어떻게 온 거예요?"

슬쩍 고개를 들어 이헌을 올려다보며 물었다. 그는 당연하다는 듯 고개를 숙인 채 다현과 시선을 맞췄다.

"너 보러."

어둠 속이라 다행이라고 생각했다. 얼굴이 달아올라 열감이 느껴지는 듯했다. 터질 듯 뛰어 대는 심장 소리를 이헌이 들을까 봐 숨을 참아야 했다. 가까워도 너무 가까운 거리였다.

그 모습을 바라보던 이헌은 새어 나오는 웃음을 참지 못하고 피식거렸다. 다 큰 여자가 어린애처럼 군다 싶었다. 그게 싫지 않았다. 귀여워 보이기까지 했다.

"볼일이 있어서 겸사겸사 온 거야."

그럼 그렇지, 좋다 말았네. 부산과 서울이 거리가 얼만데. 이 밤에 여자 하나 보러 달려올 만큼 이헌이 로맨티스트가 아니라는 걸 알면서도 김빠지는 건 별수 없었다.

그래도 자신을 보러 왔다는 말이라도 한 게 어디냐며 위안으로 삼았다.

"네가 생각해 보라던 거 생각해 봤어."

일주일 전 맞선을 가장해 이헌의 복귀 조건을 가지고 협상 아닌 협상을 하러 간 자리에서 그는 일단 생각해 보겠다는 말을 했다.

그 답을 하려나 싶어 다현은 이헌의 품을 벗어나 마른침을 삼키며 그의 입만 쳐다봤다.

"일단 할아버님 뵙고 얘기하자."

좋으면 좋고 싫으면 싫다는 대답이 나올 거라 생각했던 다현의 예상을 뛰어넘는 말이 그의 입에서 흘러나왔다. 잘못 들었나 싶어 다현은 눈을 껌뻑였다.

"권다현이랑 연애하는 데 조건이 걸린 거 같아서 별로야."

이헌이 망설이던 이유가 윗선이 개입된 부당한 인사 결정이 아니라 할아버지가 원하던 명분이었을 줄 생각도 못 했던 다현은 손사래를 치며 입을 뗐다.

"그 조건은 할아버지가 아니라 내가 얘기한 거예요. 내가 그렇게 해 달라고 한 거라고요."

"옵션이라는 거야?"

"옵션까지는 아니고……."

"남들이 보면 주객이 전도된 상황이야."

"……."

"손녀사위가 됐으니까 힘을 써 주는 게 아니라 힘을 써 줬으니까 손녀사위가 된 것처럼 보일 거야."

이헌의 포커스가 부정한 권력의 개입이 아니라 조부가 내세운 조건이었다는 걸 그녀는 이제야 깨닫고는 입을 열었다.

"여자만 남자 덕 보라는 법 있어요? 남자도 여자 덕 보면서 살아도 돼요. 나쁜 거 아니고 정당한 거니까 불편하게 생각하지 말아요."

"그사이에 많이 약아졌네, 권다현."

그는 손을 뻗어 다현의 머리를 헝클어트렸다. 부스스해진 머리카락을 정돈하며 그녀가 말했다.

"당연하죠. 전부 치사하게 나오니까 같이 치사하게 굴어도 돼요. 이

건 정당방위입니다.”

당장이라도 치사한 이들이 눈앞에 있다면 잡아먹을 듯한 기세로 다현은 언성을 높였다.

“내일 할아버님 뵈러 가.”

고집도 이런 황소고집이 없을 거라고 생각했다.

“치사하게 나가더라도 할 건 해야 하는 거야.”

“그래도…….”

“냉큼 받기만 하는 건 예의가 아니야.”

“할아버지가 쓸데없는 말씀이 많으셔서…….”

“우리 아버지보단 덜하실 거 같은데.”

“비슷할 수도 있지 않을까요? 두 분이 이런 작당 모의를 하셨는데.”

“할아버님이랑 아버지 둘이서 죽이 잘 맞는 건 분명해.”

다현은 한숨을 내쉬며 고개를 내저었다. 고집불통 두 양반이 만나면 펼쳐질 상황이 머릿속에 그려지지 않았다.

상상하고 싶지도 않은 투 샷을 생각하는 것만으로도 머리가 지끈거렸다. 괜히 일을 벌인 것 같아 마음이 불편했다.

그가 원하던 일이 아니었다. 제멋대로 조부를 찾아가 거래를 했다. 그만큼 이헌의 복귀가 절실했다. 남자 문이헌이 아닌 검사 문이헌이 필요했으니까.

그가 없는 특수 1부는 죽어 가고 있었다.

“밥은 먹었어?”

괜히 혼자 심각해져 입술을 깨물고 있는 다현을 보며 그가 물었다. 이헌의 부드러운 음성에 상념에서 빠져나온 그녀는 그를 바라보며 자신의 얼굴을 매만졌다.

“내가 그렇게 못 먹고 다니는 얼굴로 보여요?”

“뭐?”

“아니. 나만 보면 밥 타령이니까.”

“밥 안 먹고 일하는 타입 아닌가? 너 잘 안 챙겨 먹잖아.”

알게 모르게 자신에 대해 모르는 게 없다고 생각했다.

기특한 남자. 괜히 입꼬리가 쓱 올라간다.

"먹고살자고 하는 일인데 아무거나 대충 먹는 거 별로야."

"참 밥 좋아해요."

피식거리며 놀리듯 그녀는 말했다.

"걱정 마. 너도 좋아하니까."

아무렇지도 않게 툭 내뱉는 그 말이 잔잔하던 호숫가에 큰 물결을 만들어 냈다.

괜히 또 얼굴이 붉어지고 정상으로 돌아온 맥박이 미친 듯이 뛰어대는 것 같았다.

정말이지 문이헌은 여러모로 감당이 안 되는 남자였다.

"밥 먹으러 가자."

그는 다현의 손을 붙잡고 그녀를 이끌었다. 계단을 내려가며 다현은 손을 빼고 팔짱을 끼며 고목의 매미가 된 양 그에게 찰싹 달라붙어 조잘대기 시작했다.

"언제부터 좋아했어요?"

또다시 장난스럽고 웃음기 가득한 목소리가 그녀의 입에서 흘러나왔다.

"까분다."

"언제부터 그렇게 권다현을 좋아했습니까."

다현의 장난에 괜히 민망해지고 웃음이 새어 나왔다.

"권다현 앞에선 말도 함부로 못 해."

이헌은 자신의 팔에 매달린 다현의 머리를 헝클어트리며 웃음을 갈무리했다.

"근데 나 혼자 밥 먹으러 가면 안 되는데. 계징님이랑 실무관님도 야근 중이에요. 혼자 밥 먹는 거 진짜 치사한 건데."

건널목 앞에서 다현은 검찰청을 힐긋거리며 말했다.

이헌이 왔다는 생각에 어디 간다는 말도 없이 내려와 버려 어리둥절하고 있을 두 사람이 신경 쓰였다.

아직 저녁도 못 먹었는데.

"알아서 드실 거야. 걱정하지 마."

"그럼 전화라도 해야……."

"검찰청 밥이 몇 년인데. 목 빠져라 검사님 기다리고 있으실 분들 아니야."

틀린 말은 아니지만, 식사하라는 말을 하고 나올 걸 그랬나 싶어 휴대폰을 만지작거렸지만 이헌에게 뺏기고 말았다.

한편 다현이 뒤도 돌아보지 않고 쏜살같이 뛰쳐나간 뒤 검사실 안은 적막강산이었다.

그녀의 지시에 따라 수사관은 조민정의 졸업 논문 표절 여부를 확인하기 위해 유사하다고 의혹이 일어난 논문의 작성자에게 이메일을 보냈다.

또한 실무관은 같은 해에 졸업한 일본인에게 질의 서면을 보낸 후 받은 답변을 번역하고 있었다.

똑똑.

그때 노크 소리가 적막을 뚫고 들어왔다. 문이 열리고 검은 헬멧을 쓴 남자가 양손에 종이 가방을 들고 검사실로 들어왔다.

"도시락 배달 왔습니다."

시킨 적도 없는 도시락이 배달 왔다는 말에 의아해진 두 사람은 엉덩이를 떼고 일어났다.

"도시락 시킨 적 없는데요?"

실무관의 물음에도 배달원은 도시락이 든 종이 가방을 테이블 위에 내려놓았다.

"결제는 검사님이 하셨고 식사 맛있게 하시랍니다."

누군가의 말을 대신 전해 주는 사람처럼 배달원은 가벼운 묵례까지 하고는 돈을 받지도 않고 쌩하니 사라져 버렸다.

검사님은 갑자기 나가 버렸고 뜬금없이 도시락이 배달됐다. 수사관이 종이 가방에 든 도시락을 주섬주섬 꺼내 테이블 위에 펼쳤다.

누가 봐도 비싸 보이는 스시가 눈앞에 깔리기 시작했다. 일반 도시락이 아니었다.

"2인분인데?"

스시와 튀김. 그리고 된장국이 담긴 도시락은 두 개뿐이었다.

"친구분이 오셨나? 그래서 급하게 나가신 거 아닐까요?"

실무관은 갑자기 사라진 다현의 행방을 추측하며 테이블 앞에 앉아 도시락 뚜껑을 열었다. 맛있는 냄새가 훅 끼쳐 왔다.

"식사하고 들어오시려나 본데? 우리끼리 먹으라고 시키신 거 같지?"

"그런가 봐요. 안 시켜 주셔도 되는데."

결제한 검사님이 어느 집 검사님인지도 모르고 정은상 수사관과 김수진 실무관은 오랜만에 맛있는 저녁을 먹었다.

✤　✦　✤

다현은 이헌을 보자마자 놀라서 아무 말도 못 하는 모친을 보고는 멋쩍게 웃었다.

"처음 뵙겠습니다. 문이헌이라고 합니다."

허리를 숙여 인사한 이헌은 들고 있던 과일 바구니와 꽃다발을 건넸다.

"불쑥 찾아와 죄송합니다."

괜히 부담을 주는 것 같아 할아버지만 뵙고 가려는 순수한 마음에 방문을 미리 알리지 않았다. 그래서 더욱 놀란 듯 보이는 다현의 모친은 좀처럼 벌어진 입을 다물 줄 몰랐다.

"엄마. 뭘 그렇게 얼어 있어."

다현은 모친의 옆구리를 쿡쿡 찌르며 말했다.

독립 후 본가에 잘 오지도 않던 딸이 일주일 사이에 두 번이나 방문한 것도 놀랍기만 한데, 이번엔 웬 훤칠한 남자와 손을 붙잡고 나란히 들어오다니 그야말로 꿈을 꾸는 것만 같았다.

그렇게 선을 보라고 채근을 했는데, 제 할아버지와 무슨 모종의 거래를 한 건지 선을 보자마자 남자를 데리고 집에 온 딸이 수상한 건 둘째였다.

그저 눈앞의 잘생긴 청년이 놀라울 뿐이었다.

검사라고 했는데, 배우 뺨치는 미남이었다. 그것도 조각 미남. 눈을 뗄 수 없을 만큼 잘생겨 사람을 홀리는 것도 같았다.

"진짜, 검사예요?"

두 손을 꼭 맞잡은 채 다현의 모친 강은정 여사는 호기심 가득한 눈으로 물었다.

"네."

"얼굴 아깝게 검사를 왜 해요?"

딸한테도 검사 하지 말라는 소리를 입에 달고 살더니 이젠 이헌에게까지 검사를 왜 하냐고 묻는 은정을 보고 놀란 다현은 모친의 팔을 아프지 않게 꼬집었다.

"어머, 왜 이러니. 잘생겼다는 소리야. 우리 딸한테 아까울 정돈데."

자기 딸이 부족하다는 말을 너무 쉽게 하는 거 아닌가. 다현은 혀를 내둘렀다.

"아닙니다. 다현이도 예쁩니다."

예의상 한 말이 분명할 텐데, 그 말에 모녀가 나란히 녹아들었다.

강 여사가 호들갑을 떨며 딸의 팔뚝을 때렸지만 다현은 아픈 줄도 모르고 이헌을 보며 말똥말똥한 눈을 껌뻑였다.

한없이 부드러운 목소리로 이름을 부르는데 왜 멀쩡하던 가슴이 불같이 뜨거워지는지 모를 일이었다.

예쁘다는 말보다 더 좋았다. 고작 다정하게 이름을 불렀을 뿐인데 기분까지 녹아내리는 것 같았다.

갑자기 사춘기 소녀가 된 느낌이었다. 얼굴이 달아오른 건 아닐까 싶어 다현은 서둘러 얼굴을 두 손으로 가렸다.

"우리 딸 예쁘다고 해 줘서 고마워요."

이름을 불러 줘서 좋은 딸과 그런 딸을 예쁘다 해 줘서 고맙다는 엄마의 동상이몽이었다.

"어서 들어가 봐요. 아버님 뵈러 왔을 텐데."

"조만간 정식으로 찾아뵙겠습니다."

정식으로 찾아뵙겠다는 말이 어쩐지 묘하게 다가왔다.

다현은 날뛰는 가슴을 진정시키려 크게 숨을 고르고는 이헌과 함께 서재로 향했다.

노크를 하자 안쪽에서 기척이 들려왔다. 다현은 조심스레 문을 열고 서재로 들어갔다.

"할아버지. 저희 왔어요."

데려오라던 이헌을 데려오긴 했는데 계획에 없던 일이었다. 당장은 데려올 생각이 없었다. 조부에게 핑계를 대는 게 한두 번도 아니니 이번에도 그렇게 넘어갈 생각이었다.

일단 이헌을 서울로 복귀시키는 게 우선이었다. 뒷일은 그 후에 생각하려고 했는데 할아버지만큼이나 고집불통인 이헌 때문에 결국 두 사람이 마주하고 말았다.

"오랜만에 뵙습니다."

이헌은 다현의 조부에게 허리를 숙였다.

연초에 있었던 부친의 로펌 만찬회에 본의 아니게 참석해 만났던 고문 이사가 다현의 조부일 거라고 누가 생각이나 했을까.

당시엔 다현과 특수부에서 다시 만나기 전이었으니 연결 지으려고 해도 그럴 수가 없었다.

"오랜만일세."

책을 보고 있던 석윤은 돋보기를 벗어 내려 두고 책을 덮었다.

"다현이는 잠시 나가 있어라."

"네?"

"둘이 할 얘기가 있으니 넌 밖에서 기다리는 게 좋겠구나."

이헌을 앞혀 두고 무슨 얘기를 할지 짐작조차 되지 않았다. 괜히 불안한 마음에 다현은 이헌의 눈치를 살폈다.

그는 아무렇지도 않게 나가 있으라며 눈짓했다. 조부가 미심쩍은 건 다현뿐이었다. 결국 그녀는 군말 없이 이헌을 홀로 둔 채 서재 문을 열고 밖으로 나가야 했다.

"앉지."

이헌은 걸음을 옮겨 석윤의 대각선 방향에 앉았다. 이윽고 노크 소리와 함께 서재 문이 열리며 다현의 모친이 직접 차를 내왔다.

은은한 녹차 향이 무거운 분위기 속에서 서재 안을 포근히 감싸기 시작했다.

"들게. 향이 아주 좋아."

다현의 조부는 찻잔을 들어 향을 음미하며 녹차를 머금었다.

"보성에서 내 친우가 직접 재배한 녹차야."

"향이 정말 좋습니다."

석윤은 사람 좋은 미소를 띠며 소리 내 웃었다.

"그놈이 나라 살림은 제대로 못 꾸렸는데 농사 하나는 기가 막히게 잘 지었어."

석윤의 말에 녹차를 마시던 이헌은 조심스레 찻잔을 내려놓았다. 그리고 잔에 담긴 녹차를 주시했다.

나라 살림을 제대로 꾸리지 못했는데 지금은 보성에 살면서 작게 녹차 재배를 하며 노년을 보내고 있는 사람이 누군지 깊게 생각할 것도 없었다.

역대 정권 중 가장 소시민적인 정책을 펼쳐 정, 재계 두루두루 비위를 거스른 한종석 대통령. 그였다.

"유독 자네 부친을 많이 안타까워했어."

석윤이 법무부 장관의 임기를 끝내고 퇴임을 한 이후 한종석 대통령 임기 말에 법무부 장관과 검찰 총장이 한꺼번에 바뀌면서 권력이 한쪽으로 쏠리기 시작했다.

곧 임기가 끝나는 대통령은 정권 전반에서 힘을 잃기 마련이었다. 하물며 정권을 교체해야 한다는 목소리들이 높아지던 시점에서 검찰은 대통령의 눈치를 보지 않았다.

그들은 온전히 새 정권을 맞이할 준비를 하고 있었고 당시 야당과 재계의 정경 유착을 파헤치던 대검찰청 중앙수사부는 총장의 지시에 사건을 엎어야 했다.

하지만 부장 검사였던 이헌의 부친은 총장의 지시를 따르지 않았고 파면이라는 결과를 맞이했다.

"임기 말이라 약발 다 떨어진 거지. 정권 바뀔 거 같으니까 노선 갈아타면서 말 안 듣고 버티는 문 대표를 쳐낸 거야."

당시 부친의 얼굴이 떠올랐다. 왜 자신이 옷을 벗어야 하는 건지 모르겠다고, 술을 마시며 통곡하던 그 얼굴이 아직도 잊히지 않는다.

"말 안 듣는 놈은 어딜 가나 잡음이 생기지. 끌어안고 갈 이유가 조금도 없는 거야."

"……."

"안타깝게도 당시에 문 대표 손을 잡아 줄 놈들이 하나도 없었네."

지방 법대 출신이 가장 문제였다. 연수원 동기 중에도 같은 대학을 나온 이가 드물 정도였다. 때문에 그는 검사 임관 후에 지방 지청과 지검을 전전하다가 국무총리 부친의 사기 사건을 다루면서 매스컴의 주목을 받았다.

그 후 중앙 지검으로 불려 올라와 공안부에서 특수부로 그렇게 전형적인 특수통의 전철을 밟아 대검 중수부 부장 자리까지 올라갔다.

하지만 끈 하나 없이 버티고 있는 그를 시샘하던 동기들과 선배들이 등을 돌렸다. 누구 하나 그와 함께 한목소리를 내 주는 이가 없었다.

수천 명의 검사 속에서 혼자 다른 목소리를 내고 있었던 것이다.

"자네도 방패막이로 살다가 부친처럼 검사 생활 끝낼 건가."

석윤은 넌지시 물었다.

이미 그의 가슴엔 아버지의 눈물이 깊게 새겨진 후였다.

"제가 다시 복귀한다고 해도 지금과 같은 일이 생기면, 제 신념은 변함없을 겁니다."

부당한 이들과 타협할 생각이 없다는 말이었다. 돌아온다고 해도 지금과 같을 거라는 소리였다.

부친의 좌절을 보고도, 또 자신 역시 똑같이 당하고 있으면서도 무릎을 꿇지 않겠다는 얘기를 하고 있는 것이었다.

단호한 이헌의 음성에 석윤의 미간이 일그러졌다.

"하지 말라고 해도 할 거란 얘기인가?"

그의 눈에 비친 이헌은 보수적인 검찰 집단에서 눈엣가시가 될 기질이 다분해 보였다.

집요하고 고집스러운 성미가 검사라는 직업과 시너지를 발휘할 수는 있겠지만 때로는 그런 점이 이헌의 발목을 잡아 그를 좌절케 만들 것 같았다.

사실상 이미 그렇게 되어 버려 검찰 수뇌부의 눈 밖에 난 상태였다.

"검사로서 해야 하는 일이라면 할 겁니다."

석윤의 걱정에도 이헌은 아랑곳없었다. 그가 바라본 다현의 조부도 권력을 손에 쥔 채 법의 테두리 안에서 벗어나다 못해 좌지우지하는 분이었다.

실제로 그 권력으로 부친의 로펌에서 고문 이사로 명함을 파 놓고 전화 한 통으로 시안이 맡은 사건의 담당 검사들을 굴복시키곤 했다.

"그런 생각이라면 돌아가도 되풀이되고 말 거네."

자신의 능력을 마음껏 펼치기도 전에 무릎이 꺾여 버린 젊은이가 안타까워 석윤은 고개를 내저었다.

검사로서 이헌의 능력을 높게 샀다. 기소율만 봐도 타의 추종을 불허할 만큼 월등했다. 그런 실력을 제대로 펼치지 못하고 이대로 끝이 나 버릴까 괜히 마음이 쓰였다.

"뿌리를 도려낼 수 없어서 가지만 쳐내니까 계속 병이 들어 있는 거야. 곪아 버려서 약도 소용이 없어."

법무부와 사법부의 현주소이자, 법치 국가의 부끄러운 민낯이었다.

"도와주십시오."

찻잔에 손을 뻗던 석윤은 이헌의 묵직한 음성에 멈칫하며 잔을 들어 녹차를 머금었다.

"이렇게 끝낼 수는 없습니다."

본인을 가리키는 말이 아니라는 건 이헌과 한마디만 나눠 봐도 알 수 있는 일이었다. 그가 도와 달라는 게 복귀가 아니라는 사실을 기민 하게 알아차린 석윤이 조용히 찻잔을 내려놓았다.

"……뭘 가지고 있나."

아무것도 없이 무턱대고 도와 달라고 할 인물이 아니었다.

"압수 수색 당시에 K그룹의 비자금 계좌를 찾아냈습니다."

직원들의 직계 가족은 물론 일가친척까지 동원된 차명 계좌. 물론 그조차 빙산의 일각에 불과할 것이다.

불시에 들이닥친 압수 수색이 아니었더라면 그마저도 찾아내지 못했 을 터. 그 속엔 기업들의 비리가 담긴 내부 문서들이 상당수였다. 그 탓 에 장현 회장과 더불어 대호그룹 부회장과 MK건설 회장까지 나서 윗 선에 손을 쓴 거라고 봐도 무방했다.

"그 정도면 그다지 큰 건도 아니지."

하지만 기업들의 비자금은 어디에나 존재하는 것이었고, 차명 계좌 로 흘러가는 루트도 뻔한 이야기였다.

"비자금을 세탁한 정황이 있습니다. 여당, 야당 할 거 없이 제법 흘 러들어 간 거로 보입니다."

"쯧, 그 짓은 언제쯤 그만두려나."

"MK건설도 도로 건설 수주와 건설 시공을 따내기 위해 제법 뿌린 듯합니다."

"그것들은 털면 먼지만 한 트럭일 거다."

건설사는 본디 하청 업체 비리도 많았고 수주를 따내기 위한 접대와 로비 역시 암암리에 당연시하는 분위기였다. 한번 털기 시작하면 줄줄이 딸려 나와 엮일 건수들이 한둘이 아니었다. 그런 이유로 웬만해선 건설 회사는 건드리지 않는 편이 좋았다.

그들에게 접대와 로비를 받은 이들 또한 만만한 상대가 아니니, 지금처럼 골치 아픈 일들이 심심치 않게 벌어지기도 했다.

"그래서 그것들 잡아다가 조사 들어가면, 걔들이 눈뜬장님도 아니고 가만히 있겠어?"

"……."

"자네 목 자르려고 안간힘을 쓸 텐데."

"그래서 부탁드리러 온 겁니다."

이헌의 음성이 제법 묵직했다.

"말해 보게."

석윤은 문이헌이라는 청년이 궁금했다. 만찬회에서 지나가듯 인사를 주고받았지만 악수를 나눈 손의 단단함과 눈빛에 어린 강직함을 잊을 수 없었다.

냉정하고 이지적인 외면과 달리 이빨을 세운 범 한 마리가 가슴에 들어앉아 있음을 알 수 있었다. 검사로 좋은 청년이라고, 하지만 만년 평검사로 썩히기엔 또 아까운 인물이라 아쉬움이 자연스레 뒤따랐다.

그때 떠오른 것이 손녀 다현이였다.

불의를 보면 참지 못하고 솔직하다 못해 욱하는 성미까지 있는 손녀에겐 이헌이 제격이라 생각했다.

서로 상충하는 점을 보완해 주는 좋은 관계가 될 거라고 믿어 의심치 않았다.

"명분이 있으면 지검에 복귀시켜 주신다고 말씀하셨다는 거 알고 있습니다."

"그랬지, 내가."

"원하시는 명분은 당분간 힘들 거 같습니다."

권력이란 벽 앞에 돌아서 버린 사내의 마음이었다.

이대로 지방을 떠돌다 검사 생활을 끝낼지언정 자신을 좌천시켜 버린 그 권력과 다르지 않은 힘을 등에 업고 복귀할 생각은 없었다.

그 마음을 짐작이라도 한 건지 석윤은 그저 입을 닫은 채 이헌을 지켜봤다.

"다현이와 정식으로 교제하겠습니다. 하지만 결혼은 성급합니다."

역시. 손녀사위 하나는 제대로 본 모양이다. 석윤은 아직 사람 보는 눈이 죽지 않은 것 같아 꽤 흡족했지만 굳이 내색하지 않았다.

부러 뿔이나 심통 내는 늙은이처럼 굴었다.

"그럼 내 손녀랑 실컷 연애나 하다가 때려치울 생각인가?"

그의 불퉁한 언성에도 이헌은 침착하게 말을 이어 나갔다. 조금의 동요도 없었다.

"성급하다고 했지, 하지 않겠다고는 안 했습니다."

"이 늙은이를 가지고 놀자는 거지."

"손녀사위가 되면, 그때 도와주십시오."

석윤은 찻잔을 들었다. 차게 식어 가고 있는 녹차의 향은 여전히 짙었다.

"정말 아무것도 필요 없다는 건가."

"제힘으로 돌아오겠습니다."

고맙지만 석윤이 쥔 권력의 도움은 사양이라는 말이었다. 도와주겠다는 어른의 제안을 단칼에 거절한 이헌은 여전히 평온한 얼굴이었다.

그의 만면엔 조금의 초조한 기색도 찾아볼 수가 없었다. 지방으로 좌천되어 자리를 잃은 사람의 낯이 아니었다.

"말이 쉽지. 그게 될 거 같나."

찻잔을 내려놓으며 석윤은 쯧쯧, 혀를 찼다. 이헌이 저 스스로 돌아오겠다는 말을 했지만 그건 영 미덥지 못했다. 그를 믿지 못하는 것이 아니라 검찰이라는 조직의 보수적인 수뇌부들을 신뢰하지 않았기에.

그도 한때 검찰 밥을 먹고 법무부 밥을 먹으며 살았지만 조직의 고리타분하고 보수적인 성향이 좀처럼 감당되지 않을 때가 왕왕 있었다.

"자기들 손으로 내쫓았는데 눈에 흙이 들어오지 않는 이상 다시 불러올릴 리가 없지. 암. 그렇고말고.”

“그렇게밖에 할 수 없을 겁니다.”

이헌은 단언했다.

확신에 찬 모습이 불안해 보였지만 석윤은 내색하지 않았다.

“자네 뜻이 정 그렇다면야.”

싫다는 사람을 붙들고 억지로 앉혀 놓을 수는 없는 노릇이었다. 알아서 할 수 있다고 하니 그저 믿고 기다리는 수밖에.

“그만 가 보겠습니다. 조만간 정식으로 찾아뵙겠습니다.”

이헌은 자리에서 일어나 허리를 숙였다. 멀리 나가지 않는다며 석윤은 어서 가 보라고 손짓했다.

그는 뒷걸음질을 치며 문가로 나왔다. 다시 한번 더 묵례한 뒤 문을 열었다.

“어어!”

문이 열린 순간 엿듣고 있던 게 분명해 보이는 다현이 서재 안으로 쏟아지듯 들어왔다.

자연스레 이헌의 가슴팍에 안긴 형상이 된 그녀는 화들짝 놀라 그를 밀치고 돌아섰다.

그런 두 사람을 보며 작게 고개를 가로저은 석윤은 차 한 모금을 들이마셨다.

“할아버지랑 무슨 얘기 했어요?”

다현을 검찰청에 데려다주는 길이었다. 이헌의 눈치를 살피던 그녀가 안전벨트를 움켜쥔 채 물었다.

능숙하게 차선을 변경해 가며 운전을 하던 이헌은 옆을 힐긋거리며 말했다.

“다 들었잖아.”

민망함에 다현의 얼굴이 금세 붉게 물들었다. 이헌은 피식 작게 웃었다.

다현은 할아버지가 그와 무슨 얘기를 하는지 궁금해서 견딜 수 없었다. 들리지 않을 걸 알면서도 문가에 귀를 가져다 댔지만 역시 아무것도 들을 수 없었다.

"방음이 정말 잘됐더라고요. 그 집이 그렇게 방음이 완벽한 줄 몰랐어요."

민망함도 잠시, 다현은 천진난만한 어린애처럼 웃으며 손뼉을 마주 쳤다.

"별 얘기 안 했어."

좌회전 신호를 받기 위해 차가 멈춰 섰다.

"비밀 얘기라도 한 거예요?"

다현은 눈을 빛내며 물었다. 무슨 얘기를 했기에 자신만 쏙 빼놓고 둘이서 숙덕거린 건지 궁금할 따름이었다.

"손녀랑 정식으로 교제하겠다고 말씀드렸어."

"네? 나한테도 안 한 얘길 할아버지한테 한 거예요? 번지수가 잘못된 것 같은데……."

괜히 또 투덜대며 말꼬리를 흐리면서도 자꾸만 새어 나오는 웃음은 어쩌지 못했다.

그런 다현의 모습을 보며 이헌 역시 웃음 섞인 목소리로 말했다.

"원래 어른한테 허락받는 게 먼저야."

결혼이라면 모를까, 연애나 좀 하겠다면서 웬 허락이냐는 말이 목 끝까지 차오르는 걸 겨우 삼켰다.

"우리가 일반적인 상황은 아니잖아."

차마 부정할 수 없는 말이라 대꾸하지 못하고 입을 달싹였다.

"당장 결혼을 생각하는 분들인데 시간은 벌어 놔야 하지 않을까."

이헌은 당장이라도 복귀를 바라는 다현에게, 내일이라도 곧 복귀할 거라고 생각하고 있는 그녀에게 그런 일은 없을 거라고, 나는 그렇게 하지 않을 거라는 말을 차마 쉽게 할 수 없었다.

허심탄회하게 얘기할 수 없으니 애초에 말을 꺼내지 않는 편이 그녀를 위해서도 나았다.

권력을 등에 업은 채 누가 아군이고 적군인지 알 수 없는 그곳으로 돌아가는 건 여전히 옳지 않다고 생각했다. 그렇기에 누구보다 자신의 복귀를 바라는 다현의 마음을 받은 것으로 족했다.

"그래서 언제 복귀하는 거예요?"

아니나 다를까 이헌의 복귀가 당연시된 듯한 뉘앙스로 그녀가 물어왔다.

"글쎄, 곧?"

모호한 대답이 그의 입에서 흘러나왔다.

"할아버지가 얘기 안 했어요?"

"하루아침에 될 일 아닌 거 알잖아."

"……."

"걱정하지 마."

괜히 조급해 보이는 다현을 그는 다독였다. 그사이 검찰청 건물이 시야에 또렷해지고 이헌의 차가 멈춰 섰다.

이헌은 손을 뻗어 보조석 안전벨트를 풀어 주며 그녀의 말간 이마에 가볍게 입을 맞췄다. 온기가 가득한 입술의 감촉이 느껴지자 다현은 미소를 머금었다.

"빨리 들어가."

그의 재촉에 알았다며 문을 열던 다현이 별안간 행동을 멈췄다. 그리고 재빠르게 몸을 돌려 이헌의 볼에 쪽 소리가 나게 입을 맞춘 뒤 배시시 웃으며 문을 열었다.

"조심히 내려가요!"

괜한 민망함에 잘 가라는 인사가 유독 우렁찼다. 문이 열리기 무섭게 뛰어나간 다현은 뒤돌아보지 않고 머리 위로 손을 흔들며 검찰청 안으로 모습을 감춰 버렸다.

창밖으로 더는 다현의 모습이 보이지 않자 이헌은 그제야 액셀을 밟아 검찰청 앞마당을 벗어났다. 그의 얼굴 위로 환한 웃음이 번졌다.

이럴 땐 마치 어린애 같았다. 검사 권다현이 죽어라 말 안 듣는 고집불통이라면, 삭막한 검찰청 밖의 여자 권다현은 제법 엉뚱한 구석을 보였다. 그 모습이 싫지 않았다.

이헌은 다현을 떠올리며 상암동으로 향했다. 그리 멀지 않은 곳임에도 도로에 쏟아져 나온 차들로 인해 가다 서기를 반복했다. 상념에서 빠져나올 무렵 차는 프랜차이즈 카페 앞에 멈춰 섰다.

망설임 없이 차에서 내린 이헌은 문을 열고 카페로 들어섰다. 마치 누군가를 찾는 듯 두리번거리던 그는 구석에서 손을 치켜든 이를 발견하고는 큰 보폭으로 다가가 맞은편에 앉았다.

"오랜만입니다."

"못 본 새 더 훤칠해지셨네, 문 검사님."

이헌이 악수를 청하자 깔끔한 정장 차림의 남자가 웃으며 손을 잡았다.

"제 선물입니다."

악수가 끝나기 무섭게 이헌은 안주머니에서 조그마한 USB를 꺼내 테이블에 내려놓으며 남자의 앞으로 건넸다.

반갑다며 웃던 남자는 안색을 바꾸곤 작은 USB를 집어 들어 만지작거렸다. 곧 걱정스러운 눈으로 이헌을 바라보며 무거운 입을 뗐다.

"정말 괜찮겠어?"

이헌은 대수롭지 않다는 듯 고개를 끄덕이며 말문을 열었다.

"팽 당한 놈인데 안 괜찮을 건 또 뭐겠습니까."

그는 조소했다. 타인에게 자신의 상황을 직접 말한 건 처음이었다. 입 밖으로 내뱉고 나니 정말 못난 놈 같았다. 심지어 제힘으로 어쩌지 못해 타인을 끌어들이려 하다니. 해서는 안 되는 일이라는 걸 알면서도 어쩔 도리가 없었다.

이렇게라도 하지 않으면 악순환은 계속될 거고, 자신과 같은 검사들

315

이 늘어날 게 자명했다.

결심한 이상 돌이킬 수 없는 것이다.

"출처가 너라는 게 밝혀지면 좌천으로 안 끝날 거야."

그는 이헌의 선배였다. 법대를 나왔지만, 사법 고시가 아닌 언론 고시를 보고 기자가 되어 방송국에 들어가 현재는 HBC 정치부 부장을 맡고 있었다.

이헌이 건넨 USB 속에 들어 있는 문서가 뭔지 짐작조차 가지 않았다. 다만 이것이 세상에 드러난다면 타깃이 누가 됐든 이득 볼 사람은 없다는 것이 팩트였다.

"제 목숨 줄 선배님한테 넘어간 겁니다."

"목숨 줄 쥔 놈한테 가서 살려 달라고 해야지, 왜 애먼 데 와서 이래?"

"선배님 말고는 저 살려 줄 사람이 없습니다."

똥이 무서워서 피하나, 더러워서 피하지. 하지만 더러운 똥을 치워 놔야 그다음 사람이 제대로 된 길을 걸어갈 것이다. 그 누구도 더러운 것을 치우려 하지 않으니 스스로 치울 수밖에.

그것이 그가 총대를 멘 이유였다. 더불어 그에게 가장 중요한 것은 누구의 입김 없이 스스로 지검으로 복귀하는 일이었다.

다현과의 결혼을 전제로 명분을 얻어 복귀하는 건 티끌을 묻히는 것과 다르지 않다고 생각했다. 그것이 선배의 힘을 빌리는 이유이기도 했다.

"하여튼 문이헌 배짱은 알아줘야 해."

철저히 제보자가 없는 것처럼 보도가 나갈 테지만 세상에 비밀은 없었다. 어떤 식으로든 정체가 밝혀진다면 검사 문이헌은 사라질 게 자명했다.

그런데도 눈빛 하나, 안색 하나 변하지 않고 불도저처럼 밀고 나가는 그를 보며 선배는 고개를 끄덕였다. 이 정도 배짱이면 알아서 잘 대처할 거라고 믿었다.

"잘 부탁드립니다."

서둘러 자리에서 일어난 이헌은 고개를 숙였다. 선배는 이헌의 어깨를 토닥이며 USB를 안주머니에 챙겨 카페를 나갔다.

그길로 이헌은 곧장 부산으로 향했다.

✤　　✤　　✤

─이경제 의원의 첫 공판일이 잡혔다는 소식을 어제 전해 드렸습니다. 한빛은행의 불법 대출 건으로 압수 수색 이후 구속된 한영식 은행장이 작성한 것으로 확인된 뇌물 리스트는 검찰 조사 결과 사실이 아닌 것으로 밝혀졌습니다. 하지만 당시 참고인 조사를 받은 K그룹, 대호그룹, MK건설과 관련된 중요 문건을 HBC 보도국에서 단독 입수했습니다.

9시 뉴스 앵커의 멘트가 끝나자마자 자연스레 관련 영상과 함께 취재를 맡은 기자의 멘트가 흘러나왔다.

─K그룹의 비자금 내역이 상세하게 적혀 있습니다. 그 규모가 수천억 원대입니다. MK건설이 지난 3년간 정부와 기업들로부터 따낸 건설 수주와 시공 내역입니다. 도로 건설 시공을 따낸 후 입찰가가 내역서와 맞지 않은 걸 확인할 수 있었습니다. 중간 정산 내역과 최종 견적도 완전히 다릅니다. 대호그룹의 비자금 내역서입니다. K그룹과 마찬가지로 수천억 원대를 형성하며 정치권과 주요 정부 기관에 흘러 들어갔습니다. 또한 K그룹은 오너 일가 명의로 국내 아파트와 주택, 하와이와 LA에 주택을 매입한 내역까지 있습니다.

영상에서는 그룹별로 정리된 문건 중 확인을 마친 사항들에 관한 내용이 집중적으로 클로즈업되어 나왔다. 기자의 멘트는 담백했다.

영상이 끝나고 다시 앵커의 모습이 화면에 가득 잡혔다.

―보도국에서 입수한 문건은 한영식 은행장의 뇌물 리스트 수사 도중 정치부 고민석 기자가 입수한 것입니다. 재벌 그룹들이 무혐의 처분을 받은 까닭이 검찰에서 봐주기식 수사를 했기 때문이라고밖에 볼 수 없는 문건들입니다. 문건을 입수한 고민석 기자를 스튜디오에 모셨습니다.

화면 가득 앵커와 기자가 나란히 잡혔다. 두 사람의 대화가 심도 깊어질수록 시청률은 올라가고 인터넷은 난장판이 되어 갔다.

―두 달가량 이어진 검찰 조사에서 단 한 차례의 참고인 조사를 받은 그룹의 오너들은 모두 불기소 처분을 받았습니다.
―고민석 기자는 해당 문건을 언제 입수한 것입니까.
―이틀 전 입수했습니다. 모두 압수 수색 이후 드러난 비자금 내역들과 문건들입니다.
―자세히 들여다보지 않더라도 비자금이 불법적으로 쓰였다고밖에 볼 수가 없습니다.
―네. 그렇습니다. 분명 검찰에서 압수 수색 후에 문건들을 확인했을 텐데 넘어갔다는 건 뇌물 리스트에만 초점을 맞춰 사건을 축소, 은폐하려 했다고밖에 볼 수 없는 상황입니다.
―당시 수사를 맡은 서울 중앙 지검 특수 1부에서 불법적인 상황을 알고도 묵인했다, 이렇게 알면 될까요.
―그렇습니다. 당시 수사 지휘를 맡았던 특수 1부 문이헌 검사는 명백한 사유 없이 부산 동부 지청으로 발령을 받아 내려가 있는 상황이고, 수사 팀에 남은 정상엽 검사가 뇌물 리스트 사건 수사를 마무리 지으면서 이처럼 사건이 축소, 은폐되었습니다.
―수사가 마무리되지 않은 상황에서 지휘 검사가 갑자기 지방으로 발령이 나는 것이 보편적인 상황입니까?
―그렇지 않습니다. 문이헌 검사는 초임 시절부터 중앙 지검에 있으면서

강력부를 비롯해 형사부, 공안부, 특수부까지 두루 지낸 인재나 다름없다는 것이 정평 나 있는 검사입니다.

―보수적인 검찰 집단에서 연수원 기수를 무시하고 문이헌 검사에게 수사 지휘를 맡겼다는 것만 봐도 그분의 실력은 의심할 수 없겠습니다.

―네. 그렇습니다. 더불어 문이헌 검사가 부산 동부 지청으로 내려간 뒤부터 뇌물 리스트 수사에 속도가 붙어 빠르게 마무리된 건 부정할 수 없는 사실입니다.

―현재 한영식 은행장이 작성한 것으로 확인된 뇌물 리스트 수사 선상에 올랐던 사람들은 어떻게 되었습니까?

―이경제 의원과 한영식 은행장은 공판 기일 조정 중입니다. 또 국토 교통부 건설정책과, 토지정책과, 건축정책과 과장과 서기관, 사무관들은 약식 기소 상태입니다.

분위기는 무겁게 가라앉았다. 앵커와 기자의 대화가 길어질수록 여론은 정, 재계를 질타하고 욕을 퍼붓고 손가락질하기 시작했다.

또한 부정부패의 온상이라며 검찰에 포커스가 쏠리기 시작했다.

출근길이 평소와 달랐다.

지하철에 사람들이 덜 붐비는 것 같았고 미세 먼지 가득한 하늘도 오늘따라 푸르기만 했다. 지하철을 내려 검찰청으로 향하는 걸음이 무거운 것도 기분을 싸하게 만들었다.

일찌감치 퇴근해 초저녁부터 잠을 잤는데도 마치 며칠 밤 야근한 것처럼 머리가 무거웠다.

검찰청 건물로 들어서자마자 유독 가라앉은 공기에 숨이 턱 막혀 왔다.

다현은 축 늘어진 몸을 이끌며 검사실에 들어섰다. 문고리를 붙잡고 문을 연 순간 수사관과 실무관의 시선이 그녀에게로 쏟아졌다.

"어제 뉴스 보셨죠?"

컴퓨터 앞에 나란히 앉아 모니터를 들여다보던 실무관이 다현에게 물었다. 집에 가자마자 뻗어 버려 제대로 씻지도 못하고 잠을 잤는데 뉴스를 봤을 리 없었다.

그녀가 영문도 모른 채 고개를 내젓자 실무관이 소란을 떨며 다현을 컴퓨터 앞에 끌고 가 앉혔다.

"지금 완전 난리가 났어요!"

수사관이 자못 심각한 얼굴과 목소리로 고개를 내저으며 모니터에 띄워진 영상을 클릭했다. 이윽고 어제저녁 9시 뉴스가 흘러나오기 시작했다.

출근길이 평소와 달랐던 이유가 이것 때문이었나. 뉴스를 보는 그녀의 낯빛이 점점 어두워져 갔다.

팩트가 체크되지 않은 사실을 뉴스에 내보낼 리 없었다. 문건의 출처가 그만큼 정확하고 보도되고 있는 내용이 사실 무근이 아니라는 말이었다.

앵커와 기자가 나란히 앉아 검찰을 깎아내리는 대화를 주고받는 것을 끝으로 다현은 영상을 정지시켰다.

"이게…… 어떻게 된 일이에요?"

수사 팀의 일원이었던 그녀가 아연실색하는 건 당연한 일이었다. 실무관의 입에선 짙은 한숨이 흘러나왔고 수사관은 난감한 듯 머리를 긁적이며 입을 뗐다.

"압수 수색하고 나온 문건 중에 없었던 건데……."

"워낙 자료들이 많이 쏟아져서 세세하게 체크 못 했을 수도 있어요. 다른 검사실에서 봤을 수도 있고."

보도된 내용 자체를 의심하는 수사관과 뉴스는 의심하지 않되 검찰 내부를 미심쩍어하는 실무관이 만들어 낸 틈 사이에서 다현은 미간을 찌푸리며 이마를 매만졌다.

수사관과 실무관들은 보지 못했겠지만, 압수 수색 이후 나온 자료가 확실했다. 그녀 역시 따로 보관하고 있는 자료였다.

"검찰 내부를 통해 문건이 흘러 들어간 것만은 확실합니다."

수사관의 의견에 전적으로 동감하는 실무관은 고개를 끄덕였고, 애써 현실을 부정하고 싶은 다현은 한숨을 내뱉었다.

검찰의 치부가 낱낱이 까발려진 것이나 마찬가지였다. 검찰의 신뢰가 바닥을 치는 소리가 들려와 무겁던 머리가 깨질 듯 아파 왔다.

"문 검사님 일까지 대놓고 말할 정도면…… 작정하고 물먹이려는 게 분명합니다."

그들은 수사 지휘 검사가 사건이 종결되지도 않았는데 지방으로 발령을 받아 내려간 사실에 대해서도 의심을 드러내며 검찰 조직을 깎아내렸다.

지검의 분위기가 무겁던 이유가 이 때문인 것이 분명해 보였다.

"아침부터 부장 검사급 회의 소집됐어요……."

실무관이 힘 빠진 목소리로 지검 수뇌부들의 소식을 알려 왔다. 아침부터 회의가 소집되지 않는 게 이상할 상황이다. 출근 전부터 회의 소집이 떨어졌을 게 자명했다.

다현은 한숨과 함께 자리를 박차고 일어나 검사실을 나와 휴대폰을 꺼내 들었다. 통화 목록의 첫 번째에 자리하고 있는 이헌에게 망설임 없이 전화를 걸었다.

수화기 너머의 연결음이 제법 길었다. 그 찰나의 시간에 초조함은 배가되었다.

—잘 잤어?

연결음 끝에 들린 이헌의 음성은 여느 때처럼 부드러웠다. 그 달달함도 안중에 없이 다현은 채근하듯 다급히 물었다.

"지금 잘 잔 게 중요한 게 아니라, 뉴스 봤어요?"

이헌이 못 봤을 리 없다는 걸 알면서도 확인해야 했다.

다른 누구도 아닌 그의 이름이 거론된 뉴스였다. 자칫 잘못하다간 제대로 밉보여 복귀는커녕 이대로 옷을 벗을지도 모르는 일이었다.

─봤어.

그의 대답에 그녀의 입에선 또 한 차례 짙은 한숨이 터져 나왔다.

"여기 완전 초상집 분위기예요."

─신경 쓰지 말고 하던 일 해.

신경이 어떻게 안 쓰일 수 있을까.

뉴스에서 대놓고 검찰을 저격했고 이헌을 거론하며 특수 1부 전체를 깎아내렸다.

아무 일 없다는 듯 넘어갈 상황이 아니라는 건 햇병아리 초임 검사도 알 수 있는 일이었다.

이헌처럼 좌천으로 끝난다면 다행인 상황이었다. 누군가는 책임을 지고 검사 옷을 벗어야 하는 일이 벌어질 듯했다.

"나도 제법 간 크다고 생각하면서 살았는데, 여긴 웬만한 간덩이론 못 버티겠어요."

씁쓸한 성토였다. 하지만 수화기 너머에선 설핏 이헌의 웃음소리가 들려왔다.

"지금 웃음이 나와요?"

─그럼 울까?

약 올리려고 작정한 사람처럼 구는 이헌이 얄미웠다.

"정말 이럴 때 여기 없고……."

괜스레 울적해진다. 의지할 사람이, 믿는 선배가, 듬직한 검사가 없다는 것이 서럽기만 했다.

─권다현 달래 주러 지금 가야 하는 거야?

"그 말이 아니라! 담당 검사가 자리에 없으니까……."

지휘 검사직이 상엽에게 넘어갔지만 적어도 그녀의 눈에 비친 정상엽 검사는 지휘 검사로서 최선을 다하지 않은 걸로 보였다. 그는 담당 검사가 될 자격이 없었다.

그저 윗선의 눈치를 보며 지시한 대로, 그러지 말아야 하는 걸 알면서도 당연하다는 듯 수사를 마무리 지었다. 끝까지 저항하다가 쫓겨난 이헌보다 선배이면서도 제 몫을 해내지 못한 검사라고 생각했다.

시간이 지나면 지날수록 검사 문이헌이 절실하기만 했다.

─넌 그냥 네 할 일만 해.

"……."

─어차피 일개 평검사가 어쩌지 못하는 일이야.

이헌의 말에 다현은 한숨과 함께 마른세수하며 흘러내리는 머리카락을 거칠게 쓸어 넘겼다.

"정말 하루도 조용할 날이 없어요."

중앙 지검 특수부로 발령 난 이후 처음으로 동부 지검으로 돌아가고 싶다는 생각이 간절하게 드는 날이었다.

9장

"도대체 어디서 샌 거야!"

지검장의 언성에 검사장실에 모인 이들은 숨죽여 고개를 떨궜다.

뉴스의 파급력은 상상 이상이었다. 검사장실 전화는 물론 개인 휴대폰까지 전화통에 불이 났다.

검찰 총장은 물론 법무부 장관까지 빨리 수습을 하라며 채근하는 통에 숨이 막힐 지경이었다. 거기다 대통령 비서실장까지 직접 전화를 걸어 와 대통령의 불편한 심기를 아침 댓바람부터 전달해 왔다.

"기밀문서들입니다. 내부 사람 아니면 누구겠습니까."

공안부와 더불어 공판부, 외사부 등을 총괄하고 있는 2차장 검사가 고개를 들어 지검장을 바라보며 직언했다.

순간 찬물을 끼얹은 듯 분위기가 급속도로 냉랭해졌다. 2차장 검사의 맞은편에 앉아 있던 3차장 검사가 고개를 들어 그를 바라보며 굳게 다물고 있던 입을 뗐다.

"사건 맡은 건 특수 1분데, 그럼 우리 애들이 그랬다는 거야?"

특수부를 통괄하고 있는 3차장 검사의 음성이 격해졌다. 이때다 싶어 꼬투리를 잡는 2차장 검사의 태도에 그는 발끈하고 말았다.

"지금 그게 뭐가 중요해."

냉랭해진 분위기 속에 묵직한 음성이 뚫고 들어왔다. 지검장을 향하는 수십 개의 눈동자가 번뜩인다.

"이미 다 엎어진 마당에 체면 구기지 않게 수습하는 일이 중요한 거 모르나?"

원인 제공이 누구든 간에 결국 제 살 깎아 먹는 짓이었다. 제 식구를 죽여 얻는 거라곤 이미 땅에 떨어진 검찰의 이미지를 또 한 차례 짓밟는 것과 다르지 않았다.

"여론이 좋지 않습니다."

형사부를 총괄하고 있는 1차장 검사가 조심스레 입을 뗐다.

보도가 나간 이후 포털 사이트마다 실시간 검색어를 장악하고 있었다.

정치권에서도 이때다 싶어 검찰 쪽으로 모든 스포트라이트가 쏠리게 대대적인 입장 표명을 하며 물타기를 시작했다.

이경제 의원이 기소된 뒤, 야당에선 득달같이 달려들어 검찰과 청와대를 한데 묶어 질타해 댔고 여당에선 검찰의 독단적인 봐주기식 수사라며 선을 그었다.

궁지에 몰린 쥐와 다를 바 없는 상황이 전개되었다.

"수습하든 조사를 하든 그게 뭐든, 위에서 좋아할 리가 없습니다."

2차장 검사가 3차장 검사의 눈치를 슬쩍 보더니 지검장을 바라보며 말했다.

정권이 바뀐 지 이제 겨우 1년이 지났을 뿐이었다. 아직은 눈치를 봐야만 하는 신세였다.

자칫 잘못하다간 줄줄이 옷을 벗는 불상사가 벌어지거나 작게는 대대적인 인사이동으로 변방으로 쫓겨날지도 몰랐다.

"특수 2부에 맡겨 주십쇼."

3차장 검사가 입을 뗐다. 그는 지난 사건을 맡았던 특수 1부 대신 특수 2부에 사건을 배당하고 조사를 맡겨 달라 말했다.

"시간도 없는데 하던 놈이 해야지."

지검장은 3차장 검사를 바라보며 말문을 열었다.

"특수 1부에서 진행시켜."

지검장의 지시는 의외이다 못해 파격적이었다. 윗선의 지시로 사건을 축소하고 은폐하게 만든 특수 1부에 자신들의 치부를 다시 건들게 한다는 건 제 얼굴에 침 뱉는 꼴이었다.

싸늘해진 분위기 속에서 3차장 검사가 조심스레 입을 뗐다.

"가뜩이나 욕받이 중인 녀석들인데 이번 사건까지 맡으라고 하시면……."

"보강 수사만 해도 될 정도로 파악하고 있는 놈이 있는데 뭐 하러 재배당을 해."

지검장의 단호한 언사에 침묵이 흘렀다.

"처음부터 다시 들쑤셔서 좋을 게 뭐야."

이미 실추된 검찰의 이미지에 똥물 끼얹을 짓은 삼가야 한다는 것이 지검장의 지론이었다.

잘못을 어느 정도 인정하고 수습하는 태도를 보이기엔 특수 1부에서 사건을 맡는 것이 적격이라 판단한 그는 완강한 태도로 나왔다.

"문이헌 검사 다시 불러올려."

검찰의 이미지 회복을 위해 자신의 자존심은 안중에 없었다. 그는 자신의 지시로 내친 이헌을 다시 불러올리는 것으로 이번 사태 수습의 방향을 잡았다.

지검장의 단호한 음성에 대꾸조차 하지 못하고 꿀 먹은 벙어리가 된 수뇌부들은 서로 눈치를 살폈다.

"한 번은 봐주지만 두 번은 없어. 이번엔 제대로 끝내."

윗선을 움직여 자신을 압박하던 장현 회장의 얼굴이 불현듯 눈앞을 스치고 지나가자 절로 손에 잔뜩 힘이 들어갔다.

어쩔 수 없이 생살을 도려내면서까지 봐줬지만 더는 안 된다는 것이 지검장의 결심이었다.

"대신, 지난 사건 들추는 건 안 된다고 못 박아."

3차장 검사와 그 옆에 앉은 특수 1부 부장 검사를 바라보며 지검장은 목소리를 높였다. 문이헌의 외골수적인 면을 모르지 않기에 꼬집어 말한 것이다.

차장 검사가 슬쩍 곁눈질하며 부장 검사와 시선을 맞췄다. 못을 박아서 들을 놈이었으면 이렇게 좌천당했을 리가 없다고, 절대 순순히 말을 들어 먹을 놈이 아니라고, 불러올리면 분명 다시 시끄러워질 거라는 듯 눈빛들을 주고받았다.

"재조사만큼 얼굴에 침 뱉는 것도 없어."

지난 사건을 들추면 언론에서 가만히 있을 리 없었다.

지금보다 더 들고 일어나 무능한 검찰을 비판하며 탁상공론을 벌일 게 분명했다.

그런 일은 이제 벌어져선 안 된다.

검사장실에서 회의가 끝나자마자 특수 1부 부장 검사실에서 회의가 벌어졌다.

복도를 사이에 두고 몇 날 며칠 얼굴 한번 제대로 보지 못한 특수 1부 검사들은 오랜만에 마주한 것이 어색하기라도 한 듯 서로 눈치만 살피고 있었다.

"무너진 둑 다시 막아."

탁자 위를 툭툭 건드리는 소리 끝에 부장 검사는 굳게 다물었던 입을 뗐다.

그는 자신의 양옆에 쭉 앉아 있는 후배 검사들을 훑으며 말했다. 열네 개의 눈동자가 일제히 그를 향했다.

"물에 빠져서 익사하게 생겼으니까 수문 열어서 물 빼."

부장 검사의 말을 이해하지 못한 사람은 없었다. 그저 한숨들만 툭툭 터져 나오고 다현 역시 입술을 잘게 깨물며 선배들의 눈치를 봤다.

"왜 하필 또 우립니까."

그중 정 검사가 총대를 메고 물었다.

이헌이 좌천된 뒤 지휘 검사직을 떠안아야 했던 상엽은 졸지에 유능한 후배 밀어낸 무능한 선배, 사건 덮어 버린 파렴치한 검사가 되어 버렸다. 비난하고 떠들어 대는 이들의 말에 흠씬 두들겨 맞은 그는 얼굴을 일그러트렸다.

"어차피 하다가 말 거 아닙니까. 이건 자폭하는 거랑 다를 게 없습니다."

어쩐 일로 바른말을 하나 생각한 다현은 상엽의 의견에 수긍했다. 다른 검사들도 다르지 않은 듯 고개를 끄덕였다.

특수 1부 검사들이 뿔뿔이 흩어지는 것 말고 사건이 축소, 은폐된 사안을 책임질 방법은 없었다.

하지만 그것이야말로 검찰의 잘못을 인정하는 꼴이라 공중분해되는 일은 없을 거라 생각했는데, 상황이 이렇게 되니 차라리 그편이 낫지 않나 싶었다. 다현은 부장 검사의 눈치를 보며 마른침을 삼켰다.

"우리가 시작했으니까 우리 손으로 마무리 지어야 먹은 욕이 아깝지 않지."

검사가 국민에게 배 터져라 욕먹는 모습은 자신과는 하등 상관없는 일이 될 줄 알았던 다현은 인터넷에 도배된 악성 댓글을 보며 자괴감에 빠졌다.

아무것도 하지 못해 무능한 검사가 된 것도 모자라 비열한 사람이 된 듯했다.

비단 자신에게만 국한된 문제가 아님에도 불구하고 늘 자신만만하던 그녀를 위축되게 만들기 충분했다.

"지난 사건 안 딸려 나오게 잘해."

직접 수사 팀에 가담하지 않았던 특수 1부의 다른 검사들도 한통속이 되어 욕을 먹고 있는 판국이었다.

거기다 특수 1부와 무관한 이들 역시 자신의 이름 뒤에 검사가 붙는 단 이유로 욕받이 신세를 면치 못하고 있는 판국이었다.

탁자에 둘러앉은 이들의 입에서 한숨이 흘러나온다.

"수사 지휘 검사는 문이헌이다."

한숨과 함께 부장 검사의 시선을 피하던 이들은 일제히 한곳을 바라보았다.

뒤통수를 맞은 듯한 얼얼함에 한숨은 뒷전이고 어처구니없어 실소만이 흘러나왔다.

말 안 듣는다고 쫓아낼 땐 언제고, 이제 와 다시 이헌에게 또 총대를 메게 하는 이들의 심보가 고약해 혀가 절로 내둘러질 지경이었다.

내로라하는 선배들 속에서 다현은 끝내 참지 못하고 목소리를 높이고 말았다.

"또 방패로 쓰시려고 그러십니까?"

모두의 시선이 그녀에게 향했다. 어금니를 꽉 깨문 채 참아지지 않는 화를 꽉꽉 눌러 담으며 탁자 아래로 주먹을 움켜쥔 손을 숨긴 다현은 부장 검사를 똑바로 바라봤다.

부장 검사는 눈살을 찌푸리며 그녀를 주시했다. 지난번에 이헌의 문제로 기어오르더니 오늘 또 그 문제로 가시를 잔뜩 세우는 다현을 보며 그는 손가락으로 탁자를 톡톡 건드렸다.

알면서도 입을 닫고 침묵을 지키고 있는 선배들도 있는데 막내 검사가 겁도 없이 들이대는 모습이 마냥 좋아 보이지 않는 게 사실이었다.

선배 검사들과 막내 검사 사이의 이질감이 상당했다. 신참의 패기라고 하기에도 무리가 있었다. 연수생 때 접점이 있었다 할지라도 이렇게까지 이헌의 편을 드는 모습이 어쩐지 일반적이지 않다고 생각했다.

검찰 조직의 보수적인 면을 모르지 않으면서, 심지어 그 보수적인 면의 혜택을 받는 사람이 그녀였다.

탁자 위로 울려 퍼지던 소리가 잦아들고 부장 검사는 굳게 다물고 있던 입을 떼며 말문을 열었다.

"문이헌까지 들먹이면서 엿 먹이는데, 가만히 있으면 호구 아니야?"

무능한 검찰, 재벌 눈치 보는 검찰, 정권의 하수인이라는 꼬리표가 하루아침에 붙어 버렸다.

문건의 사실 여부를 떠나 평소와 달리 언질 하나 없이 무턱대고 보도부터 해 버린 방송국 놈들은 씹어 먹어도 시원치 않았다.

산 하나를 넘으면 또 다른 산이 나오고 갈림길이 나타나고, 결국 절벽 앞에 서게 만든 그들은 국민의 알 권리를 주장하며 결국 피를 말리고 자신들의 실속만 챙겼다.

이번에도 다르지 않았다. 물먹고 배 터져 죽어 보라는 심산이 아니라면 이렇게까지 특정인을 거론해 가며 검찰을 저격할 리 없었다.

문건이 내부에서 새어 나갔든 어쨌든 간에 그들은 화제성과 더불어 자신들의 이익만을 생각한 보도를 멋대로 낸 것이나 다름없었다.

다현은 입술을 깨물며 말을 삼켰다. 비단 부장 검사 혼자만의 결정은 아닐 테니 더는 따져 물을 수 없었다.

"문 검사 복귀했다가 괜히 뒷말 나오지 않을까요."

불난 집에 부채질하는 탁월한 능력을 갖춘 이가 정 검사라고 그녀는 생각했다.

이 상황에서 이헌을 걱정하는 건지 아니면 검찰을 걱정하는 건지 그의 태도는 불분명했다.

다현의 시선은 자연스레 상엽을 향했고 눈초리는 뾰족하기만 했다.

"문이헌만큼 배짱 있게 장현 만질 수 있으면 네가 해."

부장 검사의 말에 정 검사는 꿀 먹은 벙어리처럼 입을 꾹 다물었다.

"장현 회장뿐만이 아니라 대호그룹, MK건설까지 다시 털어야 하는데, 여기 눈치 안 보고 그거 할 수 있는 사람 누구야."

있으면 나와 보라는 듯 부장 검사는 목소리를 높이며 눈살을 찌푸렸다.

자연스레 눈치를 살피며 사건을 조사하기도 전부터 몸을 사리는 모습에 혀가 내둘러졌다. 한껏 위축된 후배들이 안쓰러운 한편, 한심하기도 해 짙은 한숨이 터져 나왔다.

이런 현상을 만든 이들에 자신도 한몫을 거든 셈이니 부장 검사로서 위신이 바닥에 내팽개쳐진 기분이었다.

가라앉다 못해 얼어붙은 특수 1부의 상황을 반전시키려면 지검장의 말처럼 이헌이 올라와야 했다.

이럴 땐 문이헌처럼 외골수적이고 올곧은 놈이 필요하다는 것이 지검장의 지론이었고, 그 역시 같은 생각이었다.

"뒤에서 임 검사랑 백업할 테니까 전부 붙어서 최대한 빠르고 정확하게 끝내."

만일이라도 수사에 부담이 생긴다면 부부장 검사인 태진과 함께 방패가 돼 주겠다는 말이었다.

지난번과 다르게 특수 1부 검사 전원이 붙어 신속하고 정확하게 사건을 종결시키라는 지시가 내려왔다. 똑같은 것이 있다면 역시나 선배들을 제쳐 두고 한참 아래 기수인 이헌이 수사 지휘를 맡았다는 것이었다.

회의는 끝이 나고 풀이 죽은 검사들이 부장 검사실을 나왔다. 다현은 어깨를 축 늘어트린 채 터덜터덜 걸어가는 선배들의 뒷모습을 보며 깊은 한숨을 뱉었다.

"휴……."

어쩐지 수사가 평탄하게 진행되지만은 않을 것 같은 불길한 예감이 들었다.

벌써 피곤해지는 듯했다. 그래도 이헌이 다시 복귀한다니 좋아해야 하는 건지, 아니면 덩달아 심각해져야 하는 건지 갈피를 잡을 수 없어 난감했다.

복도를 천천히 걸어가며 다현은 휴대폰을 꺼내 들어 이헌에게 전화를 걸었다.

어서 그에게 복귀 소식을 전하고 싶었다.

불행 중 다행이라는 말은 이럴 때 쓰는 걸까. 상황이야 엉망이지만 어쨌든 이헌의 복귀가 정당한 방식으로 이뤄졌으니 좋아해야 할 일이었다.

바라던 대로 됐으니 좋은 게 맞는데, 상황이 참 별로였다.

―응.

수화기 너머에서 이헌의 목소리가 들려왔다. 순간 조금은 가라앉았던 마음이 붕 뜨는 게 느껴져 괜스레 흠흠, 하고 헛기침을 조금 내뱉었다.

"문이헌 검사님. 지검으로 복귀하신답니다."

후배 검사로서 정중하고 예의 바르게, 그리고 조금은 들뜬 목소리로 말했다.

휴대폰 너머로 피식하고 웃는 소리가 들렸다.

―알고 있어.

알고 있다고? 방금 결정된 사안 아니었나. 괜히 김이 빠졌다.

"어떻게 벌써 알아요?"

―부장 검사님 전화.

그제야 다현은 아아, 하며 고개를 잘게 끄덕였다.

"축하해야 할 일인데, 상황이 좀 별로예요."

―그러게. 상황이 안 좋네.

그의 묵직한 음성이 낮게 가라앉았다. 상황이 상황인지라 복귀가 마냥 좋을 수만은 없을 터였다.

"언제 올라와요?"

다현은 넌지시 물었다. 마치 현 상황과는 별개로 그가 보고 싶다는 듯.

―지금 올라가는 중이야.

"벌써요?"

이헌의 말에 적잖이 놀란 다현은 검사실 앞에서 걸음을 멈춰 섰다.

―당장 올라와서 수습하라던데.

"누가요? 부장 검사님이?"

―아니. 지검장님.

"아⋯⋯."

지검장님의 전화라니. 일개 평검사로서는 TV만 켜면 나오는 대통령보다도 뵙기 힘든 사람이 지검장이었다.

문이헌 정도 되면 전화받는 클래스도 남다르구나 싶어 다현은 입을 앙다물었다.

─나중에 보자.

그렇게 전화가 끊어졌다.

이헌이 복귀를 하면 그저 좋을 거라고 생각했는데 마냥 반갑지 않아 찜찜하기만 했다.

이번에도 그를 방패막이로 쓰고 버리면 어쩌나, 또 지난번과 같은 일이 벌어지면 어쩌나. 불안감이 전신을 휘감았다.

회의에 들어가기 전보다 더 낯빛이 어두워진 채 다현은 검사실로 돌아왔다.

"어떻게 하기로 하셨어요?"

문을 열자 수사관과 실무관이 초조한 기색으로 다현을 기다리고 있었다. 수사관이 재촉하듯 물어 오자 실무관이 다현을 붙잡아 테이블 앞에 앉혔다.

그녀는 마른세수를 하며 거칠게 머리카락을 쓸어 넘겼다.

"우리 부에서 수습하라고 하십니다."

짧은 탄식이 수사관과 실무관의 입에서 터져 나왔다.

지난 사건 때보다 주목도가 지나치게 높아 기껏 잘해 봐야 본전도 찾지 못할 게 뻔했다. 한마디로 죽어나는 거라고 봐야 했다.

"K그룹 재단 만지던 건 어떻게 해야⋯⋯."

"자료 정리해서 공유해야죠. 다 같이 달려들면 사건도 빨리 종결되고 좋은 거죠, 뭐."

말은 그렇게 해도 다현의 입가엔 쓸쓸함이 가득 묻어났다. 사건을 빨리 끝낸다는 것이 마냥 좋은 쪽으로 흘러가지만은 않을 것 같아 찜찜함이 이루 말할 수 없었다.

전과 같은 상황이 또다시 벌어지지 말라는 법도 없지 않나.

이미 검찰의 무능함을 제 두 눈으로 목격했다. 전적으로 윗선의 지시를 믿을 수 없는 게 사실이었다.

지휘 검사로 이헌을 다시 불러올린 것만 봐도 대책을 세워 수습하는 것이라 보기 어려웠다. 잠시 연수를 갔다거나 혹은 출장을 간 것이라고 포장해서 그의 좌천이 사실무근이라고 포장하려는 속셈으로밖에 해석할 수 없었다.

눈 가리고 아웅 하는 것도 정도가 있지. 설마 그렇게까지 하려나 싶은 마음은 초임 검사 시절에나 품을 수 있다는 걸 이제 다현은 안다.

그새 검은 물이 들 대로 들어 검찰 조직이 정의의 사도가 아니라는 것을 알기에 기대하는 것도 없었다.

그저 누가 됐든 더는 어떤 방식으로든 다치는 일만 없길 바랄 뿐이었다.

"또 엎어지면 어떡해요……."

"저렇게 뉴스에서 떠들어 대는데 별수 없을 거야."

다현을 대신해 수사관이 말했다. 이번엔 어쩔 수 없을 거라는 걸 알면서도 혹시나 하는 마음을 품은 채 그녀는 숨을 크게 내쉬며 자리를 박차고 일어났다.

"일단 조민정 사건부터 빨리 끝냅시다!"

이헌이 돌아와 수사 팀이 꾸려져 본격적인 조사가 시작되기 전에 부장 검사가 맡긴 조기철 의원의 장녀, 조민정의 학력 위조 사건을 마무리 지어야 했다.

"이번 수사 팀도 정상엽 검사님이 맡아서 하는 겁니까?"

다현은 서둘러 자리로 돌아와 조민정의 졸업장이 위조라는 감별 서류와 함께 졸업 논문과 연구 논문들이 모두 표절이라는 전문가의 소견서를 공소장에 첨부했다.

그때 수사관이 다현의 지시 사항을 듣기 위해 다가와 넌지시 물었다.

"문이헌 검사님 복귀하신답니다."

자판을 두드리던 다현은 동작을 멈추고 모니터에서 눈을 떼 수사관과 실무관을 바라보며 말했다.

"예? 그렇게 보내 놓고 또 불러올려서 뭘 시키려고……."

"지휘 검사로 복귀하게 됐답니다."

"아휴."

실무관이 고개를 내저으며 탄식했다. 그녀의 눈에도 검찰 조직이 무능하다 못해 답답해서 한심한 지경인가 보다.

"조민정한테 소환장 보내세요. 출석하지 않겠다고 하면 바로 재판 넘어간다고 꼭 전화로 알려 주세요."

"네. 알겠습니다."

급한 사건부터 처리하고 수사 팀에 합류해야 했다. 다현은 빠르게 공소장을 작성하며 수사관과 실무관에게 지시를 내렸다.

고소를 당한 뒤 조민정은 그 어떠한 제스처도 취하지 않고 있었다. 반박할 자료도 없고 아니라고 잡아뗄 만큼 배짱이 좋지 못한 듯했다.

그저 대학에서 기소만 하고 나면 공판이야 공판부에서 진행하니, 증거 자료들만 빼도 박도 못 하게 준비하면 승소는 100%였다.

"계장님은 제임스 카터 교수한테 연락 계속 취해 주세요."

"안 그래도 메일 계속 보내고 전화도 하고 있습니다."

조민정이 표절한 졸업 논문의 원본을 작성한 제임스 카터 교수와 연락이 닿지 않고 있었다. 그의 확인만 끝난다면 조민정은 실형이 선고될 것이다.

조기철 의원의 장남을 풀어 주고 그의 누나인 조민정을 처벌하는 것이 무슨 의미가 있을까. 어차피 다 같은 범죄자들인데.

그저 씁쓸한 현실이 안타까울 뿐이다.

똑똑.

퇴근을 넘긴 시간. 노크와 함께 이헌은 부장 검사실 문을 열었다.

그를 기다리고 있던 부장 검사는 안경을 벗으며 펜을 내려놓았다.

"복귀 소감은?"

부장 검사의 물음에 이헌은 침묵을 지켰다. 괜히 민망해져 그는 헛기침을 내뱉었다.

"부산 내려간 지 얼마나 됐지?"

알면서 묻는 건지, 몰라서 묻는 건지, 관심이 없는 건지.

이헌은 굳게 다물고 있던 입을 뗐다.

"……3주 됐습니다."

"적응할 만한데 다시 불러올려서 어쩌."

부산 동부 지청에선 적응이라고 할 것도 없었다.

그저 책상머리에 앉아 관할서에서 넘어온 송치 사건을 배당받아 기소든 불기소든 도장만 찍으면 되는 간단한 사건들만 올라왔다.

수사관, 실무관과 함께 며칠 밤을 새워서 고민하고 고생하던 일 같은 건 벌어지지 않았다. 하루하루가 쳇바퀴 굴러가듯 똑같은 일들의 연속이었다.

"이번에 잘 끝내고 대검 가야지."

실소가 나오려는 걸 간신히 억누른 이헌은 조소를 머금고 말했다.

"방패막이할 생각 없습니다."

자신을 앞혀 두고 또다시 수사 방향을 좌지우지하려는 속셈이라면 필요 없다는 말이었다.

지난번엔 좌천, 이번엔 방패막이가 되어 욕받이가 됐으니 수고했다고 대검으로 승진이라도 시켜 줄 생각인가 본데. 그런 자리라면 더더욱 사양이다.

실제로 언론의 주목도가 높은 사건을 맡은 검사들이 다음 인사 발령 때 주요 보직으로 가거나 대검 혹은 법무부로 자리를 옮겼다.

즉 인사로 포상을 받는 것과 다르지 않았다. 사건이 잘되든 엎어지든 윗선의 지시를 잘 따르면 꽃길이 펼쳐진다는 말이었다.

"이번에도 하다가 말 거 같으면 다시 지청으로 돌아가겠습니다."

검사로서 해서는 안 될 범죄를 저지른 것과 다르지 않았다. 압수 수색 이후 나온 대외비 문건을 언론사에 던졌으니 이미 검사 자격 상실이었다.

문건의 사실 여부를 떠나 제공한 사람이 자신이라는 것이 발각될지 모른다는 위험을 안고서라도 이헌은 자신이 속한 검찰 조직과 정, 재계의 민낯을 세상에 드러내 보이고 싶었다.

정경 유착 사이에서 검찰이 함께 장단을 맞춰 주고 있는 현실은 차라리 검사 옷을 벗는 게 나을지도 모른다는 판단이 들게 했다.

이렇게까지 하지 않으면 매일같이 되풀이될 악연들이었다. 제 손으로 말끔히 그 연결 고리를 끊어 내고 싶지만, 일개 평검사가 할 수 없는 일이라는 걸 안다.

적어도 죄지은 놈이 벌을 받아야 한다는 상식이 통하는 나라가 됐으면 하는 게 그의 바람이었다.

"하다가 말 상황이 아니야."

부장 검사는 자못 심각한 얼굴로 묵직한 음성을 내뱉었다. 이마에 패인 주름만큼이나 깊은 한숨이다.

"이때다 싶어 정치판 짬밥 좀 먹었다는 것들까지 난리야. 이번엔 할 만큼 해도 돼."

"제가 할 수 있는 만큼이 끝까지신데, 괜찮으시겠습니까."

이헌의 말에 부장 검사는 골치가 아프다는 듯 관자놀이를 누르며 얼굴을 일그러뜨렸다.

문이헌을 복귀시켜 지휘 검사직을 맡기라는 지검장의 지시를 깔 수 없어 그러겠다고 하긴 했지만, 자칫했다가는 똥물은 죄다 자신이 뒤집어쓰게 생긴 판국이었다.

절대 살살하거나 조금이라도 틈을 보일 녀석이 아니었다. 조금이라도 관련이 되어 있다면 전부 잡아다가 기소해 버릴 놈이었다. 후배 중 가장 골치 아픈 검사가 문이헌이었다.

"이러나저러나 너, 신분증 반납하고 나가기 전까지 우리 식구야. 까라면 까야지. 적당히는 지켜."

검찰 조직의 일원이니 한마음, 한뜻으로 움직이라는 말이었다.

"그럼 저한테 맡기지 말아야 했습니다."

이미 지검장의 지시가 있었고 도로 물릴 수도 없는 일이었다.

이헌이 복귀한 것까지는 좋은데 그가 다시 수사 팀 지휘 검사직으로 복귀하는 건 마뜩잖았다.

수사 팀의 일원이면 모를까. 사건이 어느 방향으로 끝을 맺게 될지 보지 않아도 뻔했다.

한 번 쓴맛을 보고 좌천을 당한 놈인데 이를 갈고 올라왔을 터. 이대로 이헌에게 맡겨도 되는 건지 의구심이 가득했다.

하루하루가 시끄럽고 떠들썩하고 여기저기 작은 사건들이 물 위로 올라오는, 넘치는 물 막으려다가 댐이 다 터지고 마는, 다 같이 죽자는 것밖에 되지 않는 그런 일이 벌어질지 몰랐다.

부디 그런 불상사는 없길 바라고 또 바라는 수밖에 없었다.

"그 똥고집은 네 앞길에 아무런 도움 안 되니까 갖다 버리고."

이헌은 가볍게 고개를 숙이고는 등을 돌렸다.

복귀 인사치고 썩 정다운 분위기는 아니었다. 길게 대화를 나눠 봤자 서로 감정만 상할 것이었다. 피차 서로 말을 아끼는 게 여러모로 좋았다.

부장 검사실을 나온 이헌은 천천히 고요한 복도를 걸어갔다.

1024호 특별 수사 제1부 문이헌 검사

복귀가 확정된 지 반나절 만에 굳게 잠겨 있던 검사실이 주인을 기다리고 있었다. 문 앞에 선 그는 제자리를 지키고 있었다는 듯 걸려 있는 명판을 보며 쓰게 웃었다.

언젠가 비워야 할 날이 온다면 미련 없이 떠날 수 있을까. 각오하고 시작한 일인데 그다지 유쾌하지만은 않았다.

그는 곧 고개를 돌렸다. 미련이 없다면 거짓이겠지만 지금부터라도 조금씩 미련을 버리는 연습을 해야 할 것 같았다.

뒤도 돌아보지 않고 자신의 검사실을 벗어난 그의 발길이 멈춰 선 곳은 다현의 검사실 앞이었다.

1027호 특별 수사 제1부 권다현 검사

그녀의 이름이 새겨진 명판 앞에서 이헌은 휴대폰을 꺼내 들어 통화 버튼을 눌렀다.

짧은 연결음 끝에 다현의 힘없는 목소리가 들려왔다.

—도착했어요?

문틈 사이로 환한 불빛이 새어 나오는 걸 보면 그녀의 검사실 사람들도 아직 퇴근하지 못한 것 같았다. 그 탓에 다현의 목소리가 전처럼 활기차게 들리지 않는 것 같았다.

"방금 부장 검사님 뵙고 나오는 길이야."

말이 끝나기 무섭게 수화기 너머가 조용해졌다. 대신 굳게 닫혀 있던 문 너머에서 한바탕 큰 소리가 들려온다.

벌컥 문이 열리더니 검은 정장 바지에 하얀 셔츠 차림을 한 다현이 머리를 질끈 동여맨 채 눈앞에 나타났다.

"선배!"

문을 열자마자 이헌이 보였다. 반가워서 저도 모르게 그에게 와락 안기고 말았다.

"겁도 없네. 누가 보면 어쩌려고."

언뜻 핀잔을 주는 듯 보였지만 그의 행동은 상반됐다.

이헌은 두 팔을 뻗어 목을 감싸 안겨 온 다현의 허리에 팔을 둘러 자신의 품으로 끌어당겼다. 맞닿은 몸이 빈틈없이 밀착되었다.

"아무도 없어요."

까치발을 든 다현이 그의 귓가에 소곤댔다.

"며칠 야근해서 오늘은 계장님이랑 실무관님 모두 일찍 퇴근시켰어요."

이헌의 품에서 살짝 떨어진 다현이 고개를 들어 그를 바라보았다. 여전히 두 팔로 그의 목을 감싸 안은 채.

"아무도 없다고?"

그의 물음에 다현은 고개를 끄덕였다. 이헌은 자신의 목을 감싸고 있던 다현의 손을 덥석 잡아끌었다.

마치 바람이라도 세게 분 것처럼 검사실 문이 닫혔다. 다현은 마주선 이헌을 커다란 눈으로 바라보며 놀란 듯 눈꺼풀을 껌뻑였다.

"조용해서 좋네."

이헌이 다현을 품에 와락 안았다. 그의 너른 가슴팍에 얼굴이 맞닿아 놀란 것도 잠시였다. 그는 품에서 느리게 다현을 놓아주며 그녀의 말간 뺨을 그러쥐었다.

그의 얼굴에 설핏 미소가 엿보였다. 두 사람을 에워싼 공기가 뜨겁게 가라앉았다. 이헌의 짙은 눈동자가 초점을 찾지 못한 듯 떨리는 다현의 시선을 집요하게 쫓았다.

아무도 없는 검사실이 유난히 조용했다. 괜히 얼굴이 달아올라 숨이 가빠지는 것 같았다. 묘한 긴장감이 전신을 타고 흐르자 발끝까지 감각이 곤두서 그녀는 바짝 마른 입술을 톡 깨물었다.

그 순간 이헌의 얼굴이 바짝 다가왔다. 낯선 온기가 메마른 입술 위로 진득하게 달라붙었다.

순식간에 훅 다가온 이헌의 입술에 놀라 뒷걸음질 치던 다현은 다리에 닿는 테이블 위로 힘이 풀려 주저앉고 말았다.

그 찰나, 벌어진 입술 틈 사이로 들어온 그의 혀는 놀라 도망가는 그녀의 혀를 붙잡아 옭아매기 시작했다.

다현은 그의 허리춤을 붙잡은 채 눈을 감았다. 이헌은 그녀의 입 안을 휘젓는 걸로도 부족해 입술을 물고 빨아 댔다.

농밀해지는 키스에 다현은 머릿속이 새하얗게 휘발되는 기분이었다. 열기 어린 숨을 겨우 내뱉었지만 이헌은 그조차 조금도 놓칠 수 없다는 듯 전부 삼켰다. 다현의 입술이 타액으로 번들거리자 그는 그제야 맞닿았던 입술을 뗐다.

"하, 하아⋯⋯. 여기서 이러는 거, 업무 방해예요."

붉어진 얼굴과 다르게 시선을 똑바로 맞춘 그녀는 숨을 크게 고르며 말했다. 유난히 뽀얀 얼굴에 발그레해진 두 뺨이 귀여워 그는 손가락으로 그녀의 뺨을 쿡 찌르며 입을 뗐다.

"고소해."

그의 입가에 미소가 번졌다. 그 말에 다현은 음흉한 미소를 머금은 채 이헌의 어깨를 붙잡고 까치발을 들어 그의 입술에 짧게 입을 맞추고 허리를 감싸 안으며 고개를 들었다.

"퇴근할 건데 우리 집에 갈래요?"

별안간 들려온 돌발 발언에 이헌은 숨을 크게 들이켜며 다현을 바라보았다.

당돌하다 못해 아주 위험했다.

"그거 위험한 발언이야."

이헌의 묵직한 음성에 다현은 입을 떡 벌리며 두 팔로 제 몸을 꼭 끌어안았다.

"무슨 생각을 하는 거예요! 나 좀 집에 데려다 달라는 말이었는데."

괜히 민망해진 순간 이헌은 헛기침을 내뱉으며 다현의 손을 붙잡고 그녀를 테이블에서 일으켰다.

"데려다는 주겠는데 그 뒤는 장담 못 해."

이 남자 봐라. 다현은 그를 밉지 않게 흘겨봤다.

"가자, 집에."

서둘러 핸드백을 챙겨 든 다현은 이헌의 손을 꼭 붙잡은 채 검사실을 나섰다.

                    ✦   ✦   ✦

"자, 잠깐만 앉아 있어요."

현관 앞에서 헐레벌떡 신발을 벗은 다현은 바닥에 떨어져 있던 수건을 재빨리 집어 들어 세탁실 안으로 던졌다.

느릿하게 집 안으로 들어온 이헌은 벽을 더듬거려 스위치를 켰다. 어둠뿐이던 집이 환해졌다. 엉망이라던 집은 사람의 흔적을 엿볼 수 없을 만큼 깔끔했다. 집을 그저 잠만 자는 용도로 쓰는 게 분명했다.

이헌은 재킷을 벗어 소파 팔걸이에 걸쳐 두었다. 그리고 소파에 앉아 분주히 움직이는 다현을 느긋하게 바라봤다.

서둘러 옷을 갈아입고 나온 다현은 냉장고를 열어젖히며 먹을 걸 찾고 있었다.

"조심해서 들어가."

"……저녁 안 먹었으면 밥 먹고 갈래요?"

이헌을 붙잡은 건 충동이었다. 집 앞까지 데려다준 그의 차에서 내리자마자 한 발자국도 떼지 못하고 창문을 두드렸다. 의아해하며 창문을 내린 이헌에게 다현은 멋쩍은 듯 배시시 웃었다. 그리고 90년대 드라마에서나 볼 법한 진부한 대사를 툭.

집이라기보단 숙소라는 개념이 더 가까운 자신의 집 안 사정은 생각할 겨를이 없었다. 일주일 만에 이헌과 마주했지만, 한 달 만에 그가 지검으로 복귀하게 됐다는 묘한 흥분감은 사람을 용감하게 만들었다. 여운이 채 가시지 않은 그와의 입맞춤은 차치하고서라도 말이다.

하지만 냉장고는 다현의 속사정을 알아줄 리 만무했다.

"그냥…… 시켜 먹을까요?"

고작 달걀 몇 개가 다현을 반기고 있었다. 그녀는 민망한 듯 웃으며 냉장고 문을 닫았다. 잠만 자는 집에 먹을 게 있을 리 만무했다. 이사를 온 뒤로 싱크대를 써 본 역사가 없어 주방이 낯설기까지 했다.

이헌은 고개를 가볍게 끄덕였다. 다현은 빙그레 웃으며 자신의 휴대폰을 그에게 건넸다.

"먹고 싶은 거 다 시켜요! 제가 쏠게요!"

그렇게 말하곤 침실로 쏙 들어가 버렸다. 이윽고 굳게 닫힌 방문 너머에서 희미하게 물소리가 들려왔다.

대충 눈에 보이는 도시락 세트로 주문을 해 놓고 휴대폰을 테이블에 내려놓은 이헌은 넥타이를 가볍게 풀어헤쳤다.

소파 팔걸이에 팔을 올려 턱을 괸 채 물끄러미 침실 쪽을 응시하던 그는 무거운 눈꺼풀을 느리게 깜빡이다 곧 눈을 감았다.

초인종 소리도 듣지 못할 만큼 까무룩 잠이 든 이헌을 멀뚱히 바라보고 있는 건 젖은 머리카락을 수건으로 둘둘 감싼 채 한 손에 도시락을 들고 서 있는 다현이었다.

이헌을 깨워야 하는데, 너무 곤히 잠들어 있었다.

부산에서 서울까지 장거리를 운전했으니 피곤이 몰려오는 게 당연했다. 몇 주 사이에 반쪽이 된 그의 얼굴을 보자 안쓰러움에 속이 쓰렸다.

차게 식어 갈 도시락을 뒤로한 채 다현은 이헌을 깨우려 손을 뻗었다. 불편하게 앉은 채로 잠든 그를 이대로 자게 내버려 둘 수만도 없었다.

"……그만."

"엄마야!"

이헌의 어깨에 손가락이 막 닿았을 때였다. 갑자기 손목을 덥석 잡아 온 이헌의 커다란 손에 놀란 다현은 그대로 바닥에 주저앉아 놀란 가슴을 쓸어내려야만 했다.

자는 줄 알았던 사람이 눈을 떠 굵은 목소리를 내니 놀라는 건 당연했다.

"밥 먹자더니, 혼자 씻고 오는 법이 어딨어?"

이헌이 손을 뻗어 다현을 일으켜 세우더니 그대로 팔을 잡아당겼다.

중심을 잡지 못하고 이헌의 위로 쓰러지듯 넘어진 다현의 머리 위에서 수건이 툭 떨어졌다.

물기에 젖은 머리카락이 쏟아지며 그의 얼굴 위로 흘러내렸다.

"머리카락까지 젖었네."

이헌의 어깨를 짚고 상체를 버티고 있던 다현의 얼굴선을 따라 그의 손이 미끄러지듯 다가왔다. 머리카락 끝에서 똑똑 떨어지는 물방울이 그의 새하얀 셔츠를 조금씩 적셔 갔다. 그는 젖은 머리카락을 귀 뒤로 넘기며 소파에 한껏 기댄 상체를 일으켰다.

"이럴 땐 눈 감는 거야."

순식간에 자세가 뒤바뀌었다. 푹신한 쿠션감이 등에서 느껴지던 순간 이헌이 가볍게 턱을 쥐며 다가왔다.

두 눈을 꼭 감은 다현의 속눈썹이 얕게 떨려 왔다. 곧 익숙하면서도 낯선 온기가 입술에 가볍게 닿았다 떨어지길 반복했다.

"집에 온통 권다현 냄새만 나."

입술을 뗀 이헌이 나지막이 속삭이듯 말했다. 그의 목소리가 귓가를 간질였다. 살며시 눈을 뜬 다현은 갈 곳을 잃었던 두 팔을 뻗어 그의 목을 감싸 안았다.

"그래서…… 싫어요?"

"아니. 마음에 들어."

배시시 웃었다. 그가 다시 한번 숨결을 불어넣으며 입을 맞춰 왔다. 사탕을 녹여 먹듯 입에 머금은 그녀의 입술을 가볍게 빨아 당기며 그 틈을 비집고 들어가 혀를 굴렸다.

이헌의 혀가 입 안으로 들어와 입천장을 꾹 눌러 대듯 쓰다듬으며 느릿하게 핥았다.

뒷머리를 감싸 쥐고 있던 손이 어느새 그녀의 귓불을 만지작댔다.

그 손길에 움찔거리며 어깨를 들썩이는 다현을 기민하게 알아차린 이헌은 곧장 입술을 뗐다. 그러고는 그녀의 귓불을 가볍게 깨물며 목덜미를 타고 내려와 쇄골 언저리에 얼굴을 깊게 파묻었다.

"아!"

달뜬 숨이 터져 나왔다. 얇은 티셔츠 사이로 이헌의 커다란 손이 자연스레 파고들어 허리선을 쓰다듬었다.

"어떡하지."

목덜미를 집요하게 빨던 그가 고개를 들었다. 세포 하나하나가 곤두서 발끝까지 간지러운 느낌에 숨을 참고 있던 다현이 턱을 내리며 살며시 눈을 떴다.

물끄러미 자신을 바라보고 있던 그의 짙은 눈동자가 당장이라도 잡아먹을 듯 날카롭게 빛나자 마른침을 꿀꺽 삼켰다.

"여기서 멈추는 건 불가능할 거 같은데."

다리 사이가 아찔할 정도로 겹쳐진 몸이 그의 상태를 대변하고 있었다.

"……멈추지 말아요."

발그레해진 뺨을 검지로 쓰다듬으며 이헌은 깊고 뜨겁게 입을 맞췄다.

다현의 달뜬 숨소리에 반응하듯 사납게 입술을 삼키며 부드러운 살결을 연신 쓸어내렸다.

미처 삼키지 못한 숨이 그의 입 안에서 뜨겁게 흩어졌다. 허벅지에 닿는 낯선 감각에 다현은 아랫배가 간질거려 하체를 비틀었다.

"하아, 움직이지 마. 위험해……."

맞닿은 하체가 아찔하기만 했다. 사냥감을 노리는 맹수처럼 거칠게 달려드는 건 아닐까 싶어 이헌은 겨우 이성의 끈을 붙잡고 그녀를 껴안았다.

두 사람을 감싸던 공기가 뜨거워진 건 한순간이었다.

❖　　　✦　　　❖

모처럼 깊은 잠을 잔 것 같았다. 눈을 뜨니 어느새 아침이었다.

포근한 이불이 전신을 휘감은 느낌이 좋았다. 비록 흠씬 두들겨 맞은 것처럼 온몸이 뻐근했지만.

다현은 침대에서 내려와 바닥을 딛는 순간 저릿한 아래에 눈물이 핑 돌았다. 서둘러 옷을 주섬주섬 꺼내 입고는 방문을 열었다.

밤새 그녀를 놓아주지 않던 이헌은 아무 일도 없었던 듯 쌩쌩해 보였다.

"뭐 해요?"

방을 나오자 고소한 냄새가 진동했다. 이헌은 바지만 입은 채 주방 안을 서성이고 있었다.

다현의 목소리가 울려 퍼지자 그는 힐긋 고개를 돌렸다.

"씻고 와. 밥 먹자."

아침 댓바람부터 옷을 벗고 프라이팬을 잡은 남자가 낯설어 뭐라 말할 새도 없었다. 조용한 집 안에서 주방에 빌트인 된 건조기가 돌아가는 소리가 들렸다.

외박한 남자가 옷이 없어 아침부터 세탁기를 돌린 모양이다. 깨워서 해 달라고 하지. 혼자 세탁기를 돌렸을 이헌을 떠올리니 괜히 웃음이 나왔다.

다현은 서둘러 욕실로 들어가 샤워를 마치고 젖은 머리카락을 털며 옷을 갈아입었다. 혹시 모르니 여벌 옷가지들을 따로 챙기는 것도 잊지 않았다. 오늘 출근하면 또 언제 집에 들를 시간이 날지 몰랐다.

드라이기로 머리카락을 반쯤 말린 뒤 거실로 나온 다현은 곧장 식탁 앞에 앉았다. 그는 어느새 깨끗하게 세탁된 셔츠를 입고 있었다.

"이거 선배가 만든 거예요?"

"못 먹을 정도는 아닐 거야."

문이헌이 차려 주는 아침이라. 색다르다 못해 기분이 묘했다. 엄마가 아닌 다른 사람이 차려 준 아침은 난생처음이었다.

포크를 들어 식빵을 크게 한 입 베어 물었다. 폭신하면서도 달달한 맛이 입 안에 퍼졌다.

"역시 신은 불공평하다니까. 요리까지 잘하면 어떡해요?"

오물거리며 말하는 모습을 보며 웃음 짓던 이헌은 손을 뻗어 다현의 입가에 묻은 설탕을 털었다.

"이게 무슨 요리라고."

"이 정도 하는 거면 잘하는 거 아닌가?"

"혼자 산 지 오래돼서. 냉장고에 달걀이랑 식빵뿐이더라."

독립한 이후 현생이 바빠 집을 그저 잠자는 곳 정도로밖에 여기지 않아 냉장고가 무용지물이었다.

식빵이랑 달걀도 오피스텔 1층 편의점에서 사 왔던 것 같다. 대충 끼니만 때우고 식빵은 냉동실에 던져 놨었던가?

민망함에 괜히 머쓱한 웃음만 지었다.

"집에서 잠만 자?"

"선반에 라면도 있을걸요."

"그거야 어느 집이든 기본으로 다 있는 거고."

기본으로 있다니. 없는 집도 있지 않을까 우물거리며 이헌의 시선을 피해 식빵을 깨작거리며 베어 물었다.

이헌은 물을 마시며 오물거리는 다현을 보다가 집 안을 쓱 훑었다.

"이 집 자가야?"

난데없는 질문에 다현은 이헌의 시선이 머문 쪽으로 고개를 휙 돌렸다.

소파와 TV가 덩그러니 놓인 썰렁한 거실. 침대 하나와 화장대가 있는 침실과 작은 욕실, 그리고 현관문 옆에 있는 욕실 하나와 작은 옷방이 전부인 그리 넓지 않은 이 오피스텔은 모친에게 보증금을 빌려 마련한 곳이었다.

매달 월급이 들어오면 은행 이자를 갚듯 모친의 통장으로 보증금을 갚아 가고 있었다. 거기다 월세도 다달이 나가는 판국이라 등골이 휠 지경이지만 본가로 돌아갈 생각은 조금도 없었다.

"평검사 월급에 자가가 가능할까요?"

"그럼 이사해."

그의 시선이 다현에게 머물렀다. 집 안을 둘러보던 다현은 놀란 듯 이헌을 바라보며 눈을 껌뻑였다.

"지검도 멀고, 가까운 곳으로 이사하는 건 어때?"

"어디로요?"

"서초동."

엎어지면 코 닿을 곳에 지검이 있는 곳. 이헌이 사는 동네다.

"싫어요. 집에서까지 검찰청 그림자를 보고 싶지 않습니다."

단호하게 고개를 내저은 다현은 손바닥까지 보이며 거절의 의사를 밝혔다.

매일 집, 회사를 반복하는 패턴이었다. 출퇴근하는 동안만이라도 바깥세상 구경을 하면 정신 수양에 좋지 않을까 싶어 일부러 지검과 떨어진 동네에 터를 잡은 것이다.

"우리 동네는 그림자 안 보여."

농담하는 걸까 싶어 눈을 게슴츠레하게 뜬 다현은 입을 삐죽 내밀더니 말했다.

"설마, 지금 같이 살자는 말은 아니죠?"

뜬금없이 이사 얘기를 꺼내는 것이 수상했다. 그럴 남자가 아닌 줄 알면서도 혹시나 해 다현은 조심스레 물으며 이헌의 눈치를 살폈다.

"안 그렇게 보이겠지만, 나 보수적인 남자야."

충분히 그렇게 보입니다. 그것도 무척이나 보수적으로. 다현은 구시렁거렸다.

보수적인 남자라 보수적인 검찰 집단에서 이렇게까지 버티고 있을 수 있는 거라고, 웬만한 사람은 진즉에 백기를 들고 항복했을 거라고 생각했다.

"출퇴근 번거롭잖아. 그래서 이사하면 어떻겠냐는 거야."

2호선 지하철을 타면 환승을 하지 않아도 세 정거장이면 바로 지검 앞에 도착할 수 있었다. 그다지 번거로운 편도 아니었다.

"정 그렇다면, 선배님이 저 데리러 오면 되지 않을까요?"

두 눈을 반짝이며 양손으로 턱을 받친 채 물었다. 이헌은 테이블 위에 팔을 올려 턱을 괴며 대답했다.

"은근슬쩍 매일 오라는 거 같은데."

"바빠서 제대로 연애할 시간도 없는 출근길에 서로 얼굴도 보고. 좋은 게 좋은 거 아닐까요?"

"나 좋아하는 거 너무 티 내는 거 아냐?"

"그래서 싫어요?"

입술을 삐죽 내밀며 뾰로통하게 물었다. 그 모습에 이헌은 새어 나오는 웃음을 참으려 목청을 가다듬었다.

"좋은데, 너무 티 내면 남들 눈에 권다현 없어 보일까 봐."

별스러운 걱정이라며 다현은 고개를 내저었다.

"걱정은 접어 두세요. 제가 또 공과 사는 명확한 여자랍니다."

"말이나 못 하면."

확신에 찬 다현의 음성에 이헌은 손을 뻗어 머리카락을 헝클어트리며 비비적댔다.

"딱 두고 봐요."

뭘 두고 보라는 건지. 이헌은 엉뚱한 다현의 말에 작게 웃어 보였다.

오랜만에 특수 1부 회의실 앞에 섰다. 왠지 모르게 감회가 새롭달까.

문고리를 돌리자 열린 문틈 사이로 반가운 얼굴들이 보였다. 그런데 선뜻 발길이 떨어지지 않았다.

그때 등 뒤에서 다현의 손이 옆을 스치고 지나가 문을 밀쳤다. 어서 들어가라며 등을 떠미는 그녀의 손길에 하는 수 없이 이헌은 회의실로 발을 들였다.

"어? 둘이 어떻게 같이 와?"

이정우 검사가 의아하다는 듯 물었다. 다현은 이헌을 힐긋거리며 그를 지나쳤다.

"엘리베이터에서 만났어요."

아무렇지 않게 이 검사의 의아함에 응수했다. 그런 다현의 모습에 이헌은 웃음을 삼켰다.

공과 사가 명확한 여자라더니. 딱 두고 보라던 게 이런 거였나.

"문 검. 잘 왔어."

"얼굴 더 좋아진 거 아냐?"

"환영회라도 해야 하나."

다현이 자신의 자리를 찾아가 회의 테이블 제일 끝에 앉을 때 최 검사와 남 검사, 이 검사가 이헌에게 다가와 반갑게 인사를 건넸다.

두 사람 모두 이헌의 대학 선배였다. 특수 1부에 한국대 법대 출신은 부부장 검사인 임태진 검사와 남경주 검사, 이정우 검사, 최현수 검사, 그리고 이헌과 다현이 있었다.

부장 검사와 정상엽 검사, 김동훈 검사는 타 대학 출신으로 노선이 다를 때가 왕왕 있다.

정 검사는 상석을 이헌에게 내주고 대각선 자리에 앉아 괜히 멀뚱히 바라보기만 할 뿐 별다른 인사를 건네지 않았다. 하물며 김 검사도 잘 왔다며 어깨를 토닥이는데 말이다.

"시간도 없는데 환영 인사는 이쯤 하고 회의 하자."

김 검사가 떠들썩한 분위기를 정리하자 하나둘 자리에 앉아 회의 준비를 했다.

이헌은 사전에 준비해 놓은 서류들을 꺼내며 상엽을 보고 말했다.

"수고하셨습니다."

갑작스러운 좌천으로 시간적 여유도 없이 사건을 모두 떠넘기고 가버린 자신을 대신해 마무리하느라 고생했다는 말이었다.

상엽은 괜히 멋쩍어 뒷머리를 긁적이며 대답했다.

"내가 뭘 한 게 있다고."

한 게 아무것도 없었지만, 최대한 티 나지 않게 사건을 축소하고 덮느라 진땀을 빼긴 했다.

이내 테이블에 둘러앉은 특수 1부 검사들 앞에 서류들이 쌓이기 시작했다.

"K그룹 전략 기획실에서 작성한 대외비 문건들입니다."

지난 압수 수색 이후 하드 디스크를 복원하자 이중, 삼중 보안을 거친 대외비 폴더가 불쑥 튀어나왔다. 그것들을 따로 백업을 시켜 놓고 모두 문서로 만들어 복사해 둔 상태였다. 특수 1부에도 따로 보관된 서류들이 있기도 했다.

하지만 당시 수사 팀이 아니었던 이들과 사건과 상관없는 문건들이라 거들떠보지도 않았던 이들은 혀를 내둘렀다.

이내 그들은 서류를 훑어보며 이헌의 목소리에 귀를 기울였다.

"대선 7개월 전에 작성된 겁니다. 정권이 어디로 바뀌느냐에 따라 플랜C까지 준비하고 있었습니다."

당시의 야당이었던 민정당으로 정권이 교체돼야 한다는 목소리가 높았던 만큼 그에 대한 플랜이 가장 구체적이었다.

또한, 플랜B는 여당인 한민당이 계속 정권을 이어 갈 때를 대비한 계획이었고, 플랜C는 젊은 피를 내세워 정권을 잡아 보고자 했던 이들이 모인 야당에 대비한 구체적이고 체계적인 계획들이 짜여 있었다.

"K그룹에서 예측한 대로 정권이 민정당으로 바뀌어서 플랜B와 C는 무용지물이 됐습니다."

"이거 취임식 이후에 단행된 인사랑 K그룹에서 작성한 인사 예상안이랑 100% 일치하는데?"

자료를 보던 이 검사의 눈이 휘둥그레졌다. 압수 수색 때는 봐야 할 서류들이 워낙에 방대해 당장 필요한 증거 자료가 아니고서는 그저 스쳐 지나가듯 넘긴 터라 자세히 보지 못했다. 설마 이런 내용이 담겨 있을 줄이야.

마치 K그룹에서 작성한 인사 예상안대로 현 정권 초기에 인사가 단행된 거라고 착각할 정도였다. 한 치의 어긋남 없이 똑같아 모두의 입에서 탄식이 터져 나왔다.

"이대로라면 후원금 200억도 완납했겠네."

서류를 보던 남 검사가 혀를 내두르며 말했다.

정권이 교체된다면 민정당에 200억 원을 1차로 정치 후원금 명목으로 준다는 명시가 되어 있었다. 200억이 어디 주머니에서 나온 건지 또한 깊게 파 볼 대목이었다.

"이건 무슨 예산안?"

또 다른 서류를 보던 최 검사가 이헌을 바라보며 물었다. 그는 최 검사가 궁금해하는 서류를 뒤적이다가 입을 뗐다.

"그룹 전체 예산안과 계열사별 예산안입니다. 선배님이 보시는 건 작년도와 재작년도 예산안이고 제일 뒷장에 첨부된 게 올해 예산안입니다."

영구 폐기조차 하지 않은 재작년도 예산안부터 시작해 작년도 예산안과 집행된 내역까지 상세히 적힌 자료는 판도라의 상자나 다름없었다.

하물며 올해 하반기 예산안까지 적나라하게 명시되어 있는 자료는 하나같이 혀를 내두르기 충분했다.

"사전에 책정된 예산만 보더라도 기업 경영과 무관한 돈이 상당합니다."

서류를 함께 보던 이헌은 눈살을 찌푸리며 파일을 덮어 버렸다.

"차명 계좌만 해도 이게 도대체 몇 개야."

사돈에 팔촌은 양호하다 못해 평범하다고 말할 수 있는 수준이었다.

평사원의 계좌는 물론 임원들의 일가친척도 차명 계좌로 활용했다. 거기다 페이퍼 컴퍼니까지 설립해 돈세탁을 야무지게 하고 있었다.

"접대비 항목, 이거 실화야? 한 해에 500억이 말이나 되는 소리야?"

"얼마나 대단하신 분들한테 접대하기에 1년에 500억씩이나……."

"말이 접대비지, 수고비나 여기저기 찔러 주는 돈까지 뭉쳐서 명시해 둔 거 같은데."

"계열사별로 품위 유지비도 만만치 않아."

돈을 물보다 더 헤프게 쓰고 있는 상황들은 완벽히 다른 세상의 일이었다. 숫자들이 빼곡한 서류들을 보며 눈이 휘둥그레지는 것도 그 때문이었다.

대기업에서 이뤄지는 로비나 비자금의 출처, 혹은 그 사용처를 알면서도 별다른 이슈가 없다면 묵인하고 넘어가는 일이 허다했다.

벌집을 건드려 봤자 쏘이기만 하고, 성과 없이 끝나는 것이 대부분이라 괜히 걸고넘어져 봤자 좋은 꼴을 보지 못한 지가 수 해째 이어지고 있었다.

오래전 명신그룹의 비자금 사태가 터지면서 오너가 실형을 선고받았지만, 반년도 채 되지 않아 병보석으로 풀려났다. 또한 그의 장남이 업무상 배임으로 실형을 선고받았지만 2심, 3심까지 가서 집행 유예를 받고 흐지부지 끝난 전력이 있었다.

그만큼 기업의 비자금은 건드려 봤자 좋은 결과를 얻기 힘든 일이었다. 그 비자금에서 떨어진 콩고물을 받아먹은 이들이 한둘이 아니기에 엮인 사람들이 많아 수사의 진척이 없을 뿐더러 상부의 압박이 심해 어느 정도 봐주는 선에서 끝나기도 했다.

"이번에도 대충 뭉개고 끝내면 시작할 필요도 없습니다."

이헌의 말에 침묵이 흘렀다. 봐주는 것 없이 제대로 하겠다는 각오를 시사한 말이었다.

그때 무거운 침묵을 깨고 불쑥 고개를 치켜든 것은 다름 아닌 다현이었다.

그녀는 목청을 가다듬며 신배들의 눈치를 쓱 보다가 조심스레 입을 뗐다.

"가뜩이나 조사할 것도 많은데, 죄송하지만 하나만 더 보태겠습니다."

그녀의 말에 이헌은 얕게 미간을 찌푸렸다. 사전에 다현이 언질을 준 적이 없어 놀란 반응이었다.

"뭔데?"

그런 이헌을 대신해 그녀의 옆에 앉은 이정우 검사가 고개를 내밀어 다현이 주섬주섬 꺼내는 파일들을 집어 들어 동료 검사들에게 건넸다.

"K그룹이 사회 문화 사업으로 만든 재단 벗에 관한 겁니다."

언제부터 준비한 건지 일목요연하게 정리된 파일과 함께 첨부된 계좌 내역까지 있었다. 이를 훑어보던 이들의 시선이 일제히 다현에게 쏠렸다.

"현재 운영 중인 갤러리 벗은 1년 365일 전시회를 하고 있고, 해외 작가는 물론 국내 유명 작가와 알려지지 않은 무명작가를 한데 묶어 기획전을 열고 있습니다."

"대호그룹도 재단 사업 하지 않아? 다들 그룹 이미지 차원에서 재단 운영하고, 비자금 창구로 갤러리를 많이 쓰지."

이 검사가 넌지시 물으며 대수롭지 않게 말하자 다현이 또 다른 파일을 건네며 말을 이어 갔다.

"갤러리 벗에서 후원하고 있는 작가 명단입니다. 미술계에선 이름도 알려지지 않은 무명작가들입니다. 그 사람들은 매달 유명 작가들과 함께 기획전에 참여하고 있습니다."

"이게 그림이야?"

"이건 우리 딸이 그린 거랑 비슷한 거 같은데?"

남 검사와 최 검사가 무명작가의 명단과 그들의 그림이 첨부된 파일을 보며 고개를 내저었다.

"적게는 억 단위부터 많게는 수십억까지 가는 그림이랍니다."

고개를 갸웃대는 선배들에게 다현은 그림값을 넌지시 내뱉었다. 일제히 경악하며 말도 안 된다고 혀를 내둘렀다.

K그룹 예산안과 비자금 장부보다 더 헉 소리 나는 세상이라고 생각했다.

"알아보니까 그 정도 값어치는 둘째 치고 천부적인 재능이 있어서 그 정도 그림값을 받는 작가였으면 알려져도 진작 알려졌을 거라는 미술 평론가의 자문이 있었습니다."

"이게 무슨 억대 그림이야. 내가 그려도 이것보단 잘 그리겠는데?"

"붓질 몇 번에 떼돈 벌었네."

어린애 장난처럼 흰 도화지에 선 몇 개 그리고 물감을 잔뜩 칠해 놓은 그림이 얼마나 대단하면 자신들의 연봉을 훌쩍 뛰어넘는 돈을 받는지 궁금하지 않을 수 없었다.

감히 엄두도 내지 못할 금액이었다. 종이에 프린트되어 보는 것만으로도 황송해야 할 지경.

"후원하는 거라 그런지 무명작가들의 그림은 모두 K그룹에서 인테리어 명목으로 구매하고 있습니다. 그림은 사옥과 각 계열사 본사에 걸려 있는 것으로 확인됐지만 일부는 추적이 불가능했습니다."

"그런데?"

이헌이 물었다.

"그림값은 갤러리 벗의 계좌가 아닌 작가 개인 계좌로 곧바로 송금되었습니다."

"작가가 그림을 산 거니까 구매 대금이야 어디로든 지급되면 되는 거 아닌가?"

"차명 계좁니다."

확신에 찬 목소리였다. 표정마저 자못 심각해 선배들의 시선이 일제히 그녀가 나눠 준 파일로 쏠려 첨부된 계좌 내역을 훑기 시작했다.

잦을 땐 한 달에 한 번, 평균 3개월에 한 번씩 그림이 팔리면 그 대금이 작가의 개인 계좌를 통해 K그룹 경영 지원 팀의 이름으로 입금되고 있었다. 그렇게 들이온 돈은 고스란히 빠져나가 행방이 묘연하다고 봐야 했다.

다현의 의심에 확신이 서는 순간이었다.

"가지가지 하고 있네, 진짜."

남 검사가 파일을 휙 덮으며 짜증을 한껏 부렸다. 기업 관련 사건이 터질 때마다 그들이 만지는 돈의 단위와 스케일에 기함할 때가 한두 번이 아녔다.

정치권과는 또 확연하게 다른 단위로 굴러가는 돈의 출처와 그 쓰임새에 매번 이렇게 진절머리를 치고 만다.

"이 작가는 스물일곱밖에 안 됐는데?"

"이 사람은 더 어립니다."

"아주 어린애들 데리고 돈놀이 제대로 하셨네."

"얘들은 모를 거 아니야."

"당연하지. 후원해 준다니까 이제 성공할 일만 남았구나 싶었을 거야."

대학을 졸업한 어린 학생들에게 후원 명목으로 작업실을 내어주고 전시회를 열어 주며 그들의 그림을 갖고 뒤에서 장난을 친 걸로밖에 보이지 않았다.

"매달 K그룹과 계열사들에서 후원금으로 들어온 돈도 상당합니다."

"후원금이 아니라 비자금 넣어 둔 창구라고 봐야겠지."

"뒤로 빼돌리는 돈이 어마어마할 거야. 문 검사가 찾은 파일에서만 봐도 비자금 내역이 상당하잖아. 저거 다 어디서 나온 거겠어. 여기저기 맡겨 두고 깨끗하게 빤 거야."

다현의 말에 이 검사와 최 검사가 동조하며 거들 때마다 이헌의 표정은 점점 심각해졌다.

자신이 사전에 조사한 스케일보다 더 방대해지는 비자금 스케일에 어디서부터 손을 대야 할지 막막하기만 했다.

동시다발적으로 수사에 들어간다고 해도 분명 놓치는 부분이 생기고 말 것이다. 우르르 달라붙어서 하나만 건드렸다가는 대호그룹과 MK건설은 손에 쥔 모래알처럼 스르륵 빠져나가게 될 것이다.

"이렇게 하겠습니다."

한참 생각을 하던 이헌이 말문을 열자 탁상공론이 벌어진 검사들의 시선이 그에게로 향했다.

"K그룹은 이정우 검사와 권다현 검사가 맡고 제가 서포트 하겠습니다. 그리고 김동훈 검사, 최현수 검사는 대호그룹을 맡아 주시고 정상엽 검사, 남경주 검사는 MK건설 맡아 주세요."

팀을 이뤄 각개 전투로 수사를 하고 함께 공유하는 편이 여론이 가라앉기 전에 빠르게 사건을 마무리 지을 방법이라고 이헌은 결단을 내렸다.

지난번 수사는 단일 사건이 병합된 케이스라 담당을 나눠 세밀하게 체크할 필요가 없었다. 이미 어느 정도 조사가 이뤄진 상황이었고 기본 베이스가 있었던 탓에 접점만 찾으면 되는 상황이었기에 비교적 빠른 접근이 가능했다.

하지만 이번 비자금 사태는 사방 천지 흩어진 정황 증거를 찾는 것만으로도 갈 길이 구만리였다.

"더 떠들어 대기 전에 압수 수색부터 시작하겠습니다. K그룹과 대호그룹은 계열사까지 모두 압수 수색 대상입니다. 그리고 K그룹은 재단 벗도 함께 압수 수색 하겠습니다."

한차례 또 시끄러워질 타이밍이 된 모양이다.

10장

[단독] 검찰 'K그룹, 대호그룹, MK건설 비자금 문건 입수' 대대적인 압수 수색

지난 2일 HBC 9시 뉴스에서 재벌 그룹의 비자금 실태가 보도된 이후 빠르게 수사 팀을 꾸린 서울 중앙 지검은 "한빛은행 뇌물 리스트 사건 때 실시한 압수 수색 이후 나온 문건이다."라고 하며 "보도된 바와 다르게 내부 수사 팀을 꾸리고 있었다."라고도 말했다. 또한 "당시 수사 팀을 맡았던 문이헌 검사는 부산 동부 지청에 수사 지원을 간 것일 뿐, 보도된 내용은 사실 무근."이라고 밝혀 왔다.

한편 수천억 원대 비자금 규모에 서울 중앙 지검 특수 1부 고종석 부장 검사를 필두로 임태진 부부장 검사와 문이헌 검사가 수사 지휘를 맡으며 오늘 오후 기습적인 압수 수색에 들어갔다.

이번 압수 수색엔 K그룹과 K전자, K물산, K유통, K자동차, K패션, K생명 등 계열사 전체로 이뤄졌으며 이례적으로 재단 벗이 포함되었다. 또한, 대호그룹 역시 계열사 일체가 압수 수색에 들어갔으며 MK건설도 압수 수색을 끝마쳤다.

한빛은행 뇌물 리스트 사건 때와 다른 양상으로 결과가 나오길 기대

하는 국민의 관심이 쏠린 만큼 공명정대한 수사 결과가 나오길 기대해 본다.

한국일보 정치부 이상현 기자.

오전 회의가 끝나자마자 이헌은 압수 수색 영장을 청구했다. 재판부는 사안이 사안인 만큼 발 빠르게 영장을 발부했고 곧바로 압수 수색에 들어갔다.

지난 사건 때와는 달리 검찰 조사를 예견하고 압수 수색에 대비하던 찰나였는지 파쇄기 안이 종이 파편들로 가득했고, 컴퓨터 하드 디스크는 깨끗하기까지 했다.

디지털 자료 복원이야 누워서 떡 먹기보다 쉬운 일이었기에 대수롭지 않았다. 먼지 하나 남김없이 탈탈 털어 온 것만 하더라도 지난 압수 수색 때보다 양이 세 배 가까이 많았다.

모두 계열사들까지 탈탈 털어 댄 덕분이었다. 수사 지원 팀 인력도 모자라 관할서 협조까지 받아 대대적인 인력이 투입된 압수 수색으로 온종일 TV에선 실시간 보도까지 해 가며 비자금에 관한 이야기만 떠들어 댔다.

디지털 자료들은 복원과 분석을 위해 과학 범죄 기술 수사부에 보냈고, 종이로 된 서류들과 미처 삭제하지 못한 데이터는 문서화시켜 인쇄해 놓았다.

온종일 발에 땀나게 뛰어다닌 결과, 자정이 넘어서도 특수 1부 회의실과 검사실엔 불이 꺼질 줄 몰랐다.

"K그룹 등기 이사 명단입니다."

바닥부터 쌓인 서류 뭉치들이 가득한 이헌의 검사실 안은 서류를 보다 잠든 것으로 보이는 이 검사와 모니터에서 시선을 떼지 않고 있는 이헌, K그룹 지분 구조를 살펴보던 다현이 있었다.

다현은 등기 이사 명단을 작성해 이헌에게 건넸다. 애석하게도 놀고 먹으며 마약이나 즐기고 있는 장민준이 K그룹 등기 이사로 버젓이 올라와 있었다. 그녀는 치밀어 오르는 화를 가라앉혀야 했다.

괜히 얼굴이 붉어진 다현을 보며 이헌은 서류를 건네받아 눈으로 훑었다.

"장민준?"

명단에서 익숙한 이름을 발견하고는 눈살을 찌푸렸다. 명함 이사를 자처하고 있을 게 뻔했다. 출근은커녕 마약을 사 오느라 이젠 대놓고 홍콩과 상해를 뻔질나게 드나들고 있을 놈이 등기 이사라니.

능력도 없는데 대물림되는 재벌가의 승계는 반드시 뿌리 뽑혀야 하는 악습관이었다. 이헌은 짧게 혀를 차며 서류를 덮었다.

"밥이나 먹으러 가자."

그러더니 별안간 자리를 박차고 일어나 다현의 손을 잡아끌었다. 난데없는 그의 돌발 행동에 놀란 다현은 소파에 널브러져 자는 정우의 눈치를 살피며 이헌에게 붙잡힌 손을 빼내려 안간힘을 썼다.

"가, 갑자기 무슨 밥이에요!"

"저녁 대충 먹었잖아. 배고플 시간 아냐?"

검사실 문을 벌컥 열며 그는 나가지 않으려 발버둥을 치는 다현의 어깨를 감싸 안은 채 그녀를 밖으로 밀어 냈다.

혹시나 복도에 누가 있을까 봐 다현은 서둘러 이헌의 품에서 벗어났다.

휑한 복도 한복판에 서서 주머니에 손을 넣은 채 다가오는 이헌을 보며 그녀는 게슴츠레하게 눈을 떴다.

"돌발 행동 위험해요."

"아무도 없어. 다들 눈 붙이러 갔어."

"제가 공과 사가 명확한 여자라고 하지 않았어요?"

"했지."

"지금 일하는 중인데!"

"쉿. 누가 들을라."

검지로 조용히 하라는 제스처를 취한 이헌 때문에 말이 막힌 다현은 입술을 깨물며 씩씩댔다. 그 모습에 이헌은 웃음을 터트리며 그녀의 손을 덥석 붙잡았다.

"누가 보면 어쩌려고 정말."

말은 그렇게 하면서도 그의 온기에 배시시 새어 나오는 웃음을 참지 못하고 팔을 감싸 안았다.

그 모습에 이헌은 손을 뻗어 그녀의 머리를 헝클어트렸다. 그의 얼굴에도 웃음이 잔잔히 퍼져 갔다.

지검을 나오자 새벽 공기에 잠이 달아나는 것 같았다. 기온도 제법 올라 찬 기운이 가신 것도 같았다.

만개한 벚꽃이 지고 어느새 푸른 잎사귀만 무성한 가로수 사이를 두 사람은 손을 맞잡은 채 거닐었다.

잠시나마 일에서 벗어나 갖는 둘만의 시간이었다.

"이제 여름인가 봐요."

유난히 달이 밝은 하늘을 보며 다현이 말했다. 이헌도 덩달아 하늘을 슬쩍 올려다봤다.

언제 하늘을 제대로 본 적이 있었는지, 보기는 했었는지 기억조차 나지 않았다.

그저 앞만 보고 달렸다. 그러다 보니 자연스레 일에 미쳐서 고집스러운 검사가 돼 버리지 않았나 싶어 한편으론 씁쓸하기도 했다.

누굴 탓할까. 원래가 이렇게 생겨 먹은 놈인 걸.

"이번에도 휴가는 글렀네."

하늘을 바라보던 다현이 아쉬움에 한숨을 푹 내쉬며 애꿎은 땅을 발로 차 댔다.

"휴가 때 뭐 하려고."

"밀린 잠이나 실컷 자려고 했죠. 작년엔 곗돈 들고 나른 계주 콩밥 먹게 해 달라는 아줌마들 때문에 휴가 반납했어요. 그 전에도 비슷했고."

"나도 휴가 못 챙겨 먹은 지 오래야."

"휴가랑은 연이 없나 봐요."

괜히 울적해져 훌쩍이는 시늉을 하는 다현을 보며 이헌은 피식 웃었다.

"이번 일 끝내고 밀린 잠 실컷 자."

"그게 말처럼 쉬워요? 그때 되면 또 무슨 일 생길지 알고."

"막내 검사 고생했다고 휴가 좀 주라고 할 테니까 걱정하지 마."

그때 돼서 나라가 발칵 뒤집힐 일만 터지지 않는다면 휴가 정도야 나눠서 다녀오면 될 일이었다. 물론 지금 맡은 사건이 제대로 마무리됐을 때나 가능한 일이기도 하다.

"역시 문이헌 검사님입니다."

다현이 엄지를 치켜들며 웃었다. 그러다 보니 어느새 24시간 불이 꺼지지 않는 편의점 앞이었다.

"여기로 되겠어?"

편의점을 보자마자 이헌이 기함하며 고개를 내저었다. 밥을 먹자고 했지 언제 편의점을 가자고 했나.

하지만 다현은 막무가내로 이헌을 편의점 안으로 떠밀었다. 새벽에 배부르게 먹었다간 졸려서 밤샘은커녕 일하는 데 지장이 생길지 모른다. 그러니 간단한 요기만으로 충분하다며 그녀는 삼각김밥을 계산대에 내려놓았다.

"밥 먹으러 가자니까."

"지금 밥 먹으면 졸려서 안 돼요. 들어가서 할 일이 얼마나 많은데."

결국 다현은 라면 하나를 이헌의 품에 쥐여 줬다.

"라면 물 받아 와요."

컵라면 포장지를 벗기고 온수기의 뜨거운 물을 부어 온 이헌은 테이블 앞에 앉아 다현이 건네는 삼각김밥을 받아 들었다.

라면이 익기를 기다리는 동안 다현은 바나나우유에 빨대를 꽂아 쪽쪽 빨아 마셨다.

그 모습을 물끄러미 바라보던 이헌은 설핏 웃음을 지으며 삼각김밥을 테이블에 내려놓고 턱을 괴었다.

어린애처럼 빨대를 물고 있는 모습이 새삼스레 귀여워 보였다. 다현을 바라보는 이헌의 시선이 노골적이었다. 빨대에서 입을 뗀 다현은 그의 눈빛에 흠흠, 헛기침을 뱉고는 말했다.

"얼굴에 뭐 묻었어요? 왜 그렇게 쳐다봐요?"

"뭐 안 묻었어."

"그럼 그거 어떻게 먹는지 몰라서 기다리는 건 아니죠?"

테이블에 가지런히 놓인 삼각김밥을 눈짓으로 가리키며 다현이 멋쩍은 듯 물었다.

"왜. 삼각김밥 하나 못 까먹으면 데리고 살기 별로인 거 같아?"

갑자기 얘기가 왜 엉뚱한 데로 튀나 몰라.

"누, 누가 데리고 산다고 했어요?"

"손녀사위 아냐?"

"제가 아직 마음의 준비가……."

그러면서 다현은 두 팔로 자신의 몸을 감싸며 배시시 웃었다. 이헌은 창밖으로 시선을 돌린 채 말끔하게 포장을 벗긴 삼각김밥을 한 입 베어 물며 말했다.

"이미 다 본 사이에 내외는 무슨."

그의 말에 화들짝 놀란 다현은 양손으로 이헌의 입을 틀어막으며 혹시나 아르바이트생이 듣지 않았을까 눈치를 살피며 조용히 소곤댔다.

"미쳤어, 진짜! 누가 들으면 어떡해요."

다현의 호들갑에 이헌은 자신의 입을 틀어막은 그녀의 손을 떼어 내며 생수를 들이켰다.

"누가 들으면 어때."

"소문 쫙 나서 피곤해지고 싶어요? 지검에 말 돌면 전국에 있는 검사들 다 아는 건 시간문제예요."

"잘됐네."

마치 소문이 나길 바라는 사람처럼 대수롭지 않다는 듯 말하는 이헌을 보며 다현은 의아함에 고개를 갸웃거렸다.

"괜히 뒤늦게 알려져서 권다현 배경 보고 결혼하는 거 아니냐고 수 군대는 것보다 지금 들키는 게 나아. 너한테 그런 얘기 돌아 봤자 좋을 거 없어."

괜히 또 마음이 말랑말랑해졌다.

"왜. 나랑 결혼하기 싫어?"

그의 물음에 다현은 고개를 내저었다.

"그럼 됐어."

프러포즈가 아닌 건 분명한데, 어쩐지 그런 거 같기도 하고.

지극히 문이헌다운 질문이라 괜히 웃음이 나왔다.

"빨리 먹어. 사람들 일어나서 우리 찾으면 곤란하잖아."

다현은 고개를 끄덕이며 한입 가득 삼각김밥을 베어 물었다.

요란한 음악 소리를 따라가다 보면 거친 우드 표면이 인상적인 문이 긴 복도를 가로막고 있었다.

그 커다란 문을 열면 완벽히 다른 세상이 펼쳐졌다.

중앙을 차지한 대리석 테이블과 벨벳 소파 뒤로 시원하게 나 있는 통유리창 너머엔 반짝이는 불빛의 향연들이 펼쳐졌다.

우아한 클래식 선율이 흐르고 조도가 낮은 공간 속에 몇몇 사람들만 이 술잔을 기울였다.

"정식 회원 된 소감은?"

거만하게 다리를 꼰 채 향기에 먼저 취하는 진한 위스키를 크리스털 글라스에 반쯤 따르며 민준은 히죽이듯 물었다.

그의 옆에 앉은 연수는 허벅지를 아슬아슬하게 가린 타이트한 차림 새가 민망하지도 않은지 환하게 웃으며 답했다.

"좋네."

그의 시선은 깊게 팬 그녀의 가슴골을 향했다. 그러면서 작은 약 케이스를 안주머니에서 꺼내 뚜껑을 열어 작은 알약 하나를 글라스에 톡 떨어트렸다. 하얀 알약이 액체와 만나면서 녹아내리자 그는 글라스를 들었다.

"축하주야. 받아."

알약이 녹아 형체마저 사라져 버린 위스키가 담긴 글라스를 연수에게 건넸다. 그녀는 잔을 받아 들어 한 모금 마시고는 민준을 바라보며 깨끗하게 비워 낸 글라스를 테이블에 내려놓는다.

그런 연수를 보는 시선들이 끈적했다. 이미 거나하게 취한 것으로 보이는 한 쌍의 남녀는 초점을 완벽히 잃은 눈과 힘없이 나풀대는 손으로 서로를 탐하며 농도 짙은 키스와 스킨십을 이어 갔다.

그 모습을 바라보던 민준은 그녀가 건넨 위스키를 비워 내며 낮게 조소했다.

맨정신일 땐 서로 못 잡아먹어 안달인 지은과 현석이었다. 눈만 마주쳐도 으르렁거리면서 취하기만 하면 날이 새도록 뒹굴어 대니 우습기 짝이 없었다.

반면 지난 만찬 때 선물이라며 돌린 은밀한 유혹을 견디지 못한 연수는 억 단위의 가입비를 내고서라도 정회원이 되겠다고 이곳을 찾아왔다. 그녀는 위스키 속에 녹아든 약 기운에 조금씩 흐트러지고 있었다.

연수는 연예인이 되는 것이 꿈이었지만 부친이 정계로 진출하면서 강제로 그 꿈을 접어야 했다. 그 후로 대학을 졸업한 뒤 할 일 없이 돈이나 쓰면서 나이에 맞지 않게 소소한 반항을 일삼는 중이었다.

그저 모친의 권유로 좋은 짝이나 만나 보자며 참석한 모임이었는데, 지난 파티 이후 뜻하지 않게 접한 검은 유혹이 그녀를 음지의 세계로 이끌고 말았다.

"하아……."

그녀의 입에서 짙은 숨이 터져 나왔다. 전신을 타고 흐르는 열감에 몸을 가만히 두지 못하고 들썩이며 배배 꼬아 댔다.

그 모습을 빤히 바라보던 민준은 피식거리며 연수의 가는 허리를 한쪽 팔로 감싸 안아 제 품에 끌어당겼다.

그녀는 그의 귓가에 거친 숨을 내뱉으며 말간 목덜미에 입을 가져다 댔다. 벌어진 셔츠 틈 사이로 손을 밀어 넣는 행동이 과감하기만 했다.

그때였다. 굳게 닫혔던 문이 갑자기 열리면서 가드들을 밀치고 들어온 남자가 소란을 피우기 시작했다.

"죄송합니다."

가드들이 고개를 숙이며 민준의 눈치를 살폈다.

"돈 받기 싫어? 일 똑바로 안 해?"

등골이 오싹해질 만큼 서늘한 목소리로 말하면서 민준은 연수가 점점 자신의 가랑이 사이로 파고드는 걸 내버려 뒀다.

"내가 너희 죄다 신고해 버릴 거야!"

가드들을 밀치고 문을 열어젖히며 루프탑으로 들어온 남자는 언성을 높이며 술기운에 휘청거렸다.

그 모습을 진득하게 바라보는 건 민준뿐이었다. 그는 다크서클이 짙어진 남자를 보며 실룩거리던 입술을 뗐다.

"같이 안 놀아 준다고 징징거릴 나이는 아니지 않나?"

어디 집 손자였나 아들이었나? 그도 아니면 사생아였나. 기억도 나지 않았다.

가입비로 낼 돈도 없으면서 막무가내로 약을 달라고 난리를 부리는 통에 짜증이 확 일었다.

"당장 내놔. 내놓으라고!"

이미 잔뜩 취해 제정신이 아니었다. 뭐 얼마나 해 봤다고 저 난리인지 우스워서 히죽거릴 수밖에 없었다.

"역겨우니까 치워."

미친놈처럼 웃어 대던 민준은 안면을 바꿔 가드들을 보며 싸늘하게 말했다.

그들은 반쯤 미쳐 버린 남자를 양쪽에서 붙잡았다. 벗어나려 발버둥을 치며 고래고래 소리를 지르는 그를 보며 민준은 말했다.

"나가는 길에 주머니에 하나 정도 챙겨 주고."

마치 적선이라도 하는 듯 뱉은 말에 남자는 만면이 환해지더니 가드들에 의해 끌려 나가듯 사라졌다.

다시 문이 굳게 닫히고 민준은 자신의 몸을 더듬는 연수의 긴 머리카락을 귀 뒤로 넘겨 주며 목덜미에 입술을 가져다 댔다.

"그렇게 막 주다가 일 치면 어쩌려고."

술잔을 기울이던 준형은 시각적으로나 청각적으로나 무감각하기만 했다.

준형은 한빛은행장의 차남으로 현재 구속 재판을 받는 아버지와는 별개로 여전히 골드서클에서 자신보다 어린 동생들과 문란한 파티를 즐겼다.

준형의 묵직한 음성에 연수의 귓불을 깨물던 민준은 고개를 치켜들고 손을 뻗어 위스키가 담긴 글라스를 집어 들었다.

"그래 봤자 또 여기에 있겠지."

그는 조소하며 술을 입 안에 털어 넣었다.

"걱정하지 마. 또 쇠고랑 차고 들어가도 자기들이 어쩔 거야."

자신을 앞에 앉혀 두고 마치 못 볼 꼴이라도 본 듯 정색하던 그 말간 얼굴이 떠올라 입 안이 쓰기만 했다.

다 잡은 고기라고 안일하게 생각하고 있었을 다현이 한편으론 가엽기도 했다.

검사라고 해 봤자 어차피 나랏밥 먹는 공무원일 뿐이었다. 자신이 저보다 우월하고 우위라고 생각했겠지만 다 소용없는 일이라는 걸 왜 모를까.

민준은 빈 잔을 내려놓으며 제 품 안에서 몸이 달아 어쩔 줄 몰라 하는 연수를 끌고 룸 안으로 들어갔다.

자신의 울타리가 조금씩 무너져 가고 있음을 조금도 알지 못한 채.

오늘도 배달 도시락으로 점심을 때운 후 특수 1부 검사들은 회의실
에 둘러앉았다.

압수 수색 이후 새로이 증거가 될 만한 자료가 일절 발견되지 않았
다. 고작해야 대호그룹의 법인 카드 사용 내역서 정도였다.

당연하다는 듯 법인 카드로 개인 주머니를 채웠다. 차 할부금은 물
론 누군가에게 사 준 명품 백부터 소소하게는 전자 제품 혹은 집 앞 대
형 마트에서까지 매주 카드가 사용되었다.

일과는 무관한 사용처들이 빼곡한 법인 카드 내역서는 회삿돈을 횡
령한 것과 조금도 다르지 않았다.

"K그룹은 대외비 문건 작성을 지시한 거로 확인되는 전략 기획실 성
기준 상무와 최초 작성자인 전략 기획실 나상호 팀장한테 일차적으로
참고인 소환장을 보낸 상태입니다."

K그룹 조사를 맡은 이 검사가 회의 탁자에 둘러앉은 이들에게 말했
다. 그를 뒤이어 함께 K그룹을 조사하고 있는 다현이 입을 뗐다.

"갤러리 벗에서 후원하고 있는 신인 작가 열 명에게도 참고인 소환
장을 보냈습니다."

불과 오전 중의 일이었다. 나이가 많아 봤자 20대 중후반이었다. 꿈
을 좇아 희망에 부풀어 경제관념에 무지한 대학생들이 주요 타깃이었
다고 해도 무방했다.

갑작스러운 소환장에 놀라고 무서워 당장이라도 검찰에 뛰어올 만큼
세상 아무것도 모르는 애들일 텐데, 안타까움은 배가되어 갔다.

"대호 쪽은 법인 카드 내역 말고 나온 게 없습니까?"

이헌은 대호그룹의 조사를 맡은 김 검사와 최 검사를 보며 물었다.
진행 상황이 빼곡하게 적힌 노트를 살피던 김 검사가 고개를 내저으며
입을 뗐다.

"대호그룹 소유 부동산 세 개 처분해서 오너 일가 주머니 채운 게 일단 전부야."

"200억이 넘어서 그렇지……."

K그룹과 MK건설에 비하면 양반이라고, 나름 소소한 금액이라며 김 검사와 최 검사는 조소했다.

죽었다가 깨어나도 평생 구경도 하지 못할 액수가 분명한데 그들의 세계에서 몇 백억쯤은 쉽게 굴리는 돈이었다.

모두의 입에서 짧은 한숨이 터져 나온다.

"MK건설은 재개발, 재건축 조합장에게 입찰 선정 전 작게 돈을 챙겨 준 거로 확인됐고, 현재 재건축 단지는 시공 중인데 재개발 단지는 조합원들의 반발로 시공사 선정이 취소될 상황이랍니다."

MK건설의 조사를 맡은 남 검사가 차분히 진행 상황을 브리핑했다. 함께 조사를 맡은 정 검사도 뒤이어 입을 뗐다.

"시공사 선정 전에 1억, 선정 후에 1억으로 총 2억 원 정도 조합장한테 건너갔어. 재건축 단지는 시공사 선정이 취소될 상황이라 조합장도 꽤 골치 아플 거야."

"재건축 단지 조합장과 재개발 단지 조합장한테 참고인 소환장 보냈고 주요 조합원들도 추가로 참고인 조사 진행해야 할 거 같아."

이헌은 진행 상황들을 일목요연하게 정리하며 체크하기 시작했다.

지휘 검사로서 방대한 조사량을 단기간 내에 처내지 못할 것 같아 나누긴 했지만, 틈틈이 선배들과 함께 조사를 진행하고 있어 모르지 않는 부분들이었다.

그런데도 특수 1부 검사 모두가 공조해야 하는 부분이기에 매일 이뤄지는 회의는 빠트릴 수 없었다.

"정부 기관 신청사 시공사 선정 때도 그렇고 도로 건설 수주 띠낼 때도 배 터지게 먹여서 그 부분은 따로 더 체크하지 않아도 지금 자료만으로도 증거는 충분해. 참고인 조사 끝나는 대로 곧바로 기소해도 문제 될 게 없어."

남 검사는 추가로 조사할 상황을 읊었다.

정부 기관 신청사를 시공할 때 선정사가 제출한 시공 내역서가 시공 이후 예산이 초과하다 못해 현저히 단가가 낮은 자재들을 썼다며 비교 분석을 한 언론 보도가 있었다.

또다시 무능한 검찰이라는 소리를 들으며 손가락질을 받지 않기 위해 철저해야만 했다.

권력 앞에 무능한 검사가 되어 무릎을 꿇었고 손을 들었을지언정 두 번 다시 그런 뼈아픈 실책은 없어야 했다.

"참고인 조사로 시간 끌 필요 없습니다. 이번 주 안으로 전부 끝내고 중요 참고인 조사로 넘어가야 합니다."

언론에서 떠들어 대는 열기가 식어 버리고 주목도와 관심도가 떨어지기 시작하면 지금과 같은 화력으로 검찰 조사를 진행할 수 없는 것이 현실이었다.

또다시 이전과 같은 압박이 들어올 것이고 당연하다는 듯 하나둘 봐주기 시작하면 조금도 변하지 않는 검찰의 모습으로 돌아가고 말 것이다.

그런 일은 있어선 안 된다고 이헌은 또 한 번 이를 꽉 깨물었다.

대검찰청 검찰 총장실.

묵직한 분위기 속에서 날이 선 검찰 총장의 목소리가 침묵을 날카롭게 파고들었다.

"오전에만 전화를 서른 통 넘게 받았는데, 이거 이래서 되겠어?"

그의 호출에 대검으로 부리나케 달려온 중앙 지검 지검장도 상황은 다르지 않았다.

하물며 검찰 총장의 대각선 자리에 앉아 침묵과 무표정을 고수하고 있는 대검찰청 차장 검사 역시 말만 없다뿐이지 그의 전화통도 매일같이 불이 날 지경이었다.

죄를 지은 이들은 언론과 국민이 무서워 지난 사건과 달리 조금은 얌전해졌지만 그들에게 뇌물을 받아먹은 이들이나 불법, 편법에 일조한 이들은 발등에 불이 떨어져 호들갑을 떨었다.

직접적인 연줄이 없어 지인이나 친인척을 이용해 수사 지휘권을 틀어쥐고 있는 검찰 총장은 물론 지검장에게 줄을 대려고 난리를 부리다가도 먹혀들지 않자 그 아랫선들로 손을 뻗고 있는 형국이었다.

"총장님. 이번엔 안 됩니다."

지검장은 총장을 바라보며 조금은 얼어붙은 목소리로 단호히 말했다. 미간에 새겨진 깊은 주름이 그의 진심을 대변하는 듯했다.

전화 오는 게 무서워 피할 수는 없는 노릇이었다. 그들의 청탁을 받아 주다가는 검찰의 이미지는 회복 불능에 빠져 대책을 세울 수도 없을 지경에 이를지 몰랐다.

"우리 차장 검사는 어떻게 생각하나?"

지검장에게 꽂혀 있던 시선을 거둔 검찰 총장은 대검 차장 검사에게 시선을 돌리며 넌지시 물었다.

시종일관 침묵을 지키고 있던 차장 검사는 검찰 총장과 시선이 마주치자 굳게 다물고 있던 입을 뗐다.

"신뢰가 바닥을 쳤습니다."

진중했다. 그러면서도 직설적인 언사가 날카로웠다.

심각한 상황 속에서도 사람 좋은 미소를 잃지 않고 있던 검찰 총장은 차장 검사의 일침에 표정을 굳혀야만 했다.

"이때다 싶어 자기들 입맛대로 더 흔들려는 속셈입니다."

검찰 총장과 차장 검사 사이에 전에 없던 묘한 기류가 흐르기 시작했다.

그 분위기를 기민하게 감지한 지검장은 두 사람 사이에서 눈치를 살피며 긴장감에 말라 가는 입술을 달싹였다.

어쩐지 총장이 차장의 눈치를 보는 것 같아 보이는 건 기분 탓일까.

"지난번 상황과는 양상이 다릅니다. 이건 덮어 줄 수 없는 문제입니다."

아무리 전화가 수십 수백 통이 온다고 해도, 위에서 압박해 온다고 해도 지난 사건처럼 멀찌감치 물러나는 건 안 된다고 차장 검사는 못을 박았다.

그의 의견에 검찰 총장 역시 인정을 하는 듯 잘게 고개를 끄덕이며 입을 뗐다.

"자네 딸이 이번 수사 팀에 있다고 했던가?"

총장의 물음에 태연한 차장 검사와 달리 지검장은 흠칫 놀라며 고개를 휙 돌렸다.

"부족한 여식입니다."

차장 검사는 고개를 살짝 떨구며 자신의 딸을 낮췄다.

권수찬 차장 검사.

그는 지난 인사이동 때 서부 지검 지검장에서 대검찰청 차장 검사 자리로 옮겨 오면서 검찰 총장 자리를 위협하고 있는 인물이었다.

그의 부친은 이름만 거론되어도 법조계 종사자들은 흠칫 놀라기 일쑤인 검찰 총장 출신의 전 법무부 장관 권석윤이며, 외동딸은 현재 중앙 지검 특수 1부 권다현 검사였다.

"잘하고 있다던데. 그랬지, 지검장?"

총장은 질문을 툭 지검장에게 던졌다. 화들짝 놀란 지검장은 어리벙벙하면서도 입을 떼 대답했다.

"아, 네! 생각보다 더 잘하고 있습니다."

대답은 그렇게 하면서도 속으론 난감한 모습을 감추기 위해 머리를 이리저리 굴렸다.

차장 검사의 딸이라니. 들도 보도 못한 얘기였다. 워낙 사적인 일이 베일에 가려져 있는 양반이라 의아함은 배가되었다.

총장은 차장 검사의 딸이 누군지 아는 게 분명해 보였다. 마치 그 딸을 추어올리는 모양새처럼 보이기도 했다.

그도 그럴 것이 총장이 자칫 정권에 밉보였다가는 자리를 차장 검사에게 내줘야 하는 형국이었다. 현 검찰 조직의 분위기가 검찰 총장보다는 차장 검사 쪽으로 판세가 기울어져 있어 마냥 척을 지고 지낼 수 없는 상황이었다.

그러다 보니 더더욱 차장 검사의 사적인 가족 관계가 화두가 되어 대화의 흐름이 묘한 방향으로 흐르기 시작했다.

"지난 사건 때 골드서클 담당이었다고?"

"네."

그 순간 지검장은 헉 소리를 삼키며 주먹을 움켜쥐고 아차 했다.

특수 1부 권다현. 그 막내 검사가 권수찬 차장 검사의 딸이라니. 그 말인즉 권다현이 권석윤의 손녀라는 것이다.

맙소사. 자신의 울타리 안에 진골도 아닌 성골이 숨어 있었다니. 기함할 노릇이다.

지검장은 현재 독자 노선을 걷고 있다고 해도 무방할 정도로 총장의 선을 타는 것 같다가도 안면을 몰수하고 제 갈 길을 가는 사람이었다. 자신의 앞길에 방해가 되는 요소들이 있다면 가차 없이 도려낼 정도로 야망적인 인물이었다.

덕분에 그의 주위엔 이리 치이고 저리 치여 갈 곳을 잃어 연줄 한 번 잡아 보고자 하는 야심가들투성이라 제대로 된 정보를 물어 오는 사람이 없었다.

그것이 부장 검사도 아는 권다현 검사의 사적인 가족사를 지검장이 모르는 연유였다.

특수부를 총괄하는 차장 검사 또한 마찬가지였다. 그도 지검장의 라인이라 검찰 수뇌부의 사생활에 무지하기만 했다.

"특수부가 처음이라고 들었는데, 고생이 많았겠어."

이제 와 고생을 알아봐 줘서 고맙다는 말이라도 듣고 싶은 걸까.

"사건 엎어지고 자네한테 싫은 소리는 안 했고?"

마치 사건이 엎어진 게 혼자만의 잘못은 아니라고, 모두의 목숨 줄이 달려 있어 어쩔 수 없었던 선택이라고 변명하는 것처럼 들려 차장 검사는 조소를 흘리며 대답했다.

"저한텐 싫은 소리 하지 않는 녀석입니다. 제 할아버지한텐 어리광 부리는 손녀긴 해도."

가족 얘기를 거론하지 않는 것으로 유명한 차장 검사였다. 그런 그의 입에서 딸의 얘기는 물론 부친의 얘기까지 흘러나오는 것으로 보아 총장이 유도하던 분위기와는 완벽히 다른 방향으로 흘러가는 듯했다.

검찰 총장은 괜히 헛기침을 내뱉으며 차장 검사를 힐긋댔다.

반면 지검장은 윗사람들의 눈치를 보며 숨소리조차 내지 못했다. 분위기가 차게 식어 갔다.

그때 차장 검사가 고개를 돌려 자신의 정면에 앉은 지검장을 바라보며 입을 뗐다.

"제 사위 될 녀석도 지검에 있습니다."

분명 지검장을 보고 있는데 누구에게 하는 말인지 불분명했다. 다만 그의 말에 검찰 총장과 지검장이 동시에 놀라며 표정이 굳어진 것만은 확실했다.

딸도 모자라 사위까지 검사라니. 권씨 집안에서 죄다 해 먹으려는 속셈일까. 지검장은 속으로 투덜댔다.

"자식들에게 부끄러운 짓은 한 번이면 충분하지 않겠습니까."

차장 검사가 말했다. 더는 돈을 등에 짊어진 채 권력을 손에 넣어 주무르려는 이들과 권력을 쥐고 휘두르는 이들의 말을 듣지 말라는 소리였다.

검사로서, 검찰답게. 소신대로 검사답게 하자는 말이었다.

"버티는 것도 한계가 있는 법이지."

검찰 총장은 잘게 고개를 끄덕여 차장 검사의 말에 동조했다.

피곤해서 못해 먹을 짓이었다. 전화를 붙잡고 그들의 시답지 않은 말들을 들어 주고 있자니 귀에 딱지가 생길 지경이었다.

여당, 야당 할 것 없이 전화하는 것도 모자라 정부 관계자들까지 전화를 해 오는 탓에 아주 죽을 맛이었다. 오죽하면 내선 전화 코드를 빼 버리고 개인 휴대폰 전원도 꺼 버렸을까.

"빨리 끝내는 게 서로 좋지. 기소할 수 있는 건 먼저 기소하고, 특히 언론에 보도된 것들은 철저히 파헤치라고 해."

그는 지검장을 보며 말했다.

"알겠습니다."

지검장은 대답하며 고개를 숙였다.

권력에 갈대처럼 휘둘리며 서로 다른 노선을 걷던 검찰 총장과 지검 장의 합이 맞아떨어진 순간이었다.

✤　　✤　　✤

시곗바늘이 가리키는 숫자가 야속하게 대낮보다 훤한 빛들의 향연이 펼쳐지는 파라곤의 루프탑은 오늘도 어김없이 재즈 선율이 흐르며 그 윽한 분위기를 연출하고 있었다.

루프탑에서 매주 정기적으로 갖던 모임은 이젠 매일 시도 때도 없이 반복되고 있었다.

그 덕에 골드서클 내에서 소비되는 약은 평소의 두 배를 훌쩍 넘겼 다. 달에 한 번씩 열리는 만찬 모임에서 일반 회원들에게 약을 뿌려 댄 덕분이었다.

그 결과 골드 등급의 회원이 한 명 늘어났고 호기심에 손을 댄 사람 들이 속출하면서 루프탑 문턱이 닳아 없어질 정도였다.

민준은 오늘도 상석에 앉아 독한 위스키를 빈속에 부어 댄 탓에 벌 써 취해 몸을 제대로 가누지 못하는 연수를 보며 생각했다.

이 정도면 재미없는 회사 일보다 약을 팔아 돈을 버는 게 더 쏠쏠하 지 않을까 하는.

연수는 자제할 줄 몰랐다. 처음 맛본 신세계에 눈이 뒤집혀 주는 족 족 털어 넣고 있었다. 그런 그녀의 행동이 위험하다며 준형이 약의 용량을 조절했지만, 연수는 그만큼 빈 곳을 술로 채웠다.

약 기운인지 술기운인지 모르게 취해 버린 그녀는 말려 올라간 스커트 아래로 속옷을 훤히 드러낸 채 초점 잃은 두 눈으로 히죽였다.

그 모습을 가만히 바라보던 민준은 빈 글라스에 생수를 따라 연수에게 건넸다.

연수는 풀린 눈으로 생수병을 힐긋 보더니 조소를 내뱉고는 손을 허공에서 휘저어 댔다. 저리 치우라는 말인지 아니면 달라는 건지 알 수 없었다.

손수 뚜껑을 따 연수의 손에 쥐여 주려던 찰나 굳게 닫혔던 문이 벌컥 열리면서 한 남자가 언성을 높이며 루프탑 안으로 들어왔다.

연수에게 향했던 민준의 시선이 자연스레 낯익은 남자의 초췌해진 얼굴로 향했다.

"약 내놔."

며칠 전 신고를 하겠다고 되지도 않는 협박을 하던 명신재단의 차남 강성진이었다. 그는 그날 1회 분량의 약을 거저 가져가기도 했다.

"이 새끼가 미쳤나."

그때 담배를 태우고 있던 준형이 성진의 앞을 가로막아 섰다. 머리 하나만큼은 큰 준형을 올려다보며 씩씩거리다 손을 뻗어 그를 확 밀쳐냈다.

별안간 어디서 힘이 생긴 건지 몰라도 덩치에 맞지 않게 힘이 장사인 듯 준형이 휘청거리며 밀려났다.

성진은 시뻘게진 눈으로 민준을 노려보며 성큼성큼 다가갔다. 자신의 앞으로 다가오는 성진을 보면서 민준은 조소했다.

겁도 없이 나대는 꼴이 우스웠다. 강성진이 골드 멤버가 되지 못한 가장 큰 이유기도 했다. 뭣도 아닌 놈이 으스대며 설치는 꼴을 곁에 두고 볼 수는 없는 노릇이었다.

"나한테 이런 식으로 나오면 곤란해지는 건 너희야."

뭘 몰라도 너무 모르네. 이미 검찰 조사실에서 밤을 꼬박 새운 전적들이 있는 이들이었다. 현행범으로 체포된 건 둘째 치고 약물 검사에서 양성 반응이 나왔는데도 그런 일이 언제 있었냐는 듯 제자리를 지키고 있다.

그런 사실들을 조금도 알지 못하는 성진이 으스대는 꼴은 정말 가소롭기 짝이 없다.

결국 민준은 웃음을 참지 못하고 소리까지 내 가며 웃었고, 곁에서 술을 마시며 가만히 지켜보고 있던 이들 역시 박장대소를 터트렸다.

"이 새끼 봐라. 완전 웃기네."

성진의 손에 밀쳐졌던 준형이 다가와 멱살을 잡기 일보 직전이었다. 그런 그의 행동을 저지시키며 느긋하게 앉아 박장대소를 터트리던 현석이 자리를 털고 일어나 성진의 앞에 섰다.

현석은 성진의 어깨를 툭툭 밀쳤다. 힘없이 뒤로 밀려난 그는 자신의 작은 주먹을 움켜쥐며 이를 꽉 깨물었다.

"눈깔하고는. 시뻘게져서 눈에 뵈는 게 없어?"

고작 한 살 차이일 뿐이지만 엄연히 성진보다 어린 현석이었다. 그런데도 그는 위아래 없이 굴었다.

"뭐 맡겨 놨어? 어디서 같잖은 협박도 모자라 갑질을 하려고 들어."

현석의 언사가 격해지고 음성이 날카로워질수록 성진의 표정이 우락부락해지고 낯짝이 충혈된 흰자위만큼이나 시뻘게졌다.

"여기 너보다 못한 새끼 없어. 고작 학교 몇 개 가진 집 서자 주제에 어디서 설쳐, 설치길. 꼴같잖으니까 분위기 더 개판 만들지 말고 꺼져."

현석은 걸쭉한 침을 성진의 발 앞에 퉤 내뱉으며 담배를 꺼내 물었다. 그 모습을 바라보며 온몸을 부들부들 떨어 대던 성진은 결국 담배에 불을 붙이던 현석의 얼굴에 주먹을 내다 꽂아 버렸다.

퍼억.

둔탁한 마찰음이었다. 고개가 반쯤 돌아간 현석은 입에 물고 있던 담배를 뱉고는 그대로 주먹을 움켜쥐고 성진의 얼굴을 난타하기 시작했다.

파라곤 루프탑은 순식간에 주먹다짐이 오가는 싸움터로 변해 버렸다. 통유리창 너머의 반짝이는 야경 따위 조금도 아름답지 못했다.

✛   ✛   ✛

참고인 조사를 앞두고 다현은 오늘도 어김없이 책상머리 앞에서 서류들을 훑으며 참고인 신문을 대비하고 있었다.

숙직실에 잠시 눈을 붙이러 간 이 검사와 MK건설 증거 자료들을 함께 분석하러 간 이헌 없이 홀로 검사실에 쌓인 서류들을 살피던 그녀는 인기척도 없이 벌컥 열린 문에 화들짝 놀라며 손에서 펜을 떨어트리고 말았다.

"검사님! 큰일 났습니다!"

정은상 수사관이 기차 화통을 삶아 먹은 듯한 목청으로 외쳤다. 목소리만큼이나 다급한 그의 표정만 봐도 얼마나 급한 일인지 짐작할 수 있었다.

괜히 덩달아 숨이 넘어갈 것만 같아 다현은 놀란 가슴을 쓸어내렸다.

"무슨 일인데 그러세요?"

다현의 차분한 물음에 그는 당장이라도 울 것 같은 표정으로 크게 숨을 들이켜고 내뱉으며 말문을 열었다.

"파라곤에서 폭행 사건이 터졌답니다."

수사관의 말에 일순간 머릿속이 멍해지며 사고 회로가 멈춘 듯 다현은 눈만 끔뻑거렸다.

"골드서클에서 벌어진 사고랍니다."

수사관의 말은 멈췄던 그녀의 사고 회로가 다시 돌아가는 신호탄이었다.

추후를 도모하기 위해 심어 놓았던 정보원이자 연락책인 매니저에게서 흘러나온 소식이라는 걸 알아차린 다현은 수사관에게 더는 캐묻지 않고 휴대폰을 꺼내 들었다.

어째 잠깐 잠잠하다 했더니 그새를 참지 못하고 사고를 쳤다.

자신들의 가업이나 다름없는 회사 일은 나 몰라라, 뉴스에서 떠들어 대든 압수 수색을 하든 말든, 검찰 조사를 받든 말든 아무 관심도 없이 그저 평소대로 즐기기만 하면 그만인 걸까.

한심하기 짝이 없어 상대방과 통화가 연결되기만을 기다리는 다현의 입에선 짙은 한숨만 쏟아져 나왔다.

긴 연결음 끝에 굵직한 목소리가 수화기 너머에서 들려왔다. 마치 연락을 기다렸다는 듯 반가운 음성이었다.

―막내 검사님, 타이밍 한번 기가 막힙니다.

그녀의 전화를 받은 이는 다름 아닌 강남 서 형사과 마약 수사 팀 팀 장이었다.

"어떻게 된 거예요."

사건의 사실 여부가 아닌 개요를 묻는 물음이었다. 그녀는 답답함에 더는 가만히 앉아 있지 못하고 자리를 박차고 일어나 거칠게 머리카락을 쓸어 넘겼다.

―하나만 물읍시다. 강성진이 누굽니까?

"무슨 소리예요?"

팀장의 물음에 다현은 의아한 듯 고개를 갸웃거리며 되물었다.

어쩐지 생소하면서도 묘하게 맴도는 이름이 익숙한 것도 같았다. 하지만 팀장의 요지를 파악하지 못해 그녀는 모르는 척했다.

―다른 놈들은 안면이 있는데 이놈은 생판 처음입니다.

그 말인즉슨, 사건 현장에 전에 봤던 골드서클 멤버 외에 강성진이라는 낯선 사람이 함께 있었다는 말이었다.

왠지 모르게 뒤가 싸하기만 하다.

―조현석이랑 맞짱이라도 뜬 건지 얼굴만 터져서 알아보기도 어려울 지경입니다.

"다른 사람들은 어떻게 됐습니까."

─현장에 다 있었습니다. 그런데, 나연수는 또 누굽니까?

팀장의 입에서 흘러나온 낯선 이름에 다현의 표정이 살짝 일그러졌다.

강성진만큼이나 낯설고 익숙한 듯한 이름이었다. 아는 사이가 아닌 건 분명한데 처음 듣는 이름을 아는 것만큼은 분명했다.

─그리고 현장에서 새로운 약이 나왔습니다.

"……."

─애들이 이제 마약이란 마약은 종류별로 다 해 볼 작정인가 봅니다.

수화기 너머에서 짙은 한숨이, 그녀의 입에선 침묵이 공존했다.

마른세수하던 다현은 이윽고 책상을 한 손으로 짚으며 휴대폰을 꼭 붙든 채 고개를 떨궜다.

장민준이 계열사 제약 회사에서 모르핀을 슬쩍슬쩍 빼돌린 것을 시작으로 하나둘씩 마약에 손을 대기 시작했다. 그 뒤로 약 맛에 빠져 다른 것들에도 손을 댔고 급기야 직접 공급책을 물색하고 유통까지 해 가며 약을 들여왔다.

그렇게 즐기던 마약이 적발되고 현행범으로 체포돼서 검찰 조사까지 받았지만 결국 초범에 극소량이라며 징역 5개월에 집행 유예 1년이 떨어졌을 뿐이다.

그들은 다시 제자리로 돌아갔지만, 그곳은 전보다 더욱 타락한 음지가 되어 버린 듯했다.

나잇값 못 하는 이들은 돈과 권력을 등에 업은 체 해서는 안 될 악행만 일삼고 있었다.

"제가 가겠습니다."

큰 결심이라도 한 듯 다현의 표정이 한없이 비장하기만 했다.

휴대폰 너머에서 팀장의 다급한 목소리가 들려왔지만 더는 듣지 않고 전화를 끊어 버린 그녀는 머리를 질끈 동여 묶었다.

"거, 검사님?"

그런 다현의 행동에 의아해하면서 당황한 수사관이 그녀의 앞을 가로막아 섰다.

"어딜 가십니까! 안 됩니다!"

"비키세요."

"거기 가서 어쩌시려고요! 검사님이 개입하는 순간 일이 커집니다."

모르지 않았다. 하지만 폭행 사건으로 출동한 경찰들이 현장에서 마약을 수거하고 마약 수사과 팀장이 개입된 것을 알면서도 모른 척, 이대로 묵과할 수 없었다.

이번에야말로 제대로 그들을 단죄할 수 있지 않을까 하는 기대감과 확신이 그녀를 책상머리 앞에 가만히 앉아 있게 하지 않았다.

당장이라도 달려가 사건을 송치받아 마약에 미친 중독자들을 세상과 분리해 버리고 싶었다. 언론에서 떠들어 대고 여론도 좋지 않은 현시점에서 그들의 부모가 전처럼 돈과 권력을 업은 채 윗선에 줄을 댈 수는 없을 터였다.

지금이야말로 절호의 기회가 아닐까.

"무슨 일이야."

그때 인기척도 없이 훅 다가온 이헌이 심각한 표정의 다현과 안절부절못하는 수사관의 대치 상황을 보며 차가운 음성을 내뱉었다.

"문 검사님! 권 검사님 좀 말려 보세요."

이때다 싶어 수사관이 이헌을 붙잡고 늘어졌다.

누구 담당 수사관인지, 어느 검사실 수사관인지 아주 헷갈릴 지경이었다. 마치 내 편이 남의 편이 된 것 같은 기분에 다현은 정 수사관을 노려보며 입술을 잘근 깨물었다.

"설명해."

이헌의 눈빛이 날카롭게 번뜩였다. 싸늘한 목소리에 모골이 송연해졌다.

"파라곤에서 폭행 사건이 터졌습니다."

그렇게 말하고는 마른침을 꿀꺽 삼킨 다현은 이헌의 눈치를 살폈다.

그의 입에서 무슨 말이 나올지 짐작조차 되지 않아 심장이 벌렁거리고 이마에 땀이 송골송골 맺히기 시작했다.

죄를 지은 범죄자가 문이헌 검사 앞에서 이런 심정이지 않을까 싶었다.

"너 아직도 골드서클 만지고 있었어?"

차게 식은 표정과 간담을 서늘케 만드는 싸늘한 목소리에 다현은 입술을 지그시 깨물었다.

"혹시나 하셔서…… 권 검사님이 지켜보고 있었습니다."

이헌이 풍기는 검은 오라에 숨이 막힐 듯한 사람은 다현만이 아니었다. 정은상 수사관 역시 우물쭈물하며 그녀를 대신해 대답했다.

"잠시 자리 좀 비켜 주십쇼."

이헌은 다현에게 꽂힌 시선을 거두지 않은 채 수사관에게 말했다.

수사관은 고개를 꾸벅 숙였다. 불똥이 자신에게 튀기 전에 자리를 피하는 것이 상책이라 판단한 그는 뒤도 돌아보지 않고 재빠르게 검사실을 벗어났다.

문이 굳게 닫혔다. 무겁게 가라앉은 공기에 다현은 숨을 들이켜며 마른침을 삼켰다.

"골드서클에서 손 떼라던 말 기억 안 나?"

찬 목소리와 싸늘한 눈빛에 왠지 모르게 움츠러드는 것만 같았다. 그런데도 다현은 그의 시선을 피하지 않고 마주하며 굳게 다문 입술을 뗐다.

"다른 건 몰라도 특수부 와서 처음 맡은 사건이었습니다. 골드서클 때문에 선배님들이 만지던 사건까지 줄줄이 엎어졌는데, 어떻게 그냥 보고만 있습니까."

입술을 깨물며 주먹을 움켜쥐었다. 정석대로 수사를 진행했지만 결과를 보지 못했다. 괜히 들쑤셔 놔서 사건의 몸집만 부풀려 사달이 났다고, 모든 게 괜히 서툰 자신 탓인 것만 같았다.

그래서 놓을 수 없었다. 자신들의 잘못을 모른 체, 심지어 잘못한 것이 없다는 듯 더욱 미쳐서 날뛰어 대는데도 검사로서 아무것도 하지 못해 분하기만 했다.

"내가 단독 행동 금지라고 분명히 말했어."

골드서클 일로 현장에 나갔다가 피의자가 휘두른 칼에 상처를 입은 다현에게 경고했던 일이었다. 어디서 무슨 일이 벌어질지 몰랐다. 약쟁이들이 한번 돌면 눈에 뵈는 것 없이 저지르고 보는 습성 때문이었다.

지난번엔 숙달된 형사와 경찰관들이 수두룩한 상황 속에서도 예상치 못한 사고가 벌어졌었다. 이번엔 또 무슨 사달이 날지 예측조차 불가능했다.

그의 싸늘한 표정과 단호한 음성은 그 때문이었다.

"특수부는 검사 개인의 행동이 팀 전체를 흔들 수 있다는 거 보고도 몰라? 골드서클 건드려서 남는 게 뭘 거 같아."

안다. 알아서 문제였다. 다시는 특수부가, 검찰이 권력을 손에 쥔 사람들의 입맛에 맞춰 멋대로 흔들려선 안 된다는 생각이었다. 그래서 모른 척할 수 없는 것이었다.

이헌이 제아무리 사나운 표정으로 화를 억누르며 다그친다고 해도 뜻을 굽히지 못하는 이유였다.

"골드서클 문제가 불거지면 이번 사건에도 타격이 생길 수 있다는 거, 잘 알고 있습니다. 그래서 지켜보고 있었습니다."

굳게 다물었던 입을 떼는 것으로 다현은 지휘 검사의 뜻을 따르지 않겠다는 태도를 고수했다.

"언제든 터져서 수습 불가능한 상황이 올 겁니다. 그때 되면 알면서 손 놓고 있었다는 소리 나올 거 뻔한데, 더는 그런 소리 듣고 싶지 않습니다."

지금보다 더한 후폭풍이 닥칠 수 있을 만한 일이었다. 구속 영장이 기각됐고 어이없게도 집행 유예로 사건이 종결됐다. 이 사실이 새어 나간다면 언론에서 가만히 있을 리 없다.

또다시 봐주기식 수사라느니 무능한 검찰이라느니 하는 소리들을 듣고 싶지 않았다. 그런 얘기들을 들으려고, 손가락질을 받으려고 검사가 된 게 아니었다.

기죽지 않고 단호한 음성으로 자신의 의견을 피력한 다현은 주먹을 움켜쥐었다.

결국 그의 입에서 짙은 한숨이 터져 나오고 만다.

"하여튼 말은 더럽게 안 들어요."

다현의 고집에 결국 또다시 한발 뒤로 물러나고 마는 이헌이다.

"왜 이렇게 말을 안 들어. 청개구리야?"

"죄송합니다."

의견을 주장할 때와는 사뭇 다른 음성이었다. 잘게 떨리는 듯도 했다. 지휘 검사의 뜻에 반하는 행동이었다. 그의 지휘를 따르지 않겠다는 항변과 다르지 않았다.

제멋대로 고집을 부려 이헌을 볼 낯이 없는 다현은 고개를 떨구고 말았다.

"따라 나와. 같이 가게."

이헌은 오늘도 그녀의 고집 앞에 두 손을 들고 만다. 회의실에서 가져온 서류들을 테이블 위에 툭 내려놓고는 문고리를 틀어쥐며 말했다.

고개를 치켜든 다현은 놀란 듯 눈이 커졌다.

"시간 없어. 빨리 와."

그렇게 말하곤 걸음을 재촉해 검사실을 나가 버린 이헌의 뒷모습을 다현은 쫓아가야만 했다.

이헌의 차를 타고 경찰서로 가는 그 짧은 시간 동안 긴 침묵이 흘렀다. 분위기가 무겁다 못해 숨 쉬는 소리조차 부담스러울 지경이었다.

슬쩍 이헌의 눈치를 보며 다현은 입술을 잘게 깨물었다. 이번 사건만으로도 골치가 아플 텐데 그에게 괜한 부담을 주는 것 같았다. 알면서도 한발 뒤로 물러나는 게 되지 않는다. 묵직한 무언가가 가슴을 짓눌러 답답하기만 했다.

"화 안 났어."

어둠이 짙게 깔린 도로엔 차라곤 눈 씻고 찾아보려고 해도 없었다. 1차선을 시원하게 내달리던 이헌은 자신의 눈치를 살피는 다현을 기민하게 알아차리고는 침묵하던 입을 뗐다.

"너까지 얽혀서 좋을 게 없으니까 하는 말이었어."

그가 먼저 손을 내밀었다. 괜히 더 부끄러워진다.

"고집 부려서 죄송해요……."

"알면 됐어. 네 고집을 누가 말려."

표정이 한결 부드러워진 그는 고개를 내저으며 애써 웃음을 지어 보였다. 멋모르고 덤비는 막내 검사 덕분에 고충이 이만저만 아니다.

그 선배에 그 후배랄까. 그 스승에 그 제자랄까.

어느새 경찰서에 도착했다. 차에서 내리자마자 걸음을 재촉해 서둘러 형사과로 들어섰다. 새벽임에도 환하게 켜진 불과 고성이 오가고 소란스러운 분위기 속에서 다현은 강력 3팀 형사들 앞에 앉아 있는 낯익은 얼굴들을 찾아냈다.

그들 앞엔 강력반 형사들 말고도 마약 수사 팀 팀장과 형사들이 함께 조서를 꾸미고 있었다.

"어, 진짜 오셨네요."

그때 마약 수사 팀 팀장이 다현을 먼저 알아보고는 알은체를 하며 자리에서 일어났다. 그 순간 형사들과 골드서클 멤버들의 시선이 다현과 그 옆에 선 이헌에게 향했다.

다현은 자신을 향한 수십 개의 눈동자 중 유난히 광기 어린 눈빛에 시선이 머물렀다. 민준이었다.

그와 시선이 마주친 순간 이를 바득 갈며 감정을 갈무리했다. 보는 눈이 많았다. 검사로서 평정심을 찾는 건 몹시 중요했다.

"다른 사람들은 어디 있어요?"

이내 시선을 돌려 팀장을 바라보며 다현은 물었다. 조서를 꾸미고 있는 이들은 고작해야 민준을 포함해 셋이 전부였다.

한빛은행장 차남과 대호그룹 손녀를 제외한 나머지는 어디에 있는지 보이지 않았다.

"나머지는 유치장에서 해장 중입니다."

어처구니가 없어 허탈한 웃음이 다현과 이헌의 입에서 동시에 터져 나왔다.

"피해자인 강성진은 곤죽이 돼서 실려 갔는데 전치 12주가 나왔답니다. 가해자인 조현석은 정당방위였다고 주장하고 있고 자기도 맞았다면서 옆 병실에 드러누웠습니다."

골치 아픈 기색이 역력했다. 팀장은 뒷머리를 쥐어뜯으며 현장에 함께 있었던 이들을 한 번씩 째려보며 작게 욕을 읊조렸다.

"아, 그리고 나연수라는 여자는 응급실에 같이 실려 갔는데 약물 과다 복용으로 아직 의식이 돌아오지 않고 있답니다."

강성진에 나연수. 낯설지만 익숙한 이름들이 이제야 뇌리를 스치며 떠올랐다.

명신재단의 차남으로 알려진 강성진은 실상 이사장의 혼외자로 호적에 오른 서자였다. 집안의 천덕꾸러기로 고등학교 때 꽤 유명세를 떨쳤던 선배로 기억한다.

나연수는 모친이 선진병원 이사장으로 고등학교 때 여신으로 불리며 금수저로 유명했었다. 거기다 부친이 민정당 대변인으로 정계에 진출한 뒤 현재는 대통령 비서실장으로 자주 TV에서 그 얼굴을 확인할 수 있다.

자신이 기억하기론 강성진과 나연수는 골드서클에서 루프탑 출입이 금지된 실버 등급이었다.

그런데 어째서 두 사람이 루프탑에서 장민준 무리와 얽혀 마약을 하고 폭행 사건까지 벌어진 건지 알 수 없어 머리가 어지러웠다.

"현장에서 수집된 증거물은 뭐가 나왔습니까."

다현의 옆에서 팀장의 말을 듣고 있던 이헌이 넌지시 물었다. 증거물 수집 목록을 뒤적거리던 팀장이 말했다.

"몇 가지 약이 추가로 발견되었습니다."

다현은 고개를 내저었다. 기가 차서 말이 다 안 나올 지경이었다. 팀장에게서 증거물 수집 목록을 건네받아 이헌과 머리를 맞댄 채 훑어보기 시작했다.

추가로 발견된 약이 도대체 뭘까, 하며 살피던 그때였다.

"이헌 선배?"

서류를 뒤적이던 이헌을 낯선 목소리가 불렀다. 이윽고 낯익은 얼굴이 다현의 얼굴 옆으로 모습을 드러냈다.

"오랜만이야, 선배. 여기서 보니까 반갑네."

베이지 톤의 바지 정장 차림의 여자는 긴 머리를 풀어헤친 채 이헌의 곁으로 다가와 반갑게 알은체를 했다.

여자를 본 이헌은 별다른 반응이 없었다. 분명 아는 사이가 맞는데 반가워하는 건 여자 혼자였다. 언제 화를 냈냐는 듯 다현은 낯선 여자를 힐긋거렸다.

"누구십니까?"

다현의 궁금증을 대신해서 물어본 건 강력 3팀 형사였다. 그러자 그녀는 미소를 잃지 않은 채 주머니에서 명함 지갑을 꺼내 자신의 명함을 형사에게 건네며 입을 뗐다.

"K그룹 법무 팀에서 나왔습니다. 장민준 씨 변호사입니다."

순간 정적이 찾아왔다. 명함을 받은 형사는 눈이 휘둥그레지며 변호사와 민준을 번갈아 쳐다봤다. 현장에 있었던 이들이 조서를 꾸미는 데 비협조적으로 나오는 바람에 기초적인 인적 사항조차 기재하지 못한 상태였다.

강력 3팀 형사들이 놀라는 건 당연했다.

마약 수사 팀 팀장은 뒤늦게 연락을 받고 강력 3팀에 내려온 탓에 민준을 비롯한 골드서클에 대한 기본적인 사항을 아직 담당 형사에게 전달하지 못한 상태였다. 그저 그들의 아지트에서 증거물로 수집된 마약들을 살펴보느라 정신이 없었다.

"그나저나 선배는 여기 어쩐 일이야? 한창 바쁠 때 아냐?"

오랜만에 만난 사이에 나눌 안부 인사라기보다는 마치 비꼬는 듯한 기분이 들게 만드는 어투였다.

"나와서 얘기해."

이헌은 다현을 지나쳐 여자에게 무심한 투로 말하곤 뒤도 돌아보지 않고 강력반을 벗어났다. 여자 역시 실례하겠다며 이헌을 뒤따라 나가 버렸다.

어안이 벙벙해진 형사들은 민준과 그 옆에 앉은 이들의 눈치를 살폈다. 시종일관 태평하던 이유가 이 때문이었나 싶게 거물급이라 괜히 움츠러들었다.

"잠깐 둘이 얘기 좀 할게요."

그때 다현이 마약 수사 팀 팀장에게 민준을 턱으로 가리키며 말했다. 팀장은 강력 3팀 형사에게 눈짓하며 자리를 만들어 주라고 말했고, 이윽고 손목에 수갑을 찬 민준은 형사의 손에 붙들려 자리에서 일어났다.

한편 강력반을 나와 걸음을 멈춘 이헌은 몸을 휙 돌려 뒤따라 나온 여자 앞을 막아섰다.

"여기서 선배 만날지 몰랐는데 괜히 반갑네."

그녀는 살포시 웃음을 지었다. 악수라도 건네야 하나 싶다가도 싸늘한 이헌의 표정에 악수는 청하지 않았다.

지수는 이헌의 법대 한 학번 후배였다. 현재는 K그룹 법무 팀 변호사로 팀장을 맡고 있지만 주로 오너 집안의 대소사를 커버하고 있었다.

"인사치레는 생략하고."

이헌은 오랜만에 만난 후배가 조금도 반갑지 않은 듯했다. 그도 그럴 게 지수에게 아무 감정이 없으니 무감각한 상태라고 하는 게 옳았다.

그저 장민준의 변호사로 불쑥 경찰서에 들이닥친 게 마음에 들지 않을 뿐이었다.

"장민준은 그냥 현장에 있었을 뿐이지 폭행에 가담하지 않았어."

이헌의 성격을 누구보다 잘 알기에 지수는 가타부타 다른 말은 일절 하지 않고 본론에 들어갔다.

"눈 가리고 아웅 할 작정이야?"

"선배, 왜 이래. 나 변호사야."

"현장에 있었던 약들, 그거 누구 손을 거쳐서 어떻게 들여온 건지 입 아프게 굳이 내가 너한테 설명을 해야 할까?"

그는 못마땅하다는 듯 지수를 쏘아보며 숨 한 번 고르지 않고 몰아붙였다. 그녀는 얕게 한숨을 내뱉었다.

"그건 이미 다 끝난 일 아냐?"

지수의 말에 이헌은 냉소적 태도를 보였다.

"끝을 누가 정하는데."

"……."

"하늘 무서운 줄 모르는 너희 회장님?"

그의 음성에선 왠지 모를 분노가 느껴지는 것 같았다. 지수는 입술을 잘근 깨물며 입을 뗐다.

"감정적으로 나올 문제가 아니야."

그저 민준의 귀가 조처를 위해 이 새벽에 상사의 연락을 받고 달려 나왔을 뿐이었다.

그런데 뜻밖에도 이헌과 마주치고 말았다. 지난번에 골드서클에서 터진 마약 사건 때문에 이헌이 어떤 고초를 겪었는지 알고 있기에 더욱 조심스러웠고 그래서 애써 너 반가운 척을 했다.

또 마약 문제가 불거지면 이젠 걷잡을 수 없다는 걸 누구보다 잘 아는 그녀는 화를 억누르고 있는 이헌을 어르고 달래야만 했다.

"이건 팩트야."

이헌은 지수의 말을 조금도 들으려 하지 않았다.

"벌써 두 번이나 현장에서 현행범으로 체포된 거야. 거기다 이번엔 폭행 사건까지. 약물 검사해서 깨끗할 자신 있으면 장민준 변호 계속해. 아니면 손 떼고 회사 뒤치다꺼리나 해."

그는 맹렬히 쏘아붙였다. 마치 그녀가 죄를 저지른 사람인 것처럼 대했다. 그의 눈에 지수는 권력을 멋대로 휘두르는 K그룹 사람들과 조금도 다르지 않은 것처럼 보였다.

그러니 장민준의 변호사라며 이 새벽에 달려왔겠지.

"왜 이렇게 감정적인 사람이 됐어? 예전엔 이러지 않았잖아. 세상 냉정하던 문이헌 아니었어? 왜 이렇게 변한 거야?"

그녀는 이헌이 보이는 감정적인 반응이 낯설어 움찔하면서 과거를 회상했다.

감정 한 자락 내비치지 않던 남자였다. 그럼에도 후배며 선배며 가릴 것 없이 당시 한국대에 재학 중이던 여자 중 태반이 이헌에게 고백했을 거라고들 추정할 만큼 그는 캠퍼스에서 유명인이었다.

하지만 그는 언제나 혼자였다. 공부하는 것 외에 여자를 만난다거나 여자와 함께 있는 장면을 목격한 이 하나 없었다. 지수는 우연히 도서관에서 만난 이헌에게 커피를 건네며 호감을 표했고 몇 번 그렇게 도서관에서 공부를 같이했다.

한 학기가 지나고 나서 그녀는 이헌에게 고백을 했었다.

어느 정도 예상은 했지만 역시나 그는 매정하리만치 차갑게 그녀를 거절했다.

그 충격으로 지수는 이헌을 거들떠보지도 않게 됐다. 남자로 문이헌은 최악이라 생각했다. 이젠 안부조차 몇 다리 건너 듣게 된 그저 그런 선후배 사이였다.

"지렁이도 밟으면 꿈틀해. 자꾸 건드려 대니까 내가 얌전히 있을 수가 없잖아."

문이헌이 변했다. 매사에 무감각하고 냉정하며 어느 한쪽으로도 치우치지 않던 남자였는데. 그때 그 문이헌은 어딜 가고 낯선 사람이 눈앞에 있다.

"그러니까 이 문제까지 언론에서 들쑤셔 놓는 걸 바라는 게 아니라면 절차대로 원칙대로 해."

싸늘한 그의 음성에 그녀는 씁쓸한 웃음을 터트렸다.

"나도 압수 수색에 참고인 조사에 눈코 뜰 새 없이 바빠. 이 바쁜 와중에도 사고 치는 금수저 도련님 뒤치다꺼리 짜증 나지만 어쩔 수 없어. 내 월급을 누가 주는데."

어딜 가나 그놈의 돈이 문제였다.

"선배가 있는 거기나 내가 있는 여기나 다 똑같아. 위에서 시키면 별수 없이 해야 해."

그녀는 쓰게 웃었다. 억대의 연봉을 받으며 대기업 법무 팀 팀장으로 일하면서 강남의 고급 아파트에 자가로 살지만 그렇게 번 돈이 깨끗한 일을 해서가 아니라는 사실이 그저 씁쓸하기만 했다.

그래도 하는 수 없었다. 억대 연봉을 주는 로펌들도 다 똑같았다. 어디에서 일하건 변하지 않는 현실이었다.

"뒤치다꺼리나 하려고 변호사 된 건가?"

그는 비꼬았다.

"선배만 정의로운 것처럼 말하지 마."

그녀는 모멸감에 이를 꽉 깨물며 말했다.

강력반 회의실 테이블에 마주 앉은 다현과 민준의 등 뒤로 블라인드가 내려졌다.

수갑을 찬 두 손을 테이블 위에 올려 둔 민준은 손을 맞잡았다.

그때 다현이 말했다.

"나잇값 좀 해."

그녀의 말에 민준은 코웃음을 쳤다.

"뭐 어때. 또 금방 아무 일도 없었다는 듯 제자리로 돌아갈 텐데."

아무것도 하지 못할 경찰과 검찰을 싸잡아 욕보이는 말이었다.

그의 말에 다현은 기가 막힌다는 듯 웃음을 터트렸다.

"네가 아주 정신이 나갔구나. 미쳤어, 아주."

민준은 또다시 비웃음을 날렸다. 다현은 화를 억누르며 주먹을 움켜 쥔 채 말을 이어 나갔다.

"언제까지 골드서클 일이 커버될 거라고 생각해."

"글쎄? 우리나라가 시궁창인 이상 평생이지 않을까?"

어처구니가 없었다. 그가 평소 무슨 생각을 하고 사는지 훤히 들여 다보이는 대목이었다. 다현은 허탈감에 코웃음을 쳤다.

"뉴스 안 보니? 지금 상황이 어떤지 몰라?"

손발이 다 묶여서 옴짝달싹도 못 하는 그런 상황으로 판이 돌아가고 있었다. 이번엔 사건을 빈틈없이 수사하라는 수뇌부의 지시도 있었다.

그런 상황을 알지 못하는 건지 민준은 전과 마찬가지로 사건이 공중 으로 흩어질 거라 믿는 눈치였다.

"K그룹은 물론이고 지난 사건 때 연루된 기업들 줄줄이 검찰 조사 잡혀 있어."

"그래서 뭐. 검찰 조사 받는다고 뭐 달라질 거 같아?"

시종일관 웃으며 여유가 가득하던 민준의 얼굴이 일그러지면서 목소 리가 높아졌다.

"어차피 다 똑같아. 이 나라가 언제 재벌이나 정치인들한테 가혹한 거 봤어?"

"……."

"난 본 적도 들은 적도 없어."

매섭게 번뜩이던 눈빛이 사그라들며 다시금 그의 입가에 미소가 번 지기 시작했다.

"내가 이래서 대한민국을 사랑한다니까."

민준은 만족스럽게 웃었다. 다현은 이를 꽉 깨물며 자리를 박차고 일어났다. 그의 웃는 얼굴에 침이라도 뱉어 주고 싶은 심정이었다.

"이제 내가 더는 너 안 봐줘."

그놈의 권력 언제까지 먹힐지 두고 보자.

"경찰 조사 제대로 받아."

잘 참았다고 스스로 칭찬이라도 해 주고 싶었다. 욕을 퍼붓고 뺨이라도 한 대 올려붙이지 않은 게 다행이라고 위안하며 회의실 문을 쾅 닫아 버리고 나왔다.

문 앞엔 마약 수사 팀 팀장이 강력 3팀 형사와 함께 서 있었다.

"조사 마무리되면 검찰로 송치하세요."

다현의 말에 팀장이 고개를 갸웃거리며 우물쭈물 입을 뗐다.

"특수부로 사건이 송치되지 않는데……."

특수부가 맡는 사건은 모두 지검장이 직접 배당을 내려 주는 사건이거나 내사 사건밖에 없었다. 관할서에서 검찰로 송치하는 폭행 사건과 마약 사건이 특수부로 배당될 리가 만무했다.

"절차대로 강력부에 송치하세요."

단조로운 음성이었다. 회의실에 들어가기 전보다 더 차분해진 듯도 했다.

다현은 절차대로 하라는 말을 남기고는 곧장 강력반 철창문을 밀고 밖으로 나왔다.

불빛이 환한 복도에 서 있는 이헌과 지수가 그녀의 시야에 한데 잡혔다. 뒷모습만 보이는 이헌과 달리 여자의 얼굴이 보였다. 순간 다현은 낯선 여자와 시선이 마주치고 말았다.

시선을 피하지 않고 정면으로 마주한 다현은 마른침을 꿀꺽 삼켰다. 어쩐지 자신을 잡아먹을 듯 쳐다보는 게 마치 오래전 이헌을 보는 것만 같았다. 묘한 기분이었다.

"저 여자분은 동료, 후배? 아니면 애인인가?"

이헌의 뒤로 보이는 다현을 바라보며 지수는 그에게 물었다.

문을 확 밀치며 호기롭게 밖으로 나온 다현이 우두커니 서서 이헌을 바라보는 게 느껴졌다. 순간 자신과 시선이 마주치자마자 움찔하는 게 눈으로 보일 만큼 가까운 거리였고 자신보다 한 뼘이나 작은 그녀가 궁금하기도 했다.

문이헌의 옆에 여자가 있는 걸 처음 봤으니까. 대학을 졸업하고 연수원에 들어간 뒤 검사로 임관할 때까지도, 그리고 그 뒤에도 이헌에게 여자가 생겼다는 소식은커녕 그 비슷한 이야기도 듣지 못해 생긴 작은 호기심이었다.

이헌은 지수의 물음에 슬쩍 뒤를 곁눈질한 뒤 시선을 제자리로 돌리며 대답했다.

"셋 다."

그의 대답에 놀란 건 지수만이 아니었다.

가까운 거리였던 것도 있지만 유난히 큰 두 사람의 목소리에 듣지 않으려고 해도 들을 수밖에 없었던 다현은 괜히 낯 뜨거워져 헛기침을 내뱉으며 발걸음을 뗐다.

"어서 와. 빨리 들어가야 해."

그는 손을 뻗어 다현의 손목을 움켜쥐었다. 지수가 입을 떼기도 전에, 뭐라 말을 하기도 전에 이헌은 다현의 손목을 붙든 채 걸음을 재촉했다.

지수의 옆을 지나치는 찰나 다현은 그녀와 눈이 또 한 번 마주치고 말았다.

저도 모르게 가볍게 고개를 꾸벅 숙여 인사를 하고는 이헌의 손에 이끌려 경찰서를 나온 다현은 곧장 차에 올라타야 했다.

"대학 후배야."

차 시동을 걸며 그가 말했다. 묻지 않았는데 말하는 걸 보니 왠지 모르게 수상한 기분이 들어 다현은 안전벨트를 매며 눈을 새초롬하게 떴다.

"K그룹 법무 팀 팀장이야."

의심의 눈길을 보내는 다현을 힐긋 쳐다보며 또 한 차례 못을 박는 이헌이었다.

몇 번 공부를 봐 줬더니 대뜸 고백을 하던 지수를 비롯해 귀찮고 지겨울 정도로 쫓아다니던 여학생들을 피해 다니던 때가 있었다.

공부할 시간도 부족할 만큼 바쁜데 연애는 무슨. 애초에 그쪽으론 관심도 없었다.

그런 날들이 있었던 반면, 현재는 장족의 발전이라고 봐도 무방하지 싶었다.

괜히 그는 다현을 보며 피식피식 웃었다. 변했다며 놀라던 지수의 반응이 이해가 되는 대목이었다.

"절차대로 강력부에 송치하라고 했어요."

어딘가 의심스럽지만 집착하는 여자가 되고 싶지 않았다. 쿨한 여성이 되기 위해 호기심과 궁금증은 덮어 두고 과거를 묻지 않기 위해 다현은 현재로 돌아와 마무리된 상황을 이헌에게 보고했다.

"잘했어."

그는 핸들을 쥐고 있던 손을 뻗어 다현의 머리를 헝클어트리며 부드럽게 미소 지었다.

"지금 골드서클까지 맡으면 지난 사건처럼 되풀이될 거야."

알고 있다. 해서 악순환이 되풀이되지 않기 위해선 어떻게 해야 하는지 단단히 배웠다.

눈에는 눈 이에는 이. 또 한 번 절실히 깨닫고 말았다. 이헌의 좌천 때처럼 또 권력 앞에 탄식하며 무릎을 꿇고야 만다.

"고집 부려서 죄송해요."

다현의 머리를 헝클어트리던 그는 이내 그녀의 뒷머리를 쓰다듬었다.

"알면 됐어. 신경 쓸 일이 산더민데 장민준은 그만 신경 써. 강력부엔 내가 잘 얘기해 놓을 테니까."

다현은 대답 대신 고개를 끄덕였다.

시원하게 뚫린 도로를 내달려 지검에 도착했다. 야근 이후 퇴근한 직원들이 많아 텅 빈 주차장에 차를 세워 둔 뒤 서둘러 검사실로 돌아왔다.

문을 열자 아무도 없는 검사실이 이헌과 다현을 맞이했다. 심각한 분위기에 꽁지 빠지게 내뺀 수사관은 아직도 돌아오지 않은 듯했고 숙직실에 눈을 붙이러 간 이 검사 역시 잠을 자는 모양이었다.

괜히 골드서클 일이 다른 이들에게 알려져 봤자 분위기만 심각해질 뿐 좋은 영향을 끼칠 리 없었다. 아무도 모르는 편이 나았다.

이헌의 검사실 문이 닫혔다. 그와 동시에 벌컥 열리며 넥타이를 풀어헤친 이 검사가 부스스한 몰골로 기지개를 켜며 안으로 들어섰다.

"둘이 어디 갔었어?"

자는 줄 알았던 이 검사가 진즉 깨어 있었던 모양이다.

"피곤해 죽겠는데 데이트라도 한 거야?"

하품까지 해 가며 이 검사는 무미건조한 표정으로 툭 내뱉었다. 순간 이헌은 멈칫하며 이 검사를 바라보았고 다현은 기겁하며 손사래를 쳤다.

"아니에요! 강남 서에 일이 있어서 잠시 갔다 온 겁니다!"

"농담인데 왜 그렇게 기겁을 해? 우리 문 검사가 기겁할 정도로 싫은 거야?"

다현은 멋쩍은 듯 웃으며 이헌의 눈치를 살폈다. 그는 새어 나오는 웃음을 참으며 서류가 쌓인 책상 앞에 앉았다.

"근데 강남 서엔 무슨 일인데?"

미처 생각하지 못한 변명이 이제 와 떠오를 수 없었다.

이 검사의 뒤쪽으로 앉아 있는 이헌에게 다현은 무언의 눈빛을 보내며 SOS를 쳤지만 이헌은 눈썹을 꿈틀거리며 고개를 내저었다.

알아서 수습하라는 말이었다. 치사하기는.

"그게, 아는 분이 폭행 사건에 휘말려서…… 제가 차가 없어서 선배님이 잠시 셔틀을 해 주셨습니다."

장민준이 아는 분이라면 아는 분이긴 했다. 급조한 티가 나는 것 같았지만 연신 하품을 하는 이 검사는 그러려니 하며 다현의 말을 믿는 분위기였다.

간신히 위기를 모면한 다현은 책상 앞에 앉으며 이헌을 째려보는 걸 잊지 않았다.

이렇게 심장이 쪼그라들어서야, 원. 다른 사람들은 사내 연애를 어떻게 하나 모르겠다.

11장

참고인 소환 조사가 내일로 다가왔다. 언론의 주목도가 높은 만큼 철저한 조사를 위해 준비된 자료만 책상을 가득 채우고도 남을 지경이었다.

중요 문건들을 한 번 더 체크하고 간추리며 참고인 조사 준비를 하던 다현은 노크 소리에 서류로 파묻고 있던 고개를 들었다.

수사관이 문을 열고 들어왔다.

"검사님. 그 폭행 사건 말입니다. 그건 형사부로 송치됐고 마약 사건은 따로 강력부로 송치됐답니다."

그는 형사부에 있는 동기에게 은밀히 알아 온 정보를 다현에게 알렸다. 그녀는 손에 쥐고 있던 서류를 내려놓고 그의 말에 귀를 기울였다.

"아마도 형사부에서 병합해서 진행하지 않을까 한다고, 현장에서 현행범으로 긴급 체포된 거라 경찰에서 구속 영장 신청했고 담당 검사님이 영장 청구했답니다."

폭행에 가담한 사람은 가해자 조현석.

그는 여당인 민정당 대표인 조기철 의원의 장남이었다. 그가 주먹을 휘둘러 전치 12주 진단을 받은 피해자는 명신재단의 차남 강성진.

병원에서 실시한 약물 검사에서 정확히 양성 반응이 나온 두 사람은 폭행 사건과 마약 사건 모두 해당하는 피의자이기도 했다.

"이 일은 수사관님만 알고 계시는 겁니다. 티 내시면 안 돼요."

아무도 없는 검사실인데 혹여 누가 듣기라도 할까 다현은 작게 읊조리듯 말하며 수사관을 단속시켰다.

"이미 문 검사님은……."

"문 검사님은 예외입니다."

다현은 수사관의 말꼬리를 잘랐다.

"또 제가 욱할 수 있으니까 수사관님 말고 제어 장치가 필요해요."

이헌만 예외인 이유가 명확했다. 감정이 앞서 앞뒤 분간 없이 불나방처럼 달려들면 자신을 붙잡아 줄 사람이 필요했다. 그런 사람이 이헌이었다.

"검사님, 다른 건 안 그러시면서 골드서클 일엔 유독 예민하신 거 같습니다. 조금 덜 신경 쓰셔도 괜찮아요."

"그러니까요. 그거 때문에 사건 다 엎어진 것만 생각하면 자꾸 열이 받네요."

다현은 쓰게 웃었다.

권력을 등에 업고 제자리로 돌아갔으면 감사하게 생각하고 쥐 죽은 듯 살 것이지, 오히려 전보다 더 미쳐서 날뛰는 꼴이라니.

다시 피의자로 마주치지 않았다면 모를까 이렇게 다시 사고를 쳐 구속 수사까지 받게 됐으니, 검사로서 마땅히 해야 할 일을 해야 한다고 생각했다.

"아. 그리고 조민정 학력 위조 건은 공판 기일 확정됐습니다. 형사 6부 서은정 검사님이 맡아서 진행하신다고 합니다."

이번 골드서클 폭행 사건의 가해자인 조현석의 누나가 조민정이었다. 국회의원 아버지 얼굴에 제대로 먹칠을 하는 자식들이었다.

물론 그 아버지라고 해서 깨끗한 건 아니었지만. 이런 걸 보고 그 부모에 그 자식이라고 해야 하는 건가.

잠잠해질 기색 하나 없는 여론 때문에 학력 위조 사건을 형사부로 넘기라는 부장 검사의 지시가 있었다.

특수 1부 검사 모두가 달라붙어도 버거운 사건이 터졌는데 학력 위조 사건의 공판까지 진행할 여유가 없는 탓이었다.

거기다 학력 위조 사건은 특수부에서 만질 사안이 아니었다.

애초에 형사부 배당 사건을 중간에서 부장 검사가 손을 써 특수 1부로 넘어온 사건이었다. 작은 복수심과 반항심에 수를 쓴 것이다.

끝까지 특수부에서 만지고 있었다면 무슨 뒷말이 나올지 몰랐다.

그러기 전에 제자리로 돌려놓는 게 좋겠다는 부장 검사의 의견에 전적으로 동의한 다현은 증거 자료들과 분석 자료들을 모두 형사 6부로 넘긴 상태였다.

"1심에서 바로 판결 나지 않을까요?"

"양심이 없다면 끝까지 가려고 하겠죠."

피의자 조사를 받으러 오지도 않았다. 아파서 병원에 입원 중이라는 진단서를 보내왔을 뿐이었다.

현재 여론이 완벽히 재계에 꽂힌 상황이라 조민정의 학력 위조 따위에 관심이 없었다. 검찰청 포토 라인 앞에 그녀가 선다고 해서 카메라가 들이댈 것 같지도 않았다.

여론이라도 의식해야 할 텐데 현재 상황이 조민정에겐 유리했다.

1심 판결에 불복하고 2심까지 가게 돼도 언론에선 큰 주목을 받지 못할 테니 상황은 썩 나쁘지 않다고 볼 수 있었다.

"30분 뒤에 회의 있습니다. 정리하시고 오세요."

수사관은 이내 회의 준비를 위해 정리해 둔 자료 몇 가지를 챙겨 들고 검사실을 나갔다. 그가 나간 것을 확인한 다현은 서류 더미 속에서 휴대폰을 찾아 어딘가로 다급히 전화를 걸기 시작했다.

연결음이 제법 길었다. 상대방의 음성이 좀처럼 들려오지 않다가 헛기침 소리와 함께 귀에 익은 목소리가 들려왔다.

―내일 해가 서쪽에서 뜨려나. 네가 이 할애비한테 전화를 다 하고 어쩐 일이냐.

다현의 조부인 권석윤 옹이었다. 목소리에서부터 놀란 기색이 역력했다. 평소 전화라고는 잘 하지 않던 손녀가 전화를 걸어 왔으니 놀랄 만도 했다.

시도 때도 없이 결혼 얘기만 하는 통에 안부 전화조차 자제하던 다현은 오늘도 안부 인사는 생략이었다.

"저한테 힘 돼 주겠다고 하신 말씀 기억하세요?"

그녀는 조심스레 물었다. 이렇게 빨리 조부의 권력을 써먹어야 할 때가 올지 몰랐다. 생각보다 빨리 찾아온 상황에서 다현은 망설이지 않았다.

치사하게 나오니까 별수 없었다. 똑같이 치사해지지 않으면 또다시 죄 많은 이들은 반성의 기미조차 없이 여느 때와 마찬가지로 미쳐서 날뛰게 될 터였다.

—내가 했던 말도 기억 못 할 만큼 그렇게 노인네 아니다. 아직 법전도 줄줄이 읊을 수 있어.

호기로운 조부의 음성에 다현은 만족스러운 듯 빙그레 웃었다.

"그럼 든든한 할아버지 빽 좀 써 주세요."

심각한 내용이 분명한데 그녀의 목소리는 그 어느 때보다도 밝았다.

—요즘 그 소리 자주 듣는 거 같다?

"당분간 부탁드릴 일은 없을 거예요."

—또 부탁하긴 할 모양인가 보구나.

"사람 일은 모르는 거니까요."

정의감 빼면 시체이던 초임 시절이 문득 그리워졌다. 권력의 중심에 이리저리 흔들리는 자신이 못마땅한 건 별수 없었다. 조부의 권력에 기대게 되는 날이 올 거라는 생각은 추호도 한 적이 없었다.

이헌의 복귀 때도 마찬가지였다. 불행 중 다행이라고, 그는 어쩔 수 없는 일로 복귀를 하게 되어 조부의 힘이 더는 필요 없어졌지만 이번엔 그 정도가 달랐다.

—뭘 해 주면 좋겠는지 말해 봐라.

당장이라도 손녀의 부정한 청탁을 들어줄 기세였다. 괜히 은퇴한 조부에게 부담감을 드리는 건 아닐까 싶어 깊은숨을 토해 내며 그녀는 조심스레 입을 뗐다.

"형사부랑 강력부에 송치된 사건이 있어요."

—특수부에서 만지고 있는 거랑 연관이 있는 거냐.

서재에서 책을 보고 바둑을 두면서 낮잠을 즐기는 조부가 검찰청 사정에 빠삭한 건 불편한 것보다 편한 것이 더 많았다.

"지난 사건 덮게 만든 골드서클이라고……. 마약 사건이에요."

그녀는 자신의 조부가 골드서클 일도 모르지 않을 거라고 생각했다. 어쩌면 자신보다 더 빠삭하게 알고 계실 수도 있었다. 해서 자세한 설명은 생략했다.

—티 나지 않게 특수 1부로 배당 넘겨주면 되는 거냐.

아니나 다를까 조부는 별다른 설명을 요구하지 않았다. 그저 손녀가 필요로 하는 일을 단번에 집어낼 뿐이었다. 긴말은 필요 없었다.

"우리 할아버지 아직 안 죽으셨네. 다시 검찰에 복귀하셔도 되겠어요."

—이 녀석이! 뒷방 늙은이라고 할애비를 놀리고 있구나.

현직에 있는 부친에겐 할 수 없는 부탁이었다. 일 얘기를 전혀 하지 않는 부녀지간이기도 했다. 여전히 검찰에 영향력이 지대한 할아버지가 있다는 것이 이리도 감사할 줄이야.

권력을 휘두른다는 것은 부정적인 의미기도 했지만 적어도 필요한 곳에 좋은 영향을 끼칠 수 있다면 괜찮지 않을까 싶었다.

"이번에도 눈뜬장님처럼 당하고만 있을 수 없어요."

뒷배를 믿고 날뛰는 장민준과 그 일당들을 반드시 잡아다가 실형을 때려 버려야 무거운 돌을 얹고 있는 듯한 답답함이 해소될 것 같았다.

검사 앞에서 대놓고 별일 없을 거라고, 자신은 어차피 풀려날 거라고 웃으며 말하던 그 낯짝에 침이라도 뱉었어야 했는데. 이가 바득바득 갈렸다.

―때마침 상황도 안 좋으니 이번엔 크게 손쓰지 못할 거다.

"형사부나 강력부에서 기소까지 갈 수만 있으면 다 괜찮아요."

―어느 쪽으로든 검찰 조사만 제대로 이뤄지면 된다는 거냐.

"네."

정경 유착의 핵심이 K그룹이었다. 현재 비자금 장부와 각종 비리 혐의로 조사 대상이 된 상태라 옴짝달싹도 못 하는 상황에서 K그룹을 비호하고 있는 이들도 자신에게 불똥이 튈까 노심초사 몸을 사리고 있는 판국이었다.

지금이야말로 골드서클 사건의 제대로 된 수사가 이뤄질 수 있는 절호의 기회였다.

―네 아비도 노심초사하고 있어.

고집이 보통 고집이 아니었다. 오죽하면 뇌물 리스트 사건을 덮게 만든 원흉을 아직 손에 쥐고 놓지 않을까. 화르르 타오르는 손녀의 성미를 잘 알기에 걱정이 되는 건 당연했다.

부친까지 자신을 걱정하고 있다는 조부의 말에 다현은 괜히 멋쩍어 이마를 긁적이며 쓰게 웃었다.

"걱정하지 마세요. 권씨 집안 딸인데."

다현은 살포시 웃음을 지었다.

힘을 써 준 할아버지를 봐서라도, 딸 걱정에 아무 말도 못 하는 아빠를 생각해서라도, 믿고 맡겨 줬던 이헌을 위해서라도 그들을 기필코 법정에 세우고 말 것이다.

다음 날 오전부터 줄줄이 잡혀 있는 참고인 소환 조사로 인해 회의가 오래 진행되지 않고 비교적 짧게 끝이 났다.

따로 진행하던 수사 상황들을 공유하고 서로 보완하며 정리한 자료들을 챙겨 하나둘 기지개를 켰다. 회의실 소파와 숙직실에서 쪽잠을 잤더니 뼈 마디마디에서 삐걱거리는 소리가 들리는 듯했다.

"참고인 조사 들어가면 당분간 집 근처도 못 갈 테니까 오늘은 일찍 마무리하시고 집에 가셔서 외식이라도 하십시오."

자료들을 정리하며 이헌은 선배들에게 조기 퇴근을 유도했다.

꼬박 일주일째였다. 배달 음식으로 빠르게 끼니를 때우고 근처 사우나에 가서 대충 씻으며 쪽잠을 자는 생활을 반복하다 보니 몰골들이 엉망진창이었다.

참고인 소환 조사를 목전에 두고 말끔한 모습으로 돌아올 시간이었다.

"집에서 눈 빠져라 기다리는 자식들 있는 우린 그렇다 치고, 청춘 남녀들은 모처럼 조기 퇴근하는데 뭐 하시려나?"

유치원에 다니는 아들과 아장아장 걷기 시작한 딸이 있는 남 검사가 다현과 이헌을 보며 말했다.

"저도 포함시켜 주시는 겁니까?"

그때 다현의 옆자리에서 서류를 챙겨 들고 슬며시 일어난 이 검사가 능청스레 웃으며 남 검사에게 물었다.

"그렇지. 이 검사도 돌아온 청춘이지."

남 검사의 옆에 있던 최 검사가 대신 고개를 끄덕이며 말했다. 일제히 웃음이 터지며 모처럼 회의실 분위기가 화기애애해졌다.

"마음껏 놀리세요. 저 한 몸 희생해 선배님들과 후배님들이 즐겁다면야."

이 검사의 능청에 김 검사가 그의 어깨를 토닥였다.

그놈의 검사 때려치우지 않으면 이혼하겠다는 마누라의 잔소리를 매번 듣고 있는 김 검사는 지난해 인사 발령 때 의사 부인과 이혼을 한 이 검사와 자주 술잔을 기울이곤 했다.

회사 일도 힘든데 집안일까지 골치가 아픈 게 한둘이 아니라 동병상련이었다.

"저는 집에 가서 잠이나 실컷 자고 출근해야겠습니다."

두꺼운 기록문과 태블릿을 챙겨 들고 일어난 다현이 방긋 웃으며 말했다.

칼퇴근도 감지덕진데 한 시간이나 일찍 조기 퇴근을 시켜 주니, 푹신한 침대에 뛰어들고 싶어 온몸이 근질거렸다.

"우리 막내는 애인도 없어? 가만 보면 문 검이랑 똑같아."

집에 가서 잠이나 잔다는 다현의 말에 남 검사가 이헌을 곁눈질했다.

"지도 검사였다더니 막내한테 일만 가르쳤네, 아주."

이 검사까지 동조하며 혀를 찼다. 애먼 곳에 불똥이 튄 것 같아 다현은 멋쩍듯 웃으며 이헌의 눈치를 살폈다.

"일만 하다가는 우리 문 검처럼 일벌레 되고 좋은 시절 다 간다?"

최 검사까지 입을 보탰다. 난감한 얼굴로 선배들의 말에 뭐라 대꾸조차 쉽사리 하지 못했다. 여기서 잘못 말했다가는 의심의 눈총을 받을 것만 같았다.

그런데 줄곧 침묵을 지키던 이헌이 별안간 농담인 듯 진담인 듯 알 수 없는 말을 툭 내뱉었다.

"왜 이러십니까. 저 임자 있습니다."

이헌의 발언에 순간 정적이 찾아왔다. 순식간에 싸해진 분위기 속에 다현은 이를 꽉 깨문 채 선배들의 눈치를 살피며 이헌에게 무언의 눈빛을 쏘아 댔다.

그녀의 책망 가득한 눈빛을 읽고서도 이헌은 아무렇지 않은 듯 다현의 시선을 피해 버렸다.

"뭐야. 우리 몰래 언제 만난 거야?"

정적 속에서 이 검사가 이헌에게 다가가 그를 붙잡고 캐물었다.

"한 여사가 맞선 보라고 난리더니 기어이 맞선을 본 거야?"

그때 김 검사가 의심의 눈초리로 이헌을 바라보며 침묵을 지키던 입을 뗐다.

폭탄 발언을 하면 어쩌냐는 눈빛으로 이헌을 노려보던 다현은 순간 김 검사의 말에 고개를 휙 돌렸다.

저건 또 무슨 소리야. 맞선? 또?

"한 여사가 누구예요?"

그녀는 호기심 가득한 두 눈으로 김 검사를 바라보며 조심스레 물었다.

"일명 한 울타리. 검찰청에서 유명 인사지."

김 검사가 말했다. 유명 인사라니. 그럼 적어도 수도권에 있는 검찰청에서 모르는 사람이 없다는 말인데. 동부 지검에서 근무할 때조차 들어 보지 못한 다현은 고개를 갸웃댔다.

"한 여사 울타리 안에 한 번 들어가면 절대 못 나온다고 붙여진 별명이지. 누가 지었는지 참 잘 지었어."

"레이더에 포착되면 일단 자기 울타리 안에서 짝지어 주고 중간에서 콩고물 받아먹지."

김 검사를 뒤이어 이 검사까지 덧붙여 말하자 그게 뭐냐는 듯 다현은 조금도 이해를 하지 못한 표정으로 선배들을 바라봤다. 그러자 이 검사가 이헌의 어깨에 팔을 척 올리며 말했다.

"우리 막내가 이렇게 순진하다니까."

그는 빙그레 웃었다.

"뚜쟁이야."

맙소사!

눈이 커진 다현은 어안이 벙벙한 표정으로 이헌을 바라봤다. 말로만 듣던 뚜쟁이가 실재하는 사람이었다니.

풍문으로만 듣던 사람의 존재를 확인한 것도 모자라 그 손길이 이헌에게까지 뻗쳤다는 사실이 더 놀라웠다.

"한 번만 더 귀찮게 굴면 공무 집행 방해로 남은 일생 콩밥만 드시게 한다고 했더니 안 보이신 지 좀 됐습니다."

괜한 소리를 해 다현을 기겁하게 만든 선배들을 보며 혀를 내두르면서 어깨에 둘린 이 검사의 팔을 쳐냈다.

"그럼 일만 하면서 여자를 어디서 만났대."

이헌의 말을 썩 믿는 눈치가 아니었다. 그도 그럴 것이 비자금 사건이 터지면서 며칠째 이헌의 검사실에서 동고동락하고 있는 이 검사였다.

여자는커녕 잠자는 시간까지 아껴 가며 일만 하던 모습을 매번 봐 왔기에 고개를 내저었다.

대개 애인이 있으면 종종 볼 수 있는 모습도 이헌에게선 찾아볼 수 없었다. 자리를 자주 비운다거나 휴대폰을 오래 붙잡고 있는 것도 일절 없었고 곧 죽어도 자료에 파묻혀 참고인 조사 준비에 여념이 없는 모습 밖에 본 기억이 없었다.

도대체 어디가 연애를 하는 남자의 모습인지 알 수 없어 고개가 절로 갸웃거려졌다.

"제가 능력이 출중합니다."

"이 자식 봐라. 안 하던 농담을 다 하고."

시종일관 입을 닫고 상황만 지켜보고 있던 정 검사가 묵직한 목소리를 냈다. 그가 보기에도 이헌은 평소와 달리 몹시 수상했다.

"그만 퇴근들 하시죠."

의심의 눈길을 보내는 선배들의 시선을 피해 이헌은 서둘러 자리를 떴다. 회의실에 남은 이들만 서로 수상쩍은 눈빛을 주고받으며 독수공방하는 후배를 걱정했다.

연애를 너무 안 해서 혼자 이상한 상상이라도 하는 게 아닌지 걱정하는 눈빛이 역력했다. 그 틈에서 다현은 멋쩍은 듯 웃으며 호탕한 목소리로 인사를 건넸다.

"저 먼저 가 보겠습니다!"

가볍게 눈인사하고 재빠르게 회의실을 빠져나온 다현은 지민치 잊서 가고 있는 이헌을 뒤따라 걸음을 재촉하며 뒤쪽으로 고개를 힐긋댔다.

혹시라도 선배들이 나오진 않을까 하는 불안감에 엘리베이터 앞에서도 복도를 기웃거렸다. 다행히 아무도 없었다. 엘리베이터 안은 온전히 이헌과 단둘뿐이었다.

문이 닫히자마자 다현은 놀란 가슴을 쓸어내리며 이헌의 두꺼운 팔뚝을 내려치며 울상을 지었다.

"미쳤어. 진짜!"

작은 손이 매웠다. 이헌은 팔뚝을 찰싹 때리는 다현의 손을 덥석 붙잡았다.

"그냥 확 얘기할까?"

그러면서 다현의 얼굴 가까이 고개를 내밀었다. 숨소리가 고스란히 느껴질 만큼 가까운 거리였다. 엘리베이터 안의 공기가 순식간에 야릇해지고 등줄기가 쭈뼛 섰다.

"무, 뭘 얘기해……, 읍!"

뭐라고 채 묻기도 전에 이헌은 다현의 말을 한입에 삼켜 버렸다. 순식간에 입 안으로 밀려들어 온 온기에 놀란 다현은 그를 밀쳐 내려 손을 뻗었지만, 목덜미를 감싸는 손길에 속절없이 넘어가고 말았다.

문이 열려 누가 타기라도 할까 불안한 마음도 잠시뿐이었다. 한 공간에서 24시간을 붙어 있으면서도 시선조차 맘껏 나누지 못해 조급해진 마음이 짙은 키스로 이어졌다.

뒷머리를 그러쥔 손이 이내 다현의 허리춤으로 내려갔다. 단단한 팔이 그녀의 허리를 감싸 안았다. 입 안을 휘저으며 스치는 혀의 감촉에 전율이 전신을 타고 흘러갔다. 말간 뺨을 감싸 쥔 손조차 따뜻해 온몸이 녹아내리는 듯했다.

중심을 잃은 다리가 아슬아슬하게 휘청거렸다. 그가 허리를 받치고 있지 않았더라면 힘이 풀려 주저앉았을 것이다.

엘리베이터는 다행히 멈추지 않고 곧장 1층으로 내려갔다. 입술을 빨고 삼키며 입 안 가득 온기를 불어넣던 그의 입술이 문이 열리는 소리와 동시에 떨어졌다.

음란 마귀라도 씌었나, 순간이었지만 온기가 사라진 입술이 아쉽기만 했다. 괜히 얼굴이 달아올라 더워졌다.

"집에 가서 잠이나 실컷 잔다며. 빨리 와. 가서 자게."

문이 열리자마자 먼저 내린 이헌의 목소리가 유난히 크고 또렷하게 들렸다. 누가 들으면 어쩔까 싶어 서둘러 엘리베이터에서 내린 다현은 주위의 눈치를 살피며 이헌의 옆구리를 꼬집어 댔다.

"우리 집 출입 금진 줄 알아요!"

"현관문 따지 뭐."

자신의 말에 눈이 있는 대로 커지는 다현을 보며 이헌은 연신 웃음을 터트렸다.

평소와는 다른 능청스러운 모습. 시베리아 벌판보다 더 싸늘해서 가까이 갈 엄두조차 나지 않기로 유명한 문이헌은 어딜 간 건지 알다가도 모를 일이었다. 색다른 기분이지만 그렇다고 또 싫은 건 아니었다.

그래서 다현은 살포시 웃음을 지으며 그와 함께 검찰청을 나섰다.

"저녁은 집에 가서 먹을까."

차를 타자마자 또다시 얼굴 가까이 훅 다가온 이헌은 손을 뻗어 안전벨트를 잡아당기며 물었다. 짙게 선팅이 된 차 안에서 농도 짙은 키스가 이어질 거라는 김칫국을 마신 게 야속할 만큼 이헌은 안전벨트를 매주고선 이내 시동을 걸었다.

괜히 또 얼굴만 달아오른 다현은 짧게 헛기침을 내뱉었다.

"집에 아무것도 없어요."

며칠째 집에 들어가지 못했으니 냉장고 속사정이야 뻔했다. 지난번 이헌과 먹다 남은 식빵 쪼가리와 달걀 몇 알. 그리고 유통 기한이 한참 지났을 우유.

"장 봐서 들어가자."

마치 다현의 집으로 가는 것이 당연시되는 분위기였다.

"오늘도 우리 집에 가려고요?"

큰 눈만 끔뻑이며 다현은 넌지시 물었다. 그게 뭐 큰일이냐는 듯 이헌은 대수롭지 않게 대답했다.

"집에 가서 잔다며. 옆에서 자장가라도 불러 줘야지."

시베리아 벌판의 북풍한설보다 차가운 남자의 입에서 이젠 별소리가 다 나온다. 괜히 흐뭇한 미소가 지어졌다.

안 그럴 것 같은 남자가 단둘이 있을 때면 의외의 모습을 보이니 괜히 더 설레어 속절없이 심장이 뛰어 댔다.

결국 집 앞 작은 마트에서 간단히 저녁거리들을 사 다현의 집으로 향했다. 도어락 비밀번호를 누르려던 다현은 슬쩍 손으로 키패드를 가려 이헌의 시야를 차단했다.

"8426."

비밀번호를 누르려던 손이 멈칫하고 만다. 이헌의 입에서 정확히 비밀번호가 툭 튀어나왔다. 당황한 다현은 눈을 껌뻑이며 고개를 획 들었다.

"지난번에 봤어."

저 미소가 음흉해 보이는 건 기분 탓이겠지. 비밀번호도 오픈된 마당에 더는 가릴 필요가 없어진 다현은 서둘러 문을 열었다.

일주일째 비어 있던 집은 온기 없이 썰렁하기만 했다. 소파에 앉아 TV를 켜는 이헌을 뒤로한 채 방으로 들어간 다현은 옷을 갈아입었다. 머리를 묶으며 밖으로 나오자 어느샌가 이헌이 싱크대 앞을 서성이고 있었다.

"오늘은 앉아서 구경만 하세요."

당장이라도 칼을 들고 능숙하게 야채를 손질할 것만 같은 이헌을 떠밀었다.

엉겁결에 싱크대 앞에서 한 발짝 물러난 그는 종이봉투 속에서 마구잡이로 주워 담았던 재료들을 꺼내는 다현을 물끄러미 바라봤다.

양파와 감자 껍질을 까고 먹기 좋게 써는 솜씨가 마냥 서툴지만은 않았다. 맛은 장담할 수 없다며 눈에 보이는 것들을 카트에 쓸어 담더니 칼질은 제법 능숙한 듯했다.

어느새 이헌은 식탁 앞에 앉아 턱을 괴고 분주히 움직이는 다현의 뒷모습을 눈에 담았다.

참고인 소환 조사를 코앞에 두고 온 신경이 쏠려 체기가 좀처럼 가시지 않았었다.

명치가 뻐근하고 괜히 뒤숭숭해져 늘어 가는 건 담배꽁초 개수였다. 선배들과 피워 대는 담배가 하루에 한 갑은 거뜬하지 않을까 싶었다.

전기밥솥의 추가 돌아가는 소리와 함께 구수한 된장 냄새가 묵직하게 짓누르던 돌덩이를 잠시나마 사라지게 만드는 것 같았다. 모처럼 담배가 생각나지 않았다.

"밥 먹고 뭐 할까."

그때 기척도 없이 훅 다가온 이헌은 물줄기를 쏟아 내고 있는 수전을 잠그며 다현의 허리를 감싸 안았다.

어깨 너머로, 귓가로 그의 숨결이 고스란히 느껴지는 순간이었다.

"밥 먹고 자야죠."

다현은 샐쭉 웃으며 자신의 허리를 감싸고 있는 이헌의 손을 끌어내렸다. 그녀의 손길에도 아랑곳없이 그는 다현을 돌려 세워 자신의 양팔 사이에 가둬 버렸다.

흠칫 놀라며 뒤로 몸을 빼던 다현의 허리가 싱크대 상판에 부딪쳤다.

"잠이 와?"

그가 넌지시 물었다. 괜히 얼굴이 달아올라 헛기침을 내뱉으며 다현은 고개를 끄덕였다.

"며칠째 잠을 제대로 못 자서……, 읍!"

다현의 말을 삼키는 게 어느새 습관이 된 듯 이헌은 종알대는 그녀의 입을 자신의 입술로 틀어막았다.

추가 다 돌아간 전기밥솥에서 요란한 소리를 내며 하얀 김이 모락모락 피어오르기 시작하고 보글보글 끓어 대는 된장찌개가 졸아들고 있었다.

입 안 가득 베어 문 입술이 벌어지기 무섭게 틈을 파고든 그는 다현을 안아 들어 식탁 위에 살포시 내려놓았다. 그리고 숨을 돌릴 틈도 없이 목덜미에 고개를 파묻었다.

그의 온기에 목덜미가 간질거려 다현은 달뜬 숨을 내뱉었다. 이렇게 또 속절없이 무너지고 만다.

"지금 배고파?"

사탕을 핥아 먹듯 목덜미를 핥던 그가 고개를 살짝 들어 귓가에 대고 속삭였다. 이헌의 목에 팔을 두른 채 눈을 감고 있던 다현은 고개를 끄덕였다.

배가 고픈 게 밥을 못 먹어선지 이헌의 손길이 부족해서인지 알 수 없었다.

"참아 봐."

그가 하는 말을 온전히 이해할 시간이 부족했다. 입을 맞춰 오며 혀를 옭아매는 짙은 키스에 정신이 아득해졌다.

취사가 완료되었다는 알림에 민망해지려는 찰나, 이헌의 손이 다현의 티셔츠 속으로 향했다.

목덜미를 지분거리던 입술이 쇄골을 핥으며 깊게 빨아 당겼다. 짙은 숨이 속절없이 새어 나왔다.

"아아……!"

등허리를 훑던 그의 손이 부드러운 살결을 느릿하게 매만졌다. 다현은 온몸을 덮쳐 오는 열감에 작게 몸을 떨었다.

"그, 그만!"

"여기서 그만 안 돼. 못 해."

귓가에 속삭인 이헌이 귓불을 핥으며 숨결을 불어넣었다. 간지러움에 움찔거리면서도 다현은 잘게 웃음을 뱉었다. 그는 그 천진난만한 미소를 한입에 삼키며 입 안 곳곳을 휘저어 댔다.

다현 역시 입 안을 침범한 그의 혀를 반기며 목을 감싸 안고 있던 팔을 들어 이헌의 귓불을 만지작거렸다.

"돌발 행동, 위험한데."

그녀의 손길이 의외였는지 입술을 뗀 그가 한껏 상기된 얼굴로 나지막이 읊조렸다.

"그만 안 된다면서요."

다현이 배시시 웃어 보이자 이헌은 더는 못 견디겠다는 듯 허겁지겁 그녀의 입술을 베어 물었다. 두 사람은 갈급한 손길로 거치적거리는 것들을 벗어 던졌다.

모든 게 급했다. 한껏 굶주린 맹수처럼 맞닿은 곳곳이 뜨거워 불에 데는 듯했다.

"너무…… 기, 깊어요……."

"하. 나도 한계야."

이헌은 이를 꽉 물고 다현의 안으로 파고들었다. 그녀의 허리를 양손으로 도망가지 못하게 붙들었다. 이내 다현의 허리가 활처럼 휘었다.

바닥을 끄는 식탁 소리가 들리지 않을 만큼 뜨거운 숨소리가 집 안을 가득 채웠다.

눈을 뜨자 여전히 어둠 속이었다. 고개를 돌렸더니 침대 헤드에 기대앉아 자신의 긴 머리카락을 만지작거리고 있는 이헌이 보였다.

"밥 먹을까?"

말똥말똥 눈을 떠 자신을 쳐다보는 다현에게 그가 말했다. 그녀는 고개를 돌려 화장대 위에서 반짝이고 있는 시계를 쳐다봤다.

자정에 가까워 가는 시간이 야속할 지경이었다. 밥은 제대로 뜸이 들었는지, 된장찌개 간은 맞는지 알 수 없었다.

보글보글 끓던 된장찌개에서 탄 냄새가 난다며 이헌이 불을 끈 기억밖에 없었다.

다시 끓여야 하나 어쩌나 싶어 멋쩍은 듯 웃으며 몸을 일으킨 다현은 이불 아래 드러난 상체를 가렸다.

"시켜 먹을까요?"

그녀의 물음에 이헌은 갑자기 몸을 일으키더니 욕실로 방향을 잡았다.

"씻고 나가자."

"이 시간에 어디를요?"

"당분간 시간도 없는데 데이트 해야지."

어리둥절한 다현을 힐긋 쳐다보며 그는 피식 웃었다.

"빨리 와. 영화 보러 가게."

뜬금없이 영화를 보러 간다는 이헌의 말에 멍하게 있던 다현은 바닥에 널브러져 있던 티셔츠만 주워 입은 채 서둘러 침대를 내려와 욕실로 들어갔다.

심야 영화 상영표도 확인하지 않고 일단 씻기부터 했다. 대충 머리를 말리고 로션만 바른 채 청바지와 티셔츠만 챙겨 입었다.

이헌의 옷차림은 마치 당장이라도 출근해도 될 기세였다. 단추를 끝까지 채워 놓지 않으니 그나마 봐 줄 만했지만 누가 봐도 직장인이었다. 이헌의 옷을 집에 가져다 놔야 하나 심각하게 고민해 볼 대목이었다.

"뭘 그렇게 생각해. 빨리 와."

현관문을 열며 그가 어물쩍거리고 있는 다현을 재촉했다. 자다 말고 심야 영화를 보러 영화관에 가다니. 푹 자고 일어나 출근을 해도 모자랄 시간에 이래도 되나 싶었지만, 오늘이 아니면 당분간 이런 여유도 없을 테니 즐겨야 했다.

이헌의 차를 타고 그리 멀지 않은 곳에 있는 영화관으로 향했다. 늦은 시간에도 불구하고 도로엔 여전히 차가 많았다. 다현은 혹시나 해 휴대폰을 꺼내 들어 심야 영화 시간표를 체크했다.

다행히 30분 뒤에 시작하는 영화가 있었다. 히어로 영화였다. 이헌의 영화 취향을 모르니 다현은 영화 포스터를 슬쩍 보여 주며 물었다.

"이거밖에 없는데, 이런 장르 좋아해요?"

운전하다 말고 슬쩍 휴대폰을 확인한 이헌은 고개를 끄덕였다.

"장르 안 가리고 다 잘 봐."

영화에 편식은 없었다. 지금은 뭘 보느냐보다 누구와 보느냐가 더 중요할 뿐이었다.

다현은 다행이라 생각하며 예매를 하기 위해 좌석을 선택했다. 심야 시간에도 불구하고 곧 매진될 기세였다. 늦기 전에 서둘러 예매를 마치자 어느새 지하 주차장이었다.

차에서 내려 이헌의 손을 잡고 엘리베이터로 향했다. 만날 지검 앞에서 밥을 먹고 야식을 먹는 것으로 소소한 데이트를 할 때와 또 다른 기분이었다. 바빠서 한 공간 안에서 서로 일만 하다 보니 당연한 것들인데도 고마워졌다.

"뭐 먹을래?"

이헌이 매점 앞에서 메뉴판을 훑으며 다현에게 넌지시 물었다.

"영화엔 팝콘이죠."

어쩌다 보니 저녁도 건너뛰었고 배에선 꼬르륵 소리가 아우성쳤다. 팝콘 한 통을 거뜬히 비울 기세였다.

"캐러멜이랑 어니언 반반 주시고 콜라는 큰 거 하나요."

주문은 다현이 하고 결제는 이헌의 카드였다. 콜라와 팝콘을 받아 든 그녀는 스트로를 챙겨 이헌에게 건네며 상영관 쪽으로 방향을 틀었다.

다현이 한쪽 팔로 팝콘 통을 끌어안아 캐러멜 맛이 나는 팝콘을 한 입 가득 밀어 넣었을 때였다. 이헌이 콜라에 스트로를 꽂아 쪽 빨아 당길 때 그들의 앞에 익숙한 남자가 트레이닝복 차림으로 길을 막고 섰다.

그 곁엔 수수한 차림의 여자도 함께 있었다.

"두 사람 여기서 뭐 해?"

특수 1부 남경주 검사. 이헌과 다현의 선배이자 불과 몇 시간 전까지 한 공간 안에서 회의를 하고 사담을 나눴던 이였다.

맙소사. 이 시간에 단둘이 영화관에 온 이유를 설명할 수 없다. 무슨 말을 한다 한들 누가 믿을까.

아주 딱 걸렸다.

"아, 저……."

다현은 완전히 얼어 입을 제대로 떼지도 못했다. 의심의 눈초리를 피할 수 없는 상황에서 이현이 말문을 열었다.

"영화 보러 왔습니다. 형수님, 오랜만입니다."

영화를 보러 왔다는 말을 망설임 없이 내뱉은 이현의 포커스는 이내 남 검사의 아내에게 향했다. 그는 남 검사의 아내에게 가볍게 눈인사를 했다. 그러자 미소를 지으며 그녀가 말했다.

"복귀했다는 얘기는 그이한테 들었어요. 돌아오셔서 다행이에요."

종종 남 검사가 집으로 초대를 해 아내의 음식 솜씨를 선보이곤 했었다. 해서 이현은 남 검사의 아내와 안면이 꽤 있었다.

남편으로부터 이현의 좌천 소식은 물론 복귀를 했다는 얘기까지 전해 들었던 터라 오랜만의 만남이 반가운 건 사실이었지만 그녀 역시 다현을 의심의 눈초리로 힐긋거리며 조심스레 물었다.

"그런데 누구?"

자정을 넘긴 시간이었다. 이 시간에 남녀가 단둘이 영화관에 있다는 건 그 어떤 말로도 변명이 되지 않았다. 심지어 다른 사람도 아닌 문이헌이었다.

그녀도 남편의 부탁에 몇 번이나 지인들을 이헌에게 소개해 주기 위해 노력했지만 번번이 정중하게 거절당했다.

그런 이헌이 이 시간에 여자와 단둘이 영화관이라니. 지검에 이 사실이 알려진다면 꽤 시끄러워질 게 자명했다.

"어, 우리 막내 검산데……."

그녀의 물음에 남 검사가 대신 대답했다. 물론 의심의 눈초리만큼이나 말꼬리가 흐려졌다.

"아, 새로 왔다던 막내 검사님?"

아내에게 비밀이 없는 남 검사답게 다현의 존재까지 이미 알고 있는 듯했다.

"근데 막내 검사님이 왜 문 검사님이랑 여기에……."

다현은 멋쩍은 듯 웃었다. 어색한 미소에 얼굴에 경련이 일어날 것만 같았다. 이쯤 되면 뻔한 스토리인데도 남 검사 부부는 그냥 넘어가지 않을 기세였다.

"임자 있다더니 그게 권 검이었어?"

퇴근 전 사담이 문제였다. 남 검사는 히죽거리며 이헌의 옆구리를 찔러 댔다.

"둘이 언제 그렇고 그런 사이가 된 거야."

민망함에 차마 얼굴을 들 수 없어 다현은 팝콘 통으로 제 얼굴을 가려 버렸다. 내일 남 검사를 도대체 어떻게 봐야 하는 건지 마음이 뒤숭숭하기만 했다.

"당분간 비밀입니다."

자세한 이야기를 굳이 남 검사에게 할 필요는 없었다. 언제고 알게 될 일이었고 뒷말이 나올 게 분명한 관계에서 남 검사가 미리 알고 있는 사이였다는 게 밝혀지면 나쁠 건 없었다.

"분위기 흐려지는 건 나도 별로야. 걱정하지 마."

이헌의 부탁에 남 검사는 사내 연애의 단점을 콕 짚어 말했다.

"어머! 두 분 잘 어울려요. 축하드려요, 문 검사님."

오자마자 하라는 일은 안 하고 연애했다고 생각할까 봐 쥐구멍이 있다면 당장이라도 숨고 싶었다. 다현은 고개를 숙여 감사하다며 인사를 했다.

집에서 얌전히 잠이나 잘걸 하는 후회는 이미 늦은 뒤였다.

❖　✚　❖

무슨 정신으로 영화를 봤는지 내용조차 기억이 나지 않았다. 팝콘도 손을 대다 만 그대로였다. 갈증이 나 콜라만 비웠던 것 같다.

그렇게 엔딩 크레딧이 올라갈 때까지 대각선 좌석에 앉아 있던 남 검사 부부가 신경 쓰여 다현은 돌처럼 굳은 채로 영화를 봐야 했다. 하 필 똑같은 영화를 볼 건 또 뭔지.

"내일, 아니 나중에 봐."

출구에서 다시 마주친 남 검사는 이헌과 다현에게 손까지 흔들며 아 내와 함께 영화관을 유유히 빠져나갔다.

그 사이에서 민망한 건 이헌과 다현뿐이었다. 그렇게 황당하고 당황 스러운 상태로 영화관을 나와 집으로 돌아왔다.

"올라가서 자. 아침에 데리러 올게."

오피스텔 앞에 잠시 차를 세운 이헌이 잠긴 차 문을 열며 말했다. 다 현은 왜 같이 안 가냐는 듯 의아한 표정으로 그를 쳐다봤다.

"잠은 자고 출근해야지. 또 못살게 굴면 어쩌려고."

그는 피식 웃으며 다현의 머리카락을 헝클어트렸다. 이젠 아주 대놓 고 능글맞기로 작정한 모양인지 민망한 소리를 아무렇지 않게 한다.

"조심히 가요. 한 시간이라도 더 자요. 내일 데리러 안 와도 되니까."

"보고."

"치. 어서 가요."

다현은 자신의 뒷머리를 쓰다듬는 이헌의 손을 붙잡고 떼어 냈다. 그러고는 이헌의 뺨에 짧게 입을 맞췄다. 쪽 소리와 함께 입술이 닿았 다가 떨어졌다.

"안녕!"

붙잡기도 전에 다현은 차에서 내려 문을 닫고는 뒤도 돌아보지 않고 오피스텔 입구로 내달렸다.

이헌은 귀엽다는 듯 그 모습을 웃는 얼굴로 바라보았다. 입가에 드 리워진 미소가 조금도 어색하지 않았다.

웃는 게 제법 익숙해진 모양인지 집으로 가는 내내 그는 피식피식 새어 나오는 웃음을 참지 않았다.

그가 이른 새벽 집으로 돌아간 뒤, 다현은 두 시간 남짓 짧은 단잠을 자고 일어나 출근 준비를 서둘렀다.

씻고 나와 옅은 화장을 하고 옷을 갈아입으며 일주일 치 여분의 옷가지들을 챙겼다.

오늘은 참고인 조사가 시작되는 날이었다. 당분간 퇴근은커녕 쪽잠을 자는 것조차 사치일 것이다. 시간을 초 단위로 쪼개 가며 조사를 하고 진술서를 작성하고 증거 자료들을 찾아 공소장에 첨부해야 했다.

몇 명이나 기소해야 사건이 끝날 수 있는지조차 확실하지 않았다. 몸집이 큰 만큼 피의자 수 역시 적지 않을 게 분명했다.

작은 옷 가방과 핸드백을 챙겨 들고 서둘러 집을 나섰다. 미세 먼지가 모처럼 가신 하늘은 쾌청하고 맑기만 했다. 이른 시간인데도 내리쬐는 햇볕은 뜨겁기만 했다.

"빨리 와. 늦어."

바깥엔 이미 말끔한 모습으로 한 손엔 테이크아웃 커피 잔을 들고 차에 기대선 이헌이 있었다.

고작 몇 시간 만에 다시 보는 건데도 왜 이리 반가운지.

다현은 걸음을 재촉해 이헌에게 다가갔다. 그는 손에 들린 아이스아메리카노를 다현에게 건네고 그녀의 손에 들려 있던 옷 가방을 낚아채 뒷좌석에 뒀다.

"언제 또 커피까지 사 왔어요. 데리러 오지 말라니까."

평소 같았으면 오겠다는 걸 말리지 않겠지만 오늘은 사정이 달랐다. 새벽 3시가 한참 넘어서 끝난 영화 때문에 몇 시간 채 자지 못했을 이헌이었다. 그리 멀지 않은 거리지만 출근길의 도로 사정을 잘 알기에 이헌이 몇 시에 출발했을지 빤했다.

"알고 보니까 그 체인점이 커피 맛집이더라고."

차에 시동을 걸며 그가 능청스럽게 받아쳤다. 전방을 주시하고 있는 표정만큼은 무뚝뚝하기 그지없었다.

"뒤에 옷은 세탁물 아니죠?"

"세탁은 아침에 맡겼고 저건 세탁한 거 찾아온 거야."

무의식중에 뒤를 힐끔거린 다현의 시야에 뒷좌석에 차곡차곡 쌓인 슈트 케이스들이 들어왔다. 심지어 아래엔 구두가 세 켤레나 있었다. 다들 잠에 취해 있을 때 혼자 씻고 오겠다며 숙직실에 가더니 머리부터 발끝까지 새 옷차림으로 나타나곤 하던 이헌이었다.

옷은 그렇다 쳐도 구두까지 챙겨 다닐 줄 몰랐던 다현은 혀를 내둘렀다. 준비성이 철저한 것 역시 문이헌다웠다.

"아침부터 차장 검사님 호출이 있어."

빨대로 커피를 쪽 빨아 마시던 다현은 이헌의 말에 사례가 들려 캑캑거리며 가슴을 쳐 댔다.

차장 검사의 호출이라니. 그것도 아침 댓바람부터. 무슨 심각한 일이 있기에 출근도 하지 않은 사람에게 호출을 한 건지 짐작이 가고도 남아 불안하기만 했다. 다현은 입술을 깨물며 물었다.

"갑자기 왜…….."

이헌이 복귀를 한 후 줄곧 조용하던 차장 검사였다. 상부의 지시 사항이나 전달 사항은 부장 검사를 통해 넌지시 의견을 보내올 뿐 직접적인 호출은 없었다.

좌천시켜 버린 이헌을 다시 불러들였으니 얼굴 보기가 껄끄러울 수 있었다. 하지만 이제 와서 호출이라니. 다현은 말을 제대로 끝맺지 못했다.

"별일 없을 거야. 걱정하지 마."

이헌은 그녀가 불안해하고 있다는 걸 알아차리고는 손을 뻗어 뒷머리를 쓰다듬으며 말했다.

"이제 내 편이 있는데 무슨 걱정이야."

담담한 어조와 잔잔한 그의 목소리가 불안에 요동치던 심장을 달래 주는 듯했다. 살포시 웃음을 지었다. 어느새 뻗은 손이 이헌의 머리를 쓰다듬고 있었다.

"참 기특해요."

다현의 머리에 손을 뗀 이헌은 운전대를 잡으며 새어 나오는 웃음을 참지 않았다. 머리를 쓰다듬는 그녀의 손길에 마음이 차분해지는 것 같았다.

다현을 데리러 가기 위해 준비를 서두르던 그에게 차장 검사의 전화가 걸려 왔다. 대뜸 출근하자마자 올라오라는 말만 하고 전화를 끊은 통에 무슨 일인지 묻지 못했다.

다현에겐 걱정하지 말라 말했지만, 마음 한쪽이 불편하고 찝찝한 건 사실이었다. 더는 전처럼 멍청하게 당하고만은 있지 않을 생각이었다.

연줄이 실력보다 우위에 있다는 사실을 몸소 깨달았으니 또다시 사건을 덮으려고 시도한다면 이쪽에서 먼저 초강수를 두는 수밖에 달리 방법이 없었다.

검사로서의 실력이 권력을 등에 업은 이들에겐 아무짝에 쓸모가 없다는 걸 뼈저리게 느꼈다.

"바로 차장 검사님 뵙고 갈 테니까 먼저 올라가."

엘리베이터 앞에서 그는 눈인사했다. 엘리베이터 문이 닫히기 전까지 자신에게서 눈을 떼지 않는 이헌의 모습을 바라보던 다현은 괜히 뭉클해져 마음이 쓰이기만 했다.

이윽고 닫혀 있는 회의실 문 앞에서 다현은 깊게 심호흡을 하며 마음을 가라앉혔다. 애써 웃음을 보이며 문을 열고 회의실로 들어섰다.

출근 시간이 30분이나 남았음에도 이미 출근을 한 선배들이 있었다.

두 시간 앞으로 다가온 참고인 소환 조사 때문에 분주히 움직이고 있는 선배들 틈을 비집고 들어가 인사를 건넸다.

"제가 제일 늦은 건 아니죠?"

몇몇 선배가 보이지 않았다. 출근이 늦은 건지 각자의 검사실에서 막바지 점검을 하고 있는지 알 수 없었다.

"게을러서 아직 출근 전인 양반들 있어."

우스갯소리로 회의실 전반에 흐르는 묘한 긴장감을 풀려는 김 검사였다.

"권 검. 어제 영화는 재밌었어?"

그때 서류를 뒤적이고 있던 남 검사가 히죽거리며 다현에게 넌지시 물었다. 그의 물음에 뜨끔한 다현은 의자에 앉으려다 주춤하며 남 검사를 째려보는 걸 잊지 않았다.

분명 비밀이라고 했는데 저 양반이 왜 저러나 싶어 가시방석이 따로 없었다.

"잔다더니 영화 보러 간 거야?"

노트북을 펼쳐 남 검사 옆에 앉아 있던 이 검사가 의아한 듯 물었다. 난감하기 짝이 없는 상황이다.

"혼자서 무슨 재미야."

시선을 노트북에 고정한 채 이 검사가 안쓰럽다는 듯 말했다.

"혼자는 무슨. 잘생긴 애인이랑 둘이 보던데?"

다현의 불같은 시선을 회피한 남 검사는 서류를 들여다보며 이 검사의 말에 대꾸했다.

그러자 키패드를 두드리던 이 검사의 손이 멈칫하며 호기심 가득한 그의 두 눈은 어느새 다현을 향해 있었다.

"권 검사 남자 친구 있었어?"

호기심 가득한 눈은 이 검사뿐만이 아니었다. 휴대폰으로 뉴스를 보던 김 검사까지 다현에게 시선을 던졌다.

저 양반이 나를 죽이려고 그러나 싶어 멋쩍게 웃으며 다현은 눈을 흘겼다. 그러면 뭘 하나. 남 검사는 이미 불씨만 지펴 놓고 나 몰라라 하고 있었다.

"이제 막내까지 돌싱의 가슴에 불을 지르는구나."

이 검사가 훌쩍이듯 말했다.

"막내 애인은 우리가 좀 봐 줘야 하는데."

거기다 김 검사까지 더해 괜히 마음이 불편해지고 만다. 마치 선배들을 속이는 것 같았다. 이래서 아무도 몰랐으면 했는데 하필 남경주 검사에게 딱 걸려 남자 친구 없다고 잡아뗄 수도 없었다.

그저 입술이 바짝바짝 타들어 가 입을 떼지도 못했다. 억지로 웃어 보이는 것 외엔 달리 할 수 있는 반응도 없었다.

"뭐 하는 놈이야?"

이 검사가 고개를 내밀며 물었다. 그러자 보고 있던 서류가 가려진 남 검사가 이 검사를 옆으로 밀치며 입을 뗐다.

"정우 너보다 백배 나으니까 걱정은 하지도 마."

남 검사의 바로 아래 학번 후배인 이 검사는 그의 핀잔에 깨갱 하며 입을 꾹 다물어야만 했다.

불씨를 지피더니 또 나서서 꺼 주는 건 뭔지. 남경주 검사의 속내를 도대체가 알 수가 없어 다현은 그에게 뜨거운 눈총만 보냈다.

963호 제3차장 검사 이진석

차장 검사실 명판을 들여다보던 이헌은 이내 노크를 하고 문을 열었다. 그를 맞이한 것은 실무관이었다.

"검사장실에 가셨어요. 잠시만 기다리라고 하셨습니다."

짧게 대답한 이헌은 굳게 닫힌 문을 열고 아무도 없는 차장 검사의 사무실 안으로 들어갔다.

한편, 검사장실로 올라온 3차장 검사는 허리를 꼿꼿하게 편 채 지검장의 옆에 앉았다.

"오늘 참고인 조사 시작한다고?"

지검장이 찻잔을 들며 넌지시 물었다.

"네. 그렇습니다."

혹여라도 불벼락이 떨어질까 차장 검사는 긴장을 늦추지 못하고 있었다.

"K그룹은 최초로 문건을 작성한 전략 기획실부터 소환 조사를 시작할 겁니다. 그리고 비자금 관련으로 전략 기획실뿐만 아니라 재단 벗에

속해 있는 갤러리 벗도 함께 진행합니다.”

“대호는?”

“대호그룹 쪽은 업무상 횡령과 배임 혐의로 계열사 사장단 소환 조사 예정이며, 회사 소유 부동산을 처분해 김 회장 일가의 재산 증식에 대해서는 보강 조사를 진행 후에 소환 조사를 할 예정이라고 합니다.”

“MK도 오늘 조사를 하나?”

“MK는 재개발, 재건축 조합장과 관련 조합원을 이번 1차 소환 명단에 포함했고, 정부 기관 신청사와 도로 수주를 따낼 때 고위급 간부들에게 뒷돈을 챙겨 준 뇌물 혐의를 받는 신창진 사장은 소환이 불가피해 내일 중으로 참고인 조사를 받겠다는 답변이 왔다고 합니다.”

차장 검사의 보고에 지검장은 관자놀이를 긁적이며 짙은 한숨과 함께 말문을 열었다.

“전화 좀 그만 받게 빨리빨리 해 버려.”

하루에도 수십 통씩 쏟아지는 전화에 골머리가 썩을 지경이었다. 아예 받지 않을 수 없는 전화들이라 부득이하게 받고는 있지만, 그때마다 죄송하다며 저자세로 나가야만 하는 속사정을 누가 알아줄까.

덕분에 두고 보라며 욕이란 욕은 죄다 듣고 있는 판국이었다. 스트레스로 며칠 사이에 흰머리가 수두룩해진 기분이었다.

“최대한 빨리 소환 조사 끝내겠습니다.”

참고인 소환 조사는 가지를 솎아 내는 작업이었다. 이번 1차 소환 조사가 끝나면 굵은 가지들을 솎아 내 줄기를 찾아 2차 소환 조사를 진행할 예정이다.

그만 가 보라는 지검장의 손짓에 차장 검사는 가볍게 묵례를 하며 몸을 일으켰다.

“참, 그리고 말이야. 특수 1부에 권다현 검사.”

들썩이던 엉덩이가 다시 소파에 찰싹 달라붙는 소리였다.

“권 검사는 왜…….”

지검장이 따로 언급할 정도의 수준을 갖춘 검사가 아니었다. 이제 겨우 4년 차에 특수부 막내인 풋내기 검사였다.

"대검 차장 검사로 있는 권수찬 검사 알지?"

다른 대학을 나와 연수원 동기이면서 매번 승진 때마다 권수찬 검사에게 밀리고 있어 알게 모르게 라이벌 의식을 보이는 지검장 덕분에 차장 검사는 그를 모를 수 없었다.

"그 선배님은 모르는 게 이상하지 않습니까."

거기다 권수찬 검사는 검찰청 내에서도 유명 인사였다.

"권다현 검사가 권수찬 딸이라네?"

뒤통수를 맞은 것 같은 기분이었다. 그는 지검장의 말에 놀라서 좀처럼 입을 다물지 못했다.

"몰랐어?"

"예. 몰랐습니다."

알 수 있을 리가 없었다. 고작 4년 차 검사일 뿐. 이상한 점이라면 4년 차 검사가 특수부로 정기 인사 발령을 받아 왔다는 것 말고는 아무것도 없었다.

"권 검사가 연수원 몇 기지?"

"44기로 알고 있습니다."

"음. 확실히 특수부는 일러."

검사들의 인사에 지검장 역시 관여를 한다. 특히나 특수부였다. 지검장의 지시 사항에 따라 그가 배당을 내려 주는 사건들을 처리하는데, ㄱ 사건들이 소소한 소일거리가 아닌 대형 사건들이기에 인사에 무척 민감한 곳이기도 했다.

지난 인사이동 때 권다현 검사가 특수부로 왔으니 지검장이 몰랐을 리가 없는데 그는 처음 알게 된 사람처럼 의아한 듯 굴었다.

확실히 권다현 검사는 특수부 막내 검사치고도 너무 어렸고 연수원 기수로 봐도 신입 그 자체였다.

"권수찬이 자기 딸 인사에 관여할 사람은 아닌데."

청렴함으로 둘째가라면 서러운 권씨 집안 장남이 권수찬이었다. 청렴해야 할 법조계에 고인 물이 썩어 가면서 각종 불법과 편법, 봐주기식 수사들이 판을 치기 시작하지만 권씨 집안은 독보적인 가도를 달렸다.

도대체 어떻게 두터운 신망을 얻은 건지 짐작조차 되지 않는 집안이었다. 그 줄기가 권수찬의 부친이었고 까마득한 위로는 대통령을 지근거리에서 모신 민정 수석들이 조부와 증조부였다.

그저 흑백 사진으로 교과서에서나 볼 법한 인물이라고 해도 과언이 아닐 정도였다. 그런 집안에서 자란 탓에 권수찬은 어느 한쪽으로 치우치지 않는 검사였다.

쉽게 말해 네 편 내 편 없이 중심을 지키는 검사. 그래서 권력에 욕심을 보이는 이들의 눈총을 종종 받는 이였다.

그런 그가 딸의 인사에 관여했을 리 없었다.

"그러면 혹시……."

차장 검사가 설마 하며 지검장의 눈치를 살폈다.

"권석윤 그 양반이라면 가능하지."

권수찬 차장 검사의 부친인 전 법무부 장관 권석윤. 검찰 내에선 전설적인 인물이었다.

임기를 채우지도 못하고 줄줄이 나가떨어지는 검찰 총장들이 수두룩했다. 그 속에서 그는 임기 내 소란 한 번 없이 무탈한 검찰을 이끌어 나갔다. 역사에 없을 일이었다.

"등잔 밑이 어둡다더니, 거물급이 숨어 있었네요."

"지검에 권씨들 몇 있잖아."

"그래도 차기 검찰 총장으로 유력한 권수찬 검사 딸인 거 아닙니까."

공안부와 외사부, 형사부에 권씨 집안의 사람들이 있었다. 다현의 사촌 혹은 오촌 되는 집안사람들이었다.

다른 점이 있다면 권석윤, 권수찬으로 이어지는 직계가 아니라는 것이었다. 차기 검찰 총장으로 유력한 권수찬의 딸이라는 것은 호시탐탐 기회를 엿보고 있는 지검장에겐 좋은 먹잇감이나 다름없었다.

"밑밥이라도 깔아 둬야 할까요?"

차장 검사가 조심스레 물었다. 지검장은 곰곰이 생각하더니 혀를 차며 말했다.

"어차피 우리 사람 될 일도 없을 테니까 지켜만 봐."

부모를 보면 그 자식을 안다고, 조부와 부친을 보고 자랐으니 권다현 검사의 성미야 뻔하다는 생각에 지검장은 고개를 내저었다.

그러다 불현듯 대검에서 검찰 총장과 권수찬과의 대화가 떠올랐다.

"권다현 검사 결혼하나?"

그때 권수찬 검사가 말했었다. 사위 될 녀석도 지검에 있다고.

"글쎄요. 사적인 일은 전혀 모릅니다."

"권수찬 말로는 사위 될 남자가 지검에 있다고 했어."

"집안 자체가 그러니 분명 검사일 텐데요."

"그거나 좀 알아봐."

헛물을 켜는 게 아닐까 하다가도 알아서 나쁠 건 없다는 판단에 지검장은 차장 검사에게 슬쩍 지시했다.

"남자는 모름지기 속에 야망 하나씩은 있는 법이야. 딸은 아니라도 사위 정도면 나쁠 건 없지. 권석윤 그 양반한테는 손녀사위 아냐? 어련히 알아서 좋은 자리에 앉히려고 하지 않겠어?"

"일거양득이네요."

차장 검사는 맞장구를 쳤다. 차기 검찰 총장은 애초에 물 건너갔지만 그다음을 준비하고 있는 지검장에겐 더할 나위 없이 좋은 카드였다.

차장 검사는 이내 허리를 숙이며 인사를 하고 나와 서둘러 자신의 검사실로 향했다. 검사실로 들어서자 사무실 안에 문이헌 검사가 기다리고 있다는 실무관의 말에 문을 열었다.

언제 올지도 모르는 차장 검사를 시종일관 서서 기다리던 이헌은 한 발짝 뒤로 물러나며 가볍게 고개를 숙였다.

"오늘 참고인 조사라고."

"네."

책상 앞에 앉으며 차장 검사가 물었고 이헌이 대답했다.

"마음 편히 밥 좀 먹게 신속 정확하게 빨리 끝내고 숨 좀 돌리자."

전화 좀 그만 받게 해 달라던 지검장의 말처럼 그 역시 전화에 불이 날 지경이었다. 온종일 신경이 곤두서 있어 속이 불편한 건 말할 필요도 없었다. 밥을 제대로 마음 편히 먹어 본 게 언젠지 가물가물할 지경이었다.

"1차 소환 조사는 인원이 워낙 많아 3일 정도 시간이 걸릴 거 같습니다."

"2차 소환 명단은 나왔고?"

"현재 그룹 핵심 인물들로 잡고 있는데 1차 소환 조사가 끝나면 추가 조사를 위한 명단을 추릴 예정입니다."

차장 검사는 잘게 고개를 끄덕였다. 나쁘지 않은 방향이었다. 으레 하듯 당연한 수순을 밟아 가는 수사였다.

"그만 가 봐. 고생하고."

이헌은 고개를 숙였다.

"그리고 권다현 검사 말이야."

차장 검사의 낮은 목소리에 이헌은 고개를 치켜들었다. 그의 입에서 다현의 이름이 나왔다. 어딘가 모르게 뒤가 싸하기만 했다.

차장 검사를 바라보는 이헌의 눈빛은 한껏 날카로웠다.

"권다현 검사랑 결혼할 사람이 우리 지검 사람이라는데, 뭐 아는 거 있어?"

어디서 들은 건지 묻지 않아도 알 수 있었다.

"사적인 건 잘 모릅니다."

차장 검사의 속은 투명한 물처럼 속이 훤히 들여다보여서 탈이었다. 지검장에게 뭔가를 들은 게 분명해 보이는 눈빛이었다.

"그래? 그럼 됐고. 어서 가 봐."

이헌은 가볍게 고개를 숙이고 뒤도 돌아보지 않고 차장 검사실을 나왔다. 차장 검사의 속내가 정확하지 않을진 몰라도 꿍꿍이가 있는 거 같았다.

그는 고개를 내저으며 차장 검사의 검은 속내를 짐작했다. 그 위에 지검장이 있는 건 불 보듯 뻔했다.

지검장과 1차장 검사와 3차장 검사가, 그리고 지난 사건으로 옷을 벗은 4차장 검사까지 같은 대학 선후배 사이였다. 그들은 모두 지검장 라인으로 야망 가득한 후배들은 몰라도 보통의 평검사들에겐 그다지 후한 평가를 받지 못하고 있는 지검의 수뇌부들이었다.

지검장 정도면 다현의 집안에 대해 모르지 않을 테니 줄을 대려는 게 분명했다. 다현에게 손을 뻗지 못하더라도 그 집안의 사위에게 줄을 댈 수만 있다면 금상첨화일 것이다.

머리가 지끈거렸다. 나쁜 놈들이나 제대로 처벌받게 할 생각들은 없이 오롯이 자기 잇속만 챙기려고 혈안이 되어 있는 모습들에 혀가 내둘러졌다.

굳게 닫힌 회의실 문 앞에서 이헌은 상념을 떨쳐 내기 위해 심호흡을 깊게 했다. 이내 문고리를 비틀며 문을 열었다.

막바지 준비에 여념이 없는 특수 1부 검사들의 시선이 일제히 그를 향했다.

"또 뭐라고 해?"

이헌이 차장 검사의 호출을 받아 출근하자마자 차장 검사실로 갔다는 것을 부부장 검사를 통해 알고 있었던 최 검사가 혹시나 하며 조심스레 물었다.

"신속 정확하게 끝내라고 하십니다."

이헌이 회의 테이블 정중앙에 서며 말했다.

"그게 어디 말처럼 쉬운 줄 아나."

자료들을 챙기며 이 검사가 투덜댔다.

"일주일 안에 1차 참고인 조사는 모두 끝내는 거로 하겠습니다."

"아주 죽어나겠구만."

이헌의 말에 김 검사가 머리를 긁적였다.

"자. 일하러 갑시다."

남 검사가 자료들과 태블릿을 챙겨 자리에서 일어났다. 그렇게 하나둘 양손 가득 준비해 놓은 서류와 증거가 되는 자료들을 챙겨 회의실을 차례대로 나섰다.

마지막으로 자리에서 일어나 한 손으로 들기에도 역부족인 두꺼운 책자와 서류 뭉치들을 챙기는 다현의 곁으로 이헌이 다가왔다.

"뭐가 이렇게 많아."

열 명의 무명작가를 맡아 참고인 조사를 해야 하는 다현은 준비할 자료들이 선배들보다 배로 많았다. 작가들이 전시회에서 내걸었던 그림들을 조사한 것만 해도 책 한 권이 거뜬할 지경이었다.

"신속 정확하게 끝내라고 했다면서요. 이 정도는 기본이죠."

그는 다현의 손에서 두꺼운 책자를 뺏어 들며 회의실을 나섰다. 그녀는 서둘러 그를 뒤따라 회의실을 나오며 문을 걸어 잠갔다.

이내 앞서 나간 선배들이 양쪽으로 늘어진 조사실로 들어가는 것을 바라보며 그녀도 마지막 조사실로 향했다.

끝나지 않는 릴레이 조사의 서막이 올랐다.

12장

정상엽 검사의 옆엔 수사관이 빠른 손놀림으로 기록을 하고 있었다.

맞은편엔 'OOO 재건축 조합장'이라는 자수가 새겨진 검은 칼라 티셔츠를 입고 다리를 떠는 남자가 있었다.

"MK건설 측으로부터 시공사 선정 전에 1억을 건네받은 사실이 있습니까?"

정 검사가 재건축 조합장의 앞으로 조합원 사무실이 있는 컨테이너 앞에서 찍힌 CCTV 영상을 캡처한 사진 하나를 들이밀었다.

사진을 힐끔 쳐다본 남자가 아연실색하며 고개를 돌려 버렸다.

"묻는 말에 대답하세요."

그는 입술을 깨물며 다리를 떨어 대다 한숨과 함께 말문을 열었다.

"내가 받은 그 돈은! 조합원 모집하고 회식도 하고 사무실 꾸리고 한 거에 대한 경비를 처리해 준 겁니다!"

되레 소리를 버럭 지르며 눈을 치켜떴다.

흰한 대낮에 조합원 사무실 앞에서 MK건설 사장의 비서로부터 돈뭉치를 건네받은 남자는 거리 곳곳에 설치된 CCTV는 안중에 없었던 모양이었다.

"돈을 받긴 받았다는 거네요."

"글쎄 그 돈은 경비 처리해 준 거고 나 혼자 쓴 게 아니라니까요?"

시공사가 선정되지도 않았는데 입찰에 참여한 시공사에서 조합장에게 돈을 건넨 것이 어째서 경비 처리를 해 준 것인지 따져 묻지 않았다.

그가 현금 다발을 받고 시공사 선정 이후 다시 1억을 건네받아 총 2억 원이 된 돈을 어디에 썼는지 멀리서 찾지 않아도 알 수 있었다.

"추가 분담금 1억 4천만 원 중에 4천만 원은 제1금융권에서 대출을 받으셨고 나머지 1억은 어떻게 채우셨습니까."

정 검사의 말에 남자는 꿀 먹은 벙어리가 되었다.

기존 아파트 30평형대에 살던 남자가 재건축 후 평형을 옮기면서 추가 분담금이 발생했고 그에 따른 분담금을 MK건설에서 받은 뒷돈으로 채운 건 약간의 계좌 조사만으로도 알 수 있었다.

한편, 바로 옆 조사실에선 남경주 검사가 재개발 시공사로 MK건설을 선정한 재개발 조합장을 마주하고 있었다.

"시공사 선정 전이나 이후나 조합원들이 쓴 돈 중에 경비 처리할 만한 내역이라곤 삼겹살 회식한 거 말곤 딱히 없네요."

뒷돈을 받은 게 걸려서 조사를 받게 되면 경비 처리를 해 준 거라고 말하라는 지시를 똑같이 받은 사람처럼 재개발 조합장 역시 재건축 조합장과 똑같은 말을 했다.

남 검사는 계좌 내역들을 조합장 앞에 하나씩 펼쳐 보이며 빙그레 웃었다.

"시공사 선정 전에 1억. 선정된 이후에 받은 1억. 총 2억을 MK건설 측으로부터 받은 게 맞으시죠?"

웃는 얼굴에 침 못 뱉는다고 남 검사는 시종일관 미소를 잃지 않았다.

반면 맞은편의 남자는 얼굴이 시뻘게져 대답조차 제대로 하지 못했다.

"조합장님이 무리하게 MK건설 쪽으로 시공사를 밀어붙인 덕분에 현재 조합원들 반발로 시공사 선정이 취소될 상황이란 거 잘 알고 있습니다."

남 검사는 늘어놓은 계좌 내역들을 다시 정리하며 말했다.

"선정 전에 조합원 1인당 추가 분담금이 평형별로 3천 5백만 원에서 7억 정도로 책정된 거로 알고 있습니다. 그런데 선정 이후 사업 과정 추진 설명회에서 추가 분담금이 5천만 원에서 9억까지 조정된다고 해서 입찰에 참여한 K물산이나 설월 건설로 다시 선정하자는 반발이 있는 것도 알고 있고요. 조합장님이 참 난감하시겠습니다."

"으흠……."

"받으신 2억. 어디에 썼는지까지 제가 얘기해야 하나요?"

그는 웃었고 남자는 식은땀을 흘렸다.

그때 바로 옆 조사실에선 최현수 검사가 대호그룹 재무 이사와 마주 앉아 있었다. 그는 자료를 들여다보며 입을 뗐다.

"분당, 용인, 평택까지. 세 곳의 부동산을 처분한 돈이 왜 법인 계좌가 아닌 김반석 부회장의 개인 계좌로 들어간 겁니까."

그의 물음에 재무 이사는 마른침을 삼키며 말문을 열었다.

"애초에 그 땅들은 부회장님이 선대 회장님께 물려받은 것입니다."

"그럼, 물려받은 재산을 회사에 귀속시키고 증여세를 나 몰라라 한 겁니까."

부동산 내역을 확인 후 고개를 치켜든 최 검사는 눈살을 찌푸리며 말했다. 검사 앞에서 편법을 마치 당연하다는 듯 말하는 모양새가 마음에 들지 않았다.

"증여세는 부회장님이 내신 거로 알고 있습니다."

"그럼 세금은 왜 김반석 부회장이 아닌 법인 계좌에서 나간 겁니까."

"……."

"회삿돈으로 부회장이 개인 재산을 증식한 게 아니면 뭡니까, 도대체."

조부로부터 증여받은 부동산은 김반석 부회장의 개인 돈으로 증여세를 낸 기록이 전혀 없었다.

재무 이사가 거짓을 말하고 있다는 증거였다.

부동산이 개인 재산이 되면 내야 하는 세금이 많아지기에 회사 재산으로 귀속시킨 뒤 세금은 회삿돈으로 낸 듯했다. 처분할 때도 일맥상통한 방법으로 팔고 나서 현금을 개인 계좌가 아닌 딸 명의의 계좌로 입금시킨 내역이 버젓이 남아 있었다.

"부동산을 상속받은 지 2년이 채 되지 않았는데 처분을 했으면 세금이 꽤 많이 나왔겠네요? 회사에서 부담스러운 금액이었을 텐데요."

"……."

"부동산 처분한 돈으로 부회장님이 뭘 하셨을지 궁금하지 않으세요?"

사교계 모임인 골드서클에서 마약을 하면서 방탕하게 놀던 딸의 뒤를 봐주기 위해 경찰과 검찰 관계자들에게 찔러 준 돈의 출처가 조부가 남겨 준 부동산을 처분한 돈이었다.

또한, 여차하면 딸을 해외로 도피시키기 위해 해외 부동산을 매입한 사실이 이번 압수 수색 이후 재무 팀 문서 보관실에서 발견됐다.

영어로 적힌 부동산 거래 내역서였다. 최 검사는 서류를 내밀었다.

"이쯤 되면 재무 이사님도 부회장의 딸이 뭐 하고 돌아다니는지 아시죠? 이 문제가 불거지면 다시 골드서클 문제까지 거론될 텐데 괜찮겠어요?"

재무 이사는 침묵을 지켰다. 검찰 조사에 최대한 협조하는 이미지로 가야 한다며 변호사를 데려오지 않은 게 후회스러운 순간이었다.

짙은 한숨과 함께 건너편 조사실에선 김동훈 검사가 대호 유통의 사장과 마주하고 있었다.

그는 끝이 보이지 않는 카드 명세서를 사장의 앞으로 건넸다. 명세서엔 분홍 형광펜으로 그어진 밑줄이 상당했다.

"법인 카드로 백화점에서 명품 백도 사고 구두도 사고 가구도 사고 많이도 사셨어요."

"으흠……."

"이 날짜에 중국 공장으로 출장을 가셨던데 백화점에서 쇼핑은 도대체 누가 하셨을까요?"

"……."

"아드님과 따님 명의의 외제차까지 법인 카드로 화끈하게 일시불 긁으셨고요?"

남자에게선 그 어떠한 대답도 나오지 않았다. 협조하는 이미지를 보여 주자며 그룹 전체에서 1차 소환 조사엔 변호사를 붙여 주지 않은 탓에 홀로 앉아 연신 진땀만 흘려야 했다.

"횡령으로밖에 볼 수 없습니다. 아시죠?"

그 단위가 절대 소소하지 않아서 큰 문제였다.

또 다른 조사실에선 K그룹 전략 기획실 팀장이 이정우 검사에게 참고인 조사를 받고 있었다. 이 검사는 대외비 문건이라는 빨간색의 굵은 글씨가 적힌 두꺼운 문서를 팀장에게 건네며 입을 뗐다.

"이 문건 작성을 지시한 사람이 전략 기획실 성기준 상무가 맞습니까?"

문건의 마지막 페이지에 최종 결재 사인이 전략 기획실 상무의 사인이었다. 그 위로 그룹 사장 혹은 회장의 사인이나 직인이 없었다.

그렇다고 해서 그들이 이 문건을 보지 않았다는 것을 입증하는 건 아니었다. 직원들에게 문건 작성을 지시한 것은 상무일 테지만 그 상무에게 문건 작성을 지시한 것은 그 윗선일 게 뻔했다.

"대기업 사업은 정권에 따라 좌지우지됩니다. 그걸 대비해서 플랜을 짠 것이 잘못은 아니지 않습니까?"

"그렇죠. 잘못됐다고 할 수는 없지만, 그 플랜 속에 정치 자금 수백억이 상납된다는 조항들이 있습니다."

"……."

"민정당으로 정권이 교체된다면 후원금이 200억? 맞죠? 그 부분에 대해선 어떻게 설명하실 겁니까."

단발성 후원금이 아니었다. 그것이 가장 큰 문제였다. 정권이 유지되는 5년 동안 매년 200억이 여당인 민정당에게 들어가는 돈이었다.

그 돈의 출처. 그것이 더 큰 문제였다.

"민정당 후원 계좌에 낯선 이름들이 제법 많은 돈을 보내서 누군가 봤더니 정말 헉 소리 나는 사람이었습니다."

남자는 입을 꾹 닫아 버렸다. 초조한 기색은 테이블 아래 잘게 떨리는 다리와 깨진 손톱이 대변하고 있었다.

"K그룹에서 운영하는 재단 벗에 소속된 갤러리 벗. 그곳에서 후원하는 작가들의 이름과 일치했습니다."

판도라의 상자였다.

"정확히 열 명의 계좌에서 일주일 간격으로 입금된 내역을 확인했습니다. 혹시나 해 다른 차명 계좌들도 확인했습니다."

이 검사는 K그룹 비자금이 조성되어 있는 차명 계좌 중 입출금 흐름이 명확히 보이는 계좌들을 추려 남자의 눈앞으로 내밀었다.

"정권이 교체되고 한민당에 위로금이라도 주신 건지, 50억 정도 한민당 후원 계좌로 보내셨던데 그 양반들이 좋아하셨습니까? 고작 50억 어디다 쓰냐고 역정 내신 건 아닌지 걱정스럽습니다."

K그룹 비자금 관리는 전적으로 전략 기획실 윗선에서 하는 은밀한 일이었다.

팀장급부터 시작해 전무와 상무까지 그 일에 깊게 관여하고 있었다. 그런 팀장에게 비자금을 넌지시 물어보며 그의 눈치를 살폈다.

어차피 전무나 상무까지 조사를 해 봐야 알겠지만, 비자금 규모가 명확히 드러나지 않아 어디까지가 차명 계좌로 운영되고 있는 건지 알아볼 필요가 있었다.

한참이나 입을 다문 채 말이 없던 팀장은 입술을 잘게 깨물다가 숨을 크게 들이켜며 천천히 입을 뗐다.

"저는 일개 사원일 뿐입니다."

맞는 말이기도 하고 틀린 말이기도 했다.

"저희는…… 위에서 지시하는 대로 할 수밖에 없는 월급쟁이에 불과

합니다……."

이 검사는 테이블에 펼쳐 놓은 비자금 계좌 내역들을 옆으로 밀치고 얼굴을 앞으로 쭉 내밀며 조소했다.

"실질적으로 전략 기획실 팀원들이 문건을 작성했고 그대로 실행에 옮겼습니다. 또 K그룹 비자금은 전략 기획실에서 관리하는 거 아닙니까?"

이 검사의 일침에 남자는 마른침을 삼켰다.

한편, 건너편 조사실에선 앳돼 보이는 20대 중반의 여자와 그런 여자의 눈치를 살피는 수사관과 한숨을 쉬며 계좌 내역을 여자에게 보여 주는 다현이 있었다.

"이 계좌가 본인 명의의 계좌가 맞습니까?"

눈치를 살피던 여자는 다현이 건네는 서류를 들여다보고는 고개를 끄덕였다.

"본인이 직접 개설한 계좌가 확실한가요?"

또다시 질문이 들어오자 여자는 연신 고개만 끄덕이며 대답을 대신했다.

"이 그림은 본인 그림인가요?"

전시회 도록에서 여자가 그린 그림으로 추정되는 작품을 가리키며 다현은 조심스레 물었다. 여자는 그림을 보자마자 닫고 있던 말문을 열어 대답했다.

"……작년 가을에 전시한 거예요."

경찰서는커녕 파출소도 가 본 적 없던 20대 중반의 평범한 여자였다.

"이 작품이 얼마에 팔렸어요?"

"……천만 원 정도."

낙서한 것처럼 보인다고 해도 과언이 아닌 그림이었다. 전문가가 보기에 작품적인 소견이 어떠냐는 물음에 고개를 갸웃거리던 미술 평론가와 미술관 큐레이터가 있었다.

그 정도로 값어치 없는 그림이었다. 그런 그림이 천만 원에 팔린 것도 혀가 내둘러지지만 실제로 K그룹 재무 팀에서 신사옥 인테리어 명목으로 구입한 금액은 1억 2천만 원이었다.

"이 계좌가 본인 계좌가 맞는지 확인해 주세요."

다현은 또 다른 계좌 내역을 여자에게 건넸다. 여자는 서류를 훑어보며 고개를 내저었다.

"이건 모르는 거예요. 제 통장은 이거 하나랑 부모님이 만들어 주신 적금 통장밖에 없어요!"

여자의 개인 정보를 이용해 신설한 계좌로 뺑튀기된 그림값을 받았다. 그리고 작가의 개인 계좌로 작가 본인도 모르는 수고비가 붙은 그림값이 입금되는 루트였다.

실제로 1억 2천만 원에서 작가에게 가는 천만 원과 갤러리 판매 대금 천만 원을 제외한 1억이 차명 계좌에 남아 비자금으로 조성되는 것이었다.

"후원 작가가 된 뒤 갤러리 벗과 작성한 계약서 같은 건 없나요?"

아무리 알아보고 찾아봐도 후원 작가와 이뤄진 후원 계약서를 입수할 수 없었다. 다현은 여자에게 넌지시 물었다. 여자는 고개를 끄덕이며 말했다.

"소속 작가 계약서를 썼어요……."

"그 계약서 나한테 보여 줄래요?"

"그게…… 비밀 유지 서약서도 썼는데……."

아무것도 모르는 사회 초년생들에게 무슨 짓을 한 걸까.

그저 후원을 받는다는 사실에만 들떠 멋모르고 도장을 찍었다. 검찰 조사를 받고 있으니 비밀 유지 서약서가 필요했던 이유가 달리 있었다는 걸 여실히 깨닫게 된 여자는 눈물을 훔쳤다.

"잘못하면 전부 작가님들이 뒤집어쓰는 거예요. 전부 말해 줘야 검찰에서도 도와줄 수가 있어요."

"흐흡……."

"서나영 씨뿐만 아니라 다른 작가들 계좌도 전부 불법적인 일에 사용된 겁니다."

쏟아지는 눈물에 입술이 떨어지지 않았다. 다현은 주머니 속에서 손수건을 꺼내 여자에게 건네며 등을 토닥였다.

"사실 해외 아티스트들과 협업이 아닌 이상 한국에서 대기업의 후원을 받고 작품 활동을 하는 신인 작가들이 기획전을 함께 한다는 게 말이 안 되는 일이라는 거 알죠? 알면서도 돈이 되니까 궁금해하지 않는 거 맞죠?"

정곡을 찔리고 말았다. 눈물을 흘리던 여자는 다현이 건넨 하얀 손수건을 손에 꼭 쥔 채 이를 꽉 깨물었다.

매달 몇 천만 원씩 그림값이라고 통장에 들어오는 걸 보면 누구라도 이상한 걸 알면서도 묵인하게 될 것이다.

그녀 역시 마찬가지였다. 그래서 더 무서웠다.

혹시라도 죄가 되어 감옥에 가게 될까 봐.

"……그냥 그림만 그려요."

초조하게 손톱을 못살게 뜯던 여자는 머뭇거리다 대답했다.

긴장한 기색을 감추지 못했다. 쉽게 눈을 마주치지 못하고 바짝 타들어 가는 입술을 피가 날 때까지 물어뜯기도 했다.

그런 여자의 맞은편엔 다현이 있었다. 아무것도 몰랐다는 말을 믿고 보호해 줘야 할 피해자인지 알면서도 묵인하고 그림을 팔아먹은 피의자인지 구별이 필요한 여자에게 손수건을 건네기까지 했다.

그러면서도 집요하게 질문들을 던졌다. 겨우 대학교를 졸업했을 뿐인 여자가 안쓰럽기도 했지만, 어디까지나 개인적인 감정일 뿐. 참고인 조사에서 사적인 감정은 사치였다.

"전시회는 어떤 식으로 진행되나요."

질문을 던졌다. 다현의 질문과 여자의 답변을 빠르게 타이핑하는 사람은 그녀의 옆자리에 앉은 수사관이었다.

"우리가 그린 그림을 담당 큐레이터가 서너 점 정도 셀렉해요……."

여기서 여자가 우리라 칭하는 사람은 갤러리 벗에서 후원하는 열 명 남짓의 무명작가들이었다.

여자가 멈칫하며 눈치를 보자 다현은 괜찮다며 계속 얘기하라는 듯 고개를 끄덕였다.

한편 조사실 안에 짙게 선팅된 유리창 너머에선 팔짱을 낀 채 참고인으로 다현의 앞에 앉은 여자를 주시하고 있는 이현이 있었다.

다른 조사실 상황들을 살펴보다 마지막에 문을 연 곳이었다.

―전시회에 걸린 그림은 당일에 바로 팔려요…….

―그림값은 누가 정하는 거죠?

―그건 담당 큐레이터가……. 제가 아는 건 이게 다예요. 정말이에요!

참고인은 질색하며 펄쩍 뛰었지만 다현은 평온한 얼굴로 시종일관 차분한 음색이었다.

―그림은 누가 사는지 알아요?

다현의 질문에 참고인은 고개를 세차게 내저었다.

아무것도 모른다, 관여한 바가 없다, 라는 말들만 줄기차게 내뱉던 다른 참고인들과 조금도 다르지 않은 말이었지만 얼굴색만큼은 단연 돋보였다.

파리해진 낯빛은 난생처음 접하는 검찰 조사에 잔뜩 겁을 먹어 질려 버린 거라고 봐도 무방했다. 사시나무 떨리듯 온몸이 잘게 떨리는 모습까지 유리창 너머 이현의 눈에 보일 정도였다.

똑똑.

그때 스피커를 통해 들려오는 참고인의 흐느끼는 울음소리를 뚫고 노크 소리가 들려왔다. 문이 열리고 실무관이 고개를 빼꼼 내밀었다. 팔짱을 푼 이현은 무슨 일이냐며 실무관을 쳐다봤다.

"문 검사님. 부장 검사님이 찾습니다."

실무관이 부장 검사의 호출을 알려 왔다. 그는 대답 대신 고개를 끄덕이며 유리창 너머의 조사실에 머물렀던 시선을 거둬 등을 돌렸다.

스피커에선 다현의 목소리가 들려왔다. 참고인을 향한 질문이 날카로웠다. 그렇게 문이 닫히고 그녀의 목소리도 멀어져 갔다.

밖으로 나온 그는 바로 옆 조사실에 딸린 녹화실의 문을 가볍게 노크했다.

K그룹 전략 기획실 팀장이 이정우 검사에게 조사를 받는 모습이 적나라하게 보이는 녹화실에 부장 검사가 자못 심각한 얼굴을 하고 서 있었다.

"골드서클 그 애들 말이야."

이헌의 기척을 느낀 부장 검사가 느리게 입을 뗐다.

"폭행에 약에 또 사고 쳐서 지금 형사 3부에서 만지고 있다네?"

어이가 없어 쓴웃음만 연신 흘러나왔다.

"그렇습니까."

경찰에서 검찰로 사건을 송치할 예정이라는 것만 알고 있던 이헌에겐 낯선 소식이었다. 절차대로 진행하라고 했다던 다현의 말이 불현듯 떠올랐다. 절차대로 경찰에서 사건을 송치한 모양이다.

"지난 사건 우리가 덮은 거 알면 강준석 그 인간은 일 키울 놈이야."

부장 검사가 형사 3부 부장 검사를 두고 낮게 읊조렸다.

강준석 부장 검사는 지난 정기 인사 발령 때 특수 4부 부장 검사에서 형사 3부 부장 검사로 자리를 이동한 이였다. 못해도 서부 지검 혹은 동부 지검의 차장 검사급으로 승진을 할 거라는 기대를 저버린 인사이동이었다.

그런 그가 골드서클 사건을 손에 쥐게 됐으니 내막을 알게 된다면 눈이 뒤집히는 건 불 보듯 훤했다.

"조사하다 보면 장민준이 이경제 의원 아들이랑 홍콩에서부터 마약 운반한 거 드러날 거야."

부장 검사는 유리창 너머 조사실 속의 참고인에게 고정되어 있던 시선을 거둬 고개를 돌려 이헌을 바라보았다.

"세관 쪽에 돈 먹이고 컨테이너로 들여온 거라 조금만 손대도 금방

덜미가 잡힐 겁니다."

장민준과 그의 일당들은 보기보다 뻔한 수법으로 해외에서 마약을 국내로 들여왔다.

현행범으로 체포됐던 골드서클 멤버들의 피의자 조사 과정에서 밝혀진 사실이었다. 세관 쪽을 조금만 들여다봐도 장민준에게 얼마나 많은 돈을 받아먹은 건지 알 수 있었다.

"그러니까 말이야. 그것들이 돈 믿고 설쳐서 뒤처리가 깔끔하지 못해서 이 사달이 난 거 아니야."

부장 검사는 신경질적인 음성을 내뱉었다. 그의 미간에 새겨진 주름의 깊이가 그의 화를 대변해 주고 있었다.

"위에 얘기해서 골드서클도 우리가 다시 가져오는 거로 할 생각이야."

그의 말에 이헌은 흠칫 놀란 듯 눈살을 찌푸리며 입을 뗐다.

"또 골드서클을 특수부에서 만졌다가는 이번 사건까지 타격이 올 수 있습니다."

아무리 손발이 묶인 상황이라고 해도 얼마든지 수를 쓸 수 있었다. 약에 미친 자식도 자식이라고 그 사달을 냈는데 이번이라고 다를까. 상황의 경중만큼이나 이헌의 얼굴은 굳어 갔다.

"형사부에서 만져서 새어 나가 봐. 마약까지 덮어 줬다고 난리 나는 건 시간문제야."

"……."

"좋은 기삿거리 없나 호시탐탐 노리고 있는 출입 기자들이 어디 한둘인 줄 알아?"

매시간 기웃거리는 기자들 때문에 이골이 날 지경이었다. 개인 연락처에 걸려 오는 전화들 중 기자도 몇 있었다. 사건이 어떤 식으로 진행되고 있는지, 잘 진행되고는 있는지 은근슬쩍 캐묻기도 했다.

기자들을 통해 언론에 또다시 골드서클 사건이 새어 나간다면 욕먹는 건 검찰이고 매타작당하는 건 특수부였다. 줄줄이 옷을 벗는 건 둘째 치고 어디 가서 검사 출신이라는 말도 입 밖으로 꺼내지 못할 수 있었다.

"사건 넘어오면 조사해서 마무리할 수 있게 준비하겠습니다."

이를 가는 부장 검사의 모습을 보고 이헌은 사건에서 한발 물러나 지켜보는 것을 관두기로 한다.

"이번엔 전부 끝내야 해."

물먹은 것만 생각하면 이를 갈아도 시원치 않았다. 승진에 열을 올리지 않고 선배에게 줄을 대지 않는다고 해서 야망이 없는 건 아니었다. 다만 그 야망이 권력이나 정치욕이 아니라는 것이 문제였다.

그래서 특수 1부 부장 검사를 맡은 뒤 윗선의 지시에 따라 움직일 때마다 속에서 천불이 나 수명이 단축되는 것만 같았다. 야망을 품었어야 했나 싶을 정도로 윗선에선 권력을 등에 업은 이들의 뒤를 대놓고 봐줬다.

후배들 볼 낯이 없었다. 그렇게 사건을 축소시키고 은폐시킨 게 한두 번이 아니었다. 이번엔 무슨 바람이 분 건지 윗선의 수사 의지가 확고했다.

이때가 적기였다. 권력 등에 업고 있는 검은 손들을 뿌리 뽑을.

"특히 장현 회장."

그는 법 위에 군림하고 있는 검은 손의 핵심이었다.

"아들내미 빼내려고 한창 바쁠 테니까 최대한 빨리 소환 조사 일정 잡아. 이번엔 구속까지 가야지."

윗선의 수사 의지에 버금갈 만큼 부장 검사의 수사 의지 또한 확고했다.

"1차 참고인 조사 끝날 때쯤이면 장현 회장이 어떤 식으로든 연관되어 있지 않겠습니까. 그때 맞춰서 소환 일정 잡고 빨리 마무리할 수 있는 방향으로 잡겠습니다."

지검장부터 시작해 차장 검사와 부장 검사까지. 모두의 뜻이 한곳을 가리키고 있었다. 그들의 뜻이 곧 검찰 총장의 뜻이었고 그것은 곧 나라의 통치권자인 대통령의 의중이라고 봐도 무방했다.

분명 언론을 통해 터진 이번 사건이 청와대에 부담스러운 일인 건 사실이었다. 청와대의 뜻을 거역하지 못한 검찰 총장의 지시로 지난 사건이 은폐되었으니 시한폭탄과 다르지 않았다.

더는 장현 회장의 뒤를 봐주지 못한다는 뜻을 천명했을 것이다. 그러니 이렇게 위에서 형사부가 아닌 특수부로 골드서클 사건을 조용히 넘기려 한다고 볼 수 있었다.

"빨리 끝내고 올여름엔 단체로 휴가 좀 내 보자."

휴가 시즌이 한 달 남짓 남았다. 그 안에 기소하자는 말이야 쉽겠지만 그리 호락호락한 일은 아니었다. 어쨌든 공판까지 일사천리로 끝내 보자는 의중이 담긴 말이었다.

집무실 안에 별도로 마련된 소규모 회의실의 분위기는 연일 진행되고 있는 긴급회의로 살얼음판을 걷고 있었다.

참고인 조사를 받기 위해 검찰에 출석한 전략 기획실 상무와 팀장을 제외한 임원들과 회장의 비서진들이 장현 회장을 중심으로 마주 앉아 연신 물로 입을 축이며 초조한 기색을 숨기지 못했다.

"오늘 주가는."

등받이에 한껏 기대앉아 눈을 감은 장 회장이 넌지시 물었다.

"……연일 하락세입니다."

비서실장이 그의 물음에 눈치를 살피며 조심스레 대답했다. 2주가량 이어진 하락세에 주가가 바닥을 쳤다고 생각하면 그보다 더 아래로 떨어지기를 반복하고 있었다.

언론 보도가 있었던 다음 날, K그룹은 물론 계열사까지 주식 장이 오픈되자마자 주가가 폭락한 뒤 계속 이어지고 있는 현상이었다.

수천억이 공중에서 사라져 버린 것이다.

"주주들의 반발로 긴급 주총이 불가피할 거 같습니다."

전략 기획실 이사가 고개를 숙이며 입을 뗐다. 그는 오너 일가의 재산 관리를 총괄하고 있는 인물로 그룹 내에서 검찰 조사가 불가피한 인물로 꼽히고 있었다.

"석 이사는 나랑 같이 검찰 조사 받으러 가야지?"

장 회장은 눈을 떠 히죽이며 말했다. 그의 음성은 등골이 오싹할 만큼 차가웠고 괴기했다.

현재 검찰 조사를 받는 전략 기획실 상무가 만에 하나 다른 마음을 품고 입을 잘못 놀렸다가는 비자금을 관리하는 재무 이사와 당사자인 장 회장의 검찰 조사는 당연한 수순이었다.

그로 인한 대책 회의가 몇 시간째 이어지고 있었다.

"정호연 쪽은?"

장 회장은 비서실장 쪽으로 고개를 돌리며 차게 물었다.

"현재 정호연 검찰 총장과 연락이 닿지 않고 있습니다. 죄송합니다."

메시지에도 전화에도 이렇다 할 움직임을 보이지 않고 있는 검찰 총장의 태도에 비서실장만 연신 식은땀을 흘려 댈 뿐이었다.

장 회장은 낮게 조소하며 관자놀이를 지그시 눌러 댔다.

"나 실장이랑 민 수석도 연락이 안 되겠지?"

"……죄송합니다. 대통령의 의중이 확고한 듯합니다."

비서실장은 장 회장의 눈을 쳐다보지 못했다. 고개를 숙인 채 입술만 잘근잘근 깨물어 댔다. 청와대 비서실장과 민정 수석 역시 도와줄 수 없다는 답변을 해 온 뒤 연락을 회피하고 있었다.

장 회장은 코웃음을 쳤다. 민정당에 매달 들어가는 돈이 얼만데 그 따위 건 안중에 없다는 듯 안면몰수하고 발을 빼려는 태도에 입이 쓰기만 했다.

"민준이는."

혀를 차며 골똘히 생각에 잠겨 있던 장 회장이 법무 팀 이사를 바라보며 제 아들을 물었다.

법무 팀 이사는 흠칫 놀라며 고개를 푹 숙인 채 힘겹게 입을 뗐다.

"죄송합니다……. 지난번 일 이후에 내사가 들어가서 경찰청장이 꼬리 자르기를 하느라 강남 서 서장부터 시작해 물갈이하는 바람에 경찰 쪽으로 손을 쓸 수 없었습니다."

가장 많은 돈을 받아먹는 경찰청장이 자기는 쏙 빠진 채 아랫사람들을 내사로 줄줄이 옷을 벗겨 버렸다. 자신의 자리까지 위태로워질까 봐 염려한 행동이었다.

그 결과 K그룹 법무 팀의 연락을 일절 받지 않고 있었다.

장 회장은 크게 박장대소를 했다. 그의 웃음소리에 식은땀이 배로 흐르고 돋아난 소름은 사그라들 줄 몰랐다.

"이 새끼들이 받아 처먹은 값을 안 하려고 하네? 다 같이 죽자는 거야?"

눈을 번뜩이며 그는 어금니를 꽉 깨물었다.

"도련님 사건은 검찰로 송치됐다고……."

차마 말을 잇지 못한 법무 이사는 자신에게 꽂힌 장 회장의 날카로운 시선을 피해 눈을 감아 버렸다.

엎친 데 덮친 격이라는 말은 이럴 때 쓰는 것이 적재적소라 하겠지.

현재 장 회장의 장남이 일신상의 이유로 후계 구도에서 일찌감치 배제되면서 그의 동생이자 차남인 장민준이 유일한 후계자나 다름없었다.

하지만 장민준은 차마 입에 담기도 민망한 가십거리의 주인공일 뿐 그룹 내에서 그 누구도 그를 후계자로 인정하지 않는 분위기였다. 다만 장 회장이 무서워 그 기색을 감출 수밖에 없는 상황이었다.

그 와중에 마약까지 터지고 나니 창립 이후 그룹의 존폐 위기나 다름없는 형국이었다.

"다른 쪽 움직임은."

"현재 대호그룹은 검찰 조사에 성실히 임하겠다는 분위기로 나가고 있습니다. 오늘 검찰 조사에도 대호그룹 임원들은 변호사와 동석하지 않았다고 합니다."

그는 비웃었다.

"MK 쪽은 1차 소환에 그룹 내 사람들이 없어서 지켜보는 상황입니다. 재개발, 재건축 쪽 비리와 수주 쪽 비리에 포커스가 맞춰진 상황이라 2차 소환이 확정되면 움직일 것으로 보입니다."

자식들로 인해 한배를 탄 것과 다름없는 대호그룹과 MK건설의 이렇다 할 움직임이 조금도 없다는 비서실장의 말에 장 회장의 얼굴에서 웃음기가 싹 가셨다.

"애들 쪽도 움직임이 없나?"

"……손을 놓는 상황이라고 봐도 무방합니다. 경찰 쪽은 차치하더라도 검찰 쪽에도 줄을 대지 못하고 있습니다. 그건 저희 쪽도 마찬가집니다."

회사 문제는 그렇다 하더라도 골드서클까지 어쩌지 못하는 상황이라는 말은 떨어지는 총알을 온몸으로 받아야 한다는 것과 다르지 않았다.

그냥 다 같이 죽는 것과 별반 다르지 않은 전개였다.

"그래서 이렇게 손 놓고 있자는 거야 지금?"

신경질적인 장 회장의 음성에 침묵이 흘렀고 찬바람이 일었다.

"미친놈처럼 널뛰는 자식새끼는 건사하지 못하더라도 회사는 살려 봐야지. 딸린 식구들 생각 좀 하고 움직이지들?"

둘 다 살 방법은 없었다. 둘 중 하나만 살아도 다행인 상황 속에서 장 회장은 재활용노 불가할 자식보다 딸린 식구가 수만 명인 회사를 선택하고 만다.

"휠체어 타고 검찰 조사 받으러 가는 건 흉하지 않겠어?"

그는 괴기스럽게 입꼬리를 올리며 웃었다.

"장민준은 등기 이사 해임시켜. 그리고 가서 전해."

법무 이사를 바라보며 입을 벌리는 그의 눈빛은 맹수와 흡사했다.

"콩밥 좀 먹고 편식 좀 고치라고."

이 기회에 마약을 끊으면 더 좋고.

아비로서 속마음은 감춘 채 그는 오롯이 대기업을 책임지고 있는 오너의 마음만 앞세웠다.

✤   ✤   ✤

변호사 특별 면담이라는 이름 아래, 지수는 거뭇한 수염이 턱에 자라나 퀭해진 민준과 마주 앉아 있었다.

하루가 멀다고 투약하던 코카인을 며칠째 손도 대지 못한 사람치고는 다른 이들보다 상태가 꽤 괜찮아 보였다. 비록 두 눈이 시뻘겋게 충혈돼 곧 실핏줄이 터져 버릴 것 같은 흰자위는 차치하고도.

"변호사 짓 해 먹기 싫어?"

그는 걸걸해진 목소리로 뇌까렸다. 당장이라도 손찌검을 할 기세로 주먹으로 테이블을 내려치는데 손에 찬 수갑이 찰랑거리며 쇳소리를 냈다.

"일 제대로 안 해?"

며칠째 유치장 창살 너머로 나가지 못하고 있는지 알 수 없었다.

조사가 끝나기 무섭게 경찰에선 구속 영장을 신청했고 담당 변호사인 지수는 구속적부심을 청구했다. 그 탓에 민준은 판사 앞에서 영장실질 심사를 받아야만 했다.

판사가 뭐라고 했는지 기억도 나지 않았다. 그저 눈앞이 흐릿하고 갈증만 나 짜증이 솟구칠 뿐이었다.

"약에 빠져 사시더니 현실 분간이 잘 안 되나 봐요."

약을 하지 못해 해롱거리기 일보 직전인 민준의 앞에서 지수는 눈 하나 끔뻑하지 않았다. 고작해야 오너의 아들과 다섯 살 차이지만 체감상으론 초등학생을 대하는 것 같은 기분이랄까. 어쩜 이렇게 철없고 무식하고 형편이 없는지 매번 뒤처리하면서도 진절머리가 날 지경이었다.

"씨발. 미쳤어?"

민준은 욕을 읊조리며 언성을 높였다. 하지만 지수는 아랑곳하지 않았다.

"회사 상황에 관해 관심이 없는 건지, 무지한 건지."

그녀는 혀를 찰 뿐이었다.

"뭐? 수갑 차고 있다고 내가 병신으로 보여?"

그는 핏대를 올리며 격양된 목소리로 소리쳤다. 여전히 지수는 허리를 곳곳이 편 채 민준의 눈을 똑바로 바라보며 입을 뗐다.

"나연수 씨…… 3일째 못 깨어나고 있습니다."

지수는 경찰서에 오기 전 며칠째 혼수상태에서 깨어나지 못하고 있는 나연수를 먼발치에서 보고 온 길이었다.

나연수. 그녀는 골드서클에서 드물게 신규 회원으로 받은 현 대통령 비서실장의 외동딸로 폭행 사건이 있던 새벽, 약물 과다 복용으로 쇼크가 와 중환자실에 입원 중이었다.

담당 의사의 말로는 너무 많은 양의 약물을 단시간에 투약해 생긴 부작용으로 상황이 좋지 않다고 했다. 면회 당시에도 심정지 쇼크로 의료진이 제세동을 할 정도였다.

민준은 처음으로 얼굴을 굳히며 입을 다물었다.

"도대체 얼마나 많이 투약한 거죠?"

알 수 없었다. 제어하지 못하고 눈에 보이는 대로, 손에 잡히는 대로 술과 함께 마시고 얇은 팔뚝에 찔러 넣었다.

알코올과 마약이 합쳐지는 순간 효과는 증폭되니 평소보다 용량을 줄여야 마땅했지만, 급속도로 빠져 버린 연수는 자신을 스스로 감당하지 못하고 타들어 가기만 했다.

그날도 그랬다. 옆에서 주먹질이 오가고 욕설과 고성이 난무해도 손에 잡히던 약들을 위스키에 털어 넣어 다물어지지 않는 입에 쏟아부었다.

그리고 암전. 그 뒤로 누가 신고를 했는지 경찰이 들이닥쳤고 얼굴이 알아볼 수 없을 정도로 피범벅이 된 강성진은 들것에 실려 가고 입가에 피가 묻은 조현석은 꾀병을 부리며 함께 구급차를 타고 갔다.

그곳에 남은 이들의 손목에 수갑이 채워졌고 의식을 잃은 나연수를 흔들어 대던 경찰관을 끝으로 모두가 경찰서로 연행됐다.

민준에게 나연수 따위 안중에도 없었다. 그저 이 썩은 내 나는 유치장에서 언제까지 있어야 하는지가 더 중요했다.

"죽어?"

마치 발에 밟힌 개미의 생사를 묻는 듯 단조롭기 짝이 없었다.

"단시간에 너무 많은 양을 투약했습니다."

눈살을 찌푸리며 그녀는 말했다. 입에 꽂힌 튜브를 통해 인공호흡기를 착용하고 있던 얼굴은 퉁퉁 부어 원래의 모습을 알아볼 수도 없었다. 하물며 부어 버린 팔과 쇄골뼈 아래로 꽂힌 주삿바늘, 그 위로 주렁주렁 달린 약물은 끔찍했다.

그런 딸을 먼발치에서 바라보기만 해야 하는 그녀의 모친은 중환자실 앞을 벗어나지 못하고 눈물을 훔치고 있었다. 이 와중에도 나랏일이 바쁜 나연수의 부친은 코빼기도 볼 수 없었다.

"폭행도 모자라 누구 하나 죽게 되면 손쓰는 건 고사하고 법정까지 무난하겠죠?"

지수는 이미 장민준의 부친이자 그룹 회장의 의중을 전달받은 상태였다. 아들을 위해 손쓸 방법이 없어 이대로 놔두기로 했다는 것.

자식보다 회사가 중요하다는 부친의 마음을 알게 된다면 장민준이 어떻게 나올지 짐작조차 가지 않아 그녀는 일단 묻어 두기로 한다.

"반성하고 있는 모습으로 가는 수밖에 없습니다."

"……진단서 첨부해."

사고뭉치 도련님이 끝까지 비협조적이다.

"여기서 진단서는 무용지물인 거 모르겠어요?"

폭행이나 기타 자잘한 사건들로 경찰서에 올 때마다 허위 진단서를 제출한 전적이 꽤 있었다.

조현병. 심신 미약. 그것은 범죄자를 나약한 존재로 만들곤 했다.

"마약 복용뿐만 아니라 유통, 공급책이 분명한 사건이라 정신병이나 심신 미약으로 빠져나갈 수 없습니다."

그녀는 단호히 말했다. 이대로 죗값을 받는 게 미쳐서 날뛰는 도련님에게 훨씬 좋을 것 같았다.

✤ ✦ ✤

새벽 4시를 2분 남짓 앞둔 시간이었다. 졸린 눈을 부릅뜨며 조사실을 나온 다현은 곧장 검사실로 향하며 뺨을 때렸다.

그래도 좀처럼 잠이 달아나지 않았다. 화장실 한번 제때 가지 못하고 밥도 먹지 못하고 릴레이로 이어진 참고인 조사를 겨우 끝냈다. 그래 봤자 오늘 하루 출석을 명령한 참고인에 한해서였지만.

검사실 문을 벌컥 열고 들어온 다현은 자료들을 테이블에 툭 던져 놓고는 소파에 몸을 파묻어 버렸다. 등받이에 기대 고개까지 젖힌 채 졸린 눈을 감아 버렸다.

내일까지 갤러리 작가들의 참고인 조사가 이어질 전망이었다. 끝나고 나면 전시를 기획하고 담당한 큐레이터들과 관장까지 줄줄이 소환 조사가 잡혀 있었다.

검찰 조사는 물론이고 경찰 조사까지 받아 본 역사가 없는 어린 작가들은 다현을 보자마자 눈물을 쏟아 냈고 벌벌 떨면서 질문에 간신히 대답했다. 그런데도 조사에 진도가 나가지 않아 예상보다 시간이 꽤 걸렸지만 다른 조사실은 상황이 녹록지 않아 아직도 참고인과 설전을 벌이는 중이었다.

선배들이 막바지 조사에 열을 내고 있을 시간에 진술서를 토대로 사건을 재구성할 필요가 있었다. 그래서 내일 조사 때 참고할 추가적인 사항들을 체크할 생각이었다.

"딱 10분만……."

다현은 아득해져 가는 정신을 확 놓아 버렸다.

그때 기척도 없이 문을 열고 들어온 이헌이 소파 뒤로 다가와 고개를 젖힌 채 잠이 든 다현의 얼굴을 물끄러미 내려다보기 시작했다.

긴 속눈썹이 가장 먼저 눈에 띄었다. 그다음으로 말간 이마. 그 아래 일자로 반듯한 까만 눈썹과 그 사이의 오똑한 코. 그 밑으로 붉은 입술까지.

지검에서, 검사실에서, 회사에서 사적인 감정을 드러내며 그녀를 빤히 들여다본 것이 처음이었다. 그래서 괜히 심장이 불규칙하게 뛰어 대는 것 같았다.

"집에 가서 자고 와."

두 팔로 소파를 지탱한 채 고개를 숙여 다현의 말간 얼굴을 쳐다보며 그가 작게 읊조렸다. 까무룩 잠에 빠져 있던 그녀는 귓가를 간질이는 목소리에 움찔거리며 무거운 눈꺼풀을 천천히 떴다.

끔뻑거리던 눈꺼풀 너머로 흐릿하던 인영이 또렷해진 순간 그녀의 시야에 이헌의 얼굴이 가득 들어찼다.

숨이 고스란히 느껴질 만큼 아주 가까운 거리였다. 놀라서 눈을 움찔거리고 껌뻑이는 다현을 보던 그의 입가엔 미소가 번져 갔다.

그런 이헌의 모습은 찬란하기만 했다. 괜히 주책맞게 심장이 뛰었다. 서로의 마음이 통하는 순간, 그의 얼굴이 더욱 가깝게 다가왔다. 그녀의 시야에 길게 뻗은 목선과 위아래로 움직이는 목젖이 또렷해졌다.

순식간에 이헌의 입술이 다현의 새빨간 입술을 삼켜 들었다. 윗입술이 아닌 아랫입술을 베어 물어 틈 사이로 파고든 혀가 비정상적으로 움직였다. 서로의 시선이 어긋난 채 이어진 키스는 평소보다 더 간질거리고 전율이 일었다.

그 순간 윗입술을 머금고 쪽쪽 빨아 대던 이헌이 가벼운 입맞춤을 끝으로 고개를 들었다. 에어컨의 찬바람마저도 그들이 내뿜은 찰나의 열기 앞에선 속수무책인 듯했다. 다현의 두 뺨이 발그레해져 있었다.

"우리 집에 가서 쉬고 와."

고개를 반쯤 든 그가 다시 그녀를 내려다보며 말했다. 여전히 고개를 젖힌 채 두 뺨을 붉히고 있던 다현이 타액으로 촉촉해진 입을 뗐다.

"아직 선배님들도 조사실에 있는데 후배가 자리를 지키고 있어야죠."

다현의 말에 피식 웃은 이헌이 손을 뻗어 그녀의 머리를 쓰다듬으며 말했다.

"기특하네."

그러곤 그녀의 옆에 풀썩 앉았다. 다현은 빙그레 미소를 지으며 이헌의 어깨에 얼굴을 기대며 눈을 감았다.

"잠깐 빌릴게요."

너른 어깨가 포근했다. 다시금 정신이 아득해져 오고 순식간에 잠이 들고 만다.

그런 다현을 물끄러미 내려다보던 그 역시 고개를 기댄 채 눈을 감았다.

온종일 긴장하고 신경 쓰느라 정신적으로 녹초가 된 상태였다. 동시에 이뤄진 참고인 조사 상황을 전부 체크하고 뒤에서 백업하느라 체력적으로도 지친 상태였다.

하루 만에 방전돼 버린 것도 어쩌면 너무 당연한 일이었다. 후배가 선배들을 지휘하고 수사 방향을 컨트롤한다는 건 웬만한 정신력으로는 가당치도 않은 일이었다.

밑져야 본전이고 잘해도 좋은 소리는 퍽 듣지 못하는 지휘 검사의 긴장감을 온전히 놓아 버린 순간이었다.

"검사님! 큰일 났습니다!"

지검이 떠나가라 소리를 지르며 다급히 검사실 문을 벌컥 열어젖히며 들어온 정은상 수사관이 한 쌍의 뒤통수를 목격하고 만다.

달콤한 꿈이라도 꿀까 싶은 찰나 화들짝 놀라 정신을 차리고 벌떡 몸을 일으킨 다현은 울상을 짓다가 이내 뒤돌아 수사관을 바라보며 어색한 미소를 지었다.

"문 검사님?"

아무리 봐도 익숙한 뒤통수에 수사관은 고개를 갸웃거리며 그를 불렀다.

이헌 역시 놀란 기색을 애써 갈무리하고 소파에 앉은 채 고개를 돌려 수사관을 바라보며 어설프게나마 미소를 지었다.

"여기서 뭐 하세요?"

두 눈을 의심하기 충분한 상황이었지만 그 전에 들은 얘기가 더 충격적이라 사고 회로가 고장 난 듯 질문이 인위적이었다.

"무, 무슨 일이에요?"

이헌에게 고정된 수사관의 호기심을 돌리기 위해 다현이 떨리는 목소리로 물었다.

큰일이 났다며 고래고래 소리를 지르며 들어온 수사관이었다. 일이 생긴 게 분명한데 눈앞의 믿기지 않는 상황에 뭔가를 잊어버린 듯 보이는 수사관의 정신을 때리는 물음이었다.

"아!"

그때 수사관이 다현을 보며 아차 했다. 두 검사님의 밀회 현장을 목격해 버린 충격은 뒷전으로 밀려나는 순간이었다.

"큰일 났습니다!"

호들갑을 떠는 수사관의 목소리와 표정은 상황의 경중을 시사했다.

"나연수 씨가 사망했다고 합니다."

이헌이 놀라 몸을 일으키며 수사관을 바라보았다.

"약물 과다 복용으로 인한 쇼크사라고 합니다."

찬물을 끼얹은 듯 차게 식은 분위기 속에서 그대로 굳어 버린 다현은 부장 검사의 호출에 정신을 차리고 이헌과 함께 검사실로 들어섰다.

지난 사건 때 골드서클을 맡았던 다현과 수사 지휘 검사였던 이헌을 불러 세운 부장 검사는 짙은 한숨을 내뱉으며 입을 뗐다.

"도대체 어떻게 된 거야."

사망한 나연수에 대한 소식을 전해 들은 모양인지 부장 검사는 책상 머리 앞에 한시도 가만히 있지 못했다. 초조한 기색이 역력한 표정과

하얗게 질린 듯 보이는 낯빛이 그의 불편한 심기를 대변하고 있었다.

현장에서 체포된 현행범. 피의자가 경찰 조사를 받지도 못하고 눈도 떠 보지 못한 채 중환자실에서 사망한 것은 사건의 본질이 흐려질 수 있는 일이었다.

심지어 피의자는 일반인이 아니었다.

"약물 과다 복용으로 인한 쇼크사로 추정됩니다."

혹시라도 사건이 전과 같은 양상으로 흘러가게 될까 봐 초조해 보이는 다현을 대신해 이현이 말했다.

"사건 안 넘기려고 버티던 형사 3부에서 나연수 사망했다는 소식 듣자마자 사건 넘겼어."

부장 검사는 코웃음을 치며 조소했다.

동료와 후배들에게 물을 먹어 승진이 차일피일 미뤄지던 형사 3부의 부장 검사가 이 기회를 잡아 골드서클 건을 놓지 않으려 안간힘을 쓰고 있었다. 다음 인사 때 한몫 챙길 요량인 것이다.

그러나 피의자가 사망하니 부담스러워진 모양인지 재빠르게 사건을 특수 1부로 넘겨 버렸다.

차장 검사 선에서 사건을 넘기라고 그렇게 압박을 하는데도 붙들고 있더니 하루가 채 되지 않아 결국 경찰에서 꾸민 조서와 기록, 증거, 기타 자료들을 넘겼다.

불편하고 부담스러웠겠지. 다른 사람도 아니고 대통령 비서실장의 외동딸인데. 피의자의 신분이 이토록 사건 수사에 영향을 끼친다.

"부검 진행하겠습니다."

그 어느 때보다도 이현의 음성은 물기 하나 없이 메말라 있었다.

"해야지, 부검. 그래야 헛소리 안 나오지."

선뜻 부검을 허락하면서도 부장 검사는 관자놀이를 눌러 댔다.

"피의자 나연수 씨 부친이 대통령 비서실장 나성문입니다."

한참이나 말이 없던 다현이 굳은 표정으로 입을 떼 말했다. 그 어떠한 것보다 가장 부담스럽고 불편한 요소가 틀림없었다.

그것이 부검을 허락한 부장 검사가 찜찜해하는 요인이기도 했다.

"하필이면 아주 더럽게 걸렸어."

뒷머리를 긁적이며 씰룩이는 입꼬리가 매서웠다.

"구속 영장 발부됐으니까 나머지 놈들부터 조사 끝내고 하루라도 빨리 기소해."

지난 사건에 이어 부메랑처럼 돌아온 이번 사건을 부담스러워한 건 재판부도 마찬가지였다. 구속적부심 청구가 무색하게 기각되자마자 곧바로 구속 영장이 발부되면서 유치장에 있던 이들은 발 빠르게 구치소로 이감된 상태였다.

확실히 지난번과 다른 양상이었다. 그만큼 뒤를 봐주던 이들의 손발이 묶여 버린 거라고 봐도 과언이 아닐 정도였다.

부장 검사의 단호한 음성에 다현은 짧게 대답했다. 이윽고 그의 입에선 짙은 한숨이 터져 나왔다.

가만히 있어도 골치 아픈 사건인데 사망한 피의자가 하필이면 대통령 비서실장의 딸일 건 뭔지. 뒤로 넘어져도 코가 깨진다던 말이 틀리지 않았음을 여실히 깨닫는 오늘이었다.

"병원에 가 보겠습니다."

연신 한숨을 내뱉는 부장 검사를 보며 이헌이 말했다.

"그래. 문 검, 네가 가서 상황 정리 좀 하고, 국과수 들어가는 거까지 봐 줘."

"그렇게 하겠습니다."

"권 검사는 보강 조사 하는 쪽으로 진행하고, 이경제 의원 아들이랬나? 홍콩인지 상해에 있는 그놈도 국내로 소환해서 빨리 마무리 지어."

고개를 숙이며 가볍게 묵례했다. 이윽고 이헌과 함께 부장 검사실을 나온 다현은 문이 닫히자마자 크게 숨을 내뱉으며 거칠게 머리카락을 쓸어 넘겼다.

"일단 지난번에 꾸린 조서랑 기록문들 챙겨 두고 있어."

다현의 어깨를 토닥이며 그는 말했다. 부장 검사의 말대로 보강 조사만으로도 충분히 기소가 가능한 상황이었다. 불행 중 다행이라면 시간 낭비를 하지 않아도 된다는 것이다.

"조심해요."

이헌을 물끄러미 바라보며 다현은 입을 뗐다. 예상에도 없던 일이 터졌고 불안감은 좀처럼 쉽게 사그라지지 않았다.

"어디 죽으러 가는 사람인 줄 알겠어."

어깨를 토닥이던 손으로 다현의 머리카락을 헝클어트리며 그는 옅게 미소 지었다.

"걱정하지 말고 눈이나 좀 붙이고 있어."

그녀는 대답 대신 고개를 끄덕였다. 텅 빈 복도를 걸어가는 이헌의 뒷모습이 아득해질 때까지 멍하니 바라보던 다현은 묵직해 불편해진 마음을 애써 갈무리하며 발길을 돌렸다.

동이 트지도 않은 이른 새벽녘이었다.

이헌의 차가 병원이 아닌 장례식장 주차장으로 들어섰다. 문이 열리고 운전석에서 내린 그가 옷매무시를 만지고 슈트 재킷의 단추를 잠그며 곧장 장례식장으로 걸음했다.

벌써 근조 화환들이 복도를 빼곡하게 채우기 시작했다. 분주하게 움직이는 사람들을 지나쳐 영안실 푯말을 따라가던 이헌은 굳게 닫힌 문 앞에서 허망하게 서 있는 남자와 애통하게 눈물을 쏟고 있는 여자를 발견하고 우두커니 섰다.

"검사님까지 오셨습니까."

등 뒤에서 마약 수사 팀 팀장이 그를 아는 체하며 나아왔다. 나연수를 제외한 이들은 모두 검찰로 송치된 상태지만 아직 조사도 하지 못한 피의자가 사망하자 후속 조치를 위해 관할서 형사들과 함께 장례식장에 막 도착한 상태였다.

이헌은 안주머니에서 서류 하나를 꺼내 팀장에게 건네면서도 시선은 여전히 한곳에 머물러 있었다.

"부검하는 겁니까."

그의 손에 건네진 서류는 부검 영장이었다. 유가족의 동의를 받아 진행해야 하는 부검이지만 만일의 사태를 대비해 영장을 받아 온 이헌이었다.

그는 팀장의 물음에 가볍게 고개를 끄덕이며 서류를 다시 안주머니에 챙겨 넣었다. 혹시나 모를 상황을 위한 대비책일 뿐 섣부르게 꺼내 유가족을 자극할 생각은 없었다.

"어떻게 알고 기자들이 모이기 시작했습니다."

어쩐지 경찰관들이 입구에 제법 많이 보인다 했다. 대통령 비서실장의 딸이 마약 과다 복용으로 혼수상태에 빠져 있다 사망했다는 건 가십을 쫓아다니는 기자들에겐 더할 나위 없이 좋은 기삿감이었다.

이헌은 허망한 두 눈으로 영안실을 바라보고 있는 대통령 비서실장인 나성문에게 다가갔다. 그의 곁엔 몸을 제대로 가누지 못할 정도로 통곡을 하는 아내가 있었다.

"중앙 지검 특수 1부 문이헌 검삽니다."

이헌은 가볍게 고개를 숙인 뒤 공무원증을 나성문에게 보이며 말했다.

"나연수 씨 부검을 진행하려고 합니다."

앞이 보이지 않을 정도로 눈물을 쏟던 나연수의 모친이 고개를 치켜들어 제대로 나오지 않는 목소리를 한껏 높이며 이헌의 멱살을 잡아챘다.

"부검! 부검이라니!"

당장이라도 목이 뒤로 꺾일 듯 위태로웠다. 그런 아내를 붙잡은 나성문은 이헌의 멱살을 붙들고 있는 손을 잡아끌었다.

비틀거리며 남편의 품으로 쓰러지듯 안긴 나연수의 모친은 억장이 무너지는 가슴을 주먹 쥔 손으로 내려치기를 반복했다.

"나연수 씨는 현장에서 체포된 현행범입니다."

비록 손에 쇠고랑을 채우기도 전에 구급차에 실려 중환자실에서 사망했지만 그녀는 범죄자였다.

"사인을 명확히 밝혀야 의혹도 논란도 없을 겁니다."

대화가 통하지 않는 모친을 차치하고 이헌은 나성문을 바라보며 단호하게 말했다. 뒷말이 무성하게 나올 만한 일이었다.

검찰이든 여당이든 청와대든 모두에게 부담스러운 일인 것만은 확실하니 명확히 짚고 의혹 한 점 없이 털어 내야만 본질이 흐려지지 않을 것이다.

"……그렇게 하세요."

망설임도 잠시, 나성문은 딸의 부검을 허락했다. 한 가정의 가장이며 딸을 둔 아비의 무너지는 마음보다 자신의 개인적인 일이 정권에 부담이 가는 것을 염려한 선택이라고 봐도 무방했다.

그런 남편의 선택에 눈물을 흘리던 아내가 언성을 높이며 몸을 일으켰다.

"여보! 어떻게 연수 몸에!"

그녀에겐 딸이 저지른 범죄는 아무것도 아닌 듯했다. 그저 허망하게 죽은 딸 몸에 칼로 난도질을 한다는데 그걸 허락하는 남편이 못마땅할 뿐이었다.

"국과수까지 부탁드립니다."

이헌은 한 발짝 뒤로 물러나 서 있던 마약 수사 팀 팀장을 힐긋 쳐다보며 말했다. 팀장은 순간 눈이 마주친 나성문에게 가볍게 고개를 숙인 뒤 이헌을 지나쳐 곧장 영안실로 형사들을 데리고 들어갔다.

"장례식장 입구에 기자들이 있습니다."

대비하지 못하면 기자들에게 플래시 세례를 받으며 폭격을 당하기 딱 좋은 상황에서 이헌은 나성문에게 언질을 줬다.

"언론을 통제할 수 없는 일이 벌어진 거죠."

마른세수하며 짙은 한숨을 내쉰 그는 우는 아내에게 등을 돌리고 복도 끝 웅성거리는 사람들을 보며 말했다.

"지난 사건을 그렇게 덮는 게 아니었는데……. 그렇죠?"

대통령 비서실장으로서 그는 정치적으로 압박을 해 오는 야당과 여당 그리고 사건의 당사자였던 재계 오너들을 불편해하던 대통령의 의중을 법무부에 직접 전달하곤 했었다.

민정 수석과 법무부 장관을 통해 검찰 총장을 타고 내려간 지시로 사건이 축소, 은폐된 상황을 이제야 후회하고 있었다.

"당시 골드서클엔 나연수 씨가 없었습니다."

이헌의 말에 그의 입가엔 쓴웃음이 감돌았고 눈가는 촉촉이 젖어 갔다.

"거기서 끝냈어야 했는데……."

지난 정권에서 벌어진 뇌물 사건이었지만 현 정권에서 터진 사건이기에 마냥 자유로울 수는 없었다. 거기에 현 여당인 민정당 대표가 연루된 뇌물 리스트였고 그의 아들이 가담한 마약 사건이었다. 정권에 도움은커녕 똥물을 끼얹기 딱 좋은 일이었다.

그것만 아니었더라면 사방에서 조여 와도 버틸 만큼 버틸 수 있었을지 모른다. 민정당의 지지율이 떨어지는 건 곧 대통령의 지지율에도 영향을 미치기에 신경 쓰지 않을 수 없는 일이었다.

가뜩이나 이번에 터진 재계 비자금 리스트 사건으로 지지율이 점점 떨어지고 있어 청와대에선 부담스러운 사건임이 틀림없었다.

다만 거미줄처럼 얽혀 있던 두 사건을 덮은 죄가 자신의 딸에게까지 뻗쳐 올 거라곤 예상하지 못했기에 참담하기만 했다.

"이번에도 여기서 끝나면 따님과 같은 일이 또 생길지 모릅니다."

악동을 넘어 괴물이 되고 말았다. 무서운 거 하나 없이 미쳐 날뛴 꼴이었다. 믿는 구석이 있으니 마약이 다 뭔가. 더한 것도 할 놈들이었다. 이쯤에서 제동이 걸린 게 다행일 지경이었다.

"그런 일은 이제 없어져야죠."

한 줄기 눈물이 마른 뺨을 적시며 떨어졌다. 그는 눈물을 훔치며 고개를 돌려 이헌과 마주했다.

"실력 있는 검사라고 들었습니다."

말라비틀어진 입술 사이를 뚫고 나온 그의 음성은 묵직했다.

"비자금은 물론 뇌물, 마약까지……. 의혹 한 점 없이 제대로 수사해 주세요."

붉게 충혈된 두 눈으로 그는 주먹을 움켜쥐며 말했다.

대통령 비서실장이 된 후, 처음으로 직언하지 못한 자신을 후회했다. 안 된다는 말을 끝내 하지 못하고 대통령의 의중을 장관에게 전달하기까지 했다.

갖은 잡음으로부터 대통령의 지지율을 지키는 것 역시 비서실장으로서 자신이 해야 할 일이라 여겼다.

그게 다 무슨 소용일까. 자식 하나 제대로 건사하지 못해 결국 스스로 흠집을 내 버리고 만 것을.

자식을 먼저 보내 미어지는 마음 또한 부끄러웠다. 눈물을 삼켰다. 저 멀리서 베드에 실린 채 모습조차 보이지 않는 이가 딸이라는 걸 알면서도 슬퍼할 수 없었다.

"가 보겠습니다."

팀장이 고개를 숙인 뒤 애써 등을 돌린 채 외면하고 있는 피의자 부친의 눈치를 살폈다. 어서 가 보라며 이헌이 눈짓을 하자 그제야 피의자가 실린 구급차가 장례식장 뒷문을 벗어나는 걸 지켜보던 팀장은 팀원들과 뒤따라 국과수로 향했다.

복도에 주저앉아 가슴을 치며 통곡하는 피의자 모친을 뒤로한 채 이헌은 가볍게 허리를 숙이고 영안실이 있는 복도를 빠져나왔다.

어둠이 짙게 깔려 있던 하늘이 푸르스름해졌다. 장례식장 입구는 20분 전보다 많아진 기자들로 장사진을 이루고 있었다.

거리가 제법 있었지만 눈치 하나로 먹고사는 기자들이 혹여 자신을 알아보진 않을까 하는 염려로 이헌은 걸음을 재촉했다.

그렇게 지검으로 돌아오자 회의실 안은 적막강산이었다. 지난 사건 때부터 쉬쉬하고 있던 정, 재계 자녀들의 마약 파티가 이뤄지는 골드서클이 대통령 비서실장 딸의 죽음으로 수면에 온전히 드러나 이른 아침부터 인터넷이 쑥대밭이 되고 말았다.

불행 중 다행이라고, 검찰에서 지난 사건과 함께 덮어 버렸다는 기사는 한 줄도 나오지 않은 상태였다.

"부검, 하기로 했다며."

정 검사가 자리에 앉는 이헌을 보며 조심스레 물었다. 그는 입을 떼지 않고 고개를 끄덕여 대답했다.

"청와대도 난리겠네."

최 검사가 고개를 내저으며 혀를 내둘렀다.

"비서실장 딸까지 골드서클에 연루될지 누가 알았겠어."

"……지난 사건 이후에 일반 회원들한테 약을 그냥 뿌렸답니다."

이 검사까지 혀를 내두르자 침묵을 지키던 다현이 말문을 열었다. 골드서클 담당 검사였던 그녀는 제대로 된 기소 한 번 하지 못하고 사건이 은폐된 이후 줄곧 그들을 주시하고 있었다 해도 과언이 아니었다.

범죄 사실들을 정보원을 통해 들으면서도 섣불리 움직일 수가 없었다. 그들은 법 위에 군림하고 있는 권력의 핵심이었다. 일개 평검사가 뭣 모르고 나섰다간 특수부도 모자라 지검 전체로 불똥이 튈 수 있었다.

그렇게 모임이 있을 때마다 일반 회원들에게 소량의 약을 뿌렸고 호기심에 손을 대기 시작한 이들은 미쳐 버렸다.

사건은 걷잡을 수 없이 들불처럼 번져 폭행 사건도 모자라 급기야 대통령 비서실장의 딸이 사망하기에 이르고 말았다.

한빛은행장의 아들이나 K그룹의 아들, 대호그룹의 손녀, MK건설의 딸, 여당 대표의 아들, 야당 최고 의원의 아들이 연루된 것보다 더한 질타와 손가락질을 받게 될 사안이었다.

자칫 한 나라를 책임지고 이끄는 대통령에게 불똥이 튀어 국정 운영에 차질이 생길지도 모르는 일이었다.

하필 많고 많은 사람 중에 비서실장의 딸이라니. 회의실에 모여 앉은 이들의 입에서 짙은 한숨이 터져 나오고 만다.

"저…… 지금 기자 회견을 한답니다."

그때 수사관의 목소리가 한숨뿐인 회의실 안에서 크게 들려왔다. 수사관이 앉아 있는 책상 쪽으로 일제히 시선이 쏠리더니 이 검사가 가장 빠르게 움직여 태블릿 PC에서 생방송으로 송출되고 있는 긴급 기자 회견 화면을 클릭했다.

화면 상단엔 '나성문 비서실장 긴급 기자 회견'이라는 타이틀이 박혀 있었고 파란 배경 앞으로 이윽고 비서실장이 모습을 드러냈다.

그는 단상 앞에 서기 전 카메라를 보며 허리를 크게 숙였다. 안색이 좋지 못한 그는 검은 정장 차림으로 마이크 앞에 섰다.

─대통령 비서실장 나성문입니다. 기자 회견에 앞서 국민 여러분께 사죄를 올립니다.

그는 또 한 번 마이크 앞을 벗어나 단상 옆으로 나와 허리를 숙였다.

─금일 새벽, 제 딸이 범죄 현장에서 현행범으로 체포되는 과정 중에 의식을 잃고 쓰러진 뒤 눈을 뜨지 못하고 생을 달리했습니다. 사회에서 만난 이들과 친목 모임의 일종인 사교계 모임에서 마약을 투약하다 적발된 것입니다. 이는 중대한 범죄이며 해서는 안 될 행동이었습니다……. 자식을 보낸 황망한 마음보다 국민 여러분께 죄스러운 마음이 더 큽니다. 자식을 잘못 키운 부모의 죄 또한 가볍지 않습니다. 앞으로 검찰 조사에 적극적으로 협조할 것입니다. 또한 성역 없는 수사가 되길 바라며, 저는 오늘부로 비서실장 자리에서 물러나 정계에서 은퇴하고 딸을 대신해 속죄하는 마음으로 살겠습니다. 죄송합니다.

스피커를 통해 들려오는 목소리가 물기에 젖어 그 떨림이 고스란히 전해져 회의실 안의 분위기가 한층 더 숙연해지기만 했다.

비서실장은 다시 한번 더 단상 앞으로 나와 허리를 깊게 숙였다. 그리고 일절 질문을 받지 않고 곧바로 기자 회견장을 빠져나가는 것을 끝으로 앵커의 목소리가 흘러나왔다.

─나성문 비서실장의 기자 회견이었습니다. 딸의 범죄 사실을 인정하고⋯⋯.

앵커의 목소리가 끊어졌다. 이 검사가 태블릿 PC를 덮어 버린 것이다. 보나 마나 무슨 소리를 할지 뻔했다.

아침부터 대한민국이 시끄러워지는 소리였다.

13장

나성문 비서실장 딸의 사교계 모임은 무엇인가?

마약 파티를 일삼던 모임. 정, 재계 2, 3세들의 문란한 사교계 모임.

현행범으로 체포된 뒤 현재 검찰로 송치.

골드서클. 현재 검찰 조사 중인 재계 2, 3세들이 속한 모임.

마약 유통은 물론 공급까지 직접 하는 대범한 재계 자녀들.

공든 탑이 무너지랴. 후계자의 마약 투약. K그룹의 몰락인가?

대호그룹 김호찬 회장 손녀도 함께 마약을 투약한 것으로 알려져…….

민정당 조기철 의원의 장남도 현행범으로 체포돼 현재 검찰 조사 대기 중.

명신재단 차남의 폭행 사건으로 터진 마약 리스트.

대한민국 이대로 괜찮은가. 마약 선진국 되나?

불법 마약을 합법적으로 즐긴 정, 재계 자녀들.

갤러리 벗에서 후원을 받는 작가들의 참고인 조사를 모두 끝낸 뒤 2차 소환 명단을 작성해 수사 지휘 검사인 이현과 부부장 검사, 부장 검사 순으로 올린 뒤였다.

상해에 거주하며 골드서클에 마약을 직접적으로 공급해 온 이경제 의원 차남인 이준호의 국내 소환 조사를 위해 당국에 협조 공문을 보내 놓고 인터넷에 들어가 봤다.

한나절이 채 지나지 않아 기자들의 뜨거운 취재 열기로 골드서클이 탈탈 털리고 말았다.

다현은 뉴스 메인 화면을 장식한 기사 타이틀을 훑었다. 기사 내용 까진 차마 볼 엄두가 나지 않았다. 혹여라도 지난 사건에 관한 이야기 가 한 줄이라도 나올까 염려한 행동이었다.

똑똑.

골치가 아파 머리를 쥐어뜯던 다현은 노크 소리 후 열린 문틈 사이 로 이헌이 보이자 그런 일은 없었다는 양 서둘러 머리카락을 정돈하며 노트북을 덮어 버렸다.

조사실에서 장민준을 신문하고 있어야 할 이헌이 한 손에 작은 쇼핑 백을 들고 들어왔다.

"뭐예요?"

그는 쇼핑백을 서류와 기록문으로 빈틈을 찾아볼 수 없는 책상 위를 비집고 올려놓았다. 쇼핑백의 정체를 의아해하며 다현이 큰 눈을 끔뻑 이며 물었다.

"점심 안 먹었잖아. 먹고 조사실 들어가."

그녀는 주섬주섬 쇼핑백 속에 든 샌드위치와 커피를 확인했다.

점심시간을 훌쩍 넘겨서까지 갤러리 벗에 관한 참고인 조사가 끝나 지 않아 끼니를 거르고 말았다. 10분 뒤엔 골드서클 조사에 들어가야 해 따로 끼니를 챙길 시간이 없었다.

괜히 마음이 몽글해진다.

"고마워요."

신경 쓸 것도 많은 사람인데 끼니를 챙기지 않는 여자 친구까지 신 경 쓰느라 몸이 열 개라도 부족할 그에게 미안해지고 만다.

"부검 결과 나왔어."

책상 한편에 가득 쌓인 서류를 손가락으로 톡톡 건들며 그가 말했다. 쇼핑백을 뒤적이던 손짓이 무색할 지경이었다.

"예상한 대로야."

약물 과다 복용으로 인한 심정지 쇼크. 피검사 결과만 봐도 단번에 사인을 알 수 있을 정도로 몸에 털어 넣다시피 다량의 약을 복용한 것이다.

샌드위치를 고스란히 내려 둔 채 다현은 찬물을 벌컥벌컥 들이켰다. 뭐가 부족해서 제 몸을 해치면서까지 그 지독한 것을 놓지 못한 건지 이해가 되지 않았다.

"보강 조사 선에서 끝내. 골드서클 아니더라도 줄줄이 소환 조사 잡힌 사람만 스무 명이 넘어."

당장 피의자 조사에 들어가야 하는 다현에게 이헌은 당부했고 그녀는 고개를 끄덕였다.

길게 시간 끌고 싶은 생각도, 마음도 없었다.

현행범으로 체포된 것만 해도 벌써 두 번째다. 묵비권을 행사하면 반성의 기미가 없다고 봐야 할 지경이었다.

"빨리 끝내고 저녁 먹으러 가자."

표정이 한층 굳은 다현의 머리 위로 손을 뻗은 이헌은 언제나 그랬듯 그녀의 머리카락을 헝클어트리며 토닥였다.

시난번과 같은 일은 없을 거라고. 담당 검사로서 사건이 은폐되는 걸 더는 두고 보지 않아도 된다고 말이다.

"선배도 살살해요."

그녀의 입가에 잔잔한 미소가 피어났다. 이헌은 싱겁게 웃었다.

"나중에 보자."

고개를 끄덕였다. 이내 문이 열리고 이헌이 검사실을 나갔다.

문이 닫히고 더는 시선으로 좇을 수 없는 그의 정성이 고마워 다현은 샌드위치를 꺼내 크게 한입 베어 물었다.

골치 아픈 이 모든 일이 하루라도 빨리 끝나서 마음 편히 이헌과 마주 앉아 밥을 먹고 싶었다.

그것이 큰 바람일까. 난생처음으로 검사가 된 것이, 이 소란의 중심에 있는 것이 못내 불편하기만 했다.

한편, 이헌은 다현의 검사실을 나오자마자 곧장 조사실로 향했다.

문을 열고 들어가자 창밖으로 들어오는 햇살을 가려 놓은 블라인드가 무색하게 조사실 안은 그 어느 때보다도 환하기만 했다.

"지난번에도 조사받아 봤으니까 어렵지 않을 겁니다."

수갑을 찬 상태로 등받이에 한껏 기대 다리를 쩍 벌리고 앉은 장민준의 옆에 익숙한 얼굴의 변호사가 테이블 가까이 바짝 다가앉아 있었다.

이헌은 지수에게 눈길 한 번 주지 않았다. 그의 시선은 오롯이 장민준을 향해 있었다.

그는 며칠 사이에 얼굴이 핼쑥해지다 못해 살이 빠져 눈살이 찌푸려질 정도였다. 낯빛도 평소와 달랐다. 금단 현상을 톡톡히 겪는 중인 듯했다. 눈의 초점도 흐리멍덩해 보였다.

이헌은 수사관이 미리 챙겨 들어온 증거물 중 현장에서 수집한 마약을 민준에게 보였다. 밀봉된 상태의 마약을 보자마자 그는 눈을 번뜩였다.

"그 간덩이랑 배포로 회사 경영에 뛰어들었으면 이름 꽤 날렸을 텐데, 안 그래?"

그의 손에 들린 것은 지난번 마약 파티 현장에선 발견되지 않은 다른 마약이었다. 슈퍼를 차린 걸로도 모자라 마트를 차릴 생각인지 갖은 종류의 마약을 그 짧은 시간 안에 한국에 들여온 상태였다.

"이거 없이 네가 얼마나 버틸 수 있겠어."

이헌은 밀봉된 지퍼백을 흔들었다. 그 안에서 손톱보다 작은 알약들이 작은 소리를 만들어 냈다. 그와 동시에 수갑을 찬 채로 움켜쥔 주먹이 부들부들 떨리는 게 이헌의 눈에 띄었다.

"지금부터 하는 건 보강 조사에 불과합니다."

증거물인 마약을 테이블 위에 내려놓은 그는 눈이 뒤집혀 이를 바득바득 가는 장민준의 변호사를 보며 말했다.

지수는 시종일관 무표정으로 입 한 번을 떼지 않았다. 이헌이 자신을 뚫어져라 보며 묻는 말에도 별다른 감정을 내비치지 않았다. 일반적인 변호사가 풍기는 분위기와 사뭇 달랐다. 흡사 장민준의 변호를 포기한 사람처럼.

"당장 법정에 서도 문제 될 게 없는 상태라는 거 변호인도 알고 있을 거라고 생각합니다."

이미 증거가 충분했고 약물 검사도 당연히 양성 반응이 나왔다. 출입국 기록과 계좌 내역만으로도 그가 마약 운반에 가담하고 유통을 책임졌다는 것이 명백했다.

세관에 찔러 준 돈의 스케일만 봐도 얼마나 자주, 많은 마약을 상해와 홍콩을 거쳐 한국으로 들여온 것인지 짐작하고도 남았다.

"세관을 조사하다 보니 선박뿐만이 아니라 급할 땐 항공편으로도 마약을 들여온 사실을 확인했습니다."

골드서클 멤버 중 항공사 사주의 딸이 있었다. 세관과 손을 잡고 눈가리고 아웅 한 셈이었다.

보는 눈들이 많아 항공편으로는 자주 들여오지 못했지만, 고가의 미술품 혹은 주류나 가구 등에 섞여 들어오면서 검색대를 통과하지 않고 그대로 하역장을 빠져나가곤 했다.

덕분에 항공사와 공항 공사 관련인들이 건너편 조사실에서 참고인 소환 조사를 받는 중이었다.

"실형이든 집행 유예든 그게 뭐가 중요하겠습니까. 한 번 약에 빠지면 개과천선은 불가능한데."

지수는 그제야 눈을 흘기며 민준을 노려봤다. 그녀가 알지 못하던 이야기였다. 항공편으로 약을 들여왔을 줄은 꿈에도 몰랐던 지수는 이를 꽉 깨물었다.

이른 나이에 결혼한 뒤 현재 골드서클에 모습을 잘 드러내지 않고 있는 정은아가 항공사 사주의 딸이었다.

그 여자가 뒤에서 백업을 해 주고 있었다니. 기가 차서 말이 안 나올 지경이었다.

"묵비권이든 뭐든 마음대로 해."

블라인드 사이를 뚫고 들어오는 따뜻한 햇볕과 대조적인 분위기가 조사실 안을 싸늘하게 만들었다.

"반성의 기미는커녕 죄를 인정하지 않는다고 최고 형량 때릴 테니까."

담담한 변호사와 달리 피의자 신분으로 이헌의 앞에 앉은 장민준은 이를 바득바득 갈았다.

빠져나갈 구멍이 없다는 것을 이제야 실감한 그의 낯빛은 점점 검게 변해 갔다.

장민준이 이를 갈고 있을 때, 복도 끝 조사실에선 문이 열리고 다현이 모습을 드러냈다. 그녀는 다시 피의자로 마주한 지은에게 시선조차 주지 않고 증거물들을 테이블 위에 내려놓고 지난 기록문을 살피며 입을 뗐다.

"초범이라고 선처를 부탁한다는 변호사의 말도 더는 안 통합니다."

"……."

"집행 유예를 받았는데 초범일 수가 없죠."

피의자 최지은의 옆에 앉아 흘러내린 안경을 추켜올리는 남자에게 하는 말이었다.

현행범으로 체포된 이력만 두 번째였다. 집행 유예를 받아 놓고 곧바로 동종의 범죄를 또 저질렀으니 바로 교도소로 가도 시원치 않을 상황이었다.

"함께 현장에 있었던 피의자 나연수 씨가 오늘 새벽 사망했습니다. 알고 계시죠?"

고개를 든 다현이 지은을 똑바로 바라보며 물었다.

최지은은 장민준과 마찬가지로 몰골이 엉망이었다. 일주일에 한 번씩 소량을 즐기던 마약을 고삐 풀린 망아지가 되어 매일같이 과다 복용을 해 댔으니 눈앞의 몰골이 말이 안 되는 상황은 아니었다.

"사인은 예상하고 계신 대롭니다."

"……"

"호기심에 몇 번 해 봤다는 말도 성립되지 않겠죠? 현장에 함께 있었던 친구가, 아니 동생이라고 해야 하나?"

"……"

"피의자가 약물 과다 복용으로 심정지 쇼크를 일으켜 사망했으니 함께 현장에 있었던 사람들 모두 자제력이라곤 눈곱만큼도 없었다고 판사도 생각할 겁니다."

상황은 철없는 이들에게 유리하게 돌아가지 않았다. 손목을 옥죄고 있는 차가운 수갑이 이번엔 저 스스로 풀어지지 않을 것 같은 예감에 지은의 얼굴은 험상궂게 일그러지기만 했다.

"피의자는 증거로 발견된 마약 모두 투약한 사실이 있습니까."

지은의 앞으로 밀봉된 두 종류의 마약을 내밀며 다현은 넌지시 물었다. 눈에 핏발이 선 채 다현을 노려보던 지은은 시선을 내리깔아 증거물로 눈앞에 놓인 마약을 쳐다보며 굳게 다물고 있던 입술을 뗐다.

"글쎄? 술을 많이 먹어서 기억이 안 나네."

최지은은 여전했다. 여전히 잘못을 모르고 비꼬아 대기만 했다. 그러면서 분하다는 듯 다현을 쏘아보는 것도 변함없었다.

"기억이 난다고 해도 난 모르는 일이야."

기가 차서 헛웃음만 터져 나왔다. 상황 파악이 전혀 되지 않는 듯 옆에 앉아 있는 변호사가 안절부절못하는데도 아랑곳없는 지은의 태도가 우습기만 했다.

다현은 터져 나오는 웃음 대신 차게 식은 미소를 입가에 띠운 채 낮은 어조로 말했다.

"판사 앞에서도 그 말을 계속할 수 있을까요."

"……."

"조사에 계속 비협조적으로 나와도 상관없습니다. 현행범으로 체포됐고 증거물도 차고 넘치고, 증거 자료들도 많아서 오히려 비협조적인 게 검사한테는 유리하게 작용합니다."

"……."

"그거 알아 두시고 계속 정신 빠진 사람처럼 행동하세요."

반성의 기미는커녕 범죄 사실을 인정하지 않고 있다는 말을 판사 앞에서 하게 된다면 최지은의 형량이 어떻게 나올지 안 봐도 뻔했다.

"시간 없으니까 빨리 끝내겠습니다."

이헌과 저녁을 먹으려면 시간이 없었다. 틈만 보이면 증거물로 가져온 마약을 힐긋거리고 있는 피의자와 언쟁을 할 필요가 없었다.

결국 다현의 질문들이 일방적으로 이어졌다. 피의자 최지은은 입을 닫았고 변호사가 식은땀을 흘리며 준비해 온 애매한 변론을 이어 갈 뿐이었다.

✤　　　✦　　　✤

이른 아침부터 햇볕이 유난히 뜨거웠다. 전면에 난 통유리창으로 들어오는 뜨거운 열기와 대조적이게도 천장에서 나오는 찬바람이 공기를 차게 식히고 있었다.

그런데도 이른 시간부터 집무를 보고 있는 장현 회장의 앞에 서 있는 석원기 이사의 이마엔 땀이 송골송골 맺혀 있었다.

그는 전략 기획실 소속 재무 이사로 오너 일가의 재산을 총괄하는 건 물론이고 장 회장의 비자금을 전적으로 관리하고 있다.

해서 그룹 내에서 석 이사의 참고인 소환 조사가 머지않았다고 입

모아 말하는 사람이 한둘이 아니었다. 아니나 다를까 1차 소환 조사가 끝나기 무섭게 석원기 이사에 대한 참고인 조사 소환장이 날아온 참이었다.

"가족들이 LA에 있다고 했나?"

당장 결재란에 사인이 긴박한 서류들을 검토하던 장 회장은 눈으론 서류를 훑으며 입으론 석 이사에게 질문을 던졌다.

만년필을 가볍게 쥔 손으로 빠르게 결재란에 사인하자 비서실장이 곧바로 다음 결재 서류를 건넸다. 그는 석 이사의 대답을 기다리며 빠르게 눈으로 서류를 훑기 시작했다.

"……아내와 아이들이 LA에 있습니다."

석 이사의 음성이 미세하게 떨렸다. 그는 땀이 흥건해진 손을 맞잡은 채 바짝바짝 타들어 가는 입술에 침을 바르기도 하며 장 회장을 힐끔거렸다.

가는 만년필촉에서 새까만 잉크가 나오면서 비어 있던 결재란에 장 회장의 사인이 선명히 남았다. 그의 앞으로 비서실장이 내민 또 다른 결재 서류가 자리를 잡았다. 하지만 그는 만년필 뚜껑을 닫으며 고개를 들어 석 이사를 지그시 바라보았다.

범을 닮은 그 얼굴 위로 한없이 부드러운 미소가 번졌다. 장 회장의 입가를 타고 번져 간 미소에 흠칫 놀라며 마른침을 삼킨 석 이사는 회장실 호출을 받은 이후 줄곧 불안했던 마음이 무엇 때문이었는지 단번에 알 수 있었다.

"큰애가 내년에 대학에 간다고 했나?"

차마 대답을 할 수 없었다. 이미 알고 있는 사실을 굳이 확인하려 드는 그 마음이 불편했다.

"가뜩이나 주가가 바닥인데 전략실 사람들 전부 검찰 조사 받으면 여긴 누가 컨트롤하지?"

언제나 슬픈 예감은 틀린 적이 없다. 장 회장의 입가에 드리워진 미소와 대조적이게도 석원기 이사의 낯빛이 하얗게 질려 갔다.

"아는 대로 다 얘기하고 와."

이미 새벽부터 석원기 이사의 참고인 소환 여부를 어느 정도 짐작하고 있었던 장 회장은 이른 아침부터 그를 호출했다.

후계자라고 간신히 붙잡고 있던 아들이 마약 사건으로 구속됐다. 그것도 모자라 함께 있었던 대통령 비서실장 딸의 사망으로 인해 언론에 죄다 까발려지면서 잠시 뒤 장이 오픈되면 주가가 어떻게 될지 뻔했다.

아들의 마약 사건은 더 손댈 수 없을 정도로 엉망이라 포기한 지 오래였다. 한 번 손을 썼으면 부모로서 역할은 다 했다고 봤다. 회사부터 살아야 자신도 살고 그래야 실형을 살게 될지 모를 아들까지 같이 사는 길이었다.

"뒷일은 개인적으로라도 살펴 줄 테니까."

웃음기가 싹 가신 그의 얼굴은 사냥을 목전에 둔 범과 같았다.

좋다고 돈 받아먹고 뒷구멍까지 핥을 땐 언제고 이제 와 나 몰라라 하는 것들은 차근차근 손봐 주면 될 일이었다.

일단은 회사부터 살려야 했다. 그러기 위해선 검찰 포토 라인에 자신이 서는 일은 없어야 한다는 것이 그의 생각이었고 그룹 임원들의 의견이기도 했다.

대의를 위해 충성스러운 신하의 목을 내어주는 것 말고 현 상황을 돌파할 방법은 아무것도 없었다.

"법무 팀에서 직접 재판까지 진행할 겁니다."

그때 비서실장의 손이 불쑥 튀어나왔다. 그는 제법 무게감이 있는 서류를 석 이사에게 건넸다. 땀이 흥건한 손을 바지에 닦으며 비서실장이 건넨 서류를 받아 든 석 이사는 마른침을 꿀꺽 삼켰다.

무슨 서류일지 굳이 보지 않아도 알 수 있었다. 검찰 조사를 받게 될 때 어떤 식으로, 어떻게 대처해야 하는지에 대한 플랜이 짜여 있는 대응서였다.

아는 대로 얘기하되 회사에 치명적인 이야기는 물론 장 회장을 조사 대상에 넣어야 할 만큼 불리한 증언은 하지 않고 오롯이 혼자 죄를 감당해야 하는 것이 가장 기본적인 플랜일 터였다.

비자금을 조성하라는 장 회장의 지시에 알아서 여기저기 문어발식 차명 계좌와 페이퍼 컴퍼니를 만들고 재단을 통해 돈세탁했다. 그 과정까지 장 회장이 관여한 일이 아닌 건 부정할 수 없었다.

어차피 사실을 얘기해도 오롯이 혼자 죄를 짊어지게 될 구조였다. 그러기 위해 처음부터 비자금 관리를 단독으로 맡긴 거라고 봐도 무방했다.

어디로든 빠져나갈 구멍은 없었다. 불법적인 일에 가담해 주도적으로 이끌고 나갔다. 그 대가라고 하기에 혼자 짊어져야 할 죄의 무게가 무거웠지만 별수 없었다.

"……그렇게 하겠습니다."

그는 법 위에 군림하고 있는 절대 군주였다. 제아무리 쥐고 흔들어도 그 사실만은 변하지 않으리란 걸 적어도 이치에 밝은 사람이라면 모르지 않을 것이다.

결심을 굳힌 그 목소리가 조악했지만, 범의 만면엔 꽃이 피어났다.

연일 이어진 밤샘 조사로 인해 흡사 방망이로 온몸을 두들겨 맞은 것 같았다. 다현은 한 손으론 결리는 어깨와 목덜미를 주무르고 한 손으론 마우스 버튼을 클릭했다.

조기철 의원의 장남인 조현석에게 곤죽이 되게 얻어맞은 강성진에 대한 공소장 작성을 끝으로 사망한 나연수를 제외한 현행범으로 체포된 이들에 대한 기소가 드디어 끝난 셈이었다.

그래도 아직 작은 복병이 남아 있었다.

상해에 거주 중인 공급책 이준호와 한때 골드서클 멤버로 시시때때로 마약 운반에 도움을 주고 있었던 정은아.

두 사람에 대한 소환장을 발부했고 이준호는 중국에 협조 공문을 보내 놓은 상태였다. 다행히 이준호의 행적을 파악했다며 곧 한국으로 송환하겠다는 연락을 새벽녘에 받았다.

대호그룹 손녀인 김정민을 조사 중에 실무관을 통해 받은 연락이라 피의자 신문에 꽤 많은 도움이 됐다.

단시간에 자주 마약을 투약한 이들은 구치소 생활이 적응되지 않는 듯 몰골이 엉망에 헛소리도 가끔 하고 총기를 잃은 눈은 끔찍하기만 했다.

이준호가 곧 국내로 송환된다는 얘기를 슬쩍 흘리자 겁에 질린 귀한 재벌가 따님은 그때부터 질문에 성실하게 대답했다. 아무것도 모른다며 조악하게 굴던 최지은과는 사뭇 다른 반응이었다.

그도 그럴 것이 김민정에겐 따로 선임된 변호인단이 없었다. 사방이 틀어 막힌 조사실 안에 홀로 앉아 조사를 받아야 하는 심리적 압박까지 더해 지난번과 달리 적극적으로 협조를 해 왔다. 물론 약 기운이 바닥을 쳐 횡설수설하는 건 덤이었지만 말이다.

그래도 큰 산을 넘은 것 같아 한시름 덜었다고 생각했다. 등받이에 한껏 기대앉아 잠시 눈을 감았다.

그녀의 뒤로 어슴푸레 해가 떠오르기 시작했다.

지이이잉. 지이이잉.

그때 서류 더미 속에 파묻혀 있는 휴대폰이 잘게 진동을 울려 댔다. 잠시 눈을 붙여 볼까 하던 계획이 수포가 되는 순간이었다.

다현은 손을 더듬거려 키보드 옆에서 휴대폰을 찾아 들었다. 액정에 얼핏 비치는 이름에 괜히 한숨부터 나온다.

"우리 엄만 잠도 없으셔."

통화 버튼을 누르자마자 다현은 새벽부터 전화를 걸어 온 모친에게 투덜댔다.

─밥은 먹고 다니니?

수화기 너머에서 카랑카랑한 목소리와 함께 어딘가에서 들어 본 것 같은 대사가 툭 튀어나오자 다현은 웃음을 터트렸다.

―보나 마나 대충 먹고 일만 하겠지.

혀 차는 소리까지 또렷하게 들려왔다.

"새벽부터 잔소리하시려거든 다음에 한가할 때 해 주세요."

피곤하고 골치 아픈 와중에도 엄마의 잔소리를 들으니 괜히 마음이 편안해지는 기분이 들어 이상해 웃음이 나왔다.

―우리 문 검사는?

"도대체 언제 우리 문 검사가 됐어?"

잔소리 다음에 하랬다고 바로 이헌을 찾는 게 괜히 얄미워 다현은 목청을 높였다.

―나 그렇게 보수적이고 빡빡한 사람 아니다.

또 한 번 웃음이 터져 나왔다. 쏟아지던 잠이 달아나고 피곤이 가시는 것 같았다.

"밥 먹었는지 물어보려고 새벽에 잠도 안 주무시고 전화하셨어?"

―우리 딸 밥도 챙기고 네 아빠 전달 사항도 있고 해서 전화했지. 이 시간까지 설마 일하겠나 싶어서 아빠 운동 나간 사이에 전화한 거야.

출근 전 새벽마다 동네 한 바퀴를 도는 아빠는 여전히 부지런하신 듯했다.

―문 검사랑 같이 밥 한 끼 하자고 하셔.

"아빠가?"

―굳이 집에서 밥 한 끼 먹이고 싶으시단다.

"에이……. 아빠가 그럴 리가. 할아버지가 그런 거지? 괜히 아빠 핑계 대는 거 아냐?"

―네 할아버진 요즘 별말씀 없으셔. 결혼 얘기도 쏙 들어가셨고.

평소 심하다 싶을 정도로 손녀의 사생활에 적극적으로 간섭하는 조부 때문에 부친은 딸에게 별말이 없을 정도였다.

이거 하지 마라, 저거 해라 같은 지극히 평범한 잔소리도 어릴 때부터 조부에게 들었을지언정 다현은 부친에게 잔소리 한 번 듣지 않고 자랐다.

딸의 독립에도, 그 이후에 이어진 조부의 결혼 추진에 관해서도 그녀의 부친은 방관자나 다름없을 정도로 일관적인 태도를 보였다.

그런 부친이 이헌과 밥을 먹자고 한다는 건 이례적인 일이라고 봐야 했다. 심지어 집에서 밥 한 끼를 먹이고 싶다는 말은 매사가 무덤덤한 부친의 입에서 나온 말이라고 하기에 너무 정답고 살가운 말이었다.

아빠에게 정다움과 살가움을 느껴 본 적이 언젠지, 그런 적이 있기나 했는지 기억조차 나지 않는 다현에겐 새삼 놀라운 일이었다.

—바쁜 거 끝나면 시간 봐서 밥 먹으러 와.

시간 봐서 연락드리겠다는 대답을 끝으로 모친과의 전화를 끝낸 다현은 휴대폰을 내려놨다.

그렇게 한결 맑아진 머리로 오후에 있을 참고인 조사를 준비하기 위해 한쪽으로 모아 둔 자료들을 한 번 더 점검하기 시작했다.

K그룹의 이미지를 위해 설립된 재단 벗의 갤러리 관장과 큐레이터가 참고인 조사 대상이었다. 후원을 받는 작가들의 조사만으로는 혐의를 입증할 수 없었다.

어떤 식으로 자금이 세탁되고 이용됐는지 심증만으로는 파악이 불가능하다. 어느 선까지가 직접 비자금 조성과 세탁에 개입됐는지 알기 위해선 갤러리와 재단 쪽을 탈탈 털어야 했다.

똑똑.

작가들의 참고인 진술서를 토대로 담당 큐레이터의 계좌까지 살펴보던 다현은 노크 소리에 고개를 들었다.

굳게 닫혀 있던 검사실 문이 열리고 이헌이 모습을 드러냈다.

그는 장민준의 조사를 마무리하고 곧바로 한빛은행장의 장남인 한준형의 조사를 끝낸 뒤 공소장 작성 후 다현의 검사실 문을 두드렸다.

"밥 먹으러 가자."

밥 먹으러 가자는 이헌의 말에 다현이 가장 먼저 한 것은 창밖에 어슴푸레해진 하늘을 살펴보고 벽에 걸린 시계를 확인하는 일이었다.

"저녁 시간 지났어요."

조사를 빨리 끝내고 저녁 먹으러 가자더니 아침 6시가 웬 말인가.

다현은 피식 웃으며 고개를 내저었다.

"아침은 먹어야지."

저녁을 건너뛰었으니 몇 시간째 공복 상태인지 가물가물할 지경이었다. 점심도 제대로 먹지 못했다. 배에서 꼬르륵거리는 소리도 더는 들리지 않을 정도로 굶주려 있는 상태라고 봐도 무방했지만 다현은 주춤했다.

"선배들은 어쩌고……."

이헌과 단둘이 아침을 먹으러 가는 게 영 눈치가 보였다.

"전멸이야."

이헌이 담담한 어조로 말했다. 다현은 고개를 갸웃거렸다. 그의 말을 이해하지 못한 것이다.

"전부 뻗었어."

아. 그제야 다현은 고개를 끄덕이며 몸을 일으켰다.

"밤새 약쟁이들 상대하느라 기 빨려서 뻗었고, 어떻게든 형량 많이 때리려고 공소장 꾸미느라 젖 먹던 힘까지 써서 전부 곯아떨어졌어."

골드서클 담당 검사인 다현의 몸이 열두 개가 아닌 탓에 참고인 조사가 끝나 시간적 여유가 있었던 남 검사와 이 검사가 이헌과 다현을 도왔다.

약에 찌들어 횡설수설하는 이들을 붙잡고 새벽 늦게까지 용을 쓰고 진술서를 다현에게 넘긴 뒤 그대로 뻗어 버린 것이다.

거기다 참고인 조사가 얼추 마무리된 검사들은 진술서를 토대로 공소장을 작성하고 2차 조사 명단을 추리느라 늦은 시간까지 검사실 불을 켜고 있다가 이제 겨우 끈 상태였다.

"선배는 왜 멀쩡해요?"

검사실 문고리를 돌리며 다현이 이헌을 올려다보며 물었다.

며칠째 밤을 새우고 있는 사람이라고 하기에 그는 지극히 이상할 정도로 단정했고 몰골이 말끔했다. 심지어 자신보다 더 말끔한 상태였다.

이헌은 피식 웃으며 시선을 내렸다. 그녀를 빤히 쳐다보는 그의 입꼬리는 살짝 올라가 있었다.

"그래, 너도 예뻐."

문을 열지 않는 다현의 손을 붙잡은 채 그는 얼굴을 가까이했다. 왜 멀쩡하냐 물었을 뿐인데 예쁘다 하며 그녀의 입술을 가볍게 삼켜 들었다.

불쑥 다가온 그의 입술에 주춤하며 얼굴을 빼는 것도 잠시였다. 그가 다현의 윗입술을 머금던 순간 손끝에 힘이 실려 아차 하는 사이 문이 열려 버렸다.

그와 동시에 맞은편 검사실에서 문이 벌컥 열리면서 기지개를 켜며 하품을 하는 남 검사와 정면으로 딱 맞닥뜨리고 말았다.

다행히도 이헌이 빠르게 입술을 뗀 뒤였다. 남 검사를 보자마자 굳어 버린 다현은 입술에 남아 있는 온기에 괜히 화들짝 놀라 눈을 껌뻑거렸다.

"뭐 잘못했어? 뭘 그렇게 놀라고 그래."

기지개를 켜던 남 검사가 다현을 보며 너스레를 떨었다.

"아침 드시러 가시죠."

이헌은 임기응변이 빨랐다. 아침을 먹으러 가는 길이라는 걸 명확히 했다. 남 검사는 하품하며 고개를 내저었다.

"난 됐어. 잠이나 잘래."

새벽 늦게까지 조기철 의원의 장남 조현석을 조사하느라 그는 몽롱한 상태였다. 폭행 사건의 주범인 조현석은 조사 내내 언사가 격하고 폭력적인 성향을 드러내며 피곤하게 만들었다. 덕분에 기가 쫙 빨려 서 있을 힘조차 없었다.

"둘이 오붓하게 데이트나 하고 와."

그래도 다현을 놀려 먹는 입담은 여전한 듯했다. 그는 놀란 다현을 보며 빙그레 웃었다.

"선배님!"

괜히 발끈해 다현은 목청을 높였다.

"어허. 누가 들으면 어쩌려고. 쉿!"

검지로 입을 가리는 그의 입꼬리는 한껏 올라가 있었다. 그의 행동에 약이 오른 다현은 입술을 깨물며 울상을 지었다. 그런 두 사람을 보며 이헌은 웃음을 참기 바빴다.

마치 톰과 제리 같달까. 일방적으로 제리에게 당하는 톰의 모습이랄까.

"난 자러 간다."

남 검사는 이내 머리 위로 손을 흔들며 비상계단을 통해 숙직실이 있는 아래층으로 내려갔다.

"일부러 저러는 거 맞죠?"

회의실에서도 뜬금없이 영화관에서 만났다는 둥 남자 친구와 같이 있었다는 둥 약을 올리더니. 선배라서 뭐라 할 수도 없어 얼굴만 새빨개진 다현이었다.

"놀려 먹기 재밌나 봐."

엘리베이터 버튼을 누르며 그는 대수롭지 않게 말했다. 이헌의 반응에 어이없다는 듯 다현은 헛웃음을 쳤다.

"네 반응이 재밌어서 그런 거니까 나처럼 그러려니 해."

"어디 문 검사님 같은 사람이 흔한가요?"

이헌처럼 매사에 덤덤한 사람도 드물었다. 아, 그러고 보니 이헌과 비슷한 사람이 주위에 한 사람 있었다.

다현은 이헌을 올려다보며 매사에 별 관심을 보이지 않는 자신의 부친을 떠올렸다. 정말 비슷해 보였다. 검사로서 타협하지 않는 성미까지 닮은 것 같기도 했다.

엄마가 아빠처럼 무덤덤한 남자는 정말 딱 별로라고, 아빠 같은 남자를 만나면 피곤할 거라고 입이 닳도록 말했는데.

기억도 나지 않는 어린 시절 엄마의 말을 빌리자면 아빠랑 결혼할 거라고, 이다음에 크면 아빠 같은 사람이랑 결혼할 거라고, 아빠가 세상에서 제일 멋있다고 유치원에서 그렇게 떠들고 다녔다고 했다.

세상에 눈을 뜬 뒤엔 아빠 같은 남자는 절대 사절이라고 했는데 어릴 때 그 마음이 변하지 않은 모양이었다.

"남 선배한테 걸린 게 다행이라고 생각해. 이 선배였으면 짤없어."

이헌의 말에 이 검사를 떠올리며 다현은 고개를 내저었다. 시시때때로 놀려 먹긴 하지만 그래도 이 검사보다 백배 낫다는 결론이 나고 만다.

그렇게 어쩌다 보니 단골이 된 24시간 백반집에 이헌과 나란히 문을 열고 들어섰다. 이른 시간이라 식당 안은 TV 소리로 온기를 대신하고 있었다.

다현은 익숙하게 김치찌개와 계란말이를 주문했다. 곧바로 밑반찬이 테이블 위에 올려졌다. 뒤이어 보글보글 끓는 김치찌개가 양은 냄비 가득 가스버너 위로 올려졌다.

"엄마가 밥 먹으러 집에 오라셨어요."

갓 만들어 뜨거운 계란말이를 후후 불며 베어 문 다현이 넌지시 말했다. 빈 그릇에 김치찌개를 떠 다현에게 건네며 이헌이 물었다.

"누구, 나?"

김치찌개가 가득 담긴 그릇을 받아 든 다현은 고개를 끄덕였다.

"당분간은 바빠서 못 갈 거 같은데……."

식사 초대를 당장 거절해야 하는 상황에 이헌은 난감해했다. 다현은 뜨거운 김치찌개를 휘저으며 괜찮다고 말했다.

"안 그래도 바쁜 거 끝나면 시간 봐서 오라셨어요."

검사 아내로, 며느리로 산 지 30년이 넘은 모친이었다. 얼마나 바쁘고 힘든지 누구보다 잘 알기에 조급하게 재촉하지 않았다.

알았다 하는 이헌의 대답을 들은 후 다현은 숟가락을 들어 김이 모락모락 나는 김치찌개를 떠먹었다. 입 안 가득 밥을 밀어 넣으며 오물거리는 모습을 빤히 쳐다보던 이헌이 젓가락을 들었다.

"바쁜 거 끝나면 결혼하자."

그와의 겸상은 매번 다채롭다. 김치찌개를 푹 떠서 입에 넣던 다현은 그대로 사레가 들려 목을 붙잡고 기침을 내뱉어야 했다. 칼칼하고 뜨거운 김치찌개 덕분에 목이 따가워 눈물이 핑 돌 지경이었다.

다급히 손을 뻗어 물컵을 찾았다. 빈 컵에 언제나 그렇듯 이헌이 물을 따랐다. 새초롬하게 눈을 떠 그를 노려보며 다현은 허겁지겁 물을 들이켰다.

빈 컵을 내려놓으며 그녀는 자신을 빤히 바라보고 있는 이헌의 모습에 실소를 터트리고 만다.

정말이지 특이하고 대체로 종잡을 수 없는 남자다.

"지금, 이 새벽에 백반집에서 프러포즈한 거 실화예요?"

타이밍은 둘째 치고 교통 정보를 안내해 주는 캐스터의 목소리가 유난히 또렷하게 들렸다. 그 앞에 앉아 마늘을 까고 있는 세 명의 아주머니를 뒤로한 채 정말 난데없고 뜬금없는 프러포즈였다.

웃음이 새어 나왔다. 상황이 웃겨도 너무 웃겨 어이가 없었다.

"미안. 반지 사러 갈 시간이 없었어."

그러면서 휴지를 건넨다. 프러포즈의 기본이 반지라는 걸 안다는 것만으로도 다행이라 생각했다.

시베리아 벌판에서 불어오는 차디찬 바람보다 더 차가운 남자라고 검찰청 전역에 정평이 나 있는 남자인데, 그런 이헌의 입에서 결혼이라는 얘기가 나왔다면 누가 믿을까.

그 누구도 연애하는 문이헌을 감히 상상하지 못할 것이다.

"그래도 김치찌개 먹다가 하는 건 좀."

그래도 어이없는 건 어이없는 것이었다. 평생 한 번뿐일 프러포즈인데!

"억울하니까 다시 해요."

못마땅하다는 듯 농담 같은 진담을 하며 다현은 입꼬리를 씰룩댔다. 그 모습을 바라보는 이헌의 입가엔 미소가 번지기 시작했다.

"이건 사기예요, 사기."

이렇게 얼렁뚱땅 넘어갈 남자다. 다현은 고개를 내저었다. 장미꽃 100송이와 하트 모양 촛불을 바란 적은 없었다. 그런 거한 프러포즈는 오히려 거부감이 들 것 같았다. 이헌과 어울리지도 않았고.

그래도 백반집은 너무했다. 사레가 들려 캑캑댔으니 서프라이즈는 맞나?

"밥부터 먹어."

그는 손을 뻗어 내팽개쳐져 있던 숟가락을 다시 다현의 손에 꼭 쥐여 줬다. 투덜대면서도 그녀는 숟가락을 꼭 쥐었다.

"옛말 틀린 거 하나 없어요. 딸은 엄마 팔자 닮는다던데 어쩜 이렇게 똑같아?"

밥을 푹 뜨면서 그녀가 말했다. 다현의 말을 이해하지 못한 이헌은 무슨 소리냐며 물었다.

숟가락을 손에 꼭 쥔 다현은 이내 웃음을 터트리며 말했다.

"우리 아빠도 엄마한테 밥 먹다가 프러포즈했대요."

대학 입학을 목전에 두고 엄마가 입학 선물을 사 주겠다며 백화점에 데리고 가 귀걸이 한 쌍을 사 주며 말했었다.

작고 반짝이는 예쁜 반지를 뚫어져라 보던 딸에게 나중에 프러포즈 받을 때 반지는 꼭 받으라며 엄마의 추억을 슬쩍 꺼냈었다. 그때 아빠도 반지 하나 없이 밥 먹다 말고 툭 결혼 얘기를 꺼냈다고 했다.

두 남자가 성격만 닮은 게 아닌 듯했다.

"그래도 엄마는 스테이크였대요."

새초롬한 표정을 지으며 입술을 툭 내밀던 다현이 입 안 가득 밥을 넣고 오물거렸다. 그 모습에 이헌은 또 웃음을 터트리며 그녀의 입가에 묻은 밥풀을 뗐다.

"다음에 고기 사 줄게."

마치 장난감 타령하는 어린애가 된 듯했지만 나쁘지 않았다. 한편으론 웃음이 삐죽삐죽 새어 나와 밥알을 꼭꼭 씹으며 웃음을 삼켜야 했다.

다음에 고기 먹을 땐 또 무슨 폭탄이 터질지 모르지만, 그와 함께 먹는 밥이 날이 가면 갈수록 좋아져서 탈이다.

✤   ✤   ✤

지검으로 돌아왔을 땐 하늘이 맑고 구름이 선명히 보일 만큼 해가 온전히 모습을 드러낸 상태였다.

밥보다 잠을 선택한 선배들이 먹을 아침으로 김밥을 포장해 온 다현은 이헌과 함께 회의실로 들어섰다. 아니나 다를까 수사관과 실무관들이 회의실에 몇 뻗어 있었고 모습을 보이지 않는 이들은 숙직실에서 단잠에 빠져 있는 듯했다.

그런데 다소 말끔한 모습의 정 검사와 막 자다 일어난 사람처럼 부스스한 머리를 긁적이고 있는 이 검사의 표정이 심상치 않음을 이헌이 먼저 알아차렸다.

"무슨 일입니까."

다현은 김밥이 든 분식점 봉지를 테이블에 조심스레 내려놓으며 선배들의 눈치를 살폈다. 그때 팔짱을 낀 채 서 있던 정 검사가 이헌을 보며 이마를 긁적였다.

"석원기 이사……. 지금 조사실에 있어."

이헌의 얼굴에서 웃음기가 완벽히 가시고 미간 사이로 주름이 파이기 시작했다.

"변호사랑 같이 왔대. 나도 놀라서 깼어."

이 검사의 머리가 부스스한 이유가 따로 있었다. 정해진 참고인 조사 시간이 아닌 건 물론이고 아침 7시부터 조사를 받겠다고 자진해서 지검에 온 건 그다지 좋은 징조가 아니었다.

"이 시간에 도대체 왜……."

참고인 조사를 위해 소환장을 받았을 그가 일언반구 없이 갑자기 지검으로 들이닥친 건 지극히 이상한 일이었다.

석원기. 그는 K그룹에서 장현 회장의 비자금을 관리하는 인물로 신중히 다뤄야 할 참고인이었다. 그가 직접 조성한 비자금 규모만 하더라도 수백억 원대였다.

피의자가 되냐 마느냐의 기로 앞에 선 그가 변호사를 대동한 채 이른 시간 검찰로 자진 출석을 한 거라면 확실히 상황이 썩 좋지 않았다.

"분위기가 안 좋아. 안색이 별로더라."

정 검사가 고개를 내저으며 말했다. 변호사와 함께 특수 1부 검사실 문을 두드린 석원기 이사의 낯빛이 아직도 눈에 선했다.

"제가 가 보겠습니다."

이헌은 뒤도 돌아보지 않고 회의실을 나섰다. 순식간에 이헌이 사라진 회의실 안은 고요하기만 했다.

걸음을 재촉해 조사실 문을 벌컥 열어젖힌 이헌은 변호사와 나란히 앉아 눈을 감고 있는 석원기 이사와 마주했다.

그는 이헌이 자리에 앉자 눈을 떴다. 이헌은 변호사에겐 시선 한 번 주지 않고 석 이사의 눈을 똑바로 바라보며 입을 뗐다.

"소환장 발부된 지 24시간도 지나지 않았습니다."

어제 오후에 참고인 조사를 위해 중앙 지검으로 출석해 달라는 소환장을 받았을 사람이 무슨 마음으로 이 시간에 모습을 드러낸 건지 짐작 가는 바가 아예 없는 게 아니었다.

"검사들 출근 시간보다 빨리 오시면 어떡합니까."

이헌은 석 이사의 눈빛을 살피고 꽉 움켜쥔 두 손을 주시했다. 그는 마른 입술이 거슬렸는지 혀를 날름거리며 침을 발랐고 맞잡은 두 손이 무색하게 손톱으로 반대쪽 손을 못살게 긁어 댔다.

초조한 기색이 역력한 그가 처음으로 입을 뗐다.

"가족들이 미국에 있습니다. 뉴스에 나오는 거보다 끔찍한 건 없습니다."

40대 중반의 가장이 자신의 죄 앞에서 가족들부터 걱정하고 있다. TV 화면에 검찰청 포토 라인 앞에 서서 기자들의 질문 세례를 받는 모습이 나온다면, 미국에 있는 가족들이 받을 충격은 작지 않을 것이다.

별일 없다고, 나는 괜찮다고, 아빠랑 아무 상관 없다고 그렇게 걱정하지 말라고 당부했건만.

결국 이렇게 검사 앞에 앉아 있다.

"일찍 오신 이유가 그것 때문만은 아닌 거 같습니다."

문이헌 검사만 조심하면 된다던 장 회장의 언질이 불현듯 떠오르는 순간이었다. 다른 얘기는 일절 하지 않던 사람이 문이헌 검사 얘기를 꺼내며 회유와 협박이 통하지 않는 검사라고 넌덜머리를 쳤다.

천하의 장현 회장이 혀를 내두를 정도면 얼마나 질긴 검사일지 짐작조차 가지 않아 불안하던 찰나, 조사실에 앉자마자 수사 지휘 검사를 만나게 될 줄이야.

그는 매의 눈으로 단번에 본질을 꿰뚫고 말았다.

"뭡니까. 이유가."

해가 뜨자마자 기다렸다는 듯, 마치 방심한 틈을 타 허점을 노린 사람처럼 검찰에 나타난 이유가 뭐냐고 묻는 것 같았다.

석 이사는 마른침을 삼키며 입을 꾹 닫아 버렸다. 그런 그의 반응에 엉덩이를 들썩이던 변호사가 상체를 테이블 가까이 내밀며 다급히 입을 뗐다.

"석 이사님은 자백하러 오신 겁니다."

가슴팍에 반짝이는 K그룹 로고가 그의 신분을 대변해 주고 있었다.

"석원기 씨는 입이 없습니까."

"아니!"

"내가 변호사님한테 물었습니까."

이헌의 날카로운 눈빛이 번뜩였다. 그의 검은 오라에 K그룹 법무 팀 실장은 괜히 움찔하고 만다.

경력으로 보나 뭐로 보나 눈앞의 검사보다 법조계에 몸을 담은 지 오래였다. 심지어 이헌보다 한참 선배였다. 연수원 기수로는 다섯 손가락을 거뜬히 넘길 지경이었다.

그런 후배가 위아래 없이 군다고 느끼기도 전에 강하게 한 방 먹고 말았다.

"말씀해 보세요."

변호사를 노리던 시선을 거둔 이헌은 바짝바짝 타들어 가는 입술만 달싹이는 석 이사 쪽으로 고개를 돌려 그를 바라보며 재촉했다.

"감시자 같은 변호사 때문에 말을 못 하시는 거면 변호사는 잠시 내보내겠습니다."

정확히 허를 찌르는 말이었다. 자신의 말에 어깨가 미세하게 움찔하던 석 이사의 행동을 캐치한 이헌은 변호사에게로 시선을 돌렸다.

"이보세요. 문이헌 검사님!"

참고인 조사를 받으러 온 참고인의 변호인에게 보일 올바른 태도가 아니었다. 흥분한 변호사는 책상을 내려치며 눈을 치켜떴다.

까마득한 후배에게 선배 대접은 고사하고 변호사 취급도 못 받고 있으니 울화가 치밀어 오르는 건 당연지사였다.

"지검 셔터도 안 올라간 시간입니다. 검사들 출근 시간 전이라 정식 조사라고 볼 수도 없습니다. 카메라도 안 돌아가고 있고."

이헌은 손가락으로 책상을 톡톡 치고 거드름을 피우며 조소했다.

"지금은 면담일 뿐입니다."

심지어 참고인 진술서를 작성하기 위한 기록관조차 조사실에 없는 상황이었다. 담당 검사를 면담 중인 상황이란 것은 실언이 아니었다.

변호사는 헛기침을 내뱉다 이를 꽉 깨물었다.

명색에 K그룹 법무 팀 실장인데 고작 평검사에게 이런 꼴을 당하다니. 이가 바득바득 갈리는 상황이었지만 한 마디도 하지 못하는 상황이 개탄스러웠다.

"……아닙니다."

이헌과 변호사 사이의 묘한 알력 다툼 속에서 입을 꾹 다물고 있던 석 이사가 목소리를 냈다.

"다 얘기하러 온 겁니다."

한층 더 진중해진 표정과 음성이 마치 결심을 굳힌 사람처럼 느껴지게 했다. 고도의 심리 작전인지 알 수 없었으나 한 가지 확실한 것은 있었다.

"제가 K그룹 비자금을 조성했고…… 재단을 통해 돈세탁도 하고, 정치권에 로비도 했습니다……."

석원기 이사가 총대를 메기로 했다는 것.

"차명 계좌도 전부 제 지휘하에 개설된 겁니다. 관리는 전부 제가 하고 있습니다."

적임자를 통해 장현 회장의 꼬리 자르기가 시기적절하게 이뤄진 것만은 확실했다.

✤　　✤　　✤

녹음이 우거진 숲길 끝엔 고즈넉한 분위기를 물씬 풍기는 한옥이 산새 소리와 어우러져 예스러움을 자아내고 있었다.

나지막한 담벼락 안쪽에 자리한 한옥의 정원은 졸졸 흐르는 시냇물 소리까지 한 폭의 수묵화가 따로 없다.

물레방아가 돌아가는 연못 위를 가로지르는 돌다리를 건너자 빛깔이 고운 한복을 입은 중년의 여성이 고개를 숙이며 손님을 맞이했다.

아주 오래전 고급 요정이었던 이 한옥이 국빈 접대나 만찬으로 명성을 떨친 한정식 요릿집이 된 건 불과 15년 정도밖에 되지 않았다.

그의 부친인 권석윤 옹이 법조계와 정계를 떠나 집으로 돌아온 그쯤이었던 것도 같다.

수찬은 안내를 받아 안채로 들어왔다. 굳게 닫혀 있던 미닫이문이 스르르 열리면서 그득하게 음식이 차려진 상 앞에 앉아 있는 낯익은 얼굴과 마주했다.

그는 반갑다 혹은 오랜만이라는 인사는 생략했다.

수찬이 좌식 의자에 앉자마자 맞은편에 앉은 상대방만이 미소 띤 얼굴로 반갑게 인사를 해 왔다.

"대검으로 옮긴 후엔 처음인가?"

수찬이 서부 지검 검사장에서 대검 차장 검사로 자리를 옮긴 것은 1년 전이었다. 수찬은 대답하지 않았다.

그보다 더 오래전부터 두 사람 사이의 교류는 없었으니까. 괜한 소리로 접점을 찾아보겠다 애쓰는 것이 안쓰러울 뿐이었다.

"무슨 일로 보자고 한 거야."

오랜만에 만난 친우라고 하기에 불편함이 드러나는 물음이었다. 그의 얼굴 역시 불편한 심기를 고스란히 대변해 주고 있었다.

하지만 맞은편에 앉은 장현 회장은 입꼬리가 올라간 채로 미소를 잃지 않았다.

"알면서 모른 척하는 건 여전하네."

고향이 같다는 이유로, 힘들고 궁핍한 그때를 함께 겪었다는 이유만으로 끈끈한 우정을 자랑하던 부친들 덕분에 자연스레 나고 자라면서 친구가 된 두 사람이 틀어진 것은 장 회장이 야심을 드러내면서부터였다.

후계 구도에서 오래전부터 배척됐었던 그가 작정하고 친형제의 목에 칼을 들이댔다. 죽기 싫다면 콩고물 받아먹는 걸로 족하라고.

그렇게 왕좌에 앉았다. 그 과정에서 그의 형제 셋은 탈세와 배임, 횡령 혐의로 실형 혹은 집행 유예를 받고 천문학적인 벌금 등을 때려 맞았다.

그는 당시 자신의 형제들을 쳐내기 위해 친구였던 수찬에게 도움을 청했다. 그때 단칼에 거절하던 그 경멸 어린 얼굴을 그는 아직도 잊지 못하고 있었다.

"쓸데없는 소리 할 거 아는데 굳이 시간 내서 나온 이유는, 검찰에서 내가 너한테 해 줄 수 있는 일은 지금도 앞으로도 아무것도 없다는 걸 명확히 하기 위해서야."

상다리가 휘어지게 차려진 음식이 차게 식어 갔다.

"야박한 건 변함이 없네."

장 회장은 미소를 잃지 않았다. 그의 미소 뒤에 감춰진 속내가 뻔히 보여 입이 썼다.

"내가 친구를 곤란하게 만들겠어? 오랜만에 밥이나 한 끼 하자고."

"그렇다고 하기엔 비서가 참 끈질기게도 전화를 해 대더군."

"우리 공 실장이 워낙 충실해서 그런 거니까 봐줘."

"다시 들어가 봐야 해. 밥 먹을 시간은 없어."

"언제 또 마주 앉아 밥을 먹겠어."

끝까지 능글맞았다. 장 회장은 젓가락을 들어 보리굴비 한 점을 수찬의 앞에 놓인 돌솥밥 위로 건넸다.

장 회장이 하는 양을 물끄러미 바라보던 수찬은 쓰게 웃으며 입을 뗐다.

"이번에도 꼬리 자르느라 팔 하나를 내줘서 밥 먹을 시간 많지 않나?"

날카로운 일침이었다. 이미 대검 내에서도 아침부터 석원기 이사가 자백하겠다며 중앙 지검에 들이닥친 일이 파다하게 퍼진 상태였다.

장 회장의 재산 관리는 물론이고 핵심인 그룹 내 비자금을 조성과 관리를 총괄하고 있는 석 이사의 자백은 명백한 꼬리 자르기였다.

"담당 검사가 제법 젊은데, 앞뒤 꽉 막힌 게 권수찬 저리 가라야."

장 회장은 지난 사건 때 참고인 조사를 받으며 마주했던 이헌을 떠올리며 혀를 내둘렀다.

"회유도 협박도 안 통하더라고. 그래서 지난번에 무리하게 비서실장을 찔렀는데 글쎄 그 딸이 이번에 죽었더라?"

그러면서 그는 쓰게 웃었다. 나성문의 딸이 어쩌다 죽었는지 알면서도 태연한 장 회장의 태도에 수찬은 미간을 찌푸렸다.

"왜 그렇게 됐는지 몰라서 하는 말인가? 민준이 걱정 좀 하지?"

아들이 구속 기소되고 공판 일을 조정하고 있다는 걸 모르지 않을 텐데 이토록 태연한 아버지라니. 비정하기 이를 데 없었다. 부성애조차 메마른 것 같았다.

"쯧. 그 자식 때문에 쓸데없이 돈 쓰고 인력 낭비한 것만 생각하면 모가지를 비틀어도 시원치 않아."

갱생이 되지 않으리라는 걸 알았지만 회사 이미지에 타격을 주는 미친 짓거리를 더는 두고 볼 수가 없었다.

그대로 재판을 받게 되냔 언론을 통제할 수 없는 건 뻔한 일. 해서 사건을 덮어 주는 대가로 경찰, 검찰의 관련 부서 윗선에 돈을 뿌렸다. 그럼에도 사건이 다시 들춰지고 뇌물 리스트까지 거론되자 청와대를 쥐고 흔들어 사건을 은폐시켜 버렸다.

그때 그 일만 아니었더라면 지금과 같은 일은 터지지 않았을 것이었다. 설사 이런 일이 생겼다 하더라도 그동안 뿌린 돈을 거두는 셈 치고 약간의 압박만 가한다면 단번에 검찰을 푸시할 수 있었다.

하나같이 발 빼듯 나 몰라라 하면서 등을 돌려 버리니 팔 하나를 내주며 꼬리를 잘라 버릴 수밖에 다른 뾰족한 수가 없었다.

아들이 아니라 원수나 다름없는 놈이었다. 비정하고 매정한 아비라 해도 하는 수 없다. 제대로 된 자식이 아니면 쓸모없을 뿐이다.

"민혁이처럼 놔두지 그랬어."

수찬은 안타까움에 괜한 소리를 하고 만다. 마치 오랜 친구의 고민거리를 들어 주는 모양새였다.

"민혁이는 애초에 그릇이 안 되는 애야."

민준의 형인 민혁은 어릴 때부터 발에 치이는 개미조차 밟지 못하던 유약한 성미를 가져 일찌감치 부친인 장 회장의 눈 밖에 났다.

장남이 누릴 수 있는 모든 것들을 민준에게 양보한 거라고 봐도 무방할 정도인 민혁은 어릴 때 유학길에 올라 아직도 해외를 떠돌고 있었다.

"민준이 녀석처럼 잡았으면 못 살겠다고 목숨 끊었을 놈이야."

아들 하나 살리는 셈 친 거라고 생각했다.

밖에서 동네 친구를 때리고 들어온 민준을 혼내는데도 옆에서 마치

제가 잘못한 것처럼 울면서 질겁하던 녀석이었다. 평소 잘 따르던 삼촌들이 아비가 휘두른 칼에 맞아 뉴스에 나오고 실형을 살게 된 이후 상황은 급변했다.

형제는 달라도 너무 달랐다. 무서울 정도로 자신을 닮은 민준은 이제 회사가 우리 것이냐며 좋아했고 유약한 민혁은 몇 날 며칠을 방구석에 틀어박혀 울기만 했다.

그런 유약한 자식은 필요 없어 내쫓아 버렸다. 눈앞에서 안 보이게. 아주 멀리.

"그래서 말인데, 민혁이랑 다현이 어때?"

말없이 침묵하던 수찬이 장 회장의 물음에 의아한 듯 눈살을 찌푸렸다.

"무슨 소리야."

"다현이 시집갈 때 안 됐나? 민준이랑 동갑이잖아."

"그 소리 하려고 밥이나 먹자고 한 거야?"

그럼 그렇지. 이 와중에 줄기차게 연락을 해 굳이 밥을 먹자고 한 연유가 뭘까 생각할 필요도 없었다.

사건을 잘 마무리해 달라며 부탁을 해 올 거라고 생각했다. 오죽하면 사이가 틀어진 옛 친구를 애타게 찾을까 싶었는데, 부탁의 도를 넘어선 제안이 자신을 기다리고 있을 줄이야.

"겸사겸사. 오랜만에 친구 얼굴도 보고."

장 회장은 회심의 미소를 지었다.

"내 딸 걱정 전에 네 아들 걱정이나 해."

실형을 선고받을 가능성이 농후한 상황에서 난데없이 외국으로 유배를 보내 버린 장남과의 혼사를 제안하는 장 회장의 검은 속내가 뻔하기만 했다.

"민준이보다 민혁이를 더 좋아하지 않았었나?"

"자식을 보면 부모가 보인다고 하지? 민혁이는 자네가 안 보여서 좋았지만, 네 집안이랑 사돈 될 생각은 없어."

"안타깝네. 난 다현이 딱 며느릿감으로 마음에 드는데."

"사돈 자리가 별로야."

부드러운 인상과 온화한 성품으로 보면 누가 민혁을 장현 회장의 아들이라고 볼까 싶을 만큼 착한 녀석이었다. 장난기 많고 산만하고 포악한 민준과 달라도 너무 달랐다.

부모를 잘못 만나 고생한다는 말이 나올 성도로 민혁은 장씨 집안과 어울리지 않는 아이였다. 사돈 자리가 별로라고 단칼에 잘라 버렸지만 아직 한국에 돌아오지 못하고 있는 민혁이 괜히 측은하기만 했다.

그런 수찬의 반응에 장 회장은 호탕하게 웃었다.

"그리고 다현이 곧 결혼해."

언제 할지 모르지만, 결혼을 전제로 만난다고 했으니 언젠가 해도 하겠지 싶어 수찬은 장 회장이 품은 검은 속내를 뿌리째 뽑아 버리려 했다.

괜히 남겨 뒀다가 화근이 될지 몰랐다. 그러고도 남을 위인이었다.

"그래?"

수찬의 말에 흠칫 놀란 장 회장은 반문했다.

"어르신이랑 네 마음에 든 사윗감인가 보지? 웬만해선 어르신 눈에 흡족하기 쉽지 않은데 말이야."

수찬의 부친을 두고 하는 말이었다. 그는 대수롭지 않게 여겼다. 맞는 말이기도 하니까.

"이번 사건 지휘 검사야. 지난번에도 수사 지휘 검사였고 네 사건 담당 검사기도 했지."

그저 장 회장의 궁금증을 풀어 주며 싹을 잘라 버리려는 수였다.

"뭐……?"

다현의 결혼 상대가 회유와 협박에도 눈 하나 깜짝하지 않고 목석같던 그 검사라는 수찬의 말에 장 회장은 제법 놀란 듯 눈살이 찌푸려지기도 했다.

"문이헌 검사, 우리 다현이랑 만나는 중이야."

쐐기 골이나 다름없었다. 골대에 골키퍼가 있으니 감히 네 아들은 엄두도 내서는 안 된다는 말이었다.

장 회장은 혀를 내두르며 웃었다.

"쯧, 어째 너랑 꼭 닮은 놈을 골랐어."

십수 년간 코빼기도 보이지 않는 아들을 한국에 불러들이기 좋은 구실이었다. 불가항력으로 민준의 자리가 비었으니 그 대체자로 민혁을 앉혀 볼까 싶었다. 피 한 방울 안 섞인 남보다야 그래도 피라도 섞인 자식이 낫지 않은가. 이보다 더 좋은 기회는 없었고 이만한 좋은 상대도 찾기 어려웠다.

수찬과 사돈이 된다는 것은 즉 그의 부친인 권석윤 옹을 등에 업는 것과 다르지 않았다.

그만큼 좋은 조건을 가진 며느릿감은 대한민국에서 찾기 어려울 거라는 것이 장 회장의 생각이었다.

"내가 고른 건 아니야. 누구 닮아서 고른다고 결혼할 애도 아니고."

장 회장은 쓰게 웃었다. 마지막 기회조차 손에 잡힌 모래알처럼 우수수 빠져나가고 만다.

"오랜만에 같이 밥 먹는 보람이 없네."

"우리 사이에 밥은 그만 먹어야 하지 않겠어? 식사는 이만 한 거로 치자고."

가지런히 놓인 젓가락과 숟가락에 손 한 번을 대지 않고 수찬은 그대로 몸을 일으켜 방을 나갔다.

미닫이문이 닫히자 홀로 앉아 있던 장 회장은 젓가락을 들어 보리굴비 한 점을 입에 넣었다. 짭조름한 보리굴비에 잡곡밥을 한 숟가락 떠먹었다.

"하나같이 말을 안 들어 처먹네."

언제부터 그렇게 깨끗하고 고결들 했다고.

입맛대로 굴러가는 게 하나도 없어 화가 치밀어 올랐다.

진수성찬이 차려진 테이블 끝을 꽉 붙든 손이 세차게 떨렸다. 들불처럼 타오른 화는 걷잡을 수 없이 번져 가 머릿속까지 까맣게 태워 버렸다.

테이블을 거뜬히 들어 엎어 버리는 그 손길이 거칠었다.

와장창 깨지는 접시들과 엉망으로 나뒹구는 음식들이 엉망진창이 된 그의 마음속을 대변하는 것 같았다.

14장

특수 1부 최현수 검사와 조사실에서 마주 앉은 이는 대호그룹의 김반석 부회장이었다.

해가 뉘엿뉘엿 질 무렵 변호사도 없이 홀로 포토 라인에 선 그는 죄송하다며 허리를 숙였다.

모두 자신의 잘못이라며 성실하게 검찰 조사에 임하겠다며 조사실로 들어와 최 검사의 질의에 빠짐없이 답하고 있었다.

"횡령을 인정하시는 겁니까?"

혐의를 인정하지 않을 수 없을 만큼 명확한 증거 자료들이 테이블 가득 빈틈없이 펼쳐져 있었다. 서류를 눈으로 훑던 김반석 부회장은 고개를 끄덕이며 입을 뗐다.

"……증여받은 부동산을 처분하는 과정에서 예비비로 양도 소득세를 냈습니다."

김 부회장의 자백이 계좌와 부동산 거래 내역과 정확히 일치했다.

"중도금 없이 계약금을 제외하고 잔금 전액을 개인 계좌로 받았습니다."

그는 최 검사의 눈을 제대로 쳐다보지 못했다. 조사실에 들어와 검사와 마주한 이후 그는 줄곧 시선을 아래로 내리깔고 있었다.

1차 참고인 조사가 이뤄질 때도 대호그룹 참고인들은 모두 혈혈단신으로 조사실 문을 두드렸었다. 증거 자료들 앞에 대부분 혐의를 인정했고 최종적으로 김반석 부회장이 참고인 조사를 받으러 온 상황이었다.

전부 자신의 잘못이라며 죄를 인정해 버리면 피의자 신분으로 조사를 받아야 할 텐데도 그는 거리낌 없었다.

건너편 조사실에서 등 떠밀려 자백을 하러 온 누구와 대조적인 분위기인 것만은 확실했다.

김반석 부회장은 혐의를 인정하고 반성하는 자세를 취해 실형만은 면할 속셈인 게 분명했다. 현 상태라면 실형을 면하는 건 물론 집행 유예와 벌금형으로 재판이 마무리될 가능성이 농후했다.

"단체로 뭐 잘못 드셨어요? 갑자기 이렇게 나오시면 어쩌나……."

최 검사는 난감한 기색을 감추지 못했다.

조사에 비협조적으로 나오는 것보다 백번 나은 상황이지만 예상보다 너무 협조적이라 기소를 한다고 하더라도 검사의 의견이 재판부에 제대로 받아들여질지 의문이었다.

"증여세는 직접 내셨다고 하던데, 계좌 내역을 보면 그 어디에도 증여세가 나간 부분이 없습니다."

"……증여세도 예비비로 지급이 됐습니다. 그것도 제 지시였으니, 전부 제 잘못입니다."

은폐된 지난 사건을 조사할 땐 묵비권을 행사했던 김 부회장은 다른 사람이 아니었을까 하는 의구심이 들 정도였다.

"단체로 약이라도 먹었는지 정신을 차린 건지……."

조사실 안의 상황을 지켜보던 이헌은 고개를 내저으며 관자놀이를 지그시 눌러 댔다.

K그룹의 석원기 이사만으로도 골치가 아픈데 이젠 대호그룹까지 이렇게 혐의를 인정하고 잘못을 시인하면 재판부에서 선고할 형량이 어느 정도 나올지 짐작이 가고도 남았다.

언론에 터진 자식들의 마약 파티 때문에 극도로 몸을 사리고 있는 게 분명했다. 그렇지 않고서야 여기저기서 조사에 이토록 협조적으로 나올 수 없었다.

못난 자식들이 회사 이미지에 한차례 먹칠을 짙게 했으니 비리 혐의로 똥물을 끼얹을 순 없다는 판단에서 비롯된 자백으로 추정될 뿐이었다.

"김반석 부회장은 그때 골드서클 때문에 돈 먹이느라 부동산 처리하고, 자기 딸 도피성 이민 보내려고 캘리포니아에 주택 구매한 게 전부야."

김 검사가 뻐근한 목덜미를 주무르며 말했다.

K그룹과 MK건설에 비하면 비교적 가벼운 죄질이었다. 잘못된 부성애에서 비롯한 횡령과 배임. 또한 그 사실을 알면서도 묵과하고 적극적으로 도운 재무 이사는 업무상 배임이었다.

계열사 사장단과 임원진들 역시 소소하게 법인 카드를 사적인 용도로 써 왔기에 횡령죄에 해당할 뿐 다른 혐의점은 찾을 수 없었다.

"장 회장에 비하면 동네 구멍가게 수준이긴 하죠."

김반석 부회장의 죄질이 장현 회장에 비하면 아무것도 아니라는 말이었다.

"일단 조사 끝나면 혐의 확인된 계열사 사장단과 임원진들 엮어서 대호는 빠르게 기소하는 거로 하겠습니다."

"구속까진 안 되겠지?"

"부회장이 세상 착하게 혐의를 인정하고 수사에 적극 협조를 하시니, 구속 영장은 기각될 게 뻔합니다."

"구속이라도 피하려고 코칭받고 왔겠지."

김 검사는 혀를 내둘렀다. 변호사를 대동하지 않았지만, 코치를 받고 온 게 눈에 훤히 보였다. 어떤 식으로 해야 집행 유예로 끝날 수 있을지 경우의 수를 따져 본 것이 분명했다.

혐의를 인정했다는 것이 언론을 통해 알려진다면 마약 사건으로 인해 바닥을 친 회사 이미지 또한 회복이 가능할 것이라는 변호사의 충고를 들었을 것이다.

"대호는 불구속으로 진행할 수밖에 없을 거 같습니다."

이미 압수 수색으로 자료를 죄다 쓸어 온 탓에 증거 인멸의 우려는 둘째 치고 재판부에선 혐의를 인정했으니 도주 우려가 없다고 판단할 게 뻔했다. 무리하게 구속 영장을 청구했다가 영장이 기각된다면 그보다 더 좋은 먹잇감은 없었다.

가뜩이나 수사에 진척이 없다는 언론 보도가 쏟아지고 있는 판국에 빌미를 제공하면서 수사의 논점을 흐리는 건 가당치 않았다.

"별수 없지 뭐."

김 검사는 머리를 긁적였다. 대호그룹이라도 수사가 마무리되면 한숨 돌릴 수 있으니 괜찮은 것 같다가도 찝찝한 기분이 드는 건 하는 수 없었다.

그렇다고 멱살을 붙잡고 왜 이제 와 혐의를 인정하고 죄를 반성하냐고 피의자에게 따질 수도 없는 노릇이었다.

조사 끝나면 알려 달라는 말을 남긴 뒤 이헌은 곧장 맞은편 조사실로 향했다.

굳게 닫혀 있던 문을 열자 심드렁한 변호사 옆에서 다소 평온해 보이는 석원기 이사가 저녁 식사를 끝내고 앉아 있었다.

이헌은 문밖에 있던 실무관에게 빈 그릇이 든 쟁반을 건네며 문을 닫았다. 그러고는 석 이사의 맞은편에 앉아 생수를 건넸다.

"식사도 끝나셨으니 다시 시작하겠습니다."

석 이사는 이헌이 건넨 생수병을 멍하니 바라보았다.

"피의자가 관리하는 K그룹 비자금 규모가 정확히 얼맙니까."

특수 1부에서 파악한 K그룹의 비자금은 못해도 700억 원대였다. 다만, 창립 이후 두 차례 오너가 바뀔 때마다 상속되듯 이어져 온 비자금의 액수는 정확히 파악되지 않고 있었다. 도합 수천억 원대로 예상할 뿐.

수십여 년 전 조성된 K그룹의 비자금은 스위스 은행 계좌에 묶여 있는 상태였다. 그 돈이 불법적으로 조성된 비자금이라는 사실을 현재는 증명할 길이 없어 계좌 정보를 파악할 수 없는 실정이었다.

현재 K그룹의 비자금을 관리하는 석원기 이사와 오너인 장현 회장을 제외한다면 그 계좌 속에 들어 있는 금액이 얼마인지 그 누구도 알 수 없을 것이다.

"……1,800억 정도 됩니다."

숨겨져 있던 돈의 액수가 수면 위로 드러났다. 석 이사의 대답에 헉 소리를 내며 마른침을 삼킨 수사관은 안면이 굳어진 이헌의 눈치를 살피며 빠르게 키패드를 눌렀다.

"스위스 은행에 묵혀 둔 비자금은 현재 검찰에선 계좌 정보 공개를 요청할 수가 없다는 걸 잘 아시니 거리낌 없나 봅니다."

스위스 연방법에 따라 은행의 계좌 정보를 타인에게 함부로 넘겨주지 못하던 과거와 달리 현재는 범죄와 관련된 돈이라는 것을 증명한다면 계좌 정보를 공개하는 건 물론 계좌를 동결시킬 수 있다.

하지만 디지털 자료가 구축되지 않았던 시절이었다. 당시 조성된 비자금 장부들은 폐기되어 찾을 수도 없는 실정이었다. 수기로 작성됐을 게 분명한 당시의 자료들은 현재 비자금을 관리하는 석 이사조차 본 적 없다며 알지 못한다는 말로 일관했다.

그저 자신 이전에 비자금을 관리했던 류호진 상무에게서 건네받은 계좌가 전부라고 했다. 2년 전 말기 암으로 생을 달리한 류 상무를 불러서 물어볼 수도 없으니 사실상 스위스 은행에 감춰진 비자금은 들여다볼 수도, 손을 댈 수도 없는 상황이었다.

"현재 차명 계좌 200개 정도랑 페이퍼 컴퍼니 다섯 군데, 또 거기서 생성된 계좌 스무 개. 그걸 다 혼자 관리하십니까."

"……네."

"그렇게 충성하시고 월급은 많이 받고 계십니까."

차명 계좌 정보가 일목요연하게 정리된 자료를 하나씩 펼쳐 보이며 이헌은 조소했다. 석 이사는 헛기침을 내뱉으며 이헌의 질문을 회피했다. 그저 감시자로서 옆에 앉아 있던 변호사만이 대꾸할 뿐이었다.

"사건과 상관없는 질문은 삼가시죠."

석 이사를 바라보던 이헌의 시선이 날카롭게 번뜩이며 변호사를 향했다. 미간 사이에 드리워진 그림자에 움찔하며 변호사는 목청을 가다듬었다.

"변호인, 피의자 말에 따르면 비자금 규모가 도합 천 억이 넘는데, 그 규모의 비자금을 실질적으로 혼자 관리한다는 게 말이 된다고 생각합니까?"

이헌은 되레 변호사에게 날카로운 질문을 던졌다. 꿀 먹은 벙어리가 되어 입을 닫아 버린 변호사는 까마득한 후배에게 번번이 기를 펴지 못해 이를 바득바득 갈았다.

변호사의 대답을 기대하지 않았기에 이헌의 날카로운 시선과 질의는 다시금 석원기 이사에게 향했다.

"규모만 보면 일개 이사가 자발적으로 했다고 보기 어렵습니다. 독자적으로 비자금을 조성하신 거라면 개인적으로 써도 아무도 모르는 거 아닙니까?"

비자금에 개인적으로 손을 댔냐고 묻는 것이었다. 석 이사는 발끈하며 언성을 높였다.

"창립 이후 오래전부터 조성되어 있던 비자금이었습니다! 장 회장님 체제에서 제가 맡은 뒤에 규모가 더 커진 것은 사실이지만, 그룹 내의 비자금은 전적으로 선대 회장님들로부터 조성된 겁니다."

석 이사의 언성에 이헌은 시선을 내리깔며 피식 웃었다.

"뒤에서 호박씨는 안 깠는지 들여다봐도 안 보일 거 같습니까."

이헌이 뇌까렸다. 오늘따라 유난히 검사님의 언사가 격하다는 걸 느낀 수사관은 초조한 기색을 내비치며 헛기침을 짧게 내뱉었다. 수사관의 기척에 이헌은 짙은 한숨을 삼켰다.

"말씀을 가려서 하세요."

변호사가 일침을 가했다. 언사가 격했다는 걸 인정한 이헌은 피의자인 석 이사에게 죄송하다 말했다. 그러면서도 집요한 질문은 계속됐다.

"재단 갤러리를 통해서 매달 조성되는 금액이 최소 50억이 넘습니다. 회삿돈이 그렇게 새 나가는데 오너가 모른다는 게 말이 됩니까? 비자금으로 돌리는 걸 아니까 암묵적으로 동의한 일 아닙니까."

이름 없는 어린 작가들을 후원해 준다는 명목으로 그들의 그림을 전시하고 팔면서 그림 대금으로 비자금을 조성했다. 각 계열사에서 그림 대금으로 받아 낸 금액만 매달 억대를 가뿐히 넘었고 그렇게 차명 계좌로 수십억씩 꼬박꼬박 흘러 들어갔다.

"……회장님은 선대 회장님 때부터 조성된 비자금이 운용되는 줄로만 알고 계십니다."

벽 보고 얘기를 한다고 해도 이보다는 덜 답답할 것 같았다. 모든 게 자신의 손끝에서 시작된 일이라며 모든 혐의를 혼자 짊어지고 가려는 피의자를 회유할 가장 확실한 방법을 써야 할 때인 것 같았다.

"장현 회장 아들인 장민준이 마약한답시고 사고 쳐서 검찰, 경찰 간부급들한테 뇌물을 제법 뿌린 사실을 알고 있겠죠?"

"그건 회사 일이 아니라……."

모른다는 말이었다. 괜한 식은땀이 흐르는 순간이었다. 석 이사는 변호사를 힐끔거렸다. 지난 사건에 대해서 변호사와 입을 맞춘 일이 없는 듯 난감한 눈치였다.

이헌은 태블릿 PC 속에 잠들어 있던 지난 사건 증거 자료를 빠르게 뒤적였다. 그의 손끝이 무슨 일을 하는지 변호사는 힐끔거렸고 석 이사는 마른침을 삼키며 입술을 깨물었다.

'검, 경찰 로비 내역'이라 명시된 파일을 클릭하자 이미지화된 엑셀 파일이 나타났다. 이헌은 그중 '이미선'이라는 이름으로 된 출금 내역을 확대해 석 이사 쪽으로 태블릿 PC를 보였다.

"당시 내사로 뇌물을 받은 혐의가 인정되어 파면당한 박상현 차장 검사와 정은철 부장 검사 계좌로 5억씩 입금이 됐습니다. 그 돈이 갑자기 어디서 들어왔나 봤더니 장현 회장의 처형인 이미선 씨 개인 계좌에서 입금이 됐던데……. 그 돈은 또 어디서 이미선 씨 계좌로 들어온 건지 확인해 봤더니 석현준이라고, 석원기 이사님의 큰아들 계좌에서 10억이 인출된 사실을 확인했습니다.”

태블릿 PC 속 이미지 파일에 계좌 역추적의 흔적을 고스란히 엿볼 수 있었다. 눈앞의 상황을 조금도 인지하지 못했던 듯한 석 이사의 낯빛이 파리해지기 시작했다. 변호사는 난감한 기색을 감추지 못하고 안경을 추켜올렸다.

차명 계좌들을 직접 관리하는 석 이사 본인조차 전혀 몰랐던 아들 명의의 차명 계좌에 적잖게 놀란 듯했다.

아무리 머리를 굴려 봐도 답은 한 가지였다.

장현 회장이 그 전부터 물밑 작업을 하고 있었다는 것. 비자금 관련된 일이 터지면 전적으로 자신에게 뒤집어씌우기 위한 밑밥을 깔고 있었다는 것이 명백해지는 순간이다.

“아들 명의의 차명 계좌라니, 가족 걱정에 총대 메신 분이 할 일은 아니지 않나 싶습니다.”

비자금을 관리하는 그가 자기 아들 명의로 된 차명 계좌를 만들었을 리 없다는 것이 이헌의 심증이었다.

순식간에 얼굴이 붉어져 이마에 핏대가 선 석 이사를 보니 심증이 확실해지고 그를 회유할 좋은 미끼였다는 것에 입꼬리가 올라가는 이헌이었다.

“장현 회장은 전부터 비자금 관련해서 몸통만 내주고 머리인 자신은 빠져나갈 구멍을 만들어 놓은 사람입니다. 애초에 장 회장의 제안을 거절했다면 알아서 덫을 놓고 석 이사님이 걸려들길 기다렸을 양반입니다.”

“…….”

“장현 회장이 승계한 이후에 지금까지 그 밑에서 일했으면서 장 회장이 얼마나 능구렁이 같은 인간인지 왜 모릅니까.”

아이들의 학비는 물론 생활비며 평생 먹고살고도 남을 만한 액수를 제시했다. 비서실장이 건넨 파일 속 서류는 그런 것들이 명시되어 있었다.

법무 팀의 지원을 받아 재판을 치르고 혹여라도 실형을 살게 된다면 그보다 더한 액수를 추가로 지급한다는 내용도 있었다. 출소한 이후에도 계속 회사에서 일할 수 있게 해 주겠다는 보장도 함께.

입 안이 쓰기만 했다. 당신은 괜찮은 거냐며 전화를 해 온 아내에게 걱정하지 말라고 금방 끝날 거라고 안심을 시켰지만, 수화기 너머에서 들려오던 아이들의 울음소리가 잊히지 않았다.

"총대 메고 적진에 뛰어든 대가를 가족들이 좋아하겠습니까. 남편의, 아버지의 목숨값이나 다름없는 금액일 텐데요."

보나 마나 죽기 전까지 손에 쥐어 보지도 못할 금액을 제시했을 게 뻔했다. 아니나 다를까 석 이사는 이를 꽉 깨물며 고개를 떨궈 버린다.

"이보세요, 검사님. 본질을 흐리는 질문은 삼가 달라고 말씀드렸습니다."

조사의 흐름을 완벽히 바꿔 놓아 버린 이헌 때문에 변호사는 초조해했다. 석 이사가 지시한 대로 자백을 하여 진술이 허튼 방향으로 흘러가지 않게 옆에서 컨트롤하라고 법무 이사가 신신당부를 했었다.

이대로 가다간 죽도 밥도 되지 않고 조사가 엉망이 될 것 같았다.

"변호인은 감시자로 온 거면 조사실에서 나가시죠."

이헌이 눈살을 찌푸리며 언성을 높였다. 바르르 떨면서도 변호사는 쉽사리 입을 떼지 못했다.

"여긴 피의자와 선임된 변호사 외엔 출입 금집니다. 변호할 생각이 있는 변호사라면 혼자 총알받이 자처한 사람을 말려야 정상 아닙니까?"

변호사의 말문을 막아 버리고는 석 이사를 바라보며 충고를 가장한 회유책을 또 한 차례 펼치는 이헌이었다.

"잘 생각하세요. 실형 살고 나오면 남는 게 뭡니까. 벌금도, 가족들 평생 먹고살 돈도 장 회장이 다 해결해 주겠지만 그동안 남아 있는 가족들이 온전하게 살 수 있을 거 같습니까?"

"……."

"피의자가 진술한 대로 비자금이 1,000억 원대 규모라면 그 죄질이 가볍지 않을 겁니다."

"……."

"비자금뿐 아니라 직접 로비도 하시고 뇌물도 건네셨다니까 대충 못해도 무기 징역 수준입니다."

무기 징역이라는 말에 석 이사의 얼굴이 하얗게 질려 버리고 만다. 실형은 최대한 피할 수 있게 최선을 다하겠지만 혹여라도 실형으로 최종 형이 확정된다고 해도 겨우 1, 2년일 거라며 걱정하지 말라던 변호사를 바라보며 그는 주먹을 움켜쥐었다.

"잘라 버린 꼬리를 장 회장이 다시 붙여서 쓸 거 같습니까? 평생 옥살이하면서 남은 가족들 피눈물만 쏟게 하는 겁니다."

덫에 걸려 옴짝달싹 못 하는 생쥐가 된 기분이었다. 그저 자신의 눈길을 피하기만 하는 변호사를 바라보는 그의 눈엔 핏발이 잔뜩 선 채였다.

"죄지은 건 각자 알아서 터는 게 좋지 않겠습니까."

벼랑 끝에 내몰린 이의 심정이 이토록 분노에 휩싸인다면 벼랑 끝으로 내몬 이를 어떻게 해야 할까.

아침부터 이어진 조사가 끝났다. 식은땀을 흘리는 변호사를 나 몰라라 한 채 앞서 조사실을 빠져나가는 석원기 이사의 차게 식은 표정은 복도에서 지켜보던 이들의 간담을 서늘케 만들었다.

참고인 조사를 마치고 회의실로 들어선 다현은 기친 기색이 역력했다.

증거 자료들과 태블릿 PC를 테이블에 툭 내려놓고 의자에 앉아 팔을 베개 삼아 고개를 파묻어 버린 그녀의 입에선 짙은 한숨이 쉼 없이 흘러나왔다.

"석원기 이사님이 시키는 대로 한 겁니다."

"제가 무슨 힘이 있겠어요. 관장인데 갤러리는 제 마음대로 운영할 수 없었습니다."

"그룹 비자금 세탁하려고 어린 작가들 후원하고 계열사에 그림 팔아먹는 거 알면서 힘이 없어서 아무 말 못 한 건 맞는데, 관장이라고 해도 월급쟁이에요. 제가 뭘 어쩌겠어요……."

사실을 알면서 묵과하고 방조한 혐의 말고 관장이 실질적으로 K그룹 비자금에 관여한 바가 없다는 사실만 참고인 조사를 통해 드러났다.

모든 건 석원기 이사의 지시였다며 그가 하는 대로, 지시한 대로 따를 수밖에 없었다는 관장의 진술과 큐레이터의 진술도 일치했다.

자백하겠다고 제 발로 찾아온 석원기 이사를 가리키는 갤러리 관련인들의 참고인 조사는 그렇게 일단락됐다.

"숙직실 가서 눈 좀 붙여."

잔잔한 이헌의 목소리에 눈이 번뜩 떠지고 만다.

"석원기 이사는 어떻게 됐어요?"

고개를 치켜든 다현은 묵직한 증거 자료들을 테이블에 내려놓고 옆자리에 앉은 이헌을 붙잡고 다급히 물었다.

하루아침에 K그룹 수사에 핵심이 되어 버린 석원기 이사의 조사가 궁금하기만 했다. 갤러리 조사까지 석원기 이사라는 벽 앞에 가로막힌 상태라 무엇보다 중요했다.

"일주일 넘도록 밤새웠는데, 오늘은 좀 쉬자."

테이블에 팔을 척 올려놓고 턱을 괸 채 다현을 물끄러미 바라보며 반대 손을 뻗은 그는 그녀의 머리를 쓰다듬으며 말했다.

아직 조사실에서 나오지 못한 선배들이 수두룩했다.

"진술서 다시 살펴봐야 해요. 쉴 시간이 없습니다, 선배님."

그녀의 입가에 희미한 미소가 자리 잡았다. 눈엔 졸음이 가득한데 일을 해야 한다는 다현의 말에 이헌은 쓰게 웃으며 입을 뗐다.

"체력도 국력이라는 말 몰라?"

"나만 안 쉬는 것도 아니고, 선배들도!"

"틈틈이 쉬면서 일하는 것도 배워. 그것도 다 요령이야."

한 번을 숙직실에 내려가 편히 자는 다현의 모습을 본 적 없는 이헌이 눈살을 찌푸리며 말했다.

짬을 내서라도 눈을 붙이는 선배들과 다르게 요령 없이 일만 하는 그녀가 안쓰러워 터져 나온 언성이었다.

작정하고 정색하며 다그치듯 말하는 이헌 때문에 적잖이 놀란 다현은 눈을 끔뻑이며 입을 떼지 못했다.

일주일이 넘도록 검사실에서 쪽잠을 잔 게 전부인 그녀의 손을 붙잡고 몸을 일으킨 이헌은 그녀를 데리고 회의실을 박차고 나왔다.

"어, 어디 가는데요!"

퇴근 시간을 훌쩍 넘겨 복도엔 아무도 없었다. 그래도 누가 듣기라도 할까 봐 소곤거리며 다현은 언성을 높였다.

"우리 집."

엘리베이터 버튼을 누르며 그가 말했다. 소스라치게 놀란 다현은 황급히 자신의 손목을 움켜쥔 이헌의 손을 뿌리쳐 보지만 소용없었다.

위층에서 내려온 엘리베이터가 멈추고 문이 열리자 막 조사를 끝내고 뻐근한 목덜미를 주무르던 남 검사와 그의 수사관과 맞닥뜨리고 말았다.

자꾸만 마주치는 남 검사도 문제지만 그의 수사관이 다현보다 더 놀란 듯해 걱정이 되었다. 수사관은 그녀의 손을 움켜쥐고 있는 이헌을 보며 말을 잇지 못했다.

"뭐야. 어디 가?"

반면 남 검사는 이헌과 다현을 번갈아 쳐다보더니 어디 가냐며 넌지시 물었다. 대수롭지 않아 보이는 남 검사의 태도에 의아해하며 수사관은 의심의 눈초리로 이헌과 다현을 주시했다.

그의 호기심 가득한 눈빛에 다현은 이헌에게 잡힌 손을 빼내려 손을 이리저리 비틀어 대며 멋쩍은 미소를 지었다.

"퇴근합니다. 조사 끝나셨으면 선배님도 퇴근하시고 쉬다가 오세요."

이헌은 가볍게 고개를 숙이고는 이내 다현을 데리고 엘리베이터에 올랐다.

"그래? 그럼 나도 오랜만에 집에 가서 마누라 밥 먹고 쉬다가 와야겠다."

남 검사는 기지개를 켜며 환호했다. 모처럼 잠자리가 편할 것 같았다. 피로가 쌓이면 일의 능률이 떨어진다는 걸 잘 알기에 마침 딱 좋았다.

"내일 뵙겠습니다."

수사관의 눈총을 받으면서도 이헌은 눈길 한 번 주지 않았다. 남 검사에게 인사를 하고 닫힘 버튼을 누를 뿐이었다.

"먼저 가 보겠습니다!"

문이 닫히는 사이 다현은 고개를 숙이며 남 검사에게 인사를 건넸다. 수사관의 눈총이 뜨겁다는 걸 알면서도 그녀 역시 못 본 체하고 만다.

"서 계장님이 눈치가 얼마나 빠른데!"

엘리베이터 문이 닫히자마자 다현은 이헌의 팔뚝을 때리며 원망의 눈초리로 그를 올려다봤다.

지난번에도 정은상 수사관에게 딱 걸렸는데 마침 사건이 터져 어영부영 넘어갔었다. 물론 아직도 의심하며 수상한 눈빛을 시시때때로 보내고 있었지만 그럴 때마다 능청스럽게 웃으며 넘어가는 것도 한두 번이었다.

거기다 오늘은 눈치 빠른 남 검사의 수사관인 서한수 수사관에게 걸리고 말았으니, 울상이 되고 마는 다현이었다.

"걱정하지 마. 서 계장님 입 무거우니까."

이헌은 다현의 어깨를 감싸 안으며 그녀를 안심시켰다. 입이 무거워도 사내 연애를 알게 되는 사람들이 점점 늘어나고 있는 것 같아 부담스러운 건 별개의 문제였다.

사람들의 시선이 곱지만은 않을 텐데. 따라붙는 걱정은 덤이었다. 검찰이 얼마나 보수적인 집단인지 잘 알기에 쓸데없는 걱정이라고 해도 하는 수 없었다.

"은근히 사고 치는 타입이야."

지검을 나와 주차장으로 향하며 다현은 핀잔을 늘어놓았다. 그녀의 잔소리에 이헌은 피식피식 새어 나오는 웃음을 터트리며 다현의 손을 꼭 붙잡고 주차장으로 향했다.

현관문을 열고 들어서자 어둠이 두 사람을 기다리고 있었다. 센서등이 켜지고 환해진 현관 너머로 집안 풍경이 다현의 시야에 어렴풋이 들어왔다.

"밥 뭐 먹을래."

신발을 벗고 안으로 들어선 이헌은 손을 뻗었다. 동시에 환해진 집안은 사람이 살고 있다는 흔적을 엿볼 수 없을 만큼 깔끔한 모습을 드러냈다.

따뜻한 느낌이 물씬 풍기는 우드가 베이스인 다현의 집에 반해 전체적으로 깔끔한 화이트 톤에 블랙이 포인트가 된 이헌의 집은 그와 몹시도 닮아 있었다.

까만 소파엔 먼지 한 톨 보이지 않았고 유리 테이블엔 파리가 미끄러질 정도로 반질거렸다. 일주일 넘도록 빈 집이라고 믿기지 않을 만큼 깨끗한 분위기에 거실로 들어선 다현의 눈은 바쁘기만 했다.

"누가 청소해 주는 거예요?"

남자 혼자 사는 집이라기엔 제법 큰 평수의 아파트였다. 시야에 들어온 방문만 네 개였다. 거기다 주방은 쓸데없이 컸다.

이렇게 넓은 집을 남자가 혼자 쓸고 닦는 건 말이 안 된다고 생각한 다현은 조심스레 물었다.

"어머니가 붙여 둔 감시자 같은 아주머니가 일주일에 한 번씩 와서 청소는 해 줘."

바닥에 깔린 포세린 타일이 반짝거리는 게 모두 설명이 되는 순간이었다.

"밥은 시켜 먹어요."

거실만큼 깨끗한 부엌에 들어간 다현이 말했다. 이헌은 세탁물이 든 자신의 가방과 다현의 가방을 아일랜드 식탁 위에 내려놓았다.

"오늘은 쉬기로 한 거니까 부엌은 출입 금지예요."

세탁물이 든 가방을 여는 다현에게 이헌은 싱크대가 끝나는 곳에 굳게 닫힌 미닫이문을 가리키며 고개를 끄덕였다.

검은 세탁물들은 따로 빼 두고 세탁실 문을 연 다현은 서둘러 세탁기 전원을 켰다. 일주일 치 세탁물의 양이 생각보다 많았다. 이헌이 뒤따라 들어와 세제를 넣고 동작 버튼을 가볍게 눌렀다.

"뭐 먹을까요?"

세탁기를 돌리고 나온 다현은 소파에 앉아 휴대폰을 꺼내 들어 배달 앱을 들여다봤다. 자연스레 옆에 앉은 그는 그런 그녀를 물끄러미 바라보기만 했다.

"매운 거 좋아해요?"

배달되는 음식들을 보던 다현이 휴대폰에서 눈을 떼 고개를 들었다. 눈이 마주친 이헌은 가볍게 고개를 끄덕였다.

"대충."

모호한 대답이었지만 다현의 입꼬리는 곡선을 이루고 있었다.

"오늘 메뉴는 매운 갈비찜입니다!"

주문과 결제가 일사천리였다. 40분 뒤 배달된다는 안내 문구가 뜨자마자 다현은 휴대폰을 내려놓고 소파 헤드에 팔을 올려 둔 채 머리를 괸 이헌과 마주했다.

"씻고 나와서 밥 먹어요."

"욕실은 저쪽이야."

그의 손끝이 가리킨 곳은 현관을 지나 왼쪽 복도였다. 위치를 확인한 다현은 가방을 챙겨 들고 욕실로 향했다. 그 모습을 바라보던 이헌은 욕실 문이 닫히자마자 자신도 서둘러 침실에 딸린 욕실로 들어가 샤워기를 켰다.

물줄기가 시원하게 쏟아지는 샤워기 앞에 선 이헌은 눈에 들어간 샴푸 거품을 씻어 내며 피식거렸다.

본가에서 독립한 이후 모친이 붙여 준 감시자를 제외하고 타인이 자신의 집에 발을 들인 것은 처음이었다. 온전히 혼자만의 공간이었던 집에 타인이, 그것도 여자가 풍경 일부를 차지하고 있으니 기분이 묘하기만 했다.

이윽고 샤워를 마친 그는 젖은 머리카락을 수건으로 털어 대며 욕실을 나와 배스 가운 대신 검은 면바지와 흰 티셔츠를 입고 닫혀 있던 침실 문을 열었다.

침샘을 자극하는 냄새가 거실을 가득 메우고 그 속에 수건으로 머리카락을 틀어 올린 다현이 수저를 챙기고 있었다.

"식기 전에 빨리 와요."

멀쩡한 식탁을 놔두고 거실 테이블에 한 상을 차려 놓은 다현은 빨리 오라며 손짓했다.

"감기 걸려. 머리 말리고 와."

에어컨의 찬바람에 집 안이 서늘할 지경인데 물기를 잔뜩 머금은 머리카락을 수건으로 틀어 올린 채 다현은 고개를 내저었다.

밥부터 먹겠다며 숟가락을 들자마자 이헌에게 뺏기고 만 다현은 그의 손에 이끌려 침실에 딸린 파우더 룸 의자에 강제로 앉혀지고 말았다.

이헌은 물기에 젖은 다현의 머리카락에 뜨거운 바람이 나오는 드라이기를 가져다 댔다. 머리카락을 잔뜩 헝클어 대며 말리는 손길이 낯설어 다현은 피식피식 웃음을 터트렸다.

젖었던 머리카락은 빠르게 말랐다. 드라이기를 내려놓은 이헌은 서랍에서 빗을 꺼내 가슴팍을 훌쩍 넘는 긴 머리카락을 한 올 한 올 빗기기 시작했다.

흡사 바비 인형의 머리카락을 빗기며 놀던 어린애 같은 모습이 보여 다현은 터져 나오는 웃음을 참느라 입술을 앙다물어야 했다.

"음식 다 식겠어요."

빗질을 계속하는 이헌의 손에서 빗을 뺏은 다현은 그의 손을 붙잡아 끌고 거실로 나왔다.

바닥에 철퍼덕 앉아 이헌이 정성스레 말리고 빗겨 준 머리를 질끈 동여맨 다현은 빨리 앉으라며 그의 바지 끝을 잡아당겼다.

"우리 점심도 안 먹은 거 알죠?"

점심이 다 뭔가. 아침도 대충 김밥을 먹고 때웠다. 뱃가죽이 등에 달라붙기 일보 직전인 상태라고 해도 과언이 아니었다.

이헌은 앞접시에 갈비찜을 덜어 주는 다현의 옆에 앉아 물을 들이켰다. 짙은 빨간색의 갈비찜은 냄새부터 매운 향이 가득했다.

"잘 먹겠습니다!"

살코기부터 한입 가득 베어 문 다현은 하얀 쌀밥도 입 안 가득 밀어 넣었다. 맛있다며 빨리 먹으라고 이헌을 재촉하면서 젓가락질을 멈추지 않았다.

"맛있어?"

갈비찜 속 감자와 자박한 양념을 밥에 비벼 먹는 다현을 보며 그가 넌지시 물었다. 그녀는 고개를 끄덕였다. 그러면서 밥을 깨작대고 있는 이헌을 의아한 듯 쳐다보며 숟가락을 내려놓고 물을 마셨다.

"왜 안 먹어요? 설마…… 매운 거 못 먹어요?"

매운 거 좋아하냐고 물었을 때 분명 싫어한다고 하지 않았다. 대충이라고 했지. 그게 못 먹는다는 말이었을까.

"보기만 해도 배가 불러서."

잘못 들었나 싶어 다현은 눈을 깜빡였다.

"먹는 것만 봐도 배부르네."

피식 웃기까지 한다. 눈매가 보기 좋게 휜 이헌을 빤히 쳐다보던 다현의 얼굴이 새빨갛게 달아오르기 시작했다. 매운 걸 먹어서 그런 거라고 핑계를 대며 벌컥벌컥 물을 들이켰다.

"까칠했던 문이헌 검사님은 어디 가고, 왜 이렇게 느끼해졌어요?"

"원래 그래."

시베리아 같던 남자의 입에서 생각지도 못한 말들이 요즘 들어 다양하게 쏟아져 나오고 있었다. 그럴 때마다 이헌의 새로운 모습에 놀라곤 한다.

"느끼한 소리 그만하고 어서 밥 먹어요."

숟가락을 집어 든 다현은 이헌의 손에 꼭 쥐여 주며 말했다. 그녀를 빤히 바라보던 이헌은 숟가락을 쥔 채로 다현의 손을 덥석 붙잡았다.

말간 얼굴 위로 붉게 물든 두 뺨은 유난히 탐스러웠고, 입술은 베어 물고 싶을 만큼 촉촉하고 달아 보였다.

밥 생각이 완전히 달아나는 순간이었다.

밥 대신 한입 가득 다현의 입술을 삼키며 숟가락을 내려놓고 목을 부드럽게 그러쥐었다. 순식간에 밀고 들어온 혀가 애가 닳게 입 안을 휘저으며 입술을 빨아 댔다. 달콤한 아이스크림처럼 핥아 먹기도 했다.

고요한 와중에 귓전에 색정적인 소리가 거칠게 들려왔다. 늘어지는 타액을 삼키며 빈틈없이 붙어 있던 입술을 뗀 그의 입매가 보기 좋게 휘어 있었다.

"맛있네."

기함할 소리가 또 그의 입에서 자연스레 흘러나왔다. 경악에 물든 다현은 뜨거운 두 뺨을 손으로 가린 채 투덜댔다.

"내가 밥 먹으라고 했지 언제!"

"권다현이 더 맛있어."

짓궂은 아이 같았다. 뺨을 감싼 손을 떼어 내 얼굴을 감싸 쥔 채 잘게 입맞춤을 하더니 금세 입술을 삼켜 버리고 만다.

밥 먹자던 사람은 어디 갔는지 머릿속이 녹아 버릴 것처럼 다디단 입술을 물고 빨던 이헌의 하체 위로 다현이 올라앉아 있었다.

어느새 그의 입술은 그녀의 말간 목덜미를 살살 빨아 대며 핥았다.

"하아……."

다현의 앙다문 입술 사이를 비집고 흘러나오는 신음이 무색하게 매운 갈비찜은 차게 식어만 갔다.

❖　✛　❖

"내일 출근하려면 이제 자야 해요."

베개에 얼굴을 반쯤 파묻은 채 엎드려 누운 다현은 졸린 눈을 느리게 감았다 뜨며 이헌에게 말했다.

그는 한 팔로 얼굴을 괴고 기대앉아 그녀를 물끄러미 바라보며 긴 머리카락을 만지작대고 있었다. 그러다 허리까지 덮은 이불 위로 드러난 그녀의 맨살에 가볍게 키스하며 등줄기를 따라 올라가 목덜미를 잘 익은 사과처럼 베어 물었다.

"으훗!"

목덜미를 빨고 지분대는 손길이 간질거려 다현은 어깨를 한껏 움츠러트렸다. 자정이 훌쩍 넘었는데 그는 여전히 피곤한 기색이 없어 보였다.

귓불을 깨무는 게 이젠 습관이 된 듯한 이헌은 그녀의 등 위로 자연스레 몸을 겹쳤다. 맞닿은 하체가 아슬아슬하게 틈새를 비집고 들어갔다.

"지금은 못 자. 이러고 어떻게 자."

"하아……. 그냥, 가만히, 웃! 가만히 있어요."

이헌의 팔을 꽉 붙든 채 깨문 입술 사이로 다현은 짧고 옅은 신음을 터뜨렸다. 이러다 해가 뜨는 건 아닐까 싶을 만큼 한계까지 몰아붙이는 그의 체력은 대단하다는 말로는 부족했다.

며칠 동안 지검에서 밤을 꼴딱 새운 것 같은데, 일하느라 밤을 지샌 건 이헌이 아니라 저 혼자인 듯했다.

빈틈없이 밀착된 하체가 들썩였다. 그와 동시에 속절없이 새어 나오는 뜨거운 숨이 베개에 얼굴을 파묻는 것으로 겨우 묻혀졌다.

하늘이 어슴푸레해질 무렵 이불 속에서 꼬물거리던 다현은 눈을 떴다. 이헌의 품에 안긴 채 잠들었던 그녀는 고개를 들어 이헌을 물끄러미 바라봤다.

단잠에 빠져 곤히 잠든 그는 미동조차 없었다.

괜히 손을 뻗어 이헌의 짙은 눈썹도 만져 보고 자기보다 더 길어 보이는 속눈썹도 툭 건드렸다.

남자가 웬만한 여자보다 피부가 더 좋았다. 가까이 얼굴을 맞대고 있는데도 모공조차 보이지 않았다. 괜히 샘이 나 볼을 꼬집기도 했다.

콧대는 왜 이렇게 높은지, 다현은 괜스레 자신의 코를 만지작거리다 이헌의 콧등을 톡톡 건드리기도 했다.

그러다 그가 움찔거리면 화들짝 놀라 장난치던 손을 멈칫하며 숨을 참았다.

그러길 몇 분이 지났을까.

머리카락을 만지작거리는 다현의 손길에 결국 이헌은 모처럼의 단잠에서 깨고 말았다. 눈이 마주치자 빙그레 웃던 다현은 고개를 불쑥 내밀어 가벼운 입맞춤을 하며 그의 가슴팍에 얼굴을 기댔다.

"아침부터 저돌적이네."

이헌은 자신의 가슴팍에 기대 얼굴을 파묻는 다현의 작은 머리통을 쓰다듬으며 슬며시 미소를 지었다.

"누구한테 배웠어요."

빼꼼 고개를 든 다현의 입가에 미소가 번졌다.

"이제 일하러 가요."

슬슬 출근 준비를 해야 할 시간이었다. 다시 밤낮없이 바쁘게 일해야 할 시간이 돌아온 것이다.

언제 끝날지 모르는 야근의 연속이지만 누군가는 해야 하는 일이기에 개의치 않았다.

하지만 몸을 일으키자 이헌이 손목을 붙잡고 끌어당기는 바람에 그의 품에 폭삭 안겨 침대를 벗어나지 못했다.

"일하기 싫네."

요즘 이헌의 입에선 그가 한 말이 맞는지 의심스러운 말들이 심심하면 툭 튀어나왔다.

"나, 뭐 잘못 들은 거죠? 지금 일하기 싫다고 한 거예요?"

놀란 토끼가 된 듯 눈이 동그래진 다현은 끔뻑거리며 이헌을 바라봤다.

제일 먼저 출근하고 제일 늦게 퇴근하는 사람의 입에서 나올 말이 아니었다.

"일 못 해서 죽은 귀신이 붙어 있던 거 아니었어요?"

"귀신이 나가떨어졌나 봐."

"세상에 이런 일이에 나올 만한 일이에요."

그는 쓴웃음을 지었다.

"피곤해."

절대 그의 입에서 나오지 않을 말이라고 생각했다.

단 한 번도 피곤히다거나 힘들다거나 하는 말은커녕 그런 기색조차 드러내지 않던 그가 눈을 뜨자마자 피곤하다며 일하기 싫다고 하니 괜히 더 안쓰러워 보여 말간 얼굴을 쓰다듬는 다현이었다.

"조금만 더 힘내서 버텨 봅시다!"

다독이며 이끌어도 시원치 않은데 아침부터 다현을 붙잡고 전에 없던 투정을 부렸다. 힘찬 그녀의 목소리에 이헌은 싱겁게 웃었다.

몸이 아니라 마음이 지친 듯 이헌은 다현의 머리를 쓰다듬으며 입을 뗐다.

"뭔가 바뀐 느낌이다?"

지난 뇌물 리스트 사건부터 시작해 연이어 터진 이번 사건까지, 제대로 쉰 적이 없을 만큼 달렸다. 주말과 공휴일까지 모두 반납한 채 지검에서 먹고 자면서 골머리를 썩이다 보니 아쉬운 소리가 절로 나왔다.

힘내서 버티자며 주먹을 불끈 쥐는 다현 때문에 괜히 또 한 번 웃는다.

"출근합시다!"

몸을 일으킨 다현은 침대와 한 몸이 된 것처럼 일어날 기미가 없는 이헌의 팔을 붙잡아 당겼다. 괜히 꾸물거리다 그녀의 손에 이끌려 욕실로 들어갔다.

귀찮아하는 자신에게 치약까지 짜 주는 다현을 보며 이헌은 연신 웃음을 터트렸다. 나란히 세면대 앞에 서서 양치질을 했다. 마냥 마음이 편안했다. 그렇게 출근 준비를 서둘렀다.

다현은 건조기에 돌려 잘 개어 놓은 옷가지를 다시 가방에 차곡차곡 챙기고 이헌 역시 일주일 치 옷과 속옷이 든 가방을 들고 슈트 케이스를 챙겼다.

"옷 챙기러 집에 안 들러도 돼?"

"오전에 정은아 씨 조사하러 병원에 가기로 해서 그때 챙겨 오려고요."

"정은아? SC항공사?"

"네."

다현의 대답과 동시에 시동이 걸린 차가 아파트 단지를 빠르게 빠져나왔다.

"끝까지 조사받으러 안 오겠대?"

빨간불 앞에서 차가 멈추자 그가 넌지시 물었다. SC항공사 사주의 딸인 정은아는 장민준과 이준호를 도와 비행 편으로 들어오는 마약 운반을 도운 혐의를 받고 있었다.

해서 참고인 조사를 위해 소환장을 보냈지만 지검으로 조사를 받으러 갈 수 없다는 연락을 해 왔다.

"아기를 낳았대요. 수술하고 병원에 입원 중이라 절대 안정이 필요하다고 직접 올 수 없답니다."

조산으로 인해 제왕 절개 수술 후 병원에 입원 중이라는 정은아는 조사를 받으러 갈 수 없는 상황이라며 직접 진술을 받으러 오라 말했다.

검찰 조사를 받으러 올 수 없는 부득이한 상황에선 검사가 참고인 혹은 피의자 진술을 받으러 가는 게 전례 없는 일이 아니기에 이헌은 고개를 끄덕였다.

"아침 사서 올라가요."

"뭐 사 갈까?"

"어젠 김밥을 먹었으니 오늘은 아메리칸 스타일?"

다현의 손끝이 가리키는 곳엔 카페 체인점이 있었다. 신호가 바뀌자마자 이헌은 상가 앞 주차장에 주차한 뒤 다현과 나란히 문을 열고 카페로 들어섰다.

이른 아침이라 카페 안은 계산대 앞을 어슬렁거리고 있는 손님을 제외하면 한산하기만 했다.

"샌드위치는 몇 개 살까요?"

메뉴판을 훑던 다현은 곧장 계산대로 향했다. 마침 계산을 마친 손님과 눈이 마주친 다현은 흠칫 놀라며 재빠르게 고개를 숙였다.

"아, 안녕하세요!"

다현이 누군가를 보고 화들짝 놀라며 인사를 하자 이헌이 이마를 긁적이며 다가왔다. 아침부터 썩 난감한 상황이 펼쳐지고 말았다.

직원에게 카드를 받아 주섬주섬 챙기던 남자는 넌지시 물었다.

"커피 마시러 왔어?"

남자는 이헌과 다현을 보고 놀라지 않았다.

"아침 사 가려고 왔습니다."

"안 그래도 샌드위치랑 커피 주문했어. 둘이서 가져가면 되겠다."

종종 점심과 저녁에 밥 먹으라며 자신의 개인 카드를 선뜻 내주던 부부장 검사인 태진이 오늘은 후배들을 위해 아침을 사 줄 요량인 듯했다.

감사하다며 잘 먹겠다고 말하는 이헌의 옆에서 다현은 태진의 눈치를 살폈다.

출근 시간에 이렇게 카페에서 마주쳤는데도 놀란 기색 하나 없이 마치 대수롭지 않다는 듯 평이한 그의 태도가 어딘가 모르게 수상쩍었다.

백이면 백. 이헌과 둘이 있을 때 마주친 사람들은 모두 의심의 눈길을 보내곤 했으니 태진의 태연함이 찝찝할 수밖에 없었다.

아니나 다를까. 픽업대에서 자신의 커피를 먼저 받아 든 태진이 빨대를 꽂으며 태연히 물었다.

"둘이 언제 결혼해?"

뒤통수를 맞은 듯 태진의 물음에 흠칫 놀란 이헌과 얼빠진 듯 어안이 벙벙한 표정의 다현은 말을 잇지 못했다.

"권 검사랑 결혼할 사람 문 검 아니야?"

도대체 태진이 뭘 알고 있는 건지 알 수 없었다. 전적으로 이헌의 지휘 아래 움직이고 있는 수사 팀이라 부부장 검사인 태진의 역할은 뒤에서 백업을 해 주는 것 말고는 없었다.

본래라면 부장 검사 혹은 부부장 검사의 지휘를 받아야 마땅했지만, 특수 1부는 총알받이였던 이헌의 좌천 이후 언론 보도에서 부당한 인사권을 휘둘렀다고 때려 맞은 뒤였다. 때문에 보여 주기식으로 그에게 다시 지휘 검사를 맡긴 탓에 부장 검사와 부부장 검사는 뒤로 빠져 있는 형국이었다.

두 사람은 압수 수색이나 구속 영장이 필요할 때 재판부에 힘을 써 주고 공소장을 보강해 주는 굵직한 일을 도맡아 뒤에서 처리해 주고 있었다. 해서 한 공간에서 부부장 검사와 마주할 때가 지극히 드물었다.

그런데 그가 동료들도 모르는 결혼에 대해 알고 있다는 것은 앞뒤가 맞지 않았다.

"권 검사 결혼할 사람이 지검에 있다고 소문이 파다해."

"그, 그게 무슨!"

"몰랐어? 차장 검사님이 물어보던데?"

맙소사. 부부장 검사도 모자라 차장 검사까지 알고 있다니.

"그 정도면 지검에 쫙 퍼진 거 아냐?"

태진은 멋쩍은 듯 웃으며 눈썹 위를 매만졌다. 괜히 아는 척을 했나 싶게 이헌과 다현의 표정이 난감하기 짝이 없었다.

태진의 말에 이헌의 미간이 움찔거렸다. 차장 검사가 언젠가 물어본 적이 있었다.

"권 검사랑 결혼할 사람이 우리 지검 사람이라는데, 뭐 아는 거 있어?"

그때 사적인 건 잘 모른다며 넘긴 일이 있었다. 그 뒤로 여기저기 캐묻고 다닌 게 분명해 보인다. 그렇지 않고서야 부부장 검사인 태진이 다현의 결혼에 대해 알 리가 없었다.

이헌의 비틀어진 입매에서 냉소적인 웃음이 터져 나왔다. 태진의 시선이 다현을 향해 있어 이헌의 싸늘한 미소를 보지 못해 다행이었다.

"이래 봬도 나도 검사야. 척하면 척이지. 이 시간에 둘이 왜 같이 있겠어."

그가 능청스러운 미소를 지어 보였다. 검사의 촉이 날카로웠다. 다현의 웃는 얼굴이 어색하기만 했다.

"주문하신 샌드위치와 음료 나왔습니다."

포장을 끝낸 샌드위치와 커피가 어색해진 분위기를 갈라 놓았다.

"잘 먹겠습니다."

또 한 번 태진에게 감사의 인사를 잊지 않고 이헌과 다현은 가볍게 고개를 숙였다. 태진은 수고하라며 이헌의 어깨를 토닥이며 서둘러 카페를 벗어났다.

한숨 돌린 다현과 이헌은 포장된 샌드위치와 커피를 챙겨 카페를 나와 차에 올라탔다.

"나 결혼한다고 말한 적 없는데 도대체 차장 검사님은 어디서 들었을까요?"

"글쎄."

짐작이 가는 바가 없는 건 아니지만 이헌은 내색하지 않았다.

"진짜 지검에 다 퍼진 건 아니겠죠?"

불안하기만 했다. 엄연히 사적인 문제다. 사생활이 알려지는 건 공적인 문제로 입에 오르내리는 것보다 끔찍할 듯싶었다.

"차장 검사님이 물어봤다니까, 아는 사람만 알 거야."

"도대체 차장 검사님은 어디서 들어서는······."

"걱정하지 마. 부부장 검사님도 맞닥뜨려서 알게 된 거지, 너랑 나랑 사귀는 거 아무도 몰라."

"벌써 남 검사님부터 정 계장님이랑 서 계장님까지 안다고요. 퍼지는 건 시간문제예요."

이헌은 손을 뻗어 다현의 머리를 쓰다듬으며 토닥였다. 지검장 라인인 차장 검사가 알게 된 거라면 지검장도 알고 있다는 얘기였다. 분명 윗선에서 흘러나온 얘기가 틀림없을 것이다.

평검사의 결혼에 차장 검사가 호기심을 가진다는 것 자체가 그가 이미 다현의 배경에 대해 알고 있다는 걸 증명하는 일이었다.

"소문나면 어때. 어차피 결혼할 거고 헤어질 일 없어."

사람들의 입방아에 오르내리는 일이 좋은 것만은 아니라는 걸 안다. 하루가 멀다고 사적인 문제들이 거론되는 그이기에 다현이 염려하는 것이 무엇인지 누구보다 잘 아는 이헌은 그녀를 안심시켰다.

다현은 애써 환하게 웃으며 고개를 끄덕였다. 일전에 선배들이 이헌의 집안 문제로 숙덕거리던 것을 목도했었다.

동료들이 싸늘하게 등을 돌려 숙덕거리던 그 모습을 잊을 수 없었다. 한편인 줄 알았지만 같은 편이 아닌 것 같았다.

자신의 집안에 관해서도 알게 되고, 또 그렇게 등을 돌리고 숙덕거리고 뒷말을 낸다면 이헌이 지검으로 복귀한 것까지 의심하게 될까 싶어 염려하는 마음이 가장 컸다.

보수적인 검찰 집단에서 인사에 관한 것은 가장 민감한 문제였다. 매번 정기 인사가 있는 시즌엔 여기저기 분란이 일어나곤 했다.

그러고 보니 하반기 정기 인사가 언제였더라.

"어서 내려."

어느새 주차장이었다. 멍하니 있던 다현을 재촉하며 그는 안전벨트를 풀고 뒷좌석 바닥에 내려 둔 포장된 샌드위치와 커피를 챙겼다.

"커피 드세요."

회의실 문을 열고 들어선 다현이 종이 가방을 테이블에 내려놓으며 말했다. 회의 준비를 하던 동료 검사들과 수사관, 실무관들이 우르르 다가와 테이블을 에워쌌다.

"부부장 검사님이 쏘시는 거예요."

모처럼 퇴근을 하고 집에서 쉬고 왔지만 아침부터 피로가 극심했던 이들은 커피를 마시며 멍해진 머릿속을 비우기 시작했다.

다현 역시 커피를 한 모금 마시고는 아침부터 복잡해진 머릿속을 비우며 자료와 태블릿 PC를 챙겨 회의 테이블에 앉았다.

이내 회의실 문이 열리고 검사실에서 참고인 진술서와 자료들을 챙긴 이헌이 들어왔다. 그는 테이블 위에 두꺼운 조서들을 내려놓으며 앉았다.

"집에서 푹 쉬고 왔으니 다시 일합시다."

김 검사에게 커피를 건네받은 그가 담백한 어조로 말했다.

"우리 문 검사님은 역시 워커홀릭이야."

커피를 마시던 이 검사가 고개를 내저었다. 집에서 푹 쉬긴커녕 참고인 진술서를 들여다보느라 자정이 넘어서 퇴근을 해 실상 몇 시간 자지도 못하고 출근을 해야 했던 이 검사의 눈 밑엔 다크서클이 짙어져 있었다.

이윽고 회의는 시작됐다. 먼저 MK건설의 수사 진행 상황부터 체크가 시작됐다.

"재개발, 재건축 조합장한테 돈을 건넨 건 CCTV 확인 결과 재무 이사의 비서라는 게 밝혀졌습니다. 조합장들도 인정했고 조합원들도 조합장이 MK건설로 시공사가 선정되면 혜택이 많을 거라고 압박을 했다고 진술했습니다. 재무 이사도 뇌물 혐의를 인정하고 추가로 도로 건설과 수주와 신청사 시공사 선정 때도 뒷돈 건넨 것도 맞다고 자백했습니다."

정상엽 검사의 굵직한 목소리가 회의실에 울려 퍼졌다. 뒤이어 함께 MK건설을 조사 중인 남경주 검사가 말을 이었다.

"재무 이사가 혼자 죽긴 싫은지 사장이 시킨 거라고 물귀신 작전을 펼친 덕분에 신창진 사장은 10시경에 참고인 조사 진행 예정입니다. 포토 라인에 서지 않겠다고 기자들 치워 달랍니다."

남 검사의 말에 이헌은 수사관에게 눈짓했다. 아침부터 지검 정문에 먹잇감을 찾아 어슬렁거리는 기자들을 처리하기 위해 수사관 몇몇은 서둘러 회의실을 빠져나갔다.

테이블을 톡톡 건드리며 혀를 차던 이정우 검사가 입을 뗐다.

"어디랑 너무 딴판이네."

그는 고개를 내저었다. 물귀신 작전을 펼쳤다는 MK건설과 달리 자신이 조사 중인 K그룹은 부하 직원을 총알받이로 내몰았으니 완벽히 다른 양상이었다.

"다 같이 죽자고 덤비는 게 오히려 낫습니다. 혐의만 늘어날 테니 MK 쪽은 옆에서 부채질만 살살 해 주세요."

"안 그래도 옆구리 찔러서 편해져 볼까 하고 있어."

이헌의 말에 남 검사의 입꼬리가 보기 좋게 휘었다.

혼자 감옥에 갈 수 없다는 듯 재무 이사는 자신의 혐의를 인정하면서도 사장이 시킨 일이라고, 위에서 허락하지 않으면 멋대로 회사 자금을 어떻게 쓸 수 있겠냐고 언성을 높이기까지 했었다.

차명 계좌 목록을 보여 주자 사장의 지시로 만들어진 차명 계좌라며 전부 시공사 선정과 수주를 따내는 데 뒷돈을 줄 목적으로 만들어진 비자금이라고 술술 불기까지 했다.

나 혼자 죽을 수 없다는 마음이 만들어 낸 배신이었다.

"이대로라면 회장까지 소환 조사 해야 할지도 몰라."

미간을 찌푸린 정 검사는 다소 심각한 얼굴로 말했다.

그룹 오너를 소환 조사 한다는 건 득보다는 실이 많은 일이었다. 리스크가 큰 일인 만큼 신중에 신중을 기해야 하는 일이기도 했다.

"다 잡아넣으면 얼마나 좋겠냐마는 그게 어디 쉽겠어요? 생각들이 있으면 알아서 조율해서 올 겁니다."

정 검사와 함께 MK건설을 조사 중인 남 검사가 현실적인 대답을 건넸다.

MK건설의 압수 수색 후 나온 시공사 입찰 서류나 기타 결재 서류에 오너의 친필 사인이 단 하나도 없어 회장의 혐의는 아무것도 없는 상태였다.

변호사를 통해 재무 이사가 사장까지 엮어 버린 걸 모르지 않을 테니 다 같이 자폭하는 방향으로 가든지 아니면 덮을 건 덮고 가자는 플랜을 짤 수 있었다.

그렇게 되면 회장까지 소환 조사가 진행되더라도 불기소 처분으로 마무리될 정도로 혐의가 미비할 수 있다.

굳이 무리하게 아직 혐의가 드러난 것이 아무것도 없는 오너를 엮어서 재판까지 갈 필요가 없다는 게 정 검사와 남 검사의 공통된 의견이었다.

회의 테이블에 둘러앉은 이들 역시 고개를 끄덕이며 의견을 같이했다.

"다들 골드서클 때문에 뭔가 몸을 사리는 분위기야."

대호그룹을 조사 중인 최현수 검사가 이마를 매만지며 말했다.

"김반석 부회장은 계속 죄송하다고 자기 잘못이라고만 하는데, 뭐 물어보기만 하면 고개를 숙여서 송구스러울 정도라니까."

자진해서 조사를 받기 위해 검찰에 출석한 대호그룹 김반석 부회장은 모든 혐의를 인정하고 검사가 뭐라도 묻기만 하면 고개를 숙이고 연신 잘못했다는 말만 되풀이하고 있었다.

"마약 사건이 더 번질까 봐 몸 사리는 걸 겁니다. 이중으로 타격받아서 기둥 하나 뽑히면 그냥 기울어져서 무너지는 건데 노선을 잘 정한 거라고 봐야 할 거 같습니다."

김반석 부회장의 딸이 골드서클 멤버로 마약을 투약했다고 언론에 터지자마자 주가가 바닥을 쳤다.

그 사태를 보고 대호그룹 측은 회사 비리 문제에 있어서 혐의를 인정하지 않을 수 없다는 판단을 내리고 빠르게 이미지 세탁을 위해 관련된 계열사 사장단과 임원 그리고 김반석 부회장까지 혐의를 인정하는 모습이었다.

여론을 우호적으로 가져올 생각으로 반성하는 모습을 적극적으로 보이는 상황이 펼쳐진 것이다.

"골드서클은 공판 잡혔어?"

남 검사가 다현을 보며 조심스레 물었다. 다현은 고개를 끄덕이며 입을 뗐다.

"다음 달 10일로 잡혔고 그 전에 정은아랑 이준호도 기소해서 같이 공판 진행할 생각입니다."

"SC항공사 딸 말하는 거지? 이경제 의원 아들이랑."

"네. 정은아는 출산 후에 현재 병원에 입원 중이라 조사받으러 못 올 거 같다고 연락이 왔습니다. 수술했다고."

피의자가 하나둘씩 늘어나기만 하는 골드서클 사건에 다들 혀를 내둘렀다. 현재로도 충분히 나라가 시끄러운 판국인데 항공사 딸까지 마약 운반을 도운 혐의로 조사를 받는다는 사실이 언론 보도로 알려지게 되면 얼마나 더 시끄러워질지 가늠조차 되지 않았다.

"병원까지 쫓아가야겠네."

"오전 중에 다녀오려고 합니다."

이 검사가 다현을 측은하게 바라보며 등을 토닥였다. 재벌 오너들의 조사보다 더 골치 아픈 2, 3세들의 신문 조사는 악명이 높았다. 고분고분 말을 들어 먹지 않는 이들이었다. 하물며 병원에 입원해서 얼마나 까칠하게 굴지 상상만으로도 몸서리가 쳐졌다.

"그리고 이준호는 송환 요청을 했고 현지에서 경찰이 체포했는데 상해에서도 마약 유통으로 조사 중이라 조사가 끝나는 대로 국내로 송환 절차를 밟을 예정입니다. 이틀 내로 들어올 거 같습니다."

"권 검사가 조금만 더 고생해 줘. 재판은 어차피 다 같이 진행하니까 기소만 하고 나면 한숨 돌릴 수 있을 거야."

남 검사가 다현을 보며 말했다. 걱정하지 말라며 기소까지 깔끔하게 마무리하겠다고 말하며 다현은 방긋 미소를 지었다.

"골드서클은 잘 진행되고 있는 거 같은데, K그룹은? 석원기 이사는 어쩔 생각이야?"

최 검사가 이헌과 이 검사, 그리고 다현을 번갈아 쳐다보며 물었다. 가장 덩치가 큰 비자금 수사라 검사 셋이 달라붙어 백업까지 받아 가며 조사 중이지만 석원기 이사가 가장 큰 복병으로 떠올라 골치가 아픈 상태였다.

"미끼를 던졌으니 곧 입질이 올 겁니다. 생각이란 걸 하는 사람이라면 장 회장은 버릴 겁니다."

제 아들을 가지고 덫을 놓은 사실을 뒤늦게 알게 된 석원기 이사는 분노했다. 그렇게 1차 조사를 마치고 돌아간 석원기 이사가 먼저 연락해 오기를 기다리는 중이었다.

"장현도 만만치 않을 텐데……."

지난 사건 때 참고인 조사를 받기 위해 자진해서 검찰에 출석했던 장 회장의 모습을 김 검사는 잊을 수 없었다.

수십의 경호원을 거느리고 갑자기 들이닥친 그는 훤칠한 키와 건장한 체구 하며 매섭던 눈매까지 완벽히 사냥을 즐기는 범의 모습이었다.

"지금 드러난 증거만으로도 충분합니다. 석 이사의 협조와 증언만 있으면 횡령에 배임, 탈세에 뇌물까지 이것저것 다 엮을 수 있습니다."

"흐음, 재판 가서 형량이 제대로 나오긴 할까……."

"싸잡아 욕먹기 싫으면 재판부에서 잘 처신하지 않겠습니까."

이헌의 비틀린 입매 사이로 조소가 흘러나왔다. 번뜩이는 눈빛은 범처럼 보이던 장 회장과 다른 의미로 매서웠다.

어느 쪽으로든 더는 사상자가 발생해선 안 된다는 것이 중요했다. 보복성 인사가 사건이 마무리된 뒤에 일어난다면 그보다 더 참담한 일은 없을 것이다.

부디 좋은 쪽으로 끝나기를 바랄 뿐이다.

<미필적 고의> 2권에서 계속…….